浙江文化研究工程成果文庫

浙江文獻集成

林景熙集補注

〔宋〕林景熙 著

〔元〕章祖程 注

陳增傑 補注

〔上册〕

浙江古籍出版社
Zhejiang Ancient Books Publishing House

浙江省文化研究工程指導委員會

主　任：趙洪祝

副主任：夏寶龍　王輝忠　李　强　黄坤明
　　　　茅臨生　鄭繼偉　金德水

成　員：陳德榮　胡慶國　馬林雲　陳一新
　　　　胡　堅　金興盛　劉希平　錢巨炎
　　　　樂益民　楊建新　陳昆忠　陳　榮
　　　　林吕建　鄭倉元　童　健　蔣承勇
　　　　梅新林　許　江　張金如　李衛寧
　　　　孫文友　徐止平　孫建國　梁黎明
　　　　陳鐵雄　盧子躍

浙江文化研究工程成果文庫總序

習近平

有人將文化比作一條來自老祖宗而又流向未來的河，這是説文化的傳統，通過縱向傳承和横向傳遞，生生不息地影響和引領着人們的生存與發展；有人説文化是人類的思想、智慧、信仰、情感和生活的載體、方式和方法，這是將文化作爲人們代代相傳的生活方式的整體。我們説，文化爲群體生活提供規範、方式與環境，文化通過傳承爲社會進步發揮基礎作用，文化會促進或制約經濟乃至整個社會的發展。文化的力量，已經深深熔鑄在民族的生命力、創造力和凝聚力之中。

在人類文化演化的進程中，各種文化都在其内部生成衆多的元素、層次與類型，由此決定了文化的多樣性與複雜性。

中國文化的博大精深，來源於其内部生成的多姿多彩；中國文化的歷久彌新，取決於其變遷過程中各種元素、層次、類型在内容和結構上通過碰撞、解構、融合而産生的革故鼎新的强大動力。

中國土地廣袤、疆域遼闊，不同區域間因自然環境、經濟環境、社會環境等諸多方面的差異，建構了不同的區域文化。區域文化如同百川歸海，共同匯聚成中國文化的大傳統，這種大傳統如同春風化雨，滲透於各種區域文化之中。在這個過程中，區域文化如同清溪山泉潺潺不息，在中國文化的共同價值取向下，以自己的獨特個性支撑着、引領着本地經濟社會的發展。

從區域文化入手，對一地文化的歷史與現狀展開全面、系統、扎實、有序的研究，一方面可以借此梳理和弘揚當地的歷史傳統和文化資源，繁榮和豐富當代的先進文化建設活動，規劃和指導未來的文化發展藍圖，增强文化軟實力，爲全面建設小康社會、加快推進社會主義現代化提供思想保証、精神動力、智力支持和輿論力量；另一方面，這也是深入瞭解中國文化、研究中國文化、發展中國文化、創新中國文化的重要途徑之一。如今，區域文化研究日益受到各地重視，成爲我國文化研究走向深入的一個重要標誌。我們今天實施浙江文化研究工程，其目的和意義也在於此。

千百年來，浙江人民積澱和傳承了一個底蘊深厚的文化傳統。這種文化傳統的獨特性，正在於它令人驚嘆的富於創造力的智慧和力量。浙江文化中富於創造力的基因，早早地出現在其歷史的源頭。在浙江新石器時代最爲著名的跨湖橋、河姆渡、馬家浜和良渚的考古文化中，浙江先民們都以不同凡響的作爲，在中華民族的文明之源留下了創造和進步的印記。

浙江人民在與時俱進的歷史軌迹上一路走來，秉承富於創造力的文化傳統，這深深地融會在一代代浙江人民的血液中，體現在浙江人民的行爲上，也在浙江歷史上衆多傑出人物身上得到充分展示。從大禹的因勢利導、敬業治水，到勾踐的卧薪嘗膽、勵精圖治；從錢氏的保境安民、納土歸宋，到胡則的爲官一任、造福一方；從岳飛、于謙的精忠報國、清白一生，到方孝孺、張蒼水的剛正不阿、以身殉國；從沈括的博學多識、精研深究，到竺可楨的科學救國、求是一生；無論是陳亮、葉適的經世致用，還是黄宗羲的工商皆本；無論是王充、王陽明的批判、自覺，還是龔自珍、蔡元培的開明、開放，等等，都展示了浙江深厚的文化底蘊，凝聚了浙江人民求真務實的創造精神。

代代相傳的文化創造的作爲和精神，從觀念、態度、行爲方式和價值取向上，孕育、形成和發展了淵源有自的浙江地域文化傳統和與時俱進的浙江文化精神，她滋育着浙江的生命力、催生着浙江的凝聚力、激發着浙江的創造力、培植着浙江的競争力，激勵着浙江人民永不自滿、永不停息，在各個不同的歷史時期不斷地超越自我、創業奮進。

悠久深厚、意蘊豐富的浙江文化傳統，是歷史賜予我們的寶貴財富，也是我們開拓未來的豐富資源和不竭動力。黨的十六大以來推進浙江新發展的實踐，使我們越來越深刻地認識到，與國家實施改革開放大政方針相伴隨的浙江經濟社會持續快速健康發展的深層原因，就在於浙江深厚的文化底蘊和文化傳統與當今時代精神的有機結合，就在於發展先進生產力與發展先進文化的有機結合。今後一個時期浙江能否在全面建設小康社會、加快社會主義現代化建設進程中繼續走在前列，很大程度上取決於我們對文化力量的深刻認識、對發展先進文化的高度自覺和對加快建設文化大省的工作力度。我們應該看到，文化的力量最終可以轉化爲物質的力量，文化的軟實力最終可以轉化爲經濟的硬實力。文化要素是綜合競争力的核心要素，文化資源是經濟社會發展的重要資源，文化素質是領導者和勞動者的首要素質。因此，研究浙江文化的歷史與現狀，增强文化軟實力，爲浙江的現代化建設服務，是浙江人民的共同事業，也是浙江各級黨委、政府的重要使命和責任。

二〇〇五年七月召開的中共浙江省委十一届八次全會，作出《關於加快建設文化大省的決定》，提出要從增强先進文化凝聚力、解放和發展生産力、增强社會公共服務能力入手，大力實施文明素質工程、文化精品工程、文化研究工程、文化保護工程、文化産業促進工程、文化陣地工程、文化傳播工程、文化人才工程等『八項工程』，實施科教興國和人才强國戰略，加快建設教育、科技、衛生、體育等『四個强省』。作爲文化建設『八項工程』之一的文化研究工程，其任務就是系統研究浙江文化的歷史成就和當代發展，深入挖掘浙江文化底蘊、研究浙江現象、總結浙江經驗、指導浙江未來的發展。

浙江文化研究工程將重點研究『今、古、人、文』四個方面，即圍繞浙江當代發展問題研究、浙江歷史文化專題研究、浙江名人研究、浙江歷史文獻整理四大板塊，開展系統研究，出版系列叢書。在研究内容上，深入挖掘浙江文化底蘊，系統梳理和分析浙江歷史文化的内部結構、變化規律和地域特色，堅持和發展浙江精神；研究浙江文化與其他地域文化的異同，釐清浙江文化在中國文化中的地位和相互影響的關係；圍繞浙江生動的當代實踐，深入解讀浙江現象，總結浙江經驗，指導浙江發展。在研究力量上，通過課題組織、出版資助、重點研究基地建設、加强省内外大院名校合作、整合各地各部門力量等途徑，形成上下聯動、學界互動的整體合力。在成果運用上，注重研究成果的學術價值和應用價值，充分發揮其認識世界、傳承文明、創新理論、咨政育人、服務社會的重要作用。

我們希望通過實施浙江文化研究工程，努力用浙江歷史教育浙江人民、用浙江文化熏陶浙江人民、用浙江精神鼓舞浙江人民、用浙江經驗引領浙江人民，進一步激發浙江人民的無窮智慧和偉大創造能力，推動浙江實現又快又好發展。

今天，我們踏着來自歷史的河流，受着一方百姓的期許，理應負起使命，至誠奉獻，讓我們的文化綿延不絕，讓我們的創造生生不息。

二〇〇六年五月三十日於杭州

《浙江文化研究工程》序

趙洪祝

浙江是中國古代文明的發祥地之一，歷史悠久、人文薈萃，素稱『文物之邦』，從史前文化到古代文明，從近代變革到當代發展，都爲中華民族留下了衆多彌足珍貴的文化遺産。勤勞智慧的浙江人民歷經千百年的傳承與創新，在保留自身文化特質的基礎上，兼收並蓄外來文化的精華，形成了具有鮮明浙江特色、深厚歷史底藴、豐富思想内涵的地域文化，這是浙江人民共同創造的物質財富和精神財富的結晶，是中華文化中的一朵奇葩。如何更好地使這一文化瑰寶爲我們所用、爲時代服務，既是歷史傳承給我們的一項艱巨任務，也是時代賦予我們的一項神聖使命。深入挖掘、整理、探究，不斷豐富、發展、創新浙江地域文化，對於進一步充實浙江文化的内涵和拓展浙江文化的外延，進一步增强浙江文化的創新能力、整體實力、綜合競争力，進一步發揮文化在促進浙江經濟、政治和社會建設的作用，具有重要的現實意義和深遠的歷史意義。

改革開放以來，歷屆浙江省委始終高度重視社會主義文化建設。早在一九九九年，浙江省委就提出了建設文化大省的目標：二〇〇〇年，制定了《浙江省建設文化大省綱要》；二〇〇五年，作出了《關於加快建設文化大省的決定》，經過全省上下的共同努力，浙江文化大省建設取得了顯著成效。

浙江文化研究工程是浙江文化建設『八項工程』的重要内容之一，也是迄今爲止國内最大的地方文化研究項目之一。該工程旨在以浙江人文社會科學優勢學科爲基礎，以浙江改革開放與現代化建設中的重大理論、現實課題和浙江歷史文化爲研究重點，着重從『今、古、人、文』四個方面，梳理浙江文明的傳承脈絡，挖掘浙江文化的深厚底藴，豐富與時俱進的浙江精神，推出一批在研究浙江和宣傳浙江方面具有重大學術影響和良好社會效益的學術成果，培養一支擁有高水平學科帶頭人的學術梯隊，建設一批具有浙江特色的『當代浙江學術』品牌，進一步繁榮和發展哲學社會科學，提升浙江的文化軟實力，爲浙江全面建設惠及全省人民的小康社會和實現社會主義現代化，提供强大的精神動力、正確的價值導向和有力的智力支持，爲提升浙江文化影響力、豐富中華文化寶庫作出貢獻。

浙江文化研究工程開展三年來，專家學者們潛心研究，善於思考，勇於創新，在浙江當代發展問題研究、浙江歷史文化專題研究、浙江名人研究、浙江歷史文獻整理等諸多研究領域都取得了重要成果，已設立十餘個系列四百餘項研究課題，完成二百三十項課題研究，出版二百餘部學術專著，發表大量的學術論文，產生了廣泛而深遠的社會影響。這些階段性成果，對於加快建設文化大省提供了新的支撑力和推動力。

黨的十七大突出强調了加强文化建設、提高國家文化軟實力的極端重要性，并對興起社會主義文化建設新高潮、推動社會主義文化大發展大繁榮作出了全面部署。爲深入貫徹落實黨的十七大精神，浙江省第十二次黨代會提出『創業富民、創新强省』總戰略，并堅持把建設先進文化作爲推進創業創新的重要支撑。二〇〇八年五月，省委召開工作會議，對興起文化大省建設新高潮、推動浙江社會主義文化大發展大繁榮進行專題部署，制定實施了《浙江省推動文化大發展大繁榮綱要(二〇〇八至二〇一二)》，明確提出：今後一個時期我省興起文化大省建設新高潮、推動文化大發展大繁榮的主要任務是，在加快建設教育强省、科技强省、衛生强省、體育强省的同時，繼續深入實施文明素質工程、文化精品工程、文化研究工程、文化保護工程、文化產業促進工程、文化陣地工程、文化傳播工程、文化人才工程等文化建設『八項工程』，着力建設社會主義核心價值體系、公共文化服務體系、文化產業發展體系等『三大體系』，努力使我省文化發展水平與經濟社會發展水平相適應，在文化建設方面繼續走在前列。

當前，浙江文化建設正站在一個新的歷史起點上，既面臨千載難逢的機遇，也面對十分嚴峻的挑戰。如何抓住機遇，迎接挑戰，始終保持浙江文化旺盛的生命力，更好地發揮文化軟實力的重要作用，是需要我們認真研究、不斷探索的重大新課題。我們要按照科學發展觀的要求，全面實施『創業富民、創新强省』總戰略，以更深刻的認識、更開闊的思路、更得力的措施，大力推進浙江文化研究工程，努力回答浙江經濟、政治、文化、社會建設和黨的建設遇到的各種新問題，努力回答干部群衆普遍關心的熱點問題，努力形成一批有較高學術價值和社會效益的研究成果。

繼續推進浙江文化研究工程，是一件功在當代、利在千秋的事業。我們熱切地期待有更多的優秀成果問世，以展示浙江文化的實力，增强浙江文化的競争力，擴大浙江文化的影響力。

二〇〇八年九月十日於杭州

前言

一

林景熙（一作景曦），字德陽（一作德暘），號霽山。宋理宗淳祐二年（一二四二），出生於瑞安府平陽縣坳中之奥里（今浙江蒼南縣繁枝鄉三峉村）[一]。林家兄弟三人，景熙居第二。長兄景怡，字德和，號曉山，從事教育，是當地鄉校主持人。景怡的詩也寫得很好，謝翱《天地間集》登録他的五古《曉起》，結二句云：『海色上寒梢，漸識梅花面。』清孫鏘鳴《東嘉詩話》稱其『清絶峭絶，亦可想見人品之高潔，於霽山不愧難兄矣』。季弟字德淵[二]。

景熙年少聰穎，好學不倦，二十歲時已有詩名[三]。大約這時他被薦送首都臨安（今杭州市）就讀太學（中央最高学府）。宋時太學分外舍、内舍、上舍三等。外舍考試合格，選升内舍，再由内舍選升上舍。内舍、上舍均有限額。上舍考試上等，即可授職，稱上舍釋褐。景熙説自己『遭回三舍間，余亦躋寸武』（《會嚴陵邵德芳同舍邀宿玄同齋道舊有作》），經歷了由外舍而内舍、上舍循序漸進的苦讀過程。在太學就讀期間，他曾師從蘭溪金履祥（仁山）先生，研習理學，作爲門人，後來他同熊鉌（勿軒）等一起刊刻先師文集〔四〕。度宗咸淳七年（一二七一），景熙以優異成績獲得上舍釋褐，時年三十歲。這在當時是同進士登第一樣榮耀的事，所以後來每每提及：『手折一枝驚昨夢』（《陪王監簿宴廣寒游次韻》）；『曾搴月窟一枝紅』（《與邵德芳同舍三首》之三）。他從此進入仕途，始任福建泉州教授（謝翱贈詩稱『府教』），遷禮部架閣（掌儲藏帳籍文案之官），轉從政郎（文階官從八品）。

咸淳十年（一二七四）七月，度宗死，賈似道立四歲的趙㬎爲帝，專權誤國，政治極端腐敗。伯顏率元軍大舉南侵，國勢岌岌可危。景熙約在德祐元年（一二七五）還歸平陽故里〔五〕。德祐二年（一二七六）正月，元軍兵臨城下，太皇太后謝道清奉國璽出降；三月，伯顏入占臨安。宋都陷落後，益王趙昰、廣王趙昺經由婺州（金華）抵達温州，陳宜中、張世傑等奉趙昰爲天下兵馬大元帥，趙昺爲副元帥，隨後南下福建。五月，趙昰即帝位（端宗）於福州，改元景炎。景熙時方英鋭，與同里周景灝（字行之，咸淳四年進士）曾有南行追隨二王的意向[六]，他在爲景灝寫的《鞍山齋記》中吐露了『舄奕高駟，驅策要途』的遠志：

八駿不游，六螭猶在。……翁（指周景灝）年過伏波，而貌腴意遠，如有用我，尚堪一行否？翁笑曰：『吕公後車，申公蒲輪，皆後吾十年。吾秣吾馬矣！』予聞翁言，頗壯翁，而知翁之壽未艾也。翁行，予亦執鞭從後。

『六螭猶在』，是説宋帝朝廷依然存在。『如有用我』，願『執鞭』前行，表達了踴躍從軍的强烈願望。但終因聯繫不及和道路梗阻等原因，未能成行。在寫給友人汪鼎新的詩中他慨歎道：『征途險在前，而况車折軸』；『意遠力不任，化作鄧林木』（《雜詠十首酬汪鎮卿》之一）。又託爲商婦之詞：『良人滄海上，孤帆涉何之？十年音信隔，安否不得知。』『妾身不出門，妾夢萬里馳。』（《商婦吟》）對在閩廣沿海堅持鬥争的宋室君臣，表示了深切的懷念。

景熙『棲隱故山』，居住平陽城内縣治後的白石巷[七]。他後來把詩集名爲《白石樵唱》，文集名爲《白石稿》。同景熙相來往的都是一些棄職歸里、守節不屈的遺民志士，如鄭樸翁（字宗仁，曾任國子監學正）、林千之（字能一，曾任樞密院編修）、陳則翁（字仁則，曾任廣東副使）、曹稽孫（號許山，歷任權淮西機制承直郎待班）、曹告春（號近山，咸淳七年進士）及林正（浩淵）、裴庾（季昌）等。

宋端宗景炎二年（一二七七），景熙應山陰王英孫（脩竹）邀約，『與尋歲晏之盟』，前往越州（今浙江紹興市）〔八〕。他爲英孫作《王氏園亭記》，表達了陵谷變遷後的憂憤和『不能挽回世運』的慨歎。英孫字才翁，號脩竹，長景熙四歲〔九〕。宋末官將作監主簿，世稱王監簿。王氏爲越州世宦望族，英孫家富財資，雅節不凡，喜延致四方賢士。一時節概之士如謝翱、鄧牧、鄭樸翁、唐珏、胡僑等皆相從與游。其中景熙與英孫的交誼可説最爲密篤，也最得英孫賞重〔一〇〕，在當時山陰吟社居於『領袖』地位〔一一〕。

帝昺祥興二年（一二七九）二月六日，厓山戰敗，陸秀夫負帝蹈海自盡。景熙這時已回到平陽，哀耗傳來，陳則翁『奉宋主龍牌，朝夕哭奠』；景熙與裴庾、林正、曹稽孫也都參加了哭祭活動。他們『私相痛悼。作爲詩歌，離黍之悲，溢於言外』〔一二〕。他的《題陸大參秀夫廣陵牡丹詩卷後》寫道：

南海英魂叫不醒，舊題重展墨香凝。當時京洛花無主，猶有春風寄廣陵。

對民族英雄深致敬仰。後二句借牡丹發慨，用抒亡國之痛，筆墨極爲蘊藉。這首題詠傳播很廣，後來被徙居潮州的陸秀夫裔孫珍藏〔一三〕。

元世祖至元二十二年（一二八五）八月，山陰發生了一起政治上的嚴重事件。江南釋教總統楊璉真加（亦作嘉木楊喇勒智），重賂執政大臣桑哥，以修復舊寺爲名，帥凶徒發掘會稽南宋六帝陵墓（高宗、孝宗、光宗、寧宗、理宗、度宗），盜劫金玉寶貨〔一四〕。元統治者为了鎮壓漢族人民的民族意識，鞏固政權，對這種暴行逆舉予以默許和縱容〔一五〕。這件事引起當地人民極大憤慨。景熙適寓越上〔一六〕，痛憤不已，與同鄉好友鄭樸翁扮作丐者，身背竹籮，手持竹夾，潛往收殮暴露的陵骨。又鑄銀作兩許小牌百十，繫於腰間，取賄監守的番僧。撿得高宗、孝宗遺骼，裝爲兩函，託言佛經，秘密移葬于蘭亭，在土壙上種植冬青樹作爲標志〔一七〕。事後他作詩以紀事抒懷，由於『不敢明言其事，但以《夢中作》爲題』，詩云：

珠亡忽震蛟龍睡，軒敝寧忘犬馬情。親拾寒瓊出幽草，四山風雨鬼神驚。
一抔自築珠丘土，雙匣猶傳竺國經。獨有春風知此意，年年杜宇泣冬青。
昭陵玉匣走天涯，金粟堆前幾吠鴉。水到蘭亭轉嗚咽，不知真帖落誰家。
珠凫玉雁又成埃，班竹臨江首重回。猶憶年時寒食祭，天家一騎捧香來。〔一八〕

又有一首《冬青花》云：

冬青花，花時一日腸九折。隔江風雨清影空，五月深山護微雪。石根雲氣龍所藏，尋常螻蟻不敢穴。移來此種非人間，曾識萬年觴底月。蜀魂飛繞百鳥臣，夜半一聲山竹裂。

忠義足動千古，詞章亦彪炳史册，堪稱風雅正聲。『屈子《離騷》，杜陵詩史』〔一九〕，兼而有之。其悲惻幽惋之情，千載下猶令人感泣。與景熙同時，山陰人唐珏（玉潛）亦有貨家具行貸、陰召里中少年夜往收殯陵骸的事跡〔二〇〕。明嘉靖間修復會稽六陵，並於陵旁建林唐雙義祠，表彰他們的義舉。文徵明撰書《雙義祠碑》，贊頌『高義卓行』，『前無古人』。

至元二十七年（一二九〇）春天，景熙從越中還鄉，正遇上平陽發生山寇騷亂〔二一〕，於是避地縣東海濱仙口（今平陽縣萬全區宋埠鄉）。著名雜文《蜃説》就是這時寫的。他在登望滄溟中海市蜃樓的詭異景象後，引慨道：

噫嘻！秦之阿房，楚之章華，魏之銅雀，陳之臨春、結綺，突兀凌雲者何限，運去代遷，蕩爲焦土，化爲浮埃，是亦一蜃也，何暇蜃之異哉！

諷刺歷代帝王豪華宮殿，都隨着『運去代遷』而歸於幻滅，正如虛幻的蜃氣一樣。筆鋒犀利，含意深刻，是小品文中精鋭之作。

亂平後，景熙回到白石舊居，看到『四鄰井竈出荒墟』（《歸白石故廬》），無限棖觸。於是他在州郭西馬鞍山麓辟建趙奥别業〔二二〕，開池種竹，教授生徒，簞瓢自樂。他倘佯在故鄉寧静的湖光山色之間：

野色延幽步，秋聲入暮年。（《溪行》）

遠峰開宿雨，高樹表初陽。（《鄭氏西莊》）

野杖日尋壑，家書時到城。（《趙奥别業》）

至元二十八年（一二九一）春，甌中雨土，他在詩中記下這次罕見的凶災〔二三〕。這年鄱陽李思衍以浙東宣慰使巡部至平陽，不恥下問，於公餘單車造訪閉門隱居的詩人。他們『促膝談禮樂』（《李兩山侍郎仲氏儒而醫解后會稽索詩識别》），極爲相得。

至元三十一年（一二九四）夏六月，季弟德淵去世，冬天長兄景怡繼亡。景熙非常悲痛，作《哭德和伯氏六首》以表悼念：

棣隕雙葩淚灑紅，百年已短更匆匆。衹今風雪棲棲影，地老天荒一個鴻。（之一）

溪冷浣花宗武哭，池荒夢草惠連愁。行人猶説春風夜，燈影書聲共水樓。（之四）

字裏行間，洋溢著『五十三年老弟兄』的友悌深情。

元成宗元貞元年（一二九五），景熙從平陽出發，取道天台、新昌[二四]，復往越州。王英孫陶山書院落成，他應請寫作《陶山脩竹書院記》[二五]。次年（一二九六），杭人鄧牧（字牧心）受聘書院[二六]，他有《陶山十詠和鄧牧心》的組詩。

約當大德元年（一二九七），景熙由越抵杭，進行了一次跋涉長途的旅行。在杭州舊地重游，有《重過虎林》、《故宮》、《拜岳王墓》等詩。然後北出嘉興。端午那天在嘉禾學宮，友人顧東浦偕博士載酒餞別，盡歡極醉；翌日即從水路抵達雲間（今上海松江縣）[二七]。他對遁跡雲間九山的太學同學邵德芳[二八]說：『爾來涉長途，征衣拂天姥。遥泛松江舟，薰風采芳杜。』（《會嚴陵邵德芳同舍邀宿玄同齋道舊有作》）景熙在雲間居留多時[二九]，曾拜謁陸宣公祠、内史祠，尋訪二陸故居、顧野王讀書堆，以及秦皇馳道、吴王獵場遺址，作詩多首。渡過澱山湖後，到了蘇州，虎邱寺、劍池、館娃宫、真娘墓和吴江垂虹橋，都留下了他的蹤跡和吟篇。在鎮江，他憑弔唐代詩人許渾的丁卯橋故宅，游覽了鶴林寺、中濡泉、焦山寺勝跡和多景樓故址。南朝宋武帝劉裕舊宅如今成了僧寺，引起了他的很深感觸：

青衣夢破滿林煙，一擲乾坤亦偶然。僧屋翠微看月上，江山猶似永初年。（《宋武帝居今爲壽邱寺》）

詩詠宋武帝的功業和身後衰微景況。『江山』句懷古傷今，寄其世變的悲慨。沉鬱蒼涼，極饒頓挫之致，是一篇很見筆力的名作。

到鎮江後，景熙再没有往前走，於是折返丹陽。新豐道中他回望嵯峨的潤州城，吟道『迢迢鐵甕城，回首隔蒼霧』（《新豐道中》），很表示留戀。路過常州，著名的太平寺壁畫吸引了他：『山風不動雲四寂，萬頃波濤生素壁。三峽夜怒摇星河，九溟晝沸卷霹靂。』（《毗陵太平院壁間畫山水熟視之有飛動勢殆仙筆也因題》）景熙從無錫回轉蘇州（有《過吴門感前游》詩），又從蘇州横越太湖進入湖州，他是這樣描繪水鄉吴興的美景：

彷佛層城鰲背上，萬家簾幙水精宫。（《舟次吴興二首》之一）

钓舟遠隔菰蒲雨，酒幔輕飄菡萏風。

妙筆生花，比畫境還要生動逼真。景熙最後溯錢塘江而上，到達桐廬，登臨嚴子陵釣臺，訪問了釣臺之東白雲原唐詩人方干故居。夜宿七里瀨，對着亂山雪意，灘聲鴻影，開樽獨酌，心中不禁湧起飄泛江湖的寥落感〔三〇〕。

這一次景熙稱爲『汗漫游』的吴越之行，經歷江南十座名城，沿途尋幽訪古，登臨賦詠，作詩五十餘首，拓開視野和境界，在他的創作上具有重要意義。

吴越游歸，大德三年（一二九九）至十一年（一三〇七），景熙大部分時間是在故鄉度過的[三一]；其間也曾出游。大德七年（一三〇三）在杭州，江浙儒學副提舉陳公舉（帝臣）所居樓額『光風霽月』，他與張楧（仲實）、湯炳龍（子文）、劉濩（聲之）等『相率爲詩歌以賦其事』[三二]。武宗至大元年（一三〇八），景熙最後一次從武林（杭州）還歸，染上疾病。二年後即至大三年（一三一〇），這位宋元之際最富成就的詩人，在家溘然長逝，終年六十九歲[三三]。

二

清初著名詩評家賀裳在《載酒園詩話·林景熙》中説：『嘗歎詩法壞而宋衰。宋垂亡詩道反振，真咄咄怪事！讀林景熙詩，真令心眼一開。』吴瞻泰稱此評『可謂知林詩者』[三四]。宋元易代之際出現的一批遺民詩人，如林景熙、謝翺、謝枋得、汪元量、鄭思肖、真山民等，的確使詩壇重放光彩，使宋詩有了一個光輝的終結。其中謝、林齊名，並稱翹楚，而從創作的實際成就來看，景熙的地位又超過謝翶，賀裳的評論不爲虚譽。

景熙將詩作爲畢生事業，他有自己的文藝觀。他的論詩主張反映在以下幾個方面：

（一）關合時世。《二薛先生文集序》引鄉賢葉適的話説：『爲學而不接統緒，雖博無益也。爲文而不關世教，雖工無益也。』永嘉學派關切社會、注重事功的觀點，奠定了他的文藝思想基礎。他認爲作詩要有補時政，羽翼『六義』〔三五〕，起到『美化厚俗』〔三六〕的作用。因此推崇『三百篇』的現實主義精神，批評晉宋齊梁而下『掇拾風煙，組綴花鳥』而『義日益離』的形式主義作風；肯定『李杜手障狂瀾，離者復合』〔三七〕，恢復了《詩經》以來的優良傳統。杜甫和陸游是景熙心目中最敬重的詩人，他稱美杜甫『感時觸景，花淚鳥驚』〔三八〕，『詩中有史』〔三九〕；又説『臣甫再拜鵑，高風或可躡』〔四〇〕。稱美陸游『龜堂一老旗鼓雄，勁氣往往摩其壘』〔四一〕；又説『陸務觀擬杜，意在寤寐不忘中原，與拜鵑心事，悲惋實同』〔四二〕。

（二）根底性情。他解釋『詩無邪』就是『誠之發』，『根情性而作』〔四三〕，表達真實的情感。『當喜而喜，當怒而怒，當哀而哀，當樂而樂』〔四四〕，直抒胸臆。反對『剽竊聲響，竅蚓争喧』〔四五〕。所以特别看重那種『悲凉於殘山剩水』〔四六〕，『彷徨顛沛，將寫其悲惋無憀之鳴』〔四七〕的感慨之作。

（三）重視作家的品德修養。他把孟子的『浩然之氣』説引入文學創作領域，提出：『天地間惟正氣不撓，故清氣不渾。清氣與正氣合而爲文，可以化今，可以傳後』〔四八〕。又指出習为粉澤靡麗者，『必毀剛毀直』〔四九〕。將文風與人品、與作家的氣質稟性聯繫起來考察。章祖程謂林詩『祖陶而宗杜』〔五〇〕，祖陶，就是追效陶淵明處亂世而不奪其志的高尚品格。他在詩中一再説：『老愛歸田追靖節』（《答鄭即翁》）；『黄花心事幾人同』（《答陳植父》）；『千載東籬有晉香，客牀風雨夢潯陽』（《次韻謝諸公見壽》），深致慕往之情。不苟富貴，不移貧賤，以文章風節自勵，正是宋季遺民詩人守身立世的共同信則。

（四）他追求清腴婉莊的藝術風格，要求作品渾雄諧和，既有華藻，又見氣骨。

清而腴，麗而則，逸而斂，婉而莊。悲凉於殘山剩水，豪放於明月清風。（《胡汲古乐府序》）

辭語渾雄，而發之以華藻；氣骨蒼勁，而節之以聲律。（《顾近仁诗集序》）

發天葩於枯槁，振古響於寂寥。（《馬静山詩集序》）

上面這三段話，反映了他的藝術崇尚和審美情趣。

詩爲心聲。景熙生當陵谷之變，『忠憤之氣，無所於託』[五一]，發而爲詩，故其作品悽愴悱惻，充滿故國情思，表現出深沉强烈的愛國主義精神。他在詩中熱情歌頌文天祥、陸秀夫、家鉉翁、謝枋得大義凜然的民族節概。寫文天祥臨刑不屈：『英風傲几碪，濱死猶鐵脊。血染沙場秋，寒日亦爲碧。』（《雜詠十首酬汪鎮卿》之九）表彰家鉉翁出使不辱：『名節千年日月懸』（《聞家則堂大參歸自北寄呈》）。對謝枋得被拘北行，至燕絶食而死，唱歎道：『何人續遷《史》，表爲節義雄！』（《雜詠十首》之十）另一方面，對那些屈膝投降的貳臣，投以辛辣的諷刺：『皤皤長樂老，閲代如傳舍。』（《孫供奉》）『桓桓李將軍，甘作單于鬼。』（《秦吉了》）指斥他們禽獸不如，筆端飽含義憤，見出愛恨分明的態度。

同時代詩人何夢桂評述林景熙的詩説：『其辭意皆婉娩悽惻，使人讀之，如異代遺黎及見渭南銅盤、長安金爵，有不動其心者哉！』[五二]是深有體會的話。以藻思綺合之筆，寫激楚蒼凉之情，是景熙詩的最顯著特色。除前面已經引述的《夢中作四首》《冬青花》外，又如《送春》：

蜀魄聲聲訴緑陰，誰家門巷落花深。游絲不繫春暉住，愁絶天涯寸草心。

用比興的語言，抒寫自己對祖國的眷念和赤誠之心，極爲纏綿悱惻。『春暉』比喻哺育自己的祖國，與《故衣》所詠『終憐寸草心，何以報春暉』，託意相同。他常用『遼鶴』、『蜀鵑』、『銅盤』、『銅駝』這類典實，表達黍離之感。即使在一些酬應送别的詩中，也往往融進眷懷情思。《贈天目吴君實》云：『夢回殘月蒼梧曉，家在春風秀麥西。』著『蒼梧』『秀麥』，寄託亡國哀思，情辭凄切。《哭薛榆溆同舍》云：『桂死月亦灰，鵬枯海爲陸。自我哭斯文，老淚幾盈掬。故國忽春夢，故人復霜木。……問天天夢夢，秋聲滿巖谷。』真是一字一淚，令人泣下。

愛國主義的一個重要的内容，是對人民命運的深切關懷。景熙關心民瘼，在題爲《贈泰霞真士祈雨之驗》的詩中，他没有着力渲染『祈雨之驗』，却是借題發揮，把攻擊的矛頭指向『廟堂』『司牧』，揭露執政者養尊處優，怠忽職守，不能負起『調元』之功，致使旱潦無常，荒饉頻仍。詩中還寫道：『肥羊日日供大官』，『淮南捕蝗蝗更在，飢蛟齧人陸成海。』言淮南蝗災，官府遣吏捕蝗，而猾胥敲詐禍民，更有甚於蝗害，故説『蝗更在』。這即是孔子所説『苛政猛於虎』、柳宗元《捕蛇者説》所言『賦斂之毒有甚是蛇者』的意思。這當時必實有其事，故作者引以爲例。這樣鋭利的筆鋒，對弊政的大膽抨擊，在同時代的作品中可以説是很突出的。《陶山十詠和鄧牧心·任公子釣石》云：『千年無此垂綸手，多少飢民向淛河！』（用《莊子·外物》任公子釣得巨魚，淛（浙）河以東民『莫不厭若魚』典事）前題《上下二鑊》云：『却問黄粱幾番熟，不知沸鼎在人間。』（沸鼎人間，喻民受煎熬之苦）在這些題詠古跡的詩作中，也同樣折射出現實主義的光芒。

景熙的詠物詩取境高卓，多用以寫意，如：

芳信不消三兩點，已壓春風二十四。（《賦梅一花得使字》）

製裳香冷微雲護，傾蓋盟深獨月知。（《荷花》）

掀髯相視雪貿貿，擁蓋對立雲童童。（《賦雙松堂呈薛監簿》）

下筆落落大方，都具有象徵的意義。又如《古松》『獨占寬閒地，不知摇落天。山林猶古色，風雪自窮年』，稱頌歲寒不易的品操；《賦冬嶺孤松得秀字》『凍蛟出壑蒼髯秀，勁氣獨與玄冥鬥。秦官五輩空遺臭，陶徑單傳無別胄……花開花謝當春晝，蒲柳迎秋唯恐後。此地不知黄落候，一蓋高風撑宇宙』，塑造堅貞不拔的形象，皆借以明志。還有一首《枯樹》寫道：

凋悴緣何事，青青憶舊叢。有枝撑夜月，無葉起秋風。暑路行人惜，寒巢宿鳥空。倘留心不死，噓拂待春工。

通篇以凋悴的枯樹，比況被傾覆的祖國，抒寫亡國的痛苦和有志匡復而無力立功的慨歎，結末表現了熱切的期待。章祖程評：『凡詩結語貴有生意。設若此詩終篇言枯悴，則非所以爲詩矣。故曰「倘留心不死，噓拂待春工」也。』〔五三〕頗有見地。有的文學史説林詩意緒消沉，那並不確切。

景熙的詩古近體兼備，諸體並有佳構，這一點使他能够在宋末元初的詩壇稱雄。宋季遺民詩人多事近體，如鄭思肖、汪元量等皆擅七絶；五古較有氣格者數謝翱。景熙與皋羽節義既同，才概亦略似，其《酬謝皋父見寄》云：

入山采芝薇，豺虎據我邱；入海尋蓬萊，鯨鯢掀我舟。山海兩有礙，獨立凝遠愁。美人渺天西，瑶音寄青羽。自言招客星，寒川釣煙雨。風雅一手提，學子屨滿户。行行古臺上，仰天哭所思。餘哀散林木，此意誰能知？夜夢繞句越，落日冬青枝。

這是酬答謝翱《遠游篇寄府教景熙》而作。開篇就謝詩『遠游』發興，山海兩礙，有託身無地蒼茫百感之慨。後半刻劃了謝翱的不屈形象和戀戀宗國之懷，表達的也是他自己的眷念情思。全詩格高意遠，充滿肝膽相照的知己之情。謝、林古詩悉出《騷》《選》，謝兼效東野、長吉，林直法射洪、老杜，而皆能匠心自恣。《宋詩鈔》的編者吴之振等較論異同，謂『大概悽愴故舊之作』兩家诗『相表裏』，风格上『翱詩奇崛，熙詩幽宛』〔五四〕。所言頗爲簡要。《南山有孤樹》即景感懷，用比興手法，抒發易世傷慨，詞意悽惋。《雜詠十首酬汪鎮卿》之二：『百感湊孤夜，江樓起呼月。秋蟲聲轉悲，念此衆芳歇。人生非金石，青鬢忽已雪。踰淮橘心移，出山泉性汩。猗蘭抱孤芳，不受宿莽没。』雋樸的詞旨，高遠的意境，可以方駕陳子昂、張九齡《感遇》諸作。

景熙的七言歌行詞氣蹇拔，意韻沉至，比五古更能見出他的才力。胡應麟《詩藪》外編卷六曰：『宋末盛傳謝皋羽歌行，雖奇邃精工，備極人力，大概李長吉錦囊中物耳。林德暘七言古不多見，而合處勁逸雄邁，視謝不啻過之。』這是很有眼力的評論。請看他的《讀文山集》：

黑風夜撼天柱折，萬里風塵九溟竭。誰欲扶之兩腕絶，英淚浪浪滿襟血。龍庭戈鋋爛如雪，孤臣生死早已決。綱常萬古懸日月，百年身世輕一髪。苦寒尚握蘇武節，垂盡猶存杲卿舌。膝不可下頭可截，白日不照吾忠切。哀鴻上訴天欲裂，一編千載虹光發。書生倚劍歌激烈，萬壑松聲助幽咽。世間淚灑兒女别，大丈夫心一寸鐵！

哀弦促節，句句緊逼，一氣盤折中跳蕩着高亢激越的旋律，真可以『凄金石而泣鬼神』[五五]。乾坤浩然正氣，民族剛烈精神，筆底毫間淋漓感發。這是時代的最强音。胡應麟推爲『元初絶唱』，千古定評。他如《餞盛景則教授》，表現盛才高位下的境遇，抒發抑塞磊落襟懷，很有感人的力量。《書陸放翁詩卷後》，筆調沉鬱而又豪放，『勁氣』直摩放翁之壘。

景熙的五律，可舉《鄭宗仁會宿山中》爲例：

挑燈懷舊夢，移席近春泉。共話忽深夜，相看非少年。斗垂天末樹，犇出雨餘田。亦有茅簷下，飯牛人未眠。

感觸深沉，而凝煉含蓄，句句穩妥，可稱合作。摘句如《山陰秋懷》：『風雨行金氣，乾坤老鐵心。』章注：『此言天地肅殺，雖鐵心亦老矣。意遠而語健。』《新春》：『兵革兒童長，風霜天地仁。』平淡而饒有義味。唐戴叔倫寫戰亂的詩《過申州》有『井邑初安堵，兒童未長成』語，此云『兒童長』，翻用之更進一層，於世變滄桑，慨乎言外。『天地仁』，暗用

《禮記・鄉飲酒義》孔疏：『春夏皆生育萬物，俱有仁恩之義。』隱寓磨礪而不易所守意。寫景如『霜增孤月白，江截亂峰青』（《宿台州城外》）；『開池納天影，種竹引秋聲』（《趙奥別業》）；『遲花春後見，遠瀑夜深聞』（《訪武伯山居》），或清峭，或淡逸，俱有遠致。至如『獨行穿落葉，閒坐數流螢』（《溪亭》），『用「穿」、「數」二字，便覺精神振竦』（章注），又見善於鍛煉。

但是，景熙最爲擅長並且也最能體現他詩歌藝術風格的却是七言律體。林集現存詩三百十五首（含補遺四首），其中七律八十五首，數量最多。清初選家范大士評其七律云：『俱秀健有骨，不必律以唐格，徒爲優孟衣冠也。』〔五六〕這話説得不錯。景熙的七律完全是宋派宋調，自見面目。他遠紹杜陵，近儷放翁，又效法黄山谷、陳後山奇警遒勁的格律，豪健跌宕，鬱勃沉摯，表現出『清而腴』『婉而莊』又藴藉又酣暢的特點，在宋季戛戛獨造，凌駕諸家之上。他説自己『獨提詩律繼黄陳』（《重游鏡曲次韻》），表明藝術上的追崇；但没有沾染江西派後期作家枯澀生僻的弊病，説明善能推陳出新。

大雅凋零尚此翁，醉鄉一笑寄無功。衣冠洛社浮雲散，弓劍橋山落照空。東魯有書藏古壁，西湖無樹挽春風。巾車莫過青華北，城角吹愁送暮鴻。（《寄林編

修》）

初陽蒙霧出林遲，貧病雖兼氣不衰。老愛归田追靖節，狂思入海訪安期。春風門巷楊花後，舊國山河杜宇時。一種閒愁無著處，酒醒重讀寄來詩。（《答鄭即翁》）

玄髮相逢雪滿顛，一番欲别一凄然。離亭落日馬嘶渡，舊國西風人喚船。湖海已空彈鋏夢，山林猶有著書年。蓬萊不隔青禽信，還折南枝寄老仙。（《别王監簿》）

這三詩可以看爲霽山體七言律的代表作。流麗中感慨頓挫，那種悱惻的情思，深沉的鬱憤，始終盤繞筆端，讀之有一種迴腸盪氣的力量。而詞采樸茂，韻姿躍出，又稱得上『發天葩於枯槁，振古響於寂寥』了。難怪像『離亭落日馬嘶渡，舊國西風人喚船』這樣的警聯爲越上詩社諸公所吟賞[五七]，在當時已經播誦人口了。

景熙七律也有松俊秀逸的一面，雋句絡繹。如《喜劉邦瑞遷居采芹坊二首》之一：『卜鄰俎豆三遷後，負郭田疇二頃初。』賀喬遷之喜，上句用孟母擇鄰事，下句用《史記·蘇秦傳》語，使典恰切自然，運化無跡。《酬合沙徐君寅》：『鄉心荔子薰風國，客路槐花細雨時。』用白描手法，展現南土風物，令人嚮往。《用韻寄陳振先同舍》：『煮茗敲冰貧有味，看花隔霧老無情。』寫日常生活瑣事，亦饒有情趣。《新晴偶出》：『風動松枝山鵲語，雪消菜甲野蟲飛。看花春入桄榔杖，聽瀑寒生薜荔衣。』章云『前聯融景趣之妙，後聯得句法之新』。桄榔杖、薜荔衣，借『看花春入、聽瀑寒生』點染生神，一片自然渾化之意。春入桄榔杖，又從東坡詩『春在先生杖履中』化出，韻味悠遠。

景熙七絶的成績，前文已數見稱引，讀者當能窺見其精奥，此不復論。

林景熙以詩名，而散文也很有成就，他其實是位詩文並重的作家。他重視文章的學養，主張詩、文同道，『詩如其文，文如其人』。又認爲詩本於文，一個作者如果没有散文的根底，是做不好詩的，『豈有拙於文而工於詩哉』？批評『裂詩文爲二途而不知歸一』的認識誤區〔五八〕。

景熙現存文集二卷，計四十四篇（含補遺五篇）。其中最有價值的，是一些託物言志的諷喻小品。除爲歷代選家看好的名篇《蜃説》外，《𤎅説》也是一篇精悍犀利的佳作。《蜃説》文寫舟行夜過北塘，見『有火青青，什什伍伍』。作者把這種散漫彌野的燐火，展現在『朔騎壓境，所過殺掠，數十里無人煙』的慘酷背景上，有力揭露元貴族殘殺無辜的暴行。後段將筆鋒一轉，歎息道：『故人失人之常，鬼行其怪；中國失中國之常，夷行其怪。』深慨宋室喪亡，乃因政失常道，託藴極爲深刻。其他如《賓月堂賦》《悼墨卿文》《湯婆傳》《春聲君傳》，都寫得生動富於文采，讀有詼趣，在筆墨游戲外，寓含着正意。《王脩竹詩集序》《胡汲古樂府序》《顧近仁詩集序》等文，則表達了他的文藝觀點。《重修陰均斗門記》和《州内河記》，反映地方水利建設情況，具有重要文獻價值。

三

林景熙詩文在生前已經結集行世。『吟卷一編』，曾通過友人胡僑（汲古）轉致方逢辰品評[五九]。元世祖至元二十三年（一二八六）夏，又曾寄詩册請太學同學何夢桂作序[六〇]。在他去世後二十四年，即元惠宗元統二年（一三三四），同里章祖程[六一]爲其詩集作注，序稱：『晚年所著，雜文十卷外，有詩六卷，題曰《白石樵唱》，行於世。』[六二]是則景熙傳世文集計十六卷，其中文十卷，名《白石稿》；詩六卷，名《白石樵唱》。章注本《白石樵唱注》六卷，當係單獨刊行，章之友人鄭僖有元惠宗至元元年（一三三五）作的序《書白石樵唱注》。

這十六卷本《霽山集》，詩集《白石樵唱》賴有章祖程的注本而得完整保存下來，文集《白石稿》則至明初已多散亡。明代中期以後流傳的刊本主要有：

一、明天順七年（一四六三）鄉人吕洪刻本。據吕氏序稱，從葉衡處獲章注《白石樵唱》，『始末俱全』，遂將原編六卷併爲三卷，又從《元音》補入《讀文山集》一首；而文集《白石稿》多已散失，檢閲舊藏，僅得『記序賦銘而下，凡若干篇』，乃攟拾編作二卷。共計五卷，總爲一帙，名《霽山先生文集》，鋟梓刊行。這是林景熙詩文合集的最初刊本，也是現今流行傳本的來源。

二、明嘉靖八年（一五二九）遼藩光澤王刊本。前有光澤王（朱寵瀼）序，尾附毛秀辨《夢中作》詩章注跋文。該本據江陵毛秀（東墅）所藏舊刻刊行，光澤王序云：『江陵東墅居士毛秀未仕時，嘗得舊刻本，甚重先生高義，間有手批注，遺予乞重梓行。』是本共五卷，於《白石樵唱》題卷一、卷二、卷三，於《白石稿》題卷四、卷五。詩集删去章注，間録毛秀若干批語。

三、明嘉靖十年（一五三一）邑令馮彬校刻本。張寰、陳璋、馮彬各有序，附丁瓚跋。據張寰序稱，係嘉靖八年（一五二九）張氏奉使永嘉，『邑人葉舜華以家藏章祖程集注先生舊刻遺稿以獻』，『詩凡若干首，文若干首，總之爲十卷』，由平陽知縣馮彬刊刻。是本編爲十卷，詩六卷，文四卷。其詩目序次多與他本不同，鮑正言謂『任意割裂，失其本真，幸章注賴以獲全』。馮本傳佈頗廣，嘉靖《温州府志》卷三《林景熙傳》云『所著有《霽山文集》十卷』，焦竑《國史經籍志》卷五、黄虞稷《千頃堂書目》卷二九、倪燦《宋史藝文志補》集部、雍正《浙江通志》卷二四八、乾隆《平陽縣志》卷一九著録之『《霽山集》十卷』，皆即此本。明曹學佺《石倉歷代詩選》卷二二一所録林詩，亦據此本。

四、清康熙三十二年（一六九三）汪士鋐刊本。此本係據逵藩本開雕，合詩文为五卷，亦删略章注。扉頁署『後学吴菘、梅庚、沈士尊、汪士鋐、吴肅公、吴瞻泰參校』。汪士鋐、吴菘、吴瞻泰各有序。集後附載鄭遂昌事跡一則、陶九成《輟耕録》一則、孔希普詩跋一則。《四庫全書總目》稱其『較有體例』。清嘉慶七年（一八〇二）所刊《霽山先生詩文集》五卷，據此本重刻。

五、清乾隆四十七年（一七八二）《四庫全書》本。題《林霽山集》五卷，浙江巡撫采進本。提要稱據汪士鋐本繕録。

六、清嘉慶十五年（一八一〇）鮑廷博《知不足齋叢書》本。編在《知不足齋叢書》第二十五集，題《霽山先生集》。此本五卷，以吕洪本爲主，参校逵藩本、馮彬本、汪士鋐本。詩集全部保留章注。書後附《霽山集拾遺》，增輯詩二首、文二篇。有鮑正言、蘇璠跋。黄丕烈（復翁）《逵藩本霽山先生集跋》謂：『鮑刻敘次據逵藩本，其注多據馮本，今世行本差善矣。』孫詒讓亦稱『其本最爲精備』（《温州經籍志》卷二三）。

七、民國四年（一九一五）冒廣生永嘉詩人祠堂叢刻本。此本據知不足齋本刊刻，冒氏跋語中録存佚詩二首（辨其中一首僞）。

八、一九三五年商務印書館叢書集成初編本。據知不足齋本排印。

九、一九六〇年中華書局上海編輯所排印本。前言謂以《知不足齋叢書》本爲底本，並用永嘉詩人祠堂叢刻本及上海圖書館藏明抄馮彬刻《霽山先生白石樵唱》進行校勘。書後附明抄馮刻本詩三卷目次。

一〇、北京大學古文獻研究所編《全宋詩》第六九册收録林景熙詩三卷（卷三六三一至三六三三），北京大學出版社一九九八年出版。敘云以明吕洪刻《霽山文集·白石樵唱》為底本校録，後附集外詩四首，其中新輯《知宗柑詩用韻頗險》一首屬誤録，當删（詳附録六辨疑）。該本所録章注不完整，僅存題下注，又時有節略，或標『原注』或標『自注』，頗錯亂；詩内注文全不存。

一一、新編《全元文》第十一册收録林景熙文二卷（卷三七一至三七二），江蘇古籍出版社一九九九年出版。敘云以明吕洪刻《霽山文集》为底本校録。該本篇目序次經重編，文字及標點錯誤較多。

這次校理，以鮑刻《知不足齋叢書·霽山先生集》爲底本，取校吴菘、汪士鋐等合校本（簡稱吴校本）、文淵閣《四庫全書》本（簡稱四庫本）、永嘉詩人祠堂叢刻本（簡稱冒刻本）、叢書集成初編本（簡稱叢集本）、中華書局排印本（簡稱中華本），並參校下列諸書：

一、元蘇天爵《元文類》，刊於元惠宗元統二年（一三三四），文淵閣《四庫全書》本。

二、元孫存吾《皇元風雅》後集，編於元惠宗至元二年（一三三六），《四部叢刊初編》影印上海涵芬樓藏高麗翻元刊本。

三、元蔣易《元風雅》，編於元惠宗至元三年（一三三七），江蘇古籍出版社影印宛委别藏本。

四、明孫原理《元音》，編於洪武十七年（一三八四），文淵閣《四庫全書》本。

五、明宋公傳《元詩體要》，文淵閣《四庫全書》本。

六、明程敏政《宋遺民録》（卷十四林景曦選録詩四十七首），編於成化十五年（一四七九），《知不足齋叢書》本。

七、明蔡璞《東甌詩集》（卷五選録十八首），明趙諫《東甌詩續集》（補遺選録四首），温州圖書館藏明弘治十六年（一五〇三）刻本。

八、明弘治《温州府志》（引録文七篇、詩三首），編於弘治十六年（一五〇三），上海書店影印天一閣藏明代方志選刊續編本。

九、明嘉靖《温州府志》，編於嘉靖十六年（一五三七），上海古籍書店影印天一閣藏明代方志選刊本。

一〇、明李蓘《宋藝圃集》（卷十九選録詩二十八首），編於隆慶元年（一五六七），文淵閣《四庫全書》本。

一一、明曹學佺《石倉歷代詩選》（卷二二一宋林景熙選録八十四首，又卷二七九選録一首），文淵閣《四庫全書》本。

一二、明賀復徵《文章辨體彙選》，文淵閣《四庫全書》本。

一三、清吴之振、吕留良、吴自牧《宋詩鈔》（白石樵唱鈔選録一百一十首），編於康熙十年（一六七一），一九一四年上海涵芬樓影印本、一九八六年中華書局排印本。

一四、清陳焯《宋元詩會》（卷五五選録一百十一首），文淵閣《四庫全書》本。

一五、清顧貞觀《積書巖宋詩删》（選録六十首），康熙三十五年（一六九六）刊本。

一六、清范大士《歷代詩發》（卷二九選録二十三首），康熙三十八年（一六九九）虚白山房刻本。

一七、清《御定歷代賦彙》，編於康熙四十五年（一七〇六），文淵閣《四庫全書》本。

一八、清《御選宋金元明四朝詩・御選宋詩》（選録六十首），編於康熙四十八年（一七〇九），文淵閣《四庫全書》本。

一九、清雍正《浙江通志》（引録詩二十五首、文四篇），編於雍正十二年（一七三四），一九三四年商務印書館影印光緒二十五年重刊本。

二〇、清厲鶚《宋詩紀事》（卷七五選録二十首），乾隆十一年（一七四六）刊本、上海古籍出版社排印本。

二一、清乾隆《平陽縣志》，乾隆二十五年（一七六〇）刻本。

二二、清曾唯《東甌詩存》（卷十選録六十七首），乾隆五十五年（一七九〇）刻本。

二三、清陳遇春《東甌先正文録》，道光十四年（一八三四）梧竹山房藏板。

二四、清莊仲方《南宋文範》，編於道光十六年（一八三六），上海千頃堂書局印本。

二五、管庭芬、蔣光煦《宋詩鈔補》（補録五十四首），一九一五年上海涵芬樓刊本、一九八六年中華書局排印本。

二六、薛鍾斗《永嘉詩人祠堂叢刻札記》（霽山集），一九三一年永嘉詩人祠堂叢刻敬鄉樓黄氏補版。

本書凡校正底本處，均出校記説明；有可參考的異文，酌予引録；原本不誤他本訛者除重要的外，一般不作舉正。原本使用的古體字異體字，如『鞵（鞋）、筴（策）、脩（修）』之類，不作改易。編次方面，詩集三卷，篇目悉依原次；文集二卷，目次有所調整，按原有『記、傳、賦、説、序、志、銘』分類，各篇以著年先後爲序，著年未能定者，仍依原序次。

景熙佚詩，吕洪本從《元音》輯得一首，知不足齋本從《温州府志》《平陽縣志》輯得二首，《甌海軼聞》從《歸田詩話》輯得一首，計四首，依次編於卷三末；佚句二附後。佚文，知不足齋本從《平陽縣志》輯得《州内河志》《平陽州志序》二文，兹復從乾隆《紹興府志》、《胡氏粹編》、《濟南郡林氏宗譜》輯得《王氏園亭記》《春聲君傳》《濟南林氏譜牒序》三文，計五篇，分別編入卷四『記』『傳』、卷五『序』內。

林景熙爲宋元之際作家，雖然其現存詩文大多數是入元後所作，但歷來都將他看做宋季遺民詩派的代表，見載《宋遺民録》《宋詩鈔》《宋史翼》等，《四庫全書》編入『集部別集類宋』，故本書亦仍其舊署『宋』。

元初詩人黄庚《月屋漫稿》和張觀光《屏巖小稿》（均《四庫全書》本），兩書與景熙詩互見者計二十三首。篇題大部不同，字句改易亦較多，情況較爲複雜。或者出於誤編，或者竟是竊用。本書已於各篇校記中加以舉説，詳看附録六拙文《林景熙黄庚互見詩辨疑》及附記。

元章祖程《白石樵唱注》不僅使霽山詩得以全帙留存，而且由於他與景熙既屬同里，又時代相去不遠，其『疏通證明，多得霽山微旨；至於詩中本事，考核尤詳』[六四]，史料價值甚高。鄭僖序稱『章君所注，辭義兼得』；鮑正言跋稱『章祖程爲評注，頗能得其用意所在』；孫詒讓謂『霽山詩之有是編，亦如山谷之有任淵注、荆公之有李壁注』[六五]，皆非虛譽。但章注亦存在不少疏漏，除孫詒讓所指出不知鄧牧心即鄧牧、《懷葉鄧二友》之

『葉』爲葉林以外，他如吴君實、葛秋巖（見卷一）、徐應穮（卷二）、邵德芳（卷二、卷三）等，均付闕如。卷一《侍應平坡侍郎郊行口占》注『節巖』，與景熙《故待制吏部侍郎應公墓志銘》（卷五）『諱節巖』相抵牾；卷二《雜詠十首酬汪鎮卿》注『名鼎』，元蘇伯衡《蘇平仲集》卷一四《孔教授夫人汪氏墓志》、明王朝佐《東嘉先哲録》卷二〇引《郡志》並作『鼎新』，是爲脱誤。其徵引故事人物亦時見疏失，如卷一《雙檜堂爲魯聖可行可賦》『魚頭公子』注：『《拾遺記》：魯宗道爲參政，忠鯁自任，時人謂之魚頭公。』按魯宗道事見歐陽修《歸田録》卷一及《宋史》卷二八六本傳，《拾遺記》爲晉王嘉撰，顯誤。卷二《謁陸宣公祠》注『唐陸贄，字德輿』，按《舊唐書》卷一三九、《新唐書》卷一五七本傳均作『字敬輿』。卷三《有感》注引『《離騷》：邑犬羣吠，吠所怪也。』按《離騷》無此語，實見《九章·懷沙》『邑犬之羣吠兮，吠所怪也』。此外，還有一些解釋尚欠妥帖，而時地人物事典之闕漏未注者亦甚多。凡此等等，皆宜校核訂正和作必要補充。二十世紀五十年代，夏承燾先生就曾囑人爲《白石樵唱》作新注〔六六〕。

鮑刻本章注外有作『案』者四處，作『批云』者三處。薛鍾斗《永嘉詩人祠堂叢刻札記》云：『光澤王序稱江陵毛秀「間有手批注」云云，是殆毛之手筆與？』今按：『批云』

三處，殆出諸毛秀，茲録入輯評；而作『案』者從案語細看，非毛氏之語，故仍歸於章注。詳附録一拙文《關於章祖程注及毛秀批語》。

一九九二年，我應浙江古籍出版社約編著《林景熙集校注》，列入『兩浙作家文叢』，於一九九五年十二月出版。《校注》出版後，頗獲好評，杭州大學（今浙江大學）宋史研究室主任徐規先生許以『精審』，並賜示五條校補意見〔六七〕；浙江古籍出版社副總編輯王翼奇先生譽稱：『林集讀者皆盛稱整理功力，包括《前言》之精到評論，洵霽山功臣，在兩浙文叢中爲上乘之集。』〔六八〕莫礪鋒、陶文鵬、程傑先生《回顧、評價與展望——關於本世紀宋詩研究的談話》中說：『别集的整理工作也很有成績，朱東潤先生的梅集校注、錢仲聯先生的劍南詩稿注、白敦仁先生的陳與義詩注、陳增傑先生的林景熙集注、傅平驤與胡問陶先生的蘇舜欽集注都值得肯定。』〔六九〕論者舉爲『八十年代以來，宋詩文獻整理校輯箋注、編年考定績功較多』校箋本〔七〇〕和『林景熙研究集大成之著』〔七一〕。

本書的工作是在《林景熙集校注》的基礎上進行的，根據《浙江文獻集成編纂綱要》的要求，體例上作了相應的調整（如原來的做法是在注文中吸納章注），削去一些詞語注釋和難句串講。同時也借此機會，進行全面修訂，正訛補闕，充實内容，更求完善。詩歌部分（三卷），章注予以完整保留，仍用題下文内夾注形式。章注引書不出卷次篇目，引文亦多有約略，凡此類一仍其舊，不作改動。另立［補注］，主要就時地、交游人物、本事及典實作箋，以補原注之欠缺；其誤注亦酌予訂正。散文部分（二卷），原無注，也作了箋注，爲求全書統一，仍用『補注』標目。又設［輯評］，輯集前人評論，筆者評語亦附著焉，用助賞覽。

本書校注過程中，曾作廣泛閲覽，搜録有關林景熙生平事跡、文集流傳和作品評論的資料，編輯爲六個專題，以供讀者研究參考。校注者對於若干問題的看法，如傳記辨證、宋陵收葬事及《夢中作》詩、互見詩辨疑等，亦撰爲短論，附於各輯末後，讀者可以參看。

陳增傑

據一九九五年浙江古籍出版社《林景熙集校注·前言》修改，二〇一〇年十二月三十一日識於東嘉豁蒙樓

【注】

〔一〕關於景熙的鄉籍，據林集卷五《送松存弟序》云：『林氏自閩徙居平陽之坳中，至予十二世。』又云：『予以奧里第二支，松存爲伯仲行。』弘治《温州府志》卷六《邑里·平陽縣》和乾隆《平陽縣志》卷一《輿地上·疆里》『親仁鄉二十六都』下均列有『林坳』；民國《平陽縣志》卷三五《林景熙傳》云：『世居親仁鄉之坳中，實林坳。』《温州師範學院學報》社會科學版一九九五年第一期載蕭耘春《林景熙籍貫考》，略云：坳中，即林坳，又名林坳里；奧里，又作嶴里，或稱嶴里堡，屬林坳里之一部分。景熙序文中説的『坳中』、『奧里』，所指为同一地方，即謂林坳里嶴里堡，其地在今浙江省蒼南縣繁枝鄉三嶴村（蒼南縣於一九八一年從平陽縣析置）。考論詳確，可以據從。今平陽縣騰蛟鎮林泗源地方，見有林景熙祠墓等古跡（清乾隆間邑令徐恕立），或景熙卒葬於此，或林氏後裔之徙居地，俟考。

〔二〕民國《平陽縣志·林景熙傳》敘景熙兄弟四人，以林景英爲景熙大弟，甚誤。《全宋詩》卷三六三九林景英小傳承之亦誤。參閱本書附録二拙文《民國平陽縣志林景熙傳訂正》。

〔三〕本集卷三《贈蘭坡星翁》：『嗟余偶閲理，焚膏自童時。』卷五《顧近仁詩集序》：『予自二十已學詩。』

〔四〕清李清馥《閩中理學淵源考》卷三七《建寧熊勿軒先生禾學派·識熊勿軒先生傳後》載：『逮乾隆壬午往浙，歸途於蘭邑書坊中，購得金氏履祥先生文集鈔本，共三卷。卷一首帙書後學喻良能香山校，下列刊刻門人十人，首曰熊鉌、熊瑞、林景熙、方逢辰、汪夢斗、陳淳、鄧虎、張傴、許棐、羅願。』（四庫全書本）按：此條記述真真假假，疑點很多。金履祥（一二三二—一三〇三），字吉父，學者稱仁山先生，蘭溪人。《元史》入《儒學傳一》。該鈔本所列校者喻良能，紹興二十七年（一一五七）登第，在金生前七十五年。所列刊刻門人中，羅願（一一三六—一一八四）、陳淳（一一五九—一二二三）卒時金尚未出世；鄧虎嘉定十六年（一二二三）詔入秘書省，張侶與永嘉四靈趙師秀等往還，許棐《獻醜集自序》作於嘉熙元年（一二三七），年輩都遠高於金；即方逢辰（一二二一—一二九一）、汪夢斗（約一二三〇年生）亦皆長於金，不應在弟子列。惟前列三人熊鉌、熊瑞、林景熙，有其可能。熊鉌（亦作禾。一二五三—一三一二）《送胡庭芳序》有曰『曩游浙中，嘗因受業於敬堂劉先生』。李氏考云：『金公（履祥）本姓劉，因避錢武肅王嫌，故以金易劉。遂恍然，公所述聞之於師者，恐即金公也。』故亦不能完全否定。如景熙嘗從學仁山先生，當在太學就讀時。

〔五〕卷五《宋朝請大夫太常寺簿知台州周公墓志銘》作於宋恭帝德祐元年（一二七五）夏，卷四《州内河記》作於是年冬（乙亥十二月），其時當已在平陽。

〔六〕參用民國《平陽縣志》卷三五《林景熙傳》說。

〔七〕卷五《送松存弟序》：『更陵谷……予隱州郭。』卷一《南山有孤樹》章注：『案先生所居州治後白石巷。』同卷又有《歸白石故廬》詩。

〔八〕元章祖程《題白石樵唱》：『既而會稽王監簿移書屈致，與尋歲晏之盟，於是先生往來吴越間，殆二十餘年。』景熙赴往山陰的時間，章注没有記明。其《王氏園亭記》作於『景炎丁丑（一二七七）四月』，可推知是年爲初抵越時。

〔九〕據宋周密《癸辛雜識》續集上《王茂林立子》載，英孫本姓林，戊戌（一二三八）生。王克謙（茂林）知温州時立爲養子，時年二十。

〔一〇〕景熙與英孫交往二十餘年，集中酬贈王詩多至九首，又爲其園亭、書院作記，詩集作序。

〔一一〕清李慈銘《越縵堂詩話》卷上林景熙條。

〔一二〕見元陳岡編録瑞安陳氏家集《清潁一源集》卷一《陳則翁傳》。清道光五年重刊本。

〔一三〕清杜臻《粤閩巡視紀略》卷三：『有侍郎嶼，宋陸秀夫後人家於此，故名。嘉靖間郡守葉元玉得陸氏遺譜於秀夫之裔孫大策。……大策家又藏有《廣陵牡丹圖卷》，林霽山題詩云（引略）。』雍正《廣東通志》卷六四《雜事志·潮州府·陸丞相墓》載略同。

〔一四〕關於發陵時間，諸書記載不一，此從宋周密《癸辛雜識》續集上《楊髡發陵》説。詳附録三拙文《收葬宋陵遺骨事及夢中作詩辨證》。

〔一五〕參看《元史·世祖紀》七、十四。

〔一六〕卷四《陶山脩竹書院記》：『越爲東浙望，前將作監簿脩竹王公爲越望。歲乙酉，予與里人陳用賓同客公第。』乙酉即至元二十二年（一二八五）。

〔一七〕元鄭元祐《遂昌雜録》謂林扮爲丐者潛往拾骨，元章祖程《夢中作四首》注謂與鄭樸翁等數人相率爲采藥者至陵上收瘞。此處參合兩家説。

〔一八〕《夢中作四首》，元羅有開《唐義士傳》引爲唐珏作，實出誤傳。詳附録三拙文《收葬宋陵遺骨事及夢中作詩辨證》。

〔一九〕清鮑正言《霽山先生集跋》。

〔二〇〕見明陶宗儀《南村輟耕録》卷四引羅有開《唐義士傳》。

〔二一〕卷一《歸自越避寇海濱寒食不得祭掃》，同卷《避寇海濱》章注：『庚寅（一二九〇）歲，山寇爲妖，先生避地仙口作也。』卷四《蜃説》：『庚寅季春，予避寇海濱。』

〔二二〕卷二《趙奥别業》章注：『在平陽城西二里馬鞍山下。』明吕洪《霽山先生集序》：『别墅在城西趙奥馬鞍山之麓，予今所卜築，即其故址也。』

〔二三〕卷三《雨土》章注：『至元辛卯（一二九一）春，甌中雨土。』《元史·五行志一》記雨土災五次，此次失載。

〔二四〕有《天台隱者》《新昌道上》諸詩（卷二）。

〔二五〕卷四《陶山脩竹書院記》：『歲乙酉（一二八五）予與里人陳用賓同客公第。……後四年（一二八九），陸氏以陶山歸公。……又六年（一二九五），書院成，公領客倘佯……予亦在旁。』

〔二六〕元鄧牧、孟宗寶《洞霄圖志》卷五《人物門續編·鄧文行先生》：『丙申（一二九六）至越，山陰脩竹王公延至陶山書院。』筆記小説大觀本。

〔二七〕卷二《五月五日寓嘉禾學宫，顧東浦載酒相過，二博士偕來飲，就醉，翌日留詩爲别》：『明當理征棹，斜日鱸魚鄉。』

〔二八〕邵德芳名桂子，號玄同。據宋何夢桂《潛齋集》卷五《邵古香行窩記》云：『玄同邵某，古睦清溪家也，而贅寓於嘉禾之雲間。』該文作於『大德戊戌』即元成宗大德二年（一二九八），故可推知景熙吴越之行當在該年前後。

〔二九〕參雍正《江南通志》卷一七二《流寓一・松江府・林景曦》、《宋史翼》卷三二《林景熙傳》。

〔三〇〕卷二《宿七里灘》：『寥落空江上，買魚開酒樽。』參閱同卷《釣臺》《方玄英故居》詩。

〔三一〕其間寫有《永嘉縣重建法空院記》（一二九九）、《平陽縣治記》《故待制吏部侍郎應公墓志銘》（一三〇〇）、《公溥堂記》《故國學内舍蘧君墓志銘》（一三〇一）、《顧近仁詩集序》（一三〇二）、《故國子正鄭公墓志銘》（一三〇三）、《龍源普渡紀勝詩序》（一三〇四）、《重修陰均斗門記》（一三〇五）、《永嘉忠烈廟記》（一三〇六）、《平陽州志序》（一三〇七）。

〔三二〕明張燧《金華洞天行紀跋》：『帝臣以文字起家，一時所交皆宗工碩士。若同邑方韶卿、柳道傳、戴率初，吴興趙魏公，永康胡穆仲相交尤密。嘗爲樓，所居側顔曰光風霽月。及提舉來杭，西秦張楧、淮陰湯炳龍、莆田劉濩、永嘉林景熙輩，相率爲詩歌以賦其事，穆仲爲之序。時魏公以集賢直學士行提舉江浙，與公舉情誼深厚，凡六七年。公舉秩滿歸，爲書《洛神》一通，自題其末大德十年五月四日也。』（《四庫全書》本宋方鳳《存雅堂遺稿》卷五《金華洞天行紀》附）按，『公舉（帝臣）秩滿歸』在大德十年，故其提舉來杭當在大德七年（一三〇三）。

〔三三〕元章祖程《題白石樵唱》：『戊申歲，歸自武林，感疾。迨庚戌冬，終於家。時年六十九。』

〔三四〕清吴瞻泰《霽山先生詩文集序》。

〔三五〕卷二《雜詠十首酬汪鎮卿》之五：『作詩匪雕鎪，要與六義涉。』

〔三六〕卷五《胡汲古樂府序》。

〔三七〕卷五《王脩竹詩集序》。

〔三八〕卷五《馬静山詩集序》。

〔三九〕卷五《鄭中隱詩集序》。

〔四〇〕卷二《雜詠十首酬汪鎮卿》之五。

〔四一〕卷三《書陸放翁詩卷後》。

〔四二〕卷五《王脩竹詩集序》。

〔四三〕卷五《王脩竹詩集序》。

〔四四〕卷五《王脩竹詩集序》。

〔四五〕卷五《顧近仁詩集序》。

〔四六〕卷五《胡汲古樂府序》。

〔四七〕卷五《鄭中隱詩集序》。

〔四八〕卷五《王脩竹詩集序》。

〔四九〕卷五《胡汲古樂府序》。

〔五〇〕元章祖程《注白石樵唱》。

〔五一〕清吴瞻泰《霽山先生詩文集序》。

〔五二〕《潛齋文集》卷五《永嘉林霽山詩序》。

〔五三〕卷三《枯樹》章注。

〔五四〕《宋詩鈔·白石樵唱鈔敘》。

〔五五〕清鮑正言《霽山先生集跋》。

〔五六〕《歷代詩發》卷二九《雲門即事》《東山渡次胡汲古韻》《答鄭即翁》評。

〔五七〕卷三《别王監簿》章注：『越上諸公最賞先生此聯。』

〔五八〕卷五《顧近仁詩集序》。

〔五九〕《蛟峰文集》卷四《雁蕩林霽山詩集序》。

〔六〇〕《潛齋文集》卷五《永嘉林霽山詩序》。

〔六一〕乾隆《平陽縣志》卷一六《文苑傳·元》：『章祖程，號宜竹，林景熙高第。工文詞，嘗注《白石樵唱》。』民國《平陽縣志》卷三六《章祖程傳》：『章祖程，字和父，號宜竹，白沙人。好林景熙《白石樵唱》，嘗爲之注。……言頗深至，注亦根據確鑿。嘗與永嘉張天英相唱和，又有與同里鄭僖辨河洛圖書等篇，今亡。』

〔六二〕元章祖程《題白石樵唱》。

〔六三〕明吕洪《霽山先生文集序》。

〔六四〕《温州經籍志》卷二四《白石樵唱注》案。

〔六五〕《温州經籍志》卷二四《白石樵唱注》案。

〔六六〕《天風閣學詞日記》一九五九年三月廿七日。《夏承燾集》第七册，第七三一頁，浙江古籍出版社、浙江教育出版社一九九八年版。

〔六七〕一九九六年十月二十二日致筆者函。

〔六八〕一九九六年八月九日致筆者函。

〔六九〕見《文學遺産》一九九八年第五期第四頁。

〔七〇〕莫礪鋒、程傑《新時期中國大陸宋詩研究述評》，見《陰山學刊》二〇〇〇年第二期第三一頁。

〔七一〕蕭耘春《讀林景熙集校注》，見《温州師範學院學報》社會科學版一九九六年第四期第七六頁。

目録

前言

卷一　古今體詩一百一首

卷二　古今體詩一百八首

卷三　古今體詩一百六首

卷四　記賦傳説二十二首

卷五　序志銘二十二首

林景熙研究資料

附録一　序跋

附録二　傳記古跡

附録三　收葬宋陵遺骨事及夢中作詩辨録

附録四　酬贈題詠

附録五　諸家評論

附録六　作品辨疑

後記

林景熙集補注卷一

古今體詩一百一首

南山有孤樹〔一〕

韓退之集有《南山有高樹》篇。案先生所居州治後白石巷中，南對崑巖，巖之上有一老松，常有烏集其上。故先生因之發興成詩，以寓其出處之意〔二〕。

南山有孤樹，寒烏夜繞之。此詩援曹孟德『月明星稀』四句，以爲一篇主意。驚秋啼眇眇㈠，杜詩：城烏啼眇眇。風撓無寧枝。韓文：草木之無聲，風撓之鳴。又仲文表：驚飆拂野，林無静柯。託身未得所，振羽將逝兹。高飛犯霜露，卑飛〔三〕觸茅茨。此言託身未得其所，固當他適，然高飛則犯霜露，卑飛則觸茅茨，無適而可也。以喻世變之時，大而犯難，小而困辱，進退之間，皆有所不免也。乾坤豈不容，顧影空自疑。又言天地之大，非不我容，但我自顧其影，邈然無儔，自不能不懷疑耳。

陳後山詩：天地豈不寬，妾身自不容。徘徊向殘[四]月，欲墮已復支㊁。言欲隕絶於地，自復支持也。詳此，則先生之心事亦可悲矣。林先生詩，大率意在言外，讀者當因其語而求其心可也。

［校記］

〔一〕《元文類》卷三題作『南山有高樹』，首句同。　〔二〕文淵閣《四庫全書》本題下注文作：『先生之居，南對崑巖，上有老松，常有烏集。故因之成詩，以寓出處之意。』有所删略。　〔三〕卑飛，卑，《元文類》作『低』；飛，《宋元詩會》卷五五、《宋詩鈔補》作『翔』。　〔四〕殘，《宋詩鈔補》作『斜』。

按，元黄庚《月屋漫稿》（《四庫全書》本）和元張觀光《屏巖小稿》（《四庫全書》本）均載有《古意》詩：『庭前有高樹，風撓無停枝。寒烏噤不鳴，夜半環樹飛。託身未得所，三匝情依依。高飛犯霜露，低飛觸茆茨。乾坤豈不容，振羽將安之？徘徊戀明月，顧影徒傷悲。』與景熙此作大半相同。詳本書附録六《林景熙黄庚互見詩辨疑》及附記。

［補注］

㊀眇眇，形容聲音微細。

㊁已復，已亦復義，已、復同義疊用，加强語氣。

［輯評］

孔希普《冬青樹引注跋》：按郡先生霽山林君，當宋亡時，忠義耿耿，有《南山有孤樹》及《商婦怨》等詩，見所著集中。

傑按：此爲作者家居即景感懷之作，抒發易世傷慨。通篇用比興手法，辭意悽惋。章評稱允，可推爲壓卷。

商婦吟〔一〕

此篇以商婦自比，而寓其思君之意。

良人滄海上㊀，孤帆渺何之？十年音信隔〔二〕，安否不得知。長憶相送處〔三〕，缺月隨我歸。月缺有圓夜，人〔四〕去無回期。回期倘終有，白首甯怨〔五〕遲？寒蛬苦相弔㊁，青燈鑑孤幃〔六〕。妾身不出幃，妾夢萬里馳。猶言神去形留之意。

［校記］

〔一〕《元風雅》卷三十題作『商人婦』。〔二〕首三句《元風雅》作『君上海舟去，飄飄何所之？一去二十年』。〔三〕相送，《元風雅》作『送君』。處，《東甌詩集》卷五、《石倉歷代詩選》卷二二一作『時』。〔四〕人，《元風雅》作『君』。〔五〕白首甯怨，《元風雅》作『豈計早與』。〔六〕幃，《御選宋詩》卷九作『帷』。

［補注］

㊀良人，《文選》卷二一《秋胡詩》李善注引劉熙曰：『婦人稱夫曰良人。』

〔二〕蛩，蟋蟀。弔，傷慰。

［輯評］

陳璋《霽山先生集序》：然其志固有鬱邑侘傺者，用肆爲詩歌，泄其忠義之懷，如《商婦吟》、《秦吉了》、《孫供奉》、《讀文山集》諸作，皆以明出處，正綱常。

謝啟昆《讀全宋詩仿元遺山論詩絶句二百首·林景熙》：冬青樹引泣寒灰，商婦宵吟慘客懷。

孫鏘鳴《東嘉詩話》：宋陵收骨之舉，忠義足動千古。其所爲詩，多故君故國之思。有《商婦吟》云（本篇略）。哀音促節，聲淚俱下，而不死其君之志，足與日月争光矣。

故衣　此篇明思親之意。

篋中出故衣，絡緯聲四壁〔一〕。昔年慈母綫，一一手所歷。此詩大率因孟郊「慈母手中綫」詩意而發明之。眷眷游子心，惻惻虚堂夕〔二〕。逝水不返流，孤雲杳無跡〔三〕。唐狄仁傑望雲思親事。空令攬衣人，一綫淚一滴。衣弊奈有時，母恩無窮期〔一〕。終憐寸草心，何以報春暉〔四〕？朝寒縱砭骨，念此不忍披。且復返所藏，永寄霜露思。此篇雖明思親之意，然而思君之義亦不外是。

[校記]

［一］弊，《宋元詩會》卷五五、《御選宋詩》卷二四作『敝』。奈，《宋詩删》五古卷六作『耐』。窮，《東甌詩存》卷一〇作『終』。

[補注]

㊀篋，箱子。絡緯，即莎雞，又稱紡織娘。六月夜間振羽作聲，聲如紡綫，故名。

㊁虚堂，高堂。父母所居。

㊂逝水、孤雲，喻游子漂泊不歸。章注引狄仁傑望雲思親事，未切合。

㊃終憐二句，孟郊《游子吟》：『慈母手中綫，游子身上衣。臨行密密縫，意恐遲遲歸。誰言寸草心，報得三春暉？』憐，歎惜。寸草心，小草的莖幹。『心』字雙關。此言拳拳寸心，不能報答父母養育深恩。卷二《送春》詩云：『游絲不繫春暉住，愁絶天涯寸草心。』亦以寸草春暉爲喻，抒寫自己對祖國的赤誠之心，可以參看。

秦吉了㊀

《邵氏聞見録》：瀘南有畜秦吉了者，能作人語。夷酋欲以錢十萬緡買之。其人告以貧欲賣之，秦吉了曰：『我漢禽也，不願入蠻夷山。』不食而死。

爾禽畜於人，性巧作人語。家貧售千金，甯死不離主。桓桓李將軍，甘作單于鬼㊁！

前漢李陵伐匈奴，單于圍之。陵軍無救，遂降。後與蘇武書：『生爲别世之人，死爲異域之鬼。』

［補注］

㊀秦吉了，鳥名。《舊唐書·音樂志二》：『嶺南有鳥，似鸜鴿而稍大。乍視之，不相分辨，籠養久，則能言，無不通。南人謂之吉了。』邵伯温《邵氏聞見録》卷一七云：『嗚呼！士有背主忘恩與甘心異域而不能死者，曾秦吉了之不若也，故表出之。』

㊁桓桓，勇武貌。杜甫《北征》詩：『桓桓陳將軍，仗鉞奮忠烈。』單于，匈奴君主。

［輯評］

曹安《讕言長語》：平陽林景熙謂李陵事虜、馮道濫禄，不若二物也。其詩曰：『桓桓李将軍，甘作單于鬼。』『皤皤長樂老，閲代如傳舍。』

無名氏《霽山先生詩文集》批語：（桓桓二句）反言以明之。今人怕死，可以人而不如禽乎？（温州市圖書館藏本）

傑按：此詩及下首《孫供奉》，皆假題諷刺降元將相禽獸不如，筆端飽含義憤。

孫供奉[一]

《幕府燕閒録》：唐昭宗播遷，隨駕伎藝止有弄猴人。猴頗馴，能隨班起居，昭宗賜之緋袍，號孫供奉。朱温篡位，取此猴殿下起居。猴望殿陛見温，徑趨其所奮擊，温令左右殺之。

緋衣受天恩，日瞻唐殿駕[二]。『朱三爾何爲，欲使兩膝下？』[三]皤皤長樂老，閲代如傳舍[四]。

《五代史》：朱温篡位，其兄全昱謂曰：『朱三，爾可作天子乎？』五代馮道嘗著長樂老敍，自述累朝榮達之狀。蓋寬饒曰：『富貴無常，忽則易人。此如傳舍，所閲人多矣。』今按詩意，以爲二物特禽獸耳，尚知服節死義，不忍事非其主。而李、馮二公，以堂堂將相，一則偷生異域，一則濫禄累朝，是誠何心哉！

[補注]

㈠孫供奉，唐昭宗頒給猴子的封號。供奉，備内廷差遣之官。

㈡緋衣，紅色官服。唐制，四、五品官員服緋。殿駕，帝王坐乘。

㈢朱温序行第三，故稱朱三。這二句是孫供奉訓斥朱温的話：『朱三，你想幹什麽，竟要讓我下拜？』

㈣五代馮道自號『長樂老』，歷事唐、晉、漢、周四朝，並著書『陳己更事四姓及契丹所得階勳官爵以爲榮』。見《新五代史·馮道傳》。閲代句，言馮道爲保禄位，不顧名節，把歷事異姓王朝看作如客人歇宿旅舍那樣。蓋寬饒語見《漢書》本傳。

［輯評］

曹安《讕言長語》：平陽林景熙謂李陵事虜、馮道濫禄，不若二物也。其詩曰：『桓桓李将軍，甘作單于鬼。』『皤皤長樂老，閲代如傳舍。』

古松 此題本詠歲寒松柏，今改云古松。

獨占寬閒地，不知摇落天㈠。山林猶古色，風雪自窮年。此四句見歲寒不易之操。龜伏靈根壽，《嵩山記》：嵩山上有大松樹，其精化爲青牛，爲伏龜。禽巢絶頂仙。《六帖》：千歲之鶴，巢于松柏。棟梁〔一〕非所屑，幾見海成田。言此松不爲世用，故能若是之壽而閲歷世變也。皆比興之辭。

［校記］

〔一〕棟梁，《宋元詩會》卷五五作『秦封』。

［補注］

㈠摇落天，草木凋零的秋天。宋玉《九辯》：『悲哉秋之爲氣也，蕭瑟兮草木摇落而變衰。』

［輯評］

李慈銘《越縵堂詩話》卷上：《古松》云：『獨占寬閒地，不知摇落天。山林猶古色，風雪自窮年。』……皆清空婉眇，蟬蜕塵埃者也。

崑巖㈠

《平陽志》：崑山在州治西南，雄於衆山，爲州城之表。巨巖冠其顛，俗名古巖。山有孔穴，空洞可容數十人。世稱崑陽，蓋指此山。

神斧何年鑿，南山片石盤。神斧，即雷斧也㈡。玉藏仙笥古㈢，《雲笈七籤》：臨江軍玉笥山，本名羣玉峰。因漢武帝設壇祠帝，感天降玉笥，改今名。崑山亦名羣玉，故借用之。翠落縣門寒。老木天邊瘦，歸雲雨外殘。市塵吹不到，朝夕静相看。

［補注］

㈠崑巖，亦作昆巖，即崑（昆）山，在今浙江平陽縣城西南。作者所居南對崑巖。參見卷首《南山有孤樹》章注。

㈡雷斧，雷神用以發霹靂的斧刃。蘇軾《次韻滕大夫三首・雪浪石》：『天工不見雷斧痕。』王十朋集注：『陳藏器《本草》云：霹靂鉞，伺候震處，掘地三尺得之，其形非一，亦有似斧刃者。』

㈢玉笥山，在江西永新縣。玉笥，玉筐。

鄭宗仁會宿山中㈠

宗仁，樸翁也，號初心，平陽焦下人。太學釋褐出身，仕至國子正。

挑燈懷舊夢，此言舊與宗仁同在太學也。移席近春〔一〕泉㈡。共話忽深夜，相看非少年。斗垂天末樹，粦〔二〕出雨餘田。粦，鬼火也。亦有茅簷下，飯牛人未眠㈢。

〔校記〕

〔一〕春，《東甌詩存》卷一〇作『秋』。〔二〕粦，《宋元詩會》卷五五、《御選宋詩》卷四三作『燐』。此篇亦載黃庚《月屋漫稿》、張觀光《屏巖小稿》，題作《林霽山架閣同宿山中》。首句作『秋風山館客』，二句『春泉』作『燈前』，三句『話』作『語』，六句『田』作『天』，餘同。按，黃、張集屬誤載，《宋詩紀事》卷七九黃庚名下據以編録，亦昧乎審察。詳本書附録六辨疑。

〔補注〕

㈠鄭樸翁（一二四〇——一三〇二），字宗仁，號初心，又稱七山人。平陽萬全鄉焦下人。宋度宗咸淳十年（一二七四）太學上舍釋褐，授福州教授，調常州主簿，遷國子監學正，轉從政郎（從八品）。宋亡，歸隱平陽薌山。山陰王英孫特延賓館，教授子弟（見弘治《溫州府志》卷一一）。元世祖至元二十二年（一二八五），楊髡發掘山陰宋帝六陵，樸翁與景熙一起秘密收葬陵骨。嘗作《悼國賦》以自傷，有云：『吾適生于流離兮，惟欷歔而不忍言。國統正于蒙古兮，金枝霜木其凋殘。棄遺骸于草莽兮，吾則暨同志託佛經于越山。恥狗彘以自污兮，寧嚙雪瀑下之薌灣。」樸翁長景熙二歲，與景熙是同里、同學兼同志的摯友，交往密篤。集中寄贈詩五首；其卒，爲作《故國子正鄭公墓志銘》（卷五）。清邵廷采《思復堂文集》卷三《宋遺民所知傳・鄭宗仁》云：「始宗仁與謝翱俱以布衣應文天祥辟。天祥没，二人相遇，所至輒哭。其後卒有收骨之舉。故楊維楨詠冬青詩曰『文山老客智且勇』，蓋指翱與宗仁也。《温州志》稱：『宗仁、景熙生同里，學同方，老同出處。惓惓故君，精衛填海，爲重可悲。』景熙詩文爛然名時，而宗仁質勝，守儒者禮法，以故後人傳道者少。惟英孫許以死友，久要不渝，故世或稱『王鄭』。」按，邵言樸翁與謝翱嘗同應文天祥抗元軍聘，前此未見記述。謝翱《晞髮集》卷七有《山陰道中呈鄭正樸翁》詩，亦未及同辟事，不知邵氏所云何據。孫衣言《甌海軼聞》卷一六《永嘉學術》稱「宗仁霽山二義士」。孫鏘鳴《東嘉詩話》陳則翁條云：「初心志節，亦霽山一流人，實皆當時同調者也。」乾隆《平陽縣志》卷一八《古跡》：「鄭樸翁宅，在縣北十五里焦下山。林景熙《會宿鄭宗仁山中》詩（本篇略）。」山中，即指焦下山（薌山）。

㊁移席春泉，弘治《温州府志》卷三《山・平陽縣》：「焦下山，在縣北十餘里。其顛有洞泉流至薌林寺後，爲瀑千尋，隱若雁蕩龍湫之勝。」

㊂飯牛，喂牛。《史記・鄒陽列傳》：「甯戚飯牛車下。」集解引應劭曰：「桓公夜出迎客，而甯戚疾擊其牛角商歌曰：南山矸，白石爛，生不遭堯與舜禪，短布單衣適至骭（脛）。從昏飯牛薄夜半，長夜曼曼何時旦？」

［輯評］

孫鏘鳴《東嘉詩話》：近體亦多悲憤之音，《鄭宗仁會宿山中》云（本篇略）。

傑按：風雨對牀，深有『志士淒凉閒處老』同調之慨。全篇沉練穩健，可稱合作。景熙寄贈樸翁詩除本篇外，他如《寄鄭宗仁》《答鄭即翁》（以上同卷）、《寄七山人》《寄薌林故人》（以上卷三），皆爲真情流露之作。

桐角㊀

荆楚間，山家每季春，截桐皮卷而吹之，謂之桐角。

田家無律呂，聲寄始華桐。《月令》：季春之月，桐始花。碧卷春風老，清吹野水空。二句蓋先得之妙。客心寒食後，牛背夕陽中。上下二句互相發明，而桐角之意，自在其中。不惹梅〔一〕花恨，年年送落紅。

［校記］

〔一〕梅，《石倉歷代詩選》卷二二一、《宋元詩會》卷五五作『林』。

［補注］

㊀桐角，元王禎《農書》卷一三《梧桐角》：『浙東諸鄉農家兒童，以春月卷梧桐爲角吹之，聲遍田野。』

宋曹豳《題括蒼馮公嶺二首》之二：「村南村北梧桐角，山後山前白菜花。」

雲門即事㊀

雲門山在會稽南三十一里，今名雍熙，爲州之偉觀。昔王子猷居此，有五色祥雲，詔建寺，號雲門。杜詩所謂「若耶溪、雲門寺」即此。

最愛林中過客稀，坐分片〔一〕石澹忘歸。僧閒時與雲來往，鶴老不知城是非㊁。《神仙傳》：蘇耽學道得仙，一日，有數白鶴降于門，遂升雲漢而去。後有白鶴來止郡城樓上，人欲彈之，鶴以爪攫樓版似漆書云：「城郭是，人民非，三百甲子今來歸。吾是仙，君彈我何爲？」蕭〔二〕灑山光秋入畫，清寒花氣曉侵衣。梁元帝詩：花氣盡薰衣。一溪截斷紅塵影，西有任公舊釣磯㊂。會稽若耶溪西有任公釣石。

［校記］

〔一〕片，《石倉歷代詩選》卷二三一作「孤」。　〔二〕蕭，吴校、四庫本作「瀟」。

［補注］

㊀雲門，雲門山，在今浙江紹興市南，上有雲門寺。宋施宿等《會稽志》卷九《山・會稽縣》：「雲門山，在縣南三十里。舊《經》云：晉義熙二年，中書令王子敬居此，有五色祥雲。詔建寺，號雲門。」唐代宋

之問、孟浩然、杜甫均有游寺詩。

㈡古代傳説蘇耽、丁令威均有得道成仙化鶴歸來事。蘇耽，見《藝文類聚》卷九〇《鳥部上·白鶴》引漢劉向《列仙傳》、《太平廣記》卷一三《蘇仙公》引晉郭璞《神仙傳》。丁令威，見晉陶潛《搜神後記》卷一《丁令威》：『有鳥有鳥丁令威，去家千年今始歸。城郭如故人民非，何不學仙冢壘壘。』此句言隱老深山，幾乎忘記了時世的變遷。城是非，城郭猶是，人民已非。言國亡世變。

㊂任公，指任公子，古代傳説釣大魚的人。《莊子·外物》：『任公子爲大鈎巨緇，五十犗以爲餌，蹲乎會稽，投竿東海。』成玄英疏：『任國之公子。』後用指超世的高士。任公釣磯，宋鄧牧《自陶山游雲門》：『任公子釣磯，屹立溪上數仞。石趾横罅，去地僅尺許，仰刻篆文……然磯去東海，尚數百里，所投釣竿，不知以何竹爲之？』

［輯評］

賀裳《載酒園詩話·林景熙》：讀林景熙詩，真令心眼一開。如……『僧閒時與雲來往，鶴老不知城是非。』真視唐人無愧。

范大士《歷代詩發》卷二九：秀健有骨，不必律以唐格，徒爲優孟衣冠也。

宋長白《柳亭詩話》卷一〇《東山雲門》：德暘《東山》詩：『一川白鳥自來去，千古青山無是非。』《雲門》詩：『僧閒時與雲來往，鶴老不知城是非。』命意雖同，氣機自别。

李慈銘《越縵堂詩話》卷上：《雲門》云：『僧閒時與雲來往，鶴老不知城是非。』……皆清空婉眇，蟬蜕塵埃者也。

獨夜

客鬢雙蓬老拾遺[一]，拾遺，官名。一燈明滅酒醒時。百年回首忽成夢，萬竅有聲皆是詩。凡天地間物之有聲者，皆天地自然之詩也。人徒知聲之出於人者爲詩，而不知聲之出於萬竅者亦爲詩，此其所以見有未至也。殘夜月枝烏未穩，故鄉水草雁多飢[二]。雁不食稻粱而食水草，其飢可知。然稻粱有主，食之則有禍；水草無主，食之則無禍。此亦微寓全身遠害，不苟食禄之意。裌衣初試新霜冷，欲折黄花寄所思[三]。

［補注］

[一]客鬢雙蓬，杜甫《將赴荆南寄別李劍州》詩：『路經灩澦雙蓬鬢。』老拾遺，杜甫曾任左拾遺，景熙曾任從政郎，同爲文階從八品。這裏自指。

[二]殘夜句，暗用曹操《短歌行》『月明星稀，烏鵲南飛，繞樹三匝，何枝可依』詩意，言流離漂泊，無處可以託身。故鄉句，大雁寧啄水草受飢，不食稻粱。謂故鄉人士多能清貧自守。

[三]新霜冷，喻惡劣的政治環境。在『新霜冷』的凜冽寒意裏，折取黄花（菊花）寄贈所思，表示與友人

共以節概相勉。

［輯評］

孫鏘鳴《東嘉詩話》：近體亦多悲憤之音……《獨夜》云（本篇略）。

舜廟[一]　在會稽東南一百里。

聲斷薰絃萬壑幽[二]，三千年事水空流。衮衣剥落星辰古，野廟淒凉鹿豖秋。孝友風微惟故井，神明胄冷尚荒州[三]。荒州，指越郡而言。九疑回首孤雲遠，老淚斑斑楚竹愁[四]。此篇雖爲舜廟而作，然結語又頗以臣妾自況，而寓其思君之意。

［補注］

㈠舜廟，《會稽志》卷六《祠廟·會稽縣》：『舜廟，在府城南七十里。《述異記》云，會稽山有虞舜巡守臺。』按，舜冀州人，不居於越，紹興地區内的舜廟、舜田、舜井等古跡，或其餘族子孫思舜而立。參閲卷二《陶山十詠和鄧牧心·舜田》注。此詩憑吊舜廟，寄寓自己對宋室淪亡的哀痛。

㈡薰絃，指帝舜的五絃琴。《繹史》卷一一引《尸子》：『帝舜彈五絃之琴，以歌《南風》。其詩曰：南風之薰兮，可以解吾民之慍兮。』薰，清凉。

㈢孝友風微，言世風澆薄。神明胄冷，謂帝舜裔胄衰微，指宋室淪亡。尚荒州，尚留此荒州野廟。

㈣九疑，山名，又名蒼梧山，在湖南寧遠縣南。《史記·五帝本紀》：『（舜）南巡狩，崩於蒼梧之野。』楚竹，斑竹，又稱湘妃竹。晉張華《博物志·史補》：『舜之二妃，曰湘夫人。帝崩，二妃啼，以淚揮竹，竹盡斑。』

寄葛秋巖㈠

吴地繁華半劫灰㈡，胡人云：天地大劫將盡則劫灰，此乃劫灰之餘。故山秋遠夢頻回。琵琶亭老春風棹，琵琶亭在江州，蓋樂天聽琵琶之處。桑落洲寒夜雨杯。桑落洲在江州。歲月悠悠人幾换，關河渺渺雁空來㈢。酒酣欲寄登臨眼，黄葉斜陽滿廢臺㈣。

［補注］

㈠葛秋巖：葛慶龍，號秋巖，又號寄漁翁，自稱越臺洞主，江州（今江西九江市）人。早年曾入匡廬學浮屠法，中更衣道士服，晚又入儒，流寓越中，卒於山陰。爲人豪宕不羈，善詩書，具超凡脱俗之襟抱。明宋濂《文憲集》卷一四《跋葛慶龍九日詩》稱云：『出語頗涉玄恠，恍惚不可辨，君子謂其爲詩之仙鬼云。今觀此卷所作，雖雜於幽澁，而其奇氣横發，直欲騎日月，蕩太清，視争工於組織紉綴間者，不翅猿鶴之於蟲沙。有如慶龍，何可少也，何可少也！』明劉績《霏雪録》卷上言其：『放流江湖中，名公巨卿，酒徒劍客，往往多與之游。好爲詩，落落有氣概。遇風日清美，乘筍輿游天衣、雲門諸山，岸幘披襟，翛然如畫中人物。年逾七袠，齯齒童顔。」《宋詩紀事》卷八〇録詩七首。參見本卷《送葛居士住棲碧菴》注㊂。

㊁佛經指天地從形成到毁滅爲一劫。劫灰，劫火的餘灰，指戰亂殘跡。南朝梁慧皎《高僧傳·漢洛陽白馬寺竺法蘭》：「世界終盡，劫火洞燒，此灰是也。」

㊂雁空來，望見雁來而不見書信，故説「空來」。用《漢書·蘇武傳》雁足繫帛書典。

㊃酒酣二句，言酒酣登臺遠望，欲賦詩相寄，無奈黄葉斜陽，滿目荒廢，令人悵歎。黄葉斜陽，喻國亡景象。

寄林編修㊀ 名千之，字能一，平陽人。

大雅凋零尚此翁，大雅，非謂詩之「大雅」，蓋以雅者正也。大雅正之道在人言之耳。醉鄉一笑寄無功。唐王績，字無功，性簡放。大業中舉孝廉，爲六合丞。性嗜酒，不任事。衣冠洛社浮雲散，九老會，乃集洛中公卿大夫年德高者爲耆英會。弓劍橋山落照空㊁。《列仙傳》：黄帝自擇亡日，與羣臣辭，還葬橋山。山崩，棺空無屍，唯劍舄在。東魯有書藏古壁，西湖無樹挽春風㊂。巾車莫過青華北㊃，陶淵明辭：或命巾車。青華山在州西南二十五里，即錢倉山之别巘也。城角吹愁〔二〕送暮鴻。

【校記】

〔一〕愁，《宋元詩會》卷五五作『筎』。

【補注】

㈠林編修，林千之，字能一，號雲根，平陽鳳林鄉蓋竹人。宋理宗開慶元年（一二五九）進士，歷官國子監學正、嘉興通判、樞密院編修官、信州知州。弘治《温州府志》卷一〇《藝文》、《兩浙名賢録》卷四六《文苑》、雍正《浙江通志》卷一八二《文苑》、乾隆《平陽縣志》卷一六《文苑》有傳。弘治《府志》云：『性穎秀，博洽今古，工文詞，深爲江萬里諸人所知。迨元初，徜徉里居，以翰墨自娱。家藏圖書法帖甚富，鑑裁精審，儒林以好古博雅推之。閲數歲卒。有《雲根癡庵集》。』《宋詩拾遺》卷一一録有林千之《送馬静山寄林曉山兄弟》（林曉山即景熙長兄景怡）詩，稱譽林氏兄弟『彼美三珠樹，沆瀣斛瓊臺』。

㈡洛社，宋歐陽修、梅堯臣等居官洛陽時組織的詩社。歐陽修《酬孫延仲龍圖》詩：『洛社當年盛莫加，洛陽耆老至今誇。』橋山，在今陝西黄陵縣北，相傳爲黄帝葬處。這句説，宋帝陵園，在一片凄凉的落照之中。

㈢東魯，指曲阜，孔子家鄉。書藏古壁，漢孔安國《尚書序》：『魯共王好治宫室，壞孔子舊宅以廣其居，於壁中得先人所藏古文虞夏商周之書及傳《論語》《孝經》，皆科斗文字。』這句寫林編修仍珍藏先朝圖籍。西湖，杭州西湖。無樹挽春風，言西湖花木不能挽留住消逝的春光。以春去喻國亡。

㈣青華，弘治《温州府志》卷三《山・平陽縣》：『青華山，與鳳山連，西谷頂有湖。』又：『鳳山，在縣西南二十五里。舊名錢倉。』

[輯評]

胡應麟《詩藪》雜編卷五：其戀戀宗國之意，蓋未嘗頃刻捨也。……七言如『衣冠洛社浮雲散，弓劍橋山落照空。』

孫鏘鳴《東嘉詩話》：近體亦多悲憤之音……《寄林編修》云（本篇略）。

答周以農㈠ 平陽睦源人，號稼村。

一燈細語煮茶香，雲影霏霏滿石牀。萬里夢魂形獨在，十年詩力鬢俱蒼。山空絡緯悲秋雨，水落蒹葭足夜霜。未會漆園觀物意，酒闌猶發次公狂㈡。漢寬饒，字次公。許伯欲酌之，曰『無多酌我，我乃酒狂』。

[補注]

㈠周以農，民國《平陽縣志》卷三五《人物志四宋・曹告春》：『同時隱於詩者有周以農、潘景玉。以農號稼村，崇政鄉睦源人。景玉居西郭白石，元處州書院山長。名俱不詳。』

㈡漆園，指莊周。莊周曾任蒙（今河南商丘）漆園吏。觀物意，認識事物的思想方法。《莊子》有《齊物論》篇，認爲世界萬物本無彼此，是齊同的，因此一切是非之論都出於私心和成見。二句説自己雖留居山中，而不能忘懷世事，只有借酒狂放。

［輯評］

李慈銘《越縵堂詩話》卷上：《答周以農》云：『山空絡緯悲秋雨，水落蒹葭足夜霜。』……皆清空婉眇，蟬蜕塵埃者也。

謁嚴子陵祠㊀

後漢嚴光，字子陵，會稽人。少與光武同游學，光武即位，變姓名隱居。帝思其賢，物色訪之，得于齊國。累徵乃至，拜諫議大夫，不屈，乃耕釣於富春山。後人名其地爲嚴陵瀨。今嚴州七里灘，有釣臺二所在焉。

客星謫下桐江湄㊁，傲睨煙雨何年歸。空遺清氣滿林壑，草木不受春風肥。我來維舟奠椒醑㊂，薜荔祠荒泣山鬼。亂峰欲雪江氣嚴，老蜃吹雲日色死。蜃，大蛤也，能吐氣爲樓臺。白水真人御絳衣㊃，勳臣四七攀鱗飛。光武時佐命功臣鄧禹等二十八人，明帝命圖其形於南宫雲臺。冥鴻遐舉不可致，天地浩蕩容漁磯。季年熏貂成黨獄，漢李膺誅張成，宦官乃教成弟子牢修上書，告膺爲部黨事。阿瞞朵鼎終瑟縮㊄。阿瞞，曹操小字也。此言是時天下賢人君子殺戮幾盡，而曹操欲謀篡漢，猶畏公議而不敢安也。 東都節義何爲高，七尺〔一〕之臺一竿竹。 此言東漢名節，皆由子陵高蹈之風有以倡之也。

［校記］

〔一〕尺，四庫本作『里』。

［補注］

㊀嚴子陵祠，在浙江桐廬縣城西十五公里富春山釣臺處，建于北宋景祐年間，范仲淹有《嚴先生祠堂記》。

㊁客星，指嚴光。 劉秀留光共宿宮中論舊，因共偃臥，光以足加帝腹上。 明日，太史奏客星犯御座甚急。 帝笑曰：『朕故人嚴子陵共臥耳。』見《後漢書・逸民傳・嚴光》。 錢塘江自建德至桐廬一段稱桐江。

㊂奠椒醑，以椒酒祭奠。 椒醑，用花椒浸製的酒，古代多用以祭神。

㊃光武帝劉秀生於南陽白水鄉，道書稱白水真人。

㊄熏貂，指顯貴的宦官。 東漢專用宦官爲中常侍，執掌大權，以貂尾爲冠飾。 朵鼎，謂謀奪帝位。 朵，以手取物。《易・頤》：『觀我朵頤。』孔穎達正義：『朵是動義，如手之捉物，謂之朵也。』今温州方言猶言以手拿取用物謂『朵』。

題陸大參秀夫《廣陵牡丹詩卷》後（一） 廣陵，揚州也。

南海英魂叫不醒（二），舊題重展墨香凝。當時京洛花無主，猶有春風寄廣陵（三）。詩意謂當時京洛淪没，雖若無主，而廣陵之地猶有存者，今則並廣陵而失之矣！深有感也。

［補注］

（一）大參，對參知政事（副宰相）的尊稱。陸秀夫（一二三六—一二七九），字君實，楚州鹽城（今屬江蘇）人。宋度宗咸淳十年（一二七四）李庭芝爲淮東制置使，駐廣陵，時陸秀夫任淮東提刑兼參議官（見王應麟《四明文獻集》卷五《陸秀夫特授淮東提刑兼淮東制置使司參議官誥》）。廣陵牡丹詩卷，指秀夫在廣陵時寫的牡丹詩手跡。

（二）南海英魂，厓山（今廣東新會縣南）兵敗，陸秀夫背負帝昺投海死。事見《宋史·陸秀夫傳》。

（三）當時，指陸題詩時。寄，寄意。二句傷慨南宋半壁亦喪失殆盡，更於無處觀賞牡丹了。

［輯評］

杜臻《粵閩巡視紀略》卷三：有侍郎嶼，宋陸秀夫後人家於此，故名。嘉靖間郡守葉元玉得陸氏遺譜於秀夫之裔孫大策。……大策家又藏有《廣陵牡丹圖卷》，林霽山題詩云（本篇略）。霽山亦宋末義士也。

雍正《廣東通志》卷六四《雜事志·潮州府·陸丞相墓》：訪得本郡有高士陸大策者……家藏《廣陵

牡丹卷》，破爛已甚，詩讀不能句。後偶見《白石樵唱》稿，乃宋淳祐間林霽山所著。中有《題陸大參秀夫廣陵牡丹詩卷》云（本篇略）。

李慈銘《越縵堂詩話》卷上：《題陸大參秀夫廣陵牡丹詩卷後》（引略）……皆清空婉眇，蟬蛻塵埃者也。

傑按：結二句借牡丹發慨，用抒亡國之痛，筆外見意，語極蘊藉。詩家稱爲『虛縮法』（即『歇後法』），黄山谷、陳簡齋、陸放翁絶句皆有此寫法。

歸自越，避寇海濱，寒食不得祭掃㈠

持酒無因灑墓松，禽聲花色慘東風。去年此日身爲客，及到鄉〔一〕山又客中㈡。

〔校記〕

〔一〕鄉，《宋元詩會》卷五五作『家』。

〔補注〕

㈠本篇作於元世祖至元二十七年（一二九〇）。參見同卷《避寇海濱》注。

㈡去年二句，言去年寒食客寓越中，如今返歸故鄉，却又避居海濱，依然不能回家祭墓。

[輯評]

李慈銘《越縵堂詩話》卷上：《歸自越避寇海濱寒食不得祭掃》（引略）……皆清空婉眇，蟬蜕塵埃者也。

曉意

僧鐘覺曙鳥，紛飛弄林光。宿雲漸離石〔一〕，我起開秋房。南山忽入几，相對各老蒼。我老幾何年，山曾見鴻荒。流泉送日月，危石支興亡㊀。問山山無言，啼猿起前岡。凡詩最病語刻意盡。若此詩結聯，可謂混融含蓄而有餘味者矣。

[校記]

〔一〕宿雲漸離石，《宋元詩會》卷五五作『宿雨漸停霤』。

[補注]

㊀支，計數。

[輯評]

李慈銘《越縵堂詩話》卷上：《曉意》云：『僧鐘覺曙鳥，紛飛弄林光。宿雲漸離石，我起開秋房。南山忽入几，相對各老蒼。』……皆清空婉眇，蟬蜕塵埃者也。

九日會連雲樓分韻得落字〔一〕㊀

冉冉海霧深，荒荒山日薄。登高集華裾，縱目天宇廓。落葉悲徂年，寒英照深酌㊁。心醉乃文字，意行非澗壑。緬懷斜川游㊂，陶淵明作斜川游詩。此道久寂寞。胡爲吹帽人，白首戀賓幕。晉孟嘉爲桓温參軍，九日隨温宴龍山。風吹帽落，嘉醉不知。窮途謬行藏，阮籍哭窮途。異代縣美惡㊃。此言行藏謬於當時，則美惡懸於後世，可不戒哉。我愛漉酒巾㊄，西風不能落。此篇結語偉甚，非惟『落』字壓倒，而終篇之意歸宿於淵明身上，則尤見其確然自守之意，未易與世俗浮沈者道也。

［校記］

〔一〕《石倉歷代詩選》卷二二一、《宋元詩會》卷五五、《宋詩删》五古卷六題無『韻』字。

按，黄庚《月屋漫稿》、張觀光《屏巖小稿》皆載有《九日會王脩竹西樓預坐者七人以落霞與孤鶩齊飛分韻予得落字即席走筆》詩：『冉冉五雲深，山西日光薄。登樓集羣賢，縱目天宇廓。落木悲徂年，寒光照杯酌。浩歌興悠然，意行非澗壑。緬懷龍山游，此樂久寂寞。胡爲落帽人，白首戀賓幕。醉餘發詩情，分韻盡佳作。吾愛漉酒巾，西風吹不落。』與林詩異者七句三十一字（字左加點者）。兩作優拙判然。今謂黄、張集入録者當爲景熙居山陰脩竹莊上所賦初稿，還平陽後乃改定署以今題。詳本書附録六辨疑。

［補注］

㈠連雲樓，作者在平陽所居樓名。參見同卷《連雲樓》詩注。

㈡寒英，秋花。指菊花。

㈢斜川，在江西星子縣境，南對廬山。陶淵明有《游斜川》詩，序云：『天氣澄和，風物閒美，與二三鄰曲，同游斜川。』

㈣窮途，《晉書・阮籍傳》：『時率意獨駕，不由徑路，車跡所窮，輒慟哭而反。』行藏，出處行止，指行爲。異代，指後世。這二句大意説，阮籍處魏晉易代之際，不滿司馬氏篡政，常窮途痛哭而返；他的行爲誠有悖於當時，但從後世來看，其是非美惡昭昭固若懸鏡。章注『可不戒哉』云云，未當。

㈤漉酒巾，《宋書・隱逸傳・陶潛》：『酒熟，取頭上葛巾漉酒，畢，還復著之。』

［輯評］

傑按：『窮途』二句，字挾風霜，意味深刻。結語『西風不能落』，暗映『吹帽』句，具見褒貶，筆意最爲超遠。

游仙壇㈠

仙壇山在州治東五十步。

窈窕懸僧廬，空山斷諸想。上鄰境泬寥，曠蕩，即虚静也。下瞰色蒼莽。郊野之色，不甚分明也。猿鶴無宿期，今古契真賞〔二〕。坐中風雅談，林壑散清響。涼飆灑我髮，白雲隨我杖。醉臥松下石，不知海月上。

［校記］

此篇雍正《浙江通志》卷二三四《寺觀九・平陽縣仙壇寺》下引爲劉平叟《仙壇寺》詩，誤。按，此咏有章注爲證，自是林詩。明趙諫《東甌詩續集》卷四：『劉平叟，字□□，平陽人，官至監税。』録存《對奕小景》《題梅》《廢墓》絶句三首。清顧嗣立、席世臣《元詩選癸集》己集上《劉監税平叟》『永嘉平陽人』，録詩同。兩書劉名下並無《仙壇寺》作。

［補注］

〔一〕乾隆《平陽縣志》卷二《輿地下・山川》：『仙壇山，在縣東一里。《永嘉記》云：横陽仙石山，頂有平石，方十餘丈，號仙壇。旁有竹林，風來成韻。』

〔二〕猿鶴二句，言歸隱山中雖未有定期，但是愛賞自然美景，今古之人相契若一。

飛雲渡〔一〕

在瑞安州西一里。

人煙荒縣少，澹澹隔秋陰。帆影分南北，潮聲變古今〔二〕。斷峰僧塔遠，初日海門深。

小立蘆風起，乘槎動客心㊂。

［補注］

㊀飛雲渡，飛雲江渡口，在浙江瑞安市城區南，爲南北往來衝要。雍正《浙江通志》卷三八《關梁六·温州府瑞安縣》：『飛雲渡，《瑞安縣志》：「在城南門外，浙閩要津。」林景熙《飛雲渡》詩（引略）。』

㊁帆影二句，陸游《南樓》詩：『舟楫紛紛南復北，山川莽莽古猶今。』

㊂乘槎，見後《避寇海濱》注㊁。

道中

程入江鄉宿，新炊飯帶砂〔一〕。亂山愁外笛，孤驛夢中家。野水平菰葉，春風足楝花。《雜録》：江南自小寒至初夏，五日一番風，凡二十四番風，謂之花信風。梅花風最先，楝花風最後。西來三兩客，閒説舊京華。

［校記］

〔一〕砂，四庫本、《石倉歷代詩選》卷二三二、《宋詩鈔》作『沙』。

［輯評］

傑按：『野水』聯寫景極佳，『平』、『足』都下得好。『平』字猶杜甫『澄江平少岸』（《水檻遣心二首》）之『平』，爐錘而能得自然之妙。

歸白石故廬㊀

四鄰井竈出荒墟，獨鶴歸來認舊廬㊁。一逕蒼苔供瘦策，半簪華髮伴殘書。斜陽巷陌語初燕，新水池塘生細魚。小立春風憐寂寞，忽吹花片入襟裾。

［補注］

㊀白石故廬，作者在平陽州治（今平陽縣政府）後白石巷的居宅。卷五《送松存弟序》：『更陵谷……予隱州郭。』卷首《南山有孤樹》章注：『案先生所居州治後白石巷中，南對崑巖。』明吕洪《霽山先生集序》：『居州治後白石巷。』乾隆《平陽縣志》卷一八《古跡》：『林景熙宅，在崑山之陰白石巷。』

㊁獨鶴，詩文中多以『孤雲獨鶴』喻漂泊者，兼含孤特高潔之義。

［輯評］

李慈銘《越縵堂詩話》卷上：《歸白石故廬》云：『斜陽巷陌語初燕，新水池塘生細魚。』……皆清空婉眇，蟬蜕塵埃者也。

春暮〔一〕

乾坤萬事上眉端，寂歷東風獨倚闌。白髮餘春能幾醉，緑陰細雨不多寒。香飄苔逕花誰惜，影落沙泉鶴自看。碧眼野僧知我意〔二〕，素琴攜就竹西彈①。坡詩：堂中老比邱，碧眼照窗几。

【校記】

〔一〕《東甌詩集》卷五題作『春事』。　〔二〕野，《東甌詩集》作『老』。知，《元風雅》卷三〇作『如』。

【補注】

①碧眼野僧，指西域來的僧人。素琴，本指無弦琴。《宋書·隱逸傳·陶潛》：『畜素琴一張，無弦，每有酒適，輒撫弄以寄其意。』後稱高人雅士所用之琴。竹西，竹林幽僻處。語出杜牧《題揚州禪智寺》詩：『誰知竹西路，歌吹是揚州。』

【輯評】

賀裳《載酒園詩話·林景熙》：『香飄苔逕花誰惜，影落沙泉鶴自看』……真視唐人無愧。

李慈銘《越縵堂詩話》卷上：《春暮》云：『白髮餘春能幾醉，緑陰細雨不多寒。』……皆清空婉眇，蟬蛻塵埃者也。

酬潘景玉㈠ 平陽人。

唤起離愁落木聲，抱飢猶自向書耕。唐王勃能文，請者甚衆，金帛盈積。又心織而衣，筆耕而食。江湖有夢追前事，天地無根笑此生㈡。歲晏斷鴻羈客影，夜深殘火故人情。幸來相就分岑寂，閒對梅花酌翠觥。

［補注］

㈠潘景玉，居平陽州治（今平陽縣政府）後白石巷，與景熙是近鄰。入元任處州（括州）書院山長。卷三《送潘山長入括》，章注：『潘，平陽白石人。』亦其人。民國《平陽縣志》卷三五《人物志四宋·曹告春》：『同時隱於詩者有周以農、潘景玉。……景玉居西郭白石，元處州書院山長。名俱不詳。』本卷又有同題七律一首。《宋元詩會》卷五五將兩詩合編，題下注『二首』字。

㈡天地無根：國亡，失去立身之地，故云『無根』。後詩《春感》云『人生無根』，亦此意。宋遺民鄭思肖畫蘭不著土根，寓旨同，皆所以见節士懷抱。

〔輯評〕

李慈銘《越縵堂詩話》卷上:《酬潘景玉》云:『歲晏斷鴻羈客影,夜深殘火故人情。』……皆清空婉眇,蟬蛻塵埃者也。

用韻寄陳振先同舍㈠

心事淒涼寄雁聲,石田苔滿未妨耕。西風戍角催年换,殘夜江樓見日生㈡。煮茗敲冰貧有味,看花隔霧老無情㈢。湖山猶憶笙歌底,笑領春香緑滿觥。

〔補注〕

㈠同舍,同舍生,指太學同學。

㈡殘夜江樓見日生,化用唐王灣《次北固山下作》『海日生殘夜』意,亦佳。

㈢看花隔霧,杜甫《小寒食舟中作》詩:『老年花似霧中看。』

〔輯評〕

李慈銘《越縵堂詩話》卷上:《用韻寄陳振先同舍》云:『西風戍角催年换,殘夜江樓見日生。』……皆清空婉眇,蟬蛻塵埃者也。

送葛居士住棲碧菴㊀

越山巉巉越臺孤㊁，井中雙鯉曾走吴。吴王闔廬侵越，勾踐保城山。山冢〔一〕出嘉魚。王意其乏水，以鹽米來〔二〕餽。越取雙鯉報之，吴兵夜遁走。滿坡叢竹遺舊箭，回首霸業空煙蕪。詩人訪古凌絶壁，危棲竟欲老深碧。聲摇孤枕海濤壯，影伴瘦筇山月白。了然道者亦離塵，一龕松下分秋雲。祇今虎豹滿平陸，鍊骨誰與箋青旻。琴心劍氣兩寂寞，醉墨淋漓風雨落㊂。葛君江州人，修玄學，性嗜酒而善詩。每大醉，援筆一揮，淋漓數十紙，若不經意。九十九峰歸夢寒，江州廬山有九十九峰。玉笙泠泠跨飛鶴。《列仙傳》：王喬好吹笙，作鳳鳴。謂柏良曰：『可告我家，七月七日待我於緱嶺。』至期，果乘白鶴駐山頭，舉手謝時人而去。

［校記］

〔一〕冢，原本及諸本均作『家』，欠通，殆形近訛。按，此注係自宋祝穆《方輿勝覽》卷六《紹興府・城山》『山冢有泉，多嘉魚』，因據改。　〔二〕來，原本及諸本均作『朿』，據《方輿勝覽》改。

［補注］

㊀葛居士，即葛慶龍。詳前《寄葛秋巖》注㊀。

㈡越臺，越王臺，在今紹興稷山。據傳爲春秋時越王勾踐齋戒臺，見《越絶書》卷八。《方輿勝覽》卷六《紹興府·越王臺》：『氣象開豁，極目千里，爲一郡登臨勝處。』

㈢琴心，謂儒雅。劍氣，謂任俠。風雨落，杜甫《寄李十二白二十韻》：『筆落驚風雨，詩成泣鬼神。』元袁桷《清容居士集》卷三三《先君子蚤承師友，晚固艱貞，習益之訓，傳於過庭。述師友淵源録》：『葛慶龍，南康人，寓居四明僧舍。精唐律詩，酒酣能飛筆爲數百言，然棄不復録。有《什一集》，極精警。』明宋濂《文憲集》卷十四《跋葛慶龍九日詩》：『詩務出不經人道語，甚者鉤棘不可句。每客諸公貴人，諸公貴人燕饗方樂，或爲具紙，無問生熟，連幅十餘，慶龍睥睨其間，酒酣落筆，颭颭不自止，皆鵬鶱海怒，欻起無際。』二句言葛具文（琴心）武（劍氣）才略，而不能用於世（兩寂寞），惟酒酣飛筆，以寫胸間鬱勃磊落之慨。

［輯評］

李慈銘《越縵堂詩話》卷上：《送葛居士住棲碧菴》云：『了然道者亦離塵，一龕松下分秋雲。』……皆清空婉眇，蟬蜕塵埃者也。

傑按：葛君亦宋末高介之士，富於才情，而落拓江湖，惓惓宗國。景熙前詩云：『酒酣欲寄登臨眼，黄葉斜陽滿廢臺。』（《寄葛秋巖》）此云：『祇今虎豹滿平陸，鍊骨誰與箋青旻。琴心劍氣兩寂寞，醉墨淋漓風雨落。』可見慷慨悲歌之懷。

春感〔一〕

柳花衮〔二〕雪春冥冥，溪風一夜吹爲萍。《月令》：『季春之月，萍始生。』或云柳絮化爲浮萍。萍隨風去渺流水，人生無根亦如此㊀。故山入夢草芊芊，半窗疎雨寒食天。《歲時記》：自冬至一百五日，有疾風甚雨，謂之寒食。曉來白髮稀可數，多少朱顔化黄土。高原冉冉青煙斜，麥飯灑松能幾家㊁？晉契丹入寇，其將蕭翰立唐明宗子許王從益。後晉帝至洛陽，令殺從益及楊淑妃。妃曰：『吾兒爲契丹所立，何罪而死？何不留之，使每歲寒食以一盂麥飯灑明宗陵乎？』子規叫殘金粟暮，《唐紀》：玄宗幸睿宗橋陵，見金粟山岡如龍蟠鳳翥之勢，曰：『吾千秋萬歲後，宜葬此。』繭紙蘭亭已飛去㊂。宋亡，越上諸陵遭楊總統之禍。此詩引古證今，最爲親切。

[校記]

〔一〕題，《元風雅》卷三〇作《春日感事》，《元詩體要》卷五、《東甌詩集》卷五、《石倉歷代詩選》卷二七九作《春日行》。　〔二〕衮，《宋元詩會》卷五五作『滚』。

[補注]

㊀人生無根，謂國亡無託身之所，飄摇如萍。文天祥《過零丁洋》詩：『身世飄摇雨打萍。』

㈡麥飯，桂馥《札樸》卷九：『大麥粒和豆煮曰麥飯。』按，據《舊五代史》卷五一《唐書宗室傳·許王從益》附《五代史闕文》、《新五代史》卷一五《唐明宗家人傳·淑妃王氏》載，漢高祖（劉知遠）遣將入洛陽令殺王淑妃、從益母子，章注謂『晉帝至洛阳，令殺從益及楊淑妃』，誤。又，唐明宗三后一妃，即皇后曹氏、夏氏、魏氏，淑妃王氏，并無『楊淑妃』者。

㈢金粟，山名，在陝西蒲城縣境内，唐玄宗泰陵所在地。這裏借指會稽宋帝陵墓。繭紙蘭亭，指晉王羲之《蘭亭集序》帖。繭紙蘭亭已飛去，喻宋帝陵骨已獲轉移收葬。作者《夢中作四首》之三『水到蘭亭轉嗚咽，不知真帖落誰家』（卷三），喻意相同，可參看。

［輯評］

傑按：此景熙悽愴感舊之詠，悲凉之意盈楮墨間，讀之令人惋歎。是霽山歌行體力作，歷來爲選家看重。明宋公傳《元詩體要》卷五《行體》敘云：『步驟馳騁，有如行書，謂之行。宜痛快詳盡，若行雲流水也。』選録此詩。

贈玉泉真士

紫霞之佩緑玉筇，鞭笞鸞鳳八極空。碧泓照人懸方瞳㈠，碧泓謂目，即秋水之義。陶弘景末年，一眼有時而方。黄冠無數趨下風。自言試邑滄海東，飄忽風雨傾槐宫，《異聞集》：淳于棼家廣陵，宅南有古槐樹。生飲其下，因醉寢，夢至大槐安國。王以女瑶芳號金枝公主妻之，使守南柯郡。湛盧夜吼將安從？湛盧，劍名。《世説》：王子喬有一劍，停空中，作龍鳴虎吼。爾來長嘯招葛洪，晉葛洪好神仙，聞交趾出丹砂，求爲勾漏令。丹氣不死横爲虹。金胎十月還倥侗，魏伯陽《參同契》：『金爲水母，母隱子胎。水者金子，子藏母胞。』十月倥侗，謂十月修養工夫，則煉成嬰兒也。三花自聚天無功。《修真書》：『三花聚頂，五〔一〕氣朝元。』以血化爲氣，氣化爲神，神化爲虚，故云三花聚頂。笑我雙鬢垂秋蓬，十年白石煮不紅㊁，《抱朴子》云：『引石散以方寸匕投一斗白石中煮之，立熟如芋，食之當穀。』先生白石人，故借用之。安得四方上下如雲龍！

〔校記〕

〔一〕五，原引訛爲『玉』，冒刻、叢集、中華本誤同，今改。按五氣朝元，即五炁朝元，道教修煉之法。

〔補注〕

㊀方瞳，方形的瞳孔。古人以爲長壽之相。

㊁十年句，言自己修道不成。葛洪《神仙傳》卷一《白石生》：『白石生者，中黄丈人弟子也，至彭祖之時，已年二千餘歲矣……常煮白石爲糧，因就白石山居，時人號爲白石生。』陶弘景《真誥》卷五《甄命授》：『斷穀入山，當賚食白石。昔白石子者，以石爲糧，故世號曰白石生。此至人也，今爲東府左仙卿。』

秋夜

片月相隨過竹居，風生荷葉酒醒初。窗扉半掩秋蟲急，猶有殘燈守故書。

［輯評］

郎瑛《七修類稿》卷三二《詩文類·集句》：『風生荷葉酒醒初。』林霽山。

李慈銘《越縵堂詩話》卷上：《秋夜》（引略）……皆清空婉眇，蟬蜕塵埃者也。

吴中會故人

一聲新雁荻花秋，片月吴松〔一〕共客舟㊀。却憶去年今夜月，思君獨上越山樓。

［校記］

〔一〕松，《御選宋詩》卷七四、《宋詩鈔補》作『淞』。字通。

［補注］

㊀吴松，吴淞江。太湖支流，蘇州河上游。

妾薄命六首(一)

取古者烈女不更二夫之義，以寄吾忠臣不事二君之心。不然，則王昭君、蔡文姬非不薄命也，而其所以舍彼取此者，其義蓋有攸在。

其一

盈盈梁家姝，奕奕晉朝使，斛珠不論貲，得備巾櫛侍(二)。一笑金谷春，列屋俱斂避(三)。豈知錦步温，已復爲愁地(四)。念主惠妾深，緣妾爲主累。樓頭風雨深，殘花抱春墜(五)。此篇言緑珠也。以『風雨』喻禍難，以『春』喻節義也。

［校記］

此篇亦載黄庚《月屋漫稿》、張觀光《屏巖小稿》，題作《緑珠》，字句稍異：『娉婷石家姝，榮顯晉朝使。斛珠不論貲，得備巾櫛侍。一笑金谷春，粉黛皆斂避。豈知步障中，乃復爲愁地。念主愛妾深，因妾爲主累。樓頭風月愁，殘花抱春墜。』（加點爲相異字）按，黄、張集屬誤編，詳附録六辨疑。

［補注］

(一)妾薄命，樂府詩題名，内容多寫婦女不幸命運和怨嗟。《樂府詩集》卷六二引《樂府解題》：『妾薄命，曹植云「日月既逝西藏」，蓋恨燕私之歡不久。梁簡文帝云「名都多麗質」，傷良人不返，王嫱遠聘，盧姬嫁遲也。』

㈡梁家姝，指緑珠。黄集作『石家姝』，不合句意。晉朝使，指石崇。巾櫛侍，執巾、櫛（梳篦）服侍左右，即作妻子。唐劉恂《嶺表録異》卷上：『昔梁氏之女有容貌，石季倫（崇）爲交趾采訪使，以真珠三斛買之。』

㈢金谷，金谷澗，在洛陽市西北。石崇築園於此，稱金谷園。列屋，韓愈《送李愿歸盤谷序》：『粉白黛緑者，列屋而閒居。』指衆妾。

㈣錦步，錦步障。遮蔽風塵的屏幕，用錦緞製作。石崇與貴戚王愷、羊琇鬭奢，『愷作紫絲布步障四十里，崇作錦步障五十里以敵之』。見《晉書·石崇傳》。已，乃。

㈤念主四句：據《晉書·石崇傳》載，緑珠爲石崇歌妓，美而艷，善吹笛。孫秀與石崇有隙，秀任中書令，求緑珠爲妾，崇不許。秀怒，乃勸趙王倫誅崇。『崇正宴於樓上，介士到門，崇謂緑珠曰：「我今爲爾得罪。」緑珠泣曰：「當效死於官前。」因自投于樓下而死。』

其二

繁華隨逝水，日暮珠〔一〕樓空㈠。哀哀徐州妾，事主不及終㈡。空房輟膏沐，明妝欲誰容㈢？春風燕子來，秋風燕子去；去來影常雙，孤鸞抱顑頷。回首醉嬌時，百花不敢媚。

此篇言盼盼也。唐張建封元和中鎮武寧，舞妓盼盼者，徐之奇絶。建封納之於燕子樓，後又起新樓焉。

［校記］

〔一〕珠，吴校、四庫本作『朱』。

此篇亦載黄庚《月屋漫稿》、張觀光《屏巖小稿》，題作《燕子樓》。二句『珠』作『高』，三句『州』作『陵』，六句『欲』作『爲』，九句『常』作『帶』，餘同。按，黄、張集屬誤編，詳附録六辨疑。

［補注］

㈠珠樓空，蘇軾《永遇樂》詞：『燕子樓空，佳人何在，空鎖樓中燕。』

㈡徐州妾，白居易《燕子樓三首並序》：『徐州故張尚書有愛妓曰盼盼，善歌舞，雅多風態。予爲校書郎時，游徐、泗間，張尚書宴予，酒酣，出盼盼以佐歡，歡甚。予因贈詩云：「醉嬌勝不得，風嫋牡丹花。」……尚書既殁，歸葬東洛。而彭城有張氏舊第，第中有小樓名燕子。盼盼念舊愛而不嫁，居是樓十餘年，幽獨塊然，於今尚在。』宋蔡絛《西清詩話》卷中：『徐州燕子樓直郡舍後，乃唐節度使張建封爲侍兒盼盼者建，白樂天贈詩自誓而死者也。』明胡文焕《胡氏粹編·新刻稗家粹編》卷三《妓女部·盼盼守節》：『盼盼得詩泣曰：「妾非不能死，恐後人以我公重於色也。」乃次其韻而和云：「自守空樓斂恨眉，形同春後牡丹枝。舍人不會妾深意，訝道泉臺不去隨。」後遂不下樓，旬日不食而死。』

㈢欲誰容，將爲誰打扮。《詩·衛風·伯兮》：『自伯之東，首如飛蓬。豈無膏沐，誰適爲容？』

其三

二八入宫掖，一笑空三千㊀。雲階渺何許，步步生金蓮。繡鴛不勝春，繡鴛，鞵也。飄若凌波仙㊁。榮華一回首，荆棘森我前。君恩花上露，妾心井中泉；井泉誓不波㊂，下照青青天。此篇言潘妃也。《南史》：齊東昏侯有美人潘妃，名玉奴。東昏侯鑿金爲蓮花貼地，令潘妃行其上，曰步步生蓮花也。

[校記]

此篇亦載黄庚《月屋漫稿》、張觀光《屏巖小稿》，題作《潘淑妃》。二句『空』作『輕』，五句『鴛』作『鞋』，八句『森』作『生』，餘同。按，黄、張集屬誤編，詳附録六辨疑。

[補注]

㊀二八，十六歲。一笑空三千，白居易《長恨歌》：『回眸一笑百媚生，六宫粉黛無顔色……後宫佳麗三千人，三千寵愛在一身。』

㊁凌波仙，曹植《洛神賦》：『體迅飛鳧，飄忽若神。陵（凌）波微步，羅襪生塵。』

㊂井泉不波，言不爲外物所動，喻婦女守身不嫁。孟郊《列女操》：『波瀾誓不起，妾心古井水。』按，此詩用意全在下半篇。結言井泉不波，下照青天，表示自己守節不移的志向。

其四

夫君仕虢州，不幸早歲折，負骸歸青齊，道遠囊復竭㈠。投棲不見容，落日人煙絕。高義無展禽㈡，展禽，柳下惠也。辱身顧豈屑？野露雜涕洟，皇天鑑孤蘖〔一〕㈢。肯惜一臂殘，涴此全體潔㈣！此篇言王凝妻也。五代王凝妻李氏。凝家青齊之間，時仕虢州司户，卒于官。李氏攜子負骸以歸，投宿旅舍。主人不許，牽其臂而出。李氏仰天慟哭，即引斧自斷其臂。歐陽公曰：『士不愛身而忍恥事讐者，聞李氏之風，亦可以知愧矣！』

〔校記〕

〔一〕蘖，吴校、四庫本作『孽』。按，蘖、孽字通。

〔補注〕

㈠虢州，今河南省靈寶縣。青齊，指古青州、齊州，今山東濟南一帶。

㈡展禽，春秋魯國大夫，以直道高節著稱于時。

㈢孤蘖，同孤孽，謂孤臣孽子（孤立之臣，非正妻所生的庶子），指孤立無援而心懷節義的人。

㈣按，王凝妻李氏事，見歐陽修《新五代史·馮道等傳序》。此詩借詠王凝妻事，以見守志不屈，『寧可玉碎，不作瓦全』的凜然節概。

其五

陌上桑欲稀，室中蠶正飢。妾心知採桑，安知使君誰？結髮爲人婦，幾年守空幃。婦義不移天，相邀何乃癡！老姑倚門久㈠，不待盈筐歸。爲妾謝使君，風化關庭闈㈡。此篇言羅敷也。崔豹《古今注》：秦氏女名羅敷，邯鄲人，嫁邑人千乘王仁，仁後爲趙王家令。敷出採桑於陌上，王登樓見悦之，欲奪焉。羅敷乃彈箏作《陌上桑》歌以自明。其歌有曰：『使君自有婦，羅敷自有夫。』又按秋胡子事與此略同。

［校記］

此篇亦載黄庚《月屋漫稿》、張觀光《屏巖小稿》，題作《秋胡妻》。首句『欲』作『葉』，八句『相邀何乃癡』作『黄金欲何爲』，餘同。按，黄、張集屬誤編，詳附録六辨疑。

［補注］

㈠倚門，語出《戰國策·齊策六》，王孫賈年幼在外做事，其母盼念他歸來，説『汝朝出而晚來，則吾倚門而望』。

㈡謝，告訴。庭闈，内舍，父母所居。用指父母。言事關風化，有違父母訓誨，不能相從。按，秋胡妻事，見漢劉向《列女傳·魯秋潔婦》、晉葛洪《西京雜記》卷六。《雜記》云：『魯人秋胡，娶妻三月，而游宦三年。休，還家。其婦採桑於郊，胡至郊而不識其妻也，見而悦之，乃遺黄金數鎰。妻曰：「妾有夫，游宦不返，幽閨獨處，三年于兹，未有被辱於今日也。」採桑不顧，胡慚而退。至家，問家人妻何在，曰採桑於郊未返。既還，乃向所挑之婦也。夫妻並慚，妻赴沂水而死。』林此作似混用羅敷、秋胡妻事。如『相邀』、『共載』及『妾謝使君』諸語，係取諸秦羅敷《陌上桑》詩；而『結髮爲人婦，幾年守空幃』、『老姑倚門久，不待盈筐歸』等句，又與秋胡事相合。全篇喻寫作者『身不事二朝』的志節。

其六

國難誼當馳，送君遠行役。黎明别江郊，更〔一〕上北山脊。江雲妾眼迷，江風妾衣拆〔二〕。魂去形獨留，兀然化爲石。化石君倘知，勿復念衾席。願持如石心，爲國作堅壁。

此篇言望夫石也。《幽明録》曰：武昌山上有望夫石，如人立狀。古傳昔有貞婦，其夫從役，遠赴國難，攜弱子餞送此山，立望其夫而死。因化爲石，故名之。　右六詩，語精辭約，最得《選》詩之體。後有作者，不可及也。

［校記］

〔一〕更，四庫本作『東』。

〔二〕拆，四庫本作『圻』，殆『坼』字形近而訛。

寶林寺鰻井[一]

雲根藏海眼[二]，雲根，石也。唐劉崇遠作《金華子》，書載海眼一事。云北海郡國發得五銖錢，取之不盡，得一石記云『此是海眼』。靈物此中蟠。吐沫晴巖雨，飛陰夏木寒。何年化龍去，半日待潮看。消長從誰問，微吟倚石闌。

［補注］

[一]寶林寺，在浙江紹興龜山，寺中有鰻井，以井有鰻得名。沈括《夢溪筆談》卷二〇《神奇》：『越州應天寺有鰻井，在一大磐石上，其高數丈，井才方數寸，乃一石竅也，其深不可知。』雍正《浙江通志》卷一五《山川七・紹興府》：『靈鰻井，《弘治紹興府志》：在寶林山。井有靈鰻，時出現。林景熙《寶林鰻井》詩（本篇略）。』

[二]海眼，泉眼。泉水流出口。古人認爲井泉水源源不斷，係從江海潛流而來，故稱海眼。

寄懷

圖上追三笑[一]，虎溪事。詩中寄七哀。《七哀詩》，始於曹子建，其次則王仲宣、張孟陽也。釋詩者謂『痛而哀[一]、感而哀、怨而哀，耳目聞見而哀、口歎而哀、鼻酸而哀』，謂一事而七者具也。孤棲非絶物，多難亦成才。歲儉米生竹，春寒衣上苔㊁。不知遼海客，化鶴幾時回？《續仙傳》：遼東城門華表柱頭，有白鶴止其上，人欲射之。鶴歌曰『有鳥有鳥丁令威』。

［校記］

［一］按，『七哀』釋義見《文選·曹植〈七哀詩〉》唐吕向注，章注引述『痛而哀』後脱『義而哀』三字。

［補注］

㊀三笑，虎溪三笑，指晉釋慧遠和陶淵明、陸修静三高士。據《蓮社高賢傳》載：遠法師送客過虎溪，輒有虎號鳴，『後送客未嘗過。獨陶淵明與陸修静至，語道切合，不覺過溪，因相與大笑。』宋陳舜俞《廬山記》卷二云：『今世傳三笑圖，蓋起於此。』按，宋樓鑰《攻媿集》卷七七《又跋東坡三笑圖贊》援趙彦通説，謂遠公不與修静同時。樓氏考云，遠公卒于晉義熙十二年，修静生于義熙三年，遠公亡時修静纔十歲。修静宋元嘉末始來廬山，距遠公亡已三十餘年，距淵明亡亦二十餘年。故三人不可能同在一起，其事或出妄傳。

㊁米生竹，即竹生米，謂竹子結實。宋唐慎微《證類本草》卷一三《竹葉》引别説云：『（竹花）結實如小麥子，無氣味而澁，江浙人號爲竹米，以爲荒年之兆。』衣上苔，即苔上衣，本王維《書事》詩：『輕陰閣小雨，深院晝慵開。坐看蒼苔色，欲上人衣來。』言雨後苔蘚青翠欲滴，它的光色仿佛要染上衣襟。這是借幻覺來捕捉景象，詩家稱爲『神來之筆』。此化用之。

宿台州城外

荒驛丹邱路㊀，秋高酒易醒。霜增孤月白，江截亂峰青。旅雁如曾識，哀猿不可聽㊁。到家追此夕，三十五郵亭㊂。

〔補注〕

㊀丹邱，嘉定《赤城志》卷三：『丹邱驛，在台州（今浙江臨海市）東南一里，舊傳葛元煉丹於此，故名。』

㊁旅雁二句：如曾識，李清照《聲聲慢》詞：『雁過也，正傷心，却是舊時相識。』猿聲哀切，觸人旅愁，故説『不可聽』。

㊂郵亭，驛館。唐制，三十里置驛。三十五郵亭，則爲千里路程。

〔輯評〕

范大士《歷代詩發》卷二九：（末二句）痛後之思，即從痛時設想。

宋長白《柳亭詩話》卷一九《宋人警句》：林德暘《宿台州》『霜增孤月白，江截亂峰青。』……回視六朝，似有秋月春花之别。

李慈銘《越縵堂詩話》卷上：『霜增孤月白，江截亂峰青。』……皆清空婉眇，蟬蜕塵埃者也。

傑按：此篇筆墨清峭簡秀。三四句寫景絶佳，對句尤勝。結二所言，較唐人絶句『不用憑欄苦回首，故鄉七十五長亭』（杜牧《題齊安城樓》），多一層曲折，更饒思致。

賦梅一花得使字㊀ 以陸凱詩爲韻也。

玄冥雨霜葉槁〔一〕地，誰爲乾坤挽仁氣㊁。即此句，便占得理路宏闊，且道前人之所未道也。苔枝老醜春力微，綃出鮫宮翦初試㊂。芳信不消三兩點，已壓春風二十四㊃。百花頭上頭更高，空谷天寒弄幽致。太素忽開渾沌苞〔二〕，陽奇首泄河圖秘㊄。此詩自『苔枝』以下，體物之工，已爲精緻。至此聯又極其形容，可謂益精益妙，而不可以有加矣。非學力之至，才思之高，未易及此，然惟梅花可以當之，他花殆不足擬倫云。山林骨格知無雙〔三〕，冰雪精神真寡〔四〕二。此下本有二句，云「玉環一笑能專房，未許諸姨鬬妍媚」。天趣先生以爲此篇既皆正大精深，不必更用玉環事污了梅花。其説近是，今參諸公論，止存於注，以借觀覽。玉環一笑能專房，未許諸姨鬬妍媚〔五〕㊅。道人紙帳臥江月，却愛獨清同此意㊆。淺波照影自相耦〔六〕，憶向孤山作春事。此句因梅花而懷舊游也。斜陽凍蝶愁未知，海上先鋒青鳥使。嶺南珍禽有倒挂子，緑衣紅咮，如鸚鵡而小。自海東來，非塵埃間物也。又《山海經》：青鳥，西王母之使也。

[校記]

《東甌詩集》卷五題無『一』字。　〔一〕槁，《東甌詩集》作『委』。　〔二〕苞，《東甌詩集》作『胞』。　〔三〕骨，《東甌詩集》作『標』。　知無，《東甌詩集》作『不可』。　〔四〕真寡，《東甌詩集》作『更無』。　〔五〕按此聯經章氏删簡，各本均無存録。今予補入，以復舊觀。　〔六〕淺波照，《東甌詩集》作『波心弄』。　耦，《東甌詩集》作『偶』。

[補注]

㊀南朝宋陸凱《贈范曄》詩首云『折花逢驛使』，此即以陸句爲韻字詠梅而分得『使』字。

㊁玄冥，《禮記·月令》：『（孟冬之月）其神玄冥。』仁氣，温暖融和之氣。《禮記·鄉飲酒義》：『天地温厚之氣，始於東北……此天地之仁氣也。』

㊂綃出鮫宫，言鮫人（傳説中人魚）所織之綃。南朝梁任昉《述異記》卷上：『南海出鮫綃紗，泉室（指鮫人）潛織，一名龍紗，其價百餘金。』二句寫苔梅老枝上的蓓蕾，被春氣微微催開，那初綻的花苞像是新剪的鮫綃。此以老幹醜枝襯托花蕾的俏美，即是宋詩人蕭德藻所説的『醜怪驚人能嫵媚』（《古梅二首》之一）之意，包含辯證道理。

㊃春風二十四，指花信風。自小寒至谷雨，凡一百二十日，五日一候，計二十四候，配以二十四種花，稱二十四番花信風。見宋程大昌《演繁露》卷一《花信風》。在二十四種花信風中，梅花居首，凌寒先開，故云『已壓春風二十四』。

㊄太素，太初之物，指天地。《周易》家以奇數一三五七九爲天的象徵數，稱陽奇。《河圖》，傳爲伏羲所作卦形圖。二句説梅花是天地初辟時結開的花苞，它透露了自然界陰陽變化的奥秘。

㊅玉環，楊貴妃。白居易《長恨歌》：『回眸一笑百媚生，六宫粉黛無顔色。』專房，專寵。此二句以玉環媚奪衆姨爲喻，謂梅花艷冠百花。

㊆紙帳，梅花紙帳，隱士臥具。宋朱敦儒《鷓鴣天》詞：『道人還了鴛鴦債，紙帳梅花醉夢間。』參見卷三《題海上人棲雲樓》注㊀。獨清，《楚辭·漁父》：『舉世皆濁我獨清。』

［輯評］

傑按：此詩佳處在前六句。『芳信』二句尤具意藴，可稱絶唱。至『太素』聯，已落奥僻，見非本色語，而章氏贊云『益精益妙』，何耶？

賦冬嶺孤松得秀字

靈丹九轉無仙授，《修真書》云：九轉金丹秘訣。一轉降丹，二轉交媾。三轉養陽，四轉養陰，五轉换骨，六轉换肉，七轉换五藏六府，八轉育火，九轉飛昇。槁色千林何可救㊀。《岳陽記》：吕洞賓憩岳陽城南，有人自樹而下，求哀憐。吕與靈丹一粒而去。樹初枯槁，尋復秀茂。凍蛟出壑蒼髯秀，勁氣獨與玄冥鬬。秦官五輩空遺臭，陶徑單傳無别冑㈡。天寒落日啼猿狖，如見襄陽古耆舊。習鑿齒有《襄陽耆舊傳》。花開花謝當春晝，蒲柳迎秋唯恐後㈢。此地不知黄落候，一蓋高風撑宇宙。貞心耿耿神明佑，六陰雖朋不敢寇㈣。朔風揚威雪貿貿，君子之傷君子守。明堂一柱難獨構，青牛伏龜千歲壽㈤。

[補注]

㈠這二句反用其意，言靈丹不能獲致，枯林不可救轉，用以襯引下文描寫的冬嶺孤松凛然不可犯的天賦稟性。

㈡秦官五輩：秦始皇封禪泰山，避風雨於松下，因封松爲五大夫。見《史記・秦始皇本紀》及漢應劭《漢官儀》。「五大夫」爲秦爵位名，後人或附會爲五株松樹（參見宋袁文《甕牖閒評》卷五）。此云「五輩」，亦沿俗傳。空遺臭，是對爲保禄位而改節事元的官僚們的斥責。陶徑，指高士隱居之地。陶淵明《歸去來辭》：「三徑就荒，松菊猶存。」

㈢蒲柳，《世説新語・言語》：「蒲柳之姿，望秋而落；松柏之質，經霜彌茂。」

㈣六陰，一年中五月至十月六個月爲陰氣上騰之時，稱六陰。見《禮記・月令》唐孔穎達疏。朋，衆。

㈤明堂，古代帝王施政的大廳。青牛伏龜，《淮南子・説山訓》：「千年之松……下有伏龜。」《藝文類聚》卷八八引《嵩高山記》：「嵩嶽有大樹松，或百歲千歲，其精變爲青牛，或爲伏龜。采食其實，得長生。」

紀夢㈠ 此借夢爲題，以言故居之事也。

江風吹夢到書樓，樓外新鴻數點秋。葛老巾山空落照，《平陽志》：州治東有巾子巖，蓋仙翁葛洪修煉之所也。晉時帶水尚東流。有水一帶，自白石嶺諸峰入白石河，流過州治後，號腰帶水。會于抗雲橋，分流東去，蓋晉太康中郭景純所定也。魚鰕市散荒煙合，鳥雀門深細草幽。何處一聲長笛起，覺來獨客在滄洲。

［補注］

㈠此客寓山陰思懷崑陽舊居之作，首句『書樓』即作者所居之連雲樓也。

葛壇即事㈠ 仙壇有平石，方十餘丈，舊傳葛洪煉丹之所，故名葛壇。

半壑松雲識稚川，葛洪字稚川。攜琴曾此寫風泉。日烏月兔神丹古，春蚓秋蛇醉墨鮮㈡。世事榮枯成一笑，人生好醜在千年。下方城郭塵如海，輸與山中枕石眠。

［補注］

㈠葛壇，在平陽縣城東仙壇山上。乾隆《平陽縣志》卷一八《雜志·古跡》：『葛翁小巖棲、石牀、丹竈，俱在仙壇山。』

㈡春蚓秋蛇，語出《晉書·王羲之傳論》：『（蕭子雲）僅得成書，無丈夫之氣，行行若縈春蚓，字字如綰秋蛇。』本喻書法拙劣。也指隨意所書，蘇軾《龍尾硯歌》：『春蚓秋蛇隨意畫。』這裏用後義。乾隆《平陽縣志》卷一八《雜志·古跡》：『小巖棲，巖上刻葛洪詩云：陰洞泠泠，風佩清清，仙居永創，花木長榮。』

答陳植父

衡門愁絶坐詩窮，瘦策荒途况此翁。流水年華孤月在，言年華如水之流，而孤月常在，猶世事雖變而此心不改。黄花心事幾人同？黄花心事，不止言退閒隱居，蓋取淵明晚年不事二姓之義。鄉書杳杳迎江雁，客枕蕭蕭避井桐。昨夜蓴鱸應入夢，扁舟歸去及秋風㈠。

［補注］

㈠蓴鱸，蓴羹鱸魚膾，爲吴中（蘇州）佳肴。《世説新語·識鑑》載，晉張翰居官洛陽，『見秋風起，因思吴中菰菜羹、鱸魚膾，曰：「人生貴得適意爾，何能羈宦數千里以要名爵？」遂命駕便歸。』菰，《太平御覽》

卷二五作『蓴』。《晉書·文苑傳》作『菰菜、蓴羹、鱸魚膾』。後用爲思鄉的典故。

贈天目吴君實㊀ 天目山在臨安縣西五十里。

詩興翩翩度雪溪㊁，巖雲猶護舊留題。夢回殘月蒼梧曉，家在春風秀麥西㊂。此謂君實家在故國之西。萱草堂深衣屢寄㊃，桃花觀冷酒重攜。會稽縣内有桃源觀，故借用之。寄衣攜酒，君實時有其事。故山石鏡無人問，空與寒猿照影啼。《臨安縣圖經》：縣南有石鏡山，山之東峰有石鏡，徑二尺七寸，其光如鏡。

［補注］

㊀吴君實：吴鼎，字君實，號古村，臨安縣（今屬浙江）人。隱居臨安九仙山，著有《古村煙草》。何夢桂稱其詩『多幽憂感發，使人一唱三歎，如清廟之音』（《潛齋集》卷七《吴鼎君實求古村煙草詩序》）。

㊁雪溪，即剡溪。曹娥江上游，在浙江嵊縣南。

㊂蒼梧，相傳帝舜南巡而崩，葬於蒼梧之野。借指宋帝陵墓。秀麥，抽穗開花的麥子。《史記·宋微子世家》：『（商亡）箕子朝周，過殷虚，感宫室毁壞，生禾黍。箕子傷之……乃作《麥秀》之詩以歌詠之。』這裏借指南宋故都。此聯著『蒼梧、秀麥』字，含無限傷懷意。

㊃萱草堂，即北堂，古爲母親所居。

〔輯評〕

賀裳《載酒園詩話·林景熙》：「萱草堂深衣屢寄，桃花觀冷酒重攜。」……真視唐人無愧。

李慈銘《越縵堂詩話》卷上：《贈天目吴君實》云：「夢回殘月蒼梧曉，家在春風秀麥西。」……皆清空婉眇，蟬蜕塵埃者也。

秦望山㊀

在會稽嵊縣，秦始皇登山望海處，故名。

鐫石奇功席卷來，眼中滄海一瓊杯㊁。神山只在靈鰲背，徐福樓船不見回㊂。

始皇使徐福發童男童女各五百人，卒載樓船，入海不返。

〔補注〕

㊀秦望山，在浙江紹興市東南。《水經注》卷四〇《漸江水》：「秦望山在州城正南，爲衆峰之傑，陟境便見。《史記》云：秦始皇登之以望南海。」

㊁鐫石奇功，《史記·秦始皇本紀》：「上會稽，祭大禹，望於南海，而立石刻，頌秦德。」張守節正義：「其碑在會稽山上，其文及書皆李斯。」眼中句，唐李賀《夢天》詩：「遥望齊州九點煙，一泓海水杯中瀉。」

㊂靈鰲背，傳説海上神山爲巨鰲（大龜）所負。徐福，即徐市，秦方士。《史記·秦始皇本紀》：「齊人徐市等上書，言海中有三神山，名曰蓬萊、方丈、瀛洲，仙人居之。請得齋戒，與童男女求之。於是遣徐市

發童男女數千人，入海求仙人。』《史記·淮南衡山列傳》及東方朔《十洲記》均作『徐福』。按，市（𣀔）音芾，語轉爲福。元吾丘衍《閒居録》云：『秦方士徐市，又作徐福，非有兩名，市乃古𣀔字。《漢書》未有翻切，但以聲相近字音注其下，後人讀市作市廛字，故疑福爲别名也。』

項羽廟㊀　在山陰縣南十五里。

夜半追兵入楚營，鴻門玉碎卯金興㊁。江東父老猶羞見，地下如何見范增？　此語可謂切中人情。

［補注］

㊀項羽廟，《會稽志》卷六《祠廟·山陰縣》：『項羽廟，在縣南十五里項里溪上。以亞父范增配食，不知其始歲月。傍有聚落數十户，歲時奉祀。』參閱卷二《項羽里》注㊀。

㊁卯金，指『劉』字。《漢書·王莽傳中》：『夫劉之爲字，卯金刀也。』

登謝客巖㊀　在温州積穀山下。

巀嶭鎮九斗，《郡志》：始議建城基，郭璞登山相地，九山錯立如北斗，因謂之斗城。贔屭挾五丁㊁。飛霞適何來，《郡志》：積穀山下有飛霞洞。仙人劉根隱居於此，嘗乘霞至天台赤城訪紫霞君。今有飛霞觀在焉。縹緲開珠庭㊂。永懷謝康樂，坐嘯山水城㊃。曠代得真契，登臨有餘情。松風灑六月，使我毛骨清。猿鳥亦仙意，人生胡營營？石麟臥荒麓，問此誰氏塋？野老向我言，其人昔公卿。珠玉照黃壤，送者冠蓋傾。華朽變百年，所寶非修名。乃知鐘鼎貴〔一〕，不如芝薇馨。所以世外人，返老還吾嬰。倚杖空歎息，洞口雲冥冥。

【校記】

〔一〕貴，原作『愧』，據嘉靖《永嘉縣志》卷一及吴校本、四庫本改。

此篇亦載黃庚《月屋漫稿》、張觀光《屏巖小稿》，題作《游謝仙巖飛霞觀巖下李參政墓》，録如下：『鬼工鑿山骨，何年驅六丁。飛霞繞石洞，縹緲開珠庭。永懷謝仙伯，坐斷山水城。我來事幽雅，登臨委客情。松風驅溽暑，自覺毛骨清。猿鶴亦仙意，人生空營營。石麟臥荒草，問是誰家塋？野老對我言，其人昔公卿。金玉埋黃壤，送日冠蓋傾。興衰異百年，所重非修名。乃知鐘鼎貴，不如芝薇馨。所以世外人，返老還孩嬰。倚仗空歎息，洞口雲冥冥。』三十九字相異（字左加點者）。按，黃、張集屬誤編，詳附録六辨疑。

【補注】

㊀謝客巖，又名康樂巖，在今温州市區中山公園内積穀山南麓飛霞洞側。嘉靖《永嘉縣志》卷一《輿地志·城内諸山》：『積穀山，在縣治東南。有飛霞洞、謝客巖。謝靈運書《白雲曲》《春草吟》於崖上，今

蕪没，惟「謝客巖」三字尚存。……宋林景熙詩云（本篇略）。」靈運小名客兒，因稱謝客。

㈡九斗，指温州郡城。參見卷三《鹿城晚眺》「山形九斗分」注。贔屭，壯武有力貌。五丁，春秋时開通蜀道的五個力士。見《水經注》卷二七《沔水》。

㈢殊庭，指奇異的神仙境界。《史記・孝武本紀》「至殊庭焉」司馬貞索隱引服虔曰：「殊庭者，異也，言入仙人異域也。」

㈣謝康樂，謝靈運襲封康樂公。《宋書・謝靈運傳》：「出爲永嘉太守。郡有名山水，靈運素所愛好，出守既不得志，遂肆意游遨，遍歷諸縣……所至輒爲詩詠。」

秋日榴花

彼美石氏姝，石榴花神有名石醋醋者，故以爲石氏姝也。相逢緑陰早。借問此何時，清霜下百草。舞裙冷猩紅，自作背時好。誰家返魂香㈠，招以華素顥。水霞晚猶鮮，山日寒更杲。燕逝蟬無聲，園林跡如掃。飾明以驚昏，豈昧出處道㈡？飄零餘寸丹，耿耿歲華老。

［補注］

㈠返魂香，即返生香。傳説漢武帝時西域國所産，從返魂樹根汁中提取，「香聞數百里，死者在地，聞香氣乃却活。』見東方朔《十洲記・聚窟洲》。後用指奇香。

㈢『明』、『昏』字雙關。明，聰明；昏，昏聵，糊塗。出處，進退，指改節進仕或守志隱退。

連雲樓㈠

先生家有樓，扁曰連雲。

我心適無事，看雲起南山。層簷接空影，而不礙往還。昔年凡鱗化，乘此青冥間。青冥，太清也。膚寸未膏物㈡，側手曰膚，按指曰寸。又《劉禹錫集》：筆端膚寸，膏潤天下。黃埃滿人寰。剛風忽吹斷，小寄白石間〔一〕。白石，蓋自指所居而寓意也。豈不自怡悅，良田變茅菅。此言雲寄白石之間，固可怡悅，然澤不及物，大地枯槁，雖良田亦化爲茅菅矣。詳味此言，先生雖處山林，而其憂世閔農之意，猶有不能忘者。何當鞭豐隆，上扣虎豹關㈢。此猶屈原《離騷》志無所愬，不得已則求端於天之意也。

[校記]

〔一〕間，《東甌詩存》卷一〇作『閑』。

[補注]

㈠連雲樓，作者平陽白石巷書樓。前有《九日會連雲樓分韻得落字》詩。

㈡膚寸，指逐漸聚合的雲氣。《公羊傳·僖公三一年》有『膚寸而合，不崇（終）朝而遍雨乎天下』的話。此言密雲不雨，萬物不獲膏潤。

㈢豐隆，雲神。《楚辭·離騷》：『吾令豐隆乘雲兮。』虎豹關，《楚辭·招魂》：『君無上天些，虎豹九關。』天門九重，故稱九關。

昌源懷古〔一〕㈠

昌源坂在會稽縣南三十五里，吴越王錢氏所葬之處。

牛頭一星化爲石㈡，牛頭星化石，未詳，意昌源有其事。千仞稜層垂鐵脊。隆隆隱隱佳氣藏㈢，列峰環拱效圭璧。玉棺何代埋雲根〔二〕，後漢王喬爲葉令，一日天降玉棺於堂前，吏人推排不動。喬曰：『天帝獨召我耶？』乃沐浴寢其中。三朝萬乘子復孫㈣。趙閲道《表忠觀碑》云：錢氏三世四王，與五代相終始。典册輝煌照九土，歲時園廟嚴駿奔。輪雲自古幾翻覆，輪雲以喻世變。山靈不守松柏禿。離離荒草鬼火青，麥飯無人灑林麓㈤。我來弔古欲雪天，梵宫金碧棲寒煙。殘僧相對語寂寞，苔梅隔嶺春〔三〕年年。

［校記］

〔一〕雍正《浙江通志》卷二三八引録題作《忠遜王墓》。

〔二〕雲根，《通志》作『衣冠』。

〔三〕春，《通志》作『青』。

［補注］

㊀昌源，雍正《浙江通志》卷二三八《陵墓・紹興府會稽縣》：『吴越忠遜王錢倧墓，萬曆《會稽縣志》：在秦望山北，地名昌源，以王禮葬。林景熙《忠遜王墓》詩（本篇略）。』按，吴越忠遜王錢弘倧，錢鏐之孫。即王位六個月，爲内牙統軍使胡進思廢，徙居東府（越州）。『王能爲詩，亭榭之上紀録皆满，居二十年始薨。以王禮葬會稽秦望山之原。』見《十國春秋》卷八十《吴越四・忠遜王世家》。

㊁牛頭一星化爲石，指星隕結爲石。卷二《金山寺》亦云：『一星化石江成陸。』

㊂佳氣，舊指象徵帝王的瑞氣。《後漢書・光武帝紀論》：『氣佳哉，鬱鬱葱葱然。』

㊃玉棺，見《後漢書・方術傳上・王喬》。後用指升仙之事。三朝，三世。五代十國吴越自錢鏐建國，共歷三代五主。萬乘，能出萬輛兵車之主，指帝王。

㊄麥飯，見前《春感》注㊁。

賦雙松堂呈薛監簿㊀

監簿名肩夔，永嘉人。有堂，扁曰雙松。

宿覺山中有雙松㊁，一朝劫燼鱗鬣空。端明堂前有雙松㊂，至今古色摩蒼穹。此物受命本千歲，扶持若有神始終。天留貞質表文獻，自此以下皆以物喻人。庬〔一〕言幻學甯女容[四]？昔賢種松如種德[五]，柯葉餘事根本豐。柯葉喻文章，根本喻忠信也。百年封植雨露飽，厥聲大肆鳴笙鏞。掀髯相視雪貿貿，擁蓋對立雲童童。不知天地有黄落，玄冥失柄春無功。玄冥，北方之神，主冬。松柏逢冬不悴，逢春不榮。聞孫峨冠立松下，典刑如侍乾淳翁。昂藏見謂廊廟具，夭矯亦有山林風。稜稜鐵面不可犯，趙清獻公爲侍御史，不避權倖，號鐵面御史。麾去秦爵如飛蓬。秦爵，謂秦封松爲五大夫也。飛蓬，謂視功名如草芥也。綵衣奉酒列青影[六]，森森頭角皆虬龍。此言監簿子孫奉觴稱壽，列于青影之下，其頭角皆森然如虬龍也。皆託物比興耳。

［校記］

［一］庬，吴校、四庫本作『龐』，字義同。

此篇亦載黄庚《月屋漫稿》、張觀光《屏巖小稿》，題作《侍郎亭》：『東鄰花圃栽雙松，一朝煨燼枝葉空。侍郎亭前有雙松，至今古色摩蒼穹。此木受命本千載，扶持若有神始終。天留真質表文獻，柯葉蕃茂根本豐。百年培植飽雨露，虬枝風撼鳴笙鏞。掀髯相視雪貿貿，擁蓋對立雲童童。不知天地有黄落，玄冥失柄春無功。雲孫峨冠立亭下，典刑如侍乾淳翁。昂藏自是廊廟具，夭矯亦有山林風。稜稜鐵面不可犯，麾去秦爵如飛蓬。諸孫奉酒立松下，森森頭角皆虬龍。』少『庬言』二句，相異三十字（字左加點者）。按：此屬林詩無疑，不僅章注具證，《梯雲薛氏譜》亦載明（見注〔一〕）。

[補注]

㈠薛監簿，明趙諫《東甌詩續集》卷二：『薛肩夔，號山雲，永嘉人。』録詩二首。清黄漢《甌乘補》卷四引《梯雲薛氏譜》云：『肩夔，朝散郎、將作監。林霽山有贈《雙松堂》詩。』永嘉，今温州市鹿城區。監簿，指將作監（掌營造官署）屬官主簿，從八品。按，宋代永嘉薛氏世居梯雲坊，爲今温州市區大高橋。嘉靖《永嘉縣志》卷二《坊市》：『梯雲坊，以薛强立登第，故名。』薛强立登宋神宗元豐二年進士。

㈡宿覺山，即松臺山，在温州市區内。光緒《永嘉縣志》卷二：『松臺山，又名淨光山。唐宿覺無相大師瘞此，宋太宗賜爲宿覺名山。』

㈢端明，端明殿學士。指薛叔似（一一四二—一二二一），字象先。肩夔先祖。温州博物館藏《薛叔似壙志》：『宋端明殿學士薛公，諱叔似，温州永嘉人。居梯雲坊薛家。』乾道八年進士，累官兵部尚書、端明殿學士。葉適《水心文集》卷二八《祭薛端明文》稱『蚤名重於淳熙』。傳見《宋史》卷三九七。後句『乾淳翁』（乾道、淳熙均宋孝宗年號）指同。

㈣庬言，雜亂不正之説。帘女容，哪願作女子的媚態。嘉靖《永嘉縣志》卷七《人物志・宋》薛嘉言等傳論：『薛氏多賢。以德老（薛徽言）爲首，力詆和議，不屈奸檜，弼有不如也。士龍（薛季宣），吾無間矣。若補闕（薛叔似）劾罷王淮，雅慕朱子，余讀其集，不唯三中之疏，其它讜論亹亹可采。』

㈤種德，施布恩德於人。《書・大禹謨》：『臯陶邁種德，德乃降。』

㈥綵衣，年幼者所服。相傳春秋時老萊子常『著五色綵衣』以逗父母歡娱。見《藝文類聚》卷二〇引

《列女傳》。

雙檜堂爲魯聖可、行可賦 魯君，永嘉城内人。

魚頭公子冰雪姿㊀，《拾遺記》：魯宗道爲參政，忠鯁自任，時人謂之魚頭公。根柢忠信華文辭。乃翁手植豈無意，貞固已作層霄期。氣含芝术體松柏，容成山下神仙宅㊁。清陰冉冉生庭除，緑霧纖纖護琴册。風篪對語如索詩，君家伯仲諧塤篪㊂。養成材器豐且碩，蓄泄雲雨蟠蛟螭。黄州謫臣坐詩累，杳杳蟄龍空〔一〕九地。《石林詩話》：元豐間，蘇子瞻繫御史獄，神宗本無意罪之。時相進呈，言蘇子瞻曾作檜詩云：『根到九泉無曲處，世間惟有蟄龍知。』蒼根留取千載芳，何物醜秦盗名字！醜秦盗名字，謂秦檜也。

〔校記〕

〔一〕空，《東甌詩存》卷一〇作『穿』。

〔補注〕

㊀魚頭公子，稱魯氏兄弟。用魯姓典，隱含稱美意。歐陽修《歸田録》卷一：『魯肅簡公立朝剛正，嫉惡少容，小人惡之，私目为魚頭。』《宋史》卷二八六《魯宗道傳》：『自貴戚用事者皆憚之，目为「魚頭參

政」，因其姓，且言骨鯁如魚頭也。』章注引为《拾遺記》（晉王嘉著）誤。

㈡容成山，即温州城内華蓋山。嘉靖《永嘉縣志》卷一《輿地志·山川·城内諸山》：『華蓋山，又名東山，在縣治東。有容成洞，道書謂天下第十八洞天。黄帝時容成子於此修煉上升，因名容成太玉之天。』

㈢塤篪：塤，陶製吹奏樂器；篪，竹製管樂器。二器合奏時聲音相和，以喻兄弟親睦。《詩·小雅·何人斯》：『伯氏吹塤，仲氏吹篪。』

新春

衰顔憑酒潤㈠，故國得春新。兵革兒童長，風霜天地仁㈡。草心懸落日，柳眼看行人。擾擾紅塵者，知誰效角巾㈢？角巾，郭林宗事。時江南歸附後，衣冠一變，故云。

［補注］

㈠衰顔憑酒潤，唐鄭谷《乖慵》詩：『衰鬢霜供白，愁顔酒借紅。』宋陳師道亦有『顔衰酒借紅』句（參閲《詩話總龜》前集卷九引《王直方詩話》）。

㈡天地仁，《禮記·鄉飲酒義》『仁也』唐孔穎達疏：『春夏皆生育萬物，俱有仁恩之義。』言經戰亂摧殘的草木，到春天又見萌發，顯示了大自然養育萬物的仁愛之心。

㈢角巾，古人以紗巾裹頭爲帽。郭太字林宗，東漢名士，曾出行遇雨，將紗布一角墊起。『時人乃故折巾一角，以爲「林宗巾」。』見《後漢書·郭太傳》。

［輯評］

孫鏘鳴《東嘉詩話》：近體亦多悲憤之音……《新春》云（本篇略）。

傑按：『兵革兒童長，風霜天地仁』，最爲凝煉之句，平易而有義味。中唐戴叔倫敘寫戰亂之作《過申州》有云：『井邑初安堵，兒童未長成。』此言『兒童長』，更進一層，於時世變遷，慨乎言外。『風霜』句括用唐劉長卿《負謫後登干越亭作》『得罪風霜苦，全生天地仁』聯，而寓意有别，隱含處境艱虞以節操自勵意。此皆能點化而出新者也。

神山寺訪僧㊀　在平陽仙口。

獨客無清伴，高僧住别村。空山卓錫影，斷石繫舟痕。風細松生籟，沙虚竹走〔一〕根。小亭閒坐久，落日嘯孤猿。

［校記］

〔一〕走，《石倉歷代詩選》卷二二一作『迸』。

［補注］

㊀神山寺，弘治《温州府志》卷一六《寺觀·平陽縣》：『神山院，在仙口葉嶴，唐乾符二年開山久道者

建院。院後有石洞，葛仙丹竈、石棋（枰）尚存。』參見後首《避寇海濱》注㈠。

萱草㈠

近種鹿葱碧，初抽鵠嘴黄。千年入風雅，一草寄綱常㈡。此一篇之主意，先得之句也。澹日堂階影，餘春宮佩香㈢。此時憂正切，對爾可能忘㈣？

［補注］

㈠萱草，又名鹿葱、宜男、忘憂草，俗稱金針花。

㈡風雅，指《詩經》。入風雅，《詩・衛風・伯兮》：『焉得諼（萱）草，言樹之背（北）。』寄綱常，謂《伯兮》詩寓有微言大義。

㈢宫佩香，《藝文類聚》卷八一《草部上・鹿葱》引《風土記》：『宜懷妊婦人佩之，必生男。』又夏侯湛《宜男花賦》：『充后妃之盛飾兮，登紫微之内庭。』二句寫，從堂前階邊冷落的萱草，想到往日宫中佩飾的盛況。

㈣此時二句，《詩・衛風・伯兮》毛傳：『諼（萱）草令人忘憂。』

避寇海濱[一]

庚寅歲，山寇爲妖，先生避地仙口作也。

偶動乘桴興[二]，孤筇立海頭。兵塵何處避，春色使人愁。腥浪翻蛟室，凝雲結蜃樓。神山空縹緲，水弱不勝舟[三]。

［補注］

[一]本書卷四《蜃説》：『庚寅季春，予避寇海濱。』庚寅，元世祖至元二十七年（一二九〇）。仙口，今平陽縣萬全區宋埠鎮仙口村。弘治《温州府志》卷三《山・平陽縣》：『仙口山，在縣東二十五里。枕海，又名神山，古稱葉嶴。』

[二]乘桴，乘坐木筏。《論語・公冶長》：『子曰：道不行，乘桴浮于海。』

[三]神山二句，唐沈汾《續仙傳》卷上《謝自然》記女仙謝自然泛海求蓬萊，遇一道士曰：『蓬萊隔弱水，此去三十万里，非舟楫可行，非飞仙莫到。』水弱不勝舟，言水輕（浮力小）不能載舟。東方朔《海内十洲記》有『洲四面有弱水繞之，鴻毛不浮，不可越也』語。

鄭氏西莊㈠

不踏紅塵道，結廬依水鄉。遠峰開宿雨，高樹表初陽。犢臥野門寂，雁飛秋稻香。午橋花竹地，宋張齊賢致仕歸洛，得裴度午橋莊，鑿池通流，栽花植竹。回首已淒涼。

［補注］

㈠鄭氏西莊，在平陽城郊。乾隆《平陽縣志》卷二〇引元黃允高（平陽人）《鄭氏西莊》詩：『偶過幽人宅，橋橫一水流。書聲窗日曉，野色荳花秋。地僻無喧馬，童閒有臥牛。淵明千載上，此意亦西疇。』

［輯評］

李慈銘《越縵堂詩話》卷上：《鄭氏西莊》云：『遠峰開宿雨，高樹表初陽。』……皆清空婉眇，蟬蛻塵埃者也。

客懷

道出簫臺北㈠，青鞵第幾山。看雲生遠思㈡，臨水覺衰顏。石室猿空老，花時燕獨還。

春光已愁寂，况復在兵間。

［補注］

㈠簫臺，簫臺山，在浙江樂清市西。永樂《樂清縣志》卷二《山川·簫臺山》：「一名簫臺峰，又名吹簫臺，在縣西偏。聚爲三峰，比諸峰高絶。相傳爲周靈王子晉吹簫之所。」

㈡看雲，含思念親友意。晉陸機居洛陽作《思親賦》，有「指南雲以寄欽」語；南朝梁璟思懷其兄，「每見東南白雲，即立望，慘然久之。」參閲明田藝蘅《留青日札》卷二《指雲思親》。杜甫《恨别》詩：「思家步月清宵立，憶弟看雲白日眠。」

太學同舍徐應鑣誓義沈井，後十年衆爲營墓立碑，私謚正節先生㈠

高名不與魄俱沈，魚腹孤忠耿至今㈡。此句「耿」字最有力。翠碣已書身後謚，寒泉猶照死時心。神游舊月山河改，夢斷疎槐風雨深。埋骨誓終從武穆，岳飛謚武穆，葬西湖。棲霞嶺樹隔秋陰㈢。

［補注］

㈠本篇作於元世祖至元二十二年（一二八五）。徐應鑣（亦作鑣），作者太學同學。明錢士升《南宋書》卷六一《徐應鑣傳》：『徐應鑣，字巨翁，江山人。宋亡，少主入燕，太學生百餘人皆從行。應鑣不欲從，乃與其子琦、崧、女元娘誓共焚，子女皆喜從之。太學故岳飛第，有飛祠，應鑣具酒肉祀飛曰：「天不祐宋，社稷爲墟，應鑣死以報國，誓不與諸生俱北。死已將魂魄累王作配神主，與王英靈永永無斁。」……應鑣乃與其子女入梯雲樓，積諸房書籍箱笥四周，縱火自焚……諸僕壞壁入撲滅火。應鑣不能死，與其子快快出户去，倉卒莫知所之。翌日得其尸祠前井中，皆僵立，瞠目面如生。諸僕爲具棺殮，殯之西湖金牛僧舍。益王立福州，褒其節。後十年，同舍生劉汝鈞率儒者五十餘人，收葬之方家峪，私謚曰正節先生。』（萬斯同《宋季忠義録》卷六徐傳本此）私謚，指死者故友門人給取的名號。何夢桂《潛齋集》卷二有《挽太學正節徐應鑣》詩、卷五有《太學正節先生徐公序》文，謝翱《晞髪集》卷七有《哭正節徐先生》詩。《兩浙明賢録》卷七入《忠烈傳》。

㊁魚腹孤忠，指屈原。《楚辭·漁父》有『寧赴湘流，葬於江魚之腹中』語。屈原亦誓義投水死，故舉以相比。

㊂宋孝宗時岳飛改葬杭州西湖棲霞嶺下，世稱岳墳。

寄呈方蛟峰尚書㊀

名逢辰，字君錫，嚴州人。宋淳祐進士第一，仕至尚書。

野鶴松根認履聲，此言尚書退居山林之意。夢中鈞樂尚泠泠㊁。《史記》：秦穆公夢至帝所，觀鈞天廣樂。南山老翠幾千尺，此指尚書之號，并以其壽而言也。北斗寒芒第一星。此以尚書曾擢魁選，并以其位而言也。泉石好春歸健筆，乾坤正氣寄遺經。神功未展潛蛟在，還卷風雷付六丁。

［補注］

㈠方逢辰（一二二一—一二九一），初名夢魁，字君錫，號蛟峰，嚴州淳安（今浙江淳安縣）人。理宗淳祐十年廷對第一，改賜今名。累官兵部侍郎，吏部、禮部尚書。宋亡不出。《四庫全書總目》卷一六五《蛟峰文集》提要：『逢辰當丁大全、賈似道柄國之時，皆能力抗其鋒，持正不屈。其提點川東刑獄及爲江西轉運副使，政績亦俱可觀。』其予景熙詩評價甚高。《蛟峰文集》卷四《雁蕩林霽山詩集序》云：『德陽自雁蕩游會稽，而錢塘潮汐之吞吐，吴山煙霏之舒卷，瞻望兮咫尺，縹緲兮余懷，所以觸其情發其感者，朝朝暮暮，無日無之。故其悽惋，夷以遠，闇以章，率有古意，非湖海吟笑而已矣。於詩家門户，當放一頭。』

㈡鈞樂，鈞天廣樂，指天廷音樂。《史記·扁鵲列傳》載趙簡子夢『之帝所甚樂，與百神游於鈞天，廣樂九奏萬舞』。這裏借指宋廷鼓樂。

聞家則堂大參歸自北寄呈〔一〕㊀

丙子春，伯顏兵至杭州，則堂家鉉翁以參知政事與丞相吳堅等充祈請使，詣燕申祈請之議。國亡守志不仕，貶河中府十九載，至元三十一年甲午召還放自便，乃歸江南，時年八十有二矣。

濱〔二〕死孤臣雪滿顛，冰氈齧盡偶生全㊁。蘇武使匈奴，單于欲降之，不屈云云。衣冠萬里風塵老，名節千年日月懸。清唳秋荒遼海鶴，古魂春冷蜀山鵑㊂。歸來親舊驚相問，禾黍離離夕照邊㊃。

［校記］

〔一〕題，《元文類》卷六、《元音》卷一作《聞家大參南歸》，《元詩體要》卷一二作《寄家大參南歸》，《宋元詩會》卷五五作《家則堂先生生還》。

〔二〕濱，《歸田詩話》卷中、《宋元詩會》作『瀕』，義同。

［補注］

㊀本篇作於元世祖至元三十一年（一二九四）。家鉉翁（一二一三—約一三九六），號則堂，眉州（今四川眉山縣人）。以蔭授職，累官端明殿學士、簽書樞密院事。《宋史》卷四二一有傳。宋王應麟《四明文獻集》卷五《家鉉翁授知臨安府淛西安撫使誥》附語：『鉉翁位執政，伯顏令程鵬飛取太后手詔諭州郡降

附。太后從之，檄執政，皆署，鉉翁獨不從。使者命縛之，鉉翁曰：「中書無縛執政之理。」乃止。後爲祈請使，國亡，官之，不從。後至河間講《易》，歸臨安以死。有《春秋傳》行世。』著有《則堂集》六卷。

㈡冰氈齧盡，《漢書·蘇武傳》：『天雨雪，武臥齧雪，與旃毛並咽之。』被囚北海，歷十九年始得歸還。

㈢清唳二句：上句用丁令威化鶴歸遼事，寫家則堂被拘十九年放還江南，所見故國山河已改的淒感。蜀山鵑，杜鵑鳥産於蜀，傳説爲古蜀帝杜宇死後所化，多啼於春夜，聲悲苦。見南朝劉敬叔《異苑》。此句用蜀帝化鵑的典故，寄託亡國哀思。

㈣禾黍離離，《詩·王風·黍離》首句『彼黍離離』，《詩序》云：『黍離，閔宗周也。周大夫行役，至於宗周，過故宗廟宫室，盡爲禾黍。閔周室之顛覆，彷徨不忍去，而作是詩也。』後用『禾黍』以况亡國之悲。

［輯評］

瞿佑《歸田詩話》卷中《家鉉翁持節》：元兵南下，次高亭，宋朝納降。吴堅爲左相，家鉉翁爲參政，與賈餘慶、劉岊爲祈請使北行。文天祥詩云：『當代老儒居首揆，殿前陪拜率公卿。』又云：『程嬰存趙真公志，賴有忠良壯此行。』前謂吴，後謂家也。至此，鉉翁抗節不屈，拘留河間。世祖崩成宗即位，始賜衣服遣還鄉里，年逾八十矣。林景熙有詩送之云（本篇略）。可謂不負文山所期矣。

木訥《歸田詩話序》：及見前人林景熙詠陸秀夫詩，而知表殉國之忠；詠家鉉翁詩，而知表持身之節。

酬潘景玉(一) 平陽人。

讀史雙眸夜炯然，一聲江雁落燈前。馬非汗血材終下，《史記》：大宛國多善馬，馬皆汗血。木或青黄性不全(二)。風月未容詩入務(三)，按州縣舊例，以三月初一入務，十月初一開務。入務者，以農務方興，不受民間昏産詞訟也。乾坤應許酒爲年。寒城日出無窮事(四)，老耳山中獨聽泉。

［補注］

(一)潘景玉，見前同題作注。

(二)木或句，《莊子・天地》：『百年之木，破爲犧樽，青黄而文之，其斷在溝中。比犧樽於溝中之斷，則美惡有間矣，其於失性一也。』言剖木製爲禮器，飾以青黄色彩，即失木之天性，其與砍斷丢棄於溝並無不同。謂枉曲則失却本性。韓愈《祭柳子厚文》：『犧樽青黄，乃木之災。』

(三)入務，《舊五代史》卷一一七《周世宗紀四》：『詔曰：準令，諸論田宅婚姻，起十一月一日至三月三十日止者。州縣争論，舊有釐革，每至農月，貴塞訟端。近聞官吏因循，由此成弊，凡有訴競，故作逗遛，至時而不與盡辭，入務而即便停罷，强猾者因兹得計，孤弱者無以自伸。』宋不著撰人《州縣提綱》卷二《禁告訐擾農》：『在法，諸婚田之訟，自二月以後爲入務。』指進入農務時月，州縣不受訴訟，以免妨農。後用謂停輟。蘇軾《七月五日二首》之一：『避謗詩尋醫，畏病酒入務。』王十朋集注引陳師道曰：『酒入務，謂止酒不飲也。』詩入務，謂輟詩不作。此句説，眼前風月勝景，不容你束筆廢吟。

㊃日出無窮事，時諺有『日出事還生』語，出唐武元衡《夏夜作》詩：『無因駐清景，日出事還生。』參見明郎瑛《七修類稿》卷二一《諺語出詩》。

［輯評］

孫鏘鳴《東嘉詩話》：林霽山詩有云：『風月未容詩入務，乾坤應許酒爲年。』……戒詩不作，謂之『入務』，霽山蓋用彼時俗語也。

李慈銘《越縵堂詩話》卷上：《酬潘景玉》云：『寒城日出無窮事，老耳山中獨聽泉。』……皆清空婉眇，蟬蛻塵埃者也。

翁氏仁壽堂次韻㊀

翁氏號秀峰，鹿城人。有堂，匾曰仁壽。

黄葉青苔晝掩關，無端兩鬢爲詩班〔二〕。胸吞雲夢不知岸，借此以形容『仁』字，洞然八荒，皆在我闥之意。堂在崆峒豈有山㊂。卷道暮年荆璞在，以喻翁氏歸隱，不以才自衒也。傳家遺墨浦珠還㊂。此必翁氏有子歸自外，故以爲喻。王良去後鹽車厄，王良，古之善御者。《國語》：騏驥負鹽車，上虞坂，見伯樂而長鳴，知其識己也。老驥空懷十二閑㊃。

［校記］

〔一〕班，四庫本作『斑』。

［補注］

㊀翁氏，卷三有《次翁秀峰》詩。《東甌詩續集》卷二載有潘遜《翁秀峰新居》詩。鹿城，今温州市鹿城區。

㊁胸吞雲夢，司馬相如《子虛賦》：『吞若雲夢者八九於其胸中，曾不蒂芥。』崆峒，古称仙山，相傳黄帝問道廣成子『於空同之山』。見《莊子·在宥》。豈有山，即『山不在高』意。此句藏『仙壽』意。

㊂卷道，語出《論語·衛靈公》：『邦有道，則仕；邦無道，則可卷而懷之。』謂亂世則守道歸隱。荆璞，春秋時楚人卞和從荆山所得璞玉。浦珠還，即合浦還珠。見《後漢書·循吏傳·孟嘗》。

㊃十二閑，指帝王馬厩。《周禮·夏官·校人》：『天子十有二閑，馬六種。』鄭玄注：『每厩爲一閑。』據賈公彦疏，一閑爲二百一十六匹，一種者四百三十二匹。

答柴主簿二首㈠ 名傑，號觀齋，瑞安人。

其一

相隔雲江有夢尋㈡，篇詩寄舊重兼金。山林未遂鹿麋性，風雨空愁葵藿心。此言葵藿心本向日，值風雨則愁矣。亦猶忠臣心本向君，值離亂則悲矣。老氣十年看劍在，秋聲一夜入燈深㈢。銅槃消息無人問㈣，寂寞西樓待雁音，雁書，蘇武事。此言今日銅槃之事無人可問，惟有雁自北來，可以得其音信耳。

[補注]

㈠柴主簿，弘治《温州府志》卷八《宦職·瑞安縣》：『元主簿，柴傑。』

㈡雲江，飛雲江，流經瑞安入海。瑞安在飛雲江北，作者所居平陽在飛雲江南，故云『相隔雲江』。

㈢老氣，杜甫《送韋十六評事充同谷判官》：『子雖軀幹小，老氣横九州。』挑燈看劍，是一種豪壯舉動，表示雄心，也含有抱負未展的感慨。宋高言《呈友人》詩：『男兒慷慨平生事，時復挑燈把劍看。』辛棄疾《破陣子》詞：『醉裏挑燈看劍，夢回吹角連營。』

㈣銅槃，指承露盤。槃，同盤。漢武帝於建章宫立銅人掌捧銅盤承接甘露。銅槃消息，指南宋故宫事。

［輯評］

傑按：『老氣十年看劍在，秋聲一夜入燈深。』寫得極豪壯，又極悲凉，深沉鬱勃，堪稱沉鍊之句。

其二

閒采秋荷自製衣，相逢舊雨語依依㈠。學窮科斗心空老，夢跨蟾蜍肉不飛。幾喚江帆和雁渡，長歌巖户見雲歸。何須化鶴千年後，城郭人民半已非。

［補注］

㈠秋荷製衣，隱士所服，示高潔。《楚辭·離騷》：『製芰荷以爲衣兮，集芙蓉以爲裳。』舊雨，指舊友。語本杜甫《秋述》：『常時車馬之客，舊，雨來；今，雨不來。』

侍應平坡侍郎郊行口占二首〔一〕㊀

節巖，字和父，平陽人。

其一

春霖卷流芳，霽旭浮遠野。白首正元人㊁，相期古松下。

〔校記〕

〔一〕題首「侍」，原本、四庫本、冒本均作「待」，據《御選宋詩》卷六三改。四庫本題下注文作：「節岩，字和父，平陽人。登淳祐第，歷官刑部郎、吏部郎、寶謨待制。革命後，歸老南坡。」按，本書卷五《故待制吏部侍郎應公墓志銘》云：「公諱節巖，字龢父，其先由婺徙温平陽。」章注「節巖」，「巖」爲「嚴」形近之訛；四庫本作「岩」，誤同。

〔補注〕

㊀應節嚴（一二一一—一三〇〇），字龢父，號平坡，平陽人。理宗淳祐四年（一二四四）登武進士榜，淳祐十年（一二五〇）换文科進士。累官吏部侍郎、寶謨閣待制，積階中奉大夫（正四品）。享年九十。弘治《温州府志》卷一一《宦業》、乾隆《平陽縣志》卷一四《名臣》有傳。弘治《府志》云：「在六館時上疏論

巨璫黷政，淮幕時登障守禦，才裕經濟，識法制獄情，重軍餉，咸著其能。尤善古文。』著有《平坡集》，今佚。《東甌詩存》卷八録詩一首。

㊁正（讀平聲）元，即貞元。宋避仁宗（名禎）諱，或改貞爲正。如宋夏竦《古文四聲韻·序》：『唐正元中李陽冰子開封令服之有家傳古《孝經》。』宋不著撰人《宋史全文》卷一三下《宋哲宗三》：『德宗正元中，江淮大水。』此句暗用『貞元朝士』典實，『正元人』謂前朝舊臣。唐劉禹錫德宗貞元間任監察御史，順宗時參與永貞新政，憲宗立新政人員皆遭貶逐。二十餘年後還朝，故舊多已凋謝，感慨係之，作《聽舊宫中樂人穆氏唱歌》歎道：『休唱貞元供奉曲，當時朝士已無多。』宋樓鑰《曹工部挽詞》：『齊國世臣少，貞元朝士稀。』

［輯評］

傑按：『白首』二句，用示隱居守志（相期古松），又不勝今昔滄桑之感，語簡而含深層意藴。作者友人潘士驤寄詩有云：『拂袖歸來不計春，華陽巾下白紛紛。貞元朝士今無幾，正始遺音尚有聞。』（《寄林霽山》）所慨正同。

其二

試耕黄犢健，入社白鷗真。柳外呼舟去，水風吹葛巾。

〔輯評〕

李慈銘《越縵堂詩話》卷上：《待(侍)應平坡侍郎郊行口占二首》云(引二詩略)……皆清空婉眇，蟬蜕塵埃者也。

別方槐庭山人二首

其一

半生書劍孤心老，萬里山川兩眼醒。空向西陵問佳氣，舜田禹穴草青青㊀。

〔補注〕

㊀西陵，即西泠，在杭州西湖孤山西北側，原爲渡口。佳氣，見前《昌源懷古》注㊂。舜田，據《史記·五帝本紀》『舜耕歷山』，其地在蒲州河東縣(今山西永濟縣)；正義引《括地志》云：『越州餘姚縣有歷山舜井。』此處當指後者。參見卷二《陶山十詠和鄧牧心·舜田》注㊀。禹穴，相傳爲夏禹葬處。《史記·太史公自序》：『上會稽，探禹穴。』舜田禹穴，指華夏帝王故跡。

其二

夜闌深語剔寒釭，別意蕭蕭竹半窗。明日孤帆鴻〔一〕影外，東風殘雪過曹江㊀。

【校記】

〔一〕鴻，吴綺《宋金元詩永》作『波』。

【補注】

㊀曹江，曹娥江。在浙江中東部，經嵊縣、上虞入杭州灣。

【輯評】

李慈銘《越縵堂詩話》卷上：『《別方槐庭山人》云（本篇略）……皆清空婉眇，蟬蜕塵埃者也。

送果上人游五臺 在代州雁門郡。

其一

萬里參師最上關，五臺高處雪花寒。出門有礙憐吾老，獨枕殘書夢杏壇㊀。此送上人詩，而云『夢杏壇』者，可見先生學有定守，非入彼出此之比也。朱文公曰：『學者既學聖人，則當以聖人爲主。』

【補注】

㊀出門有礙，孟郊《贈崔純亮》詩：『出門如有礙，誰謂天地寬？』杏壇，相傳爲孔子聚徒講學處。《莊子·漁父》：『孔子游乎緇帷之林，休坐乎杏壇之上。弟子讀書，孔子弦歌鼓琴。』

其二

飄飄孤錫度風沙，南北由來本一家㊀。參透五臺峰頂雪，却歸大庾看梅花㊁。

【補注】

㊀南北，指佛教禪宗的兩大派別，即北方神秀的漸悟説和南方慧能的頓悟説，稱北宗、南宗。

㊁大庾，大庾嶺，五嶺之一。在廣東北部。嶺上多梅花。

故相賈氏居㊀ 賈似道，字師憲，台州人。

當年構華居，權焰傾衛霍㊁。地力窮斧斤，天章煥丹雘。花石擬平泉，李德裕封衛公，作平泉別墅於洛陽。川途致茲壑㊂。唯聞丞相嗔，肯〔一〕後天下樂㊃？我來陵谷餘〔二〕，山意已蕭索。蒼生墮顛崖，國破身孰託？空悲上蔡犬，《史記》：斯臨刑，顧謂中子曰：『吾欲與君復牽黃犬上蔡東門逐狡兔，豈可得乎！』不返華亭〔三〕鶴㊄。丈夫保勛名，風采照麟閣㊅。胡爲一聲鉦，聚鐵鑄此錯㊆！回首末草〔四〕碑，荒煙掩餘怍。初，開慶已來，似道出督江上，自鄂移黃，聞元朝憲宗皇帝晏駕，似道乘機遣使約和，陰許歲幣，兵解而去。似道詭云戰勝，乃立碑於末草中，以旌其功。其欺天罔人有如此者。

［校記］

〔一〕肯，《西湖游覽志》卷八作『那』。　〔二〕餘，《東甌詩集》卷五作『遺』。　〔三〕亭，原作『表』，諸本同，並誤。今據《西湖游覽志》校正，詳注㊄。　〔四〕末草，《東甌詩集》作『萊草』，《西湖游覽志》作『草萊』。

此篇亦載黃庚《月屋漫稿》、張觀光《屏巖小稿》，題作《故相賈秋壑舊府》：『當年構華屋，權勢傾衛霍。堂宇窮斧斤，天氣煥丹雘。花石擬平泉，水陸致茲壑。唯聞丞相嗔，肯後天下樂？朱門鎖荊棘，花木已蕭索。蒼生顛墮崖，國亡身孰託？空悲上蔡犬，不返華表鶴。丈夫保勛名，風采照麟閣。胡爲一聲鉦，聚鐵鑄此錯！回首暮煙昏，不能掩餘怍。』相異二十二字（字左加點者）按，黃、張集屬誤編，詳附録六辨疑。

[補注]

㈠賈似道宅，在杭州西湖葛嶺下，舊名集芳園，宋理宗所賜。宋周密《齊東野語》卷一九《賈氏園池》：『景定三年正月，詔以魏國公賈似道有再造功，命有司第宅家廟，賈固辭，遂以集芳園及緡錢百萬賜之。』明田汝成《西湖游覽志》卷八《北山勝跡》：『集芳園，故張婉儀別墅也。紹興間，收屬官家，藻飾益麗……淳祐間，理宗以賜似道，改名後樂園……林景熙詩（本篇略）。』元初改爲寺院。

㈡衛霍，指衛青和霍去病。衛青爲衛皇后弟，霍去病爲衛青姊子。賈亦外戚，故連類舉及。其實衛青和霍去病均西漢名將，抗擊匈奴有功，與賈似道專權誤國不能相比。

㈢壑，指園池。《齊東野語》卷一九《賈氏園池》：『理宗御書「秋壑」。』

㈣丞相嗔，杜甫《麗人行》：『炙手可熱勢絶倫，慎莫近前丞相嗔！』後天下樂，理宗賜園改名『後樂園』，故諷刺之。

㈤華亭鶴，《世説新語・尤悔》載，陸機臨刑歎曰：『欲聞華亭鶴唳，可復得乎！』華亭，華亭谷，今上海松江縣西，爲陸機故鄉，其地出鶴。諸本皆作『華表』，按此與蘇耽或丁令威成仙後化鶴歸華表事無涉，『表』字誤。

㈥麟閣，麒麟閣。漢宣帝時畫功臣霍光等十一人圖像於麒麟閣。見《漢書・蘇武傳》。

㈦鉦，鑼。鑄錯，唐魏博節度使羅紹威引朱全忠兵盡殺牙軍，後乃爲朱所陵制，悔言：『聚六州四十三縣鐵，打一個錯不成也！』見宋孫光憲《北夢瑣言》卷一四。錯，金錯刀，也是説錯誤。

寄周計院㊀ 埏，瑞安人。

海桑變紛紛，秀色見孤嶼。山林華髮尊，黨遂深衣古㊁。獨餘釣天夢㊂，翛然在巖户。翳翳桂魄灰，沈沈槐夢雨㊃。江濤豈不深，修鱗掛罔〔一〕罟。此必有爲而言。不知義井船，秋風繫何許㊄？《瑞安州志》：義井在永安江之湄。讖語云：『義井好繫船，永安出狀元。』宋嘉熙二年，周坦廷對第一。計院蓋其後也。

［校記］

〔一〕罔，四庫本作『網』，字同。

［補注］

㊀周計院，《清潁一源集》卷一陳養浩《遠歸答周計院》題下注：『計院名誕（埏），永安市人，狀元坦之弟。由上舍釋褐，授今職。』永安市，爲瑞安縣來暮鄉之市邑（今瑞安市江溪鎮新渡橋）。弘治《温州府志》卷一三《人物四·科第·特奏名科》：『上舍釋褐：周埏，終計院。平陽人。』乾隆《平陽縣志》卷一三據以編録。按，章注和《清潁一源集》注均言周埏瑞安人；弘治《府志》謂平陽人，未確。蓋周坦父曾入贅平陽孔氏，故或以爲平陽人耳。計院，亦稱計省，宋中央財政機構。周任職計省，故稱計院。

㈡黨遂，指鄉里同志。古以五百家爲黨。深衣，上衣與下裳相連，古代士大夫家居所穿的衣服。

㈢鈞天夢，夢見鈞天廣樂。指對宋朝的懷念。詳前《寄呈方蛟峰尚書》注㈡。

㈣桂魄，指月。槐夢，槐安夢。參见本卷《贈玉泉真士》『槐宫』注。

㈤義井，在瑞安縣來暮鄉。弘治《温州府志》卷六《邑里·瑞安縣》：『來暮鄉，在縣西南四十里。舊里名九：……義井。』章注引《瑞安州志》『義井在永安江之湄』，永安亦瑞安縣市邑名。何許，何處。又按，據前引《清潁一源集》注，周埏爲周坦弟，章云『計院蓋其後也』，疑誤。

别所親

人生重離别，况此雙鬢蓬。亭柳非故色，昨夜吹霜風。臨分復攜手，野色猶濛濛。愁深轉無語，寫入潺湲中。一水分兩支，來共高高峰。出山暫相失，到海終相逢㈠。此見源遠流分之意，亦以見殊塗同歸之義也。

［補注］

㈠出山二句，以水爲喻，言暫别終能重逢。

溪行

風高餘暑盡，獨策興悠然。野色延幽步，秋聲入暮年。暮年，謂老也。十字之間，無窮之趣寓焉。日斜禽影亂，水落樹根懸。回首故人遠，城笳吹夕煙。

［輯評］

賀裳《載酒園詩話·林景熙》：『日斜禽影亂，水落樹根懸』……真視唐人無愧。

李慈銘《越縵堂詩話》卷上：《溪行》云：『野色延幽步，秋聲入暮年。』……皆清空婉眇，蟬蜕塵埃者也。

傑按：通首意趣閒遠，句亦渾成。『野色』聯，情景雙融，借『延』字『入』字生色，工致而不費力。

仙壇寺西林(一)

古壇仙鶴杳，野鹿自成羣。松氣浮清曉，經聲出白雲(二)。石穿僧屋過，水到寺門分。人世無窮事，山中了不聞。

［校記］

此篇亦載黄庚《月屋漫稿》、張觀光《屏巖小稿》，題作《鶴林仙壇寺》。三句『松』作『嵐』，四句『經』作『鐘』，五句作『樹穿僧屋老』，餘同。按，黄、張集屬誤編，詳附録六辨疑。

［補注］

㈠仙壇寺，在平陽縣城東仙壇山上。參見前《游仙壇》注㈠。

㈡經聲出白雲，唐綦毋潛《題靈隱寺山頂院》詩：『塔影掛清漢，鐘聲扣（一作和）白雲。』

［輯評］

李慈銘《越縵堂詩話》卷上：《仙壇寺西林》云：『松氣浮清曉，經聲出白雲。石穿僧屋過，水到寺門分。』……皆清空婉眇，蟬蜕塵埃者也。

問桂

空吟招隱句，劉安《招隱》篇：桂樹叢生兮山之幽。林下立多時。秋信在何處，天香開幾枝？山河深夜影，水石隔年期。譚用之詩：不將桂子種諸天，長得尋君水石邊。曾是搴英客㈠，清愁欲語誰？

［補注］

㊀搴英，喻科舉登第。

聞蛬㊀

凄苦難成調，秋風入細絃。草根語深夜，燈下感流年。落葉已滿徑，征人猶在邊。寒衣何日寄，思婦不成眠。

［補注］

㊀蛬，《爾雅·释蟲》：『蟋蟀，蛬。』又名蛩（中華本作蛩）。晉崔豹《古今注》卷中：『蟋蟀，一名吟蛩，一名蛩。秋初生，得寒則鳴。』

寄鄭宗仁㊀

城南懷舊别，谷口寄春耕㊁。野鹤巢雲老，林僧管瀑清。宗仁所居焦下山，與香林寺近，有瀑布。養花疏石髓，煉藥伏〔二〕山精㊂。山精，一足，食山蟹，夜出晝藏。見説孤燈雨，年來著

《易》成。宗仁晚年著《易説》若干卷。

［校記］

〔一〕伏，乾隆《平陽縣志》卷二〇引作「仗」。

［補注］

㊀鄭宗仁，見前《鄭宗仁會宿山中》注㊀。

㊁谷口，在今陝西淳化西北，西漢末高士鄭樸（子真）隱耕處。見揚雄《法言・問神》。此處用同姓典，含稱美意。

㊂石髓，石鐘乳。道家稱服之能長壽。參見卷二《餞盛景則教授》注㊁。山精，术的别名。葛洪《抱朴子・仙藥》：「术，一名山薊，一名山精。故《神藥經》曰：必欲長生，長服山精。」章注釋爲山中怪獸，與詩義不合。

哭郭同舍 宜孫。

寂寞青燈舊，流離白髮新。病猶依故國，死乃見全人。殘墨家無子，高風墓有鄰。斯文堪一哭，落日冷湖濱。

白拒霜㊀ 木芙蓉之别名。

美人蕭灑江水東，玉爲肌骨冰爲容。豈無嫣紅鬧别浦，自性淡佇羞迎逢。臙脂百斛鬬宫飾，白帝有令毋纖穠。霜紈霧縠許在列，其敢誨冶女不共㊁？阿環羽衣曾按舞，阿環，楊妃小名也。睡棠何事分春濃。明皇登沈香亭召妃子，時妃子睡未醒，明皇笑曰：『此真海棠花睡未足耳。』不如淡掃粉亦却，諸姨合避虢國封㊂。明皇册立楊妃，其女兄弟韓國、虢國、秦國三夫人亦得幸，所謂楊氏諸姨也。當時親承香露渥，峽夢回首雲無蹤。宋玉《高唐賦》：楚襄王游于高唐，晝寢夢一婦人，曰『妾巫山之神女也』。空聞天王守太白，朝元閣下悲秋蛩㊃。我來殷勤爲花壽，鉛霜贈爾瑶兔舂。鉛霜，出《神農本草》。又仙草也。欲向花間酌清氣，叱御勿進琉璃鍾。

此詩全篇不離一『白』字。

［補注］

㊀白拒霜，《本草綱目》木部卷三六《木芙蓉》：『此花艷如荷花，故有芙蓉、木蓮之名。八九月始開，故名拒霜。』

㊁誨冶，《易·繫辭上》：『冶容誨淫。』孔穎達疏：『女子妖冶其容，身不精慤，是教誨淫者使來淫已

也。』不共，不恭。二句説，美人（白拒霜）披霜紈，曳霧縠，凜然在列，使那些冶容惑人的女子哪敢輕薄放蕩。

㊂不如二句，宋樂史《楊太真外傳》卷上：『然虢國不施妝粉，自炫美艷，常素面朝天。當時杜甫有詩云：却嫌脂粉涴顔色，淡掃蛾眉朝至尊。』

㊃太白，金星，主西方。守太白，謂居守西宫。安史亂平，肅宗當國，玄宗自蜀返京，被遷居西内甘露殿。朝元閣，唐宫殿名，在驪山。

［輯評］

傑按：全詩分三段。開首八句，以美人爲喻，寫白拒霜澹然佇立，具風霜之操。阿環以下八句，舉楊妃諸姨事襯比，言富貴無常，冶容不足貴。結尾四句，以花相勵，借表志向。

答鄭即翁㊀

初陽蒙霧出林遲，貧病雖兼氣不衰。老愛歸田追靖節，狂思入海訪安期㊁。春風門巷楊花後，舊國山河杜宇時。一種閒愁無著處，酒醒重讀寄來詩。

［校記］

此篇亦載黄庚《月屋漫稿》、張觀光《屏巖小稿》，題作《次鄭樸翁國正見寄》。首四字作『雲深紅日』，次句前五字作『晞髮簷前力』，五句『門巷』作『巷陌』，六句『舊國山河』作『故國江山』，八句『酒醒』作『倚窗』。按，黄、張集屬誤編，詳附録六辨疑。

［補注］

㈠鄭即翁，即鄭樸翁（宗仁）。

㈡靖節，陶淵明謚靖節徵士。安期，安期生，居東海蓬萊山。《史記・封禪書》：『安期生仙者，通蓬萊中，合則見人，不合則隱。』劉向《列仙傳》卷上：『安期先生者，瑯琊阜鄉人也。賣藥於東海邊，時人皆言千歲翁。』

［輯評］

賀裳《載酒園詩話・林景熙》：『老愛歸田追靖節，狂思入海訪安期。』……真視唐人無愧。

范大士《歷代詩發》卷二九：秀健有骨，不必律以唐格，徒爲優孟衣冠也。

孫鏘鳴《東嘉詩話》：近體亦多悲憤之音……《答鄭即翁》云（本篇略）。

傑按：此詩抒寫亡國憂思和自己守節不屈的心志，筆意跌宕，感慨悲涼，而又纏綿悱惻，是霽山七律中的精品，代表了他鬱勃沉摯的風格。

王脩竹監簿名樓曰『與造物游』，命予賦㊀

王公諱英孫，號脩竹，會稽人，仕至將作監簿。素與先生友善。革命後，先生游越，多居其家莊子上。

秦望諸峰入几看，仙居縹緲五雲端㊁。天高地迥三千界，月白風清十二闌㊂。碧海氣侵〔一〕珠佩濕，明河影落玉簫寒。明河，天漢也。超然身在鴻濛上，何必蓬萊跨〔二〕紫鸞。

［校記］

〔一〕侵，《東甌詩集》卷五作『青』。　〔二〕跨，《東甌詩集》作『駕』。

此篇亦載黃庚《月屋漫稿》、張觀光《屏巖小稿》，題作《脩竹有樓名與物造化游對秦望山五雲門》。首句『峰入』作『山隱』，五句『碧』作『滄』，六句『落』作『逼』，餘同。按，黃、張集屬誤編，詳附録六辨疑。

［補注］

㊀王脩竹：王英孫（一二三八—一三一二），字才翁，號脩竹。原姓林，永嘉（今温州市）人。理宗寶祐五年（一二五七），王克謙知温州時立爲養子，改姓王，時年二十（見宋周密《癸辛雜識》續集上《王茂林立子》）。遂徙居紹興。宋末歷官將作監主簿（從八品），世稱王監簿。據清邵廷采《思復堂集》卷三《宋將作監簿脩竹先生傳》，英孫以父任補承務郎，度宗咸淳六年（一二七〇）轉宣義郎，咸淳十年（一二七四）

知慈溪縣，轉承議郎，尋通判慶元府。恭帝德祐二年（一二七六），除將作監簿。『命下，知時事去，决計歸。宋亡，先生惋念先烈，形於歌咢。與遺民謝翱皋羽、鄭宗仁樸翁、林景熙霽山、唐珏玉潛爲詩酒交。遂瘞宋陵，傳者不知爲先生。嘗築精舍於陶山麓旁，祠晉高士陶貞白弘景、宋左丞陸農師佃、待制陸放翁游。當東州衣冠凋謝，與弟主管官誥院茂孫梅山，放情山水，丘園翳跡，垂四十年。越中矜式風範，稱二王先生焉。』英孫家富財資，能詩善畫，喜延致四方賢士，一時節概之士如林景熙、鄭樸翁、謝翱、唐珏等皆相從與游，共結山陰『汐社』（『汐』者晚而信也），爲當時越中詩壇盟主。而收瘞宋陵遺骸事，英孫實主其謀。雍正《浙江通志》卷一八八入《義行傳》，引萬曆《紹興府志》云：『辭歸，值越中大飢，發私廩以賑，全活甚衆。道上有棄兒，輒收恤之。』元夏文彦《圖繪寶鑑》卷五稱：『作墨竹蘭蕙，頗雅潔不凡。』撰有《脩竹集》（萬曆《會稽縣志》著録），今佚。《宋詩紀事》卷七九録詩三首。名樓曰與造物游，雍正《浙江通志》卷四五《古跡七・紹興府下》：『脩竹樓，《於越新編》：在會稽，宋王英孫監簿所構，對秦望山。林德暘《脩竹樓詩（引本篇略）。』造物，造物者，指創造萬物的神。

按，英孫長景熙四歲，與景熙交往最密。林集中酬贈詩九首，除本篇外，尚有：《陪王監簿宴廣寒游次韻》（卷二）、《次王脩竹監簿送羽士過龍瑞宮》《王監簿陶山禱雨志喜》《次韻山中見寄》《王監簿南墅新樓落成》《和監簿山中自壽》《喜監簿得陶山舜田》《别王監簿》（以上卷三），並爲作《王氏園亭記》《陶山脩竹書院記》（以上卷四）、《王脩竹詩集序》（卷五）。

㊁秦望，見前《秦望山》注㊀。几，坐時倚靠的小桌。五雲，五色祥雲。參見前《雲門即事》注㊀。

㊂三千界，三千大千世界。佛教稱爲釋迦牟尼所教化的極大世界。十二闌，指天上曲欄回繞的瓊樓玉宇。李商隱《碧城三首》之一：『碧城十二曲闌干』。

東山渡次胡汲古韻㊀ 汲古名僑，號天放，嚴州人。

客來持酒灑煙霏，空想高風意欲飛。高風謂安石、子猷也。老洞藏雲安石臥，謝安，字安石，有重名。嘗高臥東山。孤舟載雪子猷歸。王子猷雪夜乘舟之訪。一川白鳥自來去，千古青山無是非㊁。欲上危亭愁遠眺，廢陵殘樹隔斜暉㊂。

［補注］

㊀東山渡，《方輿勝覽》卷六《紹興府·東山》：『在上虞縣西南四十五里。王蛭《游東山記》：會稽南則晉太傅文靖謝公安石東山也。』胡汲古，嚴州嚴陵（今屬浙江桐廬縣）人。出身官宦之家，而厭薄世禄，疎擯舉子業，遁跡丘園，詩書自娱。所交往者如方逢辰、何夢桂、林景熙、鄧牧、黄庚、戴表元、楊仲弘輩，皆一時名家。鄧牧《伯牙琴·鑑湖修禊序》：『歲丙申三月三日，陳用賓、劉邦瑞、胡汲古與予舉修禊故事，會於鏡湖一曲。』（丙申爲元成宗元貞二年，一二九六年）景熙曾將『吟卷一編』屬汲古轉致石峽山中請方逢辰予評（見《蛟峰文集》卷四《雁蕩林霽山詩集序》）。林集中又有《練川道中次胡汲古韻》（卷二）、《送

胡汲古歸嚴陵覲親》（卷三）、《胡汲古樂府序》（卷五）等作。

㈡一川二句，以山、鳥的無知，反襯登覽者的有情，寄託易代興亡的感慨。岑參《再過金陵》云：『江山不管興亡恨，一任斜陽伴客愁。』司馬光《過洛陽故城》云：『春風不識興亡意，草色年年滿故城。』也都是這個意思，不過他們已經用『不管』、『不識』加以點破了。

㈢廢陵，指會稽寶山宋帝陵墓。

［輯評］

范大士《歷代詩發》卷二九：（結二句）語意淒然。　　三詩（按指《雲門即事》、《答鄭即翁》和本篇）俱秀健有骨，不必律以唐格，徒爲優孟衣冠也。

宋長白《柳亭詩話》卷一〇《東山雲門》：德暘《東山》詩：『一川白鳥自來去，千古青山無是非。』《雲門》詩：『僧閒時與雲來往，鶴老不知城是非。』命意雖同，氣機自別。

寄陳用賓㈠　觀國，温州人，寓居越州。

水竹翛翛稱客居，有時挾筴自觀魚㈡。爲儒老入他州籍，此言用賓寓居越州而入儒籍也。懷土幽探異穴書。《越志》：會稽陽明洞外飛來石下爲禹穴，傳云禹藏書處。日暮碧雲歸已晚㈢，歲寒青桂看如初。文章自古多憎命，狗監無勞誦《子虚》㊃。漢蜀人楊得意爲狗監，侍武帝。讀《子虚賦》而美之，曰『朕獨不得與此人同時哉』！

［補注］

㊀陳用賓，按厲鶚《宋詩紀事》卷七九陳觀國小傳：『觀國字用賓，會稽人。』謂爲『會稽』（今紹興市）人，誤。本書卷四《陶山脩竹書院記》云：『歲乙酉，予與里人陳用賓同客公（指王英孫）第。』陳温州人，平陽爲温州屬縣，故稱同里。周密《齊東野語》卷一九《陳用賓夢放翁詩》：『陳觀國字用賓，永嘉勝士也。丙戌之夏，寓越，夢訪余於杭。』永嘉即今温州市。並可證。元吴師道《吴禮部詩話》録其《送鄧牧心出陶山》詩，云：『牧心嘗客會稽王脩竹監簿所，有陳觀國用賓送其出陶山詩，亦佳。』

㊁觀魚，暗用莊子與惠施濠梁觀魚，辯論魚樂的故事（見《莊子·秋水》），含超然物外意。

㊂日暮碧雲，南朝梁江淹《離詩三十首·休上人怨别》：『日暮碧雲合，佳人殊未來。』佳人，賢人。

㊃文章憎命，杜甫《天末懷李白》：『文章憎命達。』命達，宦途顯達。狗監，掌管宫廷獵犬之官。司馬相如工辭賦，藉鄉人楊得意引薦，因獲任用。見《史記·司馬相如列傳》。此句言不仕元朝，又無勞近臣舉薦。

喜劉邦瑞遷居采芹坊二首㈠ 邦瑞，温州海壇人。遷居越州府學前采芹坊之南。

其一

鄉心幾夢海壇居㈡，半老儒冠計未疎。岸竹色侵春壓酒，牆花香度曉翻書。卜鄰俎豆三遷後，杜詩：芬芳孟母鄰。負郭田疇二頃初㈢。《史記》：蘇秦曰：『使我有洛陽負郭田二頃，豈能佩六國相印乎？』雨過新蔬青可摘，小船籬外賣溪魚。

［補注］

㈠劉邦瑞，按鄧牧《伯牙琴·鑑湖修禊序》云：『歲丙申三月三日，陳用賓、劉邦瑞、胡汲古與予舉修禊故事，會於鏡湖一曲。』則亦宋季遺民志士。

㈡海壇，海壇山，在温州市城區，北臨甌江。弘治《温州府志》卷三《山·永嘉縣》：『海壇山，在城東北，城附其上。』

㈢三遷，孟軻幼年時，孟母爲尋求良好鄰里環境，曾三次遷居。事見劉向《列女傳·鄒孟軻母》。負郭，《史記·蘇秦列傳》『負郭田』司馬貞索隱：『負者，背也，枕也。近城之地，沃潤流澤，最爲膏腴，故曰負郭也。』《文選》卷四一漢楊惲《報孫會宗書》：『種一頃豆，落而爲萁。人生行樂耳，須富貴何時？』二句寫喬遷之喜，言得佳鄰，又有負郭良田，可作終老之計。回應次句『計未疎』。

其二

并〔一〕鄉聚散笑怱怱，歲月無情忽兩翁。燈火城南聽夜雨，桑麻杜曲憶春風㊀。百花新意皆歸燕，萬里離愁獨寄鴻。重約扁舟尋禹穴㊁，夕陽疎樹亂雲東。

【校記】

〔一〕并，冒本、《宋詩鈔補》作『井』。

【補注】

㊀杜曲，在西安市東南，唐時爲京郊名勝區。杜甫《曲江三章章五句》之三有『杜曲幸有桑麻田』句，後遂以『杜曲桑麻』指隱耕之地。

㊁禹穴，夏禹葬處，在越州（紹興）。

【輯評】

傑按：『卜鄰俎豆三遷後，負郭田疇二頃初。』『燈火城南聽夜雨，桑麻杜曲憶春風。』皆俊秀之句，代表霽山七律的另一種風格。

過風門嶺[一] 在平陽仙口。台州亦有之。

客來自風門，颼飀撼兩袖。溪迴衆峰新，畈絶一嶺又。行行春日微，怪禽啼白晝。流年感花稀，古道表松秀。聊此寄小酌，餘酣掬山溜。

［補注］

[一]風門嶺，乾隆《平陽縣志》卷二《輿地下·山川》：『風門嶺，在西口，宋林景熙《過風門嶺》詩（本篇略）。』

贈泰霞真士祈雨之驗[二][一] 冲真，平陽人，姓吴氏。

火旗焰焰燒坤垠，蒺藜滿道風揚塵。槁苗無花不作穀，老農扶杖田頭哭。哭聲不爲填溝渠，室罄何以供官輸？檄龍唄佛寂不應，檄龍，移檄於龍神也。唄，梵音也。蜥蜴那能擅權柄[三]！泰霞真士鞭風霆，緑章叩天天亦驚[三]。玄雲沛雨起膚寸，點點都是盤中飯。須臾收斂歸無聲，翩然駕虬出山城。我聞調元功自古，趙云：宰相以燮理陰陽爲事，則調元氣之謂也。亢爲常暘伏常雨㊃。廟堂有道司牧良，坐看玉燭開金穰。《爾雅》：四時和謂之玉燭。淮南捕蝗蝗更在㊄，唐開元三年，山東大蝗，民不敢殺，拜祭之。姚崇遣御史督州縣捕而瘞之。飢蛟齧人陸成海。飢蛟齧人，周處事。此以喻爲民害者。肥羊日日供大官，論功乃使專黄冠。真士寸田無水旱，寸田，謂丹田也。天機子夜交離坎㊅。修丹之家，以夜半子時爲交媾離坎之始，蓋造化之根，還丹之祖也。

［校記］

〔一〕《宋元詩會》卷五五題作《贈泰霞真士時祈雨有驗》。

［補注］

㊀泰霞真士，按瑞安陳氏家集《清潁一源集》卷一收録陳昌時（物吾）同題作，題下注：『道士姓吴氏，法名冲真，平陽人。』詩云：『靈檄一紙箋蒼旻，不雷而雨仍終夜……曉來遇者問行客，説道滂沱到江北。』

㊁蜥蜴，又名石龍子。《本草綱目》鱗部卷四三《石龍子》：『此物生山石間，能吐雹，可祈雨，故得龍子之名。』

㊂緑章，道士醮祭天神的禱文。用朱筆寫在青藤紙上，故稱緑章，也叫青詞。

㊃亢，謂亢陽。常暘，乾旱。伏，謂伏陰。常雨，水澇。此言陽氣熾盛則久旱，陰氣潛積則久雨。執政者職在調燮陰陽元氣，不令亢陽伏陰失愆爲災。

㊄淮南句：言淮南蝗災，官府遣吏捕蝗，而奸吏敲詐禍民，更有甚於蝗害，故云『蝗更在』。這即孔子

所説『苛政猛於虎』、柳宗元《捕蛇者説》謂『賦斂之毒有甚是蛇者』的意思。此句所詠當時必實有其事。

㈥真士二句：稱揚真士修煉之功，能得陰陽相和。離坎，離、坎本爲《周易》兩卦名。《易·説卦》：『坎爲水……離爲火。』道教借指陰陽。

寶積寺僧舍古梅，一樹皆榮而頂獨枯，即席爲賦 寺在瑞安州孫橋西。

鐵虬偃蹇八尺强，雲屋深深吹玉香。開徧枝南與枝北，頂頑不受春風德。悄如枯禪坐瞿曇㈠，霓旌羽葆來毵毵。世情冷暖異榮枯，道眼看來兩何有㈡？此言以世情冷暖觀之，則有榮枯之異；以道眼觀之，榮枯一也，何異之有？炎州嶺上識祖衣，《傳燈録》：六祖聞五祖在黄梅，遂往任役，爲行者。五祖以法寶及所傳袈裟付之。參横月落皆玄機。老僧與客一笑領〔一〕，醉藉莓苔弄疎影。醒來忽憶孤山前，孤山，和靖所居，梅花盛開之地。繫舟老樹飛雪天。翠羽無聲江色凍，夜闌秉燭渾疑夢㈢。貪嗔到此一一除，獨有愛花癡自如。佛書以貪、嗔、癡爲三業。此言愛花雖亦是一癡，然比之他癡，則有間矣。

［校記］

〔一〕領，吴校、四庫本作『頃』。

［補注］

㈠瞿曇，梵語，佛教始祖釋迦牟尼姓瞿曇。後代稱佛。

㈡榮朽，榮指霓旌羽葆（儀仗），朽指枯禪（老僧）瞿曇。兩何有，《莊子·秋水》：『以道觀之，物無貴賤。』

㈢夜闌秉燭，杜甫《羌村三首》之一：『夜闌更秉燭，相對如夢寐。』

哭德和伯氏六首㈠ 季德淵，先六月逝。

其一

棣隕雙葩淚灑紅㈡，百年已短更匆匆。祇今風雪棲棲影，地老天荒一個鴻。

［補注］

㈠德和，乾隆《平陽縣志》卷一六《人物下·文苑》：『林景怡，字德和，號曉山，景熙之兄也。有詩名，見謝皐羽《天地間集》。』謝翺《天地間集》編録景怡五古《曉起》：『天雞弄喔咿，殘星在斜漢。整衣出幽扉，山城漏初斷。微微水風生，冉冉田露散。此時游葛天，淡然空百羨。海色上寒梢，漸識梅花面。』孫鏘鳴《東嘉詩話》評云：『末二語清絶峭絶，亦可想見人品之高潔，於霽山不愧難兄矣。』按，景熙兄弟三人，兄德和，弟德淵。據本題第六首『五十三年老弟兄』及第一首『衹今風雪棲棲影』句，知此組詩作於元世祖至元三十一年（一二九四）冬。三弟德淵、長兄德和先後於是年夏、冬去世。

㈡棣，棠棣，木名。《詩・小雅・常棣》：『常棣之華，鄂不韡韡。凡今之人，莫如兄弟。』後以棣華喻兄弟。

［輯評］

毛秀《霽山先生集》批云：詩意可憐。

其二

風塵何處託清魂，家世梅花水月村。舊篋已無封禪稿，獨憐渴病似文園㈠！

［補注］

㈠渴病，消渴病，今稱糖尿病。文園，司馬相如曾任文園令（管理漢文帝陵園的官）。《史記・司馬相如列傳》載，相如晚年被免職閒居，曾作《封禪文》，頌揚皇帝功德，臨死前囑咐妻子交給使者上奏朝廷。這二句説，德和晚年跟司馬相如一樣也患有消渴病，值得欣幸的是他的遺稿中没有《封禪文》那樣的貢諛文章。與林逋《自作壽堂因書一絶以志之》『茂陵他日求遺稿，猶喜曾無封禪書』，寓旨相同。

其三

空遺破硯孤心苦，只博生綃兩鬢華㊀。小婢燈前泣秋雨，竹房不見夜呼茶。

［補注］

㊀空遺二句，言其一生致力詩畫，用心孤苦。生綃，生絲織成的薄絹，古人多用以作畫。借指畫幅。

其四

溪冷浣花宗武哭，池荒夢草惠連愁㊀。謝惠連有奇才，族兄靈運每對之，輒有佳句。行人猶説春風夜，燈影書聲共水樓。讀此者，友悌之心可以悠然興起，凄然感發也。

［補注］

㊀浣花溪，錦江支流，在成都市西郊。杜甫居此，築有浣花草堂。宗武，杜甫次子。夢草池，即謝池，在温州市區積穀山西側。謝靈運《登池上樓》詩寫作於此。這句以惠連自比，思念往日兄弟切磋情誼，彌增傷痛。

［輯評］

吴戰壘《千首宋人絶句校注》卷七：（行人二句）回憶兄弟春夜小樓共讀的情景，從行人口中道出，既見手足情深在人耳目，又增今昔傷感之情。

其五

伯兮癯似松間鶴，季也孤於雲水僧。昨夜夢中聞笑語，覺來秋在影堂燈。影堂，遺像室也。

其六

草枯霜白泣原鴒㈠，五十三年老弟兄。風雨對牀緣未了，荆花重合在來生㈡。

［補注］

㈠原鴒，喻兄弟友愛相助。語出《詩·小雅·常棣》：『脊令在原，兄弟急難。』脊令，即鶺鴒。

㈡風雨對牀，狀兄弟間相聚傾談的親切情景。語出唐韋應物《示全真元常》詩：『安知風雨夜，復此對牀眠。』吴景旭《歷代詩話》卷五八《宋詩·對牀》：『韋蘇州《示全真元常》詩，二蘇祖之以入詠，遂以「夜雨對牀」爲兄弟事用矣。』荆花重合，南朝梁吴均《續齊諧記·紫荆樹》載：田真兄弟三人分財，堂前紫荆樹共議破三片，明日其樹即枯死。『因悲不自勝，不復解樹，樹應聲榮茂。』此言自己兄弟三人骨肉情親，永不分離，祈求来生能够重聚。

山窗新糊，有故朝封事稿，閲之有感

偶伴孤雲宿嶺東，四山欲雪地爐紅。何人一紙防秋疏，却與山窗障北風。

此詩工在『防秋疏』、『障北風』六字間，非情思精巧道不到也。然感慨之意，又自見於言外。

〔輯評〕

陳衍《宋詩精華録》卷四：前清潘伯寅尚書，見賣餅家以宋版書殘葉包餅，爲之流涕，遇此不更當痛哭乎！

中國科學院文學研究所《中國文學史·宋代文學》第九章第三節：意深而筆婉。

陳增傑《宋代絶句六百首》：朝廷的防秋奏稿，却被用作糊窗的紙，使詩人無限感慨：一是因睹前朝舊物，觸引亡國之痛；二是歎恨當時統治者没有重視這類奏疏，乃致覆亡。元末葉顒（景南）《樵雲獨唱詩集》卷五《夜宿山村并序》：『予夜宿山村，有以宋末德祐年間防邊策稿故紙糊窗者，讀之皆舍家爲國之論，不知何人之辭……賦一絶紀事云：賈氏專權王氣終，朝無謀士廟堂空。國亡留得邊防策，猶向窗前戰北風。』係仿景熙此作之意，然工拙懸殊，不可同年語矣。又按：明葉子奇《草木子·談藪篇》載：『近時有以《張巡傳》糊窗者，有一士人見之，而題四句於其右云：坐守睢陽當豹關，江淮賴此得全安。至今青史雖零落，猶障窗風一面寒。』（明季汝虞《古今詩話》卷八、謝肇淛《小草齋詩話》卷五所載略同）雖末句取意稍異，而窠臼相襲，亦爲效顰之類。

僧門

一閒每笑不如僧，及到僧門閒未能。昨夜褐袍風雪裏，隔溪犬吠入林燈。此證上句僧不能閒之意。

林景熙集補注卷二

古今體詩一百八首

雜詠十首酬汪鎮卿(一)名鼎〔二〕，號桐陽，平陽人。

其一

踆烏不停飛，踆，七倫反。《淮南子》：『日中有踆烏。』踆，趾也。謂三足烏也。斂景下蒙谷(二)。蒙谷，即昧谷也。蓋日入〔三〕之處。征途險在前，而况車折軸(三)。漢景帝徵臨江王榮，既上車，車軸折。臨江父老流涕曰：『吾王不返矣。』夸父追羲和，欲挽丹砂轂。意遠力不任，化作鄧林木。《山海經》：夸父不量力，欲追日影，逐之於嵎谷之際。渴飲河渭；不足，將北飲大澤。未至，道渴而死。

棄其杖，化爲鄧林之木。《廣雅》曰：羲和，日御也。此又借夸父之事，以明忠臣義士之志也。漫漫夜何如，長歌飯穀觫㊃。此言力不能挽回世變，但當長歌飯牛，以終餘年耳，復何爲哉！

[校記]

〔一〕章注「名鼎」，諸本同。按，元蘇伯衡《蘇平仲文集》卷一四《孔教授夫人汪氏墓志銘》、明王朝佐《東嘉先哲録》卷二〇和弘治《温州府志》卷一〇《藝文傳》、雍正《浙江通志》卷一八二《文苑傳》、乾隆《平陽縣志》卷一六《文苑傳》均作「鼎新」。孫詒讓《温州經籍志》卷二四云：「案章注載桐陽名鼎，疑有奪誤。」當據校正。〔二〕入，原本及各本均作「出」，誤。參見注㊁。

[補注]

㊀汪鎮卿：汪鼎新，字鎮卿（一作進卿。按「鎮、進」温州話同音），號桐陽，平陽萬全鄉湖陽（胡垟）人，遷居温州墨池坊。元蘇伯衡《蘇平仲文集》卷一四《孔教授夫人汪氏墓志銘》：「夫人諱淑真，字道寧，其先歙人，靈惠公之後也。五季時，避亂來居平陽。至夫人父，始徙居郡之墨池坊，遂爲郡人。父諱鼎新，學行文章，爲温儒宗，門人因其自號，稱之曰桐陽公。」明王朝佐《東嘉先哲録》卷二〇《詞章・汪桐陽》：「汪鼎新，字進卿，平陽人（見《郡志》）。少孤，自樹立。明《尚書》《周易》，尤長於詩文，有《桐陽小稿》二卷。歲辛卯，李思衍行部浙東，舉爲郡學録，陞平陽州學教授（見《平陽州志》）。」按，鼎新舉爲温州路學録，在元世祖至元二十八年（辛卯，一二九一）；據蘇文《孔教授夫人汪氏墓志銘》推知，其任平陽州教授，在元仁宗皇慶二年（一三一三），景熙時已去世。元朱晞顔《瓢泉吟稿》卷一有《覺衰呈汪桐陽教授》（四

首)、《答汪桐陽所和覺衰四首》。汪氏《桐陽稿》今佚,《東甌詩存》卷一一録存其詩一首。

㈡蒙谷,傳説日入之處。《淮南子·天文訓》:『日出於暘谷……至於蒙谷,是謂定昏。』漢高誘注:『蒙谷,北方之山名也。』

㈢車折軸,出行不祥之兆。見《漢書·臨江閔王榮傳》。黄庭堅《山谷集》卷二六《書邢居實南征賦後》:『方行萬里,出門而車軸折,可爲隕涕。』

㈣觳觫,牛哆嗦狀,代指牛。飯牛用春秋甯戚故事,卷一《鄭宗仁會宿山中》云:『亦有茅簷下,飯牛人未眠。』意與此同,都寫志士的凄凉心境。

[輯評]

民國《平陽縣志》卷三五《林景熙傳》:旋以國事寖非,棄官歸里,隱州治後白石巷。時景熙年方英鋭,聞益、廣二王行遁海濱,與同里周景灝皆有南行意,嘗爲景灝作《鞍山齋記》以見志。後以道梗不果,贈汪鼎新詩所謂『征途險在前,而况車折軸』、『意遠力不任,化作鄧林木』是也。

其二

百感凄孤夜,江樓起呼月。秋蟲聲轉悲,念此衆芳歇。人生非金石,青鬢忽已雪。踰淮橘心移,《考工記》:橘踰淮而北爲枳,地氣然也。出山泉性汩㈠。猗蘭抱孤芳,不受宿莽没。宿莽,字出《離騷經》注:草冬生不死,楚人名之曰宿莽。『橘心移、泉性汩』,皆言世情遷變之速,而

『猗蘭孤芳』，則自喻之辭也。

【校記】

此篇亦載黃庚《月屋漫稿》、張觀光《屏巖小稿》，題作《偶書》（二首之一）。首句『感凄』作『歲集』，二句『江』作『山』，四句『念』作『感』，七句『移』作『秋』，八句『性』作『水』，九句『孤芳』作『香死』，末句『宿』作『蓁』，餘同。按，黃、張集屬誤編，詳附録六辨疑。

【補注】

㊀汩，渾濁。杜甫《佳人》詩：『在山泉水清，出山泉水濁。』

【輯評】

傑按：此詩幽婉悱惻，託旨深永，乃得《楚騷》之餘緒，可以方駕張曲江《感遇》諸什。

其三

老來屏人事，北窗寄高眠㊀。飄飆御風遠，銀闕開九天。虎豹不見嗔㊁，豈予〔一〕有仙緣？玉座覆紅雲，玉座見道經。又《翊聖傳》云：玉帝所居，常有紅雲擁之。香爐霏紫煙。黃冠立小兆，小兆臣，道家所稱。冉冉導我前。下土蟣蝨臣，盧仝《月蝕詩》：地上蟣蝨臣告天帝王。微衷懷欲宣：『兵戈幸休息，饑饉方連綿。洪惟大生德，實制水旱權。願言回哀眷，與世蘇倒懸。』皇靈閔臣請，曰『其敢豐年』。再拜謝闕下，回飈墮林泉。夜雷聲殷殷，甘澤朝盈田。沈思喜且驚，魂交非偶然。士抱當世憂，天猶爲之憐；況此咎證臻，庸非燮理愆㊂？貞觀有房杜，米斗曾三錢㊃。此篇亦寓言耳。

［校記］

〔一〕予，原作『子』，據吴校本、四庫本改。

此篇亦載黄庚《月屋漫稿》、張觀光《屏巖小稿》，題作《紀夢是歲大旱》。録如下：『老年屏人事，北窗寄高眠。夢魂御風去，金闕開九天。虎豹獰不嗔，知予有仙緣。玉座擁五雲，香爐飛紫煙。青衣兩童子，舉手導我前。下土蟣蝨臣，愚衷欲敷宣：「兵戈幸休息，饑饉方連綿。洪惟大生德，實司水旱權。願言回哀眷，與世解倒懸。」上帝允臣請，乃曰賜豐年。再拜謝闕下，回飈墮林泉。夜雷聲殷殷，甘澤朝滿田。沈思喜且驚，異夢非偶然。士懷當世憂（以下缺字）。貞觀有房杜，米斗三文錢。』少三句，相異三十三字（字左加點者）。按，黄、張集屬誤編，詳附録六辨疑。

［補注］

㊀北窗，陶淵明《與子儼等疏》：『常言五六月中，北窗下卧，遇凉風暫至，自謂是羲皇上人。』後借指隱士所居。

㊁虎豹，天門衛守者。《楚辭·招魂》：『君無上天些，虎豹九關。』

㊂咎證，災禍應驗。漢應劭《風俗通·怪神》：『邪氣承虚，故速咎證。』燮理，《書·周官》：『立太師、

太傅、太保，茲惟三公，論道經邦，燮理陰陽。』代指執政者。

㈣房杜，指唐賢相房玄齡、杜如晦。米斗三錢，《資治通鑑·唐太宗貞觀四年》：『是歲大稔，流散者咸歸鄉里，斗米不過三四錢。』

其四

鳳德嗟已衰，宣尼欲浮海㈠。賴有載道經，神功補元宰。六經所以載道，而其神功妙用，又足以補造化之不及。刪《詩》挽風變，繫《易》憂世駭。《春秋》筆削嚴㈡，西秦《書》乃采。夫子定《書》所以采《秦誓》者，非與之也。蓋傷周道之衰，而天下必歸於秦也。故此詩云『微義將警周，逆悲大運改』。寓意深遠，非达古今之變者孰能識之。微義將警周，逆悲大運改。悠悠千古心，後死文乃在㈢。

［校記］

此篇亦載黃庚《月屋漫稿》、張觀光《屏巖小稿》，題作《偶書》（二首之二）。九句『警』作『繼』，末句『乃』作『書』，餘同。按，黃、張集屬誤編，詳附録六辨疑。

［補注］

㈠鳳德，喻盛世聖德。《論語·微子》：『楚狂接輿歌而過孔子曰：鳳兮鳳兮，何德之衰？』何晏集解引孔安國曰：『比孔子於鳳鳥。鳳鳥待聖君乃見。』宣尼，漢平帝元始元年追謚孔子爲褒城宣尼公。浮海，《論語·公冶長》『子曰：道不行，乘桴浮于海。』

㊁筆削，删改。筆，寫録；削，改寫時用刀刮去簡牘。孔子據魯史而修《春秋》，撰述嚴謹，用字寓含褒貶，後世稱爲『春秋筆法』。《史記·孔子世家》：『至於爲《春秋》，筆則筆，削則削，子夏之徒不能贊一辭。』

㊂悠悠二句，《史記·孔子世家》：『弟子受《春秋》，孔子曰：後世知丘者以《春秋》，而罪丘者亦以《春秋》。』裴駰集解引劉熙曰：『知者，行堯舜之道者也；罪者，在王公之位見貶絶者。』此言孔子處西周末年，諸侯紛争，王道不行，乃致力於經籍整理，删《詩》繫《易》，筆削《春秋》，用以闡明大義，貶損當世，其悠悠之心，千古猶在。

其五

子有憂世心，蒿然見眉睫㊀。林希逸《口義》曰：蒿目者，半閉之目也。欲閉不閉，其目蒙茸然，故曰蒿目。崇交擬昔人，西風寄三疊。宋邢居實有《秋風三疊歌寄秦少游》。作詩匪雕鎪，要與六義涉。《詩》有六義：一曰風，二曰賦，三曰比，四曰興，五曰雅，六曰頌。臣甫再拜鵑㊁，杜子美《杜鵑行》云：『我見常再拜，重是古帝魂。』是有六義之旨。高風或可躡。肯作蟋蟀鳴㊂，悲凉和秋葉！

［補注］

㊀憂世心，《莊子·駢拇》：『今世之仁人，蒿目而憂世之患。』

㊁杜鵑鳥相傳是古蜀帝魂魄所化，『拜鵑』含故國之思，故特爲拈出推崇。

㊂蟋蟀鳴，比況詩格浮靡卑下。韓愈《薦士》詩云：『齊梁及陳隋，衆作等蟬噪。』取喻同。

［輯評］

孫詒讓《温州經籍志》卷二四《桐陽小稿》案：桐陽學行文章，爲温儒宗，與林霽山以詩相唱和。《霽山集》二有《雜詠十首酬汪鎮卿》，其第五章云云：『子有憂世心，蒿然見眉睫。崇文擬昔人，西風寄三疊。作詩匪雕鎪，要與六義涉。』足睹其品學矣。

傑按：此首言作詩要羽翼六義，追蹤杜甫，抒寫憂世傷時的懷抱，反對雕琢和無病呻吟，反映了作者繼承現實主義傳統的論詩主張。

其六

青蓮不墮劫㊀，佛書有青蓮妙相之説。不墮劫，謂天地劫數遷變，佛身常在不壞。金鼎能回枯。此道家回生起死之事。吾道寄疏水㊁，此外何所須。此吾儒樂道修身以俟命之事。豈不念百年，奄忽歸邱墟。生死同晝夜，逆天詎敢居？ 朱文公《感興》詩：但恐逆天理，偷生詎能安？ 異端紛溺人，微此吾其魚㊂！ 詩意謂異端之學紛紛然務以溺人，與洪水無異；若無此聖人之道，吾亦爲其所溺而爲魚矣！ 此蓋略用歐公集序論孟子配禹之功一段微意。

［補注］

㊀青蓮，佛書借喻眼目。南朝梁簡文帝《釋迦文佛像銘》：『滿月爲面，青蓮在眸。』

㊁疏水，《論語·述而》：『子曰：飯疏食飲水，曲肱而枕之，樂亦在其中。不義而富且貴，於我如浮雲。』疏食，粗糧。楊伯峻注：『古代常以湯和水對言。湯，熱水；水，冷水。』

㊂微此吾其魚，《左傳·昭公元年》：『微禹，吾其魚乎！』微，若没有。其魚，謂爲魚鱉所食。

其七

淪惡易如墜，進善難如登。危哉方寸地，風雨吹冥冥㊀。 言人心之險有如此者。 尺水增丈波，鰍鱔亦爲鯨。 此喻小人得勢，亦能變化而成大也。 海桑空變易，天地終清甯。感此坐中夕，疏林起［一］秋聲㊁。 結意未嘗説盡，此詩家之妙也。

［校記］

［一］起，吴校本、四庫本、《宋詩鈔》、《南宋文範》卷七作『動』。

[補注]

㈠風雨，喻元壓迫勢力。謂在政治壓迫之下，人性更易淪惡，變得昏昧。

㈡感此二句，言外隱寓惟松柏歲寒後凋之意。

其八

漢日落西崦，《淮南子》：日入崦嵫。孤彗明中州㈠。本類星，末類彗，小者數寸，長或竟天。見則兵起大水，主除舊布新之象。此言漢日落，孤彗明，以喻漢德衰，曹氏篡也。曹操竊弄權柄，挾天子以令諸侯，亦猶妖彗假借日光以爲明耳。玄德負英猛，欲挽無萬牛㈡。劉備字玄德，雖欲挽回漢室，奈無萬牛之力。言力不任也。龍鳳一已逝，斯人復安求？劉備在荆州，訪士於司馬徽。對曰：『此間有伏龍、鳳雛。』諸葛孔明、龐士元也。區區守江左，老此以菟裘㈢。《左傳》：隱公使營菟裘。吾將老矣。大義固不識，卑哉孫仲謀！孫權字仲謀，但知守江左，如營菟裘之計而已。至於經理中原，恢復漢室，大義固不識也。先生詩言及此，則宋室南渡諸君臣，皆不能無愧。

[補注]

㈠孤彗，《晉書·天文志中》：『彗體無光，傅日而爲光……光芒所及則爲災。』

㈡萬牛，杜甫《古柏行》：『大厦如傾要梁棟，萬牛回首丘山重。』黄庭堅《秋思寄子由》詩：『挽著滄江無萬牛。』

㊂菟裘，春秋魯邑名，在今山東泰安市東南。

其九

垂垂大厦顛，一木支無力。此言文天祥事。精衛悲滄溟，銅駝化荆棘㊀。英風傲几磓，東坡《嚴顔碑》詩：嚴子一何賢，談笑傲磓几。濱死猶鐵脊。韓文：濱於死而益固。黄山谷詩：平生脊骨硬如鐵。自首至此，蓋言宋祚將傾，非一人所得扶持也。文天祥雖有精衛之志，而滄海不可以木石填也。是以不免故國淪於邱墟，銅駝化爲荆棘耳！然國有廢興，事有成敗，古今之常；臣子之心，鞠躬盡瘁，死而後已。此天祥之所以爲忠義也。血染沙場秋，寒日亦爲碧。蔡琰詩：沙場白骨兮刀痕箭瘢。《莊子》：『萇弘死於蜀，藏其血，三年而化爲碧。』注：『碧，玉也。』天祥以戊寅歲被執赴燕，至壬午年始賜死，此所謂『血染沙場秋』也。惟留《吟嘯》編，千載光奕奕。天祥有《江湖吟嘯集》行於世，蓋述其所遭亂亡時事也。

［校記］

此篇亦載黄庚《月屋漫稿》、張觀光《屏巖小稿》，題作《讀文相吟嘯稿》。二句『溟』作『海』，餘同。按，黄、張集屬誤編，詳附録六辨疑。

［補注］

㊀精衛，傳説中的神鳥。《山海經·北山經》：『炎帝之少女，名曰女娃。女娃游于東海，溺而不返，故爲精衛。常銜西山之木石，以堙于東海。』銅駝，宫門前的銅獸。《晉書·索靖傳》：『靖有先識遠量，知天下將亂，指洛陽宫門銅駝，歎曰：會見汝在荆棘中耳！』

［輯評］

毛秀《霽山先生集》批云：予嘗見文公遺像，鄧中齋題云：『目煌煌兮疏星曉寒，氣英英兮疾雷殷山。頭碎柱而璧完，血化碧而心丹。嗚呼！孰謂斯人不在世間。』此作尤雋拔也。

傑按：此詩詠文天祥就義事，筆墨警煉，意氣感發。中間四句，寫其臨刑不屈，鐵骨英風，凛然千古。與集中七古《讀文山集》相彰美。

其十

權臣坐偃月，棄官如飄蓬。此言謝枋得事㊀。唐李林甫爲相，起堂名偃月。每欲有所中傷，即坐其中，沈思久之。若笑而出，即其家破矣。賈似道在宋，專權用事，與林甫無異。謝枋得以己未歲提兵援瑞州，北兵退，似道打算招軍錢。枋得償萬楮，餘無所償。甲子，枋得校文江東漕闈，發策詆時政，諷賈相。賈大怒，貶枋得興國軍。及兹顛沛秋，翻然挺孤忠。乙亥，賈相敗，朝廷起枋得爲江西提刑，尋擢江東制置使。募兵援饒州，拒戰於安仁，又戰於信州，皆不捷。一死未得所。罔羅挂飛〔一〕鴻。時欲死節，或勸之曰死且未晚，乃止。國亡，枋得棄家變姓名，入居建甯之唐石山。甲申大赦，乃出。時程御史文海、留承旨夢炎交薦之，皆力辭不受。戊子秋，魏參政天祐入京，執拘北行。枋得不肯，以死自誓。渡淮已不食，蜕槁夷齊風㈡。渡采石，即不食。己丑夏四月至燕，卒於驛。子定之護骸歸葬信州。何人續遷《史》，表爲節義雄。漢司馬遷作《史記》，列傳以伯夷爲首，尚節義也。後之秉史筆者，亦當以天祥、枋得爲節義之首。

［校記］

〔一〕飛，吴校本、四庫本及《宋詩删》五古卷六、《宋詩鈔》、《全宋詩》卷三六三二並作『秋』。按，前已出『秋』字（三句），此從『飛』爲好。

［補注］

㈠謝枋得（一二二六——一二八九），字君直，號疊山，信州弋陽（今屬江西）人。宋理宗寶祐四年與文天祥同舉進士，歷官江東提刑、信州知州。元兵南下，他在江西起兵抗擊，兵敗流亡福建一帶。屢拒元朝徵召，最後被拘至燕京，不食而死。《宋史》卷四二五有傳。

㈡蜕槁，言枯槁如脱殼之蟬。夷齊風，明陶宗儀《輟耕録》卷二《不食死》：『嗟乎！伯夷叔齊，在周雖爲頑民，而在商則爲義士。孰謂數千載後有商義士之風者，復見先生焉。』

［輯評］

無名氏《霽山先生詩文集》批語：古音不減漢魏。忠肝惓惓，亦有杜工部之風。

趙奥別業㊀

在平陽城西二里，馬鞍山下。

已無湖海夢，漸老足閒情。野杖日尋壑，家書時到城。開池納天影，種竹引秋聲。亦愛簞瓢樂，年來世味輕㊁。

［補注］

㊀趙奥別業，明吕洪《霽山先生文集序》：『別墅在城西趙奥馬鞍山麓，予今所卜築，即其故址也。』清嘉慶中蘇璠在此建大雅山房，其《霽山先生集跋》云：『璠幸生霽山舊里，復後吕公居趙奥別業遺址。』

㊁簞瓢樂，守道安貧的生活。《論語・雍也》：『子曰：賢哉回也！一簞食，一瓢飲，在陋巷，人不堪其憂，回也不改其樂。』年來世味輕，陸游《臨安春雨初霽》詩：『世味年來薄似紗。』

［輯評］

賀裳《載酒園詩話・林景熙》：『開池納天影，種竹引秋聲。』……真視唐人無愧。

傑按：『開池』二句，曲盡『野杖』閒情，清逸可喜。

草花

不入羣芳譜，生機屑化工。十年多曠土，一種自春風。蛙吠〔一〕殘陽影，螢明細雨叢。令人懷洛艷，洛艷，牡丹也。錦幄照簾櫳。

［校記］

〔一〕蛙吠，吴校本、四庫本作『蝶舞』。

夜意

澹然無一事，至樂在書牀。老石棲雲定，疏松過雨香。磑清秋巷迥，燈白夜堂凉。模寫夜景，最有深趣。此意無人會，重城醉夢鄉。

［輯評］

李慈銘《越縵堂詩話》卷上：《夜意》云：『老石棲雲定，疏松過雨香。』……皆清空婉眇，蟬蜕塵埃者也。

傑按：結二句言滿城人都在酣夢中，此意無人能會，隱寓世俗沉迷、衆人皆醉的感慨。弦外託旨，筆意深沉。

老松舊隱爲曹許山賦㊀

許山諱穭孫，瑞安人。父侍郎松廬先生，暮年手植七十五松於庭，夾徑蔚然，其後因有『老松舊隱』之署。

七十五松在，當年手植翁。龍髯雲滿壑，鶴唳月當空。三品非秦爵㊁，諸郎有晉風。夜深清籟發，歸珮玉丁東。

此言松籟之發，猶彷彿松廬歸珮之丁東也。

晉王謝家子弟，時人以烏衣諸郎稱之。

〔補注〕

㊀曹許山，明姜准《岐海瑣譚》卷四：『宋瑞安曹穭孫，字穎實，號許山，歷官權淮西制機承直郎待班。筆法遒勁，好爲人作大字，題匾墨跡散落人家極多。晚摹二王帖，尤深得筆意。尺牘所至，爲人藏弆。文辭俊邁，儷語典雅，樂府獨步一時。嘗題江心《賀新郎》詞云（引略）。人稱有三不可學，謂字也、詞也、人品也。』按：曹穭孫，瑞安來暮鄉曹村人，亦宋季遺民志士，與林景熙、陳則翁等交往。元陳岡《清穎一源集》卷一《陳則翁傳》謂厓山之變後，與林德暘、曹許山輩『以詩文往来，私相痛悼，作爲詩歌，離黍之悲溢

於言外』。陳則翁有《春游仙壇就簡曹許山、林五峰諸君》詩。本書卷五《龍源普度紀勝詩序》亦應曹稽孫作。

㈢三品，許山父松廬官侍郎。侍郎爲尚書省各部副長官，秩從三品（見《宋史·職官志八》）。非秦爵，謂不受元朝官爵，稱其氣節。

中和節㈠

唐德宗欲以二月名節，李泌請以二月朔爲中和節。

柳下一瓢酒，湖風散積陰。晴舒生物命，春酌化工心。鶯語調寒燠，花妝定淺深㈡。皆所以形容『中和』二字之意。悠然情性會，宇宙入孤吟。

［補注］

㈠中和節，農曆二月初一（朔）。中和，取中正和諧之意。舊以中和、上巳（三月三日）、重陽（九月九日）爲三大令節。

㈡調寒燠，楊萬里《二月一日郡圃尋春》：『中和節裏半春天，一拂清寒半點暄。』

天台隱者㊀

俗駕不曾到，瘦筇時復攜。肺肝清澗飲，劉阮游天台，下山得澗水飲之。鬢髮老巖棲。《莊子》：魯有單豹，巖棲而水飲。野巷猶雞犬，春城自鼓鼙。未應人世外，别有武陵溪。

［補注］

㊀天台，今浙江天台縣。境内有天台山。

新昌道上㊀

江湖猶是客，歲月已成翁。仙路重雲外，新昌東與天台接界。人家落木中。山痕經燒黑，土脈入泉紅。新昌二三十里間，泉流土中，其色皆赤。又得春風信，孤花照驛東。

［補注］

㊀新昌，今浙江新昌縣。此詩與前首《天台隱者》，當是元成宗元貞元年（一二九五）作者復往越州（紹興），道經天台、新昌作。

［輯評］

宋長白《柳亭詩話》卷一九《宋人警句》：林德暘景熙……《新昌》：『山痕經燒黑，土脈入泉紅。』回視六朝，似有秋月春花之別。

寄懷㊀

風雨知何夕，干戈寄此身。青燈少年夢，白髮異鄉春。水驛逢花使，丹田守谷神㊁。行窩隨處樂，聊自得吾真。

［補注］

㊀按，黄庚《月屋漫稿》、張觀光《屏巖小稿》同載五律《夜坐》：『世事等輕雲，蘧廬寄此身。青燈少年夢，白髮異鄉人。按劍驚山鬼，吞舟養谷神。黄庭重讀罷，吾得葆其真。』與林詩十六字同。

㊁《老子》：『谷神不死。』河上公注：『人能養神則不死。神謂五臟之神也。』『谷』取生養、保養義。《修真書》：人身有三丹田，兩眉間爲上丹田，臍輪三寸爲下丹田，心爲中丹田。《老子》曰：谷神不死，是爲玄牝。邵康節先生在洛，號所居曰安樂窩。此句言丹田守養精神，道家導引養生之術。

［輯評］

李慈銘《越縵堂詩話》卷上：《寄懷》云：『青燈少年夢，白髮異鄉春。』……皆清空婉眇，蟬蜕塵埃者也。

贈吴秀才林東歸〔一〕

幾夜高堂夢，高堂，母也。不知山水長。西風歸雁蕩㊀，雁蕩，山名，在温州。落日過烏傷。《十道志》：婺州東陽顏烏，以純孝稱。親没，負土爲墳，有羣烏助之銜土，烏吻皆傷。漢立烏傷縣，今爲義烏。斷影雲空白，孤心草欲黄。終憐負甘旨，淚灑《蓼莪》章㊁。

〔校記〕

〔一〕題『吴秀才林』，鮑廷博案：『汪士鋐刻本無「才」字。』按吴校本無『才』字。

〔補注〕

㊀雁蕩，有南北之分。此當指平陽縣境内南雁蕩山。

㊁甘旨，指養親的食物。負甘旨，言不能還家奉養父母。《蓼莪》，《詩·小雅》篇名，詠孝子不得歸養父母，有『哀哀父母，生我劬勞』語。蓼，長大貌。莪，草名。清馬瑞辰《毛詩傳箋通釋》卷二一：『莪蒿即茵陳蒿之類。常抱宿根而生，有子依母之象，故詩人借以起興。』

越中送徐君寅歸閩㊀

此地同爲客，當秋獨送君。斜陽留薄醉，遠道惜輕分。老淚遺陵木，鄉山〔一〕出海雲。天南有回雁，音信倘相聞。

陵木，指越中；海雲，指閩中也。

［校記］

〔一〕山，《宋詩删》五律卷四作『程』。

［補注］

㊀徐君寅，合沙（今福建福州市）人。卷三有《酬合沙徐君寅》詩。

［輯評］

胡應麟《詩藪》雜編卷五：其戀戀宗國之意，蓋未嘗頃刻捨也。五言律如『老淚遺陵木，鄉山出海雲』……雖不甚脱晚宋，亦自精警。

餞盛景則教授㊀

台州黄巖人，職教平陽。

空明仙人朝帝所，跨鶴凌虚墮霜羽。《真誥》云：天下第二洞天，號小有空明之天。洞中石髓流不乾，石髓，王烈事。聖泉寫入君肺腑㈡。《易·蒙卦》曰：蒙以養正，聖功也。潘江陸海一目盡，《潘岳贊》：機文喻海，潘藻如江。機謂陸機也。自提修綆汲千古。碧芹水冷涵夜燈，丹鳳山空鳴曉鼓。平陽州鳳凰山在州南二里，州學在其下。有時白戰風騷場㈢，東坡守汝陰，嘗效歐公賦雪詩，不使「皓、白、鮮、素」等字。風騷場，翰墨場也。小巫見之縮雙股。《吴志》：陳琳作武庫，張紘歎美之。琳稱紘爲「小巫」。飯雖不足仁義腴㈣，杜甫與鄭虔詩，「甲第紛紛厭粱肉」云云。牆陰老薺羹春苦。《本草》云：薺葉可作菹羹。丈夫出處各有道，天地綱常要撑拄。俗吏惟知騁刀筆，腐儒亦或拘訓詁。雲霧窗寒森寶書，黄山谷與東坡詩云：「人間風日不到處，天上玉堂森寶書。」故云。廣文袖有修月斧。《酉陽雜俎》：鄭仁本與王秀才游嵩山，見一人枕一襆方眠，即呼之。其人曰：君知月七寶合成乎？月勢如丸，其光，日爍其凸處也。嘗有八萬三千户修之，子即一人之數。因開襆，有斤鑿數事。此言盛公當入翰林，發揮其辭翰之手也。離亭酒短秋帆開，雁蕩峰前桂花雨㈤。

[補注]

㈠盛景則，萬曆《黄巖縣志》卷五《人物·儒林·元》：「盛象翁，字景則，號聖泉，三坑人。生宋季，嘗游車若水、黄超然之門，得其奥旨，士人從之者户屨可束也。延祐間薦爲平陽路、汀州教授。聘典彙浙文衡，識陸文奎高古之文。終昌國判官。所著有《易學直指本源》《聖泉文集》。從祀鄉賢祠。」元洪焱祖《杏庭摘稿》有《黄巖盛景則來爲吾郡征官見示詩文因成一章》《再用韵答景則》等詩。弘治《温州府志》卷八《宦職・平陽縣・教授》：「元貞元年縣升州，學設教授。盛象翁、趙若飛、蘇愷（下略）。」元於路、州設儒學教授，秩從九品（見《元史・百官志七》）。按，據《元史・地理志五・温州路平陽州》和上引弘治《府志》，元成宗元貞元年（一二九五）平陽縣升州，盛象翁爲首任州學教授（萬曆《黄巖縣志》謂「延祐間薦爲平陽路教授」甚誤。「延祐」時景熙早已去世。平陽爲温州路屬州）。三年秩滿離職，時在元成宗大德二年（一二九八）。本篇爲餞送賦贈，當即作於是年。

㊁石髓，石鐘乳。葛洪《神仙傳》卷六《王烈》：「烈嘗入太行山，聞山裂聲，往視之，山斷數百尺，有青泥如髓，取摶之，須臾成石，如熱臘之狀……得服之者，與天地齊壽。」聖泉，猶言神水。雍正《浙江通志》卷四六《古跡八・台州府》：「盛象翁宅，嘉靖《太平縣志》：元判官盛象翁宅在三坑溪。象翁生宋季，從車玉峰游，所居與聖水山近，遂尊之聖泉。」

㊂白戰，徒手作戰。指作詠物詩，禁用有關字詞。歐陽修於潁州聚星堂會友賦雪詩，共相約定「玉、月、梨、梅、練、絮、白、舞、鵝、鶴、銀等字，皆請勿用」。蘇軾《聚星堂雪》詩：「當時號令君聽取，白戰不許持寸鐵。」序稱：「禁體物語，於艱難中特出奇麗。」

㊃飯雖不足，杜甫《醉時歌》：「甲第紛紛厭粱肉，廣文先生飯不足。」唐詩人鄭虔任廣文館（屬國子監）博士，才高位下，杜甫稱爲「廣文先生」。下句「廣文袖有修月斧」，借指盛。

㊄雁蕩，指平阳縣境内南雁蕩山。

【輯評】

李慈銘《越縵堂詩話》卷上：「『離亭酒短秋帆開，雁蕩峰前桂花雨。』……皆清空婉眇，蟬蜕塵埃者也。」

傑按：景熙七古筆力健拔，意慨沉摯，流麗中具有淋漓頓挫的韻致，乃得杜陵、放翁風格。《春感》《書陸放翁詩卷後》《讀文山集》及此篇，均其傑構。宋元際詩人多事近體，歌行罕見力作，故尤足貴。

送橫舟真士游茅山㈠

任真，平陽人，姓林氏。茅山在建康府。

海鯢吹腥浪千尺，意有所刺。野渡橫舟人不識。此言世上風波之險，而濟川之才，乃隱而在下也。春風未暖六經灰，閒抱《黄庭》煮白石㈡。道家有《黄庭》二景經，言修養之事。緑章夜徹九虎關，坐使業海生青蓮㈢。業海生蓮花，見道經。蟾蜍窟冷手自探，《五經通義》：月中有蟾蜍。西湖一鶴梅花仙。林和靖事。四時茫茫行大塊，君向何山飛羽佩？雙袖攜雲發天台，孤竹騎龍窮地肺㈣。後漢費長房從市老翁學仙，後辭歸。以一竹杖與之，曰『騎此任所之，則自至。既至，可以杖投葛陂中。』長房乘杖，須臾至家。自謂適經旬日，已十餘年矣。即以杖投陂中，顧見，則龍也。瓣香持謁三茅君，茅濛修道茅山，白日上升，元孫茅盈、茅固、茅衷亦得上升，故云。上清秘笈開瓊文。《集仙傳》：雲華夫人曰瑶姬，王母第二十三女也。嘗游巫山，授禹以上清寶文理水之册。十月嬰兒誰抱送，飛出泥丸跨丹鳳。《修真書》：黄自然曰：坎宫嬰兒，離宫姹女，若得黄婆媒合，結爲夫婦，洞房交接，雨散雲收，便成聖胎。及至一歲生兒，便跨鶴自泥丸宫出矣。十月懷胎，兩月沐浴，共成一歲。泥丸宫，頂門穴也。

［補注］

㈠横舟真士：林任真，字器之，號横舟。平陽江南（屬慕賢西鄉）人。明鄭思恭《東昆仰止録》卷八《隱逸・器之林公》：『公名任真，字器之。幼從劉敬塘學，涉獵經史。仕宋任修職郎。宋亡歸隱蓀水，遂參水南家法。歷湖海采摭羣書，藻繪科典黄籙。立壇在具瞻，若昆陽蓋竹洞天、長溪右松福地、安陽崇真玄觀。普度修煉之夕，皆現大圓像，其彩九色，遐邇驚異。後竟以身隱，不知所終。』萬曆《温州府志》卷一三、民國《平陽縣志》卷四七有傳。林集卷五《龍源普度紀勝詩序》云：『横舟真人名注丹臺，神游碧落，乃甲辰下元，主龍源普度大齋。』即其人。景熙友人瑞安陳則翁有《和寄林横舟》詩（《清穎一源集》卷一）。《全宋詞》第五册據《翰墨大全》丁集卷四收録林横舟《大江詞・壽仙尉》一首。茅山，即句曲山，在今江蘇句容縣東南。

㈡煮白石，指煉丹藥。參見卷一《贈玉泉真士》『十年白石煮不紅』注。

㈢緑章，道士醮祭天神的禱文。徹，通達。九虎關，虎豹踞守的天門。坐，因。業海，指世間種種罪孽。

㈣地肺，指句曲山，道家列爲第一福地。見《雲笈七籤》卷七二。

讀《秦紀》㈠

琅邪臺上晚雲平㈡，虎視眈眈隘八紘。李白詩：秦皇掃六合，虎視何雄哉！萬里不知人半死，秦始北巡，盧生入海還，奏籙圖書，曰『亡秦者胡也』。乃遣蒙恬北築長城。三山空覓草長生。《史記》：齊人徐市上言，海中有三神山，蓬萊、方丈、瀛洲。兆來鬼璧沙丘近㈢，始皇使使至華陰，道有持璧遮使者曰：『爲吾遺滈池君，明年祖龍死。』使者問其故，其人忽不見。使者奉璧以聞，上默然良久，曰：『山鬼不過知一歲事耳。』使御府視其璧，乃二十八年渡江所沈璧也。明年果崩。威動神鞭海石驚。始皇作石橋，欲過海期日出處。有神人能驅石下海，石去不速，鞭之，石皆流血。書外有書焚不盡，一編圯上漢功名㈣。始皇焚天下書。韓人張良游下邳，有一老父出一編，謂曰：『此太公兵法也，讀此可爲帝者師。』

［補注］

㈠秦紀，指《史記·秦始皇本紀》。

㈡琅邪臺，遺址在今山東膠南縣夏河城東南。《史記·秦始皇本紀》載，二十八年始皇東行，『南登琅邪，大樂之，留三月。……作琅邪臺，立石刻，頌秦德。』據《水經注·濰水》載，原臺三層，高九丈，孤出衆山之上，俯視恢宏。

㊂沙丘，今河北廣宗縣境。《史記·秦始皇本紀》：『始皇崩於沙丘。』

㊃一編，一册。圯，橋。事見《史記·留侯世家》。

［輯評］

賀裳《載酒園詩話·林景熙》：詠《秦本紀》尤佳（引全詩略）。較之『坑灰未冷山東亂，劉項原來不讀書』，可謂直向毗盧頂上行矣。

項羽里㊀

在山陰縣南十五里，有廟在焉。

英雄蓋世竟何爲，故里淒涼越水涯。項里在越溪上。百二勢傾爭逐鹿㊁，《史》：秦形勝之國，帶山河之險，懸隔千里，持戟百萬，秦得百二焉。八千兵散獨乘騅。計疏白璧孤臣去，孤臣，謂范增也。淚落烏江後騎追。遺廟荒林人酹酒〔一〕，至今春草舞虞姬。

［校記］

〔一〕酒，《石倉歷代詩選》卷二二二、《宋詩鈔補》作『醉』。

[補注]

㊀項羽里，宋施宿等《會稽志》卷一八《拾遺》：『項里，在山陰縣西南。華氏考古云：項梁與籍居此，故得名。』雍正《浙江通志》卷一五《山川七·紹興府》：『項里山，弘治《紹興府志》：在縣西南二十里，世傳項羽流寓於此。《嘉泰會稽志》：有溪清澈，居民二百餘户。』按，據《史記·項羽本紀》，項羽爲下相（今江蘇宿遷縣西）人。越中項里，蓋其曾寓居地。參見卷一《項羽廟》注㊀。

㊁百二，［日］瀧川資言《史記會注考證·高祖本紀》『秦得百二焉』引顧炎武曰：『古人謂倍爲二。秦得百二，言百倍也。』言秦地形勢險固，百倍勝於他國。

[輯評]

徐𤊹《徐氏筆精》卷五《詩談·項羽廟》：林景熙題項羽廟云（引本篇略）。景熙即收宋六陵骨林義士也。

元日即事

宿霧沉城海日遲，十年冉冉鏡中絲。江湖舊夢衣冠在，天地春風鼓角知。杜曲桑麻歸已晚，尚〔一〕平婚嫁畢何時？後漢尚長，字子平，男女婚嫁既畢，乃敕斷家事，游五嶽名山，不知所終。野人問我行藏事㊀，自向庭前采柏枝。

〔校記〕

〔一〕尚，冒刻本、中華本作『向』。按，《後漢書·逸民傳·向長》唐李賢注引《高士傳》『向』作『尚』。

〔補注〕

㈠行藏，謂進仕和隱退。語本《論語·述而》：『用之則行，舍之則藏。』

〔輯評〕

宋長白《柳亭詩話》卷一九《七言警句》：林德暘《元日》：『江湖舊夢衣冠在，天地春風鼓角知。』

李慈銘《越縵堂詩話》卷上：《元日即事》云：『江湖舊夢衣冠在，天地春風鼓角知。』……皆清空婉眇，蟬蜕塵埃者也。

燈市感舊㈠

舊夢仙山駕海鰲㈡，本出《列子》。元宵結綵爲山，亦曰鰲山。飛梅如翦柳如繅。千門疑是繁星落㈢，九陌不知明月高。零亂遺鈿空宿草，唐楊貴妃家，治錦繡，琢金玉，爛如萬花川谷。遺鈿墮舄，珍珠狼藉于道。昇平疊鼓散春濤㈣。此言昔日遺鈿之地，今空有宿草；疊鼓之聲，今散作春濤也。寒燈寥落殘書在，獨抱荒愁寄濁醪。

[補注]

㊀燈市，宋周密《武林舊事》卷二《元夕》：『天街茶肆，漸已羅列燈毬等求售，謂之燈市。』此詩憶懷南宋故都燈節盛況，故云『感舊』。

㊁仙山駕海鰲，《武林舊事·元夕》：『禁中嘗令作琉璃燈山，其高五丈，人物皆用機關活動，結大彩樓貯之。』

㊂繁星，喻燈。宋吳自牧《夢粱録·元夕》：『諸營班院……各以竹竿出燈毬於半空，遠睹若飛星。』辛棄疾《青玉案·元夕》詞：『東風夜放花千樹，更吹落，星如雨。』

㊃遺鈿，丢落的金花（婦人首飾）。《武林舊事·元夕》：『元夕節物，婦人皆戴珠翠……至夜闌，則有持小燈照路拾遺者，謂之掃街。遺鈿墮珥，往往得之，亦東都遺風也。』疊鼓，《文選·謝朓〈鼓吹曲〉》唐李善注：『小擊鼓謂之疊。』

括城〔一〕㊀

今處州，古爲括州。

寒芒曾動少微星㊁，少微星，處士星也。一水溶溶疊嶂橫。落日漁舟吹遠笛，斷煙戍屋帶荒城。沙鷗欲近如招隱，關樹無多亦厭兵㊂。却憶鶯花亭外〔二〕路，舊有鶯花亭，在城内。

太平簫鼓沸春聲。

［校記］

〔一〕括，四庫本作『栝』，字通。　〔二〕外，《宋詩鈔》作『下』。

［補注］

㊀括城，今浙江麗水市。《元和郡縣圖志》卷二六《江南道二·處州》：『天寶元年爲縉雲郡，乾元元年復爲括州，大曆十四年以與德宗廟諱同音，改處州。』按，括州，或作『栝州』。

㊁少微星，古代以天上星宿指配州國區域，稱分野。括州地當少微座，少微第一星爲處士星，故名處州。

㊂關樹厭兵，寫兵燹後情景，包含無限傷亂意。宋姜夔《揚州慢》詞：『自胡馬窺江去後，廢池喬木，猶厭言兵。』

［輯評］

宋長白《柳亭詩話》卷一九《七言警句》：林德暘……《括州》：『沙鷗欲近如招隱，關樹無多亦厭兵。』

李慈銘《越縵堂詩話》卷上：《括城》云：『落日漁舟吹遠笛，斷煙戍屋帶荒城。』……皆清空婉眇，蟬蛻塵埃者也。

答唐玉潛㊀ 名珏，號存菊，越州人。

畎畝孤心老未衰，一籬瘦菊一瓢詩㊁。唐球吟詩有得，即將詩撚爲丸，投大瓢中。後臥病棄瓢，識者曰：此唐山人詩瓢也。黄埃赤日謾多事，李羣玉詩：赤日黄埃滿世間。蒼狗白雲能幾時㊂？山酒柏香春壽母㊃，案書芸冷夜呼兒。芸，香草。人取藏書，可辟書蠹。横琴妙在無弦處，何必知音有〔一〕子期㊄。此句上用無弦琴事以引之，則血脈益貫矣。

〔校記〕

〔一〕有，《東甌詩存》卷一〇作『問』。

〔補注〕

㊀唐玉潛，吴校本、四庫本題下均録存東墅（毛秀）注：『玉潛名珏，即與霽山同收宋陵骨各葬義士也。』唐珏，字玉潛，號存菊，又號菊山、雷門，會稽山陰人。宋理宗淳祐七年（一二四七）生。『家貧，聚徒授經，營滫瀡（泔水）以養其母。』楊髡盜發宋帝陵墓，珏貨家具行貸，置木匱絹囊，具酒食，陰召里中年少夜往收葬陵骨。與林景熙同稱二義士，祀紹興雙義祠。事跡見宋羅有開《唐義士傳》（陶宗儀《輟耕録》卷四《發宋陵寢》載録）、明張丁《白石山房逸稿》卷下《唐珏傳》、明程敏政《宋遺民録》卷六《唐玉潛》。雍正

《浙江通志》卷一八八入《義行傳》。珏存詩有《冬青行》二首，詞有《水龍吟（賦白蓮）》《摸魚兒（賦蓴）》《齊天樂（賦蟬）》《桂枝香（賦蟹）》（《樂府補題》收録）諸詠，託物賦意，寄寓亡國哀痛。除本篇外，林贈詩又有《立春郊行寄唐玉潛》（卷三）。謝翱有《冬青樹引别玉潛》作。

㊁一瓢詩，宋計有功《唐詩紀事》卷五〇《唐球》：「爲詩撚稿爲圓，納之大瓢中。後臨病，投于江，曰：『斯文苟不見没，得者方知吾苦心爾。』至新渠，有識者曰：唐山人瓢也。」

㊂蒼狗白雲，喻世事變幻無常。杜甫《可歎》詩：「天上浮雲如白衣，斯須改變如蒼狗。」

㊃山酒柏香，指柏葉酒。古時以柏葉浸酒，春節共飲以祝壽。漢應劭《漢官儀》卷下：「正旦飲柏葉酒上壽。」

㊄横琴無弦，指無弦琴，又稱素琴。南朝梁蕭統《陶淵明傳》：「蓄無弦琴一張，每酒適，輒撫弄以寄其意。」知音子期，俞伯牙彈曲得鍾子期稱賞，伯牙引以爲知音。見《吕氏春秋·本味》及《列子·湯問》。這二句説，家國淪亡，無可依託，玉潛撫弄素琴特寄其鬱憤之情，又何必求人賞識。此即另一宋遺民鄭思肖《伯牙絶弦圖》所寫「終不求人更賞音」之意。不求賞音，示守志不屈。此聯活用二典，寓意深又組裁精切。

［輯評］

王士禛《池北偶談》卷一二《宋林唐兩義士》：陶南村《輟耕録》載唐義士珏玉潛、林義士德暘景曦收葬宋陵骨事同異。……考林集有《答唐玉潛》詩云（引略）。蓋二公同時友善，同爲義舉，爾時各有詩紀事，皆以冬青寄意。

薛鍾斗《霽山先生集跋尾》：「窆宋遺骸事，吴菘、吴瞻泰二序辨之至詳。唯泰以樹冬青爲識，不約而同，爲唐、林合謀之證。今觀集中《答玉潛》詩，有『横琴妙在無弦處，何必知音有子期』，似二人初不相謀，後始相聞。此意後人未見及。

陪王監簿宴廣寒游次韻[一]

亭四畔皆植木犀，名廣寒游。

銀橋疑駕海天長[二]，羅公遠侍明皇秋宴，公遠奏云：『陛下能從臣月宫游乎？』命取桂枝杖，向空擲之，爲大橋，色如白金。丹粟離離照翠觴。丹粟，桂花也。影浸山河瓊殿冷，《淮南子》：月中彷彿如有物，山河影也。舞深風露羽衣香。《龍城録》：八月望日，明皇與申天師游月宫。寒氣逼人，清露霑衣。見素娥十餘人，笑舞於大庭桂樹下。明皇歸，製《霓裳羽衣》之曲。亦知廣莫元無野，却笑温柔别有鄉[三]。漢《趙飛燕外傳》：成帝悦趙婕妤，謂爲温柔鄉。此聯以廣莫、温柔映帶『廣寒』二字，尤爲親切。手折一枝驚昨夢[四]，武帝問郤詵曰：卿才何如？詵曰：臣舉賢良對策第一，猶桂林一枝。素娥憐老授玄霜。玄霜，仙藥也。

［校記］

此篇亦載黄庚《月屋漫稿》、張觀光《屏巖小稿》，題作《脩竹宴客廣寒游亭分韻得香字》。次句『丹』

作「金」、「翠」作「玉」，四句「深」作「分」，七句「手」作「間」，末句「老」作「我」，餘同。按，黄、張集屬誤編，詳附録六辨疑。

［補注］

㊀王監簿，即王英孫。參閲卷一《王脩竹監簿名樓》注㊀。月中仙宫名廣寒宫。

㊁按羅公遠擲拄杖化銀橋登月宫事，見《羣書類編故事》卷一《銀橋升月宫》引《唐逸史》。

㊂温柔鄉，喻豔色迷人之境。二句謂入此廣寒無際的浩漫境界，飄飄欲仙，視那温柔鄉中兒女豔情，真堪一笑。

㊃手折一枝，謂科舉及第。此言今日折取桂樹一枝，回想登第往事，恍若夢境。

楊妃菊㊀

昭陽舊恨逐風飄㊁，歲晚山中霜露饒。彭澤歸來空自老，中原舞破爲誰嬌㊂？返魂碧海薰初炷，楊妃死，明皇令方士求之，得於海上仙山，故云。宿酒沈香暈不消。明皇天寶中，創沈香亭於花苑中，時與貴妃游玩其下。每風至，香聞數里。亦是前身曾捧硯，品題因得入詩瓢㊃。

[補注]

㊀楊妃菊，菊花品種名。宋劉蒙《菊譜·楊妃第三十二》：『楊妃未詳所出。九月中開，粉紅千葉，散如亂茸，而枝葉細小，裊裊有態。此實菊之柔媚爲悅者也。』（涵芬樓本《說郛》卷七〇引）

㊁昭陽，漢宮殿名，漢成帝寵妃趙昭儀（趙飛燕女弟）所居。

㊂彭澤，陶淵明事。中原舞破，杜牧《過華清宮絕句》：『霓裳一曲千峰上，舞破中原始下來。』舞破，謂打亂了舞曲。譏荒淫釀成禍亂。

㊃捧硯，亦用楊妃事。宋謝維新《古今合璧事類備要》卷八一引《摭遺》，載李白失意游華山，乘醉跨驢過縣門，詩云：『曾用龍巾拭吐，御手調羹，力士脫靴，貴妃捧硯。』詩瓢，謂山人之詩。參見前《答唐玉潛》注㊁。

漁舍觀梅㊀

冷雲漠漠護籬陰，蕭〔一〕灑苔枝出竹林。影落寒磯和雪釣，香浮老瓦〔二〕帶春斟。幾憑水驛傳芳信，祇許沙鷗識素心。回首西湖千樹遠，扁舟寂寞夢中尋。

[校記]

〔一〕蕭，《宋元詩會》卷五五、《廣羣芳譜》卷二三作『瀟』。〔二〕瓦，《廣羣芳譜》卷二三作『甆』。

此篇亦載黄庚《月屋漫稿》、張觀光《屏巖小稿》，題作《漁舍觀梅寄脩竹韻》。首句「冷」作「寒」、「籬」作「牆」，次句「蕭」作「瀟」、「苔」作「梅」，三句「寒」作「花」，四句「瓦」作「甕」，七句「西湖」作「孤山」，八句「寂寞」作「乘興」，餘同。按，黄、張集屬誤編，詳附録六辨疑。

［補注］

㈠此篇當居山陰作。漁舍，爲王脩竹家園池景觀。謝翱《晞髮集》卷九《山陰王氏鏡湖漁舍記》：「王氏别業在城南，蓋盡得其勝。近又於其傍蒔竹萬箇，加以幽花貞石，離立參崎，引水循亭爲九曲，前置屋如刻舟，面鏡湖，扁之曰漁舍。」

陶山十詠和鄧牧心㈠ 陶山在越州南，以陶貞白嘗隱于此，故名。

若耶溪㈡

晴峰無數蘸清流，窈窕寒生六月秋。百鍊不須歐冶劍，沼吴人在采蓮舟㈢。春秋越王用范蠡計獻西施於吴，吴王寵之，因爲越所滅。

［補注］

㈠鄧牧（一二四七——一三〇六），字牧心，號大滌洞人、九鎖山人，衆稱文行先生。錢塘（杭州市）人。

宋亡遁跡山林，與葉林、謝翶、周密交善。元成宗大德三年（一二九九）入隱餘杭洞霄宫。鄧牧、孟宗寶《洞霄圖志》卷五《人物門續編·鄧文行先生》：『及壯，視名利薄之。徧游方外，歷覽名山，逢寓止輒杜門危坐，晝夜唯一食。丙申至越，山陰脩竹王公延至陶山書院。己亥，還錢塘，入餘杭洞霄止焉。身不衣帛，服楮禦寒。……大德丙午正月八日，葉公（葉林）坐蜕，公志其墓。逾半月，亦無疾而化。壽六十。』傳世作品有《伯牙琴》《洞霄圖志》等。元鄭元祐《遂昌雜録》：『鄧牧心、葉本山兩先生，皆高節士。宋亡，深隱大滌山。鄧先生於古文，尤精覈，不苟作。』雍正《浙江通志》卷一九八入《仙釋傳》。按，鄧牧於元成宗元貞二年（丙申，一二九六）應王英孫聘至陶山書院，所作《陶山十詠》今不傳，林此十首和作亦當寫於其時。林集另有《懷葉鄧二友》（卷三）詩。陶弘景，謚貞白先生。

㈡若耶溪，又名五雲溪，在紹興市東南若耶山下。《方輿勝覽》卷六《紹興府》：『若耶溪，在會稽東南，北流二十五里，與鑑湖合。……西施采蓮、歐冶鑄劍所。』

㈢歐冶劍，春秋越國劍工歐冶子所鑄之劍。相傳他用赤堇山錫、若耶溪銅合鑄湛盧五劍。見東漢袁康、吴平《越絶書》卷一一《外傳記寶劍》。沼吴，《左傳·哀公元年》：『越十年生聚，而十年教訓，二十年之外，吴其爲沼乎！』

任公子釣石㈠

巨犗長竿釣海波㈡，空遺磯石卧荒坡。千年無此垂綸手，多少飢民向澥河㈢。

［補注］

㈠任公子釣石，見卷一《雲門即事》注㈢。

㈡犗，閹割過的牛。牛閹後尤肥壯。《莊子·外物》：『任公子爲大鉤巨緇，五十犗以爲餌，蹲乎會稽，投竿東海，旦旦而釣，期年不得魚。已而大魚食之，牽巨鉤錎没而下，騖揚而奮鬐，白波若山，海水震蕩，聲侔鬼神，憚赫千里。任公子得若魚，離而腊之，自制河以東，蒼梧已北，莫不厭若魚者。』

㈢淛河，即浙江。淛，《莊子》作『制』，《元和郡縣圖志》卷二五引作『浙』。按『折、制』一聲之轉，古字通，浙江『蓋取其曲折爲名』。

集仙橋㈠

流來一水截人寰，虹背秋寒十二闌。白鶴飛邊人影絶，天風吹珮玉珊珊。

［補注］

㈠集仙橋，鄧牧《陶山游記》：『溪上有橋曰集仙，蓋貞白門人所往來者。』

陶宴嶺㈠

笑拂青蘿問隱君，千巖秋色此平分。當時宴坐無人識，惟有松風共白雲㈡。

［補注］

㊀陶宴嶺，雍正《浙江通志》卷一五《山川七·紹興府》：『陶宴嶺，《會稽縣志》：在縣東南四十里。舊經云，陶弘景隱於此山。林景熙《陶宴嶺》詩（本篇略）。』

㊁宴坐，静坐。白雲，陶弘景《詔問山中何所有賦詩以答》：『山中何所有，嶺上多白雲。只可自怡悦，不堪持寄君。』

石广〔一〕 音儼，巖屋也。

一室元無斧鑿痕，閒雲四壁守孤猨。空山静閲古今過，不老乾坤是此門。

［校記］

〔一〕題『石广』中華本作『石厂』，校云：『（明）抄本作石穴。』按，厂音罕。《説文解字·厂部》：『厂，山石之厓巖，人可居。』義亦通。

石船

玉笥孤帆唤不來㊀，長風破浪憶江淮。不知海水何年陸，萬斛龍驤寄斷崖。龍驤，大舟也。

［補注］

㊀玉笥，陸游《游鏡湖》詩：『超然登玉笥。』句下自注：『玉笥峰在會稽山南。』

舜田㊀

聞説東夷有聖人，歷山何處此耕雲㊁。露苗猶灑當年泣，寂寞春風鳥自耘㊂。

［補注］

㊀舜田，鄧牧《陶山游記》：『山勢聯屬，高出天半，截然其右者，舜田也。是山絶頂，土平曠，相傳帝舜所耕。』參閲注㊁。

㊁歷山，《史記・五帝本紀》：『舜耕歷山。』裴駰集解引鄭玄曰：『在河東。』指蒲州河東縣（今山西永濟縣）。會稽境内亦有歷山、舜田等古跡。張守節正義引《括地志》云：『越州餘姚縣有歷山舜井。』《方輿勝覽》卷六《紹興府》：『歷山，在縣東八十里。按《本紀》舜冀州人，耕歷山……則知舜不居於越明矣。今越有歷山、舜井、舜田者，蓋餘姚縣周處《風俗記》舜之餘族所封，舜姚姓，故曰餘姚，疑其子孫思舜之鄉取象於此。』

㊂鳥自耘，《文選》卷五晉左思《吴都賦》：『象耕鳥耘，此之自與。』唐李善注引《越絶書》：『舜葬蒼梧，象爲之耕；禹葬會稽，鳥爲之耘。』《周禮・夏官・職方氏》『東南曰揚州』唐孔穎達疏：『禹傳云：「羣鳥游田焉。」是説會稽之事也。』漢王充《論衡・偶會篇》、北魏酈道元《水經注・河水一》載略同。按，

諸書所載『烏耘』均爲禹事，與舜無涉，作者殆誤記。

葛仙翁石牀㈠

鈞天夢破珊瑚枕㈡，巖壑春供翡翠屏。一卷《黄庭》雲半席，夜深讀與嶺猨聽。

［補注］

㈠葛仙翁，指三國吴葛玄（亦作元）。葛洪從祖。《晉書·葛洪傳》：『從祖玄，吴時學道得仙，號葛仙公。』《太平寰宇記》卷九六《越州會稽縣》：『若耶山，在縣東南四十四里，昔葛玄道成所隱……潭旁有石，時人謂之葛仙公石。』

㈡鈞天，天帝所居。《史記·扁鵲列傳》：『我之帝所甚樂，與百神游於鈞天。』

上下二鑊

元非鑄冶自成灣，烏兔烹煎那得閒。言此鑊不爲他用，但以烹煉日月、催煎寒暑而已。却問黄粱幾番熟，不知沸鼎在人間㈠。

［補注］

㈠黄粱，唐沈既濟《枕中記》言盧生在客邸倚枕而夢，享盡榮華富貴，醒時『主人蒸黍（黄粱）未熟』。

此言二鑊大而無用，空自煮得『黄粱熟』而已，却不知因此給人間帶來了沸鼎之災。

附子岡

洞霞疑接台峰近㈠，石棧空歌《蜀道難》。一種靈苗人不識㈡，半山霜露夜痕乾。

［補注］

㈠台峰，指天台山。

㈡靈苗，指附子。附烏頭而生，故名附子。可入藥。《本草綱目》卷一七下《草·附子》：『其母名曰烏頭。』

［輯評］

李慈銘《越縵堂詩話》卷上：《陶山十詠》内，《集仙橋》云（引全詩略）。《陶宴嶺》云（引全詩略）。《葛仙翁石牀》云（引全詩略）……皆清空婉眇，蟬蜕塵埃者也。

酬謝皋父見寄㈠ 南劍人翱。

入山采芝薇，豺虎據我邱；入海尋蓬萊，鯨鯢掀〔二〕我舟㈢。山海兩有礙，獨立凝遠愁。古之人不得志於世，則隱居山林，遯跡江海。今山海亦皆有礙，所以獨立而凝愁也。美人渺天西〔二〕㊂，瑶音寄青羽。《漢武故事》：王母時至，先有青鳥銜書至漢宮，然後王母與帝相見矣。自言招客星㊃，寒川釣煙雨。嚴光事。風雅一手提，學子屨滿户。伯昏往禦寇之所，適見脱屨户外，跣足升堂，請益者多矣。行行古臺上，仰天哭所思㊄。餘哀散林木㊅，此意誰能知？夜夢繞句〔三〕越，落日冬青枝㊆。

[校記]

〔一〕掀，《東甌詩存》卷一〇作『披』。〔二〕西，《石倉歷代詩選》卷二二一、《宋元詩會》卷五五作『末』。〔三〕句，吴校本、四庫本、《宋詩鈔》作『勾』。按『句、勾』字通。又《石倉歷代詩選》、《宋元詩會》所録無『山海』二句、『風雅』二句、『夜夢』二句。

黄庚《月屋漫稿》、張觀光《屏巖小稿》均有題《感懷》云：『入山采芝薇，豺虎據我邱；入海尋蓬萊，鯨鯢掀我舟。山海俱有礙，瞻望凝遠愁。乾坤如許大，此身常浮漚。依託豈無地，皇皇將安求？何當跨鳳鵬，相從安期游。』此詩如是黄、張作，其前六句顯爲襲用林詩，而後半語意較浮淺。詳本書附録六辨疑。

[補注]

㊀謝翺（一二四九—一二九五），字臯羽，一作臯父，晚號晞髪翁。福州長溪穆陽樟檀坂（今福建福安市曉陽鎮）人，後徙居建州浦城（今福建浦城縣）。性耿介，倜儻有大節，宋咸淳初試進士不第，遂慨然倡

作古文。德祐二年(一二七六)臨安陷落,翺以布衣,投奔文天祥抗元軍,署諮議參軍,轉戰閩廣。兵敗避地兩浙。至元二十年(一二八三)抵會稽,締交王英孫、林景熙、鄭樸翁、唐珏等,共結『汐社』。遂乃寄情山水,討幽雁山、鼎湖、天姥、四明、金華洞天諸勝。至元三十一年(一二九四),移家杭州西湖,次年以肺疾卒。事跡見載明程敏政《宋遺民録》卷二至卷五。著有《晞髮集》十卷,遺集三卷。明宋濂《文憲集》卷一〇《謝翺傳》稱:『其詩直溯盛唐而上,不作近代語,卓卓有風人之餘。文尤嶄拔峭勁。』

㈡入山四句,漢王逸《九思・悼亂》:『將升兮高山,上有兮猴猿;欲入兮深谷,下有兮虺蛇。』(見《楚辭補注》)句意仿之。

㈢美人,賢人。宋王觀國《學林新編》卷七《閒情賦》:『古之言美人、佳人,皆以比君子賢人。』《詩・邶風・簡兮》:『云誰之思,西方美人。』鄭玄注:『思周室之賢者。』此指謝翺。天西,謝寄詩云『黄鵠别我影,目盡漢水湄』。

㈣招,相約。客星,指嚴光。詳卷一《謁嚴子陵祠》注㈡。

㈤古臺,指西臺,後人稱謝翺臺。在浙江桐廬縣西富春山下,與東臺(嚴子陵釣臺)對峙,俯臨桐江。元世祖至元二十七年(一二九〇)十二月初九,即文天祥燕京就義九周年忌日,謝翺登西臺哭祭。『時天凉風急,翺携酒登,設天祥主荒亭隅,再拜跪伏。酹畢,號而痛者三。』(邵廷采《宋遺民所知傳・謝翺》)寫成《登西臺慟哭記》。所思,指文天祥。謝又有《西臺哭所思》詩。

㈥餘哀散林木,《登西臺慟哭記》:『有雲從南來,渰浥浡鬱,氣薄林木,若相助以悲者。』元任士林《松鄉集》卷四《謝翶傳》：『晚登子陵西臺，以竹如意擊石，歌招魂之詞曰：「魂來兮何極，魂去兮關水。黑化爲朱鳥兮，有噣焉食。」歌闋，竹石俱碎，失聲哭，何其情之悲也！』

㈦句越，即越國，此指越州。句，發聲詞。《史記·吴太伯世家》『句吴』司馬貞索隱引顔注：『言句者，夷語之發聲。』冬青枝，林景熙、唐珏等收葬山陰宋帝陵骨，植以冬青（詳卷三《夢中作四首》注）。謝亦參與其事，其《冬青樹引别玉潛》云：『願君此心無所移，此樹終有開花時。』二句寫其眷懷故國，夢寐不忘。

［輯評］

吴瞻泰《霽山先生集序》：雲溪爲唐傳，有《冬青行》二首，林集亦有《冬青花》一首；謝翶《晞髮集》有《冬青樹引别玉潛》詩，而林集亦有《酬謝皋父見寄》詩，末云：『餘哀散林木，此意誰能知？夜夢繞句越，落日冬青枝。』數人之詩，皆託冬青以見意，如出一手……感慨激昂，則有不能掩者。

程千帆、沈祖棻《古詩今選》下册：這不是一般的酬答之作，而是兩個志同道合、忠肝義膽的戰友彼此之間崇高的心靈交感。對於謝翶，對於自己，林景熙都了解得非常真切，所以在他的筆下，就不僅呈現了謝翶的，同時也呈現了自己的真實形象。詩中『美人渺天西』以下十句屬謝，而首六句及末二句則抒發了兩人共同的感情。

傑按：謝翶『不妄許人』，而於景熙特敬重。何夢桂《潛齋文集》卷七《吴愚隱詩序》有云：『予頃嘗識皋羽，每見其談林德陽、吴某，忠誼不可企，心敬之愛之。』景熙與皋羽節義既同，才概亦略似，悽愴故舊之懷相與表裏，宋季遺民詩人中並稱翹楚。本篇爲答酬謝翱《遠游篇寄府教景熙》而賦，可稱肝膽相照知己之作。謝、林古詩悉出《騷》《選》，謝兼效東野、長吉，林多法射洪、杜老，而皆能匠心自恣。吴之振謂『翱詩奇崛，熙詩幽宛』（《宋詩鈔・白石樵唱鈔敘》），乃就其大較而言，如此作則『奇崛』、『幽宛』兼具，蓋古人贈詩多用彼體故也（如杜贈太白則作李體）。

［附録］

謝翱《晞髮集》卷三《遠游篇寄府教景熙》：朝游扶桑根，不折拂日枝。莫食楚萍實，掬海見虹霓。黄鵠別我影，目盡漢水湄。況復銜其子，風露何當歸？飄蕭軟桂叢，零落紫苔衣。夢魂知爾處，落羽在瑶池。《四庫全書》本。

送喻舜舉歸壽乃翁七十㈠

聞君有奇氣，千巖在胸中。黄魯直觀畫詩：胸中元自有邱壑。歲晚攜甘旨，歸以獻乃翁。乃翁松柏姿，深村侶樵農。風塵了不識，七十顔如童。舉案各華髮，漢梁鴻妻孟光，與夫相敬如賓，每進食，舉案齊眉。抱孫戲花叢。晉王羲之牽諸子、抱弱孫。滕白詩：皤腹老翁頭似雪，海棠花下戲兒孫。境閒意易足，食淡神常豐。乃知世網外，宇宙皆空同。仰山千歲酒，綵袖圍春風㊂。

［補注］

㊀喻舜舉，未詳。據本詩『仰山千歲酒』句，則當爲袁州（今江西宜春市）人。

㊁仰山，《方輿勝覽》卷一九《袁州》：『仰山，在州南八十里，爲州之鎮山……不可登陟，只可仰視，以此得名。』綵袖，綵衣，年幼者所服。相傳春秋時老萊子行年七十，常『著五色綵衣』以逗樂父母。見《藝文類聚》卷二〇引《列女傳》。

［輯評］

毛秀《霽山先生集》批云：人生此樂，豈易得耶？

過徐禮郎狀元坊㊀

徐儼夫，字公望，平陽人。淳祐廷對第一，終禮部郎官。

名坊臨野渡，曾此産魁豪。湖帶詩書潤，山增科第高。劫灰遺斷礎，劫灰以喻兵火。鬼火出深蒿。東海揚塵久，無人釣六鰲㊁。

［補注］

㊀徐禮郎，雍正《浙江通志》卷一九一《人物·介節下》：『徐儼夫，《兩浙名賢録》：字公望，平陽人，

淳祐辛丑廷試第一。歷官館閣，以忤丁大全，拂衣歸里，杜門不出。家貧併日而食，抱膝高吟，聲出金石。或勉其抑己謝過，儼夫笑而不答。景定中起爲禮部侍郎。』按，儼夫號桃渚，平陽松山桃湖（今屬蒼南縣觀美鎮）人，約卒于宋理宗景定元年（一二六〇）。著有《桃渚集》，今佚。《陽春白雪》卷八録其《西江月》詞，頗具情致。狀元坊，乾隆《平陽縣志》卷四《建置下・坊表》：『狀元，爲徐儼夫立，在桃湖。宋林景熙《過徐侍郎狀元坊》詩（本篇略）。』

㈡東海揚塵，《神仙傳》卷五《王遠》：『方平笑曰：聖人皆言，東海行復揚塵也。』此指宋元易代之變。六鼇，神話中負載岱輿、員嶠、方壺、瀛洲、蓬萊五仙山的六隻大龜。《列子・湯問》：『龍伯之國有大人……一釣而連六鼇。』釣六鼇，喻考中狀元。

古松

雷雹空山夜，鬅蛟起石泉。喬陰無六月，老氣欲千年。斸藥人能壽，巢枝鳥亦仙㈠。天風靈籟發，仿佛奏虞弦。此詩比之前卷所詠松詩，語較純粹。但彼則有比興之義，而此則直賦物之作耳。

［校記］

黄庚《月屋漫稿》、張觀光《屏巖小稿》並有同題詩：『夭矯生寒翠，鬅蛟勢倚大。喬陰無六月，老氣已千年。斸藥人能壽，巢松鳥亦仙。秋風響柯葉，彷彿奏虞弦。』大半相同。

［補注］

㊀斸藥人壽，藥指茯苓。《藝文類聚》卷八八松下引《玄中記》：『松脂淪入地中，千歲爲茯苓。』又引《本草經》：『久服輕身延年。』巢枝鳥仙，前書同卷引焦贛《易林》：『温山松柏，鸞鳳以庇。』

訪朱月峰不值

見説攜琴去，西風半日程。雲留秋渡冷，月過别峰明。落葉驚疎鬢，黄花照澹情。思君不能寐，一雁叫深更。

［輯評］

李慈銘《越縵堂詩話》卷上：《訪朱月峰不值》云：『雲留秋渡冷，月過别峰明。』……皆清空婉眇，蟬蜕塵埃者也。

傑按：頸聯甚有思致，上句以『落葉』映襯『疎鬢』，下句以『黄花』寫照『澹情』，語易而意遠，情景兩到。

題長春子自畫㈠ 呂洞賓，别號長春子。

辟穀曾吞日月華，春風不老聚三花㈡。玄關一竅通無極，玄關一竅，即玄牝也。《老子》：『谷神不死，是謂玄牝。玄牝之門，是謂天地根。』白髮餘生笑有涯㈢。野鶴相看盟秀竹，洞雲何處食靈瓜㈣。《續仙傳》：玄洲白柰，空洞靈瓜。披圖彷彿榴皮跡，珍重還如東老家㈤。東坡集載，回先生過湖州東林沈氏家飲。醉謂曰：『吾久不游浙中，今爲子有陰德，留詩贈子。』乃劈席上石榴皮，書於東老菴之壁。

［補注］

㈠長春子：按呂巖字洞賓，號純陽子，世稱呂仙翁，即俗傳八仙之一，道教全真教奉爲祖師。其事跡見於宋以來筆記詩話，傳説甚多，然未見有『長春子』之稱。金元之際道教全真教龍門派創始人丘處機（一一四八—一二二七），號長春子（成吉思汗曾召見，賜號長春真人）。但詩云『東老』、『榴皮』，則自指洞賓事。

㈡三花，道教稱精爲玉花，氣爲金花，神爲九花。聚三花，三花聚頂，言煉精、氣、神收聚於頂，則可萬劫不侵。呂巖《五言》詩：『陰陽烹五彩，水火煉三花。』（《全唐詩》卷八五八）

㊂玄關一竅，章注謂『即玄牝』。玄牝，道家指生産萬物的根源，比喻道。通無極，通向無邊世界。言其生息作用永無窮盡。這句連下句説，修煉得道，即能神通無極；而世俗之人苦於白髪殘年，豈不可笑。

㊃靈瓜，傳説中的仙瓜。晉王嘉《拾遺記・後漢》：『昔道士從蓬萊山得此瓜，云是崆峒靈瓜，四劫一實，西王母遺核於此地。』

㊄東老，宋沈思隱於湖州歸安縣東林山，自號東老。宋趙令畤《侯鯖録》卷四：『熙寧中，有道人過沈東老飲酒，用石榴皮寫絶句於壁，自稱回山人。東老送出門，至石橋上，先渡橋數十步，不知所在。或曰：此吕先生也。』結二句回照題意『自畫』，言披覽畫圖，仿佛若見，引人遐想。

輓浙西提舉李公㊀ 公錫，字宗禹，永嘉人。

文獻凋零半壟雲，荆花舊宅冷溪濱㊁。欲知禮樂千年事，曾寄行藏八秩身㊂。旌節自天驚隔世，衣冠入地見全人。鵠袍猶憶談經處，風雨宫槐暗落薪㊃。

［補注］

㊀浙西，浙西路。提舉，宋官名，指提舉常平茶鹽公事，掌各路役錢、茶鹽等事。李公，李君錫，字宗禹，永嘉（今温州市區）人。博通經籍，援筆成章。宋理宗寶祐四年（一二五六）進士，歷任國子正、太學博士、諸王宫學教授，『遷左曹郎，面對切時事，除直秘閣，終朝奉大夫』。著有《李宗禹雜稿》，今佚。按，弘

治《温州府志》卷一〇《藝文傳》、雍正《浙江通志》卷一八二《文苑傳》、光緒《永嘉縣志》卷一七《文苑傳》並作『李君錫』，章注云『公錫』似誤。

㈡文獻，指熟諳掌故的賢者。《論語·八佾》：『文獻不足故也。』朱熹集注：『文，典籍也；獻，賢（者）也。』荆花，用田真兄弟和睦並榮故事。荆花舊宅，稱美李宅爲孝友之家。

㈢欲知二句，言李精於《禮》學，行正壽高。弘治《温州府志》卷一〇《藝文傳·李君錫》云：『博經籍，尤精於《禮》。』『時《禮經》自王氏倡新學，訓詁皆穿鑿失其正。君錫學正而博，由是擢太常丞。』

㈣鵠袍，白袍。宋時參加科試的士子所服。宫槐，漢時辟雍（太學）栽植槐樹。《太平御覽》卷九五四《木部三·槐》引《三輔黄圖》：『元始四年，起明堂、辟雍，爲博士舍三十區。爲會市，但列槐樹數百行，諸生朔望會此市，各持其郡所出物及經書，相與買賣。雍雍揖讓，論議槐下，侃侃誾誾如也。』這二句說，回想當年從公問學談經之地（太學），而今風雨淒淒，滿地槐薪，更令人傷懷。

輓徐若翁[一]

㈠似孫，自號肖梅，温州城西人。

化鵬有便風初積，《莊子》：北溟有魚，名曰鯤。鯤之大，不知其幾千里也，化而爲鵬。鵬之大，亦不知其幾千里也。棲鵬無端日已斜㈡。絶漠亦傳垂死偈，故朝曾是勸忠家㈢。層霄夢斷闕山笛，深雪魂歸院落花。公論蓋棺應自定，猶言遺德在東嘉[四]。公時以東嘉之地内附，不受兵革，有功於民，故結意及之。

［校記］

［一］題原無『輓』字，據吴校本、四庫本補。

［補注］

㊀徐似孫，字若翁，號肖梅。徐瑄之孫。宋时官湖州通判、浙東制置使參議，入元授温州路總管府治中。元世祖至元二十九年（一二九二），靈妙真常法師王壽衍『奉詔訪求江南遺逸，舉永嘉徐侶（似）孫、金華周世昌，引見于香殿，奏對稱旨。』（見元王褘《王文忠集》卷一六《元故弘文輔道粹德真人王公碑並序》）其卒當在此後。《東甌詩續集》卷二録詩三首（小傳謂『平陽人』誤）。

㊁化鵬風積，喻遠展宏略。棲鵬日斜，言不幸逝世。賈誼《鵩鳥賦》：『庚子日斜兮，服（鵩）集予舍。……野鳥入處兮，主人將去。』鵩鳥（又名山鴞）入室，古人以爲不祥之兆。

㊂垂死偈，謂臨終遺言。故朝勸忠家：徐氏爲宋朝世宦。似孫玄祖徐澤，贈朝議大夫；曾祖徐定，字德操，歷任潮州知州。定長子徐瑒，迪功郎汀州司户；三子徐璣，終長泰令，『永嘉四靈』之二；四子徐瑄，官至朝奉大夫大理少卿。見《水心文集》卷一四《徐德操墓志銘》。弘治《温州府志》卷一一《人物·忠義·徐瑄》云：『會濟邸獄興，史彌遠囑其附會賊殺無辜，且啖以美官。瑄守正不從，遂削官，謫道州，徙象州，卒。端平改元，侍御史王遂請加褒贈，詔復元官，贈集英殿修撰。陞擢長子，仍補二子官。郡立勸忠坊

於第左。』詩言『勸忠家』，則似孫當是瑄孫，雍正《浙江通志》卷一九五徐定傳（據《兩浙明賢録》）、《東甌詩存》卷一一徐似孫小傳云『璣孫』，光緒《永嘉縣志》卷一八徐似孫傳云『定之孫』，皆非。

㊃遺德在東嘉，光緒《永嘉縣志》卷一八《人物・義行・徐似孫》：『景炎元年自霅川倅還里，爲帥幕參議官。元師至，守劉萬奴説元師哈喇岱屠城，以蓋棄城之過。似孫力争獲免，因乞禁軍馬入城，從之。以家之柄爲安撫使，似孫副之。』事見弘治《温州府志》卷一七《遺事・宋附元》。東嘉，唐高祖武德五年置東嘉州，治永嘉（今温州市區）。

重過虎林㊀

虎林山在錢塘舊治北半里，亦曰武林。今爲郡稱。

漠漠江湖夢，蕭蕭禾黍秋。清笳吹落日，白髮過西州㊁。池涸神龍逝，山空老鳳愁。惟餘關外水，寂寞自東流。

［補注］

㊀虎林，宋施諤《淳祐臨安志》卷八《城内諸山》：『虎林山，舊經云：在錢塘縣舊治之北半里。今錢塘門太一宫道院高士堂後土阜是。或云：一名武林。』其地原爲一土山，今杭州武林門蓋即其遺址。

㊁西州，指杭州。《元和郡縣圖志》卷二五《杭州》：『漢屬會稽，《吴志》注云：西部都尉理所。』

［輯評］

孫鏘鳴《東嘉詩話》：近體亦多悲憤之音……《重過虎林》云（本篇略）。

故宮㈠

驚風吹雨過，歷歷大〔一〕槐蹤。王氣銷南渡，按咸淳甲戌，天目山崩，説者以爲天目爲杭之主山，山崩則王氣盡矣。僧坊聚北宗。《傳燈録》：「神秀得五祖之法，傳於北方，謂之北宗。」時杭州宫闕皆變爲佛寺，又多西番僧居之，故云。煙深凝碧樹，草没景陽鐘㈢。先生詩中引用臺池宫闕之名，亦不必杭州皆有之，特借之以形容故都耳。愁見花甎月，荒秋咽亂蛩。

［校記］

〔一〕大，《石倉歷代詩選》卷二三二、《宋詩删》五律卷四作「古」。

［補注］

㈠故宮，杭州南宋故宮。

㈡凝碧，唐宫苑中池名。安禄山占领長安，曾大宴於此。王維傷懷唐室，作《私成口號誦示裴迪》詩：「萬户傷心生碧煙，百僚何日更朝天。秋槐落葉空宫裏，凝碧池頭奏管弦。」景陽，南朝宫殿名。南朝齊武帝置鐘於景陽樓上，宮人聞鐘早起妝飾，稱景陽鐘。二句借寫南宋宮苑的荒廢。

［輯評］

胡應麟《詩藪》雜編卷五：其戀戀宗國之意，蓋末嘗頃刻捨也。五言律如……『煙深凝碧樹，草没景陽鐘。』……雖不甚脱晚宋，亦自精警。

孫鏘鳴《東嘉詩話》：近體亦多悲憤之音……《故宮》云（本篇略）。

辟雍㊀　天子學宫之名。

冠帶百年夢，昔游今重嗟。璧池春飲馬，天子曰辟雍。壅水環繞如璧。槐市暝藏鴉。漢起明堂辟雍，列槐數百株，諸生每朔望會此，故曰槐市。堂鼓晨昏寂，廊碑風雨斜。石經雖不火㊁，漢立石經於學門之外。歲歲長苔花。

［補注］

㊀辟雍，西周王朝所設太學。班固《白虎通·辟雍》：『辟者璧也，象璧圓，又以法天；於雍水側，象教化流行也。』宋稱太學。《方輿勝覽》卷一《臨安府·學校》：『太學，在紀家橋西。』

㊁石經句，鮑廷博案：『此指高宗御書石經，誤注。』按，鮑説是，章注謂『漢立石經』誤。南宋高宗趙

構和皇后吴氏曾書《周易》等七經刻石，孝宗淳熙四年於太學内建『光堯石經之閣』儲放。今所存殘碑在杭州市孔廟内。

禮闈㈠ 禮部貢院也。

楓陛將親策，蘭宫此並馳㈡。蘭宫，南省也。凡鱗風雨化，澹墨鬼神司㈢。《摭言》：進士榜粘黄紙四張，以淡墨氈書『禮部貢院』四字於榜首。鬼神司，如朱衣點頭之類。染柳春衣淨，唐李固言未第時，行古柳下，聞有彈指聲。問之，曰：『吾柳神九烈君，已用柳汁染子衣矣，科第無疑。果得藍袍，當以棗餻祀我。』固言許之矣。看花曉馬遲㈣。偶來追昨夢，戌屋草離離。

［補注］

㈠禮闈，禮部會試進士的處所。宋周淙《乾道臨安志》卷一《學校》：『貢院，在觀橋之西。』

㈡楓陛，皇宫臺階。漢代宫廷多植楓樹，故稱楓陛。代指皇上。蘭宫，指禮部。清厲荃《事物異名録·宫室官廨》：『《事文類聚》：禮部稱南省，又曰禮闈。』

㈢凡鱗風雨化，謂凡鱗遇風雨而騰躍升化，謙言己以凡才獲第。澹墨，指進士科榜。《苕溪漁隱叢話》後集卷二一引《蔡寬夫詩話》：『禮部淡墨書榜首，不知始何時。或曰：李程應舉時，嘗遇陰府吏於貢院前，問其登第人姓名，則有李和而無程。乃祈之，蒼黄中用淡墨筆加「王」字於「和」下，果得第。後爲相，因命凡榜書人名，皆用淡墨，遂爲故事。』又引《學林新編》：『本朝禮部貢院放榜，亦以淡墨書榜首，蓋循唐故事也。』鬼神司，言科試得否中式，殆决諸鬼神。

㊃染柳二句，寫登第得意事。唐孟郊及第後，賦《登科後》詩，有『春風得意馬蹄疾，一日看盡長安花』句。

西湖

繁華已如夢，登覽忽成塵。風物矉西子㊀，笙歌醉北人。斷猨三竺曉，天竺寺在北山下，有上天竺、中天竺、下天竺三寺。殘柳六橋春㊁。太一今誰問㊂，太一宫在西湖，乃紹興十七年所建。斜陽自水濱。

［補注］

㊀矉，通『顰』，皺眉。《莊子·天運》：『故西施病心而矉其里。』言西施因为心痛而雙眉微蹙，鄰人们看過去覺得她更美。蘇軾有『欲把西湖比西子』句。此言西湖像是帶着淡淡的愁容，看過去更覺得美麗動人。

㈡六橋，指西湖蘇堤上映波、鎖瀾、望山、壓堤、東浦、跨虹六橋，爲蘇軾所建。

㈢太一宫，即太乙宫，宋潛説友《咸淳臨安志》卷一三《行在所録·宫觀》：『太乙宫，在新莊橋南。……紹興十七年，遂命兩浙運司度地建宫，十八年三月成，凡一百七十四區。』

拜岳王墓㈠ 岳飛葬西湖棲霞嶺。

寥落一坏在㈡，英雄萬古冤。孤忠懸白日，遺恨寄中原。樹老殘霞濇，塵深斷碣昏。東南天半壁，往事泣寒猿。

【補注】

㈠岳飛於宋高宗紹興十一年（一一四一）遇害，孝宗隆興元年（一一六三）改葬于杭州棲霞嶺，今稱岳墳。

㈡坏（音披），義同『抔』。一坏，猶一抔，一捧之土，指墳墓。語本《史記·張釋之列傳》『長陵一抔土』。

孤山㈠

在西湖，林逋隱於此山。

回首咸平夢，咸平，真宗年號。和靖蓋咸平間人也。清風自滿湖。乾坤一士隱，身世此山孤。鶴去空秋影，《筆談》：逋隱孤山，蓄兩鶴，縱之則飛入雲霄，久乃復入籠中。逋泛舟西湖諸寺，有客至，則童子放鶴，逋即回舟。常以鶴爲候也。梅開尚舊株㈡。耳孫今白髮㈢，《廣記》：耳孫，遠孫也。持酒酹寒蕪。

［補注］

㈠《宋史》卷四五七《隱逸傳上·林逋》：『字君復，杭州錢塘人。少孤力學，不爲章句。性恬淡，好古弗趨榮利。家貧，衣食不足，晏如也。初放游江淮間，久之歸杭州，結廬西湖之孤山，二十年足不及城市。真宗聞其名，賜粟帛，詔長吏歲時勞問。』

㈡鶴去二句，吴之振等《宋詩鈔·和靖詩鈔敘》：『逋不娶，無子，所居多植梅，畜鶴……因謂「梅妻鶴子」云。』

㈢按，宋梅堯臣《林和靖先生詩集序》云：『先生少時多病，不娶，無子。』宋潛説友《咸淳臨安志·林逋傳》云：『教兄子宥登進士第。諸孫大年始集其詩行于世。』大年爲宥子，係其侄孫。宋强至《經和靖林先生舊隱》詩：『卷軸門人收篋笥，歲時族子奉烝嘗。』自注：『隱居不娶，諸侄承祀。』宋李彭有《林占處士和靖先生之孫也，與予厚善。今死矣，作兩詩吊之》詩。此云『耳孫今白髮』，當指逋諸侄之後嗣，其時尚居孤山林宅。

葛嶺㈠ 宋度宗賜賈似道第於西湖葛嶺。

不讀《霍光傳》㈡，《漢書·霍光傳》曰：光不學無術。炫然桃李門。或謂之曰：天下桃李，盡在公門。湖山變朝市，烽火滿乾坤。膽落冰天騎，魂飛瘴雨村㈢。春風吹秀麥，誤國竟何言！

［補注］

㈠葛嶺，在杭州市寶石山西。宋施諤《淳祐臨安志》卷九《城内外諸嶺》：『葛嶺，祥符經云：葛仙翁嘗煉丹於此。』景定三年，宋理宗將葛嶺下集芳園賜爲賈似道私邸。詳卷一《故相賈氏居》注。章注云宋度宗賜第，未確。

㈡不讀句：霍光受漢武帝遺詔，輔佐昭帝，迎立宣帝，執政凡二十年。但由於不能秉公謙退和約束子弟，在他死後，其妻和子侄因權力削奪而謀逆被誅。班固在《漢書·霍光傳贊》中批評道：『然光不學亡術，闇於大理，陰妻邪謀，立女爲后，湛溺盈溢之欲，以增顛覆之禍，死財(才)三年，宗族誅夷。』按，霍光處廢立之際，『匡國家，安社稷』，有功於漢，與賈似道奪權誤國不可同年而語，這裏僅就其『不學亡術，闇於大理』而未得善終一點取義。

㊂膽落句：宋度宗崩，元兵破鄂順江而下，賈似道輸幣稱臣求和，元不許。似道單舸奔揚州與夏貴議，貴曰：『諸軍已膽落，吾何以戰？』見《宋史・奸臣傳四・賈似道》。魂飛句，指賈似道貶途中在漳州木綿庵爲監送者所殺。

飛來峰㊀ 在武林。

何年移竺國，秀色發稜層。清極不知夏，虛中欲悟僧。樹幽嵐氣重，泉落乳花凝。猶憶烹茶處，閒來話葛藤。

［補注］

㊀飛來峰，一名靈鷲峰，在杭州靈隱寺前。宋施諤《淳祐臨安志》卷八《城西諸山》引晏殊《輿地志》：『晉咸和元年，西天僧慧理登茲山，歎曰：此是中天竺國靈鷲山之小嶺，不知何年飛來？……因挂錫造靈隱寺，號爲飛來峰。』田汝成《西湖游覽志》卷一〇《北山勝跡》：『飛來峰，界乎靈隱、天竺兩山之間，蓋支龍之秀演者，高不逾數十丈，而怪石森立，青蒼玉削(下引林景熙此詩略)。』

寄别諸公

盍簪譚舊夢㊀，持酒送餘春。天地綠陰雨，江湖白髮人。時平銷劍氣，客久積衣塵。又出重關北，斜陽獨問津。

［補注］

㊀盍簪，《易·豫》：『朋盍簪。』王弼注：『盍，合也。簪，疾也。』孔穎達疏：『羣朋合聚而疾來也。』後指文士聚會。

［輯評］

李慈銘《越縵堂詩話》卷上：《寄别諸公》云：『天地綠陰雨，江湖白髮人。』……皆清空婉眇，蟬蜕塵埃者也。

五月五日寓嘉禾學宫，顧東浦載酒相過，二博士偕來飲，就醉，翌日留詩爲别〔二〕㊀

㊀ 嘉禾，今嘉興秀州也。

嘉禾古三輔，積水何蒼茫㊁。舊游夢歷歷，况此逢端陽。束艾肖人形，《歲時記》：荆楚人端午日采艾結爲人形，懸於門上。傾葵抱天常。《淮南子》：葵藿傾心向日。蕭蕭老逢掖，得依夫子牆㊂。鵷湖無五月㊃，宿雨生微凉。客從東浦來，手持紫霞觴。采蒲汎纖玉，沃我書傳香。殷勤兩博士，雜出肴與漿。書囊談未了㊄，一醉齊彭殤。酒醒忽不樂，起看北斗芒。歲月感疏鬢，風煙渺殊方。明當理征棹，斜日鱸魚鄉㊅。

［校記］

〔一〕題「五月五」，《檇李詩繫》卷三八作「午」。

［補注］

㊀嘉禾，《宋史》卷八八《地理志四·兩浙路》：「嘉興府，本秀州軍事，政和七年賜郡名曰嘉禾。」今浙江嘉興市。學宫，指嘉興州學。博士，學官名。

㊁三輔，漢稱右扶風、京兆、左馮翊爲京城長安三輔。《方輿勝覽》卷三《嘉興府·形勝》引張元成《嘉禾志序》：「密拱鳳城，若漢右扶風。」此以嘉禾（嘉興）比右扶風，謂爲南宋首都臨安的輔佐。積水蒼茫，宋毛滂《重修月波樓記》：「秀（秀州），澤國也。」

㊂逢掖，寬袖衣服。逢，大。《禮記·儒行》：「（孔）丘少居魯，衣逢掖之衣。」代指士人。夫子牆，《論語·子張》：「夫子之牆數仞，不得其門而入。」此指學宫。

㊃鵷湖，即南湖。《方輿勝覽》卷三《嘉興府·山川》：「南湖，在嘉興，又名鴛鴦湖。」

㊄書囊句，本黄庭堅《送王郎》詩：「連牀夜語雞戒曉，書囊無底談未了。」

㈥鱸魚鄉，指蘇州。宋陳堯佐《吴江》詩：「秋風斜日鱸魚鄉。」

訪二陸故居㈠

機、雲故居在華亭縣西北三十里崑山下。

風流懷二陸，才名動三吴。杜氏《通典》曰：吴郡、吴興、丹陽爲三吴。斯人不可作，千載空煙蕪。當時騁俊筆，萬象争先驅。有如明月璧，美價傾鴻都㈡。世運有翻覆，韞匵真良圖㈢。惜哉去就乖，毁此千金軀㈣。按機與弟俱入洛，造張華。華薦之，累遷中書郎。後成都王穎起兵，又假機都督。羣士怨之，因譖於穎。怒收之，與弟雲俱遇害。人生皆有死，百年同須臾。獨遺文字芳，乃與天壤俱。凄凄崑山寒，《吴志》云：陸氏之祖葬於此，因生機、雲，時人以玉出崑岡而名焉。冉冉谷水枯㈤。《神異經》云：秦時縣有童謡曰：「城門當有血，城陷没爲湖。」有老嫗聞之，旦旦往視城門。門侍詰之，嫗言其故。嫗去後，門侍殺犬，以血塗門。嫗往見，走不顧，忽有大水，遂淪没爲谷。白鶴久已寂，黄犬誰復呼㈥？荒祠挂殘陽，扁舟入菰蒲。采蓴薦秋水，庶以明區區。

［校記］

此篇亦載黄庚《月屋漫稿》、張觀光《屏巖小稿》，題作《雲間有懷》。三句作「荒冢今何許」，五句「騁俊」作「逞文」，九句「世」作「古」，十句「真」作「空」，十一句「乖」作「輕」，十三句「皆」作「客」，十七句「崑山寒』作『九山塞』，二十句『誰』作『不』，荒祠二句作『斯人今已矣，弔古空嗟吁』，無『采蕁』二句。按，黄、張集屬誤編，詳附録六辨疑。

［補注］

㈠雍正《江南通志》卷三一《古蹟・松江府》：『陸機宅，在華亭縣谷陽門内，今普照寺。相傳寺爲陸氏園亭，後舍爲寺。』華亭，今上海松江縣。

㈡鴻都，東漢首都洛陽宫門名（見《後漢書・靈帝紀》）。代指洛陽。《文選・陸機〈文賦〉》李善注引臧榮緒《晉書》：『機譽流京華，聲溢四表，被徵爲太子洗馬，與弟雲俱入洛。司徒張華素重其名，如舊相識，以文録呈。天才綺練，當時獨絶，新聲妙句，係蹤張（衡）蔡（邕）。』

㈢韞匵，藏在櫃子裏。《論語・子罕》：『有美玉於斯，韞匵而藏諸？求善賈（價）而沽諸？』二句説，世亂翻覆，藏拙不用，最爲良謀。

㈣惜哉二句，言陸機不能度勢守退，致遭殺身之禍。《三國志・吴志・陸遜傳》注引《機雲别傳》云：『機兄弟既江南之秀，亦著名諸夏，並以無罪夷滅，天下痛惜之。』

㈤崑山、谷水，《方輿勝覽》卷三《嘉興府・山川》：『崑山，在華亭縣西北三十里。』又：『谷水，在華亭縣南，長五十里。』章注引《神異經》云云，不合句意。

㈥白鶴，敦煌殘卷《修文殿御覽》引晉盧綝《晉八王故事》：『陸機爲成都王所誅，顧左右而歎曰：今日欲聞華亭鶴唳，不可復得！』黄犬，陸機有駿犬名黄耳，常自身隨（參見本卷《黄耳塚》注）。又《史記・

李斯列傳》載，李斯被刑，歎曰：『復牽黄犬俱出上蔡東門逐狡兔，豈可得乎！』

［輯評］

雍正《江南通志》卷一七二《流寓一・松江府・林景曦》：國亡遯跡，寓雲間甚久，有《訪二陸故居》諸作。

簡衛山齋㊀ 平陽人，寓居松江府。

虎林一傾蓋㊁，草窗雪初殘。酒酣夜翦燭，妙語鏗琅玕。回首隔吴越，清風渺難攀。焉知白首餘，遠訪滄波間。大鵬九萬里，神駿十二閑。天風非不高，乃樂煙水寬㊂。乾坤寄一齋，江湖浮九山㊃。何當躡飛珮，跨鶴青雲端。

［補注］

㊀衛山齋，宋季高節之士，隱跡松江（今上海松江縣）九山，飽學有盛名。宋周密《癸辛雜識》續集下《渴字無對》記『衛山齋云』二則。宋陳深《寧極齋稿》、牟巘《陵陽集》卷三、元任士林《松鄉集》卷八皆有酬贈詩。按，衛山齋，章注謂温州『平陽人，寓居松江府』，未注其名；而明陶宗儀《輟耕録》卷二三《譎誕有配》稱『松江衛山齋有材譽』，《明文海》卷二四二文徵明《壽梅集序》謂衛山齋爲松江『土著之士』即松

江人，與章注相異。據元劉敏中《中庵集》卷四《次韻答衛山齋見寄有序》云：『表兄繡江公歸自華亭，具言山齋先生之學之德之盛，爲之竦然。徐示先生辱貺五詩及《學易管見》一編。』《萬姓統譜》卷九六載：『衛謙，字山甫，華亭人。……所著有《易管見》。』雍正《江南通志》卷一九〇：『《讀易管見》，三十卷，華亭衛謙。』《學易管見》疑即《易管見》或《讀易管見》。兩者應是同一部書，因可推知衛山齋即爲衛謙，山齋蓋謙之别號。《江南通志》卷一五八《人物·孝義·松江府》云：『衛謙，字有山，華亭人。登進士，授龍溪尹，不就。立義莊贍宗族及鄉之貧者，建義塾以来學者。』又據元張之翰《秋聲集序》，衛謙爲衛宗武子，出自華亭（華亭屬松江府）衛氏。這同黄庚《月屋漫稿·輓衛山齋》所説『武公後裔有仍孫』（亦載元張觀光《屏巖小稿》），也能對得起來。清葛萬里《别號録》卷一：『山齋：衛謙，有山，元。』益證。據此，林詩《簡衛山齋》者，即衛謙。詳拙文《林景熙交游考·衛山齋》。

㈡虎林，武林，指杭州。倾蓋，謂初遇相交。參見卷三《荷花》注㈠。

㈢天風二句，非不能乘御天風而上，意江湖烟水浩闊，自足相娱。言不欲高攀。

㈣九山，雍正《江南通志》卷一二《山川·松江府華亭縣》：『崑山……山有九峰。九峰者，一鳳凰、二陸寶（今以庫公當之）、三佘、四細麻、五薛、六機、七横雲、八干、九崑也。』按此二句尾字暗嵌『山齋』二字。

會嚴陵邵德芳同舍，邀宿玄同齋道舊有作㈠

市槐夢忽醒㈡，喬柯落風雨。此亦因感槐市而借用槐夢事也。何人斧爲薪，遺恨尚依土。

緬懷赤煒初，《王莽傳》：青煒、赤煒、白煒、玄煒，蓋四時之氣。鬱若翠蛟舞；其下有橋門，雍雍冠帶聚㊂。萬物遞衰盛，千載一仰俯。射策君先登，氣勇不再鼓㊃。邅迴三舍間，我亦躋寸武㊄。雲雷膏尚屯，有志良獨苦㊅。空山少芝薇，大澤多網罟。爾來涉長途，征衣拂天姥。遥汎松江舟，薰風采芳杜㊆。故人隱雲間，九山青照户㊇。相逢各華顛，舊事不敢吐。悠哉抱玄同，《老子》：和其光，同其塵，是謂玄同。高臥標枝古㊈。《莊子》：至德之世，不尚賢，不使能，上如標枝，民如野鹿。

［補注］

㊀邵德芳，名桂子，字德芳，號玄同子。嚴州淳安（今浙江淳安縣）人。本姓吴，安仁簿吴攀龍子，爲邵氏所養，因從其姓。『博學宏詞，文聲大著，登咸淳七年（一二七一）進士第。』（《萬姓統譜》卷一〇三）『任處州府教授。宋亡，避地雲間。贅曹氏，居泖湖之燕溪。嘗瀕湖構亭，名雪舟，著述其間。有《脞稿》十卷，《脞談》二十卷。』（《欽定天禄琳琅書目》卷六引鮑楹《雪舟詩序》）『娶華亭曹澤之女，因家小蒸。爲斯文領袖者四十年。八十二卒。』（宋陳思編元陳世隆補《兩宋名賢小集》卷三五四《慵菴小集》）萬斯同《宋季忠義録》卷一三《邵桂子》：『平生自喜爲詩，而意象冲融，足淹高聽。裁謝風塵之表，超脱凡徑之外，所謂臥深巖壑，思繞滄洲，瀟洒風流，固宜稱也。』淳安，嚴州屬縣，嚴州舊名嚴陵，故稱『嚴陵邵德芳』。玄同齋，邵書齋名。宋何夢桂《潛齋集》卷八《玄同齋記》：『玄同邵君桂子德芳，一日致書諗於無名人何

某曰：玄同云者，某所自號也。嘗讀猶龍翁玄德章，默然有契，因竊取其義，揭之座右。』玄同，蘇轍《老子解》：『默然不言，而與道同里。』參閱本書卷五《玄宅銘》及注㈠。

㈡市槐，槐市，設在太學附近的集市。參見前《輓浙西提舉李公》注㈣。

㈢緬懷四句，憶寫當年太學就讀時盛況。赤煒，代指夏時。太學校舍四面環水，各有橋相通，稱橋門。冠帶聚，《後漢書·儒林傳序》：『諸儒執經問難於前，冠帶縉紳之人，圜橋門而觀聽者蓋億萬計。』

㈣射策，指應試。邵與景熙同爲太學上舍生，故稱『同舍』。邵『以博學宏詞登進士』（《兩宋名賢小集》卷三五四《慵菴小集》），林則上舍釋褐，都在咸淳七年，但時間上有先後，故說『君先登』。氣勇不再鼓，《左傳·莊公十年》：『夫戰，勇氣也。一鼓作氣，再而衰，三而竭。』

㈤三舍，宋時太學分外舍、內舍、上舍三舍，學生修業循序漸進。上舍畢業稱『釋褐』，同進士及第。二句說自己經歷三舍，始獲登科。

㈥雲雷二句，《易·屯卦》：『雲雷，屯，君子以經綸。』又：『屯其膏。』大意說，雲雷交動，此初創之時，君子因得經略天下，廣施膏澤。這句說你我初獲登第，本期雲雷屯膏，伸展宏略。下句『有志良獨苦』，謂宋亡後兩人各抱素志，備嘗艱難。

㈦爾來四句，寫自己近來蹤跡。天姥，山名，在浙江新昌縣東。

㈧故人二句，邵這時寓居雲間（松江古稱）。九山，見前篇《簡衛山齋》注㈣。

㈨標枝，頂端的樹枝。語出《莊子·天地》，參見本卷《原易》注㈦。此言邵抱玄同之旨，隱臥避世，如太古高人。

【輯評】

范大士《歷代詩發》卷二九：通首裁淨。

謁陸宣公祠㈠ 唐陸贄，字德輿，祠在嘉興。

冰玉爲骨秋爲神，堂堂内相真天人。唐史：贄入翰林時，德宗在奉天，雖外有宰，贄常居中參裁可否，時號内相。諫草數百垂清芬㈡，仁義一洗功利塵。刳肝瀝血空排雲，白日不鑑吾忠勤㈢。奉天詔下哀痛新，將士感泣天亦聞。時朱泚、李希烈反，上在奉天，贄勸帝改過行善。上深然之，乃下詔自責。皇威雷動清九垠，一紙可敵百萬軍。草茅學古期致君，以額扣閽九虎嗔。玉堂雲霧當華津，耿耿何不批龍鱗㈣？一樽酹古凄夕曛，鴛湖之水春復春。

【補注】

㈠《方輿勝覽》卷三《嘉興府·祠墓》：『陸宣公祠，其故宅今爲寶花寺。』雍正《浙江通志》卷二一九《祠祀三·嘉興府》：『陸宣公祠，《嘉興府志》：在城西報忠坊，即嘉興縣學故址。舊祠在州縣中，宋建炎三年作書院于鴛湖之東。』按，陸贄（七五四—八〇五）字敬輿（章注云『德輿』誤），嘉興（今浙江嘉興市）

人。官至中書侍郎、同平章事。卒後賜謚「宣」，世稱陸宣公。

㈡諫草，奏疏。蘇軾《答虔倅俞括書》：「文人之盛，莫如近世。然私所敬慕者，獨陸宣公一人。家有公《奏議》善本，頃侍講讀，嘗繕寫進御。」現存陸贄《陸宣公翰苑集》二十四卷，其中制誥十卷，奏草七卷，奏議七卷。

㈢陸贄後爲裴延齡所譖，貶爲忠州别駕，憂憤而卒。《舊唐書・陸贄傳論》：「（贄）欲以片心除衆弊，獨手遏羣邪，君上不亮其誠，羣小共攻其短，欲無放逐，其可得乎！」

㈣草茅四句，寫讀史的感慨。草茅，《儀禮・士相見禮》：「在野曰草茅之臣。」致君，輔佐君王。批龍鱗，語本《戰國策・燕策三》：「奈何以見陵之怨，欲批其逆鱗哉？」此謂敢觸犯强者。

雲間懷古㈠

雲間，秀州地名。

薰風短棹水粼粼，老鶴疎林寂不聞㈡。内史祠荒殘碣雨，陸機入洛，成都王穎表爲平原内史，弟雲爲清河内史。有祠在華亭。黄門書冷半堆雲㈢。顧野王，吴郡人。編觀經。梁大同中爲博士，遷黄門侍郎。有讀書堆。獵場斜日分桑塢，馳道深秋走鹿羣㈣。寥落一觴誰弔古，漁鄉煙景客平分。

［補注］

㈠雲間，華亭縣（今上海松江縣）别稱，宋屬嘉興府（秀州）。

㈡老鶴句，華亭多白鶴。《方輿勝覽》卷三《嘉興府·山川》：「鶴坡，在華亭東七十里，此地出鶴，俗謂鶴坡。」

㈢黄門句，《方輿勝覽》卷三《嘉興府·古跡》：「顧野王讀書堆，在海鹽縣東顧亭湖，即今寶雲寺。」雍正《江南通志》卷三一《古跡·松江府》：「讀書堆在華亭縣亭林寶雲寺後，陳顧野王讀書於此。堆高數丈，横亘數十畝，林越蒼然。野王墨池在其側。」顧野王字希馮，南朝梁陳間語言學家，傳世著作有《玉篇》等。

㈣獵場，《方輿勝覽》卷三《嘉興府·古跡》：「吴王獵場，在華亭谷東，陸遜子孫游獵於此。」又引王安石詩：「時平事非昔，此地桑麻多。」馳道，《漢書·賈山傳》：「（秦）爲馳道於天下，東窮燕齊，南極吴楚……道廣五十步，三丈而樹。」《方輿勝覽》卷三《嘉興府·古跡》：「秦皇馳道，在嘉興西北崑山南四里。相傳有大堤路，即馳道。」

［輯評］

陸心源《宋史翼》卷三二《忠義傳·林景熙》：居雲間甚久，有《雲間懷古》《神山訪僧》《二陸故居》《澱湖》《黄耳塚》諸作。（傑按，《神山寺訪僧》作於平陽仙口，此誤。）

劉伶墓㈠

在嘉興縣東二十七里。

碧落當年墮酒星，醉中萬事一浮萍㈡。亦知人世無窮事，一醉松根不肯醒。

［補注］

㈠劉伶，字伯倫，沛國（今安徽宿縣北）人。西晉文學家，「竹林七賢」之一。嗜酒，性放誕，不拘禮法。宋張堯同《嘉禾百詠・劉伶墓》附考：「墓在府城東二十七里胥山下，俗呼金伶墓，蓋避吴越王諱也。」（《檇李詩繫》卷三引）

㈡酒星，酒旗星。《晉書・天文志上》：「軒轅右角三星曰酒旗。酒官之旗也，主宴饗飲食。」醉中浮萍，劉伶《酒德頌》：「兀然而醉，怳然而醒……俯視萬物，擾擾焉若江海之載浮萍。」

黄耳塚㈠

陸機犬名黄耳。

筠筒音斷水雲村，吠入空林枸杞根。《續仙傳》：朱孺子，温州安固人。一日汲於溪上，見二花犬相逐入枸杞叢中，因異之，乃尋掘得二枸杞，其狀如白犬。我亦天涯音信杳，《盧令》詩在爲招魂[二]。《詩・盧令》篇。

［補注］

(一)黄耳塚，《晉書・陸機傳》：『初，機有駿犬，名曰黄耳，甚愛之。既而羈寓京師，久無家問，笑語犬曰：「我家絶無書信，汝能賫書取消息不？」犬摇尾作聲。機乃爲書以竹筒盛之而繫其頸，犬尋路南走，遂至其家，得報還洛。其後因以爲常。』《藝文類聚》卷九四引《述異記》：『後犬死，殯之，遣送還葬機村。去機家二百步，聚土爲墳，村人呼爲黄耳塚。』雍正《江南通志》卷三一《古蹟・松江府》：『黄耳塚，在華亭縣南二里旁。』

(二)盧令，《詩・齊風・盧令》，詠田獵之詩。盧，獵犬。令，同鈴，頸環鈴聲。

蘇小小墓[一]

錢塘名倡，有墓在嘉興縣西南六十步。

歌扇風流憶舊家，一邱落月幾啼鴉。芳魂不肯爲黄土，猶幻燕支半樹花。

［補注］

(一)蘇小小，《樂府詩集》卷八五《蘇小小歌》引《樂府廣題》：『蘇小小，錢塘名倡也，蓋南齊時人。』唐徐凝《嘉興寒食》詩：『嘉興郭裏逢寒食，落日家家拜掃回。唯有縣前蘇小小，無人送與紙錢來。』宋魯應龍《閒窗括異志》：『嘉興縣西南六十步，地志云晉歌妓蘇小小墓。今有片石在通判廳，曰蘇小小墓。』

過澱山湖㈠

在秀州華亭縣東南三十里，其山水色皆如澱。

泖口乘寒浪㈡，湖心散積愁。菰蒲疑海接，鳧雁與天浮。澤国無三伏，風帆又一州。平生謾爲客，奇絶在兹游㈢。

［補注］

㈠澱山湖，雍正《江南通志》卷一二《山川・松江府》：『薛澱湖，在青浦縣，名澱山湖，以中有澱山也……入於松江。』

㈡泖口，泖湖口。泖湖，在華亭縣，今已淤積。

㈢奇絶在兹游，蘇軾《六月二十日夜渡海》詩：『九死南荒吾不恨，兹游奇絶冠平生。』

舟次吴門㈠

懷古心猶壯，臨流影自孤。湖煙迷檇李㈡，城木出姑蘇。草暗春驚鹿，菰香秋試鱸。青樓舊時月，青樓，妓館也。無復聽吴歈㈢。

【補注】

㊀吳門，春秋吳國都城閶門。後代指蘇州。

㊁檇李，嘉興古稱。《春秋·定公十四年》：『於越敗吳于檇李。』杜預注：『檇李，吳郡嘉興縣南醉李城。』

㊂吳歈，吳地民歌。《楚辭·招魂》：『吳歈蔡謳，奏大呂些。』王逸注：『吳、蔡，國名也。歈、謳，皆歌也。』

虎邱寺 在蘇州城西北九里。

突兀僧房倚翠微，金精幻虎霸圖非㊀。霸圖，指吳王也。瓊田萬頃山如湧㊁，鐵壁千尋泉自飛。寺中有鐵巖，在劍池之北。堂在經聲通老石，寺有生公講堂。昔有異僧竺道生者，講經於此，無人信之，乃聚石爲徒，與談至理，石皆點頭。樓開塔影落秋衣。或言寺樓有窗，以衣冪之，則見有塔影顛倒也。千年幽獨嗟誰氏㊂，斷刻苔深帶夕暉。

【補注】

㊀金精幻虎，《藝文類聚》卷八引《吳越春秋》：『闔廬死，葬於國西北，名虎邱。穿土爲川，積壤爲邱。

……黄金珠玉爲鳧雁，專諸之劍、魚腸三千在焉。葬之已三日，金精上揚爲白虎據墳，故曰虎邱。』

㈡山如湧，《藝文類聚》卷八引晉王珣《虎邱山銘》：『武邱山，先名海涌山。』

㈢幽獨，指幽獨君。清顧禄《桐橋倚棹録》卷五《唐幽獨君墓》：『《郡閣雅談》：唐大曆十三年，虎邱寺有鬼題詩，隱於石壁之上，自稱幽獨君。』皮日休、陸龜蒙皆有《追和幽獨君》詩。

劍池㈠ 在虎邱寺前。

鑿開神斧是何年，珠雁金鳧鎖冷煙㈡。薜荔帶雲懸古木，轆轤卷月出秋泉。《唐韻》：『轆轤，汲水器也。』劍池取水用此。巖前洗劍精疑伏，林下烹茶味亦禪。高倚石闌清嘯發，恐驚池底老龍眠。

［補注］

㈠劍池，宋范成大《吴郡志》卷一六《虎邱》：『吴王闔廬葬其下，以扁諸、魚腸等劍各三千殉焉，故以劍名池。……兩崖劃開，中涵石泉，深不可測。』一説爲秦始皇、孫權鑿石求劍所成。《元和郡縣圖志》卷二五《蘇州虎邱山》：『《吴越春秋》云闔閭葬於此，秦皇鑿求珍異，莫知所在，孫權穿之，亦無所得。其鑿處今成深澗。』唐陸廣微《吴地記》所敘稍異：『秦始皇東巡至虎邱，求吴王寶劍，其虎當墳而踞。始皇以劍擊之，不及，悮中於石。……劍無復獲，乃陷成池，古號劍池。』又一説始皇試劍於此。《方輿勝覽》卷二《平江府·佛寺》：『劍池，在虎邱寺。始皇試劍於此，乃石罅，深數十丈，闊丈餘，水無底。』

㈡珠雁金鳧，見前《虎邱寺》注㈠。

[輯評]

李慈銘《越縵堂詩話》卷上：《劍池》云：『薜荔帶雲懸古木，轆轤卷月出秋泉。』……皆清空婉眇，蟬蜕塵埃者也。

垂虹橋㈠ 在蘇州吴江。

地拆東吴海脈連，畫橋兩道跨晴川㈡。影翻河漢蛟龍國，勢壓江湖螮蝀天㈢。幾處征帆浮日月，四洲譙角隔風煙。三高遠矣荒祠在，三高者，越上將軍范蠡、晉大司馬東曹掾張翰、唐右補闕陸龜蒙也。一笛闌干夕照邊。

[補注]

㈠垂虹橋，在江蘇吴江縣東吴淞江上，宋仁宗慶曆八年修建。橋長五百米，『環如半月』，形似臥虹，故名。《方輿勝覽》卷二《平江府·橋梁》：『垂虹橋，在吴江縣，即利往橋。東西千餘尺，用木萬計。前臨具區(太湖),横絶松陵,湖光海氣,蕩漾一色,乃三吴之絶景。橋中有亭曰垂虹。』

㈡畫橋兩道:長橋横臥波上,橋影在水,上下成兩橋,故説『兩道』。

㈢影翻二句,承上句『畫橋兩道』,言下看如銀河墮地,上望如虹霓插天。蝃蝀,指彩虹。

館娃宫㈠

在蘇州城外硯石山上,蓋以西施得名。吴以美女爲娃也。

苧羅山女入宫新㈡,苧羅山在越州。春秋大夫種謂越王曰:『吴王淫而好色,惟王選擇美女,進之吴王。』乃於苧羅山得鬻薪女西施、鄭旦,飾以羅縠,教之行步,而獻于吴。吴王寵之,國竟以滅。四壁黄金一笑春。步輦醉歸香逕月㈢,隔江還有臥薪人。坡文:越王臥薪嘗膽,以雪會稽之恥。

[補注]

㈠館娃宫,春秋時吴王夫差爲西施修建,遺址今蘇州市西郊靈巖山(硯石山)上。

㈡苧羅山,在今浙江諸暨縣南。越獻西施事,見東漢袁康、吴平輯録《越絶書》卷一二《越絶内經九術》。

㈢香逕,指采香逕。雍正《江南通志》卷三一《古蹟·蘇州府》:『采香逕,在吴縣香山傍。《吴郡志》云:吴王種香於香山,使美人泛舟於此采之。』

真娘墓[一] 在虎邱中路。

歌聲舞影散春霞，月殉香魂幾落花。休恨天家無分到[二]，漢妃青塚落胡沙。青塚，昭君墓。胡地草多白，此塚草獨青。

［補注］

[一]真娘，唐時蘇州歌妓。白居易《真娘墓》題下注：『墓在虎邱寺。』唐范攄《雲溪友議》卷中《譚生刺》：『真娘者，吴國之佳人也，時人比於蘇小小。死葬吴宫之側，行客感其華麗，競爲詩題於墓樹，櫛比鱗臻。』唐詩人劉禹錫、李紳、沈亞之、張祜、李商隱皆有題詠。

[二]天家，天子。漢蔡邕《獨斷》：『天子無外，以天下爲家，故稱天家。』

羞墓[一] 朱買臣妻墓也，在嘉興北七里。

遠望車塵汗雨流，自知覆水已難收[二]。爲君富貴妾羞死，富貴如君不自羞？

［補注］

㊀羞墓，宋張堯同《嘉禾百詠·羞墓》附考：『墓在郡城北十八里，買臣妻葬處，又曰羞涇，又作楸涇。』（《檇李詩繫》卷三引）

㊁遠望句，《漢書·朱買臣傳》載：買臣家貧，好讀書，年四十猶賣薪自給，其妻羞怒而離去。後買臣獲舉薦，拜爲會稽太守，衣錦還鄉。『入吴界，見其故妻、妻夫治道，呼令後車載其夫妻，到太守舍，置園中，給食之。居一月，妻自經死。』覆水難收，傳説朱買臣衣錦還鄉後，妻復求合，買臣取盆水潑於地，令其收取。示意夫妻離異，不可再合。《後漢書·何進傳》：『覆水不可收。』

京口月夕書懷　鎮江路也。

山風吹酒醒，秋入夜燈涼。萬事已華髮，百年多異鄉。遠城江氣白，高樹月痕蒼。忽憶凭樓處，淮天雁叫霜。

許郢州故宅㊀　唐許渾居潤州京口，故宅在南門丁卯橋。

讀君《丁卯集》，想此建橋時。荒草一區宅，清風七字詩㊁。吴雲含静態，郢樹寄餘悲。落日空懷古，長歌知不知。

［補注］

㈠許郢州，許渾字用晦，潤州丹陽（今江蘇丹陽縣）人。仕至郢州（今湖北京山縣）刺史，故稱許郢州。許渾晚年退居潤州（鎮江）城南丁卯澗橋，自編集新舊詩五百首，名爲《丁卯集》。雍正《江南通志》卷一三《山川·鎮江府》：『丁卯港，在府南三里，上有丁卯橋，運道所經也。唐許渾居此。』

㈡七字詩，許渾擅長七言律體，對偶精工，多有佳句。所作《咸陽城東樓》『山雨欲來風滿樓』，膾炙人口。

多景樓故址㈠ 在潤州城西土山上，甘露寺側。

灰飛百尺景愁人，斷礎殘蕪但鹿羣。對峙金焦兩拳石，金、焦二山在揚子江心，相去十五里。平分淮浙半江雲。乾坤幾沸蕭公鑊，梁武帝所鑄二鐵鑊，在甘露寺。風浪空藏郭氏墳。《雜記》：京口江心別有山島，相傳有郭璞墓，大水不能没。野衲不知興廢事，梵宮金碧自紛紛。

［補注］

㈠多景樓，宋初修建，在鎮江市北固山後峰甘露寺後，北臨長江，形勢險要。樓名取唐李德裕詩『多景懸窗牖』句意（見宋張邦基《墨莊漫録》卷四）。

鶴林寺㈠ 在潤州黄鶴山上。

流水蒼松石徑斜，甕城城外梵王家㈡。仙林不返雲巢鶴，僧鉢曾移海國花。《續仙傳》：潤州鶴林寺有杜鵑花，僧相傳云，貞元中有僧從天台鉢中以藥養其本，移植此寺。人或見紅裳佳麗，戲於花下，乃花神也。剥落苔碑秋臥草，荒涼竹院午敲茶㈢。當時一擲乾坤手，曾向山窗倚暮霞㈣。

［補注］

㈠鶴林寺，《方輿勝覽》卷三《鎮江府·寺院》：『鶴林寺，在黄鶴山，舊名竹林寺。宋高祖嘗游，獨臥講堂前，上有五色龍章。即位改名鶴林，今名報恩。』又《山川》：『黄鶴山，在城西南三里。』

㈡甕城，即鐵甕城，鎮江城古稱。參見後篇《新豐道中》注㈡。

㈢午敲茶，柳宗元《夏晝偶作》詩：『日午獨覺無餘聲，山童隔竹敲茶臼。』敲茶，謂製新茶，搗碾成末以就飲。

㈣一擲乾坤手，指南朝宋武帝（高祖）劉裕。劉裕未登帝位時曾息游於此。一擲乾坤，謂取天下猶如賭博中孤注一擲。語本韓愈《過鴻溝》詩：『誰勸君王回馬首，真成一擲賭乾坤。』

金山寺

在潤州江心，去城十里，因裴頭陀開山獲金得名。又名澤心，又名龍游。登妙高峰，望焦山海門，皆歷歷可見。此山大江環繞，每風起，勢欲飛動，故亦謂之浮玉山。

吴楚風煙畫裏看，即起句便雄偉不凡。中流樹色擁禪關㊀。一星化石江成陸，《左傳》：星隕于宋，視之乃石。雙塔摩空寺裏山㊁。諺云：焦山山裏寺，金山寺裏山。衲寄雲林清海怪，寺僧相傳，在先江中蛟鼉出没不時，興波爲患。後有神僧以袈裟鎮之，始息。泉移蛟窟照僧閒。見後中泠詩序。千年天塹今如掌，寂寞寒潮自往還。

［補注］

㊀中流樹色，唐張祜《金山寺》詩：『樹影中流見，鐘聲兩岸聞。』禪關，指佛寺。

㊁雙塔，《説郛》卷九七引釋惠凱《金山志》：『《郡志》曰：有二塔，曰薦、慈。宋丞相曾布元符末知樞密院事於金山建造。』寺裏山，金山寺廟宇沿山勢構建，金碧輝映，故有『寺裏山』之稱。章注引諺云『焦山山裏寺，金山寺裏山』，《方輿勝覽》卷三引宋周洪道《雜記》：『諺云：金山山裏寺，焦山寺裏山。』語適相反。按，據景熙此句和《焦山寺》詩『山裏中流小梵林』所寫，以章注引録爲合。宋樓鑰《攻媿集》卷八一

《游焦金兩山以雨而輟》詩：「金山寺裏山，焦山山裏寺。風雨勸我歸，也省兩頭事。」可證。

焦山寺[一]

在揚子江中，與金山相對。

山裹中流小梵林，寶蓮鰲背翠沈沈。半空但覺煙嵐合，三面不知風浪深。仙井浴丹開曉日，有井曰浴丹井。海門浮玉澹秋陰[二]。有亭曰浮玉。洞深瑶草無人采，《瘞鶴》殘碑浸碧潯[三]。

[補注]

[一]焦山，《方輿勝覧》卷三《鎮江府・山川》：「焦山，唐《圖經》云：後漢焦光隱於此山，因名。」

[二]海門，焦山東北有兩小山對峙，稱爲海門。宋韓持國《登潤州城》詩：「一帶分江紀，雙峰照海門。」

[三]瘞鶴殘碑，指《瘞鶴銘》，爲著名的焦山碑刻。歐陽修《集古録跋尾》卷一〇《瘞鶴銘》：「題云華陽真逸撰，刻於焦山之足，常爲江水所没。好事者伺水落時模而傳之，往往只得其數字云……華陽真逸是顧况道號。」宋蔡絛《西清詩話》卷上：「丹陽焦山斷崖石《瘞鶴銘》，字雄强如倚劍戟，書之冠冕也。……余讀道藏《陶隱居外傳》：「隱居號華陽真人，晚號華陽真逸。」道書言華陽，金壇之地，第八洞天，東北門在潤州境也。丹陽與茅山地相犬牙。又三茅，陶故居，則《瘞鶴銘》爲隱居不疑。」黄伯思《東觀餘論》説同。

今按當以蔡、黄説爲正。

宋武帝居今爲壽邱寺㊀

青衣夢破滿林煙，《南史》：宋武帝伐荻新洲，見大蛇，射之傷目。後至，見童子數人皆青衣，於榛中擣藥。問之，答曰：『我王爲劉寄奴所傷，合藥傳之。』一擲乾坤亦偶然㊁。僧屋翠微看月上，江山猶似永初年㊂。

［補注］

㊀宋武帝居，南朝宋武帝劉裕故居。《方輿勝覽》卷三《鎮江府・古跡》：『劉裕宅，裕徙居京口里。』壽邱寺，又名延慶寺。雍正《江南通志》卷四五《寺觀・鎮江府》：『普照寺在府壽邱山顛，宋武帝故宅也。陳創寺，名慈和，宋號延慶。』宋張舜民《畫墁集》卷七《郴行録》：『延慶寺即劉裕故宅，有丹井、壽邱在焉。形勢盤固，真異境也。』

㊁青衣夢破，謂劉宋王朝衰亡。劉裕射蛇事，見載南朝宋劉敬叔《異苑》卷四，《南史・宋武帝紀》取以入傳。寄奴，劉裕小字。一擲乾坤，見前《鶴林寺》注㊃。

㊂永初，劉裕在位三年，永初（四二〇—四二二）爲其年號。

［輯評］

陳增傑《宋代絶句六百首》：詩寫宋武帝的功業和身後衰微景况，沉鬱蒼凉，極饒頓挫之致。『江山』句懷古傷今，寄其世變的悲慨。

中濡泉舊在揚子江心，今題金山寺井，曰第一名泉㈠。余疑而問僧，僧謂『神龍所移，嘗示夢方丈』，亦愚世也。然江心風濤茫渺，縱有泉不復可取

其一

蜀波萬里與淮連，揚子江心浪拍天。陸羽當年亦奇士，驪龍蟄處識名泉㈡。

［補注］

㈠中濡泉，通作『中泠泉』。原在江蘇鎮江市西北金山下長江中，今泉已爲沙泥淤没。第一名泉，唐陸羽品評天下飲水，分爲二十等，以『揚子江南零水（即中泠泉）第七』。稍後劉伯芻論茶水，始舉爲『第一』，云：『較水之與茶宜者，凡七等：揚子江南零水第一，無錫惠山泉水第二，蘇州虎丘寺泉水第三，丹陽觀音寺水第

四，揚州大明寺水第五，吳淞江水第六，淮水最下第七。』均見《説郛》卷八一引唐張又新《煎茶水記》。宋王十朋《百家注分類東坡先生詩·游金山寺》引程演曰：『揚子江有中泠水，爲天下點茶第一。』

㈡陸羽，字鴻漸，號桑苧翁。精於品茶，著有《茶經》三卷。《新唐書·隱逸傳》有傳。按，此以陸羽始識中泠爲第一名泉，殆誤記。

其二

金鰲背上汲清泠㈠，僧説龍移遠脈靈。若定此泉爲第一，惠山未必服中濡㈡。

［補注］

㈠金鰲，金山又名金鰲嶺，《説郛》卷九七引釋惠凱《金山記》：『翰林學士蘇紳詩，有「僧依玉鑑光中住，人踏金鰲背上行」之句。』

㈡惠山，指無錫惠山泉。詳下詩注。

惠山泉

去無錫縣七里，山東西有泉，皆合於溪，西南入太湖。

第二名泉在㈠，劉伯芻論水，以揚子江爲第一，惠山名泉爲第二。深雲護石闌。九峰靈氣泄[二]，三伏細流寒。遠脈松長潤，餘香茗欲殘。荒祠懷陸羽[三]，一掬酹空壇。

［補注］

[一]第二名泉，唐陸羽品水，以『無錫縣惠山寺石泉第二』（見《説郛》卷八一引唐張又新《煎茶水記》），故有『天下第二泉』之稱，亦名陸子泉。

[二]九峰，惠山有九峰，又稱九龍山。

[三]荒祠懷陸羽，唐獨孤及《毗陵集》卷一七《慧山寺新泉記》：『有客竟陵陸羽，多識名山大川之名，與此峰白雲相與爲賓主。乃稽厥創始之所以而志之，談者然後知山之方廣勝掩他境。』惠山寺，又名慧山寺。

丹陽泉[一]

揚子江中斢夜月，慧山亭上漱朝煙[二]。遥看丹氣霏微裏，二十泉中第四泉[三]。

［補注］

[一]丹陽泉，在江蘇丹陽縣觀音寺。

[二]斢，舀取。慧山，即惠山。慧山亭，指惠山泉上曲水亭。

[三]第四泉，陸羽品評天下飲水，分二十等，以『丹陽觀音寺水第十一』；劉伯芻論泉水分爲七等，以

『丹陽縣觀音寺水第四』。均見唐張又新《煎茶水記》(《説郛》卷八一引)。此云『二十泉中第四泉』，亦誤記。

新豐道中㊀ 丹陽地名。

長飈卷炎埃，澄空出秋素。迢迢鐵甕城㊁，回首隔蒼霧。酒帘颺荒市，笳鼓發深戍。倚篷問舟人，云是新豐路。籬落雞欲棲，野水牛半渡。不見抱琴人〔一〕，斜陽在高樹。

[校記]

〔一〕人，《宋詩删》五古卷六作『者』。

按，黄庚《月屋漫稿》、張觀光《屏巖小稿》所載《約王琴所不來舟中偶成》：『清飈卷炎埃，碧水出秋素。迢迢見山亭，回首隔煙霧。酒帘颺漁村，笳鼓響軍戍。倚篷問舟人，云是三江路。籬落雞欲棲，野水牛已渡。釣翁炊荻煙，稚子收漁具。抱琴人不來，殘陽在高樹。』較此篇多『釣翁』一聯，其餘字句略同(加點爲相異字)按，詳附録六辨疑。

[補注]

㊀新豐，《元和郡縣圖志》卷二五《潤州丹陽縣》：『新豐湖，在縣東北三十里。晉元帝大興四年，晉陵内史張闓所立。舊晉陵地廣人稀，且少陂渠，田多惡穢，闓創湖成溉灌之利。』

㈡鐵甕城，《方輿勝覽》卷三《鎮江府・古跡》：『鐵甕城，唐乾符中周寶爲潤帥築羅城二十餘里，仍號鐵甕城。又云：吴孫權所築。』

［輯評］

范大士《歷代詩發》卷二九：局緊句蒼，作家矩矱。

李慈銘《越縵堂詩話》卷上：《新豐道中》云：『籬落雞欲棲，野水牛半渡。不見抱琴人，斜陽在高樹。』……皆清空婉眇，蟬蛻塵埃者也。

石翁嫗 在丹陽〔一〕。

東艾楚俗愚，鑄金秦民怖㈠。何年斲雲根，偶立此翁嫗。千春衣莓苔，偕老食風露。世人輕結髮，覆水或旦暮㈡；乃習無情緣，永與天壤固。停舟一訪古，久欲袪此錮。父老向我言，曾是梁朝墓。衣冠化黄土，古邱亦成路。當年殉金棺，兹物獨如故。閲世如過客，興亡了不悟。時借牛礪角，敲火戲童豎㈢。

［校記］

〔一〕題注，中華本校：抄本注作『丹陽道中水次』。

【補注】

㊀束艾，《荆楚歲時記》：『五月五日……采艾以爲人，懸門户上，以禳毒氣。』鑄金，秦始皇統一六國後，爲防民造反，收繳天下兵器，鑄爲金人（銅人）十二，置宫中。見《史記·秦始皇本紀》。

㊁覆水，喻夫妻離異。參見前《羞墓》注㊁。

㊂時借二句：牧童無知，時或借石人磨礪牛角，取火爲戲。韓愈《石鼓歌》：『牧童敲火牛礪角。』

【輯評】

傑按：此詩借石翁嫗以詠志。『世人』四句，謂世俗之徒貪利輕義，變節屈事新朝，託諷尤見。收筆亦妙有諧趣。黄庭堅《題竹石牧牛》云：『石吾甚愛之，勿遣牛礪角。』似隱含其意。

毗陵太平院壁間畫山水，熟視之有飛動勢，殆仙筆也，因題㊀

山風不動雲四寂，萬頃波濤生素壁。三峽夜怒摇星河，九溟晝沸卷霹靂。誰將江海一筆吞，華陽入硯玄波翻㊁。靈鰲東轉坤軸動，《春秋括地象》云：『地有三千六百軸。』以地有運載，故有軸也。案，鰲山流轉事，近世君子多引之，以喻世變，最爲切當。如李兩山詩：『靈鰲東轉千山動，神駿西馳八極空。』驚浪出没蛟與鼉。毫端分寸千萬里，人心之險亦如此。老僧閱世如閱畫，面壁凝然悟玄理。嗟余老作汗漫游，寒光飛動六月秋。廼知瞿唐在平陸，安得竹葉吹成舟。《異聞録》：陳季卿舉進士長安，十年不歸。一日於青龍寺訪僧，有終南山翁，亦俟僧久之。壁間有寰宇圖，季卿尋江南路，歎曰：『得自此歸，不患無成。』翁曰：『此易事耳。』起折堦前竹葉，置渭水中。季卿熟視之，見一大舟，恍然登之，旬餘至家。

［補注］

㈠江蘇常州市，漢名毗陵。太平院，《咸淳毗陵志》：『太平講寺，在郡東門外，齊高祖創建。』雍正《江南通志》卷三二《古蹟・常州府》：『太平寺畫水，在陽湖縣東門直街彌陀殿壁。』宋費衮《梁溪漫志》卷七《毗陵二畫》：『吾州天慶觀畫龍、太平畫水，勝絶之筆，聞於天下。凡四方來者，道出毗陵，必迂路而觀焉。……水則郡人徐友畫。清濟貫河，一筆紆繞，長數十丈不斷。却立而觀，濤瀾洶湧，目爲之眩；仰首近之，凜然若飛流濺於面也。……淳熙戊戌，楊誠齋爲太守，過太平寺，爲賦《畫水》長句。』

㈡華陽，神仙洞府名，借指神龍。舊題柳宗元《龍城録・華陽洞小兒化龍》記茅山隱士吴綽入山采藥，見小兒手把大珠三顆，奔入華陽洞中化作龍形。

舟中書事

村酒沽來濁可斟，扁舟過雨繫〔一〕楓林。午香吹稻海田熟，秋蔓引瓜茅屋深。天地暗塵歸客鬢，江湖斜日動鄉心。衰年自笑爲形役㊀，空羡閒鷗臥水陰。

［校記］

〔一〕繫，《石倉歷代詩選》卷二三一作『紫』。

［補注］

㊀爲形役，言心志被形體（行動）所驅役，意思説違背了夙願。陶潛《歸去來辭》：『既自以心爲形役，奚惆悵而獨悲？』

［輯評］

李慈銘《越縵堂詩話》卷上：《舟中書事》云：『午香吹稻海田熟，秋蔓引瓜茅屋深。』……皆清空婉眇，蟬蜕塵埃者也。

蜀頭陀客吴歲久，持行精勤，有道者也

三峽無歸夢，閒雲澹石牀。半生修白社，孤影寄朱方㊀。覺路心如月，高年頂不霜。翻憐來往者，終日爲誰忙？

［補注］

㊀白社，地名，在洛陽市東。葛洪《抱朴子·雜應》：『洛陽有道士董威輦，常止白社中，了不食……云以甘草、防風、莧實之屬十許種搗爲散……足辟百日。』修白社，謂隱居修煉導引之術。朱方，春秋吴國地名，今江蘇丹徒縣南。

練川道中次胡汲古韻㊀

客中還又客，回首憶并州㊁。一枕江湖夢，五更風雨舟。水寒荷葉老，蟲響荳花秋。幾度看雲坐，吾生亦覺浮。

［補注］

㊀練川，即練湖。《元和郡縣圖志》卷二五《潤州丹陽縣》：『練湖，在縣北一百二十步，周回四十里。』雍正《江南通志》卷一三《山川·鎮江府》：『練湖在丹陽縣北，即古曲阿後湖。湖所名練，記云由孔子登泰山觀吴門若匹練。』胡汲古，作者詩友，見卷一《東山渡次胡汲古韻》注㊀。

㊁客中二句：言自己客游吴地，不意途中復遇汲古（也跟自己一樣作客）；於是共憶往時同客越州情事（兩人曾共居山陰王脩竹莊上），不勝感悵矣。又，有。憶并州（今山西太原），用劉皂（一作賈島）《渡桑乾》詩意：『客舍并州已十霜，歸心日夜憶咸陽。無端更渡桑乾水，却望并州是故鄉。』

【輯評】

李慈銘《越縵堂詩話》卷上：《練川道中次胡汲古韻》云：『一枕江湖夢，五更風雨舟。』……皆清空婉眇，蟬蛻塵埃者也。

劉龍洲墓㊀

名過，字改之。有墓在蘇州。

一坏〔一〕寂寞幾秋風，雲斷洲空憶老龍。湖海劉郎詩骨冷，乾淳餘響寄孤松㊁。

【校記】

〔一〕坏，原誤作『杯』，據吳校本、四庫本、冒刻本改。《全宋詩》卷三六三二作『抔』，義同。

【補注】

㊀劉龍洲，劉過（一一五四—一二〇六）號龍洲道人，吉州太和（今江西泰和縣）人。南宋詞人。一生未曾入仕，放浪江湖。晚年寓居崑山而歿。明王鏊《姑蘇志》卷三四《塚墓志》：『劉過墓在崑山縣馬鞍山。嘉定五年令潘友文、簿趙希楙葬之。』

㊁乾淳餘響，言劉詞氣格豪健，猶有乾（道）淳（熙）作家如辛棄疾、陸游、陳亮之雄風。

過吳門感前游

回首前游夢未忘，江雲漠漠樹蒼蒼。客心空老鶯花月，詩貌不肥魚稻鄉㊀。白虎氣銷遺瘦石，彩虹影冷臥斜陽㊁。當時已歎來麋鹿，《史記》：伍子胥諫吳王曰：臣恐不久麋鹿游於姑蘇之上。後二千年更斷腸㊂。

［補注］

㊀「詩貌」，用語甚新。宋釋文珦《潛山集》卷四《寄贈王子静》亦有「詩腸有餘積，詩貌無多肥」句。

㊁白虎氣銷，謂王氣銷亡。詳本卷《虎邱寺》注㊀。彩虹，指吳江垂虹橋。

㊂後二千年，指南宋滅亡。公元前四七三年，吳國爲越國所滅；公元一二七九年，南宋亡於元，前後相距一千七百五十三年。

舟次吴興二首[一]㊀ 今安吉州。

其一

釣舟遠隔菰蒲雨，酒幔輕飄菡萏風㊁。彷彿層城鰲背上，萬家簾幙水精宫㊂。此四句寫出湖州真景，所謂有聲畫也。

【校記】

[一]中華本校：抄本題下注『趙子昂居曰水精宫』。

【補注】

㊀吴興，今浙江湖州市。《元史·地理志五》：『湖州路，唐改吴興郡，又改湖州。宋改安吉州。至元十三年，升湖州路。』

㊁菡萏，荷花。《方輿勝覽》卷四《安吉州·題詠》引蘇軾荷花詩云：『環城三十里，處處皆奇絶，蒲蓮浩如海，時見舟一葉。』可見環郭蒲荷之盛。

㊂鰲背，神話傳説海上蓬萊五仙山爲六鰲所負載。水精宫，即水晶宫。湖州有水精(晶)宫之稱。歐

陽修《送胡學士知湖洲》詩：『吴興水晶宫，樓閣在寒鑑。』姜夔《惜紅衣》詞序：『吴興號水晶宫，荷花甚麗。』

其二

蒼煙淡淡水濛濛，漁笛吹殘夕照紅。六客風流今已遠㈠，東坡倅湖州，與李公擇等六人會碧瀾堂。後爲湖守，六客適在坐，名堂曰六客堂。堂名空入酒名中。酒有名碧瀾者。

[補注]

㈠六客，宋六詩人。《方輿勝覽》卷四《安吉州・亭榭》：『六客亭，在郡圃中。元祐中，守張復作後序曰：昔李公擇爲此郡，張子野、劉孝叔在焉，而楊元素、蘇子瞻、陳令舉過之，會於碧瀾堂。子野作六客詞，傳於四方。今僕守是邦，子瞻與曹子方、劉景文、蘇伯固、張秉道來過，與僕爲六。而向之六客，獨子瞻在，復繼前作。子野爲前六客詞，而子瞻爲後六客詞。』碧瀾堂，臨霅溪，杜牧任湖州刺史時修建。按，章注釋『六客』有誤。

釣臺　在嚴州。

曾來天上宿㈠，夢不離寒磯。宇宙雙臺迥㈡，煙波一客歸。姓增江郡重，唐析桐廬爲嚴州，以子陵之姓而增重也。墓隔越山微。子陵本越州餘姚人，今有墓在餘姚。千古登臨意，凄凉帶夕暉。

［補注］

㊀天上宿，指光武帝遣使聘嚴光（子陵），并引入宫中共宿事。

㊁雙臺，指東臺和西臺。東臺即嚴子陵釣臺；西臺爲謝翱哭奠文天祥處，後人因稱謝翱臺。參見卷一《謁嚴子陵祠》注㊀和本卷《酬謝皋父見寄》注㊄。雙臺聳峙，俯臨桐江，各高約七十米。

宿七里灘㊀ 距桐廬四十餘里。

寥落空江上，買魚開酒樽。亂山含雪意，孤艇寄楓根。灘近不成夢，鴻飛欲斷魂。偶呼黄帽語，漢鄧通以櫂船人爲黄帽郎。一犬吠前村。

［補注］

㊀七里灘，又名七里瀨、七里瀧，在浙江桐廬縣富春山西，長七里。雍正《浙江通志》卷一九引《嚴陵志》：『與嚴陵灘相接，兩山夾峙，水駛如箭。諺云：有風七里，無風七十里。』

方玄英故居㊀ 距桐廬三十里，在釣臺之東，地名白云原。

艤舟鸕鷀港㊁，白雲滿高原。借問玄英居，遺構無復存。精靈幾〔一〕百載，《大戴禮》：陽氣爲精，陰氣爲靈。山鬼憑幽昏。獨遺文字香，隱隱草樹根。有客招以歌，掬泉薦芳蓀。蓀，香草也，彷佛雲中人，玉珮來華軒〔二〕。啼猨助悽惻〔三〕，亦復銷我魂。徘徊日將暮〔四〕，牛羊下前村。長揖者誰子，未識情已温。云十有六葉，咸通之耳孫㊂。緬思〔五〕幽人後，風雅天所敦㊃。相攜就〔六〕茅屋，一笑酌瓦樽。

［校記］

〔一〕幾，雍正《浙江通志》卷四九引作「峨」。　〔二〕「有客招以歌，掬泉薦芳蓀。彷佛雲中人，玉珮來華軒」四句，吳校本、四庫本及《浙江通志》、《全宋詩》卷三六三二並作「轉盼東山麓，彷佛見柴門」二句，未當。詳校〔四〕。　〔三〕惻，《浙江通志》、《東甌詩存》卷一〇作「切」。　〔四〕徘徊日將暮，吳校本、四庫本、《全宋詩》並作「漁父促歸橈」，《浙江通志》作「漁父趣歸橈」，皆爲失當。鮑廷博案：「國朝汪士鋐刊本無『有客招以歌』以下四句，有『轉盼東山麓，彷佛見柴門』二句；『徘徊日將暮』作『漁父促歸橈』。」當是元本脱落，後人妄補。蓋前既云「遺構無存」矣，安得更有「柴門」？既云「漁父促歸橈」，便不應「茅屋酌酒」矣。』今按：鮑説是。『掬泉薦芳蓀』句下有章注『蓀，香草也』，可見原本必作『有客』等句，此尤明證。　〔五〕思，《浙江通志》作『想』。　〔六〕就，《東甌詩存》作『入』。

［補注］

㊀方干（？—約八八五），字雄飛，睦州清溪（今浙江淳安縣）人。一生未仕，以布衣詩人名重當世，曾先後隱居嚴子陵釣臺附近的白雲源和山陰鏡湖。卒後門人私謚玄（亦作元）英先生。雍正《浙江通志》卷四九《嚴州府上・方干宅》：『吕祖謙《釣臺記》：「嚴陵瀨之旁爲白雲源，乃唐詩人方處士之故廬。范文正之游釣臺也，嘗絶江訪其遺跡，以其像置祠之左。」』

㊁鸕鷀港，地名。元方回《夜宿鸕鷀源並序》：『鸕鷀源，亦曰白雲村，即吾家唐元英詩翁之故居。其宅乃元英遠孫提幹君秘之家。』

㊂此言來者自謂是方干第十六代子孫。方干爲唐懿宗咸通（八六〇—八七三）時人。耳孫，遠代子孫。

㊃緬思二句，言方氏子孫風雅傳家。范仲淹《留題方干處士舊居》詩：『風雅先生舊宅存，子陵臺下白雲村。唐朝三百年冠蓋，誰聚詩書到子孫？』《方輿勝覽》卷五《建德府・人物》：『方干，故居在白雲源。其子孫登科知名者相繼。』

原《易》㊀

滎河通崑源，河出崑崙墟，潛流地中，自積石至龍門，三千餘里。古出龍馬瑞。《隋書》：滎河獻籙，温洛呈圖。包犧真天人，一見測其秘㊁。八卦已支離，重爲六十四。爻象互立名，繫辭發洙泗㊂。盡泄元氣藏，柯葉布文字㊃。揚雄《解嘲》：顧而作《太玄》五千文，枝葉扶疏。有如木生癭，木之節目如疣贅然，故曰癭，可刳以爲杯。箋注漫百氏㊄。燋龜與揲草，何能解人意。及滋天下疑，反以二物具。二物謂蓍、龜也。方寸不自靈，柄爲冥漠據。心不自靈，專靠蓍虛無茫昧之間，是柄爲冥漠所據也。弧矢啟戰争，書契長奸僞㊅。《繫辭》曰：弧矢之利，以威天下。又曰：易之以書契。《莊子》曰：啟戰争，長奸僞。緬思未畫前，標枝無一事㊆。標枝見前。日月自循環，全《易》在天地。所以負苓人，因之發長喟㊇！唐王績著《負苓者傳》以譏作《易》。按此篇全以《負苓者傳》主意，故末句以負苓人爲斷也。然中間頗涉異端，豈先生以文爲戲耶？

［補注］

㈠原易，推論《周易》的本義。原，推原。明吴訥《文章辨體序説·原》云：『原者本也。蓋推其本原之義以示人也。』

㈡滎河，滎河。滎，當作『榮』。章注所引見《隋書·天文志序》，正作『榮』。榮河，『榮光出河』（見《尚書中候握河記》），指黄河。龍馬，龍而形象馬。包犧，即伏羲氏。《書·顧命》『河圖』孔安國傳：『伏犧王天下，龍馬出河，遂則其文以畫八卦，謂之《河圖》。』這四句説，黄河源出崑崙，遠古時有龍馬出於黄河，伏羲氏測知其奥秘，乃取法以作八卦。言《周易》卦形來源於《河圖》。

㈢爻象，指《周易》中卦的符號。繫辭，解釋卦象的文字。洙泗，洙水和泗水，春秋魯國屬地，孔子曾在此聚徒講學。發洙泗，言出於孔子的推演。《史記·孔子世家》：『孔子晚而喜《易》，序《彖》、《繫》、《象》、《説卦》、《文言》。』

㈣盡泄二句：言卦傳充分闡發卦象的奥義，行文精謹如枝葉四面分布。

㈤有如二句：言後世注《易》者多至百家，紛紜雜出，有如累贅。

㈥書契，指文字。《易·繫辭下》：『上古結繩而治，後世聖人易之以書契。』

㈦緬思二句：回想伏羲未畫八卦之前（即遠古結繩而治的時代），人們巢居而百事無慮。《書序》：『古者伏犧氏之王天下也，始畫八卦，造書契，以代結繩之政，由是文籍生矣。』標枝，頂端的樹枝。《莊子·天地》：『至德之世，不尚賢，不使能，上（君上）如標枝，民如野鹿。』

㈧負苓人，隱者。王績《負苓者傳》假託負苓者言，謂自伏羲畫八卦，『使天下智詭之道迸出』，『則伏羲氏始兆亂者也。』

［輯評］

王梓材、馮雲濠《宋元學案補遺》卷五六《龍川學案補遺·皋羽同調》：林先生德陽。《原易》（引全詩略）。

蔡琰歸漢圖㈠

文姬別胡地，一騎輕南馳。傷哉賢王北，一騎挾二兒。言左賢王挾二兒送之於路而復還也。二兒抱父啼，問母何所之㈡？停鞭屢回首，重會知無期。孰云天壤内，野心無人〔一〕彝？凡物以類偶，濕化猶相隨㈢。穹廬況萬里，日暮驚沙吹。凡物以類而相偶儷，雖濕化之微，猶有不相離者，況穹廬萬里之遠，驚沙暮起，而可失身於異類乎？惜哉辨琴智，琰年九歲，父邕鼓琴，弦絕，琰曰『第二弦』。邕故絕一弦以問之，琰曰『第四弦』。邕曰『偶中爾』。琰曰：『昔季札觀《風》，知國之存亡；師曠吹律，識南風之不競。以此推之，何不知也。』不辨華與夷〔二〕。縱憐形勢迫，難掩節義虧。《胡笳》詩云：『煙塵蔽野兮胡虜盛，志氣乖兮節義虧。』『胡羯迫我兮爲室家，將我行兮向天涯。』獨有思漢心，寫入哀弦知㈣。一朝天使至，千金贖蛾眉。雨露洗腥〔三〕癡，陽和變愁姿㈤。此亦采摭《胡笳》詩中語意，今不備録。出關拜漢月，照妾心苦悲：妾心倘未白，何以覲彤墀？此蓋形容文姬當時歸漢意思如此。狐死尚首丘，越鳥終南枝㈥。如何李都尉，没齒陰山陲。前漢李陵爲都尉，戰敗降匈奴，死胡中。此言蓋謂文姬失身異國，不能死義，固無足取；然其猶知愧恥，終歸骨於漢土，校之李陵，所謂彼善於此者也。

［校記］

〔一〕野心無人，四庫本作『此心無秉』。　〔二〕不辨華與夷，四庫本作『孤影長羈雌』。　〔三〕腥，四庫本作『創』。

［補注］

㈠蔡琰歸漢，《後漢書·列女傳·董祀妻》：『陳留董祀妻者，同郡蔡邕之女也，名琰，字文姬。博學有才辯，又妙於音律。適河東衛仲道。夫亡無子，歸寧于家。興平中，天下喪亂，文姬爲胡騎所獲，没於南匈奴左賢王。在胡中十二年，生二子。曹操素與邕善，痛其無嗣，乃遣使者以金璧贖之，而重嫁於祀。』按，南宋畫院張姓畫師繪有《文姬歸漢圖》。明都穆《寓意編》載：『宋人畫《文姬歸漢圖》。』明張丑《清河書畫舫》卷七上附《文嘉書畫記》見録（嚴嵩收藏）。清王士禎《題文姬歸漢圖》題下注：『南渡祇侯司張某畫。』（《漁洋精華録》）厲鶚《南宋院畫録》卷八《張仲》附係張仲名下，云：『按，南宋院人祇侯無姓張者，只張浹、張仲、張茂三人，俱待詔也。聊附于此。』宋牟巘《陵陽集》卷一六《書蔡琰歸漢圖》：『又見此圖，垂髮之際，二稚牽衣永訣，旁觀者皆爲之掩袂，乃與《胡笳十八拍》中同一凄哽，何其悲之甚耶！母子天性，雖文姬以義斷恩，而骨肉之情終有不忍忘者，要亦不失其正也。』清人蘇六朋畫《文姬歸漢圖》，寫録林景熙此詩，署『宋人題畫』，略去後十句。

㈡問母句，蔡琰《悲憤詩》：『天屬綴人心，念别無會期。存亡永乖隔，不忍與之辭。兒前抱我頸，問母欲何之？』

㈢濕化，指濕生化生之昆蟲。《法苑珠林》卷八九引《般若經》：『一者卵生，二者胎生，三者濕生，四者化生。』濕生，謂從濕腐之物中孳生，如蚤虱之類。化生，謂由他類昆蟲變化而生成，如蚊蝱之類。

㈣獨有二句，蔡琰《胡笳十八拍》：『無日無夜兮不思我鄉土。』『雁南征兮欲寄邊聲，雁北歸兮爲得漢音。』

㈤一朝四句，《胡笳十八拍》：『東風應律兮暖氣多，知是漢家天子兮布陽和……忽遇漢使兮稱近詔，遺千金兮贖妾身。』

㈥狐死首丘，《禮記·檀弓上》：『狐死正丘首。』陳澔集説：『丘其所窟藏之地……故及死而猶正其首以向丘，不忘其本也。』越鳥南枝，《古詩十九首·行行重行行》：『胡馬依北風，越鳥巢南枝。』此言鳥獸猶知依戀故土，何況人。

［輯評］

郭沫若《林景熙的〈蔡琰歸漢圖〉》：看來這詩還是一首好詩，尤其是遺民做的，故寄寓了作者的民族槨則速腐，以爲器則速毁，以爲門户則液樠，以爲柱則蠹。是不材之木也，無所可用，故能若是之壽。」

㊂孔門二句，言孔門弟子甚衆，惟魯儒獨承師傳。愚，古樸。《史記·孔子世家》：「孔子以詩書禮樂教，弟子蓋三千焉，身通六藝者七十有二人。」

㊃續鳧，接長野鴨的短腿。刻馬，削去馬蹄甲。戕其天，傷害它的本性。

㊄叔文，王叔文。王叔文得唐順宗信任，組織柳宗元、劉禹錫等，實施政治改革，史稱永貞革新。不久順宗禪位，新政失敗，他們都遭貶謫。按，柳宗元參加「永貞革新」，是具有進步意義的政治活動，作者指爲「坐巧」，爲「墮叔文累」而「不可湔」的污跡，出於歷史偏見，是一種守舊的觀點。又宗元《乞巧文》係新政失敗後貶永州時作，假託七夕婦女設瓜果向織女星求智巧的習俗，諷刺上層社會的投機「巧夫」。明蔣之翹輯注《柳河東集》卷一八云：「公爲此文，假是以見其拙於謀己耳。」此云「望星猶乞憐」，理解亦誤。

精衛

任昉《述異記》：「炎帝女溺死東海，化爲精衛，自呼其名。每銜西山木石填東海。」一名誓鳥，一名冤禽，一名志鳥，一名帝女使。陶淵明、韓退之皆有詩。

形微意良苦，前身葬長鯨。天高不可訴，宿憤何時平？欲填東海深，能使西山傾。山傾海仍深，此等句雖若甚弱，然極有意思，學者要識此味。日夜空悲鳴。情知力不任，誓將畢

感情。特别是『出關拜漢月，照妾心苦悲』兩句，我覺得頗有畫意。（《郭沫若古典文學論文集》第四七一頁）

用拙爲金壘徐氏賦㊀

久知拙無用，飾巧以相賢。而君獨用拙，好古與世懸。不見百圍櫟，濩落終天年；豈其棄匠石，無用用乃全㊁。孔門七十子，愚魯承單傳㊂。冲質抱元素，神工謝雕鐫。續鳧而刻馬，適以戕其天㊃。《莊子》：鶴脛雖長，斷之則憂；鳧脛雖短，續之則悲。又曰：齕草飲水，翹足而陸，此馬之真性也。及至伯樂，則曰『我善治馬』，刻之雒之，則馬之死者十二三矣。柳州正坐巧，望星猶乞憐；一墮叔文累，挽海不可湔㊄。柳州刺史宗元嘗作《乞巧文》云：『彼誠大巧，臣拙無比。』然不知其所以得罪者。此篇皆發明所以用拙之義。

［補注］

㊀用拙，猶言守拙，謂不投機趨時。拙，愚拙，與巧（機巧）相對。

㊁櫟，喬木，因其木理斜曲，古代多作炭薪。匠石，名石的木匠。《莊子·人間世》載：『匠石之齊，至於曲轅，見櫟社樹，其大蔽牛，絜之百圍。』弟子問匠石何以不顧，匠石曰：『散木也。以爲舟則沉，以爲棺

此生。

［輯評］

傑按：力微意堅，用心良苦；興復之志，畢生不懈。讀來筆筆可哀。

納涼過林氏居 温州城南人，其家多竹，號筠栖。

出郭已虛曠，入門轉蕭森。筠栖無六月，聊以解我襟。紅日不到地，白雲時滿林。坐久石根冷，酒醒荷氣深。飄飄黄冠客，臨流鼓瑶琴。一鼓洗我耳，再鼓空我心。山高水復迴，彷彿蓬萊音。興盡拂衣去，城笳吹夕陰。

［輯評］

傑按：清雋幽澹之作，暑間讀之，能滌煩襟。『紅日不到地，白雲時滿林』，天然好句。

宴德初書樓 姓陳氏，平陽人。

樓高不二尋，已作百尺想。中有湖海豪㈠，開襟納萬象。頗延素心人㈡，談笑落清響。

鄰花吹午香，蒼竹薦秋爽。於中了行藏，此外斷俯仰。西樓富薰天，歌鐘樂華敞㊂。荒涼風雨餘，山夔自來往㊃。夔一足，乃山鬼也。

［補注］

㊀『百尺』樓、『湖海豪』，均用陳登典故。
㊁素心人，心地淡泊的人。陶潛《移居二首》之一：『聞多素心人，樂與數晨夕。』
㊂富薰天，杜甫《遣興五首》之一：『北里富薰天，高樓夜吹笛。』
㊃結聯即華屋荒丘之意。

李兩山侍郎仲氏儒而醫，解后會稽，索詩識別㊀

兩山，李思衍，字昌翁，鄱陽人。

我懷兩山翁，夙抱經濟略。曾驅部使車，至元辛卯，以浙東宣尉巡部至平陽。所至問民瘼。崑陽斗大州㊁，漁吏久竭澤。漁吏，謂侵漁百姓之吏。三尺行風霆，漢杜周爲廷尉，決獄不循三尺法。注：法律以三尺竹簡書之。風霆，喻威令之嚴肅也。四知厲冰檗㊂。四知，楊震事。公餘接寒士，促膝談禮樂。以我獨閉門，前茅訪林壑。當途盡挾貴，此道可敦薄。浮雲於我如，霖雨用汝作㊃。如何歲龍蛇，斯人竟冥漠㊄！平生詩萬篇，耿耿志誰託㊅？頗聞仲氏賢，風骨似其伯。爾來一披霧，晉衛瓘見樂廣，奇之，命諸子造焉，曰：『此人冰鑑，見之瑩然，若披雲霧而覩青天也。』月梁慰離索。杜甫憶李白詩：落月照屋梁，猶疑見顔色。紛紛雞鶩中，夭矯見孤鶴㈦。陽秋皮裏鑑，晉褚裒字季野。桓彝曰：『季野皮裏陽秋。』言其外無臧否，而内有褒貶也。太素指下脈㈧。猶有刀圭功㈨，可敵廊廟爵。四百有四病㈩，如禽應弦落。真病在人心，問君有何藥？人心真病，乃物欲之私，非治之以義理不能愈也。問君亦有此藥乎？蓋戲之也。

［補注］

㈠李兩山侍郎，李思衍（？—一二九三），字昌翁，一字克昌，號兩山。餘干（今江西餘干縣）人。按，章注和元陳岡編《清潁一源集》卷一《仙壇寺和李兩山韻》題下注均謂『鄱陽人』，元孫存吾編《元風雅後集》卷一《李兩山》謂『番易人』；清顧嗣立《元詩選》二集乙集《李御史思衍》、雍正《江西通志》卷八八《人物・饒州府・李思衍》作『餘干人』。元饒州路府治鄱陽（古名番易，今江西波陽市），餘干爲其屬縣。故其里籍以『餘干』爲確切。明趙諫編《東甌詩續集・補遺》李思衍小傳謂『永嘉人』，誤。元初官權樂平縣尹、袁州治中、國子司業。至元二十五年（一二八八）十一月，召拜禮部侍郎充國信使出使安南（見《元史・世祖紀十二》）；次年九月奉使回（見《昭忠録・謝枋得》），以功授浙東道宣慰使（從二品）。至元二十八年（一二九一），巡行至平陽，曾單車下訪景熙。解后，同邂逅。

㈡崑陽，元平陽州（今浙江平陽縣）治所。乾隆《平陽縣志》卷二《山川・崑山》：『在縣治西南，爲縣治表，故縣稱崑陽。』

㊂四知，《後漢書·楊震傳》載：昌邑令王密『至夜懷金十斤以遺震……曰「暮夜無知者」。震曰：「天知、神知、我知、子知，何謂無知！」密愧而出。』後用指爲官廉潔。冰檗，飲冰服檗（黄柏），喻操勞辛苦。白居易《三年爲刺史》詩：『三年爲刺史，飲冰復食檗。』

㊃浮雲，《論語·述而》：『不義而富且貴，於我如浮雲。』霖雨，《書·説命上》：『若歲大旱，用汝作霖雨。』謂恩澤于民。

㊄冥漠，謂逝亡。歲龍蛇，指辰、巳之年。《後漢書·鄭玄傳》：『今年歲在辰，來年歲在巳。』李賢注引北齊劉晝《高才不遇論》：『辰爲龍，巳爲蛇，歲至龍蛇賢人嗟。』按據章注，李『巡部至平陽』在『至元辛卯』（至元二十八年），則此辰、巳當指辛卯後之壬辰（至元二十九年）、癸巳（至元三十年）。李卒當在此二年内。又據元滕安上《東庵集》卷四《挽李兩山》題下注：『兩山奉使交趾，以功授浙西（按『西』當爲『東』）道宣慰。考滿赴調，殁於京旅，殯文明門外南禪僧舍。』元曹伯啓《曹文貞公詩集》卷八《挽浙東李兩山宣慰四首》之一：『四年薄宦淛江東，一柱中流識巨公。』李至元二十六年奉使還授浙東宣慰，四年『考滿赴調，殁於京旅』，由是可推定，其卒在至元三十年（癸巳，一二九三）。

㊅李思衍著有《兩山稿》，《元詩選》二集乙集録詩二十二首。

㊆雞鶩孤鶴，《世説新語·容止》：『嵇紹祖卓卓如野鶴之在雞羣。』

㊇陽秋皮裏鑑，謂能識辨表裏，精於鑑裁。陽秋，即春秋，指孔子語含褒貶的『春秋筆法』。太素指下

脈，謂下指診脈，即得病因。二句稱其醫術高明。

㈨刀圭，量藥器具，借指藥物。明董穀《碧里雜存》卷上《刀圭》：『學者皆不知刀圭之義，但知其爲妙藥之名耳……其錢形正似今之剃刀。其上一圈正似圭璧之形，中一孔即貫索之處。蓋服食家舉刀取藥僅滿其上之圭，故謂之刀圭，言其少耳。刀即錢之别名。』

㈩四百四病，謂四肢百體的四時病痛。泛指各種疾病。唐孫思邈《備急千金要方》卷八一《道林養性第二》：『四百四病，身手自造，本非由天。』

王德輔邀飲新醅，余與陳用賓老輒先醉，坐上分韻得水字㈠

朔風號枯林，吹寒入肌髓。江湖客影孤，況復懷萬里。白戰不持鐵，何以破愁壘㈡。惟有無功鄉，王績字無功，性嗜酒，嘗著《醉鄉記》。歲暮足可恃。良朋邀我游，瓦盤列山卉。軋軋鳴珠泉，灩灩浮翠蟻㈢。初疑變氣候，謂酒性熱，飲之能變寒爲温也。漸覺忘我爾㈣。一觴復一觴，頹然兩衰齒。桓桓諸少年，互爵方未已。雖醉不敢譁，諧談亦書史。所以柴桑翁，淵明居柴桑里，世稱爲柴桑翁。濁醪有妙理㈤。我渴夢西泠㈥，攀條嚼冰蕊。醒來步虚廊，天空月在水。

［補注］

㈠王德輔：王濡之，字德輔，山陰（今紹興）人。元季顧瑛玉山草堂座上詩客，即其人。顧瑛編《玉山名勝集》卷一收録其詩，署『山陰王濡之德輔』。顧瑛《玉山逸稿》卷二《玉山草堂宴集以「夜闌更秉燭，相對如夢寐」分韻得夢字》詩後附弋陽山樵李纘序云：『至正十一年冬十月廿三日，玉山隱居宴其客王德輔、胡伯明、袁子英、李纘。酒酣，忽郯雲臺、陸良貴泛舸而來。隱君復呼酒盡歡……分韻賦詩。』同卷《玉山草堂燕集以「何以解憂，惟有杜康」分韻得何字》詩後附吴興趙奕仲光序云：『至正辛卯冬十月，予從苕溪來訪玉山隱君……復邀山陰王德輔、匡廬于彦成、汝陽袁子英同飲。』按，作者自云『衰齒』，已入老年（約當六十上下），而德輔輩尚爲『少年』。至元惠宗至正十一年（辛卯，一三五一）德輔預玉山草堂宴集時，蓋近古稀矣。陳用賓，見卷一《寄陳用賓》注㈠。

㈡白戰句，見本卷《餞盛景則教授》注㈢。破愁壘，唐鄭谷《中年》詩：『愁破方知酒有權。』

㈢軋軋句，言酒汁從槽牀上流注下來如鳴珠泉。翠蟻，緑蟻，酒面浮沫。吴景旭《歷代詩話》卷六一《浮蛆》引《古雋考略》：『浮蟻，杯面浮花也。緑蟻，酒之美者泛泛有浮花，其色緑。』

㈣忘我爾，陶潛《飲酒二十首》之一四：『不覺知有我，安知物爲貴。』

㈤濁醪妙理，杜甫《晦日尋崔戢李封》詩：『濁醪有妙理，庶用慰浮沉。』濁醪，濁酒。

㈥西泠，杭州西湖孤山西泠（陵）橋。

林景熙集補注卷三

古今體詩 一百六首

鹿城晚眺

郭璞卜東嘉城基，有白鹿銜花而出，故名爲鹿城。

古城仙鹿遠，百感赴斜曛。海氣千年聚，甌鄉海國，乃千年海氣適聚之地。又郭璞卜城讖云：『此去一千年，氣數始旺。』山形九斗分㊀。神鴉飢啄蘚，宰木蠹藏雲㊁。何處鳴鉦發，春屯又易軍。《温州路志》：歸附後，軍民官不相統攝。至元二十八年，分爲一十七翼，各有千户所鎮守，皆週歲更戍焉。

［補注］

㊀山形九斗分，《方輿勝覽》卷九《瑞安府・形勝》引《（温州）郡志》：『始議建城，郭璞登山相地，錯

立如北斗。城之外曰松臺、曰海壇、曰郭公、曰積穀，謂之斗門，而華蓋直其口；瑞安門外三山，曰黄土、巽吉、仁王，則近類斗柄。因曰……若城繞其顛，寇不入斗，則安逸可以長保。於是城于山上。』嘉靖《温州府志》卷二：『按郡之斗山，海壇、郭公、華蓋、松臺四山爲斗魁，積穀、巽吉、仁王三山爲斗柄，靈官、黄土二山爲左右輔弼。』明姜准《岐海瑣譚》卷一六：『郡城爲晉郭璞所扦，當時名爲九斗城。延山脊爲斗間白路。今登城望四角俱有山……九斗環繞，四面秀麗。』

㊁此聯寫衰敗景象。祠宇荒凉，神鴉啄食不到祭品，故云『飢啄蘚』。宰木，墓前樹木。《公羊傳·僖公三三年》：『若爾之年者，宰上之木拱矣。』何休注：『宰，冢也。』

初夏

春歸不知處，溪楝〔一〕日初長。初夏楝花始開。舊篋題詩扇，此句雖引事，然以時求之，則又暗用葉石林《初夏》詞『寶扇重尋明月影』之意。下句意同。疎簾讀《易》香。田蛙占水旱㊀，章八元詩：田家無五行，水旱卜蛙聲。海燕語興亡。復恐閒愁起，聽泉過石梁。

［校記］

〔一〕溪楝，《宋元詩會》卷五五、《宋詩删》五律卷四作『澗户』。

［補注］

㊀田蛙句，清俞汝昌《唐詩别裁引典備注》卷一二章孝標《田家》『水旱卜蛙聲』注：『上巳日，聽蛙聲，占水旱。』

［輯評］

李慈銘《越縵堂詩話》卷上：《初夏》云：『舊篋題詩扇，疎簾讀易香。』……皆清空婉眇，蟬蜕塵埃者也。

過北雁蕩山下㊀ 在樂清縣東北九十里芙蓉村。

驛路入夫容〔一〕㊁，秋高見早鴻。蕩雲飛作雨，海日射成虹。一水通龍穴，諸峰盡佛宫㊂。如何靈運屐，不到此山中㊃？謝靈運登山陟嶺，常著木屐。爲永嘉守，爲民行田，至白石巖而返。而雁山真境，未嘗見也。

［校記］

〔一〕夫容，吴校本、四庫本及《宋元詩會》卷五五、《御選宋詩》卷四三作『芙蓉』。

［補注］

㊀北雁蕩山，雁蕩山脈分布浙江南部甌江南北，在樂清市北部稱北雁蕩山（樂清城西白石山亦稱中

雁蕩山），在平陽縣境内稱南雁蕩山。其中以北雁蕩風景最勝，雄奇秀拔，有東南第一名山之稱。

㊁夫容，指芙蓉驛，今樂清市清江區芙蓉村。爲雁蕩山南大門，唐宋時多從此入山。沈括《夢溪筆談》卷二四：『此山南有芙蓉峰，峰下芙蓉驛。』

㊂一水，指大龍湫瀑布。佛宫，言群峰秀出，如睹仙境。

㊃雁蕩山唐初始聞名，北宋祥符中因伐山取材，始發現龍湫、雁湖諸景觀。謝靈運有《從筋竹澗越嶺溪行》詩，只到了筋竹澗口，未能深入。《夢溪筆談》卷二四云：『謝靈運爲永嘉守，凡永嘉山水游歷殆遍，獨不言此山，蓋當時未有雁蕩之名也。』

〔輯評〕

曾唯《廣雁蕩山志》卷一三引《沌齋詩話》：霽山《過雁山》詩：『蕩雲飛作雨，海日射成虹。』不減唐人。

夏承燾《天風閣學詞日記》第二册一九四四年十一月五日（在雁蕩）：山間多陰雨，出白溪即晴朗。霽山詩云『蕩雲飛作雨』。

吴鷺山《雁蕩詩話》：這詩風格，既近放翁又似四靈。三四兩句，頗爲人傳誦，以爲不減唐人。按趙紫芝《大龍湫》五律已有『高風吹作雨，低日射成虹』之詠，霽山此聯當是有意改易趙句。改用前人詩句，如此勝過原句，當不嫌其蹈襲。林詩僅改换四字（蕩、雲、飛、海），而意境已異，確是勝過原唱，縱令紫芝見之，當亦首肯。

禹穴㊀ 在會稽縣東南二十五里。

古跡微茫久，雲深鎖薜蘿。洞前青壁坼，世外素書多。《遁甲開山圖》：禹治水至會稽，宿於衡嶺。宛委之神奏石匱之書十二卷，禹未及受，四卷飛入泉，四卷繼上天。禹得四卷，開而視之，乃《遁甲開山圖》也，因用以治水。訖，乃緘書於洞穴。猿狎垂山木，龍靈起井波。相傳通海眼，魚網得金科㊁。陽明洞羽流祈雨，投金科於石罅。後漁人舉網於海得金科，是其穴與海眼相通也。

［補注］

㊀禹穴，在紹興市宛委山，相傳禹於此得金簡仙書，見《吴越春秋・越王無餘外傳》。唐賀知章《纂山記》：「黄帝號宛委穴爲赤帝陽明之府，於此藏書。大禹始於此穴得書，復於此穴藏之，人謂之禹穴。」

㊁金科，猶玉簡金書，指刻在玉尺上的道家符籙。

禹廟㊀ 在會稽縣東南十二里。

萬國曾朝會㊁，羣山尚鬱盤。嚴祠鎮玄璧，《勝覽》云：紹興間，祠之前一夕忽光焰爍人，即其處斸之，得古珪璧珮環，藏於廟。然今所存者非其真矣。故代守黄冠。政和四年，敕即廟爲道士觀，賜額曰告成，主奉祠。窆入雲根古㊂，《越志》云：禹陵舊在廟傍，今不知所在。獨有當時窆石尚存，高丈許，如秤椎。梁歸雨氣寒。按《四明圖經》：大梅山在鄞縣東七十里，蓋梅子真舊隱也。山頂有大梅木，其上則伐爲會稽禹廟之梁，其下則爲他山堰之梁。禹廟之梁，張僧繇畫龍於其上，夜或風雨，飛入鏡湖與龍鬭。後人見梁上水淋漓而萍藻滿然，始駭異之，乃以鐵索鎖於柱。年年送春事，來拂蘚碑看。年年暮春修禊於此，故來拂讀蘚碑也。

［補注］

㊀禹廟，雍正《浙江通志》卷二二一《祠祀五·紹興府》：『大禹廟，《紹興府志》：在塗山南麓，宋元以來咸祀于此。』

㊁萬國朝會，《史記·夏本紀》：『或言禹會諸侯江南，計功而崩，因葬焉，命曰會稽。』

㊂窆，指窆石。安葬時用以引棺下穴之石。《方輿勝覽》卷六《紹興府·古跡》：『窆石，在禹廟。舊《經》云：禹葬，以此石爲窆石。』

荷錢

盈盈新疊碧，難借柳條穿。鑄景菰蒲外，買鄰鷗鷺邊。炎官初掌柄，水國不書年。

《晏子》曰：河伯以水爲國，以魚鼈爲民。漸長薰風價，折筩供酒船㊀。《雞跖集》：鄭公慤三伏率賓僚避暑，使取蓮葉盛酒，以簪刺葉中，令與柄通，持吸之，名碧筩酒。又東坡初到黄州，痛自節儉，日用不過百五十錢，仍以竹筩貯之。用不盡者，以待賓客，謂之折筩錢。

[補注]

㊀折筩句，言折取帶柄的荷葉用作酒杯。筩，同『筒』。此指荷莖。酒船，酒杯。三國魏鄭慤避暑歷城使君林，取大荷葉盛酒，穿柄屈莖如象鼻吸飲，名『碧筩杯』，『言酒味雜蓮氣香，冷勝於水』。事見唐段成式《酉陽雜俎》前集卷七《酒食》。

過陶嶺，有錢王井；又三里，有錢王石菴㊀ 在越州，即陶山嶺也。

沙井泉初試，石菴苔已荒。不知更宋代，猶自説錢王。古塚木根怪，春山雲氣香。詩成無紙筆，駐馬語殘陽。

[補注]

㊀陶嶺，參見卷二《陶山十詠和鄧牧心》注㊀。錢王井，宋施宿等《會稽志》卷一一《井・府城》：『錢王井，井凡數十，大抵多在五雲稽山門外，以石甃，水高於地，霖潦不溢，大旱不涸，方暑時行路甚以爲惠。

傳以爲吴越王時所浚。』錢王，指五代十國吴越王錢鏐。

久雨

閉門荒草合，宿雨掩春華。西海無回日，東風幾落花。霧冥猿自嘯，蕩冷雁猶家。誰是補天手，空懷鍊石媧㈠。

［補注］

㈠鍊石媧，《淮南子·覽冥訓》：『往古之時，四極廢，九州裂，天不兼覆，地不周載……於是女媧鍊五色石以補蒼天。』

訪武伯山居 在舜田下㈠。

照書雙眼碧，天欲壽斯文。白髮前朝士，青山半屋雲。遲花春後見，遠瀑夜深聞。回首重華夢，荒田自鹿麕㈡。

［補注］

㈠舜田，見卷二《陶山十詠和鄧牧心·舜田》注㈠。

㈡重華，《史記·五帝本紀》：『虞舜者，名曰重華。』麕，通『羣』。

［輯評］

李慈銘《越縵堂詩話》卷上：《訪武伯山居》云：『白髮前朝士，青山半屋雲。遲花春後見，遠瀑夜深聞。』……皆清空婉眇，蟬蜕塵埃者也。

客意

獨夜愁如此，殊鄉老奈何？故人經亂少，歸夢入秋多。衣敝鄰砧動，書沈海雁過。燈前空拂劍，酒薄不成歌。

漁笛

楚竹聲何遠〔一〕，劉禹錫詩：楚山蕭蕭笛竹秋。東坡《笛》詞：楚山脩竹如雲，異材秀出千林表。

注：今蘄春出笛材，故楚地也。蒼茫想〔二〕釣舟。横當半篷月〔三〕，吹破〔四〕一江秋。落葉紛前浦〔五〕，驚鴻過〔六〕别洲。深得漁笛聲邊之趣。曲終枕蓑〔七〕臥，無夢到涼州。《楊妃外傳》：開元間，西涼州所内曲曰《涼州》，詞則貴妃爲之。

［校記］

〔一〕楚竹聲何遠，《皇元風雅後集》卷六、《元詩體要》卷九作「三弄知何處」。　〔二〕想，《風雅》《體要》作「起」。　〔三〕横當半篷月，《風雅》《體要》作「閒將千古意」。　〔四〕破，《風雅》《體要》作「入」。　〔五〕落葉紛前浦，《風雅》《體要》作「驚雁顧殘侶」。　〔六〕驚鴻過，《風雅》《體要》作「寒風生」。　〔七〕枕蓑，《風雅》《體要》作「和月」。

按，嘉靖《九江府志》卷一五《詩文志》收録林景熙《潯陽江》五律，與《皇元風雅》、《元詩體要》所載《漁笛》詩字句相同，實爲一詩。詳本書附録六《潯陽江》辨疑。

雨土〔一〕

至元辛卯春，甌中雨土。

豐凶不可問，疑入瘴鄉春。高漢枯無潤，剛風吹作塵。園林霜後色，樵牧霧中身。四望荒荒白，誰爲洗日人〔二〕？

［補注］

㊀章注『至元辛卯』，即至元二十八年（一二九一）。按，《元史·五行志一》記『雨土』災五次，此次失載。

㊁荒荒，暗淡迷茫貌。杜甫《漫成》之一：『野日荒荒白。』洗日，猶浴日，謂沐浴運轉太陽。典出《山海經·大荒南經》：『有羲和之國。有女子名曰羲和，方浴日于甘淵。』郭璞注：『羲和蓋天地始生，主日月者也。故《啟筮》曰：「空桑之蒼蒼，八極之既張，乃有夫羲和，是主日月，職出入，以爲晦明。」』後用喻挽轉世運功勳巨大。楊萬里《誠齋集》卷四九《賀張丞相判建康啟》：『補天而莫見其妙，洗日而不言其功。』洗日人，謂能調和陰陽弭災禱福者。

枯樹

凋悴緣何事，青青憶舊叢。有枝撑夜月，無葉起秋風㊀。暑路行人惜，寒巢宿鳥空㊁。倘留心不死，噓拂待春工㊂。

凡詩結語貴有生意。設若此詩終篇言枯悴，則非所以爲詩矣，故曰『倘留心不死，噓拂待春工』也。又，人不知義理，斯謂之心死；倘心不死則義理尚存，身雖窮困何害乎？

［補注］

㊀有枝二句，語含比興，謂懷抱復國之志而難以成功。

㊁寒巢句，喻國亡後人民流離失所。

㊂心不死，心，樹心（樹根），也指人心。春工，春天造化萬物的力量。

［輯評］

周暉《金陵瑣事》卷二《詩話》：楊伯海先生誦鄉先生詠枯木一聯云：『有枝撐曉月，無葉響秋風。』句頗清致。今不記爲何人之作，姑載於此。

林庚、馮沅君《中國歷代詩歌選》下編第一册：詩用枯樹喻已傾覆的祖國，情辭沉痛而不衰颯。作者的憧憬在於復興。

潘山長入括㊀

潘〔一〕，平陽白石人。

爲官轉多事，行役到寒氈㊁。落日鄭州樹，西風逆水船。飯牛懷白石，訪鶴〔二〕入青田㊂。我欲看行卷，仙峰雪瀑邊。括之縉雲縣，有仙都山，有瀑布亭。

［校記］

〔一〕注文『潘』字據吴校本、四庫本補。

〔二〕鶴，原作『鸖』，冒本，叢集本、中華本同，今據吴校本、四庫本、《宋詩鈔》改。詳注㊂。

［補注］

㊀潘山長，指潘景玉。參見卷一《酬潘景玉》注㊀。此送其赴任處州書院山長。山長，宋元時官立書院的院長。括，括州，元名處州，今浙江麗水市。

㊁寒氈，形容生活清苦。語出《新唐書·鄭虔傳》：『在官貧約甚，澹如也。杜甫答贈以詩曰：「才名四十年，坐客寒無氈。」』

㊂飯牛，見卷一《鄭宗仁會宿山中》注㊂。白石，平陽縣城之白石巷。訪鶴，處州屬縣青田城北有大鶴山，道家稱第十三洞天，相傳有雙鶴年年來此育雛。《初學記》卷三〇『鶴』下引《永嘉郡記》：『有洙沐溪，去青田九里，此中有一雙白鶴，年年生子，長大便去，祇惟餘父母一雙在耳，精白可愛，多云神仙所養。』

江心寺㊀ 在温州永清門外。

佛借龍宮五百年，江心本龍地，其始有神僧欲建寺其上，乃與龍王借地五百年。及數滿，龍請故地。又有僧謂曰：天上五百年，非人間也。平分城樹與村煙。叢林忽湧中流地，雙塔曾擎半壁天㊁。蓋以宋高宗南渡曾抵此寺故也。石色帶雲籠客袖，磬聲和月落漁船。袈袍不限侵門水，十載何人坐象筵㊂？詩言象筵，蓋指寺中主席者而言。在先江潮泛漲，侵入寺門，有僧以袈袍鎮之，潮常至山門外而止。

[補注]

㊀江心寺，在温州市區北甌江中孤嶼，爲宋時『禪院十刹』之一（見明田汝成《西湖游覽志餘》卷一四《方外玄蹤》）。弘治《温州府志》卷一六《寺觀·永嘉縣》：『江心寺，在城北永清門外。二峰對峙，前代皆稱孤嶼。唐咸通建西塔，宋開寶建東塔。元豐賜東塔爲普寂院，西塔爲淨信院。宋建炎四年，高宗駐蹕，宸翰「清輝」、「浴光」二軒，榜刻於石。……紹興，僧清了聯屬，建巨刹於兩峰之間，樓閣堂廡百有餘間，江雲煙水，掩映丹雘，爲東甌絶勝之地，雖金、焦不多讓也。』雍正《浙江通志》卷二三四《寺觀九·温州府江心寺》引録本篇。

㊁叢林，寺院。雍正《浙江通志》卷二三四引明釋智旛《江心寺記》：『温城北蜃江之上有二院，曰普寂、曰淨信，冠以寶塔，東西對峙，江流中貫，斷岸百尺。』

㊂袈袍二句，言袈裟不能鎮住侵入寺門的潮水，十年來是誰主持寺院？『侵門水』，暗有寓意。此借題發論，傷慨國土之遺侵占，咎在執政。

長至日㊀

觀物閒中得化機，此言觀物而得造化之機，則理在其中矣。相隨野鶴立多時。遺編蠹老芸空辟，舊念灰寒管不吹。夜氣清明非藥鼎，春風消息在梅枝。三杯美酒微微醉，細和堯夫《擊壤》詩㈡。

［補注］

㈠長至日，冬至。冬至後日漸長，故亦稱長至。

㈡擊壤詩，相傳唐堯時有老人在路衢擊壤而歌，稱《擊壤歌》，見《論衡·藝增》。宋邵雍，字堯夫，有《伊川擊壤集》，宣揚樂天安命的思想。

元日得家書喜

爆竹聲殘事事新，《歲時記》：元日庭前爆竹，以驚山魈惡鬼。獨憐臨鏡尚儒巾。寒窗琴冊燈花曉，衰鬢江湖柏酒春㈠。道在老天扶客健，書來稚子識家貧。舊山亦有閒風月，歸與漁樵作主人。

［補注］

㈠柏酒，柏葉浸製之酒。《荆楚歲時記》：『正月一日……長幼悉正衣冠，以次拜賀，進椒、柏酒，飲桃湯。』

［輯評］

李慈銘《越縵堂詩話》卷上：《元日得家書喜》云：『寒窗琴册燈花曉，衰鬢江湖柏酒春。』……皆清空婉眇，蟬蜕塵埃者也。

次翁秀峰㊀

温州在城人。

花柳西湖〔一〕別此翁，十年鬢雪忽重逢。唐陵愁問永和帖，王羲之《蘭亭序》作於永和九年，以繭紙鼠須筆書之。凡二十八行，三百二十四字。楚水夢聞長樂鐘㊁。劉禹錫詩：十年楚水楓林外，今夜始聞長樂鐘。黄妳秋燈餘舊癖，黄妳，書睡也。《金樓子》載：有人讀書把卷即睡，人因呼黄卷爲黄妳，謂怡神養性如乳媪也。素侯野服拜新封㊂。太史公曰：今有無秩禄之奉，爵邑之入，而樂比王者，名曰素封。世情雲雨何時了，千古青青太玉峰㊃。温州華蓋山，乃三十六洞天之第十八洞天也，是爲容成太玉之天。此言世變而峰獨能不易其所守。

［校記］

〔一〕西湖，吴校本、四庫本、《宋詩鈔》作『湖西』。

［補注］

㊀翁秀峰，見卷一《翁氏仁壽堂次韻》注㊀。

㊁唐陵，指唐太宗陵墓。永和帖，指王羲之《蘭亭集序帖》，喻指宋帝陵骨。詳本卷《夢中作四首》之三注㊁。長樂，長安宮殿名。二句寫對宋室的懷念。

㊂黄妳，指書卷。素侯，無官爵而安樂可比王侯的人。語見《史記・貨殖列傳》。二句説秋燈夜讀，不除舊好；平居野服，勝似做官。

㊃雲雨，杜甫《貧交行》：『翻手作雲覆手雨。』太玉峰，即温州市區内之華蓋山，係翁氏居處。

［輯評］

郭麐《靈芬館詩話》卷九：今觀《霽山集》中詩，其寓黍離麥秀之感者甚多，《次翁秀峰》云：『唐陵愁問永和帖，楚水夢聞長樂鐘。』《和王德游夜感》云：『衣帶長江空北固，觚陵明月隔西興。』《五日》云：『賜葛尚餘唐闕夢，傾葵猶抱楚臣心。』寄託顯然可見。

立春郊行次唐玉潛〔一〕㊀

道人清事飯溪蔬，無酒閒愁已破除。五夜雪聲梅角底，一春煙景竹笻初。園林芳信醒愁蝶，田野豐年入夢魚㊁。冰下流泉清老耳，東風先已到郊居。

【校記】

〔一〕吴校本、四庫本題下有注：『越州人』。

【補注】

㊀唐玉潛，見卷二《答唐玉潛》注㊀。

㊁夢魚，語出《詩・小雅・無羊》：『牧人乃夢，衆維魚矣……衆維魚矣，實維豐年。』衆，通『螽』，蝗蟲。維，與。牧人夢見蝗蟲化爲魚羣，豐年吉兆。

【輯評】

李慈銘《越縵堂詩話》卷上：《立春郊行次唐玉潛》云：『五夜雪聲梅角底，一春煙景竹筇初。』……皆清空婉眇，蟬蛻塵埃者也。

寄七山人〔一〕㊀

平陽州治北五里有七星山，鄭初心先生隱居於此，稱爲七山人。

十年疏鬢爲誰斑，天借儒冠日月閒。欹枕寒生雙瀑澗，開門春滿七星山㊁。鶴歸尚覺遼城是，鵑老空聞蜀道難㊂。欲覓九還憑寄語，九還，謂九轉靈丹也。青牛何日度函關㊃？《神仙傳》：老子乘青牛度關，關令尹喜拜之。故云。

［校記］

〔一〕題，《石倉歷代詩選》卷二二一、《宋元詩會》卷五五『七』下有『星』字。

［補注］

㊀七山人，即鄭樸翁（初心）。參見卷一《鄭宗仁會宿山中》注㊀。

㊁七星山，乾隆《平陽縣志》卷二《輿地下·山川》：『鳴山，在縣北五里……西有小山六，突立平原：一大金山、一小金山、一湖嶼、一竹山、一步廊山、一葉嶺，共名爲七星山。』

㊂鶴歸，用丁令威事，見卷一《雲門即事》注㊁。鵑老，見卷一《聞家則堂大參歸自北寄呈》注㊂。

㊃函關，函谷關。《列仙傳》卷上《老子》：『後周德衰，乘青牛車去，入大秦過西關。』二句説自己亦欲煉丹修道，但不知尊駕何日莅臨。樸翁晚年遁入黄老，『竹雲一榻，竟夕不寐』，故作者出此調侃之語。後首《寄薌林故人》云：『笑問劉安鼎，相看已二毛。』戲言服餌無補衰老，亦此意。

［輯評］

胡應麟《詩藪》雜編卷五：其戀戀宗國之意，蓋未嘗頃刻捨也。……『鶴歸尚覺遼城是，鵑老空聞蜀道難。』雖不甚脱晚宋，亦自精警。

王德玉席上賦牡丹㊀ 監簿子。

露洗檀心迥絶塵，猩袍曾受百花臣。猩袍，天子之袍。以猩血染之，故曰猩袍。以况牡丹之紅者。牡丹號花王，故以百花爲臣也。東風唤起《清平曲》，開元間，禁中初重木芍藥，即今之牡丹也，植於興慶池東沈香亭前。會花繁開，明皇召太真妃以步輦從，詔選梨園子弟中尤者以歌，翰林李白進《清平調》三章，蓋周《房中樂》遺聲也。西洛移來富貴春。洛陽牡丹，天下第一。周茂叔《愛蓮説》云：牡丹，花之富貴者也。金縷杯深如勸客，坡詩：就中一葉何所似，瑪瑙盤承金縷杯。香霞幄暖欲薰人。羅鄴詩：幄籠輕日護香霞。年年此地開芳席，看到兒孫色更新。羅鄴詩：看到子孫能幾家。

［補注］

㊀王德玉，王英孫（監簿）子。元戴表元《剡源文集》卷九《王德玉樂府倡答小序》：『覽山陰王德玉此卷，令人怳然慰喜。然德玉世家，學問詞語佳處，自不減吾仁翁。其所從游，永嘉陳用賓、淳安胡天放諸公，皆耆儒名輩。』雍正《浙江通志》卷四五《古蹟七·紹興府下·松風閣》：『戴表元《松風閣記》：山陰王德玉居州城之東隅，因臺池之秀、林丘之勝，横俯之以爲閣，而名之以松風。』

和王德游夜感㊀ 監簿子。

小池荷淨雨初晴，世念消磨未到僧。衣帶長江空北固，山勢北來險固，故云。觚稜舊月隔西興㊁。觚稜，帝闕也。一春空負花前酒，獨夜相知竹下燈。自笑老來甘鷁退，少年雲路健追鵬[三]。

［補注］

㈠王德游，王英孫（監簿）子。

㈡衣帶長江，《南史·陳後主紀》：『隋文帝謂僕射高熲曰：我爲百姓父母，豈可限一衣帶水不拯之乎？』北固，《方輿勝覽》卷三《鎮江府山川·北固山》：『在州北一里回嶺，下臨長江，其勢險固。』這句言長江如一衣帶水，北固山也徒有險固的形勢，是對南宋朝廷不能憑險據守的感慨。觚稜，宋王觀國《學林·觚稜》：『屋角瓦脊成方角棱瓣之形。』借指宫闕。西興，渡口名，位於錢塘江南岸今杭州市蕭山區境内。這句説隔江遥望，故都宫闕籠罩在荒凉月色下。

㈢鷁退，《春秋·僖公十六年》：『六鷁退飛過宋都。』這裏借用其語，退身世務之意。少年，指王德游。

［輯評］

郭麐《靈芬館詩話》卷九：今觀《霽山集》中詩，其寓黍離麥秀之感者甚多，《次翁秀峰》云：『唐陵愁問永和帖，楚水夢聞長樂鐘。』《和王德游夜感》云：『衣帶長江空北固，觚陵明月隔西興。』《五日》云：『賜葛尚餘唐闕夢，傾葵猶抱楚臣心。』寄託顯然可見。

荷花

淨根元不競芳菲，萬柄亭亭出碧漪。乘露醉肌渾欲洗，無風清氣自相吹。製裳香冷微雲護，傾蓋盟深獨月知㊀。却笑滿城紛繡轂，司馬公《牡丹》詩：滿城繡轂走香風。濂溪此意更同誰㊁？

［補注］

㊀製裳，《楚辭・離騷》：『製芰荷以爲衣兮，集芙蓉以爲裳。』傾蓋，兩車緊靠，車蓋相擠。《史記・鄒陽列傳》：『傾蓋如故。』司馬貞索隱：『按《家語》「孔子遇程子於途，傾蓋而語」。又《志林》云「傾蓋者，道行相遇，軿車對語，兩蓋相切，小欹之，故曰傾也」。』原謂初次訂交。這裏形容荷葉擠靠在一起，似訂盟月下。

㊁濂溪此意，宋周敦頤（濂溪）《愛蓮説》：『予獨愛蓮之出淤泥而不染，濯清漣而不妖，中通外直，不蔓不枝，香遠益清，亭亭淨植，可遠觀而不可褻玩焉。……蓮之愛，同予者何人？牡丹之愛，宜乎衆矣！』

納涼

黄卷無端作睡媒，火雲萬朵鬱崔嵬。暑如酷吏何當去，《聞見録》云：范魯公質微時，坐封邱茶肆中。時盛暑，公所執扇偶書『大暑去酷吏，清風來故人』二句。忽有人曰：『世之酷吏何止如大暑，公他日當深究此弊。』言訖不見。薰自重華知幾來㈠。脚踏層冰思遠壑，東方朔《神異經》：北方有層冰萬里，冰厚百尺。手遮赤日厭飛埃。披襟坐石不能夜，忽聽南山起怒雷㈡。

［補注］

㈠暑如酷吏，杜牧《早秋》詩：『大暑去酷吏，清風來故人。』薰，薰風，涼風。《吕氏春秋·有始》：『東南曰薰風。』帝舜（重華）作《南風歌》，有『南風之薰兮，可以解吾民之慍兮』。見《繹史》卷一一引《尸子》。

㈡南山怒雷，《詩·召南·殷其雷》：『殷其雷，在南山之陽。』

次王脩竹監簿送羽士過龍瑞宫㈠

龍迎葱珮出珠宫，《詩》有『瑲葱珩』。注：葱，蒼然之色如葱者也。珩，珮首横玉也。所謂葱珮即此。鏡水凉生碧樹中。鏡水即鏡湖。崖列〔一〕千尋根到海，劍懸七尺氣横空。晝閒謾寫琴三疊，曉發猶餘鼓一通。猨鶴無期雲自在，人間何更有空同〔二〕。

[校記]

〔一〕列，吴校本、四庫本作『裂』。

[補注]

〔一〕龍瑞宫，《方輿勝覽》卷六《紹興府道觀·龍瑞宫》：『在會稽東南二十里，道家謂黄帝時嘗建候神館于此，有龍現壇。』雍正《浙江通志》卷二三一引《龍瑞圖經》：『唐神龍元年置懷仙觀，開元二年敕葉天師設醮而龍見，因改賜今額。』又引《嘉泰會稽志》：『宫正居會稽山南，峰嶂遒崪……尤宜煙雨中望之，重峰疊巘，圖畫莫及。』

〔二〕空同，亦作崆峒，道教名山，在甘肅平凉市西。《莊子·在宥》謂黄帝見廣成子于空同之上。

王監簿陶山禱雨志喜〔一〕

城居苦熱念林邱，偶向殊庭送羽流。羽流，羽客也。史有道家者流，故曰羽流。雙袖攜雲禹穴曉，一瓢分雨舜田秋〔二〕。《幽怪録》李靖乘青驄馬傾瓢行雨故事。溪聲冉冉來松壑，秋意蕭蕭滿竹樓。我與蠅蚊争晝夜，夢中猶及赴清游。

[補注]

㈠陶山，在紹興南，見卷二《陶山十詠和鄧牧心》注㈠。

㈡禹穴、舜田，均會稽古跡。參見卷一《别方槐庭山人》之一注㈡。按，唐李靖爲龍宫行雨事，見唐李復言《續玄怪録》卷四《李衛公靖》。

[輯評]

李慈銘《越縵堂詩話》卷上：《王監簿陶山禱雨志喜》云：『雙袖攜雲禹穴曉，一瓢分雨舜田秋。』……皆清空婉眇，蟬蜕塵埃者也。

次韻山中見寄㈠

物外高棲豈好奇，愛涼坐到雨來時。四愁歲月空平子，漢張衡字平子，作有《四愁詩》。三樂乾坤自啟期㈡。《家語》：榮啟期鹿裘索帶，鼓琴而歌三樂。晉代諸賢曲水會，見蘭亭記。鎬京遺澤變風詩㈢。鎬京，武王所營。又《詩大序》曰：變風發乎情，止乎禮義。發乎情，民之性也；止乎禮義，先王之澤也。世交翻覆如雲雨，野鶴孤心老竹知。大意『老竹』是指監簿之號，『野鶴』乃自喻也。

［補注］

㈠結云『野鶴孤心老竹知』，此篇當是作者答和王英孫居陶山莊園的寄贈之作。英孫號脩竹，故稱『老竹』。

㈡三樂，《列子·天瑞》：『孔子游於泰山，見榮啟期行乎郕之野，鹿裘帶索，鼓琴而歌。孔子問曰：「先生所以樂，何也？」曰：「吾樂甚多。天生萬物，惟人爲貴；而吾得爲人，是一樂也。男女之别，男尊女卑，故以男爲貴；吾既得爲男矣，是二樂也。人生有不見日月、不免襁褓者，吾既已行年九十矣，是三樂也。」……孔子曰：善乎！能自寬者也。』

㈢曲水會，指晉穆帝永和九年東晉名士在山陰蘭亭的聚會。王羲之所作《蘭亭集序》有『流觴曲水』諸語。鎬京，西周都城，指西周。變風，舊稱《詩經》十五國風中《周南》《召南》爲正風，其餘爲變風。《詩·國風·關雎序》：『至於王道衰，禮義廢，政教失，國異政，家殊俗，而變風變雅作矣。』認爲是反映周王朝衰落的作品。變風『傷人倫之廢，哀刑政之苛，吟詠性情以風其上，達於事變而懷其舊俗』，『先王之澤也』，也是承紹了西周王朝遺留的緒統。

王監簿南野新樓落成　南墅在陶山。

玉珮珊珊不可招，眼空塵界等秋毫。山林貞白三層迴，《南史》：陶弘景少有養生之志，齊高帝引爲諸王侍讀，辭禄歸隱。永元初，築三層樓，弘景處其上，弟子處其中，賓客至其下。與物遂絶，唯一家童得侍其傍。年八十五卒，謚曰貞白先生。湖海元龍百尺高㊀。自笑行藏關氣數，肯將歌舞换風騷？王元之《黄州竹樓記》：至於貯妓女，藏歌舞，非騷人之事，吾所不取。卷簾最愛南山近，坐聽松聲起碧濤。

［補注］

㊀陳登字元龍，志概豪邁，許汜稱『陳元龍湖海之士，豪氣不除』。劉備也很佩服他，而諷刺許汜胸無大志，有『如小人，欲卧百尺樓上，卧君於地』的話。見《三國志·魏志·陳登傳》。

石門洞㊀ 在處州青田縣溪南，有書院、道觀在焉。

臨溪雙石如層城，中有洞天門不扃。杖藜穿莎入微逕，古藤絡樹春冥冥。渴猿引子下飲澗，山瓢我亦分清泠。一重一掩翳復朗，朱門金榜開殊庭。衆峰環拱受約束，何年神造驅五丁。縹緲樓臺鐘磬〔一〕寂，薜荔紛披窗户青。黄冠羽服者誰子，瓊臺坐閲《南華經》㊁。客來揖坐松下石，呼茶味〔二〕瀹枸杞靈。笑遣青衣導余步，峰回路轉銀河傾。其中有瀑布亭，扁曰萬丈銀河。初看絶壁走雲霧，倏聽萬壑驅風霆。不知何代擘青峽，明珠萬斛皆龍腥。欲喚琴高借仙鯉㊂，《列仙傳》：琴高鼓琴，爲宋康王舍人。後辭，入涿水中取龍子，諸弟子期之。後果乘赤鯉至。濛濛山雨吹孤亭。

［校記］

〔一〕磬，《東甌詩集》卷五作『罄』，字通。〔二〕味，《東甌詩集》、雍正《浙江通志》卷二一作『細』。

［補注］

㊀石門洞，在浙江青田縣城西北大溪南岸，有鐘、鼓兩山對峙如門，由此得名。道教稱爲第十二洞天。《方輿勝覽》卷九《處州山川·石門洞》：『有瀑布直瀉至天壁，凡三百尺；自天壁飛灑至下潭，凡四百尺。有亭曰噴雪。道書載青田山玄鶴洞天即此。』雍正《浙江通志》卷二一《山川·石門洞》：『《括蒼彙紀》：「宋永嘉太守謝靈運躡屐來游，始開此洞。」林景熙《石門洞》詩（引略）。』

㊁南華經，《莊子》別稱。《唐會要·雜記》：『天寶元年二月二十二日敕文，追贈莊子南華真人，所著書爲《南華真經》。』

㊂欲喚句，緊承上句『龍腥』（神龍吐的口沫），言欲喚琴高乘仙鯉以取龍子。

荷珠

霞衣葱珮來珊珊，水晶之宫緑玉盤。皆比喻之辭。誰與馮夷作戲劇，貝闕驅入神瓢翻㊀。見前。又疑罷織鮫人泣，《述異志》：南海有鮫人室，善識綃。從水中出，向人家寄住，積日賣綃。臨去就主人索器，泣而出珠與之。碧窪融作水銀汁。圓或爲璧方爲珪，寒光滉漾不可拾。古來欹器戒覆傾㊁，真宰之柄常惡盈。季倫買笑輕百斛，金谷轉首迷榛荆㊂。紛紛魚目爭貴惜㊃，道眼獨懸諸幻息。須臾海霽山日高，緑雲萬柄淨如拭。

［補注］

㊀馮夷，水神名。神瓢翻，謂降雨。用李靖事。

㊁欹器，古盛水器，水滿則覆。《荀子·宥坐》：「孔子觀於魯桓公之廟，有欹器焉。」楊倞注：「欹器，傾欹易覆之器。宥與右同。言人君可置於坐右以爲戒也。」

㊂季倫買笑，晉石崇（季倫）以「真珠三斛」買取梁氏子緑珠，參見卷一《妾薄命六首》之一注㊁。金谷，石崇所築園林。

㊃魚目，《文選》卷四〇任昉《到大司馬記室箋》李善注引《韓詩外傳》：「魚目似珠」。

游九鎖山㊀

在杭州餘杭縣西，其處有五洞交扃，九峰回挹，千巖萬谷，秀聚其中。

入九鎖山門㊁

肥馬輕裘到此難，名標九鎖翠微間。天開洞府幾千載，地隔風塵此一關。謝屐空憐迷雁蕩，「迷」字最佳。蘇詩不是夢廬山。東坡初入廬山，見山谷奇秀，應接不暇，因作三絶云：『如今不是夢，真個在廬山。』他生〔一〕修得清緣在，擬扣金堂覓大還㊂。大還丹也。《真仙傳》有小還丹、大還丹。

［校記］

〔一〕生，四庫本作『年』。

［補注］

㊀九鎖山，鄧牧《洞霄圖志》卷二《山水門·九鎖山》：『自餘杭西郭外行十有八里，逆溪水上，左右合七峰，皆拔地數百尺。其趾犬牙相錯，行路並溪屈折者九，故曰九鎖。好事者悉命以名，一曰天關，二曰藏雲，三曰飛鸞，四曰凌虛，五曰通真，六曰龍吟，七曰洞微，八曰雲璈，九曰朝元。』按，鄧牧於元成宗大德三

年（己亥，一二九九）入隱餘杭洞霄宫（見《洞霄圖志》卷五《人物門續編·鄧文行先生》），有《九鎖山十詠》『大滌洞、棲真洞、龍洞、鳳洞、仙人隱跡、雲根石、翠蛟亭、來賢巖、丹泉、天壇』詩（見元孟宗寶編《洞霄詩集》卷一三）。林游九鎖，當在是年後。

㈡九鎖山門，《洞霄圖志》卷一《宫觀門·九鎖山門》：『在九鎖山外，未至宫三里，扁「九鎖山」三大篆字，甚奇古。程俱書。』

㈢金堂，仙家所居。北魏楊衒之《洛陽伽藍記》卷五：『蓬萊山上，銀闕金堂，神仙聖人，並在其上。』

松間

客杖偶逢山鶴引，儒冠幸免野猨嗔。吹來松氣清人骨，爲洗東華萬斛塵㈠。

［補注］

㈠東華，宫城東門。指都市。

鳳洞㈠

日濬梧枝洞鎖苔，人間矰繳幾驚猜。九苞自是冲霄物，《山海經》：丹穴之山，有鳥狀如鶴，五色而文，名曰九苞鳳。曾爲《簫韶》一出來㈡。

［補注］

㈠鳳洞，即鳴鳳洞。《洞霄圖志》卷三《洞府門·鳴鳳洞》：『在（洞霄）宫外一里道旁山上。雖石路阻隘，有童稚可入，云其間廣埒兩屋，旁一小路不知所極。上有穴，泉流爲丁當音，下入方池，未嘗減溢。耆舊云，錢氏時因鳳凰來鳴，故以名洞。』

㈡《簫韶》，舜樂名。《書·益稷》：『《簫韶》九成，鳳凰來儀。』

龍洞㈠

雲濕林腥隱石扉，不知何代有龍歸。却疑此洞元無底，下挾滄溟作雨飛。

［補注］

㈠龍洞，即蜕龍洞。《洞霄圖志》卷三《洞府門·蜕龍洞》：『在鳴鳳洞相對山厓中，相去百步許。喬木幽隱，巖穴嵌巉，深可數丈。宋皇祐初，羽人於洞間獲龍蜕骨，齒角皆具，故名。春夏多蛇虺出入，似欲回俗士駕者。』

翠蛟亭㈠

百雷〔一〕鬭我前，八溟覆我後㈡，誰哉擘巨崖，縱此翠蛟走。又疑蜀川下，萬騎赴峽口。凭闌神爲摇，清寒逼兩肘。久乃與之忘，一洗耳目垢。骨冷春木臞，魂驚夜猿吼。神仙亦愛奇，臨流弄〔二〕瓊玖。乘鯉琴高風，見前。捉月太白手。跳入水晶宫，身世亦何有㊂！緬懷玉局翁㊃，漢桓帝永壽初，太上老君降成都，其地化爲玉局。坐升之，授張道陵要術。不受荒幻誘。爾來謁空祠，其處有老君祠。采蘋奠玄酒。百年等一漚，道先天地壽㊄。逝者固如斯，川上歎魯叟㊅。

［校記］

〔一〕雷，冒本、中華本作『龍』。按，下有『縱此翠蛟走』語，故以『雷』爲宜。

〔二〕弄，吴校本、四庫本、《全宋詩》卷三六三三作『并』，形近而訛。

［補注］

㊀翠蛟亭，《洞霄圖志》卷二《山水門·翠蛟亭》：『宋高宗臨幸，步月至此愛之，賜錢造水閣，在宫門外三十餘步。自門内三池流注入澗，撤池上一二板，洶湧若雷，變化飛舞，山林蔭映作紺碧色，故扁「翠蛟」，取坡仙詩「亭下流泉翠蛟舞」之句。』

㊁百雷鬬，狀水洶涌若雷動。語本杜甫《白帝》詩：『高江急峽雷霆鬬。』八溟，八海。

㊂捉月三句，宋洪邁《容齋隨筆》卷三《李太白》：『世俗多言李太白在當塗采石，因醉泛舟於江，見月影，俯而取之，遂溺死。故其地有捉月臺。』但洪邁和周必大《二老堂雜記》卷五《記太平州牛渚磯》都考證

說，其事『良不足信』。身世亦何有，言其遭遇何其不幸。

㊃玉局，棋盤。玉局翁，指蘇軾。蘇軾曾任成都玉局觀提舉，自稱玉局翁，其《永和清都觀謝道士求詩》有『未似西歸玉局翁』句。

㊄道先句，言道先天地而生，與天地同壽。《老子》第二十五章：『有物混成，先天地生……吾不知其名，字之曰道。』

㊅魯叟，指孔子。《論語・子罕》：『子在川上，曰：逝者如斯夫！不舍晝夜。』

洞霄宮㊀

洞天有別雲，福地無凡土㊁。嘉名此兼擅，靈氣適專聚。峰巒互重掩，雲霧自吞吐。飄然乘泠[一]風㊂，一瓣謁瓊宇。住山老黃冠，迎客琪樹午。魚魚美少年，華裾集齋鼓。往者修鍊人，飛昇接高武。爾來何寂寥，山川亦今古。甲第擬王侯，漢宣帝賜霍光甲第一區。以有甲乙次第，故曰甲第。億萬富倉庾。所以氣體移，學道不精苦。吾聞郭許儔㊃，卓菴老林莽。郭文、許邁，皆結菴深山修道之人。終日對白雲，餐松飲石乳。

[校記]

[一]泠，吴校本、四庫本、《宋詩鈔》作『冷』誤。

[補注]

㈠洞霄宫，在今浙江杭州市餘杭區南大滌、天柱兩山之間。唐名天柱觀，北宋時改名洞霄宫，爲道教勝地。《方輿勝覽》卷一《臨安府·道觀》：『洞霄宫，在餘杭縣西十八里。漢武帝元封開創，祥符間改爲洞霄宫。』

㈡洞天福地，道教用稱神仙及道士修煉勝處。道書有三十六洞天、七十二福地之名。洞霄宫列爲第三十四洞天、第六十三福地，故下句云『嘉名此兼擅』。

㈢泠風，輕風，和風。《莊子·逍遥游》：『夫列子御風而行，泠然善也。』泠然，輕快的樣子。

㈣郭許：郭文，字文舉，一生不娶不仕。『晉室亂，乃入餘杭大滌山，伐木倚林，苫覆爲舍，不置四壁。時猛獸害人，先生獨居十餘年無害。』（《洞霄圖志》卷五《人物門·晉靈曜郭真君》）《晉書》入《隱逸傳》。許邁，字叔元（玄），東晉人。『政和二年，入臨安西山（大滌山），登巖茹芝，渺然自得，有終焉之志。』（前書《歸一許真君》）

[輯評]

范大士《歷代詩發》卷二九：膏粱子弟亦有恂恂知學問者，此不爲氣體所移也。末數語可以針砭流俗。

大滌洞天㈠

九鎖絶人寰，一嶂聳天柱。自從開闢來，著此洞天古。奇石千萬姿，元不費神斧。

帝敕守六丁，山夔孰敢侮？白晝中冥冥，游者必持炬。或絢若霞敷，或蹙若波詭，或豎若旌幢，或懸若鐘鼓，或虎而爪踞，或鳳而翅舞㈡。異狀紛獻酬，清音起擊拊。不知金堂仙，恍惚在何許？褰衣下側徑，層嵐結瓊乳。徑極罅轉深，幽潭蓄風雨；劣容童豎入，恐觸蛟龍怒㈢。凜乎不可留，長嘯出巖户。

［補注］

㈠大滌洞天，《洞霄圖志》卷三《洞府門・大滌洞》：「在宮西北半里，茅君傳云：第三十四洞天，名大滌玄蓋之天。」

㈡「或絢若霞敷」六句，用疊喻手法，形容洞天中鐘乳石所呈現的各種形態，惟妙惟肖。

㈢徑極四句，《洞霄圖志》卷三《洞府門・大滌洞》：「一穴如竇，内闊丈餘，中有圓井，無底，惟聞浪浪水聲，乃歷代朝廷遣使投龍璧之處也。……每投龍簡，則命童子穿竇以入，云其中深杳不可測也。」

棲真洞㈠

聞有真人白日昇，洞天千古卓崚嶒。頂高絶似撐華蓋，華蓋星見《天文志》，華蓋山見《名山志》，皆取其形狀似華蓋以名之也。穴暝初疑入武陵。秋静石枰空暈蘚㈡，寒生泉縫忽懸冰。依依谷口斜陽在，已覺重嵐濕杖藤。

［補注］

㈠棲真洞，《洞霄圖志》卷三《洞府門·棲真洞》：『在大滌山前西天柱嶺上，去宮三里，一名西洞。舊志云：大滌先生杜琛語弟子何法仁曰：「汝宜居西洞，可以遯世成真。」遂名棲真洞。天生罳頂（天花板），狀若寶蓋。龕室幽深，乳泉滴瀝。』

㈡石枰，鄧牧《九鎖山十詠·棲真洞》：『浮世幾興亡，殘棋耿苔石。』

天柱峰㈠

誰卓孤峰紫翠巔，流泉一脈到宮前。却憐千尺擎天柱，不拄東南半壁天！

［補注］

㈠天柱峰，《洞霄圖志》卷二《山水門·天柱山》：『在宮西南，凡三峰，與大滌對峙，高足相敵。由宮外望之，屹然若柱。又絶頂有石柱，高丈餘，圍兩合抱，此山所以名者。』

神仙隱跡㈠

仙子渾無涉世勞，屐痕一尺寄孤高。幾人失脚風波裏，可是雲根立得牢。

［補注］

㈠神仙隱跡，《洞霄圖志》卷四《古跡門·仙跡巖》：『去宮一里，在行路隔溪崖石上。按記云：秦始皇驅山嶽擬塞東溟，嘗役鬼移之。山勢欲動，忽有仙人叱鬼，以身扼崖石，使不得去。今崖上有肩幘簪冠，隱然遺跡。温潤光澤，苔蘚不生，以手摩拭良久，作古桂香云。楊傑有詩曰：「祖龍求仙徒用力，駕海欲驅山下石。神人倚柱不與行，留得巖前隱仙跡。」』鄧牧《九鎖山十詠・仙人隱跡》：『至人猶神龍，變化不可測。隆然七尺軀，印此一片石。』

過石壁、丹泉二亭㊀

華表鶴歸處，林深別有天。雲陰生石壁，杉影落丹泉。宇宙名山在，神仙古洞懸。歸來凡骨換，寂照起三田。《楞嚴經》：淨極光通達，寂照含虛空。《修真書》：上田神舍，中田氣府，下田精區。

［補注］

㊀石壁、丹泉，《洞霄圖志》卷二《山水門・湧翠石壁》：『自試劍巖復三十餘步，有峭壁面北，從地湧起，高可一二丈，廣二三十丈。其上蒼翠玲瓏，奇怪萬狀，莫可形容。』又《丹泉》：『是泉發源最高，歷天柱山半。初但聞有聲，殷殷若雷，至大滌洞西百餘步，始出地上。既清且甘，大旱不竭，有方池瀦焉。一名天柱泉。』鄧牧《九鎖山十詠・丹泉》：『仙翁煉丹去，流水作丹色。』

留寄沈介石高士㈠

名山隔風雨，幾度夢空馳。谷口重來路，雲根舊別時。玄門尊老宿㈡，白髮長嬰兒。欲問還丹事，林深鶴已知。

［補注］

㈠四庫本題下厲鶚補注：『沈名多福，洞霄道士。』沈介石，元大德間任洞霄宫住持提點兼管本山諸宫觀事，敕封清修素養冲妙法師。聘鄧牧等搜討舊籍，修纂《洞霄圖志》，大德九年（一三〇五）書成爲作序。

㈡玄門，指道教。《老子》：『玄之又玄，衆妙之門。』

懷葉、鄧二友㈠

中歲修玄學，王弼有玄學。懸崖結屋危。幻身風露襲，淺户虎狼窺。晉郭文游名山窮谷無人之地，倚木爲舍，苫覆其上，居無壁障。時猛虎暴，入屋害人，文獨宿十餘年，率無所害矣。九鎖洞中志，一瓢身後詩㈢。定知明月夜，雙鶴影相隨。指言葉、鄧二友，化爲雙鶴也。

［補注］

㈠四庫本題下厲鶚補注：『按葉本山林、鄧牧心牧，宋末大滌山高士。』葉林（一二四八—一三〇六），字儒藻，又字元（玄）文、去文，號本山，衆稱高行先生。錢塘（今杭州）人。元世祖至元二十三年（丙戌，一二八六）入隱餘杭大滌山冲天觀。見《洞霄圖志》卷五《人物門續編·葉高行先生》。元吾丘衍《閒居録》：『葉林字去文，錢唐人。與鄧牧俱隱居大滌山，分地而居，或旬日不食，或一食兼人。清夜放游，則不避豺虎；白晝危坐，則客至不起。作爲文辭，多世外語；鄧則全效柳子厚也。大德乙巳冬，忽馳書别親故云將他往，且詣鄧言别。至丙午正月八日，平坐而化，年五十九。後十餘日，鄧知葉已化去，歎息曰：「葉君出處與我同，奈何紿我言别？吾亦當長往耳。」乃述葉君墓志，又於燈下取葉文集，讀畢而終。』元陸友仁《硯北雜志》卷下載同。雍正《浙江通志》卷一九八入《仙釋傳》。鄧牧，見卷二《陶山十詠和鄧牧心》注㈠。元鄭元祐《遂昌雜録》：『鄧牧心、葉本山兩先生，皆高節士，宋亡，深隱大滌山。』按，葉、鄧皆於元成宗大德十年（一三〇六）正月謝世，本篇爲悼懷作，當作於是年。

㈡九鎖洞中志：鄧牧撰《洞霄圖志》六卷，元成宗大德九年（一三〇五）成書。《四庫全書》史部地理類七《洞霄圖志》提要：『牧於大德己亥（一二九九）入洞霄，止超然館，住持沈多福爲營白鹿山房居之。遂屬牧偕本山、道士孟宗寶搜討舊籍，作爲此《志》。』一瓢詩，用唐詩人唐球苦吟事（唐山人詩瓢），指隱士之作。參見卷二《答唐玉潛》注㈡。

半雲菴[一] 瑞安陳瑞洲家菴名。

天地等蘧廬，《莊子》：「仁義者，先王之蘧廬也，可以一宿，而不可以久處。」注：「蘧廬，草屋也。」結廬復何事[二]？一間亦寄耳，況乃寄所寄。坡詩：「吾生如寄爾，何者爲我廬。」我身正似雲，於此適相值。買鄰不用錢，《南史》：梁吕僧珍爲領軍，宋季雅罷南昌郡，市宅居僧珍側。僧珍問宅價，答曰「一千一百萬」。僧珍怪其貴，曰：「百萬買宅，千萬買鄰。」平分有餘地。豈不愛專壑，孤立聖所懼。平生志八荒，澤物乃吾素。此君子兼濟之事。我行雲不隨，雲行我復住。出處兩何心，得非以時故[三]？此意猶曰：我於仕進之初，未有名位，不得施其澤物之功，是我行而雲不隨也。及名位既得，可以行其志矣，而又退處山林之不暇，是雲行而我復住也。其所以然者，豈非時事不同之故歟？造物無全功，蒼生竟誰籲？石牀坐忘言[四]，平〔一〕分一半愧。

［校記］

〔一〕平，吴校本、四庫本作「各」。

［補注］

[一]半雲菴，瑞安陳則翁居室名。元陳岡編瑞安陳氏家集《清潁一源集》卷一：「陳則翁，字仁則，號瑞

洲。杳所次子。宋咸淳戊辰試登學究科，繼登宏詞科，歷仕至廣東副使。因厓山之變，棄官歸里，遷居柏樹橋，建集善院，奉宋主龍牌，朝夕哭奠。日與林德暘、裴季昌、林旻淵、曹許山輩以詩文往來，私相痛悼。作爲詩歌，離黍之悲，溢於言外。所著曰《滄浪興》。』按，其往還詩友：裴庾，字季昌，號芸山，平陽嘉峰人。從學瑞安陳兼善（陳則翁堂兄）。林正，字浩淵，又字旻淵，號一齋，又號五峰，平陽萬全鄉林家步人。民國《平陽縣志》卷三五《人物志四・宋》均有傳。曹許山名稽孫，見卷二《老松舊隱爲曹許山賦》及章注。則翁《滄浪興》今佚，宋陳思編元陳世隆補《兩宋名賢小集》卷三七九收録《瑞州（洲）小集》一卷，詩二十五首。張如元《東甌詩存校補》卷八輯録其詩三十五首。清孫鏘鳴《東嘉詩話》盛譽其作，謂『雄警絶俗，四靈以後可謂自樹一幟云』。

㈡天地等蘧廬，李白《春夜宴從弟桃花園序》：『夫天地者，萬物之逆旅也。』逆旅，旅舍。二句説，天地好比旅舍，你在旅舍中又修建廬屋，那是爲了什麽？

㈢我行四句，慨言自己既得功名，而世變時異，不得施行濟世抱負。

㈣忘言，陶潛《飲酒二十首》之五：『此中有真意，欲辨已忘言。』二句説，想你静坐石牀，其實不能忘乎一切，我也同你一樣心懷慚愧。

［輯評］

符璋、劉紹寬等《平陽縣志》卷三五《林景熙傳論》：霽山與瑞安陳瑞洲雅爲同調，裴芸山編《清潁一源集》，所與酬唱諸賢，與《霽山集》之附見者，皆所謂草木臭味，非有差池者也。

傑按：景熙詩收筆不苟，每有佳構。如此結云『平分一半愧』，『平分』字賓主兼到，『一半』復繳題『半雲菴』，自然妥帖。落韻亦意味深長。

［附録］

陳則翁《半雲菴和答林霽山》：孤雲伴孤吟，彼此識心事。促席聊自怡，不索遠持寄。相親期虚左，豈云自偶值。雲乘龍之噓，足以塞天地；人之氣浩然，何嘗有憂懼。霏霏秋景邊，澹然一儒素。人亦雲不殊，雲因就人住。雲定夢不飛，夢覺雲如故。世路翻手交，閉關謝來籲。出此或苟焉，觸處有餘愧。（見《清潁一源集》卷一）　傑按，孫鏘鳴《東嘉詩話・陳則翁》評云：『發端十字，便寫得霽山心事出。「雲乘龍噓」四語，筆力奇横，非霽山亦不克當此。』

端午次韻懷古。或疑屈原、曹娥死非正命㊀，是不知殺身成仁者也。併爲發之〔一〕

葵榴入眼明，得酒慰衰齒。胡爲浪自悲，懷古淚紛委。湘江沉忠臣，《史記》：屈原仕楚爲大夫，遭讒，乃作《離騷》《九歌》《九章》等篇，自沉汨羅江而死。越江沉孝子。《列女傳》：孝女曹娥者，上虞人，父盱，能弦歌。漢安二年五月五日，於縣江泝濤迎婆娑神溺死，不得尸。娥年十四，乃沿江號哭，晝夜不絶，旬七日，遂投江而死。三日，抱父尸俱出。沉骨不沉名，清風兩江水。或云非正命，是昧舍生理。歸全豈髮膚？所懼本心毀。哭父天爲驚，憂君國將燬〔二〕。於焉偷吾生，何以立戴履㊁？修短在百年，芳穢垂千紀。人生修短，不過百年之間，而芳穢之名，垂於千紀。與其害義而生，固不若就義而死也。之人死猶生，滔滔真死矣。若屈原、曹娥之死，流問無窮，死之日猶生之年也，庸何傷？彼衆人之死，則真死而已矣！《論語》：滔滔者天下皆是也。

［校記］

〔一〕《東甌詩集》卷五題作《端午懷古次韻》，乾隆《平陽縣志》卷二〇作《端午懷古》。

〔二〕燬，四庫本、冒本、中華本均作「毀」。按，「毀、燬」義同，但作「毀」則與上聯重韻矣，故不可取。

［補注］

㊀正命，謂以壽而終。語出《孟子·盡心上》：「盡其道而死者，正命也。」漢趙岐注：「盡修之道，以壽終者爲得正命也。」按曹娥事見《後漢書·列女傳·孝女曹娥》。

㊁戴履，戴天履地的省語。立戴履，謂立身天地之間。

陳子植草廬成，求予賦

老矣杜陵客，草堂倚江干。故人相幽築，皇天慼生還。此借用甫事爲比，以起下文之意。

君家付楚炬，結構當時艱。謂得風雅力，竹木供大官。城邊夜歸〔一〕鶴，杳杳發長歎：『朱甍昔峨峨，碧草今曼曼。何如蔭白茅，容膝有餘安。』㊀此泛言昔日朱甍之峨峨者，今皆爲碧草之曼曼矣。世事榮枯，前後不同如此，固不若但蔭白茅而求容膝之安也。我哀喪亂餘，人煙半凋殘。風凄狐兔警，露重星斗寒。丈夫坐一室，此念馳九寰。所以草堂人，安得千萬間㊁。

〔校記〕

〔一〕夜歸，四庫本、《宋詩鈔》作『歸野』。

〔補注〕

㊀蔭白茅，杜甫《堂成》詩：『背郭堂成蔭白茅。』容膝，《韓詩外傳》卷九：『所安不過容膝。』

㊁所以二句，杜甫《茅屋爲秋風所破歌》：『安得廣厦千萬間，大庇天下寒士俱歡顔。』

有感

逢春感孤羈，抱古來衆吠㊀。《離騷》：『邑犬争吠，吠所怪也。』皆比喻讒謗之辭。如何陵谷遷，謂世事遷變無常也。芳草亦蕭艾。《離騷》：『何昔日之多芳草兮，今直爲此蕭艾也？』以喻世變俗薄，士無常守，中才以下亦皆變化而從俗也。自憐歲月晚，復覺湖海隘。野鷗不受招，興在萬里外。此篇必有所爲而言。野鷗，自喻之辭。

［補注］

㈠衆吠，《楚辭·九章·懷沙》：『邑犬之羣吠兮，吠所怪也。』章注引作《離騷》誤。

寄四明陳琳陽㈠

四明山在明州。山有四門，通日月星辰之光，故云。

高人謝世紛，誅茅在絶壁。十年不下山，舊路掩深棘。出門復踟躕，觸步有崩石。下臨千仞淵，毒鱗正紛籍。腥風鼓洪濤，石齒鳴咋咋。失勢倘一落，萬綆那可及。此謂世路風波之險，倘不知時宜而妄動，则此身一失，不可復救，豈不甚可畏哉！不如息我軀，猿鶴與朝夕。故不若退隱山林，與猿鶴相爾汝也。

［補注］

㈠四明，明州别稱。今浙江寧波市。陳琳陽，未詳，宋陳著《本堂集》卷七九《書簡·答陳琳陽書監榮寵》，或即其人。

贈東谷上人 借上人之名，以喻自己之意。

岸陵幾紛紛，歧路誰了了？中有定慧人㊀，翛然坐深窈。山空諸念消，月墮孤禪悄。一室虛白生㊁，天雞弄清曉。桃都山有大樹曰桃都，枝相去三千里。上有天雞，日初出照此木，天雞即鳴，天下雞皆隨之。

［補注］

㊀定慧人，謂能息慮破惑，修養高深之人。《翻譯名義集·示三學法》：『息慮静緣曰定，破惑證真曰慧。』

㊁一室虛白生，謂心境清虛，自生光明。《莊子·人間世》：『虛室生白，吉祥止止。』釋文引司馬彪注：『室比喻心。心能空虛，則純白獨生也。』

題水雲深處

霏霏弄閒態，灩灩揚素紋。幽人不可即，但見水與雲。蒼狗紛世情，瞿唐在平地㊀。

所以盟白鷗㊁，李商隱《太蒼箴》曰：海翁忘機，鷗乃不飛；海翁易慮，鷗乃飛去。萬荷最深處。

［補注］

㊀蒼狗句，喻世事變幻無常。杜甫《可歎》詩：『天上浮雲似白衣，斯須改變如蒼狗。』瞿唐在平地，即『高岸爲谷』之意。

㊁盟鷗，《列子·黄帝篇》載：『海上之人有好漚（鷗）鳥者，每旦之海上，從漚鳥游，漚鳥之至者百住而不止。其父曰：「吾聞漚鳥皆從汝游，汝取來，吾玩之。」明日之海上，漚鳥舞而不下也。』

送胡汲古歸嚴陵覲親㊀

胡君白雲心，鄉夢攪幽夕。挑燈起我言，相對竟惻惻。問君何時歸，心已寄飛翼。我歸萬山遥，君歸一水直。十年湖海間，耕硯苦不穡。居然保章甫，晨省無媿色㊁。高堂椿樹蒼，萱花在堂北㊂。再拜捧壽卮，晴芳滿瑶席。塤篪夜牀温㊃，冠蓋春巷塞。萬古天倫中，真樂非外借。父母俱存，兄弟無故，此爲真樂。若寵榮聲利，則是外物之假借耳，豈樂之真也哉！明朝浙東西，片雲渺何極？

［補注］

㈠胡汲古，見卷一《東山渡次胡汲古韻》注㈠。嚴陵，嚴州。胡嚴州桐廬人。此詩當在越州（紹興）送別胡汲古作。

㈡章甫，古越人所戴之帽。見《莊子・逍遥游》。保章甫，謂保持名節。晨省，早晨向父母問安。

㈢高堂，正廳，父母所居。椿樹，長壽之木。《莊子・逍遥游》：『上古有大椿者，以八千歲爲春，八千歲爲秋。』後用指父親。萱花，俗名金針花。古人謂栽萱草於堂北，可以解憂。《詩・衛風・伯兮》：『焉得諼（萱）草，言樹之背（北）。』後用指母親。

㈣塤篪，喻指兄弟。參見卷一《雙檜堂爲魯聖可行可賦》注㈢。

哭薛榆溆同舍㈠

桂死月亦灰，鵬枯海爲陸。此言月爲灰則桂死，不可以供攀折；海爲陸則鵬枯，不得以成變化。皆感歎世變之辭，功名不遂之意也。自我哭斯文，老淚幾盈掬。故國忽春夢，故人復霜木。矯矯榆溆君，白首尚儒服。解后一寫心，乾坤兩眉蹙。無力能怒飛，有道欲私淑。憶游東浦雲，馬帳肯同宿。馬融教養諸生，常施絳帳。孤燈照寒雨，蕭蕭半窗竹。君器碩以方，有如舟萬斛。斂華就本根，耆年謂可卜。昨別猶是人，今乃在鬼録。爲善未必遐，嗚呼真宰酷！往年海若怒，風濤卷人屋，脱身鯨魚吻，長寐固應熟。寡妻泣帷荒，有子繼經術。彼哉暴殄夫，食必饌金玉。一士苜蓿腸，奪之胡忍速！問天天夢夢㈢，秋聲滿巖谷。

［補注］

㈠薛榆溆，作者太學同學。曾從學瑞安陳兼善。薛鍾斗《永嘉詩人祠堂叢刻札記·霽山集》：『案榆溆蓋與霽山同在太學，而終於校官。章注不詳鄉貫，據《清潁一源集》兼善《喜諸友人從游》詩注，非平陽即瑞安人。』按，瑞安陳氏家集《清潁一源集》卷一陳兼善《喜諸友人從游》題下注：『時裴藥山、高梅莊、裴芸山、薛榆溆、裴貫道輩皆門生。』陳兼善字達則，號簡軒，瑞安人，陳圓（竹所）長子。陳圓弟陳供（杏所），供次子則翁，即景熙《半雲菴》詩贈酬者。高彦，字俊甫，號梅莊，高則誠伯父，瑞安人。裴庚，字季昌，號芸山；裴庚，號藥山，庚弟；裴若拙，字貫道，皆平陽嘉峰人。見民國《平陽縣志》卷三五《人物志四宋·裴庚》。

㈡天夢夢，《詩·小雅·正月》：『民今方殆，視天夢夢。』朱熹集傳：『夢夢，不明也。……視天反夢夢然，若無意於分别善惡者。』

［輯評］

傑按：景熙悼懷之什，語意真切。如《哭德和伯氏六首》（卷一）和本篇，皆出自肺腑，深摯可誦。『桂死月亦灰，鵬枯海爲陸。自我哭斯文，老淚幾盈掬。故國忽春夢，故人復霜木。』『問天天夢夢，秋聲滿巖谷。』兼含故國之思，情辭哀凄，尤足感人。

贈蘭坡星翁㈠

深林澹孤芳，一洗桃李姿。采采坡雲暮，持之欲遺誰？故人青雲端，《伯夷傳》：閭巷之人，欲砥行立名者，非附青雲之士，焉能施於後世哉？或在江海涯。青雲達者路，江海幽人期。有如一種蘭，升沉亦殊歧。南宫香滿握，誰使紉湘纍㈡？《騷經》：『紉秋蘭以爲佩。』湘纍，謂屈原也。客笑試問君，君曰『數所爲』。嗟余偶閱理，焚膏自童時。童時讀書，故焚膏。功名千載芬，白首心已違。富貴倘貽臭，不如貧賤怡。吾生吾自斷，爲謝君平帷。前漢嚴君平，賣卜者也。　此詩大意皆就『蘭』字上發明，中間説星翁處僅兩句，至此歸結，始又及之。既不失其本領，然詳而求之，其結語作此云云者，必見此翁胸中出處自有定見，有非百家衆技之所能惑也。世之君子，乃欲以平生禍福取决於術人之口，何其自待之薄耶！

［補注］

㈠星翁，以星相卜卦爲職業的人。

㈡南宫二句，言蘭花或供養宫廷，或遺棄草野。南宫，指尚書省。尚書省隸屬的禮部亦稱蘭宫，見卷二《禮闈》『蘭宫』注。湘纍，指屈原。《漢書·揚雄傳上》：『欽弔楚之湘纍。』顔師古注引李奇曰：『諸不以罪死曰累。』

雪後〔一〕

開簾殘酒醒，雪意尚垂垂。夜色沉奎久㊀，春容變柳遲。寒塘鷗自聚，荒歲鶴同飢。便欲誅茅隱，何山有紫芝㊁？言此則先生雖貧，而終身不肯食禄之意，亦可見矣。

〔校記〕

〔一〕《宋元詩會》卷五五題作《雪夜》。

〔補注〕

㊀奎，奎宿，在西方。沉奎，奎星沉没無光。喻文運衰落。參見本卷《送葉伯幾之奉化》注㊁。

㊁紫芝，秦末商山四皓避亂隱居，作《紫芝曲》，有『曄曄紫芝，可以療飢』之句。見《樂府詩集》卷五八《采芝操》。

山中〔一〕早行

短策穿幽徑，山樵半掩扉。月斜林影薄，石盡水聲微。一犬隔籬吠，孤僧何處歸。

相逢松下立，風露滿秋衣。

［校記］

〔一〕中，《宋詩删》五律卷四作『寺』。

寄薌林故人

薌林，在州北七里。故人，宗仁也。

狺狺多楚狗㊀，此必有爲而言。何處續《離騷》？草徑無塵入，秋峰與節高。菰香清野飯，柳色老宫袍。笑問劉安鼎，《神仙傳》：淮南王安仙去，餘藥在鼎中。雞犬舐之，皆得上仙。相看已二毛。此言薌林故人晚好服餌，然無補於衰老，故戲之也。

［補注］

㊀狺狺句，參閲本卷《有感》『抱古來衆吠』句注。

疎懶爲四明何君賦

野意雲同散，閒門草自新。起聯已見疎懶之意。不知世〔一〕網密，爲謝客車頻㊀。風月兼忘我，山林亦恕人。此言非惟世忘我，而風月亦忘乎我；非惟人恕人，而山林亦恕人矣。可謂疏懶之至也。咸陽歎黃犬㈡，榮辱古爲鄰。

［校記］

〔一〕世，《石倉歷代詩選》卷二二一作『塵』。

［補注］

㈠不知二句，謂謝絶交游，是因爲生性疏懶，並非爲了逃避世網。

㈡咸陽句，《史記·李斯列傳》載，李斯被斬咸陽，臨刑前謂其子曰：『吾欲與若復牽黃犬俱出上蔡東門逐狡兔，豈可得乎！』

答山中侃上人

山中，指仙壇寺也㈠。

竹房分半席，流水白雲間。丹竈餘千載，山有葛仙遺跡。青鞵第幾山？有詩多解悟，無髮得高閒。因笑塵中客，重逢改舊顔。

［補注］

㈠仙壇寺，在平陽縣城東。參見卷一《游仙壇》注㈠。

［輯評］

李慈銘《越縵堂詩話》卷上：《答仙壇寺侃上人》云：『竹房分半席，流水白雲間。丹竈餘千載，青鞵第幾山。』……皆清空婉眇，蟬蛻塵埃者也。

山陰秋懷

舊游渾似夢，短髮不勝簪㊀。風雨行金氣，秋屬金，故云金氣。乾坤老鐵心。皮日休云：『宋廣平貞姿勁質，疑其鐵心石腸。』此言天地肅殺，雖鐵心亦老矣。意遠而語健。舜田秋稗滿，禹穴夕雲深。正是登臨懶，淒涼隔水碪。

［補注］

㊀不勝簪，髮短別不住簪子。鮑照《行路難》：『白髮空落不勝簪。』

初夏病起

青衫蕉鹿夢，青衫，小官之服。《列子》：鄭人有薪於野者，擊鹿藏諸隍中，覆之以蕉。俄而忘其所藏之處，遂以爲夢。江海一畸人。舊國愁生暮，衰年病過春。此殆先得之句。天垂湖色湛，雨洗月痕新。猶抱遺經在，心銜覆載仁㊀。

［補注］

㊀覆載，語出《禮記·中庸》：『天之所覆，地之所載。』覆載仁，指帝王的恩澤。

［輯評］

李慈銘《越縵堂詩話》卷上：《初夏病起》云：『舊國愁生暮，衰年病過春。』……皆清空婉眇，蟬蛻塵埃者也。

溪亭

清秋有餘思，日暮尚溪亭㊀。高樹月初白，微風酒半醒。獨行穿落葉，閒坐數流螢。此聯本平，然用『穿』、『數』二字，便覺精神振竦，所謂五言詩以第三字爲眼是也。何處漁歌起，孤燈隔遠汀。

［補注］

㊀尚溪亭，言溪亭光景讓人留戀，日暮尚徘徊不去。尚，《宋元詩會》卷五五作『向』，失其意旨。

［輯評］

傑按：通首清妙，融情於景，饒有意趣，别是一種秋思。「獨行」二句，尤見舒閒自得之意。説者或套解爲「國破家亡、飄泊無依之感」，牽强甚矣。　又按：景熙五言律偶儷佳聯，胡應麟《詩藪》、賀裳《載酒園詩話》、宋長白《柳亭詩話》各舉二例，李慈銘《越縵堂詩話》舉十七例，此外尚可摘舉者，如《桐角》「碧卷春風老，清吹野水空」，《道中》「野水平菰葉，春風足楝花」，《新春》「兵革兒童長，風霜天地仁」（以上卷一），《訪朱月峰不值》「落葉驚疎鬢，黄花照澹情」，《京口月夕書懷》「遠城江氣白，高樹月痕蒼」，《釣臺》「宇宙雙臺迥，煙波一客歸」（以上卷二），《疎懶爲四明何君賦》「風月兼忘我，山林亦恕人」，《山陰秋懷》「風雨行金氣，乾坤老鐵心」及本篇「獨行穿落葉，閒坐數流螢」，皆稱工煉。

答陳景賢

一劍挂寒壁，艱危氣不衰。鬢痕[一]朝鏡覺，書味夜燈知。夢斷潮生枕，愁新雁入詩。四句亦清整。思君心欲折，又負菊花期。

［校記］

［一］鬢痕，《石倉歷代詩選》卷二二一、《宋金元詩永》作「髮根」。

［輯評］

李慈銘《越縵堂詩話》卷上：《答陳景賢》云：『鬢痕朝鏡覺，書味夜燈知。』……皆清空婉眇，蟬蜕塵埃者也。

薛德〔一〕之之江東簡熊西玉諸公㊀

乍逢還又別，龍竹葛陂陰㊁。野水流春遠，江雲入暮深。新知滿湖海，遺老在山林。解后〔二〕如相問，憑君道素心㊂。

［校記］

〔一〕德，《宋詩鈔》、《宋元詩會》卷五五作『得』。

〔二〕解后，《宋元詩會》作『邂逅』，義同。

［補注］

㊀江東，江南。此指蘇州一帶地區。熊西玉，元袁桷《清容居士集》卷二二《熊西玉文集序》：『當咸淳初，江以東言熊公焉。余師剡源戴公，言爲同舍郎時，學官始授題，熊公據案瞪目，鈎深摘微，落筆澄澈，理融意新，蠶則績而珠纚屬也。未幾，失仕東歸，沉冥簡編，空林窮厓之怨，横溢間發，而安之有命，不憤不悱，猶昔日年壯意盛之所作，擬諸於德，殆其微與？』

㊁龍竹葛陂，《後漢書·方術傳下·費長房》載，費長房得仙術乘竹杖『須臾來歸』，以杖投葛陂中，

『顧視則龍也』。這裏形容乍逢旋別，來去匆匆。

㊂解后二句，即王昌齡《芙蓉樓送辛漸》詩『洛陽親友如相問，一片冰心在玉壺』意。

五日次韻

客鄉弔古重登臨，隔水斜陽鳥語深。賜葛尚餘唐闕夢，杜老《端午日賜衣》詩：宮衣亦有名，端午被恩榮。傾葵猶抱楚臣心㊀。蒲邊臘釀供華髮，楝後春風在緑陰。《歲時記》：江南自小寒至初夏，有二十四番花信風。梅花風最先，楝花風最後。桃印靈符何必佩㊁，《抱朴子》：五月五日，佩赤靈符於心前。乾坤正氣古猶今。言天地自有正氣，人稟之以生，亦莫不得其氣之正焉，矧子午之月，又爲天地正氣之時。

［補注］

㊀賜葛，唐宋時朝廷有端午日賜近臣夏衣的習俗。葛，葛衣，用葛布製成的夏衣。傾葵，曹植《求通親親表》：『若葵藿之傾葉太陽，雖不爲之回光，然終向之者誠也。』楚臣，指屈原。

㊁桃印，《後漢書·禮儀志中》：『日夏至，陰氣萌作，恐物不茂……以桃印長六寸，方三寸，五色書文如法，以施門户。』靈符，葛洪《抱朴子·雜應》：『或問辟五兵之道。……以五月五日作赤靈符，著心前。』

［輯評］

郭麐《靈芬館詩話》卷九：今觀《霽山集》中詩，其寓黍離麥秀之感者甚多，《次翁秀峰》云：『唐陵愁問永和帖，楚水夢聞長樂鐘。』《和王德游夜感》云：『衣帶長江空北固，觚陵明月隔西興。』《五日》云：『賜葛尚餘唐闕夢，傾葵猶抱楚臣心。』寄託顯然可見。

酬合沙徐君寅㊀ 合沙，福州郡稱。

歸鶴悠悠度海遲，閒來野寺看僧棋。鄉心荔子薰風國，閩中多産荔枝。薰風自南來，故以南方州郡爲薰風國也。客路槐花細雨時。天地一身愁自語，江湖諸老澹相知。烏絲醉後淋漓墨，《國史補》：宋亳間，紙有織成界道者，謂之烏絲闌。片月娟娟照硯池。

［補注］

㊀合沙，《方輿勝覽》卷一〇《福州・郡名》：『合沙。郭璞遷城讖：南臺沙合，河口路通。』卷二有《越中送徐君寅歸閩》詩。

［輯評］

李慈銘《越縵堂詩話》卷上：《酬合沙徐君寅》云：『鄉心荔子薰風國，客路槐花細雨時。』……皆清空婉眇，蟬蜕塵埃者也。

重游鏡曲次韻[一]

青眼重逢白髮新[二]，舊游却恐是前身。野鳩妬客招呼雨[三]，江燕隨人管領春。曾附仙舟追李郭，郭林宗、李膺同舟，望者以爲神仙。獨提詩律繼黄陳。黄山谷、陳後山皆有詩名。鏡中恨不移家住，山水蒼蒼老釣綸。

［補注］

[一]鏡曲，鏡湖，在浙江紹興市南。《新唐書·隱逸傳·賀知章》：『還鄉里……有詔賜鏡湖剡川一曲。』因有鏡曲之名。

[二]青眼，明周祈《名義考·人部·青白眼》：『人平視睛圓則青，上視睛則白。上視，怒目而視也。』青，黑。晉阮籍能作青白眼，於契重者使以青眼，鄙薄者使以白眼。見《世説新語·簡傲》劉孝標注引《晉百官名》。此句括用杜甫《秦州見敕目三十韻》『别來頭並白，相見眼終青』句意。

[三]野鳩句，鵓鳩常於雨止時啼鳴。

和監簿山中自壽㊀

梅傳春信菊延秋，監簿生於十月，故云。萬壑千巖引勝游。明月半船招賀監，李白詩：稽山無賀監，却棹酒船回。賀監，賀知章也。清風滿袖挹浮邱㊁。浮邱，仙人也。意閒自得琴書樂，身隱猶懷畎畝憂㊂。但得八荒皆壽域，飯疏飲水亦何求㊃？

［補注］

㊀監簿，指王英孫。見卷一《王脩竹監簿名樓》注㊀。山中，指越州陶山。

㊁挹浮邱，晉郭璞《游仙詩》之三：『左挹浮丘袖，右拍洪崖肩。』

㊂畎畝憂，對國事民生的憂慮。陸游《送七兄赴揚州帥幕》：『諸公誰聽芻蕘策，吾輩空懷畎畝憂。』

㊃壽域，謂升平世界。《漢書・禮樂志》：『驅一世之民，濟之仁壽之域。』飯疏飲水，見卷二《雜詠十首酬汪鎮卿》之六注㊁。

立秋日作

苦熱如焚想雪山，《後漢・明帝紀》：祁連山即天山，一名雪山，在伊州之北。沈存中曰：其山至高，冬夏常有雪。清商一夕破愁顔㈠。炎光斷雨殘虹外，涼意平蕪遠樹間。忙踏槐花猶入夢，《廣記》：赴秋舉者，謂之踏槐花。老催蒲扇共投閒。《晉書》：謝安有重名，鄉人有罷官宿縣者詣安。安問其歸資，答曰『有蒲葵扇五萬』。安取其中者捉之，士庶競買，價增數倍。城頭遥望累累冢，遼海荒寒鶴未還㈡。

［補注］

㈠清商，謂秋風。五音中商音配秋。晉潘岳《悼亡詩》：『清商應秋至。』

㈡城頭二句，遼東人丁令威成仙後化鶴歸遼，歎言：『城郭如故人民非，何不學仙冢壘壘。』參見卷一《雲門即事》注㈡。

中秋山中對月

收拾山河片影圓，舉杯笑酌結鄰仙。《雞談集·七聖紀》云『結鄰奔月之仙』，故曰。黄文：與月同居。萬家弦管誰無月，一壑樓臺别有天。丹桂梯寒醒舊夢，玄霜杵熟授長年㈠。裴航遇仙女樊夫人，贈之詩曰：『一飲瓊漿百感生，玄霜搗盡見雲英。』此秋此夜無清句，花亦笑人空醉眠。

［補注］

㈠丹桂，含義雙關。傳説月宫有桂樹，用代稱月；又科舉中第爲折桂，兼喻科第。這句寫望月中桂影，回想平生功名事業，故云『醒舊夢』。玄霜，仙藥。《初學記》卷二引《漢武内傳》：『仙家上藥有玄霜、降雪。』這句説自己惟寒苦中修煉身心，以祈長壽。

浙中飢甚，六月一雨，頗慰

雨餘燈火坐茅齋，此夕田家有好懷。造物心終扶畎畝，蒼生命已墮顛崖。燕山漕粟初航海，浙水移家半入淮。時公家有移民易粟之舉。貞觀三錢誰復識，擁衣數起望台階㈠。

［補注］

㈠貞觀三錢，見卷二《雜詠十首酬汪鎮卿》之三注㈣。台階，即台宿。共六星，每台二星，成三階。唐《開元占經》卷六七《三台占》：『三階平則陰陽和，風雨時，五穀禎祥，應天下太平。』台階，三台之階。《郎顗傳》注：三階平，則天下大安，謂之太平。

秋日言懷次韻

禹穴風煙老尚游，青門回首憶瓜疇㈠。《史記》：邵平故秦東陵侯，秦亡爲布衣，種瓜長安城。其瓜有五色，甚美，世謂之東陵瓜。海槎片影星河曙，《拾遺記》云：堯時有巨槎，槎上有光如星月。浮游四海，十二年一周天，周而復始，名貫月槎，亦曰挂星槎。羽仙棲息其上。城角一聲天地秋。臨水忽驚餘鬢落，看雲還悟此生浮。杖藜擬訪神仙宅，中有長眉不挂愁。

［補注］

㈠禹穴，越州（紹興）古跡。青門，漢長安城東南門。借指南宋故都。

喜監簿得陶山舜田㈠

耕隱山中久卜鄰，愛奇不厭買山勤。重華事往人何在，萬古春深鳥自耘㈡。閒拂巖花問陵谷，獨懸茅屋管煙雲。『拂、問、懸、管』四字工，所謂句有句法、字有字法是也。滿林刬竹供揮洒㈢，天壽斯文正屬君。

［補注］

㈠監簿，指王英孫。陶山舜田，見卷二《陶山十詠和鄧牧心·舜田》注㈠。

㈡重華，帝舜名。鳥自耘，見卷二《陶山十詠和鄧牧心·舜田》注㈢。

㈢剡竹，剡地之竹所造紙，稱剡紙，負盛名。剡縣，今浙江嵊州市南。

別王監簿

玄髮相逢雪滿顛，一番欲別一凄然。離亭落日馬嘶渡，舊國西風人唤船。越上諸公最賞先生此聯。下句亦有餘味。湖海已空彈鋏夢，《史記》：馮驩見孟嘗君，君置之傳舍，彈鋏而歌。山林猶有著書年。《史記》：虞卿非窮愁，亦不能著書。蓬萊不隔青禽信，漢武帝七月七日齋居承華殿，忽有青鳥從西來，帝問東方朔。朔曰：『此西王母欲來』。有頃果至。還折南枝寄老仙。南枝，梅花也。老仙，監簿也。

［輯評］

李慈銘《越縵堂詩話》卷上：《別王監簿》云：『離亭落日馬嘶渡，舊國西風人唤船。湖海已空彈鋏夢，山林猶有著書年。』……皆清空婉眇，蟬蜕塵埃者也。

傑按：此詩當是作者離越州（紹興）辭别王英孫（監簿）作。『離亭落日』聯，不惟狀寫渡頭景物如畫，尤妙在悲凉而出以秀淡，黯然無限，較唐人温庭筠『波上馬嘶看棹去，柳邊人歇待船歸』（《利州南渡》）句，更饒深層意藴。結語折枝相寄，暗用南朝宋陸凱賦梅詩贈范曄事（見盛弘之《荆州記》），兼含以氣節相勵意。

次韻謝諸公見壽

千載東籬有晉香，淵明晉人，故云晉香。客牀風雨夢潯陽。潯陽，淵明所居。白頭湖海孤心在，青眼詩書舊味長。突兀已知歡此厦，温柔何必老爲鄉㊀？慇勤還祝南山壽，歲歲梅花歲歲觴。

［補注］

㊀歡此厦，杜甫《茅屋爲秋風所破歌》有『安得廣厦千萬間，大庇天下寒士俱歡顔……何時眼前突兀見此屋』句。温柔鄉，喻美色迷人之境。漢伶玄《趙飛燕外傳》：『是夜進合德，帝大悦，以輔屬體，無所不靡，謂爲温柔鄉。語嫕曰：吾老是鄉矣，不能效武皇帝求白雲鄉也。』二句説，比起一生流離的杜甫，自己已得庇身之所，差可歡悦，又何必迷戀聲色，貪圖那種享樂生活。

訪僧鄰菴次韻

拂石題詩滿袖嵐㈠，尋僧又過竹溪南。乾坤浩蕩酒鄉寄，山水蒼寒琴意參。老燕未歸同是客，杜詩：秋燕已如客。孤雲無住孰爲菴？寂寥午夜松風響，疑是神仙接塵談㈡。

［補注］

㈠拂石題詩，白居易《送王十八歸山寄題仙游寺》：『林間暖酒燒紅葉，石上題詩掃緑苔。』

㈡塵談，清談。魏晉名士，常持麈尾清談。麈尾，用駝鹿尾製，拂塵之器。

答金華王玉成

金華，婺州郡稱，以其地有金華山也。

詩吞楚澤渺無邊，不用神丹骨已仙。九萬里程鶩落羽，《莊子》：大鵬擊水三千，摶扶摇而上者九萬里。三千年事撫遺編。銅盤老淚胡笳裏，金粟荒愁杜宇前㈠。唯有雙溪溪上月㈡，清光照客尚依然。

【補注】

㈠銅盤老淚，魏明帝青龍五年，詔移漢長安建章宫銅人承露盤，遷往魏都鄴城（今河北臨漳縣）。『帝徙盤，盤折，聲聞數十里，金狄（銅人）或泣。』見《三國志·魏志·明帝紀》裴松之注引《漢晉春秋》。金粟，見卷一《春感》『子規叫殘金粟暮』注。二句抒寫故國愁思，興亡感慨。

㈡雙溪，在浙江金華市南，係匯合東陽、永康兩溪之水，故名。

送友人孔濟之之金華

餘子紛紛氣可吞㈠，青霄萬里合孤騫。藻芹池冷三年客，絲竹堂高幾世孫㈡。《書序》：魯共王升孔子堂，聞金石絲竹之音。前輩修名似山斗，斯文清氣在乾坤。故人要路如相問，爲説蒼苔獨閉門。

【補注】

㈠餘子，其餘的人。《後漢書·禰衡傳》：『常稱曰：大兒孔文舉，小兒楊德祖，餘子碌碌，莫足數也。』

㈡藻芹池，指學宫前水池，又名泮水。《詩·魯頌·泮水》：『思樂泮水，薄采其芹……薄采其藻。』絲竹堂，指孔子宅院。這句點明孔濟之係孔聖後裔。

述懷次柴主簿㈠

獨閉柴門木石親，詩筒剥啄不妨頻㈡。青燈風雨多離夢，白髮江湖少故人。謾讀楚騷招太一〔一〕㈢，《離騷》有《東皇太一》篇。誰聽郢曲和《陽春》。《襄陽傳》：宋玉曰：客有歌於市中者，其始國中屬而和者數千人，中而和者數百人，既而爲《陽春白雪》之調，屬而和者不過數人。曲彌高而和彌寡也。書香劍氣俱寥落，虛老乾坤父母身㈣。

【校記】

〔一〕一，吴校本、四庫本、《宋詩鈔》作『乙』。

【補注】

㈠柴主簿，柴傑。詳卷一《答柴主簿二首》注㈠。

㈡詩筒，宋張表臣《珊瑚鈎詩話》卷一：『唐白樂天爲杭州刺史，元微之爲浙東觀察，往來置郵筒倡和。』

㈢太一，楚人所稱天神。《楚辭·九歌》（章注誤作『離騷』）有《東皇太一》篇，漢王逸章句：『太一，星名，天之尊神。』

㈣書香劍氣，謂文才武略。父母身，謂身體。軀體父母所給，故云『父母身』。

次曹近山見寄㈠

告春，字問農，平陽梅溪人。登咸淳第。歸附後以詩文著名。

扣角歌殘夜正長㈡，懶將龜筴卜行藏。風煙萬里别離夢，草木一溪文字香。仙泣銅盤辭渭水，鶴歸華表認遼陽㈢。愁來偶上西樓立，耿耿寒奎色照霜㈣。

［補注］

㈠曹告春，字問農，號近山，平陽縣鳳林鄉人（章謂『梅溪人』，《清潁一源集》卷一注謂『曹保人』，均屬鳳林鄉十八都）。登宋度宗咸淳七年（一二七一）進士（見弘治《温州府志》卷一三《人物四·科第宋》），宋亡隱居教授，與景熙是詩友。瑞安陳則翁有《答曹近山》詩：『關路京塵隔，薜蘿深两崖。衣冠高世者，泉石讀書家。梅老雲生樹，溪寒鶴步沙。定知吟思苦，山月半窗斜。』（《清潁一源集》卷一）可見其高懷逸致。民國《平陽縣志》卷三五《人物志四·宋》有傳。

㈡扣角句，春秋賢士甯戚不得志，曾夜扣牛角而歌。參見卷一《鄭宗仁會宿山中》注㈢。

㈢仙泣銅盤，見前《答金華王玉成》注㈠。辭渭水，離開長安。李賀《金銅仙人辭漢歌》：『攜盤獨出月荒凉，渭城已遠波聲小。』鶴歸華表，用丁令威事，見卷一《雲門即事》注㈡。

㈣奎，星名。參見下篇《送葉伯幾之奉化》注㈡。

送葉伯幾之奉化㈠　伯幾，平陽人，分教明州奉化。

親攜琴册出煙蘿，海國儒風近若何？　筆挾龍湫靈不盡，伯幾所居，與南雁蕩山接境。其地有大小龍湫水，奉化亦有焉。官鄰雪竇冷偏多。《勝覽》云：雪竇山在奉化縣西資聖禪寺。詩書千載關經濟，師友三年要琢磨。老去喜逢奎運轉，宋乾德五年，五星聚奎，識者以爲文明之運，已而果然。國初文士隱晦，至是漸見擢用，是斯文又將有氣矣，非奎運之轉而何？　送君猶拂舊冠峨㈡。

［補注］

㈠此爲作者送葉伯幾赴任奉化州學録作。從戴表元詩、任士林賦推知，其時當在杭州。葉伯幾，名未詳，平陽南雁蕩人。其父葉東叔，號賓月，景熙曾爲作《賓月堂賦》（本書卷四）。元奉化州（今浙江奉化縣），隸慶元路（唐稱明州，今寧波）。元戴表元《剡源文集》卷二八有《送葉伯幾赴奉化録》詩：『葉家翁季亦如此，一經接武成師儒。』題下原注『杭州作』。録指學録，州學學官。元任士林《松鄉集》卷六《賓月堂賦並序》：『永嘉葉伯幾，士林識之。西湖之上，清風襲人，真畏友也。未幾，遂爲吾州師。出其翁《賓月堂圖》，俾賦之。翁既分教江西，遠在千里，猶覿面也。』任奉化人，故言『吾州』。又卷四《送葉伯幾序》：『葉君伯幾之至也，未數月也，以下州例不得設學録，故去。』然則終未能就任。

㈡奎運，謂文運。《初學記》卷二一引《孝經援神契》：『奎主文章。』古人認爲奎宿星屈曲相連，形似文字，故謂主應文事。宋曾敏行《獨醒雜志》卷一：『上曰：「奎宿何神？」對曰：「主文章之星。」』明萬民英《星學大成》卷五《十二宫定數賦》：『奎宿呈輝，文章奮發。』拂舊冠，撣去舊冠上的塵埃，表示自己守志不仕。峨，狀冠高聳。屈原《離騷》有『高余冠之岌岌兮』句。

新晴偶出

琴牀茶鼎澹相依，偶爲尋僧出竹扉。風動松枝山鵲語，雪消菜甲野蟲飛㈠。此寫出山野間真景。看花春入桄榔杖，東坡以桄榔杖寄張文潛。聽瀑寒生薜荔衣㈡。古寺無人雲漠漠，溪行喚得小船歸。此詩前聯融景趣之妙，後聯得句法之新。起結意圓而備，若一片圖畫而得其神者也。

［補注］

㈠菜甲，初生的菜芽。

㈡薜荔衣，《楚辭・九歌・山鬼》：『若有人兮山之阿，被薜荔兮帶女蘿。』用指隱士服裝。

［輯評］

李慈銘《越縵堂詩話》卷上：《新晴偶出》云：『風動松枝山鵲語，雪消菜甲野蟲飛。』皆清空婉眇，蟬蜕塵埃者也。

傑按：通體松俊秀朗，韻致逸然。章評中二聯精切。桄榔杖、薜荔衣，借『看花春入』、『聽瀑寒生』點染生神。春入桄榔杖，從東坡詩『春在先生杖屨中』（《寄題刁景純藏春塢》）化出，造語鮮新，一片自然渾化之意，漾見筆端。

題海上人棲雲樓

水村煙景隔晴霏，十二闌干在翠微。一壑暮雲〔一〕閒獨倚，半簾〔二〕秋影澹相依。柏爐貝葉香猶潤，《酉陽雜俎》：貝多葉出摩伽佗西國，土人用以寫經。故今謂佛經爲貝葉。紙帳梅花夢不飛㊀。會得此中無所住，《金剛經》云：應無所住，而生其心。來來去去總玄機。

［校記］

〔一〕雲，原本作『年』，吴校本、冒刻本、《宋詩鈔》並同；四庫本作『雲』。按作『雲』較有意趣，故據從。

〔二〕簾，吴校本、四庫本、《宋詩鈔》作『檐』。

【補注】

㈠紙帳梅花，古代一種裝飾精緻的臥具。宋林洪《山家清事·梅花紙帳》：「法用獨牀，旁置四黑漆柱，各掛以半錫瓶，插梅數枝。後設黑漆板約二尺，自地及頂，欲靠以清坐。左右設横木一，可掛衣。角安斑竹書貯一，藏書三四，掛白塵一。上作大方目頂，用細白楮衾作帳罩之。前安小踏牀，於左植緑漆小荷葉一，置香鼎，然紫藤香。中只用布單、楮衾、菊枕、蒲褥。」

【輯評】

傑按：景熙七言律偶儷佳聯，胡應麟《詩藪》舉二例，賀裳《載酒園詩話》、宋長白《柳亭詩話》各舉四例，李慈銘《越縵堂詩話》舉十九例，此外尚可摘舉者，如：《獨夜》「殘夜月枝烏未穩，故鄉水草雁多飢」，《用韻寄陳振先同舍》「煮茗敲冰貧有味，看花隔霧老無情」，《聞家則堂大參歸自北寄呈》「清唳秋荒遼海鶴，古魂春冷蜀山鵑」，《酬潘景玉》「風月未容詩入務，乾坤應許酒爲年」，《答柴主簿二首》之一「老氣十年看劍在，秋聲一夜入燈深」，《答鄭即翁》「春風門巷楊花後，舊國山河杜宇時」，《喜劉邦瑞遷居采芹坊二首》之一「卜鄰俎豆三遷後，負郭田疇二頃初」，之二「燈火城南聽夜雨，桑麻杜曲憶春風」（以上卷一），《過吴門感前游》「客心空老鶯花月，詩貌不肥魚稻鄉」（以上卷二），《次翁秀峰》「唐陵愁問永和帖，楚水夢聞長樂鐘」，《荷花》「製裳香冷微雲護，傾蓋盟深獨月知」，《喜監簿得陶山舜田》「閒拂巖花問陵谷，獨懸茅屋管煙雲」，《次韻謝諸公見壽》「白頭湖海孤心在，青眼詩書舊味長」，《答金華王玉成》「銅盤老淚胡笳裏，金粟荒愁杜宇前」，《新晴偶出》「看花春入桄榔杖，聽瀑寒生薜荔衣」（以上卷三）及本篇「一壑暮雲閒獨倚，半簾秋影澹相依』，皆稱警煉之句。

催梅

參横月落幾相思，第一春風向此期。乘興竹笻霜後路，寄聲籬落水邊枝。禁中鼓絶花奴老，《太平廣記》：明皇好羯鼓，嘗遇二月初吉旦，巾櫛方畢，宿雨始晴，景物明麗，殿亭花柳將吐，睹而歎曰：『此景物豈可不與他判斷之乎？』即令羯鼓臨軒擊一曲，名《春光好》。反顧柳杏，皆已坼矣。上笑曰：『此一事不唤我作天工可乎？』海上宫深鳥使遲㈠。獨抱素心誰是伴，羅浮仙夢隔天涯㈡。事與首句同出，而悲感之意又自見於辭表。

［補注］

㈠花奴，唐玄宗侄汝南王李璡小名，善擊羯鼓，甚得玄宗賞愛。事見《説郛》卷六五引唐南卓《羯鼓録》。鳥使，青鳥，西王母的信使。

㈡羅浮仙夢，舊題柳宗元《龍城録・趙師雄醉憩梅花下》載：隋開皇中，趙師雄遣羅浮。一日寒暮，見一女郎，淡妝素服，芳香襲人。因與之酒家共飲，醉寐。『久之東方已白，師雄起視，乃在大梅花樹下。』羅浮，山名，今廣東東江北岸。

柳下漁次韻

瓦甌一醉萬事了，醒來然竹清溪曉。半蓑煙雨披春寒，堤上落紅已如掃。荒磯白鳥無離愁，明月清風滿幽抱。却憐灞水長亭西，幾樹柔條不得老㊀。漢槎丙穴今已非㊁，峴山漢水中，出鯿魚肥美，常禁人采捕，槎以斷水，因謂之槎頭鯿。丙穴在漢中北，有魚穴二所，常以二月出，十月入。魚自穴下入水，又穴口向丙，故曰丙穴。網罟相尋縱鱗少。何如捲釣兩忘機㊂，魚向樹根吹絮飽。

［補注］

㊀灞水，渭河支流，經長安東。上有橋，稱灞橋。灞橋長亭，爲漢唐時京城外送別地。古人送別，習折柳相贈。柳諧音『留』，表示挽留之意。柳枝被送別者不斷攀折，故云『柔條不得老』。

㊁漢槎，指漢水鯿魚。參見宋吴曾《能改齋漫録》卷六《槎頭縮項鯿》。丙穴，魚名，出漢陽。見《太平御覽》卷九三七引張華《博物志》。

㊂忘機，消除機巧之心。兩忘機，言人不加捕獲，魚也就不懷戒懼之心了。

書陸放翁詩卷後 陸游，字務觀，號放翁，會稽人。

天寶詩人詩有史，杜甫經天寶之亂，時事概見於詩。史稱其善陳時事，律切精深，至千古不衰，世號『詩史』。杜鵑再拜淚如水〔一〕。龜堂一老旗鼓雄，放翁有堂，名曰龜堂。勁氣往往摩其壘〔二〕。輕裘駿馬成都花，冰甌雪椀建溪茶〔三〕。成都、建溪皆放翁游宦之地。承平麾節半海寓〔一〕，歸來鏡曲盟鷗沙〔四〕。詩墨淋漓不負酒，但恨未飲月氏〔二〕首〔五〕。氏音支。《漢·匈奴傳》：老上單于殺月氏王，以其頭爲飲器。牀頭孤劍空有聲〔六〕，坐看中原落人手。謂中原没于金人。青山一髮愁濛濛，干戈况〔三〕滿天南東〔七〕。此謂丙子歸附國朝，成混一之功也。來孫却見九州同，家祭如何告乃翁？放翁《示兒》詩云：『死去元知萬事空，但悲不見九州同。王師北定中原日，家祭無忘告乃翁。』今來孫却見九州之同，但時異事殊，家祭不可以告乃翁爾！意深而辭婉。

〔校記〕

〔一〕寓，《東甌詩存》卷一〇作『宇』。按：寓，宇之古體字。　〔二〕氏，原本及冒本、中華本均作『氐』，今校正。　〔三〕况，《宋詩鈔》作『已』。

［補注］

㈠詩有史，按『詩史』之稱，始見唐孟棨《本事詩·高逸》：『杜逢禄山之亂，流離隴蜀，畢陳於詩，推見至隱，殆無遺事，故當時號爲「詩史」。』杜鵑再拜，杜鵑鳥相傳爲古蜀帝杜宇死後所化，鳴聲哀切。蜀人思念杜宇，夜半聞杜鵑鳴多下拜。杜甫入川後作詠杜鵑詩多首，其五古《杜鵑》云：『杜鵑暮春至，哀哀叫其間。我見常再拜，重是古帝魂。』

㈡摩壘，語出《左傳·宣公十二年》：『吾聞致師（駕車挑戰）者，御靡旌，摩壘而還。』摩其壘，逼近他（杜甫）的營壘。言陸游才力富健，可以追步杜甫。

㈢椀，碗。建溪，在福建西北部，閩江北源。其地産名茶，號『建茶』。

㈣麾節，將帥旌旗和符節。乾道、淳熙間，陸游從軍川陝，參佐戎幕。曾任四川宣撫司幹辦公事兼檢法官（駐興元府）、成都府路安撫司參議官兼四川制置使司參議官。『承平』二字有微意。言陸游雖滿懷壯志（麾節半海寓），然在妥協苟安的政治路綫下（所謂『承平』），終致歸隱故里（鏡曲盟鷗沙），此即陸詩『壯士凄凉閒處老』意。

㈤月氏（音支），漢西域國名。飲器，飲酒器。未飲月氏首，言未能擒獲敵酋，報仇雪恨。王維《送平淡然判官》詩：『須令外國使，知飲月氏头。』陸游《秋月曲》云：『丈夫志在垂不朽，漆胡骷髏持飲器。』

㈥孤劍有聲，陸游《三月十七日夜醉中作》：『逆胡未滅心未平，孤劍牀頭鏗有聲。』按，晉王嘉《拾遺記》卷一《顓頊》：『有曳影之劍，騰空而舒，若四方有兵，此劍則飛起指其方，則剋伐；未用之時，常於匣裏如龍虎之吟。』唐《開元占經》卷一一四《刀劍自拔自鳴》：『地鏡曰：刀劍無故自拔出及光有聲者，憂兵傷若有血汗。』李白《獨漉篇》：『雄劍挂壁，時時龍鳴。』

㈦青山二句，言不惟中原淪陷，東南國土亦已喪失。青山一髮，遥望青山，杳如一髮。語出蘇軾《澄邁驛通潮閣二首》之二：『杳杳天低鶻没處，青山一髮是中原。』南宋姚鏞《題衡岳》仿云：『北望中原青一髮，凄其四嶽正塵昏。』

［輯評］

胡應麟《詩藪》雜編卷五：陸放翁一絶：『死去元知萬事空，但悲不見九州同。王師北定中原日，家祭無忘告乃翁。』林景熙收宋二帝遺骨，樹以冬青，爲詩紀之。復有歌題放翁卷後云：『青山一髮愁濛濛，干戈況滿天南東。來孫却見九州同，家祭如何告乃翁？』每讀此，未嘗不爲滴淚也。

賀貽孫《詩筏》：忠孝之詩，不必問工拙也。如陸放翁晚年作詩與兒云（引略），蓋傷南宋不能復汴也。及宋亡，林景熙等收宋帝遺骨埋之，樹以冬青。景熙乃題一絶於翁詩後云（引青山一髮四句略）。二詩率意直書，悲壯沈痛，孤忠至性，可泣鬼神，何得以宋元減價耶？以此推之，宋人學問精妙，才情秀逸，不讓三唐。

宋長白《柳亭詩話》卷一〇《青山一髮》：林德暘《題陸放翁詩卷後》有云（引青山一髮四句略），即用放翁語作結，所謂借他人酒杯，澆自己塊壘也。

郭麐《靈芬館詩話》卷九：今觀《霽山集》中詩，其寓黍離麥秀之感者甚多……寄託顯然可見。《書放翁後》一首最工(引全篇略)。

陳衍《宋詩精華録》卷四:(評『來孫却見』二句)事有大謬不然者,乃致於此,哀哉!

冒廣生《前詩限韻意猶未盡復作五古三章》之二:沈吟九州句,涕落雙汍瀾。以此發誓願,自忘剞劂艱。句下自注:『來孫却見九州同,家祭如何告乃翁?』霽山《書放翁詩後》句也。余從《宋詩鈔》中讀之涕下,遂發願覓其全集刻之。

傑按:此篇昂揚而又鬱勃的意慨,高度精煉、运用自如的筆法,都可以追美陸游的七言歌行。『青山一髮』四語,滿腔悲憤噴湧而出,讀來最爲沉痛,與《示兒》詩同垂不朽。

贈會稽尹醫師

相逢湖海説醫靈,學更參玄世味輕。薊子他年游碧落,空留藥市會稽城。後漢薊子訓,齊人,有道術。嘗有百歲翁,自説兒童時見子訓賣藥於會稽市,顏色不異於今。

汪東巖爲余寫容，求贈詩。余以其學佛者也，故後章及之

其一

丰神閒整坐凝然，一笑聊憑筆意傳。却有丹青難畫處，獨遺好醜在千年。

其二

因形有像轉支離㈠，妙筆從君壓畫師。若向禪中參一指㈡，寫余父母未生時。

［補注］

㈠因形句，言只憑形貌圖像，往往失却精神，至於支離破碎。

㈡參一指，謂悟得一指禪法。一指，一指頭禪，喻萬法歸一。宋俱胝和尚向天龍和尚詢問教義，天龍豎一手指，俱胝立即大悟，言『吾得天龍一指頭禪，一生用不盡』。見《景德傳燈録·俱胝和尚》。

夢回

夢回荒館月籠秋，何處碪聲喚客愁。深夜無風蓮葉響，水寒更有未眠鷗。

［輯評］

賀裳《載酒園詩話·林景熙》：讀林景熙詩，真令心眼一開……《夢回》詩尤清妙。

傑按：此詩渲染夢回時荒涼冷寂景象入妙。末句著『更有』字，暗襯羈愁不眠，用筆亦曲。

送春

蜀魄聲聲訴緑陰㈠，誰家門巷落花深。游絲不繫春暉住，愁絶天涯寸草心㈡。

［補注］

㈠蜀魄，杜鵑鳥傳説爲古蜀帝杜宇死後魂魄所化，故稱蜀魄。

㈡寸草春暉，語出唐孟郊《游子吟》：『誰言寸草心，報得三春暉。』這裏以『春暉』喻祖國，『寸草心』喻己赤誠之心。與卷一《故衣》『終憐寸草心，何以報春暉』託意同，而更深婉。

［輯評］

傑按：這詩以比興手法，抒寫對故國的懷念，充滿深沉的愛國感情。悽惋悱惻，可稱絶中騷體。

聞蟬二首

其一

翼綃微動自宫商，幾曳殘聲送夕陽㈠。唤得槐柯芳夢覺，薰風一曲换西凉㈡。明皇時，西凉州獻曲曰《凉州》。甯王曰：『音始於宫，散於商，成於角、徵、羽。斯曲也，宫離而少，徵、商亂而加暴，恐有播遷之禍。』及安史亂，始驗甯王審音之妙。言此以暗寓世變之意。

［補注］

㈠曳，拖着。『曳』字用得很好，形聲俱出，從唐方干《旅次洋州寓居郝氏林亭》詩『蟬曳殘聲過別枝』來。

㈡唤得二句，感歎時世變易，恍若夢幻。槐柯夢，見卷一《贈玉泉真士》『槐宫』注。薰風一曲，指帝舜《南風歌》，代表盛平之音。西凉，指《凉州曲》，代表動亂之音。

其二

近交紙薄雲翻手，舊夢冠空雪滿顛㊀。却憶畫船曾聽處，夕陽高柳斷橋邊㊁。

［補注］

㊀近交句，言時俗澆薄。雲翻手，謂反覆無常。杜甫《貧交行》：『翻手作雲覆手雨。』冠，指蟬冠。漢《漢官儀》：侍中冠以貂蟬爲飾。漢代侍從官所戴之帽以蟬紋爲飾，插以貂尾。這裏用指宦業。冠空，謂功名落空。

㊁夕陽句，唐劉長卿詩：『繁蟬動高柳。』宋黄庭堅詩：『一段蟬秋思高柳，夕陽元在竹陰西。』范成大詩：『亂蟬高柳滿斜陽。』這些詩寫鳴蟬，都以『夕陽』、『高柳』爲背景；林詩又加進『斷橋』，使環境更典型化了。

［輯評］

傑按：題目是『聞蟬』，四句詩緊扣住蟬來寫。第一句『近交紙薄』，由蟬翼輕薄起興；第二句『冠空』，因蟬冠而引慨；第三、四句則以『夕陽、高柳、斷橋』，烘染蟬鳴環境，表達了作者感懷舊事的紛亂心緒。

與邵德芳同舍三首㊀

其一

聚散雲萍亦偶然，十年曾此繫秋船。當時别意芙蓉老，不道相逢又十年。

［補注］

㊀邵德芳，見卷二《會嚴陵邵德芳同舍邀宿玄同齋道舊有作》注㊀。

其二

年少同游古辟雍㊀，文光萬丈掃秋虹。不須舊事談如夢，燈下相看亦夢中㊁。

［補注］

㊀辟雍，太學。詳卷二《辟雍》注㊀。

㊁燈下句，杜甫《羌村三首》之一：『夜闌更秉燭，相對如夢寐。』

其三

葵心戀日還終在，橘性踰淮已不同㈠。誰識鱸江持釣手，曾搴月窟一枝紅㈡。

［補注］

㈠橘性踰淮，言世俗人心固多因循變節者。参見卷二《雜詠十首酬汪鎮卿》之二『踰淮橘心移』句注。

㈡搴月窟一枝，即『折桂』意，謂科舉高第。

夢中作四首㈠

元兵破宋，河西僧楊勝吉祥行軍有功，因得於杭置江淮諸路釋教都總統，所以管轄諸路僧人，時號楊總統。盡發越上宋諸帝山陵，取其骨渡浙江，築塔于宋内朝舊址。其餘骸骨棄草莽中，人莫敢收。適先生與同舍生鄭樸翁等數人在越上，痛憤乃不能已。遂相率爲采藥者，至陵上以草囊拾而收之。又聞理宗顱骨爲北軍投湖水中，因以錢購漁者求之，幸一網而得。乃盛二函，託言佛經，葬于越山，且種冬青樹識之。在元時作詩，不敢明言其事，但以『夢中作』爲題。後篇《冬青花》亦此意也。

其一

珠亡忽震蛟龍睡[一]，軒敝甯忘犬馬情㊁。《西征賦》：猶犬馬之戀主，竊託慕於闕庭。親拾寒瓊出幽[二]草㊂，四山風雨鬼神驚。

[校記]

按，題下『元兵破宋』云云，爲章祖程注文，《全宋詩》卷三六三三標爲『自注』，誤。

[一]蛟龍睡，《草木子·談藪篇》引録作『龍蛇匣』。　[二]幽，《草木子》作『瑶』。

[補注]

㊀林景熙收葬陵骨事，亦見載元鄭元祐《遂昌雜録》：『當時楊總統發掘諸陵寢者，林故爲杭丐者，背竹籮，手持竹夾，遇物即以夾投籮中。林鑄銀作兩許小牌百十，繫腰間，賄西番僧曰：「餘不敢，望收其骨，得高宗、孝宗骨斯足矣。」番僧左右之，果得高、孝兩廟骨，爲兩函貯之，歸葬於東嘉。其詩有《夢中作十首》。』按：元世祖至元二十二年（一二八五），江淮諸路釋教總統（管轄諸路僧人的官）楊璉真伽在元朝廷的默許和縱容下，率凶徒發掘會稽南宋六帝陵墓（高宗、孝宗、光宗、寧宗、理宗、度宗六陵，在今紹興市東十八公里寶山，又名攢宫山）。這是元統治者爲了鎮壓漢族人民的民族意識的一起暴行。景熙時居越上，他與同里好友鄭樸翁秘密前往收殮遺骨，移葬蘭亭（鄭元祐謂『歸葬於東嘉』，記誤。東嘉即温州）。本題絶句四首和後篇《冬青花》，即詠其事。當時另一遺民山陰人唐珏，亦有收骨義舉。元羅有開《唐義

士傳》引此四詩爲唐珏作，則出誤傳。詳本書附録三拙文《收葬宋陵遺骨事及夢中作詩辨證》。又鄭元祐云『其詩有《夢中作十首》』，引録其中三首，即本題第二、三、四首，謂『（餘）七首尤凄然，則忘之』。今傳林詩止四首，未詳鄭氏所據。

㊁珠亡句，影射宋帝陵墓遭掘。蛟龍睡，喻死後長眠的宋帝。珠，龍頷下的明珠。珠亡，指殉葬珠寶被劫。震，震驚，寫出帝陵被掘，羣情憤激。軒，車軒。軒敝，猶言皇輿敗績，喻國家傾覆。犬馬情，喻臣下眷懷君主的深情。曹植《上責躬應詔詩表》：『不勝犬馬戀主之情。』

㊂寒瓊，白玉，喻指骸骨。

其二

一抔自築珠丘土〔一〕，雙匣猶傳〔二〕竺國經㊀。舜葬蒼梧，有鳥銜青砂珠積成壟，名曰珠丘。

獨〔三〕有春風知此意，年年杜宇泣〔四〕冬青。

［校記］

〔一〕抔，《遂昌雜録》、《輟耕録》卷四、《宋遺民録》卷一四、吴校本、四庫本、《宋詩鈔》並作『坏』。按，『坏』音披，與『抔』義同。自，《遂昌雜録》作『未』。丘，《遂昌雜録》作『宫』。　〔二〕猶，《遂昌雜録》、《輟耕録》作『親』。傳，康熙《温州府志》卷三二作『存』。　〔三〕獨，《遂昌雜録》、《輟耕録》作『只』。　〔四〕泣，《遂昌雜録》、《輟耕録》作『哭』。

［補注］

㊀一抔，一捧土。參見卷二《拜岳王墓》注㊀。珠丘，晉王嘉《拾遺記》卷一《虞舜》：『舜葬蒼梧之野，有鳥如雀，丹州而來，吐五色之氣，氤氳如雲，名曰憑霄雀，能羣飛銜土成丘墳。……時來蒼梧之野，銜青砂珠，積成壟阜，名曰珠丘。』竺國經，指佛經。竺國，天竺國，指古印度。當時將撿得帝陵骸骨，盛裝兩盒，託言佛經而偷運移葬。二句即詠其事。

其三

昭陵玉匣走天涯〔一〕，金粟堆前幾吠〔二〕鴉㊀。水到蘭亭轉〔三〕嗚咽，不知真帖落誰家㊁。

［校記］

〔一〕昭陵玉匣走天涯，《遂昌雜録》作『空山急雨洗巖花』。　〔二〕前幾吠，《遂昌雜録》、《輟耕録》卷四、四庫本作『寒起暮』。　〔三〕到，《草木子》作『向』。轉，《遂昌雜録》作『更』。

［補注］

㊀昭陵，唐太宗陵墓，在陝西興平縣境内。太宗素愛王羲之《蘭亭集序帖》，死後真跡被裝在玉匣，殉葬於昭陵墓中。但昭陵後來曾被打開，没有發現這一傳世墨寶。走天涯，言流失人間。金粟，唐玄宗泰陵所在地。這裏借指被挖掘的山陰宋帝陵墓。參見卷一《春感》注㊂。本卷《答金華王玉成》詩『金粟荒愁

杜宇前』，意同。

㈡蘭亭，在紹興市西南十四公里蘭渚山下。收殮陵骨被埋於蘭亭後天章寺旁。真帖，《蘭亭集序》真跡，喻指帝陵遺骨。本卷《次翁秀峰》詩『唐陵愁問永和帖』，永和帖即蘭亭帖，所指同。

這首詩以蘭亭帖的失蹤爲喻，意謂人們哀念帝墓被掘，不知陵骨已被移葬蘭亭。卷一《春感》：『子規叫殘金粟暮，繭紙蘭亭已飛去。』寓意同。

其四

珠凫玉雁又成埃，班竹臨江首重回〔一〕㈠。猶憶年時寒食祭〔二〕，天家一騎捧〔三〕香來。

［校記］

〔一〕『珠凫玉雁』二句，《遂昌雜録》作『橋山弓劍未成灰，玉匣珠襦一夜開』。　〔二〕憶，《遂昌雜録》作『記』。年時，《遂昌雜録》作『去年』，康熙《温州府志》卷三作『昔年』。祭，《遂昌雜録》作『日』，《輟耕録》卷四、康熙《府志》作『節』。　〔三〕捧，《輟耕録》作『奉』。

［補注］

㈠珠凫玉雁，指帝陵殉葬寶物。《藝文類聚》卷八引《吴越春秋》：『闔廬死，葬於國西北……黄金珠玉爲凫雁。』《漢書·劉向傳》：『秦始皇帝葬於驪山之阿……水銀爲江海，黄金爲凫雁。』班竹，用娥皇、女英二妃哭葬帝舜，淚染湘竹事。班，同斑。首重回，重回首，言不禁令人再度回想往事。

［輯評］

弘治《温州府志》卷一一《人物二・忠義宋・林景熙》：乃盛以二函，託言佛經，葬於越山，且植冬青樹識之，因而爲詩（引本題三首及《冬青花》從略）。聞而知者悲之。

陳璋《霽山先生集序》：然其志固有鬱邑侘傺者，用肆爲詩歌，泄其忠義之懷，如《商婦吟》、《秦吉了》、《孫供奉》、《讀文山集》諸作，皆以明出處，正綱常，而《夢中作》，則尤其報國保身之證。

馮彬《霽山先生集序》：西涯翁擬古樂府詞，載霽山氏《夢中作》、《冬青》詩，悽惋悲慨，予讀而哀之，恨不得觀其全帙爲歉。

徐乾學《資治通鑑後編》卷一五五《元紀三》：宋太學生東嘉林景熙故爲杭丐者……植冬青於其所，作詩以紀之。其一絶曰：『一抔自築珠宫土，雙匣親傳竺國經。只有東風知此意，年年杜宇哭冬青。』雙匣，謂高、孝兩函也。　［考異］《夢中作》則玩其辭旨，端屬景熙。其『雙匣親傳』一首，尤爲深切著明，故特舉以證其事云。

陳焯《宋元詩會》卷五五《夢中作四首》：然此四首，據盱江鄧元錫定爲唐珏之詩。考唐珏與鄭宗仁，皆景熙一時同志圖兹義舉者，唐既别有《冬青花》古體二章，而絶句聲調與景熙近，且又原載林集内，則此詩仍當屬林，恐盱江未之深考也。

全祖望《奉淛東孫觀察論南宋六陵遺事帖子》：當時江南舊臣官上都者不少，不能出一言以保橋山弓劍，至使楊髡縱其滔天之惡，玉匣珠襦，狼籍殆盡。……滄桑岸谷，又歷數百祀而遥，四山風雨之地，一望蒼茫。然而，向蘭亭而嗚咽，索真帖於誰家？諸君子之魂魄在此間，其奈何過而莫之問也。又《再奉浙東孫觀察帖》：嗚呼，一坏未築，雙匣親傳。當時義士之力，不能勝逆胡，而今何有矣！

陶元藻《泊鷗山房集》卷一一《廣會稽風俗賦》：以言陵墓，則冬青穴義薄穹蒼，運當子丙，時惟馬羊，金凫將失，玉骼難藏。寶匣之蛟龍輾轉，橋山之弓劍凄涼。斷六更之譙鼓，感一騎之天香。後之人，第悵攢宮地裂，誰能辨岸谷，核滄桑，蹠磧礫，撥榛篁，訪珠丘於蘭渚，而識金粟于天章。

趙翼《甌北詩話》卷一一《詩人佳句》：『一抔自築珠宮土，雙匣親傳竺國經。只有東風知此意，年年杜宇哭冬青。』『空山急雨洗巖花，金粟堆邊起暮鴉。水到蘭亭轉嗚咽，不知真帖落誰家。』『橋山弓劍未成灰，玉匣珠襦一夜開。猶記去年寒食節，天家一騎捧香來。』楊璉真伽發宋諸陵，有義士林景曦爲丐者，以竹籠拾高、孝二帝骨，葬於東嘉，作此記事。

乾隆《平陽縣志》卷一五《人物上·忠臣·林景熙》：賦《冬青花》詞，復託《夢中作》詩以寓意。詞曰（引略）。詩曰（引略）。詞旨幽惻，聞者悲之。

謝啟昆《讀全宋詩仿元遺山論詩絶句二百首·林景熙》：冬青樹引泣寒灰，商婦宵吟慘客懷。竺國經傳雙匣在，竹籠暗費鑄金牌。

《四庫全書總目》卷一六五《林霽山集》：今考此集中載《夢中作》四詩，與諸書所載珏作同。珏他詩不概見，而此四詩詞格，與景熙葬高、孝兩陵之説合，實與景熙他詩相類。且『雙匣親傳竺國經』句，與珏同葬諸陵之説不合。

李慈銘《越縵堂日記·咸豐十年六月二十六日》：其曰『雙匣親傳竺國經』者，乃景熙自詠其事；下云『水到蘭亭轉嗚咽』，則明詠天章寺事矣。……霽山六陵諸詩，最悽婉可愛，並録於此，以便諷誦（引本題四首及《冬青花》從略）。

夏承燾《樂府補題考·考事》：《補題》託物起興，而又亂以他辭者，亦猶林景熙冬青之詩，必託爲夢中之作也。以《補題》各詞比附景熙冬青詩，呂同老《龍涎香》曰『蜿蜒夢斷瑶島』，李居仁曰『潛龍睡起清曉』，李彭老曰『誰喚覺鮫人春睡』，何異『珠亡忽震蛟龍睡』乎？馮應瑞《龍涎香》曰：『海市收時，鮫人分處，誤入衆芳叢裏。』仇遠《蟬》曰：『滿地紅霜，淺莎尋蜕羽。』呂同老《蟹》曰：『如今漫與江山興，更誰憐草泥蹤跡。』非即『親拾寒瓊出幽草』乎？　又《後記》：（王碧山《慶清朝·榴花》）過變云：『誰在舊家殿閣，自太真仙去，掃地春空。朱幡護取，如今應誤花工。顛倒絳英滿徑，想無車馬到山中。』末二句用韓愈榴花詩語，實與林景熙《夢中作》『猶憶年時寒食祭，天家一騎捧香來』同意。

蘇淵雷《仰霽亭碑記》：尚憶年十三就讀南雁蕩會文書院時，一夕風雨甚，聆張漢傑師燈下朗誦霽山詩『水到蘭亭轉嗚咽，不知真帖落誰家』之句，聲淚俱下；余亦悽其興感，不能自已。此情此景，迄今六十有六年，猶歷歷在目也。

傑按：忠義足動千古，詞章亦彪炳史册，堪稱風雅正聲。『屈子《離騷》，杜陵詩史』（用鮑正言語），兼而有之。作者紀事抒懷，以藻思綺合之筆，寫激楚蒼凉之情，悲惻幽婉，千載下猶令人感泣。借翁方綱《石洲詩話》中的一句話：『宋人七絶，自以此種爲精詣。』

冬青花㊀

冬青，一名女貞木，一名萬年枝。漢宮嘗植此，後世因之。宋諸陵亦多植此木。

冬青花〔一〕，花時一日腸九折。隔江風雨清〔二〕影空，此言在宮中者。五月深山護微〔三〕雪。此言在紹興者。冬青開於五月，其色白而微黄。石根雲氣龍所藏，尋常螻蟻不敢穴。謂天子所葬之處，尋常臣民不得而雜處也。移來此種非人間，曾識萬年觴底月㊁。蜀魂〔四〕飛繞百鳥臣，杜子美《杜鵑行》：君不見昔日蜀天子，化爲杜鵑似老烏。寄巢生子不自啄，羣鳥至今爲哺雛。雖同君臣有舊禮，骨肉滿眼身羈孤。夜半一聲山竹裂㊂！

［校記］

按，題下「冬青一名」云云，爲章祖程注文，《全宋詩》卷三六三三標爲「自注」，誤。

〔一〕冬青花，《遂昌雜録》、《輟耕録》卷四、嘉靖《温州府志》卷七作「冬青花，冬青花」。〔二〕清，弘治《温州府志》卷一一、《石倉歷代詩選》卷二二一作「青」，《宋詩鈔》、《南宋文範》卷四作「晴」。按，作「晴」非。〔三〕護，《遂昌雜録》、《輟耕録》、嘉靖《府志》作「落」。微，弘治《府志》作「凝」。

〔四〕魂，弘治《府志》、《宋藝圃集》卷一九作「魄」。

［補注］

㈠鄭元祐《遂昌雜録》：『（陵骨移）葬後，林於宋常朝殿前掘冬青樹一株，植於兩函土堆上。又有《冬青花》一首曰（本篇略）。』

㈡移來二句，言此冬青係從帝廷移來，曾經閱歷前朝榮盛，不是世間普通的樹種。萬年觴，祝壽之杯。宋周邦彦《汴都賦》：『羣臣進萬年之觴，上南山之壽。』

㈢蜀魂，指杜鵑鳥。相傳杜鵑爲古蜀帝所化，故百鳥仍向他稱臣。山竹裂，杜甫《玄都壇歌寄元逸人》詩：『子規夜啼山竹裂。』

［輯評］

張寰《霽山先生集序》：噫，先生真烈士哉！吾嘗讀其《冬青》諸作，未嘗不泫然悲之，而壯先生之行也。

馮彬《霽山先生集序》：西涯翁擬古樂府詞，載霽山氏《夢中作》《冬青》詩，悽惋悲慨，予讀而哀之，恨不得觀其全帙爲歉。

嘉靖《浙江通志·林景熙傳》：景熙與鄭樸翁等數人相率爲采藥者，至陵上以草囊拾而收之……葬之越山，植冬青樹爲識。賦《冬青行》及《夢中作》，詞旨幽惻，聞者悲之。

文徵明《會稽雙義祠碑》：奸僧楊璉真珈實倡率之，珠襦玉柙，悉爲攫取，而投骨榛莽，極其憯慽。璉方貴横，莫敢傍睨。二公先後以他骨竄易而瘞之，植冬青以志，賦詩激烈，不勝遺黎悲慨之感。

胡應麟《詩藪》雜編卷五：林收二帝遺骨，或謂唐珏玉潛，紀載紛紛，頗難懸斷。第以《冬青樹》唐作則未然，此詩在林集與他歌行絶類。蓋二家同創此舉，遂以林作附會於唐耳。

王士禛《分甘餘話》卷三：元初西僧發會稽六陵事，亘古未聞。唐、林二義士《冬青引》諸篇，沈痛過於《黍離》《麥秀》，載於《宋遺民録》《輟耕録》者，與其人俱不朽矣。

萬斯同《書林唐二義士傳後》：今觀玉潛詩有『遥遥翠蓋萬年枝，上有鳳巢下龍穴』句，霽山詩有『移來此種非人間，曾識萬年觴底月』句，皆詠冬青；而霽山之《冬青行》正次玉潛之韻，則兩人之協謀益無可疑。

吴瞻泰《霽山先生集序》：雲溪爲唐（珏）傳有《冬青行》二首，林集亦有《冬青花》一首；謝翺《晞髮集》有《冬青樹引别玉潛》詩，而林集亦有《酬謝臯父見寄》詩，末云『餘哀散林木，此意誰能知？　夜夢繞句越，落日冬青枝』。數人之詩，皆託冬青以見意，如出一手。

李慈銘《越縵堂日記·咸豐十年六月二十六日》：霽山六陵諸詩，最悽婉可愛，並録於此，以便諷誦。（引《夢中作四首》和本篇從略）

金性堯《宋詩三百首》：本詩以不忍見冬青開花始，以不忍聽鵑聲作結，曲達遺老心事。

六言

其一

沙鷗對立機外，蝴蝶相逢夢中㊀。帆去帆來野水，花開花落春風。

［補注］

㊀機外，機巧之外。言超離塵世紛爭。蝴蝶句，莊生夢見自己化爲蝴蝶。見《莊子·齊物論》。

其二

流水獨吟花徑，好山重約雲門㊀。茶甌疏竹孤寺，桐角斜陽遠村㊁。

［補注］

㊀雲門，指紹興雲門寺。參見卷一《雲門即事》注㊀。

㊁桐角，見卷一《桐角》注㊀。

讀《文山集》㊀

黑風夜撼天柱折㊁，萬里風塵〔一〕九溟竭。誰欲扶之兩腕絶，英淚浪浪滿襟血。龍庭戈鋋爛〔二〕如雪㊂，孤臣生死早已決。綱常萬古懸日月，百年身世輕一髪。苦寒尚握蘇武節，垂盡猶存〔三〕杲卿舌㊃。膝不可下頭可截，白日不照吾忠〔四〕切。哀鴻上訴天欲裂，一編千載虹光發。書生倚劍歌激烈，萬壑松聲助幽咽。世間淚灑兒女别，大丈夫心一寸鐵㊄！

【校記】

此篇原集不載，明吕洪刻本據明孫原理編《元音》增補。按，此詩元蔣易《元風雅》卷二八《雜編上》已見收録，題《讀文山詩》。今取校《元風雅》及四庫全書本《元音》卷一〇、《元詩體要》卷一、《東甌詩集》卷五、嘉靖《温州府志》卷七、乾隆《平陽縣志》卷二〇，編入本卷。

〔一〕風塵，四庫本《元音》《元詩體要》、嘉靖《府志》及吴校本、四庫本《霽山集補遺》均作「飛塵」，《東甌詩集》、乾隆《縣志》作「塵飛」。　〔二〕庭，四庫本《元音》作「旌」。爛，《元風雅》作「耀」。

〔三〕存，《元風雅》作「有」。　〔四〕忠，《東甌詩集》、嘉靖《府志》、乾隆《縣志》作「衷」。

［補注］

㈠文天祥（一二三六—一二八二），字宋瑞，又字履善，號文山，吉州廬陵（今江西吉安市）人。《宋史》卷四一八有傳。著有《文山集》二十一卷。《四庫全書總目》卷一六四《文山集》：「天祥平生大節，照耀今古，而著作亦極雄贍，如長江大河，浩瀚無際。」

㈡天柱折，《淮南子·天文訓》：「（共工）怒而觸不周之山，天柱折，地維絶。」山折海竭，喻世變動亂。

㈢龍庭，匈奴祭天之處。班固《封燕然山銘》：「焚老上之龍庭。」此指元朝廷。

㈣蘇武節，漢蘇武出使匈奴，被拘禁流放北海，「杖漢節牧羊，臥起操持，節旄盡落。」見《漢書·蘇武傳》。節，使者所持旌節，上綴飾旄牛尾。杲卿舌，唐顔杲卿任常山太守，起兵討安禄山叛軍，城破被俘，押解洛陽。「縛之天津橋柱，節解，以肉啖之。詈不絶，賊鉤斷其舌，曰「能復詈否」？杲卿含糊而絶。」見《新唐書·顔杲卿傳》。文天祥《正氣歌》：「時窮節乃見，一一垂丹青……在秦張良椎，在漢蘇武節……爲張睢陽齒，爲顔常山舌。」

㈤世間二句：意謂文天祥剛貞不屈，心膽如鐵，的確是頂天立地的英雄；相比之下，世間那些爲了離别而像小兒女那樣傷心掉淚的人，真是太瑣屑太渺小了！心一寸鐵，辛棄疾贈答陳亮《賀新郎》詞：「我最憐君中宵舞，道男兒到死心如鐵！」

［輯評］

陳璋《霽山先生集序》：然其志固有鬱邑侘傺者，用肆爲詩歌，泄其忠義之懷，如《商婦吟》《秦吉了》《孫供奉》《讀文山集》諸作，皆以明出處，正綱常。

胡應麟《詩藪》外編卷六：宋末盛傳謝皋羽歌行，雖奇邃精工，備極人力，大概李長吉錦囊中物耳。林德暘七言古不多見，而合處勁逸雄邁，視謝不啻過之。如《讀文山集》云（引全詩略）。可謂元初絶唱。

中國科學院文學研究所《中國文學史·宋代文學》第九章第三節：《讀文山集》七古末云：『書生倚劍歌激烈，萬壑松聲助幽咽。世間淚灑兒女别，大丈夫心一寸鐵！』他的氣概正不減於『留取丹心照汗青』的文文山。

傑按：此作爲七言歌行中的柏梁體，『不以對偶，而每句用韻』（明宋公傳《元詩體要》卷一《柏梁體》）。哀弦促節，句句緊逼，一氣盤折中跳蕩着高亢激越的音律，真可以『凄金石而泣鬼神』（鮑正言語）。乾坤浩然正氣，民族剛烈精神，筆底毫間淋漓感發。胡應麟推爲『元初絶唱』，千古定評。

錦屏山〔一〕

錦屏〔一〕鬱嵯峨，秀出〔二〕城之西。直是神氣積，宛若屏障開。蒼翠出重壤，上與浮雲齊。幽花被晴壁，古樹欹層崖。下有張夫子，讀書事幽棲。于今幾百歲，衣冠多世才。

偉哉據名勝，林泉足徘徊。兹晨幸休暇，杖履同攀躋。和氣集〔三〕輕裾，好鳥鳴喈喈。勇往遽忘疲，窮深陟崔嵬。極目萬里外，頓覺羣山低。長嘯倚孤〔四〕松，暢然舒我懷。

［校記］

此篇原集不載，清鮑刻《知不足齋叢書·霽山集·補遺》據萬曆《温州府志》增補。今取校嘉靖《温州府志》卷二、乾隆《平陽縣志》卷二，編入本卷。

〔一〕錦屏，嘉靖《府志》『屏』作『障』。按，下云『宛若屏障開』，以作『錦屏』爲宜。　〔二〕出，乾隆《縣志》作『接』。　〔三〕集，嘉靖《府志》作『襲』。　〔四〕孤，嘉靖《府志》作『蒼』。

［補注］

㈠錦屏山，在浙江平陽縣城西。嘉靖《温州府志》卷二《山川·平陽縣》：『錦屏山，去城西一里。林霽山詩云（引本篇略）。』雍正《浙江通志》卷二〇《山川十·温州府平陽縣》：『錦屏山，《嘉靖浙江通志》：形類屏扆，四時蒼翠。』

瑞安院㈠

倚山寶閣照崔嵬，山鳥山雲自去來。竹籟曉和幽梵合，藤花春入古松開。丹空遺竈形難蛻㈡，草暗孤城首重回。處士凄凉猶是晉，廬山蓮社許參陪㈢。

［校記］

此篇原集不載，清鮑刻《知不足齋叢書·霽山集·補遺》據弘治《平陽縣志》增補，今編入本卷。

［補注］

㈠瑞安院，乾隆《平陽縣志》卷九《秩祀·寺觀》：『瑞安院，在仙壇上，宋乾道間建。宋林景熙《瑞安院》詩（引本篇略）。』仙壇山，在平陽縣城東，參見卷一《游仙壇》注㈠。

㈡丹空句，乾隆《平陽縣志》卷一七《人物·流寓》：『葛洪，咸和間覽勝至平，修煉于東山，有丹竈遺跡。』

㈢處士，指陶潛。猶是晉，《宋書·隱逸傳·陶潛》：『自以曾祖晉世宰輔，恥復屈身後代。自高祖（指宋武帝劉裕）王業漸隆，不復肯仕。所著文章，皆題其年月，義熙（晉安帝年號）以前則書晉氏年號，自永初（宋武帝年號）以來惟云甲子而已。』言陶潛雖身處劉宋，而心繫晉室。廬山蓮社，晉廬山東林寺高僧慧遠，與劉遺民等十八人結社同修，號蓮社。《宋書·隱逸傳·周續之》：『入廬山事沙門釋慧遠。時彭城劉遺民遁跡廬山，陶淵明亦不應徵命，謂之尋陽三隱。』

題陸秀夫負帝蹈海圖㈠

紫宸黃閣共樓船㈡，海氣昏昏日月偏。平地已無行在所，丹心猶數中興年㈢。生藏〔一〕魚腹不見水，死抱龍髯直〔二〕上天㊃。板蕩純臣有如此，流芳千古〔三〕更無前。

【校記】

此篇原集不載，中華書局排印本據冒廣生《霽山先生集跋》補録。按，此詩見載明瞿佑《歸田詩話》卷中，清孫衣言《甌海軼聞》卷一六《永嘉學術・林架閣景熙・霽山佚詩》已據收録，今編入本卷。又按，元吴師道《吴禮部詩話》引爲元盛元仁詩，云：『陸秀夫抱幼主沉海，諸公作挽詩，惟盛元仁一章爲冠（引本篇略）。盛號虎林。』陳衍《元詩紀事》卷一〇盛彪名下據以引録，小傳云『彪字元仁，號虎林，臨安人。官至鎮江學正。』冒廣生《永嘉日記》云：『此詩亦有傳疑，《吴禮部詩話》以爲盛元仁作。……然禮部所云不如《歸田詩話》較詳，姑兩存其説可耳。』

〔一〕藏，《吴禮部詩話》作『投』。　〔二〕直，《吴禮部詩話》作『欲』。　〔三〕千古，《吴禮部詩話》作『青史』，《養一齋詩話》卷三引作『千禩』。

【補注】

㊀陸秀夫，見卷一《題陸大參廣陵牡丹詩卷後》注㊀。負帝蹈海，宋王應麟《四明文獻集》卷五《陸秀夫特授淮東提刑兼淮東制置使司參議官誥》：『厓山既敗，乃仗劍驅其妻子曰：「而去，怕我不來！」乃詣帝舟，啟帝曰：「少帝、太后已辱，陛下不可再辱！」抱帝赴水死。』

㊁紫宸，天子所居正殿。借指帝王。黄閣，漢時丞相辦事廳堂，因閣門塗黄色，故稱。借指宰相。

㊂行在所，帝王出外巡行駐蹕之地。數中興年，杜甫《喜達行在所三首》之三：『今朝漢社稷，新數中

興年。』

㊃龍髯，《史記·封禪書》載，黄帝鑄『鼎既成，有龍垂胡髯，下迎黄帝』，羣臣隨從上。這裏將負帝蹈海比做抱龍升仙。

［輯評］

瞿佑《歸田詩話》卷中《陸秀夫殉國》：宋衛王即位海上，秀夫爲首相。時播越海濱，庶事疏略，每朝會，秀夫獨儼然正位如治朝。雖流離中，猶日書《大學》章句以勸講。及厓山兵潰，秀夫先驅其妻子入海，即負帝同溺。或畫爲圖者，石田林景熙賦詩云（本篇略）。詞嚴義正，足以發明其心事云。（孫衣言《甌海軼聞》卷一六《霽山佚詩》引《歸田詩話》按云：『霽山居平陽白石巷，故其詩曰《白石樵唱》。此云石田，或其别號。』）

木訥《歸田詩話序》：乃見前人林景熙詠陸秀夫詩，而知表殉國之志；詠家鉉翁詩，而知有持身之節。……非先生以誠而得古人作詩之要，蘊蓄之久，安能記之詳而評之當哉？

王昌會《詩話類編》卷二〇《品評上》：元詩『山中鳥喙方嘗膽，臺上蛾眉正捧心』、『空懷狗監知司馬，且喜龍門識李膺』、『生藏魚腹不見水，死抱龍髯直上天』，皆得李義山遺意。

潘德輿《養一齋詩話》卷三：文山致命，後人名詠甚多。獨吾郡君實丞相憑弔鮮佳者，惟元人林景熙一律云（引本篇略）。第五句無深藴，落句亦落套；然詞氣勃發，足爲大忠生色，後無繼起得名者矣。

佚句

君不見羊之年，馬之月，霹靂一聲山石裂。

［校記］

録自元鄭元祐《遂昌雜録》。陶宗儀《南村輟耕録》卷四《發宋陵寢》轉録鄭元祐《林義士事跡》「見」作「記」，餘同。按：《輟耕録》同條轉録羅有開《唐義士傳》引唐珏《冬青行二首》之二有：「君不見犬之年，羊之月，霹靂一聲天地裂。」與林句小異。

丙之年，子之月，冬青花，不可説。

［校記］

録自明孔希普《冬青樹引注跋》，見文淵閣四庫全書本《冬青樹引注》。

浙江文化研究工程成果文庫

浙江文獻集成

林景熙集補注

〔宋〕林景熙 著

〔元〕章祖程 注

陳增傑 補注

〔下册〕

浙江古籍出版社
Zhejiang Ancient Books Publishing House

林景熙集補注卷四

記賦傳説二十二首

州内河記[一]

平陽爲東浙巨邑，河爲邑巨利，晉太康中郭景純所定也[二]。治挾兩山，河縈迴〔一〕如帶，而源有三：一嶺門，一崑巖，兩道南落直走河，以經治之東西；一從白石諸峰迢遞而下，折入河，以緯治之北[三]。至市橋始合流，又北至抗雲橋，與塘水逆，復合流轉而東，勢益深廣。按水法來去利，其最利者可濟枯旱，可泄淹滂，可濯可烹。出郭〔二〕外，引溉民田數十里，訖歸於海，故爲利巨。邑，猶身也；河，血脈也。血脈壅則身病，河壅則邑病。不壅不病也。父老言嘉泰甲子邑災，莽爲礫區，流僅如綫。明年，汪令季良來官[四]，民居稍構，亟浚之，容〔三〕演如故。爾後〔四〕繭絲相急㊄，河漸壅，不暇問；縱有問者，苟焉而已。架浮屋㊅，歲以租入官，堙穢益甚。疫癘凶荒之變，無歲無之。

德祐改元，王君應嘉以永嘉警曹被檄攝令㊆，首訪水利，議重浚。遂蠲浮屋之租，戒民自除毀，民亦樂於去病而即利也。爰乘冬隙，赴役若子來㊇。鍬飛畚運，委土成邱，深視昔增三尺餘。則又疏東門之池，瀦其流；障登瀛之浹，窒其漏㊈，爲河計詳且密矣。竣事，衆相慶〔五〕，令矍然曰㊉：『浚之難，未若壅之易也。』

壅起於侵，今浮屋爲河害去之，其租利入于官蠲之，時異事殊，民無蔽于實害者將復侵乎？長民者無動於微利而聽其侵乎？願相與保之。所不同心，有如河㊀！乙亥十二月日記。

［校記］

此篇原集不載，知不足齋叢書《霽山集・補遺》據平陽張綦毋抄補。今取校弘治、嘉靖、康熙《温州府志》及乾隆《平陽縣志》，編入本卷『記』下。又按，平陽自晉置縣，唐宋相沿，元成宗元貞元年（一二九五）始陞縣爲州，見本卷《平陽縣治記》及《元史・地理志五》。此記作於『乙亥』，即宋恭帝德祐元年（一二七五），不當云『州内河』。然明清諸府、縣志皆引爲此題，姑仍之。

〔一〕迴，乾隆《縣志》作『洄』。　〔二〕郭，乾隆《縣志》作『郊』。　〔三〕容，嘉靖《府志》作

『寬』，《東甌先正文録》卷六作『溶』。　〔四〕後，原作『從』，冒刻本同；兹據嘉靖《府志》、乾隆《縣志》、《文録》和中華本改。　〔五〕衆相慶，『衆』上鮑本有『視』字，冒刻、叢集、中華本皆沿從。按弘治、嘉靖、康熙《府志》及乾隆《縣志》均無『視』字，衍文當删。

［補注］

㊀本篇作於宋恭帝德祐元年（乙亥，一二七五）。州内河，平陽縣城内河道。雍正《浙江通志》卷六一《水利・平陽縣》：『城内河，萬曆《温州府志》：宋咸淳間邑令王應嘉重浚，林景熙作記。』乾隆《平陽縣志》卷八《水利・河道》：『城内河道。其源一自崑山來，一自嶺門來，夾城東西流；一自白沙岡甸洋來，入白石河，過縣治，號腰帶水，會於抗雲橋分流。舊時下山宋莊有支浹，築石塞之曰水碓。登瀛坊左又有小浹，其旁居民穴之以自利，有司慮其走泄，築石障之。城内水道，民間多架浮屋，歲久壅塞。宋嘉泰甲子邑火，明年令汪季良拆屋浚河，久復壅塞。德祐改元，永嘉尉王應嘉來攝邑事，重浚。』

㊁太康（二八〇—二八九），晉武帝年號。郭景純，郭璞（二七六—三二四）字景純。乾隆《平陽縣志》卷一七《人物下・流寓》：『晉郭璞，弘農人。嘗至甌相土，扞白鹿城。又至平陽，太康間邑城亦其所扞。』按，郭璞生於晉武帝咸寧二年（二七六）。太康元年（二八〇）纔五歲，太康十年（二八九）也只有十四歲，不可能扞城平陽。此言『晉太康中郭景純所定也』及《縣志》所云，時間未確。

㊂嶺門，嶺門山。康熙《温州府志》卷三《山川・平陽縣》：『嶺門山，在縣治前。其山左右翼然夾坡，故名。』謝靈運有《游嶺門山》詩。崑巖，崑山，在縣治西南。經，南北流向。緯，西東流向。

㈣汪令季良，見本卷《重修陰均斗門記》注㈡。

㈤繭絲，蠶絲，喻賦斂。徵斂賦税如抽絲于繭，故云『繭絲相急』。

㈥浮屋，在河道上搭建的房屋。

㈦德祐改元，咸淳十年（一二七四），宋度宗死，恭帝即位。次年（一二七五）改元德祐。攝令，代理縣令。

㈧赴役若子來，言浚河之役，民人樂從，如父召子來。《詩·大雅·靈臺》：『經始靈臺……庶民子來。』朱熹集注：『民心樂之，如子趣（趨）父事，不召自來也。』

㈨障登瀛之浹，窒其漏：堵住登瀛坊的水道，不讓河水漏泄。登瀛，城内坊巷名。

㈩矍然，驚惕的樣子。

㈡所不同心，有如河：如果不同心相保，有河神來作證（意謂讓河神監督）。所，若。『所……有如』爲先秦盟誓之辭的常用句式。《左傳·僖公二四年》：『所不與舅氏同心者，有如白水！』

鞍山齋記㈠

山於天地間爲物峙，或盤如龍，或踞如虎，或儀如鳳，或曳如黿；或巾而峨，或筆而鋭，或笥而方；或蓋，或笏，或旗，或印，形象〔二〕物而名隨之。

昆陽並海而縣[二]，諸峰自西南來，氣勢橫逸，若萬馬之奔。距郭近一峰特聳，若勒回馬首而顧其羣；其旁起中伏，若馬背負鞍，故名馬鞍山。春時杖屨西郊，見雲霧吞吐，花木紛披，宛然紫茸翠毛之飾，晃眩吾目。周氏族居其下，箕裘《詩》《禮》[三]，踰二百年。行之翁薦於鄉，登龍虎第，春風得意，看花長安[四]。堂叔父蒼巖先生，嘗五馬台藩[五]。其子延甫，升上庠，幾爲走馬舍選[六]。程悠景没，皇路險傾，昔馳今止也，昔驟今拘也，昔康莊今早〔二〕櫪也[七]。翁德不踰閑，以一静鎮羣競。顧生平出處，有似玆山，方相羊以盟吾老，故自號焉。

噫嘻！八駿不游，六螭猶在[八]。翁將爲奕乎高駟，驅策乎要途，追飆抹電，一瞬千里；乃掛長林，倚高嶽，使樵夫牧子得熟視而摩挲之[九]。昔馬伏波年六十餘，自請伐胡，據鞍顧盼，以示可用，上曰『矍鑠哉』[一〇]！翁年過伏波，而貌腴意遠，如有用我，尚堪一行否？翁笑曰：『呂公後車，申公蒲輪[一一]，皆後吾十年，吾秣吾馬矣。』予聞翁言，頗壯翁，而知翁之壽未艾也。翁行，予亦執鞭從後。

［校記］

〔一〕象，四庫本作『衆』。　〔二〕早，四庫本、冒刻本作『皁』，字通。

［補注］

[一]據文内『八駿不游，六螭猶在』諸語，可推知本篇約當作於宋端宗景炎元年（一二七六）。鞍山齋，

宋平陽周景顒書齋。乾隆《平陽縣志》卷二《輿地下·山川》：『馬鞍山，在縣西二里，連甸洋諸山。』又卷一八《雜志·古跡》：『鞍山齋，宋周行之所居。林景熙《鞍山齋記》（本篇略）。』周景顒（一作灝），字行之，平陽人。宋朝請大夫周元龜侄，宋度宗咸淳四年（一二六八）進士。弘治《温州府志》卷一三《人物四·科第·宋》：『咸淳戊辰：周景顒，平（陽）。』民國《平陽縣志》卷三五《周元龜傳》附：『從子景灝，字行之，咸淳四年進士。宋亡隱居不仕。』

㊁昆陽，平陽縣城。參見卷二《李兩山侍郎仲氏》注㊁。

㊂箕裘《詩》《禮》，謂以儒家經典爲世業。箕裘，《禮記·學記》：『良冶之子，必學爲裘；良弓之子，必學爲箕。』言冶金、造弓的家庭其子弟亦必能承紹祖業。

㊃登龍虎第，登進士第。唐貞元八年，歐陽詹、韓愈等皆有文名，同時及第，時稱龍虎榜。見《新唐書·歐陽詹傳》。春風得意，看花長安，《唐才子傳·孟郊》：『其初登第，吟曰：……春風得意馬蹄疾，一日看盡長安花。』

㊄蒼巖先生，周元龜號蒼巖。五馬台藩，指任職台州知州。漢代州刺史（太守）五馬駕車。詳卷五《宋朝請大夫太常寺簿知台州周公墓志銘》。

㊅上庠，上舍。宋代太學分外、內、上三舍，諸生循序漸進。上舍生修業期滿，經考核即可授官。幾爲走馬舍選，將要從上舍被選拔任職。

㊆景没，日没。景，日影。皇路，車駕。《後漢書·崔駰傳》：『四牡横奔，皇路險傾。』早櫪，同皁櫪，

馬厩。

㈧八駿，爲周穆王駕車的八匹駿馬。《穆天子傳》卷四：『天子命駕八駿之乘。』六螭，猶六龍。馬八尺稱龍。古代天子車駕爲六馬，代稱天子車駕。李白《上皇西巡南京歌》：『誰道君王行路難，六龍西幸萬人歡。』宋恭帝德祐二年（一二七六）三月，臨安陷落，益王趙昰、廣王趙昺經由金華抵温州，隨後南下福州。這年五月，趙昺即帝位（端宗），改元景炎。『六螭猶在』，暗指其事。

㈨舄奕，顯耀。高駟，高車大馬。駟，駕車四馬。乃，竟。

㈩昔馬伏波六句：東漢名將馬援，任伏波將軍。《後漢書·馬援傳》：『武威將軍劉尚擊武陵、五溪蠻夷，深入，軍没，援因請復行。時年六十二，帝愍其老，未許之，援自請曰：「臣尚能被甲上馬。」帝令試之。援據鞍顧眄，以示可用。帝笑曰：「矍鑠哉是翁也！」』矍鑠，勇貌。

㈡呂公，指太公望呂尚。後車，副車，侍從乘坐的車。呂尚年老窮困，漁釣渭濱，被周文王發現，載後車以歸，拜爲師。申公，指魯申公。蒲輪，用蒲草包裹車輪，使行進安穩，用以禮迎賢士。《漢書·武帝紀》：『遣使者安車蒲輪，束帛加璧，徵魯申公。』

［輯評］

民國《平陽縣志》卷三五《林景熙傳》：旋以國事寢非，棄官歸里，隱州治白石巷。時景熙年方英鋭，聞益、廣二王行遁海濱，與同里周景灝皆有南行意，嘗爲景灝作《鞍山齋記》以見志。後以道梗不果。

傑按：開首狀馬鞍山聳峙之態，取疊喻手段，連用十一『或』字，曲盡形容。排比取勢，句復錯落有致，蓋淵源於《詩·小雅·北山》和韓昌黎《南山詩》筆法。

王氏園亭記㈠

王氏園亭，在府第之河北，周圍可數千步。近西鑿地數畝，甃石爲池，俗所謂後衙勝概也。蒲葦盈水際，芰荷菱芡，鮮潔如鋪錦，波光蕩漾，嘉魚出没，沙鷗水禽，如在鏡中。池北有堂，曰夢醒，蓋少保莊簡公歸休之所㈡。公蒙被榮寵，逾二十年，老而乞閑，如夢斯醒，故以名堂。珠簾繡幙，朱户綺窗，籠雲映日。壁皆縞素，繪以丹青，中積秘書及名人圖畫。門外碧梧高拱，枝柯四蔭，補於階所，旁植千葉碧桃。堂東南百餘步，聚石爲假山。石多太湖、崑山、靈壁、錦川之屬㈢，崒嵂岑崟，盤紆茀鬱，宛若生成。危峰插天，懸崖壁立，石洞玲瓏，如神工鬼斧之所雕刻。觀者緣丹石之梯，穿蒼苔之徑，扳躋而上，登絕頂，履層巒，下觀景物，恍然圖畫。自頂引流注巖下，每大雨初霽，瀏瀏作聲，匯爲小窪，瑩澈泓澂，毫髮可鑑。金魚作陣，洋洋往來，如行琉璃瓶中。石麓薜封蔓絡，樛葛薈翳。有亭傍水，曰觀瀾。左麓植丹桂十餘株，秋深花香襲人，芬郁可愛，亭曰聯桂。山之西出窪數步，有石如鼓如覆鐘，可列而坐。有路達池，白石鱗起，明瑩如玉。路窮有軒，曰環秀。軒當山水之間，仰瞻隆阜，俯瞰迴流，佳花異卉，紛雜糾錯，桂柏蒼萃，果樹分羅，莫不呈奇獻秀於几席之前。中有古琴，暇則焚香鼓之。軒外爲弈棋處，賓至相對手談。或臨池而釣，或泛舟而游，徜徉竟日。池中疊石爲洲，洲左右爲石堤以通往來，堤盡處爲石梁以通舟楫。洲之上構亭曰浸碧，八窗洞開，水光浮映，清氣逼人，衣袂成碧色，雖盛夏自覺神清瀟爽，如坐水晶宫，平生煙火氣消盡。

池西岸有臺，高數十丈，名醉月。棟宇宏偉，簷楹翬飛，盼望上下，無不奪目。中設竹牀石枕古缶之類，日夜醉眠，歌聲四達，市人聞之，如在雲霄之上。臺下有石，可坐而濯足。臺畔高柳沿堤鬱鬱，與池相向，百鳥翔集，曰柳堤。循堤而東折，與堤相對峭者，曰迎薰館。緑陰藏密，紫翠稠疊，薰風徐來，金碧掩映，前有海榴番蕉，入此園第一佳境也。由館而東北，有路可達於山。山之後面，東爲窨，冬月以栽花卉。窨之左，植菊百餘本，曰菊徑。深秋吐芳，幽香可挹。徑北二十餘步，有軒曰愛日。隆冬居之，曦陽煦照，温然如良朋。軒後土阜，植竹萬竿，曰竹坡。又東，古松三株，枝幹槎牙，形狀偃蹇，如蒼龍奮爪，突兀天表。松之南，有梅二十餘株，瓊葩冷豔，瑩然如雪，曰梅塢。塢之西南，結竹爲亭，曰擷芳。覆茅以代陶瓦，欄檻之外，環植蘭蕙、海棠、杜鵑、石巖、芙蓉，品類繁多，莫可殫述。前有牡丹臺，後有芍藥欄，左有薔薇屏，右有荼蘼架，清芬秀色，觸目所至，皆可樂可玩，不知蓬瀛仙島，視此孰優劣也。

余生也晚，不獲侍公杖履，幸與公之子脩竹君交㊃。每布席園亭，舉酒和歌，聲振林木，圍棋六博，爲金谷之罰㊄，初不知日之西下也。因念公之壯也，建功樹烈，先天下之憂；迨其老也，憩息邱園，後天下之樂，所謂進退皆宜者也。若余與脩竹君輩，既不能挽回世運，登之康泰，生無益于時，則死必不能有聞於後，所以寄情於山水間者，聊以偷一日之安耳。是同公之樂，而不能同公之所以樂也，故有感而爲之記。

景炎丁丑四月既望，友末平陽林景熙德暘撰。

［校記］

此篇原集及補遺不載，今自乾隆《紹興府志》卷七二《古跡志二·王氏園》輯録，編入本卷『記』下。

［補注］

㈠本篇爲宋端宗景炎二年（丁丑，一二七七），景熙游越，爲友人王英孫（脩竹）家園池作。王氏園亭，英孫父王克謙之歸休別業。乾隆《紹興府志》卷七二《古跡志二·王氏園》：『《王氏家譜》：在郡城東南隅，府第之河北。林景熙《王氏園亭記》（本篇略）。』

㈡少保莊簡公，指王克謙。克謙字德炳，號茂林，會稽（紹興）人。出身貴戚，曾知安吉州（見宋徐元杰《楳埜集》卷七《王克謙授知安吉州制》)。宋理宗寶祐三年(一二五五),任温州知州(見弘治《温州府志》卷八《宧職·守》)。歷官端明殿學士,封會稽縣開國伯,卒於度宗咸淳三年(一二六七,見乾隆《紹興府志》卷七四《陵墓志二·上虞》)。

㊂石多太湖、崑山、靈壁、錦川之屬:太湖石,又稱湖石,產太湖洞庭山水中。崑山石,產蘇州崑山縣馬鞍山。靈壁石,產安徽靈壁縣磬石山。見宋杜綰《雲林石譜》卷上《太湖石》《崑山石》《靈壁石》。錦川石,產浙江常山縣,石形修長特立。見雍正《浙江通志》卷一〇六《物產六·金華府·錦川石》。

㊃脩竹,見卷一《王脩竹監簿名樓》注㊀。按,脩竹爲王克謙養子。宋周密《癸辛雜識》續集上《王茂林立子》:『王克謙號茂林,無子。後知永嘉,命立脩竹爲子。時已二十,乃戊戌生。本姓林氏,正合茂林二字,非偶然也。』

㊄金谷之罰,指宴會上賦詩罰酒。金谷,金谷園,晉石崇所築。石崇《金谷詩序》:『遂各賦詩,以叙中懷,或不勝者,罰酒三斗。』

[輯評]

邵廷采《思復堂文集》卷三《宋遺民所知傳·林景熙》:當是時,景熙風動江表。每布席王氏園亭,舉酒和歌,聲振林木,圍棋六博,爲金谷之罰。隨作記,言英孫父故少保莊簡公歸憩兹園,後天下之樂。『今余與脩竹不能挽回世運,登之康泰,徒靦顏偷安山水,是同公之樂,而不能同公之所以樂也。』其刻厲如此。

傑按：詞采富贍，鋪陳有序，讀之賞心悦目，是一篇園林記美文。

善吾精舍記

太極動静而生陰陽[一]，有晝則有夜，有春夏則有秋冬。更十二時，無偏於晝之理；歷七十四氣，無偏於春夏之理。天地尚然，夫人囿形其間，亦未有偏於生而長存者也。大塊勞以生，逸以老，而不能不息息爲生地也。松、喬嘘吸，握固留形，不過陰陽一盜，豈真知者哉[二]！知道者漆園氏，其曰『善吾生所以善吾死』[三]，達哉言也！

梅所潘公獨觀萬化，蒐裘雲石[四]，而取以名廬。會予客山陰，公貽書屬記曰：『顧子之拓吾義也。』予惟天地間事事物物，其初何嘗不善。《易》曰：『一陰一陽之謂道。』繼之者善也，成之者性也。生而後有性，未有性時，已有此善，繼之斯成之。《孟子》以利善之間分舜、跖[五]，原其初，跖豈不善於舜哉？吾一日之間，雞鳴而起，孳孳爲善，一日之舜也。又自一日而往，以至周天三百六十日無不爲善，一歲之舜也。又自一歲之日而往，以至三萬六千，歲歲之日無不爲善，終身之舜也。終身爲舜不爲跖，由是體受歸全，歸形氣之全於父母，歸性之全於天。吾毫髪無遺憾，何適不善？善，吾初也；吾不失吾之善，而非有以善吾也。其言似知道，未深於道也，故不若洙泗之言爲正㊅。朝而聞生，此道也；夕而〔一〕可息，亦此道也㊆。從心而行，乘化而盡，與道消摇〔二〕，吾何知焉。

梅所聞而喜，曰：『吾前所聞者，漆園氏之言也；吾後所聞者，洙泗之言也。益知聖門天地之爲大也。』

［校記］

〔一〕而，四庫本作『死』。　〔二〕消摇，四庫本作『逍遥』，《東甌先正文録》卷六作『消息』。

［補注］

㊀太極，指原始混沌之氣。動静，運動。

㊁松喬，仙人赤松子和王子喬。握固，四指屈握拇指成拳。《老子》五十五章：『骨弱筋柔而握固。』言嬰兒筋骨柔弱而拳頭握得牢固。這句説，松、喬一流行嘘吸之術，雖能保持童孩形貌，然不過竊取陰陽元氣，他們哪裏是懂得大道的人。

㊂漆園氏，指莊周。莊周曾任漆園吏。善吾生所以善吾死，《莊子・大宗師》：『夫大塊載我以形，勞我以生，佚我以老，息我以死，故善吾生者，乃所以善吾死也。』言以生爲安善的，也應該以死爲安善。

㊃梅所潘公，名未詳。宋薛嵎（温州人）《雲泉詩》有《潘氏梅所》：『種梅營數椽，四壁但蕭然。清帶

山林氣，香來筆研邊。雪深天向晚，人立鶴趨前。余亦歲寒者，相從恰暮年。』蓋即其人。菟裘雲石，謂營室隱棲山林。菟裘，古地名，在今山東泗水縣。《左傳・隱公十一年》：『（隱公）使營菟裘，吾將老焉。』後指退隱之所。

㊄孟子以利善之間分舜跖，《孟子・盡心上》：『孟子曰：雞鳴而起，孳孳爲善者，舜之徒也；雞鳴而起，孳孳爲利者，跖之徒也。欲知舜與跖之分，無他，利與善之間也。』利善之間，謂圖利和行善的不同。間，異（參朱熹、楊伯峻説）。跖，盜跖，春秋大盜。

㊅其言，指漆園氏『善吾生所以善吾死』之論。洙泗，洙水和泗水，春秋屬魯地。孔子曾在洙、泗之間聚徒講學，因以代稱孔子或儒家。洙泗之言，指孟子的話。

㊆朝而聞生二句，《論語・里仁》：『子曰：朝聞道，夕死可矣。』

青山記

宋嘉定年間，安晚鄭公爲相㊀，於堂西偏闢一榻，扁以『青山』。客有疑而問曰：『前槐後棘㊁，其居潭潭。目未嘗有山也，而曰「山」，何相國之嗜山也？』相國曰：『吾身在廊廟，而心在山林，顧不能一日忘。且萬一免去，吾願遂矣。』今嚴陵洪君景琳，生後百年，家於山之麓。青山屋頭，昉以自號，雖出處不同，而突然天地間同一青青〔一〕，何與？

予惟士大夫一出一處，皆有道存。苟無居富貴之心，雖廊廟而山林也；苟無厭貧賤之心，雖山林而廊廟也。况山性仁，君忠厚以培之；山體静，君凝重以鎮之㊂。嘘其雲可以澤寰宇，儲其材可以棟明堂，而昆蟲鳥獸之類，亦各遂其性，各安其所，雖處也而未嘗不出也。晉陶隱居飽聽松風，而朝有大事，數遣中使訪問絡繹，不失爲「山中宰相」，又安知戔戔〔二〕束帛不賁兹山也㊃。

雲山蒼蒼，客星奕奕㊄，我思古人，高風可即。若夫終山徑捷，北山文移，卒貽林澗之愧㊅。自有青山以來，不知幾千載，閱人多矣，君勉乎哉！

〔校記〕

〔一〕青青，《東甌先正文録》卷六作「青山」。　〔二〕戔戔，原作「箋箋」，失其意義，據四庫本、冒本改。詳見注㊃。

〔補注〕

㊀安晚鄭公，即鄭清之。宋周密《癸辛雜識》别集下《鄭清之》：「鄭清之字德源，號青山，又號安晚，爲穆陵之舊學。端平初相，聲譽翕然。及淳祐再相，已耄及之。」清王士禛《帶經堂詩話》卷六《題識類》二三：「清之相理宗，召還真西山、魏鶴山諸君子，時號『小元祐』，亦南渡賢宰執也。」按，據明吕邦耀《續宋

宰輔編年録》，鄭清之于宋理宗紹定六年（一二三三）至端平三年（一二三六）爲相，淳祐七年（一二四七）至十一年（一二五一）再度入相（見該書卷五至卷一二及卷一六）。此云『嘉定年間』爲相，或誤記。嘉定（一二〇八——一二二四），宋寧宗年號。

㈡前槐後棘，形容宰臣宅第。周代宫廷外種三槐樹、九棘樹（見《周禮・秋官・朝士》鄭玄注），後來『槐、棘』成了與公卿大臣有關係的詞。

㈢山性仁二句，《論語・雍也》：『子曰：知者樂水，仁者樂山。知者動，仁者静。』

㈣晉陶隱居，陶弘景，自號華陽隱居。南齊永明中辭官隱居句曲山，梁武帝即位後，禮聘不出，常遣使諮詢，時稱『山中宰相』。見《南史・隱逸傳下・陶弘景》。又安知戔戔束帛不賁兹山也，又怎麼知道束帛敦聘之禮不光耀此山呢？《易・賁》：『賁于丘園，束帛戔戔。』王肅注：『隱處丘園，蓋蒙闇之人，道德彌明，必有束帛之聘也。』孔穎達疏：『賁，饰也。戔戔，衆多也。』唐李鼎祚集解引馬融曰：『戔戔，堆積貌。』束帛，帛（絹）五匹为束，指延聘的禮物。賁（音必），文飾。此處爲賁耀（彩飾光耀）之意。

㈤雲山蒼蒼，范仲淹《嚴子陵祠堂記》：『雲山蒼蒼，江水泱泱；先生之風，山高水長。』客星，指東漢隱士嚴光（子陵）。參見卷一《謁嚴子陵祠》注㈡。

㈥終山捷徑，唐盧藏用隱居終南山，意在謀取官職，後被召闕下，司馬承禎諷刺他説：『仕宦之捷徑』。見《新唐書・盧藏用傳》。北山文移，南齊孔稚珪作《北山移文》，諷刺假隱士（《文選》卷四三唐吕向注謂指周顒）貪圖官禄，隱而復仕，使山靈蒙羞，『林慚無盡，澗愧不歇。』北山即南京鍾山。移文，文體一種。

虛心堂記

虛心堂者，前餘姚宰邵君濟翁所居也。堂以虛心名，君所居雖堂，實心也。人之一心，本與天地同，廣大而不能虛者，物實之也。心固無物不有，而何嘗有物哉。聞之先儒曰：『心兮本虛，應物無跡。』惟虛心，故能應物；雖無物不應，而若未嘗應，不留物也。應物而物不免留，留則有跡，豈所謂虛？如雁過淵，淵先留雁之情，而雁無不見之影。豈惟淵哉，衆物妍醜，畢陳於鏡，鏡未嘗拒，亦未嘗留，倏然而空，鏡體故在。心猶是也。

君試反心而觀㈠。方家世節麾，蚤歇仕路，贊猷奏最，其達而應物者何限；及柱折維裂，履運欷歔，而以蒼顏白髮，往來殘山剩水中㈡，其窮而應物者又何限。回首六十年餘，行藏舒斂，榮悴欣戚，則既與浮埃俱化，而本心獨存。夫富貴者心驕，貧賤者心怵，驕與怵據而實之。去其實以還其虛，洞然八荒，皆我闥也，堂豈尺椽半席而已乎！

老氏嘗有『虛心實腹』之論㈢。既欲其虛，又欲其實，何也？曰：『虛心似無物，實腹以萬物皆備，言虛致實。』其言最近理而少密，故差處亦在豪芒。恭惟三聖傳心十六字，炳如丹也，持以問安樂窩，何如㊃？

［補注］

㊀反心而觀，謂從自己的意識方面去考察。反，返，回到。

㊁柱折維裂，《淮南子·天文訓》：『天柱折，地維絕。』喻重大變故，指宋亡。殘山剩水，語出杜甫《陪鄭廣文游何將軍山林十首》之五：『剩水滄江破，殘山碣石開。』指故國破碎山河。辛棄疾《賀新郎》寄陳同甫詞：『剩水殘山無態度，被疎梅料理成風月。』

㊂虛心實腹，《老子》三章：『虛其心，實其腹。』

㊃三聖傳心十六字，指《書·大禹謨》中『人心惟危，道心惟微，惟精惟一，允執厥中』十六字。宋儒認爲這十六字是堯、舜、禹三聖相承的道統真傳。安樂窩，指邵雍。字堯夫，謚康節，宋初道學家。雍自號安樂先生，所居名安樂窩。

陶山脩竹書院記㊀

越爲東浙望，前將作監簿脩竹王公爲越望㊁。歲乙酉，予與里人陳用賓同客公第㊂。一夕，漏過丙，用賓扣予榻。予驚寤，問所以，曰：『吾夢侍公武林，訪草窗周氏㊃。居庭闃然，中懸畫障。視其景物秀異，不類凡區。一峰拔地起，直入雲際。下有小楷書，凡六十五字，署陸務觀題。誦其文歷歷，曰：「水聲兮激激，雲容兮茸茸。千松拱緑，萬荷奏紅。爰宅兹〔一〕巖，以佚放翁。岌萬仞其如削，峻一極而天通。余乃跨野鶴，追冥鴻，往來乎蓬萊之宫。披海氛而一笑，以觀九州之同。」〔五〕予曰：『嘻，異哉！是何祥也？』起取筴筮，遇《艮》之《離》〔六〕。兼山成體，重火揚精，厚積而光，莫之與京〔七〕。此其代協文明乎？用賓喜不寐，待旦白公。公相視駭，命筆識。

後四年，陸氏以陶山歸公。有峰筆卓，出雲門諸山右〔八〕，即其麓種竹萬箇。又六年，書院成。公領客徜徉，仰觀浮雲起處，若有觸於中，顧用賓曰：『獨不記前夢耶？』用賓矍然悟。予亦在旁，則相視大喜曰：『嗟乎，此豈人力也哉！天將雨，水氣上。夫人嗜欲之感，必有神物焉啟其眹〔二〕〔九〕。夢，神交也；夢不於己而於人，交益神也。』

自昔山川勝槩，天作地藏以遺其人。晉陶貞白高隱鍊真，爲蓬萊監，山因以氏，曠乎有道者也。越數百年，宋熙寧中，左丞農師陸公退休緑野〔一〇〕，結樓著書，老佚而息藏之。今墓在支峰下〔一一〕。又二百年，始屬於公。夫地不自勝，勝以人；人能爲地勝，勝以道。公自弱冠入仕，首忤時宰，閉門十年，少舒而澤物，終隱而求志，合於道矣。自有兹山以至於今，理亂廢興如幾春夢，而生生化化，不與世數俱盡，庸非道哉！

於西廂爲先賢祠。農師受業荆公之門，不附新法，名在黨碑㊁。務觀志在中原，没猶齎恨。祖孫以道濟美，與貞白列祠而三。『歲時省左丞墓，戒勿墮〔三〕。』務觀以夢啟公，而祖之藏其有所庇庥，知公之敦古道可託也。夢亦豈盡虚哉，乃爲之記。

［校記］

〔一〕宅兹，吴校本、四庫本作『此嶔』。　〔二〕眹，四庫本、冒刻本、《東甌先正文録》卷六作『朕』，字通。　〔三〕墮，冒刻本作『隨』。

［補注］

㊀本篇作於元成宗元貞元年（一二九五）。陶山，在紹興，以陶弘景（貞白）嘗隱於此得名。詳卷二《陶山十詠和鄧牧心》注㊀。脩竹，英孫之號，見卷一《王脩竹監簿名樓》注㊀。脩竹書院，王英孫舉辦的學校。清邵廷采《思復堂文集》卷三《宋將作監簿脩竹先生傳》：『嘗築精舍於陶山麓，旁祠晉高士陶貞白弘景、宋左丞陸農師佃、待制陸放翁游。當東州衣冠凋謝，與弟主管官誥院茂孫梅山，放情山水，丘園翳跡，垂四十年。越中矜式風範，稱二王先生焉。陶山者，本得自放翁後，後爲脩竹書院。』

㊁越爲東淛望，越山爲浙東名山。淛，同『浙』。古代被祝祭的山川稱望。王公爲越望，王氏爲越中望族（世族，大族）。

㊂歲乙酉，元世祖至元二十二年（一二八五）。陳用賓，見卷一《寄陳用賓》注㊀。

㊃侍公，公指王英孫。武林，今杭州市。草窗周氏，周密（一二三二—一二九八），字公謹，號草窗，濟南人。宋亡隱居不仕。

㊄按，此文所記陳觀國夢訪周密見誦陸游詩，周密《齊東野語》卷一九《陳用賓夢放翁詩》亦載其事，文如下：『陳觀國字用賓，永嘉勝士也。丙戌之夏寓越，夢訪余於杭。壁間有古畫數幅，巖壑聳峭，竹樹茂密，瀑飛絶巘，匯爲大池。池中菡萏方盛開，一翁曳杖坐巨石上，仰瞻飛鶴翔舞。煙雲空濛中，髣髴有字數行，體雜章草。其詞曰：「水聲兮激激，雲容兮茸茸。千松拱緑，萬荷奏紅。爰宅茲巖，以逸放翁。屹萬仞與世隔，峻一極而天通。予乃控野鶴，追冥鴻，往來乎蓬萊之宫。披海氛而一笑，以觀九州之同。」旁一人指云：「此放翁詩也。」用賓驚悟，亟書以見寄。詩語清古，非思想之所及，異哉！』

㊅筮（策）筮，用蓍草占卜。遇《艮》之《離》，得到從《艮卦》（第五十二卦）變成《離卦》（第三十卦）的卦象。《周易》言變爲他卦，曰『某之某』。

㊆兼山四句，釋『《艮》之《離》』卦象意。兼山，兩山並立。《周易·艮卦》：『《象》曰：兼山，艮。君子以思不出其位。』兩山兼立，不可移動，象徵君子固守正道，止於本位。重火，綿連不斷之火。《周易·離卦》：『《象》曰：明兩作，離。大人以繼明照於四方。』言光明相繼，照臨四方。莫之與京，莫能相比。京，大。

㊇雲門，山名。見卷一《雲門即事》注㊀。

㊈啟其眹，啟示徵象。眹，通『朕』，徵兆，跡象。

⑩左丞農師陸公，指陸佃（一〇四二—一一〇二）。佃字農師，號陶山，山陰人，曾任尚書左丞。陸游之祖父。緑野，緑野堂，唐宰相裴度在洛陽郊外的别墅。泛指山林别墅。

⑪今墓在支峰下，雍正《浙江通志》卷二三八《陵墓四·會稽縣》：『宋左丞陸佃墓，萬曆《會稽縣志》：在陶宴嶺支峰。』

⑫農師受業荆公之門三句：陸佃『受經於王安石』（《宋史·陸佃傳》），但認爲新法在推行中也有問題，後來又主張參用舊黨人材。徽宗崇寧元年，蔡京專權，將司馬光等一百二十人定爲元祐舊黨，刻石頒布天下，稱『元祐黨人碑』，陸佃亦名列其中。

［輯評］

李慈銘《越縵堂詩話》卷上：蓋霽山既與玉潛同志相善，而王脩竹又爲風雅所歸，遺民故老，多主其家，所謂王監簿者是也。王氏居陶山，霽山《白石稿》中，又有《陶山脩竹書院記》，其起語云：『越爲東浙望，前將作監簿脩竹王公爲越望。』可見其壇坫風流，勝游推重矣。

于北山《陸游年譜·嘉定二年》按：《林霽山集》卷四又有《陶山脩竹書院記》一文，託友人夢寐間見務觀題武林峰巖六十五字：『水聲兮激激，雲容兮茸茸。千松拱緑，萬荷奏紅。爰宅兹巖，以佚放翁。岌萬仞其如削，峻一極而天通。余乃跨野鶴，追冥鴻，往來乎蓬萊之宫。披海氛而一笑，以觀九州之同。』愛國遺民，生逢鼎革，借寤寐感發之際，以寫其忠貞悲激之情，足見《示兒》一詩之孤懷壯節，感人至深。

覺菴記

覺菴主人閉關掃軌㊀，刊落浮念，返道德之鄉，息性命之圃，於是年七十有八矣。菴之所曰靈壇，有山重掩，有水縈紆。爰樂斯邱，乃效古人豫爲壽藏。遇勝日，扶杖引客，觴詠其間。

予曰：『噫嘻！覺菴其真覺者與？夫人方寸虛靈，具衆理而應萬事，是之謂覺。陶淵明賦《歸去來辭》，曰「覺今是而昨非」。今昨之分，即夢覺關。寓形復幾何時㊁，微禄折腰，爲是僕僕。一覺以往，雲契吾懶，鳥證吾倦，故園松菊盟吾老㊂。自祭不必魚菽，自挽不必《蒿里》㊃，曠乎千載人也。聲利熏灼，悠悠醉夢，至於鐘鳴漏盡而不止，抑何痼哉！弗覺耳。覺往復之理，出處一；覺榮悴之理，窮通一；覺晝夜始終之理，生死一。世故桑海，翛然一翁，血氣衰，本心見，而覺生焉。回首七十餘年間，誰行誰止，誰喜誰悲，誰壯誰老，吾不自知也。其承小試，枳棲松哦，則既散爲浮埃，而海内交游賢公卿、材輩行，亦往往凋謝無幾，於人世何如哉！登魚山，臨東阿，喟然有終焉之心，曹植所以感也[五]。感則未化，覺則化也。大塊茫茫，吾不知其所以勞我者，又惡知其所以息我者[六]？方將以天地萬物爲藏具，何所不藏何所藏？性無疆界，心無畛域，上下四方皆吾覺菴。』

主人聞而喜曰：『幸哉！子之拓吾境也。』主人爲誰，平嶺黄文芳德元父也。

〔補注〕

㈠閉關掃軌，喻脱離世事。《後漢書·杜密傳》：『閉門掃軌，無所干及。』

㈡寓形，託寄形體。陶潛《歸去來辭》：『寓形宇内復幾時。』

㈢雲契三句，《歸去來辭》：『三徑就荒，松菊猶存。』『雲無心以出岫，鳥倦飛而知還。』

㈣《蒿里》，送葬的挽歌。晉崔豹《古今注·音樂》：『《蒿里》，喪歌也。』

㈤登魚山四句，《三國志·魏志·陳思王植傳》：『初，植登魚山，臨東阿，喟然有終焉之心，遂營爲墓。』《太平御覽》卷五五六引《述征記》：『魚山臨清河，舊屬東阿。』東阿，今山東東阿縣。

㈥大塊三句，《莊子·大宗師》：『夫大塊載我以形，勞我以生，佚我以老，息我以死。』大塊，大自然。惡，何，怎麽。

王氏家譜記[一]

歸德府，古亳都也[二]。周興，封微子奉殷祀，遂爲宋[三]。帶河襟汴，一望平曠，亘數百里皆桑麻區。王氏中原著姓，其居府之睢陽者，往往性樂幽潛，不以名耀；雖其子孫有弗及知，若明之推官之先是也。

閱其譜，曾祖、祖二世不書諱，墓在黄岡北，爲黄流吞齧，今無復存。父諱某，不仕，以樸行稱，墓於忠信村之鳳皇岡，松櫝如故。夫人時氏、韋氏，祔而藏㊃。時有淑質，生二子，曰珪、曰瓚。瓚先逝。韋性嚴重，綜理内外，生一子曰昕，是爲推官。常逸其夫於事，而勞其子於學。

明之以儒飾吏，初試淛東宣慰司令史，考滿授將仕佐郎、鎮江丹陽簿，次江淛行省掾㊄。時内外宰嘉其才，皆舉爲助。外尅先上，得旨，充本省檢校，轉承事郎、常州路晉陵縣尹㊅。今承務郎、杭州路推官。明之剛毅之資，深沈之器，遇事慷慨，不撓不私，豈五王忠義與日月懸，英聲烈聞漸於是邦者耿未堙與㊆？將忠厚世積，祖菑父播而不食其秋，與是遺後人與？明之號忠溪，忠父教也。聞於父教，而復以教其子孫，溪將增而深，溢而遠矣。

夫論人者，必論其風土之素。齊多詐，趙多俠，魯多儒。先儒謂殷之餘民，可與共患難。殷既墟矣，歷文、武、成、康數世，而猶未能奪其心㊇。至於姬轍已東，陽樊之人不肯事晉，即遷於河洛者之子孫㊈，其先固在亳也。噫，忠義之俗遠矣，獨唐乎哉？故併其事附見於《王氏家譜》云。

［補注］

㊀本文應王昕之請而作。昕字明之，號忠溪，歸德府睢陽縣（今河南商丘市）人。元初仕至杭州路推官。推官，元代路府的參佐官。《元史·百官志七》：『諸路總管府……置推官二員，專治刑獄。下路一員。』

㊁亳，商湯都城。故址在今河南商丘。

㊂微子，商紂庶兄。周滅商，封微子於宋，成爲宋國始祖。

㊃祔而藏，附葬於墓。

㊄以儒飾吏，以儒學獲獎飾選拔爲吏。宣慰司，元地方行政官署，在行省下，領路、府、州、縣。令史，辦事人員。將仕佐郎（從八品）及下文承事郎（正七品）、承務郎（從六品），均文散官階。簿，主簿。行省，行中書省，中書省派出的機構，綜領地方軍政事務。掾，掾史，屬吏。

㊅檢校，行省屬官（從七品）。尹，知縣。

㊆五王，《舊唐書·中宗紀》：『時張易之與弟昌宗潛圖逆亂。神龍元年正月，鳳閣侍郎張柬之、鸞臺侍郎崔玄暐、左羽林將軍敬暉、右羽林將軍桓彥範、司刑少卿袁恕己等定策率羽林兵誅易之、昌宗，迎皇太子監國，總司庶政。』共立中宗爲帝，復國號唐。後五人以功皆封郡王。

㈧文武成康，周文王、周武王、周成王、周康王。奪其心，言征服殷民的思想。

㈨姬轍已東，指周室東遷，進入東周。周代帝王姓姬。陽樊之人不肯事晉，魯僖公二十五年，晉文公入主晉國，周王賜以陽樊（今河南濟源縣東南）等地。陽樊人起來鬧事，不願服從晉國。事見《左傳·僖公二五年》、《國語·周語中》及《晉語四》。陽樊人爲商亡後被遷徙的殷民後裔，故云『即遷於河洛者之子孫』。

五雲梅舍記㈠

越城爲淛左雄，八山四水在焉。城之東曰五雲門，去城東南三十里曰五雲邨。天地温厚之氣聚於南，五雲佳色，往往徵瑞。

王自晉爲江左著氏，越千年益蕃以碩。宋淳祐、景定間，依光日月，仕爲顯官，今臥龍府治之西，其故第也㈡。會陵谷，始各治別第於東南隅，避喧居焉。告〔一〕院梅山君即其居累土爲山㈢，種梅百本，與喬松修篁爲歲寒友，傲兀冰雪，斡旋陽和，疏影弄波，濬香浮月。至若春芳敷腴，争紅競紫，則已飄然謝事，如姬公明農，疏傅辭禄㈣，邈不可攀。緑陰滿庭，累累青子，可以升廟廊，調鼎鼐，下視桃李輩直輿臺耳㈤。明初伯仲式跡前美，復爲堂而構之，扁曰『五雲梅舍』。既克紹先翁之志，而又不忘先翁執舊也，乃千里貽書，請予記。

予曰：城中數萬户，魚鱗相比，皆舍也；而舍於梅爲清。夫人容膝之外，非甚俗者，亦或蒔花植木，以供燕娯，固有依梅而舍也。而梅於五雲爲瑞，然而猶物之重也。所重惟物，凡有力者皆可致，而清與瑞何如也？毋已則存乎其人。沂國王公賦梅詩云：『雪中未問和羹事，先向百花頭上開。』識者謂公一生事業，已安排於此㈥。魏國韓公朧傳第一〔二〕，太史奏『日下五色雲見』，舉朝稱賀，以爲得人㈦。其後二公皆賢宰輔。梅無情，雲無心也，而徵於二公，况兼而有之乎。使居是舍者，挹梅之清，抗以高致；迎雲之瑞，葆以粹質，梅同雲同，又安知他日宰輔之事無與同哉？由此觀之，王氏之興，蓋未艾也。

[校記]

〔一〕告，雍正《浙江通志》卷四五作『誥』。〔二〕一，《南宋文範》卷四六作『二』。按作『二』是，詳注㈦。

[補注]

㈠本篇爲山陰王明初别墅五雲梅舍作，時居平陽。明初爲景熙友執王茂孫長子，故文言『先翁執舊』。參見注㈢。雍正《浙江通志》卷四五《古蹟七·紹興府下》：『五雲梅舍，《於越新編》：在府城内會稽地。林景熙《五雲梅舍記》（本篇略）。』

㈡仕爲顯官：王氏爲山陰世家顯宦。明初曾祖王用亨，贈少保、保康軍節度使。祖王克謙，歷官端明殿學士，封會稽縣開國伯。今臥龍府治之西，其故第也：本卷《王氏園亭記》：『王氏園亭，在府第之河北。』臥龍府治，唐、宋、元太守衙署均據城内臥龍山東偏山半。

㈢告院，即官告院，宋尚書省下屬官署名，掌文武官告身（委任狀）及封贈。見《宋史·職官志三》。梅山君，指王茂孫（一二四五—一二八九），王英孫弟。宋時任主管官告院，國亡隱迹丘園。邵廷采《思復堂文集》卷三《宋遺民所知傳·王英孫》：『茂孫字景周，號梅山。有經略當世之志。致仕時，年三十二。載酒放歌，恒野服往來湖山。先其兄二十四年卒。浙東稱王氏比太丘兩方，而操尚不慚過之。茂孫後盛，世居郡城。』宋周密《絶妙好詞》卷六録其詞二首。參見本卷《陶山脩竹書院記》注㈠。

㈣姬公，即周公姬旦。明農，勉力農事。《書·洛誥》載周公還政於成王時説：『汝往敬哉！兹予其明農哉。』疏傅，指漢疏廣。疏廣官太子太傅，其兄子受官少傅，甚受器重。在位五年，廣謂受曰：『吾聞知足不辱，知止不殆。』叔侄遂稱病辭職還鄉。見《漢書·疏廣傳》。

㈤升廟廊，調鼎鼐，《書·説命下》：『若作和羹，爾惟鹽梅。』言青梅可登用朝廷（廟廊），爲宰臣調鼎之物。輿臺，下等役僕。古代將人分爲十等，輿屬六等，臺屬十等。

㈥沂國王公，指王曾。北宋仁宗朝宰相，封沂國公。宋江少虞《宋朝事實類苑》卷三六《王沂公》引《魏王語録》：『王沂公爲布衣時，以所業贄呂文穆蒙正，中有《早梅》詩，其警句云：「雪中未論和羹事，且向百花頭上開。」文穆云：「此生次第已安排，作狀元宰相矣。」已而果然。』

㈦魏國韓公，指韓琦。仁宗嘉祐中拜相，封魏國公。宋時進士殿試及第，皇帝召見，按次唱名傳呼，稱臚傳。《宋史》卷三一二《韓琦傳》：『琦風骨秀異，弱冠舉進士，名在第二。方唱名，太史奏日下五色雲見，左右皆賀。』此云『臚傳第一』，殆誤記。

永嘉縣重建法空院記㈠

曩予自温泝括，舟行五十里，至荆溪㈡。望東南岡巒起伏，風物潤秀，扶輿鬱積㈢，謂當有異人特出，選勝而宅其會，然而不知有法空院也。

己亥冬，院主僧志紹始以開山志來語予㈣，曰：『院在荆溪東南十里，峭崖飛瀑，古木蒼藤，攀危穿翳，而後至焉。宋祥符中賜今額，其先曰普賢懺院。五季時，僧惠昇書《法華經》，至「普賢勸法品」，筆劃劃有聲，迸出舍利，晶熒奪目。繇是名僧接踵，峻行殊能，而院之宇日益崇，田日益廣，徒日益衆。越三百餘年，丙寅火，丁卯水㈤，經二厄蕩盡，惟普賢懺院巋然獨存，豈人力也哉！於是僧大義重完舊址，旋集新構。會丙子兵㈥，其徒竄逃林谷，宿聚一空。已而支窘理棼，以畝質券，突久不黔，屋就圮，上漏旁穿，荆棘出人。壬辰(七)，志紹主是院，竭慮殫力，懼無以塞厥任。賴佛力弘大，顯化陰隸，而紓其逋之積者，續其糧之匱者，木魚一震，泉石皆匕筯聲。有門伉如，有廊翼如，堂殿邃嚴，樓閣巍麗。陊剥者治，漶漫者鮮，僧廬高下，亘於崖壑。鑄鐘以警大夢，斥財而廣腴土，凡昔所欲爲者，皆遂吾心志。吾謹詔後人俾勿墜，竊慕君之文也，願有述。』

予曰：『嘻，斡無以爲有，疏難以爲易，人不能，師獨能也。而浮屠之宫被四海，金碧嵯峨，日新月異，則亦不獨師能之也。豈釋氏有禍福語能傾動人耶？抑彝教不明，世有殊尤傑特之才無所於用，將入於此而不返也？雖然，佛以大圓覺爲伽藍(八)，歷萬劫不壞也，而麗於有爲之跡者，有壞有興。師能興壞，而又悟其無壞可興，則偏河沙大千界皆吾法宇也，水火兵革能壞之哉(九)？』

師竦然喜，曰：『君，儒者也，而涉吾地，進吾於道矣。』作禮請而書之。

[補注]

(一)本篇作於元成宗大德三年(己亥，一二九九)。永嘉縣，温州府治所，今温州市鹿城區。法空院，光緒《永嘉縣志》卷三六《雜志·寺觀》：『法空寺，在仙桂鄉。』

(二)自温泝括，自温州溯甌江而上至括州(浙江麗水市)。荆溪，光緒《永嘉縣志》卷二《輿地二·敘水》：『荆溪，在仙桂鄉三十二都。水出茶坑，入甌江，爲荆溪港。』

㈢扶輿，猶扶摇，盤旋升騰貌。扶輿鬱積，形容氣象渾莽鬱茂。
㈣開山志，創建寺院的志書。
㈤丙寅，當指宋度宗咸淳二年（一二六六）。丁卯，指咸淳三年（一二六七）。
㈥丙子兵，指宋恭帝德祐二年（一二七六），元軍攻陷宋都臨安。
㈦壬辰，指元世祖至元二十九年（一二九二）。
㈧大圓覺，廣大圓滿之境域。伽藍，梵語譯音，佛寺。
㈨河沙大千界，謂廣大無邊的世界。河沙，恒河沙子，不可勝數。大千界，三千大千世界。能，豈能。

孤竹齋記㈠

按平、灤在長城南，東薄海，古孤竹國也㈡。自有虞氏營州，秦析而郡之，爲遼西、北平，漢以後離合廢置不常。非有高山大川，與中州角雄勝，徒以孤竹君之化，夷齊二子之節㈢，流被至今。其俗質直而好義，男女無貴賤，壹事耕織。予束髮讀書，竊慕首陽高風，迥若天人。雖閲數百世，隔數千里，猶使人興起，况生其國者乎。

燕人曾君瑞卿來昆陽㈣，數造予門。挹其貌，冰懸雪峙，瑩然而清也。聆其論，蛟騰虎躍，軒然而英也。而又持之以不矜，翼之以不倦。凡有作，必屑叩予。予益奇之。一日，悃款以請曰：『吾家世平州，祖、父皆學而仕，吾未離乳而徙於燕也。念孤竹吾自出，取而名齋，以示不忘。幸子廣之。』

予曰：『過桑梓而恭，想枌榆而祭㊄，夫人鄉土之情也。仰高山，景先哲，則其秉彝好德之性也㊅。遼海蒼寒，爲我問訊首陽之薇蕨尚無恙乎？聖賢非務卓行以震斯世也。西土之養，當就則就，就不爲隨；西山之餓，當避則避，避不爲孑，適於義耳㊆。今君生長西北，遭世隆平，非孤竹二子比，其不可離世而立於獨也。吾行吾道，凡可以廉頑立懦者㊇，是亦孤竹而已矣。《孟子》曰：「禹、稷、顔回同道。」㊈所同者道，而不同者時，惡執異以掩同哉？夫論人者，必考其風土之素，與其父兄師友之賢。趙多俠，魯多儒；君抱耿介，雖資稟固然，亦孰非孤竹之染也歟？』

［補注］

㈠孤竹齋，元曾瑞書齋名。參見注㊃。

㈡平灤，指平州（今河北盧龍縣）、灤州（今河北灤縣）地區。孤竹國，商時諸侯國名，在今河北盧龍縣境。薛福成《庸庵筆記·孤竹古松》：『古孤竹城在永平府大灤河西岸，山上有夷齊廟。』

㈢夷齊，伯夷、叔齊。《史記·伯夷列傳》：『伯夷、叔齊，孤竹君之二子也。』周滅商，伯夷、叔齊恥食周粟，隱居首陽山（在今山西永濟縣南），采薇菜而食，『遂餓死於首陽山』。

㈣燕人曾君瑞卿：曾瑞（？——一三三〇前），字瑞卿，號褐夫。大興（今屬北京）人，寓居錢塘（杭州）。一生放浪江湖，不願趨承，聲名著聞，時有『市井兒童誦瑞卿』語。爲元散曲家、畫家，有《詩酒餘音》行於當世。今編《全元散曲》録存其小令九十五首，套曲十七首。元鍾嗣成《録鬼簿》卷下《曾瑞》：『瑞字瑞卿，大興人。自北來南，喜江浙人才之多，羡錢塘景物之盛，因而家焉。神采卓異，衣冠整肅，優游於市井，灑然如神仙中人。志不屈物，故不願仕，自號褐夫。』元夏文彦《圖繪寶鑑》卷五《元》：『曾瑞卿，號褐夫，居錢塘。工畫山水，學范寬。』

㈤過桑梓而恭二句：古時村莊多栽桑梓，墓地多種枌榆。《詩・小雅・小弁》：『維桑與梓，必恭敬止。』

㈥秉彝好德，《詩・大雅・烝民》：『民之秉彝，好是懿德。』秉彝，遵守常理。

㈦西土之養，周文王（西伯）居西岐，敬老禮賢，士多歸往。《孟子・離婁上》：『吾聞西伯善養老者。』就，依從，接受。隨，苟且。西山，首陽山。孑，獨身。

㈧廉頑立懦，《孟子・萬章下》：『故聞伯夷之風者，頑夫廉，懦夫有立志。』

㈨禹稷顔回同道，《孟子・離婁下》：『禹、稷當平世，三過其門而不入，孔子賢之。顔子當亂世，居於陋巷，一簞食，一瓢飲，人不堪其憂，顔子不改其樂，孔子賢之。孟子曰：禹、稷、顔回同道。』稷，后稷，周族始祖。堯舜時爲農官，教民耕種。

平陽縣治記㈠

平陽界山瀕海，廣袤五百餘里，爲鄉十、都五十四㈡，户五萬有奇。元貞元年，縣陞州㈢，治始置牧守，長吏以下凡六員，案牘長、副二員。

大德四年九月朔，判官王侯秉仁來諗於予，曰：『職佐州，奉揚休德，人用晏康。一日，登父老於庭，詢是州前代沿革，蔑以對。子州人，幸文獻有足徵，盍記諸？』予曰：『平陽自後梁乾化始名，其先曰横陽，又其先曰始陽。晉太康元年，分安固南横嶼船屯爲縣㈣，至於今千年。天下一家，生齒益庶，始改爲州，殆兹土之遇也。士校農畝，商塗工肆，民風固亦素良。然而撫之則循，激之則駭，人情不甚遠也。爲政者洗心貞白，一以父母道牧之，美衣甘食，爲太平民，不亦幸歟？』

侯請勒石，以詔厥來㈤。

［補注］

㈠本篇作于元成宗大德四年（一三〇〇）。

㈡都，宋元時縣、鄉以下行政區劃。《宋史・袁燮傳》：『合保爲都，合都爲鄉，合鄉爲縣。』

㊂縣陞州，《元史・地理志五》：『温州路平陽州：唐平陽縣，宋因之。元元貞元年，陞州。』

㊃安固，今浙江瑞安市。《宋書・州郡志一》：『横陽令，晉武帝太康四年，以横藇船屯爲始陽，仍復更名。』《元和郡縣圖志》卷二六《江南道二・温州》：『横陽縣，本晉太康元年分安固南横嶼屯置。』張駒賢《考證》：『《宋志》「元年」作「四年」。』嘉靖《温州府志》卷二《建置沿革》：『平陽，本晉臨海郡安固縣，太康初始分置始陽縣，尋改横陽。隋省，唐復置，乾元中改平陽縣。宋因之，元改爲州。』

㊄以詔厥來，用以宣告懷來之意。

公溥堂記㊀

治有廳，廳之後有堂。廳以莅事貴嚴，堂以燕處貴舒，舒以養嚴也。平陽舊爲縣治，閎壯如牧守居，其堂曰『横陽道院』。令尹陳容用周元公語，更其名曰『明通公溥之堂』㊁。至元丁丑，治毁。越四年辛巳，重建廳事及儀門兩廡。元貞元年，縣陞州，改創譙樓於儀門之南百步，前瞻偉美。獨堂宇未搆，斷礎荒榛，無以崇其後。繡衣之使省風戾止，據鞍〔一〕決事，退食西偏㊂，觀聽不肅。

大德辛丑秋，太守孫筠謀於佐曰：『是不可無堂。』夫堂則誠不可無，而無券，鬼弗輸也；無粟，天弗雨也。於是守與佐先自捐俸，率六房諸吏。會故家鄒氏以樓屋售，高廣適稱，酬其直，徙以搆。歲豐，民烝然樂事，如子之集。自經始至落成，不浹月，治於是大備。入斯堂也，布武委蛇，凝香深穩，廳尤增而嚴。登斯樓也，山英川靈，畢獻几席；風雨霜露，助其教化；鳥雀桑麻，驗其生長，堂若增而舒。乃即舊名縮二字爲『公溥堂』，以明自公生，溥爲通極也㊃。

守屬予記。予固辭不〔二〕獲，復於守曰：『惟公之體立，則溥之用行。一人之心，千萬人之心也。一州之治，天下之治也。同體而攣觸㊄，對面而樊牆，莫切於身，莫近於僚屬，而道不行焉，况遠乎。喜怒愛惡，各自爲心，閭閻痛癢，血脈不貫，簸弄三尺㊅，以至侵迫陰陽，感召水旱，夫孰非私也？今坐是堂者，天地焉鑑其上，赤子焉恬其下，壹是以公至溥，推此心天下可乎〔三〕，獨一州也哉！』守聞而喜，曰：『子言匪諛實規。諛，疾疢也；規，藥石也㊆。請刻於堂，既以自勉，又以勉後之人也。』

［校記］

〔一〕鞍，雍正《浙江通志》卷五〇作『案』。　〔二〕不，弘治《温州府志》卷一九作『弗』。　〔三〕乎，弘治《府志》作『平』。薛校：『《東甌先正文録》「乎」作「平」，應據正。』

[補注]

㈠本篇作于元成宗大德五年（一三〇一）。公溥堂，雍正《浙江通志》卷五〇《古跡十二·温州府下》：『明通公溥堂，萬曆《温州府志》：在平陽縣。元元貞元年重建，名公溥堂。林景熙《公溥堂記》（本篇略）。』乾隆《平陽縣志》卷四《建置下·公署》：『寶祐初，令陳容更之，曰明通公溥之堂。景炎二年，兵亂毁。元至元十八年，尹周忠重建。元貞元年，縣升爲州。大德五年，知州孫鈞更新後堂，顔曰公溥堂。林景熙《公溥堂記》（本篇略）。』又卷一八《雜志·古跡》：『公溥堂，在治署。』

㈡周元公，即周敦頤。宋嘉定十三年賜謚『元』。《周元公集》卷一《通書·聖學第二十章》：『或問聖可學乎？曰可。有要乎？曰有。請問焉。曰：一爲要。一者無欲也。無欲則静虚動直。静虚則明，明則通；動直則公，公則溥。明通公溥，庶矣乎。』言動静惟一，明通公溥，庶幾作聖之功用。

㈢繡衣之使，指朝廷派遣督察地方的官員。省風戾止，到來巡察民情。戾止，來到。退食，謂公餘休憩。

㈣以明自公生，溥爲通極也：因爲光明出於公正，溥洽（廣被大衆）爲通達之極則。

㈤蠻觸，喻爲小事争鬥不休。《莊子·則陽》：『有國於蝸之左角者，曰觸氏；有國於蝸之右角者，曰蠻氏。時相與争地而戰，伏尸百萬。』

㈥簸弄三尺，要弄法令條文。三尺，指法律。《史記·酷吏列傳·杜周》：『周爲廷尉……不循三尺法。』集解引《漢書音義》：『以三尺竹簡書法律也。』

㊆疾疢，疾病。藥石，藥劑和砭石（針砭之石）。泛指藥物。《左傳・襄公二三年》：『季孫之愛我，疾疹也；孟孫之惡我，藥石也。』疹，通『疢』。

重修陰均斗門記㊀

平陽瀕海而州，水利多，斗門爲大。斗門八，陰均爲大。陰均斗門者，金舟東西四鄉之水赴焉，嘉泰汪令君季良〔一〕所創也㊁；其毀家〔二〕以相，林君居雅也㊂，今故碣猶在。越百年，穿漏就圮，河流有泄無蓄。海潮大時，澎〔三〕湃衝突，逆入河，皆爲田害，故歲多歉而民貧。請於官，官置不問；縱有問者，吏持片紙急其都㊃，都急其民，交相漁獵，迄無成功。

大德九年，州判皮侯元一日公退㊄，與客相略民利。有以陰均言者，侯憮然㊅曰：『吾責也。』會歲侵〔四〕，又不敢震其民，展轉于中。聞蘆江報恩寺有講師曰融㊆，梵行精實〔五〕，爲衆信。侯致尺書，詞語懇篤，願借師力以成。師得書喜曰：『成此非細利也。侯有命，其敢不承？』乃攜短疏，道侯意勸化〔六〕。義風所激，壹皆樂從。

遂廣置合用料物，以十一月經始。先築上下堰，決〔七〕水施工。甃石滏〔八〕，斵石限㊇，更板閘二十四層。纖罅必苴，表裏堅好。侯勸相之使，旁午于道。十年二月訖工。侯視成，春波溶溶，演漾渟止，河伯甯，海若伏。父老驩相語：『凡此駿功，師之力也，侯所命也。微侯，吾[九]且爲魚⑨，況能耕稼以食其土也？』由是三十六源得蓄泄之宜，四十萬畝免乾溢之患，有年將不一書，其利博[一〇]哉！

夫以利人者役人，雖出有司，法以繩之可也。侯立心仁恕，唯欲行所無事，不叫囂而集，不鞭笞而辦，誠動誼[一一]感，匪師曷遂？不然，民方倚侯以爲父母，侯豈不自信而尚假浮屠以信於人也。衆請礱[一二]石，屬予記。歌曰：今侯昔令，前汪後皮。屹兹斗門，流德海涯。海涯之德，河洛之思⑩。後有作者，其視兹碑。

［校記］

〔一〕汪令君季良，弘治《温州府志》卷一九、雍正《浙江通志》卷六一作『令汪季良』。　〔二〕毁家，《通志》作『傾資』。　〔三〕澎，《通志》作『湖』。　〔四〕浸，四庫本、《府志》、乾隆《平陽縣志》卷八作『浸』。　〔五〕行精實，《府志》作『音精爽，實』。　〔六〕『道侯意勸化』下《府志》、《通志》有『有總管湯士宣損資爲倡』一句。　〔七〕决，《通志》作『偃』。　〔八〕漨，《府志》《通志》《縣志》作『縫』。

〔九〕吾且爲魚，《府志》『吾』下有『屬』字。　〔一〇〕博，中華本、《通志》《縣志》作『溥』。

〔一一〕誼，《府志》作『義』。　〔一二〕礱，《府志》作『勒』。

［補注］

㊀本篇作於元成宗大德九年（一三〇五）。陰均斗門，在平陽縣金舟鄉琶艚（今浙江蒼南縣舥艚鎮），爲歷史上著名水利工程。雍正《浙江通志》卷六一《水利十·平陽縣》：『陰均陡門，在金舟鄉。』乾隆《平陽縣志》卷八《水利·陡門》：『陰均陡門，在埭旁。宋令汪季良命林居雅，既築土堰於陰均山麓，外禦咸潮，復與水閘三間，以備水潦。歲久圮壞，元初屢修無成，大德九年州判皮元俾僧曰融募修。林景熙《重修陰均斗門記》（引略）。』

㊁金舟東西四鄉，四鄉指金舟鄉、親仁鄉、慕賢東鄉、慕賢西鄉。嘉泰（一二〇一—一二〇四），宋寧宗年號。汪令君季良，弘治《温州府志》卷八《名宦·宋》：『汪季良，江西廣信府人。宋開禧二年知平陽縣，治政寬恕，民咸安之……修塘埭斗門以興水利。』令君，縣令的尊稱。按，據本卷《州内河記》：『父老言嘉泰甲子邑災，莽爲礫區，流僅如綫。明年，汪令季良來官。』嘉泰甲子即嘉泰四年（一二〇四），『明年』爲開禧元年（一二〇五），據此汪季良開禧元年始任平陽縣令；弘治《温州府志》卷八及康熙《温州府志》卷一八則言『開禧二年（一二〇六）知平陽縣』，皆與此文云『嘉泰汪令君季良』不合。考諸宋楊簡《慈湖遺書》卷二《永嘉平陽陰均堤記》：『天府府庠林子君（居）雅合平陽東、西、金舟、親仁四鄉父老而下，銜哀興敬，以請於州守楊某曰：嘉定元年（一二〇八），汪令君惠撫吾邑，深慮熟計，建埭八十丈於陰均，障海潮，瀦清流。又造石門於山之麓，以時啟閉，以防漲溢。』楊簡時任温州郡守，轉述當事人林居雅語當最翔實。證以葉適《水心文集》卷一〇《平陽縣代納坊場錢記》所記：『嘉定二年（一二〇九），浙東提舉司法

言：温州平陽縣言……疏別其事以請者，知縣汪季良也。』是汪季良任平陽縣令修陰均斗門在嘉定元年，弘治《府志》卷一二亦言『嘉定間，玉山汪公爲邑令』（參見注㊂），此文『嘉泰』疑爲『嘉定』之誤。葉適《水心文集》卷一二《平陽書會序》言汪氏『知平陽，守法以便民，不奪所見，不屈所行，慎刑簡役，既去而民思之。』

㊂林居雅，弘治《温州府志》卷一二《人物三・行誼・宋》：『林居雅，平陽人。嘉定間，玉山汪公爲邑令，創陰均陡門。居雅傾家貲，與鄉人鄭萬全之昆弟昌，金舟、親仁、東、西四鄉之賢儒巨室陳子直等，各捐貲躬率，協贊築陰均埭斗門。』民國《平陽縣志》卷三四《人物三・宋》：『林居雅，號回川，金舟鄉艾陽人。……後入太學爲齋諭。』

㊃都，衙役頭目。清梁同書《直語補證》：『吏之呼都，猶今人言張頭兒、李頭兒也。』

㊄州判皮侯元，州判官皮元。元制，州設判官，位在達魯花赤、知州、同知下。侯，對官紳的尊稱。

㊅愯（音竦）然，驚覺貌。《正字通・心部》『愯，通竦。』弘治《温州府志》卷一九引録改作『竦』，實不烦改字。

㊆蘆江報恩寺，故址在今蒼南縣蘆浦鎮。弘治《温州府志》卷一六《寺觀・平陽縣》：『報恩院，在東鄉，唐大中十三年建。』該寺近年重建。講師，法會中講誦經義的高僧。

㊇甃，用磚砌。石湴，同石磋，蓄水設施。《宋史・河渠志六》：『沿河堤岸及石磋、石木溝……並委令佐檢察修護。』石限，石閘。

㊈微侯，吾且爲魚：言爲水澇所害。參見卷二《雜詠十首酬汪鎮卿》之六注㊂。

㊉河洛之思，指人們對修治水利功績的思念。《易·繫辭上》：『河出《圖》，洛出《書》，聖人則之。』傳説龍馬出於黄河，伏羲據以作《河圖》；神龜出於洛水，夏禹據以作《洛書》。見《書·顧命》及《洪範》孔傳。

永嘉忠烈廟記㊀

永嘉忠烈廟，在郡學東百步，雖故居〔一〕庳隘，英風勁節與九斗相高㊁，非他廟比。始建於太守王公定，重建於今縣尹王公安貞㊂。二公生不同世，居不同壤，惟尚賢敦化之心根於秉彝者同也，而又同氏，不偶然已？

宣和間，睦寇猖獗㊃，所至同惡響應。州連陷且五六〔二〕，建瓴而下，蕩揺我境。守貳將棄城走，教授霅川劉公士英憤激於衷〔三〕㊄，曰：『吾徒誦《詩》《書》，講逆順，而俛首帖耳以事賊乎？』館下生石礪慷慨佐之，畫守禦謀，行保伍法㊅，出奇計數挫賊鋒。於時海内習〔四〕安，郡無武備，而忠驅義感，獨恃人心爲守，保全城以還天子。越五十六日，王師至，賊始驚遁㊆。永嘉遂爲秉禮義之邦。益信獻俘執醜，古稱頖宫㊇，而真儒折衝㊈，凜於百萬之騎，有非武夫健將可同年語也。上賞功，劉通守太原⑩。會金虜犯城，死於力戰〔五〕，卒全其節。石辭禄不居，以布衣終。皆毅然爲鬼雄，賜廟固宜。

歲老，榱桷毀圮，奉神像遷於學。大德丙午八月庚申，廟成，乃迎以歸。尹帥其屬，張樂置醴奠焉。郡學掾阮琦嘗贊是役，與諸生列拜祠下，咸曰：『耿耿乎休哉！』

夫受朝廷命以來爲縣，上扶教，次勤政；不教不政而私欲是營，下矣。予雖未諗公政，聞其修孝子墓，建忠烈祠，繫於風教者可書。政而孰大於是，故因邦人之請，爲記以壽於石。事有曠百世而相感者，吾亦不自知其何心也。於是乎記。

［校記］

〔一〕居，弘治《温州府志》卷一九作『規』。　〔二〕州連陷且五六，《東甌先正文録》卷六作『連陷五六州』。　〔三〕憤激於衷，《文録》作『激憤於衆』。　〔四〕習，《文録》作『狃』。　〔五〕死於力戰，《文録》作『守力戰卒』。

［補注］

㊀本篇作于元成宗大德十年（丙午，一三〇六）。永嘉忠烈廟，雍正《浙江通志》卷二二五《祠祀九·温州府》：『忠烈廟，萬曆《温州府志》：在簡訟坊，祀宋教授劉士英、諸生石礪、學掾盧璿。初建於元邑令王安貞。林景熙《忠烈廟記》（節録略）。』

㈡九斗，指温州城。温州城牆跨建九山上，稱九斗城。詳卷三《鹿城晚眺》注㈡。

㈢王公安貞，嘉靖《永嘉縣志》卷五《秩官志・宦跡・元》：『王安貞，大德七年任。開敏有材，善折獄，吏卒不下鄉，民不以擾。興學校，建忠烈廟，修陳孝子、仰孝廉墓，治行有聲。』

㈣睦寇，指睦州（今浙江建德）方臘起義。

㈤守貳，州守和副佐。教授，州府學官。宋制，州學置教授一員，『以經術行義訓導諸生，掌其課試之事，而糾正不如規者。』（《宋史・職官志七》）霅川，霅溪，吴興（浙江湖州市）别稱。

㈥保伍法，宋時基層户籍編制，以五家爲伍，相爲聯保。曾鞏《陳康民管勾永興等路常平制》：『朕爲保伍之法，寓耕戰之教。』

㈦關於劉士英守城事跡，光緒《永嘉縣志》卷一〇《秩官・留績》引《南宋書》云：『劉士英，武康人，爲州學教授。方臘陷處州，州人争具舟欲遁。士英獨與郡茂才石礪治兵峙糧，籍保伍，分其地爲八隅，以鐘爲約，令民聞鐘聲則趨所守堞。未幾賊來攻，拒守四十餘日，官軍至，賊遁去。』

㈧頖宫，泮宫，周代諸侯國所立學校。《詩・魯頌・泮水》記魯僖公克服淮夷，獻囚泮宫。

㈨折衝，折回敵人戰車。謂克敵致勝。衝，戰車。

㈩通守，佐理郡務之官，位次太守。隋置，宋稱通判。蘇軾有《熙寧中軾通守此郡》詩（時任杭州通判）。

賓月堂賦㊀

南雁蕩葉君，堂於山之陽。野蔌盈俎，春醪在觴。索居無朋，欲飲誰相？俄有客自天東駕五雲而來，水佩金裳，冰姿玉質。初流光於簷楹，忽散彩於庭闕。不由介擯㊁，竟造几席。主人見而異之，曰：『噫嘻，此佳賓也。』揖與同坐，清寒襲肌。於是撤觴與俎，挹沆瀣以爲醴，攜斗柄而酌之㊂。匪曳裾而投轄，意炯炯以相依㊃。

主人謂賓曰：『古稱孟嘗，三千珠履㊄。勢交何常，合散如市。生死翟門，喜怒廉里㊅。太行之山，灩澦之水。陶潛所以息交，劉勝因而掃軌㊆。乃若高照萬古，渺視九寰。不翻覆於雲雨，豈遷變於燠寒。對之可以增雙眸之碧，即之可以洞寸心之丹。若子者，予所樂賓，恨相見之晚也。』

賓冉冉促膝，若復於主曰：『當今非但主擇賓，賓亦擇主。尼父所主〔一〕，不〔二〕主衛疽㊇；宗元亦客，辱於王伾㊈。開閣謾爾，入幙何爲？黄金之臺徒觀美，五花之舘空遺嗤㊉。自開闢以至於今，閱人多矣。知愚好醜，惇〔三〕澆臧繆。伏意庾情，靡有遺照。乃若持玉斧兮，掞河漢以爲文；斫丹桂兮，梯層飈而絶塵，斯靈府中自具廣寒清虚也。而不然者，豈予所屑賓㊁？峨眉秋影，昔白之賓㊂，今賓子乎？南樓夜色，昔亮之賓㊂，今賓子乎？』

主人聞賓言，再拜起謝，顧影復自笑曰：『嘗聞天地間萬物之逆旅，往過來續，寓形幾何？吾方擾擾焉身自爲賓，又安能賓夫賓也？雖然，自〔四〕當有耿耿者留天地間。萬古唯道不朽。天所以高，地所以厚，象緯所以著明㊃，誰實主之？夫豈以有限之形，而欲結無窮之交哉！』

言未既，天雞咿喔，斗轉河低。賓不答，去亦不辭。第見斜光回薄，林鳥驚棲。主人舉手招賓，賓已在西山之西。

［校記］

〔一〕主，乾隆《平陽縣志》卷六、《東甌先正文録》卷一二作『至』。〔二〕不，原作『必』誤，據四庫本、《御定歷代賦彙》卷七八改。詳注㊇。〔三〕惇，乾隆《縣志》、《文録》作『淳』。〔四〕自，吴校本、四庫本作『是』。

［補注］

㊀賓月堂，乾隆《平陽縣志》卷一八《雜志·古跡》：『賓月堂，在南雁蕩。林景熙《賓月堂賦》（本篇略）。』按，元傅習編《皇元風雅》前集卷九載許獻臣《題賓月堂》詩：『人生自是人間客，月亦天邊寄此身。

彼此虛空無著處，誰歟是主復誰賓？』同書前集卷一〇復載梁隆吉《題葉東叔賓月堂》（四部叢刊初編本題『叔』作『升』疑誤）詩，文句全同（從略）。明程敏政《宋遺民録》卷一二亦收録梁棟（隆吉）此詩題同。所詠當即此賦『南雁蕩葉君』之賓月堂。堂主人葉君，名未詳，字東叔（見梁隆吉詩題），號賓月（見後引衛宗武、張炎詩題），平陽縣南雁蕩人。宋季元初亦清節高隱之士，與詩界名流頗有交往，宋衛宗武《秋聲集》卷一《爲葉賓月賦》稱云：『騷人抱負奇，一氣清相若。有主此有賓，不勞折柬約。悠然來几席，玉色照肝膈。』張炎《山中白雲詞》卷三有《桂枝香・送賓月葉公東歸》詞，同卷《疏影・題賓月圖》云：『待倩誰招下清風，共結歲寒三益。』可見其高致。元虞集有《次韻葉賓月山居十首》（《御選元詩》卷三七）、陸文圭有《賓月亭記》、任士林有《賓月堂賦並序》（見附録）。其子葉伯幾，亦景熙詩友。參見卷三《送葉伯幾之奉化》注㈠。

㈡介擯，引導接待賓客的人。

㈢沆瀣，清露。攜斗柄，《詩・小雅・大東》：『維北有斗，不可以挹酒漿。』

㈣匪，彼，指主人。投轄，取客人車轄投於井中，表示殷勤留客之意。語出《漢書・陳遵傳》。炯炯，誠懇熱切。

㈤古稱孟嘗三千珠履，『三千珠履』言門客衆多。《史記・春申君列傳》：『春申君三千餘人，其上客皆躡珠履以見趙使。』此云『孟嘗』（孟嘗君），記誤。

㈥生死翟門，《史記・汲鄭列傳論》：『始翟公爲廷尉，賓客闐門；及廢，門外可設雀羅。翟公復爲廷尉，賓客欲往，翟公乃大署其門曰：一死一生，乃知交情。一貧一富，乃知交態。一貴一賤，交情乃見。』廉里，《漢書·龔勝傳》載，龔勝著名節，不苟世從俗。王莽篡國，辭官不受，絶食死。『勝居彭城廉里，後世刻石表其里門。』

㈦陶潛息交，陶潛《歸去來辭》：『歸去來兮，請息交以絶游。』劉勝掃軌，《後漢書·杜密傳》：『同郡劉勝，亦自蜀郡告歸鄉里，閉門掃軌，無所干及。』

㈧尼父所主，不主衛疽：尼父，孔子。所主，所依從的主人。不主衛疽，不以衛疽（衛國宦官癰疽）爲主人。意思説孔子每到一地，對所寄居的主人是有選擇的。在衛國他不住在癰疽那裏（古人以與宦者結交爲恥）。《孟子·萬章上》：『萬章問曰：「或謂孔子於衛主癰疽，於齊主侍人瘠環，有諸乎？」孟子曰：「否，不然也，好事者爲之也……吾聞觀近臣，以其所爲主；觀遠臣，以其所主。若孔子主癰疽與侍人瘠環，何以爲孔子？」』

㈨宗元亦客，辱於王伾：意謂柳宗元也是一位佳賓，可惜他的名聲爲王伾所辱没。按王伾得唐順宗信任，聯合王叔文改革朝政，柳宗元、劉禹錫等積極參與，時號『二王劉柳』。這裏説宗元失於擇主，係出歷史偏見。參見卷二《用拙爲金罍徐氏賦》注㉓。

㈩黄金之臺，戰國燕昭王修建黄金臺以招聘賢士。五花之館，宋錢易《南部新書》癸集：『荆南（今湖北江陵）舊有五花館，待賓之上地也。』

⑪屑，敬。

㈢峨眉秋影，昔白之賓：李白《峨眉山月歌》：『峨眉山月半輪秋，影入平羌江水流。』

㈢南樓夜色，昔亮之賓：晉庾亮任江州刺史，曾夜登南樓與僚屬賞月。見《晉書・庾亮傳》。按，庾亮鎮江州治武昌，南樓指武昌南樓；後人習稱爲九江庾樓，殆出附會，陸游《入蜀記》卷三已有考辨。

㈣象緯，星象的經緯。指日月五星。

［輯評］

弘曆《賓月》：光爲素照體清真，林景熙堂契夙因。設以箕疇擬卿士，殷哉吾亦企嘉賓。（《御製詩集》三集卷六七）

傑按：林、陸、任同題三賦，各有託藴，而以林賦爲最。讀者細味之，當證予言不誣。

［附録］

元陸文圭《牆東類稿》卷八《賓月亭記》：永嘉山水甲東浙，而南雁蕩占勝處第一山，據平陽邑南，林壑幽秘，源洞紆繽，衆峰嶒岈，互相吞噬，巋然出奇者三十有六。里人葉君家焉，瞰江築亭，面揖紫翠，水繞欄角鳴。一夕山空無人，鶴唳松顛，長天捲雲，晴碧萬里。葉君步至亭上，手執鐵如意，浩歌《離騷》《九章》。歌未闋，有客徑入坐，山上寒光炯然，神爽逼人，清迥出塵俗表。葉一見驚喜，顧謂客曰：『子非纖阿望舒之流乎？吾聞鳳凰之樓，鳷鵲之觀，眺蟾之臺，影蛾之池，妙舞清縣，宵樂未央。子胡不往，而獨於荒江之瀕，窮崖之下，辱以訪予，得無淮陰侯之過樊將軍乎？』客曰：『王侯貴人之家，款以延我，亦未嘗不往；然彼豈知吾之心者哉！吾性孤耿，每逢騷人羈士，苦調清吟，蕭然而長往者，心輒愛之。故今夕造子，願與定交可乎？』於是，主人大喜，舉酒屬客，酒半酣，主人起舞。客曰：『吾往年與謫仙對酌花間，李謂吾不解飲，嘗停杯而問我以古人之事；後又與雪堂老人游于赤壁磯下，聞吹洞簫聲，相與舉孟德「烏鵲南飛」之詩。吾行天下，知心僅得二士，今子成三人矣。』主人聞之益喜，笑語良久，以如意指客示童子曰：『汝見吾平生有此客否？』童子假寐弗應。須臾，太白西没，野雞初鳴，客辭主人而退，期以來夕復會亭下。葉如期而往，候至夜分，俄陰雲驟興，風雨交作，客遂不至，葉君悵恨久之。後數年，道過蓉城，以其事語友人。陸某遂爲之記。（《四庫全書》本）

元任士林《松鄉集》卷六《賓月堂賦並序》：永嘉葉伯幾，士林識之。西湖之上，清風襲人，真畏友也。未幾，遂爲吾州師。出其翁《賓月堂圖》，俾賦之。翁既分教江西，遠在千里，猶覿面也。其辭曰：南雁主人既堂成之夕，天宇清新，玉露横陳。若有人兮，駕言徂東，徘徊斗牛，歌舊雨之不來，嘆浮雲之於我，將有謁於主人之堂。於是蜚廉揖至，大夫掃門，初猶讓登，顔色未分，久乃拾級，流光若奔。主人方坐堂上，仰見玉人，顧而樂之，罷琴與書，相揖入帷，作而曰：『静而清，默而明，不將不迎，應物無形，此佳賓也。吾嘗遇子逝川之上，不沈不浮，與時俱流。又嘗覿子東山之巔，不磷不緇，清風自怡。子不我賓而賓于誰？今夕何夕，寧不我規。』賓亦從容，不覺前席，若有言曰：『吾聞皎皎者易汙，盈盈者易虧。潛雖伏孔之昭，明吾誠也；食而見更而仰，過吾資也。是故大白若辱，懼陰滓之或來也；大盈若沖，信滿盛之必移也。吾知吾情而已，又焉以規子爲？』主人起謝，入而謀諸婦，洗觥具杓，與賓相屬。主人起飲，賓不語；主人趣舞，賓不傴；對影成三，賓不去。於是歌太白之詩，屬坡仙之句，鸛鵠更寒，天河東注。主人既醉而寐，賓去不

顧。（《四庫全書》本）

湯婆傳㊀

湯婆，温鄉人。其先居驪山之陽，得湯泉㊁，因以爲氏。凡散居匡廬、汝水、佛跡巖、東城，與秦、渝、歙、劍間，皆湯氏支派㊂。無寒屬。婆形矮〔一〕腹魁，端重渟〔二〕涵，似有德。又工坎離之術，常以虛致滿，狎之者氣和體寧，心兵不起㊃，故鄉人尊其稱。

初，世未之器。會天寶中，上召楊太真賜浴華清，由散地入直㊄，暄津香液，寵於妃。妃貴，予之沐邑，封温鄉君。自是聲價喧湧，人争即之。捐千金鑄其模，締盟衾席，願託足於歲寒。青燈雪屋，擁被孤吟，能作蒼蠅聲相和答。然守口如瓶，不以漏泄取禍。已而融和透肌，引入華胥之國㊅。向曙猶温，注其餘波，可供盥頮，厥功茂矣。與竹夫人性異凉燠㊆。夫人寵既衰，束之高閣，遂與婆相於永夕〔三〕。自謂有脚陽春㊇。惟蕙帳、麻衾、栢枕雅相善，而得專房於山林孑叟。金帳侍兒不之齒，亦不以是熱中。雖老，奉妾事彌謹。有德有功，自鼎鑊置袵席，歷險夷有節，可書也已。

贊曰：湯氏派幾遍天下，惟驪山之屬最盛。早遇貴妃，固辭封爵，卒免禍以全身，可不謂知乎？後有脚婆者，得名雙井黄太史家㊈。太史撫其腹曰：『公然一婆，是可老我於温鄉矣。』或謂太史嘗在臨川，得之汝水一派云。

［校記］

〔一〕矮，吴校本、四庫本作『倭』。　〔二〕淳，吴校本、四庫本、冒刻本作『渟』，可從。　〔三〕夕，四庫本作『日』。

［補注］

㊀湯婆，湯壺。扁圓形，用銅、錫或陶瓷等製成。又稱湯婆子、脚婆。元無名氏《東南紀聞》卷三：『錫夫人者，俚謂之湯婆。鞲錫爲器，貯湯其間，霜天雪夜，置之衾席用以取暖，因目爲湯婆。』明朱存理《珊瑚木難》卷四《文章滑稽目録》：『《湯婆傳》，林景熙。』

㊁驪山，陝西臨潼縣南。湯泉，温泉。

㊂匡廬，廬山。汝水，流經河南中部。佛跡巖，在惠州（今廣東惠陽）東北白水山。東城，古縣名，今安徽定遠縣東南。秦，今陝西地區。渝，渝州，今重慶。歙，徽州，今安徽黄山市。劍，指南劍州，今福建南平市。以上諸地及後文臨川（今屬江西）均有温泉。

㊃坎離之術，謂陰陽調劑之術。坎、離，本《周易》卦名。心兵，喻心事，心思。《吕氏春秋·蕩兵》：『在心而未發，兵也。』參閲注㊈。

㊄華清，華清宫温泉，在驪山麓。白居易《長恨歌》：『春寒賜浴華清池。』由散地入直，從閒散地位而

供奉内廷。

㈥華胥之國，指夢境。《列子・黄帝》：「（黄帝）晝寢，而夢游於華胥氏之國。」

㈦竹夫人，竹製消暑器具。趙翼《陔餘叢考・竹夫人湯婆子》：「編竹爲筒，空其中而竅其外，暑時置牀席間，可以憩手足，取其輕凉也，俗謂之竹夫人。」

㈧有脚陽春，五代王仁裕《開元天寶遺事・有脚陽春》：「宋璟愛民恤物，朝野歸美，時人咸謂璟爲有脚陽春。」言所至如春日煦物。

㈨黄太史，黄庭堅。曾任國史編修官，故稱太史。雙井，在洪州分寧縣（今江西修水縣），黄之故鄉。明單宇《菊坡叢話》卷七《器用類》：「古人以暖足瓶謂之湯婆，黄山谷名以脚婆。」黄庭堅《戲詠暖足瓶》詩之一：「小姬暖足卧，或能起心兵。千金買脚婆，夜夜睡天明。」

春聲君傳 風箏

春聲君，風姓箏名，字子耀。其先孤竹君之裔，後家於渭川，復徙居扶風㈠。世掌絲綸㈡，聲名赫奕。每歲至春和，舉族必盛，音樂隨所至，翱翔飄舞，望之若空中人。箏父竹，母楮氏㈢，夢青帝賜以瑶琴，覺而生箏。筮之，得『升』之『恒』㈣。筮者曰：『吉。坤，地也；巽，風也。風行於地，澤無不被焉。乘風而升，以至於天，吉孰如之？且震，木也。木以春榮，他日聲聞天下，其必於春乎！』以是名爲『春聲君』。

君鋭首闊面，尖頤長股。少時有相者曰：『是兒風骨超然，經綸滿腹。若際風雲之會，必能聲振寰宇。』及長，圭角稜稜，思祖伯夷以清節死㊄，對人言輒嗚嗚焉，自鳴聒耳不厭也。或謂之曰：『大凡物不得其平則鳴。草木無聲，風撓之鳴；水之無聲，風蕩之鳴㊅。子其有不平耶？抑亦自鳴其不幸耶？』曰：『大丈夫當昂首青霄，和其聲以鳴國家之盛耳，安能鉗口縮舌，類抱葉之寒蟬乎？且吾聞之：用舍，遇也；語默，道也㊆。吾用則聲聞於天，不用則卷而懷之㊇。上不怨天，下不尤人，焉至負不平之情遂自鳴其不幸耶！』

嘗自負以經濟天下爲己任，時聞風飆起，慨然有凌霄之志。性愛武事，每以一弓掛諸首。尤善音律，春和景明，必偕一二同志，吟風弄月以歸。時或歌詠，則聲出霄漢，雖任往來風傳，而宮商不亂也。唐高駢移鎮渚宫，道逢之，贈以詩㊈，因薦之上。時群盜蜂起，上問治之之術。對曰：『治亂民如治亂繩，不可急也。急之，則益亂。當順其風俗，被以聲教，使之得見天日，然後上下相安。操縱自我，民自不爲盜。』上深然之，復問曰：

『聞卿善聲樂，信然否？』對曰：『臣雖不才，若使臣近天顔，順下風而歌，引商刻羽，雜以流徵。陛下側面而聽之，未必不如聽吹竹彈絲、敲金戛石也。』上喜，拜順天高陽縣令，鳴琴而治。徵拜太常卿，命典音樂，累遷春官侍郎同平章事[10]。上嘗自臂佳鷂，見箏來，戲曰：『卿與若孰優？』對曰：『臣荷陛下厚恩，策名天府，思勵清聲，以裨風化，陛下焉得同臣於物乎！且臣所謂招之不來，麾之不去者也。非如此鷂，飢則依人，飽則揚去而已。』上笑曰：『莊生所謂「扶摇直上九萬里」者[11]，卿殆類之。』

君少時喜微行，暗中輒見一紅燈隨之，常以語所知識者，謂是紗籠中人，後當拜相。至是果驗。一日清明出游，見士民争持牲酒於墓側，乃歎曰：『樹欲定而風不止，子欲養而親不在，此皋魚所以有風木之恨也。』[12]即日解組綬歸。同族又有名瓦、名鷹者，其出處大率略同，然緘默寡言，亦鮮聲譽。風氏本舊族，至君輔相兩朝，口代天言，身代天工，以身繫四海之仰望者數十年，人謂能不墜其家聲云。然賦質太薄，骨太輕，雖束帶垂紳，而順風盤旋，毫無所立。或澆之以水，體輒碎裂，有賦八角磨盤以誚之者[13]。又性喜躁進，略不顧忌，人咸服其有鑽天之能，實譏之也。君後裔綿遠，至今聲名猶不減云。

太史公曰[14]：士君子之處世，其窮也以道德鳴，其達也以功名鳴。彼依阿泂泂[15]，與世浮沉，而曾無所建明者，視君蓋不啻在下風耳！ 世稱君克纘先業，聿駿有聲，是未測其本也。 夫忠孝，人之大倫，君欲勵清聲裨風化，則忠；業相位養親，則孝。 忠孝兩全，君之功業鳴世不無自矣。 矧其仕止語默，又得孔子用行舍藏之道，謂之有道之士非歟？此所以能不墜其家聲也。 獨其縱情聲樂，世頗疑之。 噫！ 君豈亦郭汾陽之流也耶㈥？

［校記］

此篇原集及補遺不載，今自書目文獻出版社《北京圖書館古籍珍本叢書》第八十册影印明萬曆胡氏文會堂刻本明胡文焕彙選《胡氏粹編・新刻諧史編》卷上《器用門》輯録，編入本卷『傳』下。

［補注］

㈠孤竹君，商時諸侯國孤竹國國君。 參見本卷《孤竹齋記》注㈡。 渭川，渭河。 古時其地盛産竹，諺有『渭川千畝竹』語，見《史記・貨殖列傳》。 扶風，今陝西鳳翔縣。 唐扶風郡盩厔縣有『司竹園』，見《新唐書・地理志一・鳳翔府扶風郡》。

㈡絲綸，帝王詔書。

㈢楮氏，又曰楮先生，紙之戲稱。 見宋蘇易簡《文房四譜》卷四《紙譜・文嵩好時侯楮知白傳》。

㈣得升之恒，得到從《升卦》變成《恒卦》的卦象。 升，《周易》第四十六卦，卦象下巽上坤。 恒，《周易》第三十二卦，卦象下巽上震。

㈤伯夷，孤竹君之子。 參見本卷《孤竹齋記》注㈢。

㈥大凡物不平則鳴數句，韓愈《送孟東野序》：『大凡物不得其平則鳴。草木之無聲，風撓之鳴；水之無聲，風蕩之鳴。』

㈦用舍，《論語・述而》：『子謂顔淵曰：用之則行，舍之則藏，惟我與爾有是夫！』語默，《易・繫辭上》：『子曰：君子之道，或出或處，或默或語。』

㈧卷而懷之，謂藏身隱退。《論語・衛靈公》：『邦無道，則可卷而懷之。』劉寶楠正義：『卷，收也。懷，與「褱」同，藏也。……卷而懷之，蓋以物喻。』

㈨唐高駢移鎮渚宫，據《資治通鑑》卷二五三載，唐僖宗乾符五年高駢自西川節度使移任荆南節度使。渚宫，江陵（今湖北江陵縣）别稱，爲荆南節度使駐地。道逢之，贈送以詩：宋孫光憲《北夢瑣言》卷七：『（高駢）鎮蜀日，以蠻蜓侵暴，乃築羅城，城四十里，朝廷雖加恩賞，亦疑其固護。或一日聞奏樂聲，知有改移，乃題《風箏》寄意曰：「夜静絃聲響碧空，宫商信任往來風。依稀似曲纔堪聽，又被移將别調中。」旬日報到，移鎮渚宫。』

㈩太常卿，太常寺長官，主司祭祀禮樂。春官侍郎，禮部副長官。唐武則天以春官、夏官、秋官、冬官稱尚書省六部中的禮部、兵部、刑部、工部，後世沿用其稱。同平章事，即同中書門下平章事（言與中書、門下二省協同處理政務），唐時宰相之名。

⑪扶摇直上九萬里，《莊子・逍遥游》：『鵬之徙於南冥也，水擊三千里，摶扶摇而上者九萬里。』

⑫皋魚風木之恨，謂人子不及歸養父母的遺憾。《韓詩外傳》卷九第三章載，孔子出行，見皋魚哭於

道旁，與之言。『皋魚曰：「吾失之三矣。少而好學，周游諸侯，以歿吾親，失之一也。高尚吾志，簡吾事，不事庸君，而晚事無成，失之二也。與友厚而中絶之，失之三矣。夫樹欲静而風不止，子欲養而親不待，往而不可追者年也，去而不可得見者親也。吾請從此辭矣。」立槁而死。』（《韓詩外傳集釋》本）

㊂八角磨盤，風筝之戲稱。宋惠洪《禪林僧寶傳》卷一六《翠嵒芝禪師》：『大衆僧俗中皆有奇人，且如本朝楊大年偈曰：八角磨盤空裏走，金毛獅子變作狗。擬欲藏身北斗中，應須合掌南辰後。』朱熹《晦庵集》卷四三《答李伯諫（甲申）》：『楊億工於纖麗浮巧之文，已非知道者所爲。……而釋子特以爲知道者，以其有「八角磨盤」之句耳。』

㊃太史公，司馬遷稱其父司馬談（任太史令）爲太史公，自亦稱太史公，見《史記·太史公自序》。後亦用稱史官。

㊄依阿，曲意附從。洩涊，懦怯之意。

㊅郭汾陽，唐中興名將郭子儀，以功封汾陽郡王，世稱郭汾陽。

𢍰説㊀

柔兆困敦之歲㊁，朔騎壓境，所過殺掠，數十里無人煙。明年秋，予舟夜過北塘，半醒睡。一奴坐舟尾，曰：『何怪也？』予瞪目視，有火青青，什什伍伍；已而散漫阡陌，彌千亘萬，直際林麓。予曰：『異哉！此粦火也。《釋文》謂「人馬之血，積而有光」㊂，其信然與？』奴熟視浸玩，脱草屩招之，冉冉近舟次；復麾使去，漸遠漸稀。

予撫舷歎曰：『陽烏西徂，萬目如漆，彼馮託幽昏，以恣弄光怪，何獨粦也。』然粦不能近遠人，而近遠之者人也。晉温嶠然犀牛渚，海族百怪，不能遁其形。若有呼者曰：『於君幽明道遠，何意相照？』㊃世未爲無怪也。孔氏不語怪㊄，道其常而已矣。故人失人之常，鬼行其怪；中國失中國之常，夷行其怪。怪且不可言，而况乎招之以自近也哉！

［補注］

㊀本篇作于宋端宗景炎二年（一二七七）。粦，亦作燐。《廣韻·震韻》：『粦，《説文》作粦，鬼火也。兵死及牛馬血爲之。』説，文體之一。明吴訥《文章辨體序説·説》云：『各即事即理而爲之説，以曉當世，以開悟後學。』『説須自出己意。』明賀復徵《文章辨體彙選》卷四二八《説二》選録本篇。

㊁柔兆困敦之歲，指丙子年，即宋恭帝德祐二年（一二七六）。是年元軍攻陷宋都臨安。古代歲星紀年法用歲陽和歲陰相配合，《爾雅·釋天》：『（太歲）在丙曰柔兆……在子曰困敦。』

㊂釋文，唐陸德明《經典釋文》。

㊃晉温嶠然犀牛渚，《晉書·温嶠傳》：『至牛渚磯，水深不可測，世云其下多怪物，嶠遂毁（焚燒）犀角而照之。須臾，見水族覆滅，奇形怪狀，或乘馬車著赤衣者。嶠其夜夢人謂己曰：「與君幽明道别，何意

相照也？」』牛渚，又名采石磯，在安徽當塗縣西北長江邊。幽明，謂冥界和人間。

㊄孔氏不語怪，《論語・述而》：『子不語怪、力、亂、神。』

蜃説㊀

嘗讀《漢・天文志》，載『海旁蜃氣象樓臺』㊁。初未之信。

庚寅季春，予避寇海濱㊂。一日飯午，家僮走報怪事，曰：『海中忽湧數山，皆昔未嘗有，父老觀以爲何異。』予駭而出，會潁川主人走使邀予㊃。既至，相攜登聚遠樓東望。第見滄溟浩渺中，矗如奇峰，聯如疊巘，列如碎岫，隱見不常。移時，城郭臺榭，驟變欻〔二〕起，如衆大之區，數十萬家魚鱗相比。中有浮圖、老子之宫，三門嵯峨㊄，鐘鼓樓翼其左右，簷牙歷歷，極公輸巧不能過㊅。又移時，或立如人，或散如獸，或列若旌旗之飾、甕盎之器，詭異萬千。日近晡，冉冉漫滅，向之有者安在，而海自若也。《筆談》紀登州海市事㊆，往往類此。予因是始信。

噫嘻！秦之阿房，楚之章華，魏之銅雀，陳之臨春、結綺㊇，突兀凌雲者何限。運去代遷，蕩爲焦土，化爲浮埃，是亦一蜃也。何暇蜃之異哉！

［校記］

［一］欻，四庫本作『倏』。

［補注］

㈠本篇作于元世祖至元二十七年（庚寅，一二九〇）。蜃，大蛤。此指蜃氣。蜃氣，光綫經過不同密度的大氣層發生折射，將遠處景物顯現在天空或海上的一種光學現象，古人誤以爲蜃吐氣而成。《本草綱目・鱗部》：『蛟之屬有蜃……能吁氣成樓臺城郭之狀，將雨即見，名蜃樓，亦曰海市。』

㈡嘗讀句，《漢書・天文志六》：『海旁蜃氣象樓臺。』按《史記・天官書》已見載：『海旁蜃氣象樓臺，廣野氣成宮闕然。』

㈢避寇海濱，見卷一《避寇海濱》注㈠。

㈣潁川主人，姓陳的主人。潁川（今河南許昌一帶）爲陳姓族望。

㈤三門，指寺院大門。《釋氏要覽・住處》：『凡寺院有開三門者，只有一門亦呼三門者何也……《佛地論》云：三解脱門，謂空門、無相門、無作門。』

㈥公輸，公輸般，即魯班，春秋魯國巧匠。

㈦登州，今山東蓬萊縣。宋沈括《夢溪筆談》卷二一《異事》：『登州海中，時有雲氣如宮室臺觀、城堞人物、車馬冠蓋，歷歷可見，謂之海市。』

㈧秦之阿房，秦始皇營建的阿房宮，故址在今陝西西安市西北。楚之章華，春秋楚靈王營建的章華臺，故址在今湖北監利縣西北。魏之銅雀，東漢末曹操營建的銅雀臺，故址在今河北臨漳縣西南。陳之臨春結綺，南朝陳後主營建的臨春閣、結綺閣，故址在今江蘇南京市。

［輯評］

曹安《讕言長語》：柳道傳謂儒者語常不語怪，「海市」之云涉於奇詭，佛之幻境，豈近是耶？元平陽林景熙著《蜃説》，謂『秦之阿房，楚之章華，魏之銅雀，陳之臨春、結綺，是亦一蜃也』。

方以智《物理小識》卷二《海市山市》：林景熙《蜃説》曰：「《漢・志》載『海旁蜃气象樓臺』，初未信也。避寇海濱，僮報海中忽湧數山。予登聚遠樓，見奇峰疊巘，城郭臺榭，中有浮圖老子宫，詭異千狀，近晡而滅。《筆談》所紀，往往類此。噫！秦之阿房，楚之章華，魏之銅雀，陳之臨春、結綺，突兀凌雲者何限，運去代遷，蕩爲焦土浮埃，是亦蜃也。』暄曰：气映而物見，霧气白湧，即水气上升也。水能照物，故其之形亦變幻。

傑按：全文凡二百六十六字，寫來波瀾起伏，由『未之信』、而『始信』、而『噫嘻』慨歎發大議論，照應極緊。筆鋒犀利，含意深刻，是小品文中精鋭之作，宜爲後世讀者所賞愛，選家所青睐。

悼墨卿文㊀

墨卿友於予再霜矣，每染筆，玄雲滃研，發我波瀾。初得之山陰世家，曰『此柯山葉氏舊製』㊁。製法精妙，色潤而性堅。予非詞翰不屑用，故歲用僅寸許。計其餘，可友六霜，頗珍襲甚〔一〕。

有伺予怠者竊而去，筆悴研枯，悼惜累日，然不知落誰氏。子夏曰：『楚人亡弓，楚人得之。』孔子聞之曰：『惜其不大也。不如人亡而人得之。』㊂予非昧於是，輒介介焉，何也？

世方仇文，操寸管以摛華藻，寥寥然也。設不幸入龍斷之場㊃，米鹽酒薪，瑣屑記注以俗卿，可奈何？設不幸入異端之室㊄，飾虛無，述荒怪以幻卿，可奈何？設不幸入雁鶩之曹，舞弄三尺㊅，出入人罪以累卿，可奈何？龍斷以文其粥㊆，異端以文其誕，雁鶩行以文其奸。使爲是三者，相磨於泯滅，豈不悲夫！

［校記］

〔一〕頗珍襲甚，四庫本無『甚』字。

［補注］

㊀墨卿，墨的戲稱。蘇軾《萬石君羅文傳》：『是時墨卿、楮先生，皆以能文得幸。』按，文中稱毛純（筆）、羅文（硯）、墨卿（墨）、楮先生（紙）爲『文苑四貴』。本篇《文章辨體彙選》卷七四一《哀辭二》選録。

㊁柯山，指爛柯山，在衢州境内。柯山葉氏，指葉茂實，三衢（今浙江衢州市）人，南宋製墨名手。所

製松煙墨無膠滯之患，經久而色光不渝，時稱『葉茂實墨』。宋王邁《臞軒集》卷一六《試五墨五首》之三：『柯山葉茂實，膠法頗精堅。潘李今何處，斯人得正傳。』參見元陸友《墨史》卷下《宋》、陶宗儀《輟耕録》卷二九《墨》，雍正《浙江通志》卷一九七人《方技傳》。

㊂子夏，孔子學生。楚人亡弓，《孔子家語·好生》：『楚王出游，亡弓，左右請求之。王曰：「楚人失弓，楚人得之，又何求之？」孔子聞之，惜乎其不大也。不曰「人遺弓，人得之」而已，何必楚也。』按，《公孫龍子·跡府》、《孔叢子·公孫龍》、《説苑·至公》諸書所載略同，並爲楚王事，此云『子夏語』，殆誤記。

㊃龍斷之場，買賣市場。龍，同『壟』。

㊄異端之室，指宣揚佛、道思想的地方。

㊅雁鶩之曹，指趨求利禄之輩。杜甫《同諸公登慈恩寺塔》詩：『君看隨陽雁，各爲稻粱謀。』三尺，指法律條文。

㊆粥，同『鬻』，出賣。指投機牟利。

［輯評］

傑按，結末一段拓開一步，借題發論，提升全文境界。刺世嫉俗，痛下針砭，有匕首投槍之效。

林景熙集補注卷五

序志銘二十二首

《季漢正義》序㊀

《通鑑》，《魯史》也㊁；《綱目》，《春秋》也㊂。《魯史》載二百四十二年行事，至《春秋》，筆削嚴矣㊃。或問紫陽夫子曰：『《通鑑綱目》，主意安在？』答曰：『主正統。』㊄每閱其編，如書『莽大夫』、『魏荀攸』、『晉處士』、『唐特進』㊅，筆削一字間。況老瞞漢盜，玄德漢胄〔一〕，史不當黜胄而與盜，故以蜀漢系統，上承建安，下接泰始㊆，而正統於是大明，用《春秋》法也。

同時文昭朱子作《三國紀年》㊇，亦以蜀漢爲正，然而不廢前史者〔二〕，猶《魯史》之於

《春秋》〔三〕也。正統在宇宙間〔四〕，五帝三王之禪傳，八卦九章之共主⑨，土廣狹、勢强弱不與焉。秦山河百二⑩，視江左一隅之晉，廣狹强弱，居然不侔。然五胡〔五〕不得與晉齒，秦雖繫年，卒閏也⑪。世無魯連子〔六〕，豈惟紫陽悲之！

胡君從聖學古篤，任道毅。既重志三國，又爲《季漢正義》，于以翼前修而扶正統，意何切也。抑持寸管以誅奸慝⑫，天地鬼神實與聞之。顧〔七〕所以自持其身者，必無毫髮或愆於正；不然，彼冥冥者亦將有辭。千古在前，萬世在後，從聖其尚謹之哉！

［校記］

〔一〕老瞞漢盜，玄德漢胄，乾隆《平陽縣志》卷二〇、《東甌先正文録》卷六作「玄德漢胄，老瞞漢盜」。

〔二〕者，《縣志》、《文録》作「之文」。

〔三〕魯史之於春秋，《縣志》作「春秋之於魯史」。

〔四〕在宇宙間，《縣志》、《文録》作「所在」。

〔五〕五胡，《縣志》、《文録》作「苻堅」。

〔六〕連子，《縣志》、《文録》作「仲連」。

〔七〕顧，《文録》「顧」下有「其」字。

［補注］

①《季漢正義》，元胡從聖撰，今不傳。季漢，漢之季世，謂蜀漢。《三國志·蜀志·諸葛亮傳》：「將建殊功於季漢。」

②《通鑑》，即《資治通鑑》。《魯史》，指《魯春秋》，春秋末期魯國史官編寫的史書，其名見《左傳·昭

公二年》、《孟子·離婁下》。下文云『二百四十二年行事』，指魯隱公元年（前七二二）至魯哀公十四年（前四八一）。

㈢《綱目》，即《資治通鑑綱目》，朱熹撰，係對《資治通鑑》改編檃括而成。其綱要部分，取法孔子《春秋》筆法。《春秋》，編年史書，係孔子根據《魯春秋》，並參考周王室及各諸侯國史官的記載修成。

㈣至《春秋》筆削嚴矣，見卷二《雜詠十首酬汪鎮卿》之四注㈡。

㈤紫陽夫子，即朱熹。主正統，將歷史上的王朝分爲正統與非正統，用正統王朝的年號紀事。如下文説的三國歷史，以蜀漢爲正統，曹魏及孫吴爲非正統。正統王朝的皇帝死了曰『崩』，非正統則書『卒』。

㈥莽大夫，指揚雄。雄爲漢臣，而稱『莽大夫』，言其屈節事王莽。宋羅大經《鶴林玉露》卷六：『司馬温公、王荆公、曾南豐最推尊揚雄，以爲不在孟軻下。至朱文公作《通鑑綱目》，乃始正其附王莽之罪，書「莽大夫揚雄死」。』魏荀攸，荀攸爲曹操心腹謀臣，卒於漢獻帝建安十六年，在曹丕立魏稱帝之前，而稱『魏荀攸』，也含貶損意。這二例屬於『貶』的書法。晉處士，指陶潛。陶潛雖曾仕於劉宋，然志節高尚，不爲五斗米折腰而辭職歸隱，沈約《宋書》本傳言其『恥復屈身後代（指劉宋）』，故稱『晉處士』。參閱卷三《瑞安院》『處士凄凉猶是晉』注㈢。唐特進，指張承業。特進，文散官正二品。《資治通鑑綱目》卷五五梁主龍德二年：『唐特進河東監軍使張承業卒。』劉友益《書法》云：『於是唐亡十六載矣，曷爲冠以唐？著承業之心乃唐室也。是故張良心乎韓者也，故韓雖亡而書韓人；陶潛心乎晉者也，故晉雖亡而書晉徵士。』尹起莘《發明》云：『《綱目》必繫之唐者，表其始終爲唐，不失臣節，用見承業固唐之臣也。』（明成化

《御製資治通鑑綱目》）這二例屬於『褒』的書法。宋俞文豹《吹劍録》云：『朱文公《通鑑綱目》以正名爲先……蓋純用《春秋》筆法也。』

㊆老瞞，曹操小名阿瞞。玄德漢胄，劉備字玄德，自稱爲漢景帝子中山靖王劉勝後裔。建安（一九六—二一九），漢獻帝年號。泰始（二六五—二七四），晉武帝年號。

㊇文昭朱子，朱黼（約一一四五—一二一五）字文昭，温州平陽人。學於陳傅良，與葉適交篤。不事科舉業，躬耕南雁蕩山，以布衣終。事跡見弘治《温州府志》卷一二《人物三·隱逸》、《兩浙名賢録》卷四四《高隱》、《甌海軼聞》卷九《永嘉學術（經制之學止齋之傳）·朱先生黼》。《三國紀年》，指《三國六朝五代紀年總辨》。朱黼著有《紀年備遺》一百卷，葉適序稱『因《通鑑》《稽古録》，章别論著，始堯舜，迄五代，三千餘篇。』（《水心文集》卷一二《紀年備遺序》）該書主從正統，於吕雉、王莽、曹丕、武則天、朱温皆削去紀年。原書佚，今傳世《三國六朝五代紀年總辨》二十八卷（《四庫全書存目叢書·史部》第二八〇册影印清抄本），係宋開禧年間建陽書商魏仲舉於《紀年備遺》中摘刊，易『備遺』爲『總辨』，以應程試答策之用。參看清朱彝尊《曝書亭集》卷三五《永嘉朱氏紀年總辨序》、孫詒讓《温州經籍志》卷一三史評類《紀年備遺》。

㊈禪傳，把帝位轉移給他人。九章，指《書·洪範》中説的『洪範九疇』，天帝賜給禹治水的九種大法。《漢書·律曆志上》：『箕子言大法九章。』顔師古注：『大法九章，即洪範九疇也。』共主，崇奉君主。共，恭。

〔一〇〕秦，指十六國時期氐族苻堅建立的前秦。山河百二，見卷二《項羽里》注〔二〕。

〔一一〕五胡，十六國政權多爲匈奴、氐、羯、鮮卑、羌五族所建，故稱五胡。秦雖繫年，卒閏也：言前秦等國雖亦按帝王在位年號紀事，但究屬偏副，非爲正統。閏，對『正』而言，指非正統帝位。

〔一二〕抑，抑且，况且。

［輯評］

王士禛《池北偶談》卷一六《葉水心論三國志》：葉水心謂陳壽《三國志》筆高處逼司馬遷，但少文義緣飾，終勝班固。……按，陳壽之書，古今訾謷者非一。班氏良史，以壽勝固，殊不可解。若其稱名『三國』，名義乖舛，自陳同甫、郝伯常諸人，皆改正其書。此外作者尤衆，《林霽山集》有胡君《季漢正義序》，楊廉夫《正統辨》其言尤著。

送松存弟序

林氏自閩徙居平陽之坳中〔一〕，至予十二世，系益蔓。歲合族亡慮數百人〔二〕，敘拜行酒，少長秩如。予以奧里第二支〔三〕，松存爲伯仲行。

别二十年，更陵谷，君自湖海歸省，調爲録〔四〕，而予隱州郭。於是相見，白首愴道武林舊事。方其操數寸管與海内英儁角，輒嶄然出。蓋自師教童習，耗思慮而僅工之，一旦棄如土梗，可悲已！科舉廢，士媒青雲，猶假所業以自見㈤。夫所業者，豈必出其所構，相與爲欺，以至抗顔倚席，貽笑子衿㈥。有如君者，蜀日越雪㈦，政自寥寥。夫録以舉善，君裁鑑精，月書季考，不失錙銖，而又限義利以律身，辨損益以取友，士灑然矜奮，稱其職矣。

噫嘻，穹壤間斯文一縷，若有若亡，然而生人之類不爲禽獸鬼蜮者，無喪文之理也。奎復明，他日以文瑞世，微君而誰哉㈧？予老矣，或恐後死得與於斯，幸君之亢吾宗也。於其行，輒贈以言。

［補注］

㈠本篇當作於宋端宗景炎元年（一二七六），時居平陽。林氏自閩徙居平陽，參見本卷《濟南林氏族譜序》。坳中，即林坳，又名林坳里，屬平陽縣親仁鄉二十六都（今屬蒼南縣藻溪鎮）。乾隆《平陽縣志》卷一《輿地上·疆里》：『親仁鄉。二十六都，在縣南七十里。林坳。』又卷二《輿地下·山川》：『林坳山，在縣西南六十里。』民國《平陽縣志》卷三五《林景熙傳》：『世居親仁鄉之坳中，實林坳。』（據吴承志《平陽縣志稿》考）

㈡歲，指歲時祀祖。亡慮，無慮，約略。

㊂奥里，又作嶴里，或稱嶴里堡，屬林坳里的一部分。即今浙江省蒼南縣繁枝鄉三嶴村。參看本書前言注㊀。

㊃歸省，歸鄉省親（謁見父母）。調爲録，録指學録，州學學官。元戴表元《剡源文集》卷二八有《送葉伯幾赴奉化録》詩，『録』即指學録。參閲卷三《送葉伯幾之奉化》注㊀。

㊄科舉廢三句：言元初廢除科舉考試，士人攀附達官，仍憑借所熟習的科帖文章宣耀自己。

㊅抗顔，謂抗顔（正色）爲師。柳宗元《答韋中立論師書》有『抗顔而爲師』語。倚席，謂放棄講席，不講學術。《北堂書鈔》卷一〇一引《典略》：『博士倚席不講，太學多治産業。』子衿，學子，生員。

㊆蜀日越雪：蜀地多霧，少見日；越地天暖，少見雪。

㊇奎復明，謂文運再度昌盛。古人認爲奎宿主文事。參見卷三《送葉伯幾之奉化》注㊁。微，除了。

《洗心録》序

《洗心録》者，録古今善惡之報，使人有所勸而爲善，有所誡而不爲惡，仁哉高君之用心也。而以『洗心』名何居？蓋善惡皆由心起，其發眇綿，其判天壤。或謂陵谷以來，真宰茫昧，善未必福，惡未必禍，豈欲俟其熟而報始定乎？又謂不在其身，則在其子孫，而爲善爲惡者，偷吾身之不及見，以至於怠且肆㈠。夫必俟其熟，而又使之怠且肆，天之仁愛斯人，未必然也。

報應之説㈡，起於釋氏，吾儒所不道。誠乎爲一善者，豈有一毫責報之心哉？苟有一毫責報之心，雖善猶利也。人生〔一〕天地間，自有此心，而君臣、父子、夫婦、昆弟、朋友之倫具。凡君臣而義，父子而親，夫婦而别，昆弟而序，朋友而信，皆本心天理之油然。一不如是，則有愧於心，凜若芒負，俯仰無以自容。是禍福之報，不必在天，而已在吾之一心。

釐而爲四十門，析而爲數百事，皆心所造。夫子謂『獲罪於天，無所禱也』㈢，此以天之理言也。雖然，上焉者不待勸戒而自爲善，下焉者雖有勸戒而不能已其爲惡，將使觀是録者，洗其不善之心，而復其本善之心，其爲中人設乎？君能約心而致謹於善惡所自出，中人以上者也，可以語上矣。

【校記】

〔一〕生，四庫本作『在』。

【補注】

㈠而爲善爲惡者，偷吾身之不及見，以至於怠且肆：行善和作惡的人，因僥幸自身不見福禍報應，所以就往往變得怠惰（爲善者）或者更肆無忌憚（爲惡者）。偷，僥幸。

〔二〕報應，晉袁宏《後漢紀・明帝紀下》：『生時所行善惡，皆有報應。』

〔三〕獲罪於天，無所禱也，見《論語・八佾》。

二薛先生文集序〔一〕

永嘉自許少伊右丞、周恭叔太博、劉元承給事受業程門〔二〕，爲最先一輩，而義理之學，始於此矣。生而晚者，雖不及成德達材〔一〕之列，而亦竊聞私淑之教，見知聞知，成功一也。

薛氏世學，蓋三百年。最後玉成公學於慈湖楊敬仲〔三〕，刊華據實，猶程門緒餘。僞學禁興，隻手衛道，著《伊洛源流》，各爲譜傳〔四〕。書成而化更〔五〕，生人之類不爲夷狄禽獸，吾道力也。又以弓治授其子。叔容公志宏力毅，負荷千年。念聖遠言湮，爲《孔子集語》二十卷〔六〕；念國家内外治疏，爲《采薇〔二〕天保末議》二卷〔七〕；念伊、傅、周、召之業不復見，隨世蹇淺，不能登其主於三代，爲《宅揆成鑑》二十二卷〔八〕。薦紳刻進，上經乙〔三〕覽，藏之秘府〔九〕，以詔厥來。會兵興，君亮區區〔一〇〕，收拾於煙埃零落之餘。兩世遺文，其僅存者，泰山毫芒而已。水心嘗曰：『爲學而不接統緒，雖博無益也。爲文而不關世教，雖工無益也。』㊁二先生之學之文，豈徒博而工哉。統緒之的，教化之要，於此乎在。

君亮早自矜飭，懼勿克紹，以貽斯文羞。況當升降絶續之會，世方仇學，而欲壽其世學者㊂，力益難，心益苦。君亮勉之。立言垂世，仁也；繼志述事，孝也。仁且孝，聚於薛氏祖子孫三世，嘻，不亦重可敬夫！

[校記]

〔一〕材，吴校本、四庫本、乾隆《平陽縣志》卷二〇作『財』。按，『財』通『材』。〔二〕采薇天保未議，『薇』，原作『微』，據冒刻本改。按《采薇》《天保》皆《詩·小雅》篇名。〔三〕乙，《全元文》卷三七一作『一』，誤。

[補注]

㊀二薛先生，指薛凝之、薛據父子。薛凝之（一一四一—一二一四），字季常，堂曰玉成，自號南湖老農。温州平陽縣人。從學於彭仲剛、楊簡，篤行苦學，不求仕進。《平陽鮑洋薛氏譜》收録其侄薛易年《薛玉成壙志》云：『爲文宏博雅奥，雖在畎畝，不忘天下之憂。數班言當世務，利害明切。其學得伊洛正傳。』（見《浙南譜牒文獻彙編·墓志》）楊簡銘其墓，葉適有《薛君季常挽詞》（《水心文集》卷八）。傳見弘治《温州府志》卷一二《行誼》、乾隆《平陽縣志》卷一五《孝友》。按，其名『凝之』，宋俞文豹《吹劍録·外

集》作『疑之』，據《壙志》作『凝之』爲是。薛據，字叔容，凝之三子。宋理宗淳祐七年（一二四七）進士，歷稽山書院山長，終職鎮江節幹。黄震《祭鎮江薛節幹安泰寮永嘉人名據》言其博極羣書，鋭志當世，而羈困寥落，白頭趨幕，『何才之豐而命之凉耶？』（《黄氏日抄》卷九五）傳見弘治《温州府志》卷一〇《藝文》、《兩浙名賢録》卷四六《文苑》。《宋元學案》卷七四列二薛於『慈湖學案』下（中華書局點校本改原本『據』字作『璩』，誤）。孫詒讓《温州經籍志》卷三二：『薛氏凝之、據《二薛先生文集》，佚。』

㈡許少伊右丞，許景衡（一〇七二—一一二八），字少伊，學者稱横塘先生。温州瑞安縣人，宋高宗時任尚書右丞，《宋史》卷三六三有傳。周恭叔太博，周行己（一〇六七—一一二三後），字恭叔，學者稱浮沚先生。温州永嘉縣（今温州市鹿城區）人。宋徽宗崇寧中官太學博士。劉元承給事，劉安節（一〇六八—一一一六），字元承，温州永嘉縣人。曾任太常少卿、給事中。程門，程頤字伊川，河南洛陽人。與其兄程顥（號明道）合稱二程，學術思想世稱洛學。北宋元豐、元祐間，周行己、劉安節、許景衡等九人就讀太學，師事（或私淑）程頤，接受了洛學，時號『永嘉九先生』（見葉適《題二劉文集後》）。宋代永嘉學術流派淵源於此。

㈢慈湖楊敬仲，楊簡（一一四一—一二二六），字敬仲，世稱慈湖先生。明州慈溪縣（今屬浙江）人。宋寧宗嘉定中曾任温州知州，他的學術師承陸九淵（象山）。

㈣僞學禁興，宋寧宗慶元元年，韓侂胄使諫官彈劾宰相趙汝愚，涉及朱熹，頒『僞學逆黨』，列朱熹、陳傅良等五十九人，史稱『慶元黨禁』。至嘉泰二年，解除黨禁。《伊洛源流》，即《伊洛源流譜》，是一部譜記宋代道學家及前代儒學思想家的史傳著作，原書今佚。《吹劍録·外集》云：『永嘉玉成先生薛季常疑（應作凝）之作《伊洛源流譜》，自孔子、子思、顔、曾、孟子至濂溪周子以下，凡九十餘傳。慶元間書始成，而學禁正嚴。攻媿（樓鑰）先生題其端曰：「蓋玉成以吾道方屯，恐數十年後老成凋喪，後生小子不知根柢，耳濡目染日變而不復還，故作此書。」』

㊄化更，謂時局變更。孫衣言《甌海軼聞》卷一六《薛氏家學》引『書成而化更』句下注云：『謂侂胄誅而學禁弛也。』

㊅《孔子集語》二十卷，今存，有明天一閣二十種奇書本、唐宋叢書本。劉克莊《中書省看詳所進孔子集語狀》：『孔氏之言滿天下，薛據采摭夫子之語不載於《家語》，與夫莊周、列禦寇、荀卿所未録，或散於諸子百家之書者，集爲二十篇，名曰集語。』《四庫全書總目》卷九二《孔子集語》：『所録尚多秦漢古書，殘篇斷句，或可藉此以僅存，故考古者亦不能廢矣。』

㊆《采薇天保末議》二卷，今佚。

㊇伊傅周召，指伊尹（商初輔佐大臣）、傅説（商王武丁大臣）、周公旦、召公奭（均西周初大臣）。《宅揆成鑑》二十二卷，今佚。弘治《温州府志》卷一〇《薛據傳》：『又摭古今輔相經略開濟之業，粹爲《宅揆成鑑》一編。』

㊈剡進，舉薦進呈。乙覽，唐蘇鶚《杜陽雜編》卷中：『文宗皇帝……謂左右曰：若不甲夜視事，乙夜觀書，何以爲人君耶？』後因稱皇帝閲覽文書爲『乙覽』。《孔子集語》一書，時由秘書監謝子强薦呈，兵部

侍郎劉克莊聯同刑部侍郎徐經孫、中書舍人常挺奏請付秘書省收藏（見《中書省看詳所進孔子集語狀》）。弘治《温州府志·薛據傳》云：『中書舍人劉克莊、秘書監謝子强見而愛之，率同列進之朝，略云：「藩垣置筆，華皓不衰。上可俾乙夜之覽觀，次可實崇文之藏貯。」其爲時賢賞激如此。』

[10]兵興，指元軍南下滅宋。君亮，薛據子。區區，謂奔走效力。區，通『驅』。

[11]水心，葉適（一一五〇—一二二三），字正則，號水心，温州瑞安人。南宋大思想家，永嘉學派代表人物。『爲學而不接統緒』四句，見《水心文集》卷二九《贈薛子長》：『讀書不知接統緒，雖多無益也。爲文不能關世教，雖工無益也。』統緒，道統，政治思想傳統。

[12]仇學，以儒學爲仇敵。壽，刊刻，流傳。

胡汲古樂府序[1]

唐人《花間集》，不過『香奩』組織之辭[2]，詞家争慕效之，粉澤相高，不知其靡，謂樂府體固然也。一見鐵心石腸之士，譁然非笑，以爲是不足涉吾地。其習而爲者，亦必毁剛毁直，然後宛轉合宫商，嫵媚中繩尺，樂府反爲性情害矣。

樂府，詩之變也。詩發乎情，止乎禮義，美化厚俗，胥此焉寄[3]？豈一變爲樂府，乃遽與詩異哉！宋秦、晁、周、柳輩，各據其壘，風流醞藉，固亦一洗唐陋，而猶未也[四]。荆公《金陵懷古》，末語『後庭遺曲』[五]，有詩人之諷。裕陵覽東坡月詞，至『瓊樓玉宇，高處不勝寒』，謂『蘇軾終是愛君』[六]。由此觀之，二公樂府根情性而作者，初不異詩也。

嚴陵胡君汲古以詩名，觀其樂府，詩之法度在焉。清而腴，麗而則，逸而斂，婉而莊，悲凉於殘山剩水[七]，豪放於明月清風，酒酣耳熱，往往自爲而歌之。所謂樂而不淫，哀而不傷，一出於詩人禮義之正。然則先王遺澤，其猶寄於變風者，獨詩也哉[八]！

［補注］

（一）胡汲古，見卷一《東山渡次胡汲古韻》注（一）。樂府，本指漢樂府官署所采集的民間樂歌，後來用稱文人模仿樂府體的詩作，宋元以後的詞曲也稱樂府。這裏指詞。宋何夢桂《潛齋集》卷六《胡汲古詩序》言其『汗漫吴越者十年』，『顧眺徘徊，錢塘怒潮，塗山禹穴，「感發而爲幽憂悽憤之聲。」』『其辭温潤以栗，其思遠而優游。』元戴表元《剡源文集》卷八《胡天放詩序》謂：『天放生二千石之家，而甘簞瓢之操；懷四方萬里之志，而存邱壑之好。』『讀其詩，獨無呻吟憔悴無聊之聲焉。』元楊載《仲弘集》卷三《贈胡汲古二首》，稱云：『才名今藉甚，屈指到枚鄒。』

（二）《花間集》，五代後蜀趙崇祚編。選録唐五代詞十八家百餘首，内容多寫冶游享樂生活，詞格靡麗。香奩，唐末韩偓有《香奩集》，多寫豔情，詞藻綺麗。後世稱這類作品爲『香奩體』。

㈢胥，舍棄。胥有疏遠義，引申爲「舍」。

㈣秦晁周柳，指北宋詞人秦觀、晁補之、周邦彥、柳永，均爲婉約派作家。唐陋，指晚唐五代卑陋之風。猶未也，謂尚未達到最高境界。

㈤荆公，王安石封荆國公，世稱王荆公。《金陵懷古》，指《桂枝香》詞。結句云：「至今商女，時時猶唱，《後庭》遺曲。」後庭，即南朝陳後主所製《玉樹後庭花》歌舞曲，被稱爲亡國之音。

㈥裕陵，宋神宗陵墓名永裕陵，故稱以裕陵。月詞，指《水調歌頭·丙辰中秋歡飲達旦大醉作此篇兼懷子由》詞，爲蘇軾貶謫黄州团練副使時作。《歷代詩餘》卷一一五《詞話宋二》引《坡仙集外紀》：「蘇軾於中秋夜，宿金山寺，作《水調歌頭》寄子由云（引略）。神宗讀至「瓊樓玉宇」二句，乃歎云：「蘇軾終是愛君。」即量移汝州。」

㈦殘山剩水，見卷四《虚心堂記》注㈡。

㈧變風，舊稱《詩經》十五國風中《周南》《召南》以外的風詩。《詩·大序》謂變風「發乎情，止乎禮義」，「先王之澤也」，也是承紹了西周王朝遺留的緒統。參見卷三《次韻山中見寄》「鎬京遺澤變風詩」注。獨，豈獨。

［輯評］

傑按：「悲凉於殘山剩水，豪放於明月清風。」二語亦可移以言霽山詩風。予題林集後有云：「剩水殘山憑料理，清風明月譜歌吟。」即據此也。

宋景元詩集序〔一〕

文有緒，宋氏自學稼公嗜古而文苗焉。其子潛室秀于鄉，至雲海少師〔二〕，乃碩其獲。厥後平齋、西塵諸老，茂學摛詞，不以水旱輟耕，繇是先疇日益闢。今芹渚翁字景元，則其九傳也。

僕解褐歸，往謝渭陽族〔三〕，楹連桷比，皆弦誦聲。翁在諸舅中，意氣疏爽，與僕上下議論，一何壯也。陵谷後十年復見，翁兩鬢肅颼，道舊事如夢，問弦誦之地，則葵麥離離矣。或謂翁薰鑠憂患，必且卑貌孫言，求與時偶，而翁固不然。

暇日出詩示僕，曰：『此十年間感慨之〔一〕作也。意所欲宣，伸紙縱筆，不復有所揀避。子爲我評之。』僕端讀盡卷，毛骨起立，而知翁方寸之耿耿者亡恙〔四〕。然則詩中有史，固不使《石壕吏》、盧子關等作得以獨雄千古也〔五〕。文之緒有自來矣。齊門好竽，楚國多狗〔六〕。其卷而懷之，以俟有千載心者。

〔校記〕

〔一〕之，吴校本、四庫本作『而』。

［補注］

㈠本篇當作於元世祖至元二十二年（一二八五）。宋景元，號芹渚，名未詳。温州平陽人，爲景熙外舅。孫詒讓《温州經籍志》卷二三《宋景元詩集》案：『宋芹渚，名無考，蓋宋侍郎之才後人。雲海即侍郎别號，林敘稱爲少師，或追贈之官，然無可考。平齋、西塵諸老亦無見。』

㈡雲海少師，即宋之才（一〇九〇—一一六六），字廷佐，號雲海居士，平陽萬全鄉宋橋人。登宋徽宗政和八年（一一一八）進士，歷官權禮部侍郎、敷文閣待制，轉朝散大夫，卒謚文簡。從學楊時（龜山），得程氏正脈。操履潔白，立朝持大體，不阿時相。著有《雲海敝帚》五十卷，今佚。《東甌詩存》卷一録詩三首。事跡見薛季宣《浪語集》卷三四《宋侍郎行狀》、《甌海軼聞》卷四《宋文簡公之才》，弘治《温州府志》卷一一入《宦業傳》。少師，太子少師。

㈢解褐，釋褐，脱下布製衣服。謂登科入仕。謝，辭别。渭陽，指舅氏。語出《詩・秦風・渭陽》：『我送舅氏，曰至渭陽。』

㈣方寸之耿耿者亡恙，謂耿耿忠心依然猶在。亡恙，没有變化。

㈤盧子關，應作『蘆子關』，在今陝西安塞縣北。此指《塞蘆子》詩。《石壕吏》《塞蘆子》均爲杜甫反映安史之亂的即事名篇。

㈥齊門好竽，《韓非子・内儲説上》：『齊宣王使人吹竽……廩食以數百人。』楚國多狗，《楚辭・九章・懷沙》：『邑犬之羣吠兮，吠所怪也。』二句言時俗所好在聲色狗馬。

王脩竹詩集序[一]

《三百篇》，詩之祖也。世自盛入衰，《風》自正入變，《雅》《頌》息矣[二]。風、雅、頌，經也；賦、比、興，緯也。以三緯行三經之中，六義備焉[三]。一變爲《騷》，再變爲《選》，三變爲五七字律[四]。蓋自晉、宋、齊、梁而下，義日益離。李、杜手障狂瀾，離者復合。其他掇拾風煙，組綴花鳥，自謂工且麗，索其義蔑如。古者閭巷小夫，閨門賤妾，其詩往往根情性而作，後之士大夫反異焉，何也？《詩》，一言以蔽之，曰『思無邪』[五]。無邪者，誠之發。當喜而喜，當怒而怒，當哀而哀，當樂而樂，《匪風》《下泉》之思是也[六]。《大序》言『變風發乎情，止乎禮義』；不變者，猶於變見之，謂非豐鎬遺澤可乎[七]？

山陰脩竹王公，有詩千餘，予端讀盡卷。賦核而該，比形而切，興託而悠，《三百篇》之法度宛然在焉。蓋情性以發之，禮義以止之，博以經傳，助以山川，老以事物，而豈一日之積哉。公弱冠入仕，首觸時宰，閉門十年[八]。至於少舒而復卷，乍出而終藏，視富貴如空中雲，其所自養者固矣。天地間惟正氣不撓，故清氣不渾。清氣與正氣合而爲文，可以化今，可以傳後，而詩其一也。

予數從公游，嘯吟泉石，每一篇作，有飛出宇宙之意；已而斂入絲粟，寂乎無聲，使人三歎不能已。前輩評宋渡南後詩，以陸務觀擬杜，意在〔一〕寤寐不忘中原，與拜鵑心事㊈，悲惋實同。夫同其所以詩之心，則亦同其詩㊉，誰謂務觀之後無務觀也。

[校記]

〔一〕在，《全元文》卷三七一作『其』。

[補注]

㊀王脩竹，見卷一《王脩竹監簿名樓》注㊀。

㊁《風》自正入變，《詩·大序》：『至於王道衰，禮義廢，國異政，家殊俗，而變風、變雅作矣。』朱熹《詩集傳序》謂《國風》中《周南》《召南》『覩被文王之化以成德』，『爲《風》詩之正經』；而其餘十三國風則爲變風。參見注㊆。息，消亡。

㊂六義，《詩·大序》：『故《詩》有六義焉：一曰風，二曰賦，三曰比，四曰興，五曰雅，六曰頌。』風、雅、頌，是指内容和體式分類；賦、比、興，是指寫作手法。以三緯行三經之中，謂風雅頌作品中都使用了賦比興的手法。《朱子語類》卷八〇云：『三經是賦比興，是做詩底的骨子。……如風雅頌，却是裏面橫串底，都有賦比興，故謂之三緯。』意思一樣，只是『經』『緯』指稱不同。

㊃《騷》，指以《離騷》爲代表的楚辭體。《選》，南朝梁蕭統所編《文選》。此指《文選》中選録的魏晉

五言古詩體。五七字律，指唐代興起的近體格律詩（五七言絶句、律詩）。宋嚴羽《滄浪詩話·詩體》：『《風》《雅》《頌》既亡，一變而爲《離騷》，再變而爲西漢五言，三變而爲歌行雜體，四變而爲沈宋律詩。』

㊄一言以蔽之，曰思無邪，見《論語·爲政》。思無邪，思想純正，不偏離禮義。

㊅《匪風》《下泉》之思，《詩·檜風·匪風序》：『《匪風》，思周道也。國小政亂，憂及禍難，而思周道也。』《詩·曹風·下泉序》：『《下泉》，思治也。曹人疾共公侵刻，下民不得其所，憂而思明王賢伯也。』

㊆《大序》，指《詩·大序》。東漢鄭玄《詩譜》以爲孔子門人子夏作，也有認爲是漢衛宏作。《詩·大序》：『故變風發乎情，止乎禮義。發乎情，民之性也；止乎禮義，先王之澤也。』變風，見本卷《胡汲古樂府序》注㊇。豐鎬遺澤，謂西周王朝遺留的緒統。豐，豐京，周文王所都。鎬，鎬京，周武王所都。參見卷三《次韻山中見寄》『鎬京遺澤變風詩』注。

㊇首觸時宰閉門十年，邵廷采《思復堂文集》卷三《宋將作監簿翛竹先生傳》：『度宗咸淳三年，歲在丁卯，賈似道大治甲第於紹興，里閈王氏相比，請旁壤焉。啗以利禄，先生不爲動，曰：「世遺也，尺寸不可得，吾寧辭官。」拂衣杜門，不交當世者六年。』

㊈拜鵑心事，謂懷念先帝（故國）的心意。卷三《書陸放翁詩卷後》：『天寶詩人詩有史，杜鵑再拜淚如水。』參見該詩注。

㊉夫同其所以詩之心，則亦同其詩：言寫作的緣由和心境一樣，故詩風也相同。

［輯評］

李福《林霽山集跋》：至其古文之所得，自述於集內《脩竹集序》《静山集序》矣，又有諸故老敘言盡之，故可以不言。

馬静山詩集序㈠

詩起於《康衢》之謡，而暢於《三百》㈡。《雅》歇《頌》沈，《王風》《蔓草》繫於時矣㈢。杜少陵自天寶末年，感時觸景，花淚鳥驚㈣，非復和聲以鳴其盛，然而猶有唐也。

予讀静山馬君詩，清厲沈鬱，扶天墜，閔人窮，意寄言外。方其破硯寒燈，蕭然四壁，人不堪之，而能發天葩於枯槁，振古響於寂寥，手提偏師，亦足抗賈、孟之壘㈤。君數過予，坐一樓，評萬象，相知至徹肝鬲，人或未知也。君賦《孤琴》詩曰：『邈邈今世耳，悠悠古人心。』嘻，世無古耳久矣。高山峨峨，流水潺潺，吾琴吾鼓，游吾之天。知奚喜，不知奚病哉。

［補注］

㈠馬静山，温州平陽人。《宋詩拾遺》卷一一録有林千之《送馬静山寄林曉山兄弟》詩，稱云：『有牆肩曹劉，無苑延鄒枚。采薇霧失道，釣鰲風折桅。』則亦懷才失落之士。林曉山即林景怡，景熙之兄。

㈡康衢之謡，《列子·仲尼》：『堯乃微服於康衢，聞兒童謡曰：立我蒸民，莫匪爾極。不識不知，順帝之則。』康衢，大路。三百，三百篇，指《詩經》。

㈢《王風》，王國的風詩，《詩經》十五國風之一。朱熹集傳云：『平王徙居東都王城，於是王室遂卑，與諸侯無異，故其詩不爲雅而爲風；然其王號未替也，故不曰周而曰王。』《蔓草》，當指《詩·鄭風·野有蔓草》。《小序》云：『《野有蔓草》，思遇時也。』

㈣花淚鳥驚，杜甫《春望》詩：『感時花濺淚，恨別鳥驚心。』

㈤賈孟，唐詩人賈島、孟郊。都以刻意鍛煉著稱，詩風瘦硬。歐陽修《試筆·郊島詩窮》：『唐之詩人，類多窮士，孟郊、賈島之徒尤能刻琢窮苦之言以自喜。』

送厲直之遠游序㈠

東陽厲君直之，僕圜海同舍郎也㈡。老槐風雨，若有異物焉馮之。夜秉燭，相對〔一〕如夢㈢。君曰：『予客江西十年，訪舊游半入地，幸而存者，或逃山林，或淹黨遂㈣，或老或貧。盧陵劉會孟執斯文牛耳盟，嘗爲予作《孝經纂注序》㈤，俄復溘然于人世，何速也！』

語已，各欷歔。顧僕偶未死，猶以老且貧流落殊鄉，而君兩鬢漆黑，方翩翩駕輕颸游萬里外，何壯也。問所挾，探囊不見有物，獨《孝經》一部，與胸中耿耿亡恙，其爲具，齊之瑟、越之章甫也㈥。嘻，迂矣。

嘗聞孝者百行之源，自古明王無不以孝理天下㈦。君持是書，過東魯，瓣薌洙泗，起曾、閔於九原，與之講切㈧，將必首肯心印。夫『身體髮膚，受之父母，不敢毀傷』㈨，孝也。父母全而生之，子全而歸之。昔賢臨深履薄，以終其身，至啟手足，曰『今而後吾知免夫』㈩。是書得行，革偷從厚，崇禮遠刑，使人人得全其天地父母之仁，而無豪〔二〕髮之毀；况乎食稻衣錦，不一顰其顔，猶謂有人心也。

於是相攜出西郭門，奉酒三酌，壯其行曰：『君不迂矣。』

［校記］

〔一〕對，吴校本、四庫本作『視』。　〔二〕豪，四庫本作『毫』，義通。

［補注］

㈠劉辰翁卒於元世祖大德元年（一二九七），本篇當作於是年後。厲直之，名未詳，東陽（今浙江東陽市）人。景熙太學同學。元吴澄《吴文正集》卷一五《題厲直之行卷》：『以孝爲行，以温柔篤厚爲詩，則遠之事君，授之政而使於四方，何施而不可哉！』

㈡圜海，圓海，指太學。周代太學辟雍，校舍呈圓形，四周有水圍繞。《文選·潘岳〈閑居賦〉》：『圜海縈映。』李善注引《三輔黄圖》：『明堂辟雍，水四周於外，象四海也。』

㈢夜秉燭相對如夢，杜甫《羌村三首》之一：『夜闌更秉燭，相對如夢寐。』

㈣黨遂，鄉里。參看卷一《寄周計院》注㈡。

㈤廬陵劉會孟，劉辰翁（一二三二—一二九七）字會孟，號須溪，廬陵（今江西吉安市）人。曾任臨安府學教授，宋亡後隱居不仕。是宋季著名的辛派詞人。執斯文牛耳盟，言爲文壇盟主。古代諸侯盟會，割牛耳取血，主盟者執盛牛耳之盤以使與盟者歃血（以血塗口），用示誠信。嘗爲予作《孝經纂注序》，劉辰翁《須溪集》卷六《孝經集注序》：『東陽厲同舍直之，來江西，留臨川，優游俎豆間有年，諸生愛之。未嘗有所求於人，獨時手寫古《孝經集注》，是正次第，如蟲鏤蠶績，久之刻成編。』

㈥章甫，古代越人所戴之帽。參見卷三《送胡汲古歸嚴陵覲親》注㈡。

㈦孝者百行之源，唐玄宗《孝經序》：『且夫子談經，志取垂訓，雖五孝之用則别，而百行之源不殊。』自古明王無不以孝理天下，《孝經·孝治》：『子曰：昔者明王之以孝治天下也。』

㈧瓣薌，拈香一瓣。薌，通『香』。洙泗，孔子聚徒講學之地。曾閔，曾子、閔子騫，均孔門高足。九原，墓地。講切，講論切磋。

㈨身體髮膚三句，《孝經·開宗明義》：『身體髮膚，受之父母，不敢毀傷，孝之始也。』注：『父母全而生之，已當全而歸之，故不敢毀傷。』

⑩啟手足，謂臨終。《論語·泰伯》：「曾子有疾，召門弟子曰：『啟予足！啟予手！《詩》云：「戰戰兢兢，如臨深淵，如履薄冰。」而今而後，吾知免夫！』」朱熹集注：「曾子平日，以爲身體受於父母，不敢毁傷，故於此使弟子開其衾而視之。」又引尹氏曰：「父母全而生之，子全而歸之。曾子臨終而啟手足，爲是故也。」啟，古「啓」字，視（王念孫《廣雅疏證》說）。免，謂免除刑禍的殘害。

顧近仁詩集序①

予曩識近仁顧君於稠人中，老鶴雞羣，風格振整，已心敬之。先伯氏主鄉校，月有書②，近仁每先諸子鳴，予因從旁擊節，則又識其文矣，而未識其詩也。壬寅冬，近仁攜《小慙藁》過予，虞庭〔一〕遺音，一鳴吾耳，乃併與其詩識之。

蓋詩如其文，文如其人也。近世剽竊聲響，竅蚓争喧，自謂能詩，而不本於吾文，以文其所不能，至裂詩文爲二途而不知歸一也。豈有拙於文而工於詩哉？近仁辭語渾雄，而發之以華藻；氣骨蒼勁，而節之以聲律，全體互宣，參唐歷《選》，不解〔二〕而及於古。於是近仁春秋高矣，而藁以「小慙」名也何居？予自二十已學詩，星霜冉冉，學不加進，每視舊作，愧中汗外，幾欲盡删乃已。而人方許之以爲工，洪忍〔三〕復存③，終不意滿。

昔人謂『小懃人小好之，大懃人大好之』㊃，玆稿得無類是乎？故爲序其卷端以歸。

［校記］

乾隆《平陽縣志》卷一九、《東甌先正文録》卷八題作《小懃集序》。　［一］庭，四庫本作『廷』。　［二］解，《縣志》、《文録》作『懈』。按『解』通『懈』，不必改字。　［三］忍，四庫本、中華本、《縣志》作『涊』，可從。薛校：『《東甌先正文録》「典忍」作「因是」。』按，《文録》殆不明『淟忍』文義而妄改。詳注㊂。

［補注］

㊀本篇作於元成宗大德六年（壬寅，一三〇二）。顧近仁，名力行，字近仁，號南江，平陽人。明鄭思恭《東昆仰止録》卷八《隱逸》：『力行顧公，下澇人。』按下澇屬平陽慕賢西鄉十四都。元陳高《不繫舟漁集》卷一三《愚翁墓志銘》：『温平陽鳳江之南曰夏較里，顧氏世居焉。……（顧晏）其第三子諱力行，才特俊邁，學者宗之，號南江先生。遭宋革命，文運未興，齎志以没。有詩萬餘篇，曰《小懃集》。尤工駢麗語，多爲人所傳誦。』孫詒讓《温州經籍志》卷二三顧氏力行《小懃藁》案云：『陳子上謂《小懃集》有詩萬餘篇，其篇什之富，不下劍南；然今無傳者，可惜也。』按，雍正《浙江通志》卷二四八《小懃集》、乾隆《平陽縣志》卷一六《顧近仁傳》均作『字力行』，乾隆《縣志》又謂『稱江南先生』，並誤。

㊁先伯氏，已亡故的長兄。指林景怡，參見卷一《哭德和伯氏六首》注㊀。書，文體之一，發表議論的文章。

㊂淟忍，同倎涊，羞慚。淟，與「倎」同音相通，《方言》第六：「倎，慚也。」忍，通「涊」。忍與朋、韌、仞、認諸字通假，故亦可借爲涊。《文選·枚乘〈七發〉》：「涊然汗出。」李善注：「涊，汗貌也。」

㊃昔人謂小慙人小好之二句，見韓愈《昌黎文集》卷一七《與馮宿論文書》：「時時應事作俗下文字，下筆令人慙，及示人，則人以爲好矣。小慙者亦蒙謂之小好，大慙者即必以爲大好矣。不知古文真何用於今世也，然以俟知者知耳。」

鄭中隱詩集序

中隱鄭君，前甲科進士也㊀。亦既搴桂抱月而歸，風摶水擊，謂鳳池可立致㊁。未幾，哭怙恃㊂；六霜，又哭離黍。彷徨顛沛，將寫其悲惋無憀之鳴，舍詩奚寄。詩，文之一也。君詩如其文，冠冕佩玉，渠度春容，可以施典册，薦郊廟。乃《雅》沈《頌》歇，鬱爲《匪風》《下泉》之思㊃；回首楓宸臚唱，杏苑芳題㊄，如隔宇宙。蓋君之所能存者心也，而所不能挽者時也。其禮義彝倫，豐鎬遺澤，尚隱然於變風中者㊅，今復見矣。

其孤以君之集來請爲序。予既重君之爲人，又喜君之有子克揚前人光。花淚鳥驚，詩中有史，千載猶有考焉。其尚謹而藏之。

［補注］

㈠前，指宋朝。宋時進士分甲乙科。據『未幾，哭怙恃；六霜，又哭離黍』句，鄭中隱當登咸淳四年（一二六八）進士。

㈡搴桂，摘取桂枝，謂中第。風搏水擊，喻雄心奮發。語出《莊子·逍遥游》：『鵬之徙於南冥也，水擊三千里，摶扶摇而上者九萬里。』摶，拍。郭象注本及通行本作『摶』，《四部叢刊初編》影印世德堂本作『搏』。章炳麟《莊子解故》謂『字當從搏』。

㈢怙恃，指父母。語出《詩·小雅·蓼莪》：『無父何怙，無母何恃！』鳳池，鳳凰池，宮苑中池沼。指中書省。

㈣《匪風》《下泉》之思，見本卷《王脩竹詩集序》注㈥。

㈤楓宸，宮殿。宸，殿庭。漢代宮庭多植楓樹，故稱。臚唱，見卷四《五雲梅舍記》『臚傳』注。杏苑，指新科進士游宴之地。唐時新科進士賜宴杏園。

㈥豐鎬遺澤，見本卷《王脩竹詩集序》注㈦。變風，見本卷《胡汲古樂府序》注㈧。

《龍源普度紀勝詩》序㈠

橫舟真人名注丹臺，神游碧落，乃甲辰下元，主龍源普度大齋㈡。九虎閽高，緑章夜扣㈢，三泉錮魄，盡使昭蘇，厥功偉矣。笙鶴朝回㈣，環而觀者，心竦毛豎。許山曹君爲詩美之，金春玉應，巨帙粲然。

豈以異教同源，吾儒抱濟川之具，不及拯人於生，而翻羨師之拯人於死歟？雖然，天堂無則已，有則君子登；地獄無則已，有則小人入。向使彝教修明，天下皆君子之歸而小人之棄，生順死寧，如晝夜之有經，正不知何罪可度也。惟君子少而小人多，既自喪其所以生之理，又不幸以兵死，以刑死，以水火盜賊死，失其正命，卒墮沈冥。此荒幻之説興，普度所以有功，而吾道之不行於世，其亦重可慨也！故爲併序而書之。

［補注］

㈠本篇作於元成宗大德八年（甲辰，一三〇四）。《龍源普度紀勝詩》，曹稽孫作。稽孫字許山，瑞安人。詳卷二《老松舊隱爲曹許山賦》注㈠。

㈡横舟真人，即林任真，平陽人。見卷二《送横舟真士游茅山》詩注㈠。丹臺，道教指神仙所居。《藝文類聚》卷七八引《真人周君傳》：『子名在丹臺玉室之中，何憂不仙。』下元，農曆十月十五日爲下元節。普度大齋，超度衆生的重大法會。

㈢九虎、緑章，見卷二《送横舟真士游茅山》注㈢。

㈣笙鶴，傳説周靈王太子晉（王子喬）好吹笙，在嵩山得道後乘白鶴回鄉，駐緱氏山頂。見《列仙傳·王子喬》。

庚申玉樞會規約序㊀

庚申會，崇老氏教也。經灰尚寒，士如六日蟾蜍，無所於用，往往游心冲素，以康濟其身，乃或逸出於異教。然教雖異也，而有不異者焉。老氏謂『泊兮其未兆，若嬰兒之未孩』，即吾儒『不失赤子之心』是也㊁。

道書載，庚申日，三彭每乘人睡奏過帝庭，遂有守庚申之説㊂。會實昉是。予謂不然。使吾埽除物欲，夜氣湛如，天地神祇，臨之在上，雖三彭無所施其仇。若未能寡過，彼得藉以爲辭而告〔一〕，吾方惕然警懼，如盤盂几杖之在側。三彭非仇予，實忠予矣。

夫子云：『獲罪於天，無所禱也。』天即理也。由理而動，淵默雷聲，方寸地即玉樞也，周三百六十日皆庚申也㊃。窮理盡性，以至于命，諸君尚勉之哉！

［校記］

〔一〕彼得藉以爲辭而告，四庫本無『告』字。

［補注］

㊀庚申，古代用干支紀年，亦用以紀日。六十甲子，周而復始，故兩個月中有一天是庚申日。庚申會，

詳注㊂。

㊁泊兮二句，《老子》二十章：『我獨泊兮，其未兆，如嬰兒之未孩。』泊，淡泊。未兆，没有跡象。孩，嬰兒的笑聲。不失赤子之心，《孟子·離婁下》：『大人者，不失其赤子之心者也。』赤子，嬰兒。赤子之心，純潔善良的心地。

㊂道書載庚申日三句，南朝梁陶弘景《真誥》卷一〇《協昌期第二》：『凡甲寅、庚申之日，是尸鬼競亂精神躁穢之日也。不可與夫妻同席及言語面會，當清齋不寢，警備其日，遣諸可欲。』唐張讀《宣室志》卷一：『契虚因問棰子曰：「吾向謁覲真君，真君問我三彭之仇，我不能對。」棰子曰：「夫彭者，三尸之姓，常居人身中，伺察功罪。每至庚申日，籍於上帝。故凡學仙者，當先絶其三尸。」』三彭，道家稱在人體内作祟的三尸之神。唐段成式《酉陽雜俎·玉格》：『上尸青姑，伐人眼；中尸白姑，伐人五臟；下尸血姑，伐人胃。』清西厓《談徵·事部·三尸神》：『上尸名彭倨，次名彭質，下名彭矯。』守庚申，奉道教者每在庚申日通宵静坐，屏除雜念，以防三尸神擾亂。《酉陽雜俎·玉格》：『七守庚申三尸滅。』

㊃淵默雷聲，《莊子·在宥》：『尸居而龍見，淵默而雷聲。』周三百六十日皆庚申也：謂一年三百六十日皆當警慎自守，不稍懈怠。

《平陽州志》序㊀

平陽舊無志。何以無志也？温屬縣也。土地、人民、政賦附見於《永寧編》、《永嘉譜》者㈡，往往而〔一〕略。元貞元年，以縣五萬有奇户陞中州，仍隸于温。廼選良二千石暨其佐㈢，奉宣休德，以惠我人。昔沿今創，今繁昔簡，無志可乎？朝廷嘗下郡縣，偏采圖諜，以成大一統之志。然摭〔二〕星宿，遺羲睋㈣，不備不實，其何以信？

判官皮侯元，飲冰食蘗，以《詩》《書》飾政㈤，覽形勢，稽典籍，方有志兹事。會前永嘉教諭章嘉〔三〕德元修《永嘉縣志》成，捧路檄來補平陽、瑞安二屬《州志》㈥。侯喜曰：『此予欲爲而未遂者也。子生長是州，好古博雅，其得辭？』以告同僚長以下，皆喜，乃廪館之，共〔四〕筆札。德元祖述《編》、《譜》，搜舊聞，訪殘刻，山林遺録，官府近制，無不博詢旁采，增昔所無，續今所有，而定去取于侯。其友前西安教諭陳天佑孝章㈦，相與彙集，手抄窮日夜，不爲無助。《志》於是成，咸曰『勤哉』。繼而謝公振孫來守是州㈧，捐俸率先鋟之。

夫事有若迂而實有功〔五〕，雖非簿書期會之所急，而實教化風俗之所關，志是也。周有外史，以掌四方之志；而杞宋不足徵，夫子亦傷文獻之無存㈨。今仕是州者，或數千里而來，山川易〔六〕險，典禮廢興，一披此志，瞭然在目。由是參酌其政事，調和其土俗，使民不棄所便而駭於所未嘗習，斯亦可附于古良史〔七〕，俗吏固不識也。

德元以俟令屬予敘，於是乎書。大德丁未重陽，前釋褐進士林景熙序。

［校記］

此篇原集不載，知不足齋叢書《霽山集·補遺》據平陽張綦毋抄補。今取校弘治《温州府志》卷二〇、乾隆《平陽縣志》卷一九，編入本卷「序」下。

〔一〕而，《縣志》作「以」。　〔二〕摭，原作「撫」，據《府志》《縣志》改。　〔三〕嘉，弘治《府志》、乾隆《縣志》及知不足齋抄補本並作「嘉」，有誤；《温州經籍志》卷一〇「平陽州志」條引録作「嚞」，據改。詳注㈥。　〔四〕共，《縣志》作「供」。按「共」通「供」。　〔五〕有功，《府志》《縣志》作「切」。〔六〕易，《縣志》作「彝」。　〔七〕斯亦可附于古良史，「于」原作「千」，諸本同，據《府志》《縣志》改；「史」，《府志》《縣志》作「吏」。按作「史」爲宜。

［補注］

㈠本篇作於元成宗大德十一年（丁未，一三〇七）。《平陽州志》，《元史·藝文志二》登録，今不傳。雍正《浙江通志》卷二五三《經籍十三·兩浙志乘》：「《平陽州志》，大德丁未判官皮元延永嘉教諭章嚞德元修，西安教諭陳天佑孝章相與彙集，州守謝振孫録，林景熙序。」孫詒讓《温州經籍志》卷一〇：「按《平陽州志》，王氏《東嘉先哲録》引之，蓋其書明時尚存。」王氏，謂明王朝佐。

㈡《永寧編》，宋陳謙撰，十五卷。《直齋書録解題》卷八、《宋史·藝文志三》著録，今佚。温州治所永嘉（今温州市鹿城區），漢名永寧。隋平陳，改名永嘉。《永嘉譜》，宋曹叔遠撰，二十四卷。《直齋書録解題》卷

八、《宋史·藝文志三》(誤『譜』爲『志』)著録,今佚。參見《温州經籍志》卷一〇《史部·地理類上》。

㊂二千石,指州守。漢時郡守俸禄爲二千石。

㊃羲眂,日御羲和和月神嫦娥。代指日月。眂,同娥。乾隆《平陽縣志》引作『娥』。

㊄判官皮俟元,按《全元文》卷一二四七《皮元》:字次翁,號如山,臨江新淦(今江西新干)人。延祐三年(一三一六)由翰林修撰出任臨武縣尹,歷南恩州知州,以贛州路同知致仕(據同治《臨江府志》卷二一、康熙《臨武縣志》卷一)。不知是否即此平陽州判官皮元。飲冰食蘗,喻操勞辛苦。參見卷二《李兩山侍郎仲氏》注㊂。飾政,言以經術輔助治政。飾,緣飾。

㊅教諭,宋學官名。州學設教諭一員。章嘉,弘治《温州府志》卷一〇、雍正《浙江通志》卷一八二有傳。乾隆《平陽縣志》卷一六《人物下·文苑》云:『章嘉,字德元,居章均洋。爲永嘉教諭。大德元年……被薦,徵受翰林編修。至大庚戌,修《温州路志》;延祐己未,重修《東甌志》《平陽州志》。』元程文海《雪樓集》卷一五《章德元近稿序》:『君名嘉,嘗著《東嘉郡志》二十卷,甚有法。』按:嘉,古文『哲』字。元盛元梓《庶齋老學叢談》卷下云:『章德元嘉,温平陽人。性善静,文學老成,講解精到。時官延之師席,偕詣京師,咸推重之。』其作『嘉』誤。章所修纂《温州路志》《平陽州志》等,皆亡佚不傳。《全元文》第三二册收文五篇。捧路檄,持温州路府公文。平陽、瑞安二屬州志:元貞元年,瑞安縣、平陽縣同升爲州,仍隸屬温州路。

㊆西安,今浙江衢州市,古名西安。陳天佑,字孝章,號可竹,平陽人。登宋度宗咸淳四年(一二六

八）武科進士。見民國《平陽縣志》卷二八《選舉志一・宋》。《東甌詩續集》卷一存其詩一首。

㈧謝振孫，弘治《温州府志》卷八《宦職・平陽縣》：『元知州兼勸農事：謝振孫。』

㈨杞宋不足徵，《論語・八佾》：『子曰：夏禮，吾能言之，杞不足徵也；殷禮，吾能言之，宋不足徵也。文獻不足故也。』杞，杞國，夏禹的後代。宋，宋國，殷商的後代。徵，徵引作證。

［輯評］

李琬《平陽縣志序》：抑聞之鄉先生林霽山曰：『事有似迂而實切，雖非簿書期會之所急，而實教化風俗之所關者，志是也。』旨哉言乎！是《志》之成，豈獨使此邦之人原本山川，景仰賢哲，動其感發興起之思，而疆域之廣輪，夫家之衆寡，水利農田之興廢，民物風候之節宣，開卷了如。

濟南林氏族譜序㈠

按唐史志，詔天下羣臣咸修族譜，緒接源流。又觀歐陽公製爲譜牒，凡五世畫成一圖㈡。後雖支分派别，按圖而觀，其源流昭若星辰，明如指掌。然則族譜之系，豈不重歟？

若乃上自天子，下至庶人，皆有正統，能繼之使不失其傳，則爲孝也大矣。夫孝者，一於光祖先、遺後嗣而已。彼祖父有欲爲之志而未爲，子孫當因其志而成就之；祖父有己爲之事而可法，子孫當因其事而遵守之。故曰：『夫孝者，善繼人之志，善述人之事也。』然非家譜，則數傳而後，雖有孝子慈孫，亦傷於無證。至問以祖宗之名號、里居、墳墓，且有茫然莫知者，遑言其祖父之志之事爲何如，其志其事之當繼當述爲何如哉！

吾始祖仲夫公，於石晉天福間避亂，自閩之長溪徙於平之泗溪[三]。既而昌熾，遂大族。至太祖永年公遷居錢倉，族遷蓋竹，續分金竹坑、林坳、林垟、宋埠、花園若干處[四]，振振繩繩，綿綿蟄蟄。其紆金纍紫，佩玉揚鑣，工翰墨，精吟詠，效忠良，守節義者，後先相映，代不乏人。舊譜所載麟麟炳炳，其嘉言懿行，皆可法可則，誠吾子孫百世之至寶也。

無何，故國之版圖失守，故家之譜牒將湮。熙初不自揣，願效馳驅，奔走於杭越之間，徒銷歲月，愈滋罪戾。今者徜徉隴畝，常興微子之悲，於國無望，於家奚辭。於是祖述舊譜，旁采諸書，訪之故老傳聞，驗之邑乘實録，彙成一册，手抄十函，分付各房，世守勿失。俾披圖而觀者，其支派了然在目，不敢忘先人之善，不致昧一身之由。後之孝慈，嗣而修之，則先人之志之事可繼述者不泯，且可因此得盡敦宗睦族之道焉。是吾之所深冀也夫！

時元大德戊申端陽日㊄，裔孫景熙識。

〔校記〕

此篇原集及補遺不載，今自温州市圖書館藏本平陽《濟南郡林氏宗譜》輯録（見載鄭笑笑、潘猛補主編《浙南譜牒文獻彙編・譜序》），編入本卷『序』下。

〔補注〕

㊀本篇作於元成宗至大元年（戊申，一三〇八）。濟南族譜，漢濟南郡（今山東濟南市）爲林姓郡望之一。《蒼南林氏通覽》第一篇第四章第一節《四大郡望・濟南郡》：『林氏之望族以濟南稱者，自林尊（漢宣帝時官少府、太子太傅）開始。』

㊁歐陽公製爲譜牒，凡五世畫成一圖：見《歐陽修全集》卷二一《歐陽氏譜圖序》及《譜圖》。

㊂石晉天福，五代後晉高祖（石敬塘）天福（九三六—九四二）。長溪，唐福州府屬縣，元陞爲福寧州，領寧德、福安二縣。見《元史・地理志五・福州路》。泗溪，今浙江泰順泗溪，舊屬平陽縣。唐季五代閩中戰亂，大量徙民從閩之長溪赤岸遷入温州各地。

㊃錢倉、蓋竹、宋埠，皆平陽縣屬地。林坳，屬親仁鄉二十六都，爲林景熙家族居住地。見本卷《送松存弟序》注㊀。

㊄大德戊申，按『大德』爲元成宗年號，共十一年，無『戊申』年。據《元史》卷二一《成宗紀四》、卷二二《武宗紀一》，成宗於大德十一年（丁未，一三〇七）正月去世，武宗於是年五月即位，次年改元至大元年

（戊申，一三〇八）。故「戊申」爲至大元年，而不關「大德」，或作者誤筆。

宋朝請大夫太常寺簿知台州周公墓志銘[一]

故台守常簿周公既葬之三年夏，其孤益昌以公《行狀》來泣請銘。余謂公行應銘，法宜求當代鴻筆，僕非其人，敢辭。益昌固請。按《狀》，公平生歷官書之悉，獨立朝二事，闕而不書，恐久遂淪没；且死猶有知，將遺憾重泉矣。遂志其大節，以俟來史。若《狀》所已書，寧略。

公諱元龜，字錫疇，温平陽人。生慶元戊午。讀書迎解，落筆輒驚人。少有老度，窮有通識。以《六典》貢漕闈，升賢關，擢嘉熙進士第[二]。教授廬州，歷江淮諸司幹官。扶彝倫，贊婉[一]畫[三]，卓有能稱。用舉員五，改官試縣一，監州再，登朝三。縣有强寇，公埽[二]清之；州有滯獄，公平允之；朝有公議，公建明之，凡材而仕者猶能焉。至於繫賢類消長之幾，關國事安危之會，而見遠識微，固争力却，雖觸虎牙、中虺螫而不以爲悔，則仕而材者或難之，而足以見公之守也。

開慶己未，提轄左帑[四]。時太學六士扣閽，耿耿漢之三君八俊也[五]。當揆怒其攻己，將擢公言路，諷以意。公正色曰：『臺諫，天子之耳目，不可市私恩。直士，國家之元氣，不可以報私忿。祖宗三百年，學校公論所自出，奈何摧折之乎！』語已束裝，明日臺疏下矣[六]。

景定初，登庸元勳，咸謂公相國故人，要津立致。公尺書不叩光範[七]，一廢六霜。癸亥，始以主管官告院除[八]。未幾，委買江東限田，用爲心膂。公昌言排之曰：『熙寧間海内無事，王安石以新法騷動，釀成中天不忍言之變[九]。普天之下，莫非王土，未聞瘠子以肥父而家可爲也。』聞者震耳，讒者交吻，而公復不容於朝，明日又臺疏下矣。

夫豈不知唯唯之爲福，諤諤之爲禍，然寧此勿彼，何也？富貴，電光也；名節，日月也。公素疾邪，其於不義富貴，視之若浼。故隨仕輒已，進尺退尋，十有三年而通籍，二十六年而持麾[一〇]。人方悶悶，我獨徐徐，勁節高風，爲世仰慕。然則彼讒人之致力，乃借譽而揄揚，誠如歐陽子所云也[一一]。

晚簿曲臺[一二]，意天以禮樂俟君子。不半期，予郡；郡又不及試[一三]，豈古道之難復，生人之寡祐哉！京歸，道得疾，及門而疾革[一四]，以咸淳癸酉五月一日卒。年七十六。階朝請大夫。曾大父諱某，大父諱某。父諱某，累贈朝請大夫，是爲戒軒先生[一五]。先生嗜古，及文慈湖楊公簡、鶴山魏公了翁[一六]，其學根義理，達事物。公所樹立，父教也。自號蒼巖。雜著八十卷；又喜編纂，有《訓鑑大蒐》《文苑心嗜》《師友四騷》《觀史大議》《管見類要》《詞科類藁》《奇字法語》各若干卷。夫人林氏，封宜人[一七]。男三：益昌，台州黄巖簿；晉昌，邵武軍户曹；鼎昌，台州户曹兼憲幹。

周氏世居馬鞍山下[一八]，垂三百年。祖墓在其東，松柏蒼然。公就旁隴自營藺室，先葬宜人，至是年八月庚申，始合窆焉[一九]。

銘曰[二〇]：掞河漢兮爲章，抱鐵石兮爲腸。與世濩落兮，與道翺翔。維此馬鞍山兮，生養而死藏。彼囿形兮同死，獨不死兮留芳。

[校記]

〔一〕婉，四庫本作『規』，《全元文》卷三七二作『嬈』誤。

〔二〕埽，吴校、四庫、中華本作『掃』。按『埽』通『掃』。

[補注]

㊀本篇作於宋恭帝德祐元年（一二七五）。周公，周元龜（一一九八—一二七三），字錫疇，號蒼巖。平陽雅山人。弘治《温州府志》卷一一《宦業》、乾隆《平陽縣志》卷一四《名臣》有傳。朝請大夫，文階官從五品。太常寺簿，太常寺主簿。參閲注㊂。知台州，台州知州。乾隆《平陽縣志》卷九《秩祀・丘墓》：

『知台州周元龜墓，在馬鞍山東麓。林景熙撰志銘。』

㈡以《六典》貢漕闈，以通曉《六典》薦舉參加漕試。六典，指《唐六典》，唐玄宗時官修，記述唐代典制的專著。漕闈，漕試。宋時各路轉運司（漕司）主持的考試。漕試合格，即可赴省試。賢關，謂入仕之門徑。語出《漢書·董仲舒傳》：『太學者，賢士之所關也。』顏師古注：『關，由也。』擢嘉熙進士第，乾隆《平陽縣志》卷一二《選舉上·進士》：『宋（理宗）嘉熙二年：周元龜。』

㈢彝倫，常道，正道。婉畫，府幕中謀劃。語本南朝宋謝瞻《張子房》詩：『婉婉幕中畫。』

㈣開慶己未，宋理宗開慶元年（一二五九）。左帑，左藏庫。太府寺所隸官司，掌財賦、俸禄收支。提轄，主管官員。

㈤扣閽，扣擊宮門，指向朝廷投書舉報。閽，宮門。太學六士扣閽，指太學生陳宜中、黄鏞、林則祖、曾唯、劉黼、陳宗六人上書揭發執宰丁大全事，士論稱爲『六君子』。時在理宗寶祐四年（一二五六），見《宋史·陳宜中傳》、《宋宰輔編年録續録》卷一七。此云『開慶己未（一二五九）』，時間不合。民國《平陽縣志》卷六一《周元龜傳考異》：『吴承志《平陽縣志稿》：《墓志》「開慶己未，提轄左藏庫。時太學六士叩閽」云云。檢《宋史·理宗紀》、《宋季三朝政要》、《宋史》全文，並無開慶元年太學六人叩閽攻執政事，惟寶祐四年有劉黼等上書攻御史丁大全，時稱六君子。大全尋入政府，與「當揆」説合。下文云「一廢六霜，癸亥始以主管官告院除」，癸亥距己未，中間止三霜；上距寶祐四年丙辰，始隔六霜。「開慶己未」四字訛誤甚明。』其説是。三君八俊，東漢名士。《世説新語·品藻》：『仲舉遂在三君之下，元禮居八俊之上。』

劉孝標注引謝沈《漢書》：『三君者，一時之所貴也，竇武、劉淑、陳蕃。』又引薛瑩《漢書》：『李膺、王暢、荀緄、朱寓、魏朗、劉佑、杜楷、趙典爲八俊。』

㈥束裝，整理行裝。準備承受處罰，離京出行。臺疏，御史臺彈劾的公文。

㈦尺書不叩光範，言不與相國故人一通書問。光範，光範門，宮門名。

㈧癸亥，理宗景定四年（一二六三）。官告院，尚書省下屬官署。參見卷四《五雲梅舍記》注㊂。除，任用。

㈨中天不忍言之變，指北宋滅亡。民國《平陽縣志》卷六一《周元龜傳考異》：『中天，蓋猶中葉之意。即指徽、欽北狩，高宗南渡時。蓋合南北宋爲一朝，其時正爲中天也。』

㈩通籍，謂記名於朝，指入朝任職。持麾，持麾節，指出任州守。二句言宦途遷轉遲滯。

⑪歐陽子，指歐陽修。

⑫晚簿曲臺，晚年任太常寺主簿。太常寺掌禮儀、祠祭、大樂諸事，故云『意天以禮樂俟君子』。曲臺，漢時太常博士官署。借指太常寺。

⑬不半期，不到半年。期，期年，一年。予郡，授任郡守。不及試，未及就任。

⑭疾革，病重。革，通『亟』，急。

⑮父諱某，民國《平陽縣志》卷三五《周元龜傳》：『父堙，好古篤學，與慈湖楊簡、蒲江魏了翁爲講學友，學者稱戒軒先生。』

〔一六〕慈湖楊公簡，楊簡。見本卷《二薛先生文集序》注〔三〕。鶴山魏公了翁，魏了翁（一一七八—一二三七），號鶴山，曾任端明殿學士、同簽書樞密院事。理學家。

〔一七〕宜人，命婦封號第十二等。

〔一八〕周氏世居馬鞍山下，乾隆《平陽縣志》卷一八《雜志・古跡》：「周元龜宅，在縣西二里馬鞍山下。」

〔一九〕繭室，壽壙。合窆，合葬。

〔二〇〕銘，墓志銘一般由志與銘兩部分組成。志文述名號、世系、爵里、宦歷、行事；銘文贊頌善德，用韻文。

宋貢士晉齋先生陳公墓志銘〔一〕

横陽豐山陳氏〔二〕，淵源文獻世其家。自左廂兵馬使傳十有二葉，而至貢士公，其間或隱或仕。雖仕或不顯，若嗇於天矣；而名父子，難兄弟〔三〕，哲夫懿婦，先後一門。銘其墓者，皆當代巨筆，而龍泉葉公銘之再〔四〕。由此觀之，斯文之澤嗇於前而豐於後，天之報善，未嘗爽也。

貢士諱某字某，生嘉定乙亥〔五〕。曾大父諱某，故修職郎〔六〕。大父諱某，故承奉郎〔七〕。

父諱某。承奉長齋公嘗師止齋先生，光廟初扣閽不報，歸遯林泉，以學授子若孫〔八〕。貢士習聞緒餘，又益濬之。其學通經濟，而不局於章句；其文根義理，而不衒於葩藻。淳祐己酉薦于鄉；景定辛酉再薦，黜禮部，始謝舉子業〔九〕。與季弟節庵出壁藏數千卷，丹鉛手勘，永夜伊吾〔一〇〕。精而性命，麤而事物，近而視聽言動之則，遠而元會運世之故，熟討窮研，學益深，文益古，游戲儷語，亦關治教。時宰將起公布衣，以重史館。貢士固辭，曰『是不可易吾素』。自號晉齋，亦望道之得行也。時未可進，退以斂之；時未可昭，晦以養之，隨時變易，以從道也〔一一〕。於是貢士年八十矣。大德戊戌十月，微疾卒于家。

貢士行不求僻，言不立怪，壹以忠信篤敬爲受用根柢，人亦熏德而良。巷有争者，不之官，之貢士質焉。貢士曰某直，直者喜；曰某不直，不直者愧。已而喜愧兩忘，各釋争爲睦。於以見盛德之感人，而人心天理不甚相遠也。自類舊藁若干卷，謂斯文未喪〔一二〕，後當有知予心者。

娶尹氏，先十五年卒。孫彌仲泣而求予銘。予非其人，懼忝先哲；彌仲請益堅，則敬次其語志之。

銘曰：知士藏愚，達人據槁〔一三〕。維此齋居，而以晉表。晉之自明，明非外皦〔一四〕。惟退於時，乃進於道。好醜千年，孰壽孰夭。講學之功，乾淳諸老㊃。

[校記]

〔一〕斯文未喪，原作「文未喪天」，諸本同，今從四庫本改。

[補注]

㊀本篇作於元成宗大德二年（戊戌，一二九八）。貢士，州府薦送參加省試的士子。孫衣言《甌海軼聞》卷二三《氏族・豐山陳氏世學》引林景熙此文後按云：「據此貢士亦永嘉學者，而霽山志墓不書其名。季弟節庵，亦無從考其何名也。……今豐山陳氏常聚族而居。」

㊁横陽，平陽縣古稱。晉始置縣，名横陽，唐改名平陽。豐山，在平陽縣城南五里。

㊂名父子，名父之子。《漢書・蕭育傳》：「大將軍王鳳以育名父子，著材能，除爲功曹。」難兄弟，謂兄弟皆有才能，難分高下。《世説新語・德行》：「陳元方子長文有英才，與季方子孝先，各論其父功德，争之不能決。咨於太丘，太丘曰：元方難爲兄，季方難爲弟。」

㊃龍泉葉公，指葉適。葉適先世居龍泉（今浙江龍泉縣）。《水心文集》卷二五《母杜氏墓志铭》：「葉氏自處州龍泉，徙於瑞安，貧匱三世矣。」宋陳昉《潁川語小》卷下：「瑞安葉文定公，族本龍泉，凡公所題號，皆曰「龍泉葉某」。」銘之再，葉適曾爲晉齋曾祖父、祖父作墓志銘。參看注㊅注㊆。

㊄嘉定乙亥，宋寧宗嘉定八年（一二一五）。

㊅曾大父（曾祖父）諱某：即陳瑾，字國器，號東塘。陳傅良《止齋集》卷四六有《祭豐山陳國器》文，

葉適《水心文集》卷二一有《東塘處士墓志銘》。傳見弘治《温州府志》卷一二《行誼》。修職郎，文階官從八品。

㈦大父（祖父）諱某：即陳巖，字仲石，別號長齋。陳瑾子，陳傅良（止齋）門人。葉適《水心文集》卷一三有《陳君墓志銘》。承奉郎，文階官從八品上。

㈧止齋先生，陳傅良（一一三七—一二〇三），字君舉，號止齋，温州瑞安人。南宋著名學者，《宋史·儒林》有傳。光廟，指宋光宗。扣閽不報，言上書朝廷，没有被接受。若，及。按：葉適《陳君墓志銘》作於孝宗淳熙十六年，陳巖『早夭』，卒於淳熙十五年（一一八八），不可能『光廟（光宗在位一一九〇—一一九四）初扣閽不報』；且其年僅三十五歲，也不可能『以學授子若孫』（晉齋爲陳巖之孫），疑《墓志》所説有誤。

㈨薦于鄉，鄉試合格，薦赴省試。宋制，州府鄉試每三年舉行一次。黜禮部，禮部省試時被黜落。謝舉子業，謂絶意科舉。

㈩丹鉛，朱砂和鉛粉，古時校改書籍之用。伊吾，讀書聲。

⑪自號晉齋，《易·晉》：『晉，進也。』故云『亦望道之得行也』。

⑫據槁，靠着枯樹。形容隨處而安。語本《莊子·山木》：『孔子窮於陳蔡之間，七日不火食，左據槁木，右擊槁枝，而歌焱氏（神農民）之風。』

⑬晉之自明二句，《易·晉》：『象曰：明出地上，晉；君子以自昭明德。』謂光明出現在地面，象徵『進

長』；君子觀此卦象用以自我昭彰其美德。皦，亮潔。

〔一四〕乾淳諸老，指陳傅良、朱熹、葉適、呂祖謙、陳亮諸學者。乾淳，乾道、淳熙，皆宋孝宗年號。

故太府少卿錢公墓志銘〔一〕

公諱應孫，字定之，吴越武肅王十二世孫〔二〕。曾大父諱某，故奉議郎，贈太師鄭國公。大父諱象祖〔三〕，故特進、右丞相、太師魏國公，謚忠靖。父諱某，故通直郎，贈中散大夫。妣王氏，封令人〔四〕。公生於寶慶丁亥，以忠靖遺表澤補承奉郎〔五〕。歷任監淮東總領所鎮江府户部大軍倉，辟淮東帥司準遣〔六〕，知泗州臨淮縣，添差浙東帥司主管機宜文字，除提舉左藏庫兼户部退换局，遷諸軍糧料院，出知建昌軍仙都觀閣，依舊任除大理正，遷兵部郎中，出知贛州，改知温州，不赴。陞直寶章閣，改知徽州，得替丐祠〔七〕，主管建昌軍仙都觀。陞直華文閣、紹興府司馬、帶行軍器監兼宣撫司參議官，除太府少卿，積階至朝請大夫〔八〕。

初，公爲倉官時，吴門守鄭公霖檄往宜興，覆核圍田水傷〔九〕。先是，來者望洋無措〔一〇〕。公製二甑，高二丈許，載以舟，遇圍投甑，决去甑中水，驗稻株損，果十九〔一一〕。乃以實申，盡蠲其租八萬餘斛。疇不謂智？

公始至某都，喚里正，久不至，問故，曰『爲辦過都錢未登』㈡。問數幾何，曰『例一千六百緡』，半歸核官㈢。公笑曰：『今所歷八十六都，盡然爲富翁矣。』即力革前弊，吏卒受絲粟以上，坐以贓。疇不謂廉？

過瓜洲督視糧船㈣，回渡遇風，後舟覆。公戒舟師急往救，曰：『活一人者予十緡。』於是數十命得免魚腹，公如所活酬之。疇不謂惠？

建昌軍學敝㈤，風雨懼不支。公初下車，鋭然改作，繚以牆垣，一洗舊觀。刑部尚書包公恢記之㈥。盱江書院舊有田㈦，郡因兵興，以其租養軍，廢不治，公復振之。會富民犯法，籍其畝三千餘撥入書院。士得養，争淬礪以報公，明年，登進士科十有一人。禮部侍郎陳公禮記之。疇不謂敏？

軍之南門有娶宗女者，夫婦恣暴，妣相繼死非命㈧，至是復斷小妣之兩足〔一〕。事聞，讞實，竟杖流之，要援不得入。疇不謂斷？

於戲！公以王門之胄，相國之澤，二十一而從政，三十六而專城㈨，意其忽視世故，以爲不足經意，而宏識遠慮，務沉厚，得大體。智以開物，廉以飭身，惠以拯溺，敏以興教，斷以除凶。使公得盡其用，雲油雨沛，膏我六合㈩，豈止如今所觀哉！

會戹九，蒿目怵心〔二一〕。已而屏置人事，植菊疏泉，放乎詩酒，自號寶慶老人。有《寶慶集》若干卷。家藏法書、名畫、古銅彝鼎，焚香宴坐，賞弄終日。嘗曰：『吾以遺吾情焉耳，非有玩物之癖也。』

自唐世王吴越，宋南渡後始賜第於台〔二二〕。至公晚歲，復攜家還越。而以疾終也，乃在台之寓舍，實辛卯七月二十一日〔二三〕，得年六十五。其孤以壬辰正月三日，葬公于天台縣花桃山。娶董氏，封恭人，先公逝。

予曩因來越〔二四〕，侍公游十年。又十年復來，公已謝世。其子國衡詣予，泣曰：『先人凡九寒暑而未得銘，願請於君。』予不獲辭，乃摭而述之。

銘曰：錢氏之先曰籛鏗，歷仕殷周始封彭〔二五〕。六十五葉門益宏。吴越啟運武肅生，山川草木錦繡榮。忠懿挈土歸朝廷〔二六〕，黔黎富樂不識兵。繇唐而宋幾廢興，九王之後揚遠聲。公二千石升月卿〔二七〕，培此寸地流芳馨。東牀得賢子明經，餘慶衮衮鍾雲仍〔二八〕。嵯峨丹邱鬱佳城〔二九〕，後千年兮仰兹銘。

［校記］

〔一〕妞相繼死非命，至是復斷小妞之兩足：兩『妞』字，吴校本、叢集本、中華本同；冒刻本均作『奴』；四庫本上字作『奴』，下字作『婦』。

［補注］

㈠本篇作於元成宗大德四年（一三〇〇）。太府少卿，太府寺副長官。《宋史·職官志五·太府寺》：『卿掌邦國財貨之政令，及庫藏出納、商税、平準、貿易之事。少卿爲之貳。』

㈡吴越武肅王，五代十國吴越國王錢鏐。武肅是其卒後謚號。

㈢大父諱象祖，宋徐自明《宋宰輔編年録》卷二〇：『開禧元年，錢象祖同知樞密院事。象祖字伯同，台州人。』

㈣妣，母。令人，命婦封號第五等。宋制，太中大夫以上官員之妻封令人。後文『恭人』，命婦封號第六等。

㈤寶慶丁亥，宋理宗寶慶三年（一二二七）。遺表澤補，即《宋史·職官志十》『遺表廕補』，大臣臨終前可上章表爲其子孫親屬奏請授職，爲宋代高級官員廕補的一種方式。

㈥淮東帥司，淮東安撫司。安撫司爲總領一路兵政的機構。準遣，即文臣準備差遣，安撫司的辦事官員。見《宋史·職官志七·經略安撫司》。或點作『辟淮東帥司準』，將『遣』字屬下讀，誤。

㈦丐祠，請求奉祠（任宫觀官）。

㈧朝請大夫，宋階官名，文官階從五品。

㈨吴門守，蘇州知州。檄，發文告。宜興，今江蘇宜興市。圍田，圍占江湖淤灘而成的田。

㈩望洋，仰視貌。《莊子·秋水》：『望洋向若而歎。』

(一二)甑，蒸食炊器，底有孔。果十九，言用此辨法驗明稻苗被淹受損災情，果能十得其九。

(一三)都，宋時鄉以下行政區劃。二百五十户爲一都。過都錢，指供州縣官員下鄉巡視時開銷的款項。

(一四)緡，古代錢幣計量單位，一千文爲一緡。核官，下鄉檢查的官吏。

(一五)瓜洲，在江蘇揚州市南，與鎮江隔江相對，南北運河在這裏通過。

(一六)建昌軍，治所在今江西南城縣。軍，宋代地方行政區劃，與州同級。學敝，軍（州）學校舍殘破。

(一七)包恢（一一八二—一二六八），建昌（江西南城縣）人，歷官刑部尚書、簽書樞密院事。有《敝帚稿略》八卷。《宋史》卷四二一有傳。

(一八)盱江書院，北宋李覯創建，在江西南城縣。

(一九)宗女，指趙姓宗室女子。妲，音義未詳。冒刻作『奴』，或是。

(二〇)專城，任職知州。郡守專主一城，故云。《樂府詩集》卷二八《陌上桑》：『三十侍中郎，四十專城居。』

(二一)雲油雨沛，《孟子・梁惠王下》：『天油然作雲，沛然下雨，則苗浡然興之矣。』油然，雲盛貌。沛然，雨盛貌。膏我六合，潤澤（施恩惠）天下。

(二二)厄九，陽九之厄，指災凶厄運。清陸鳳藻《小知録》卷一《歲時》：『道經：天厄謂陽九。陽九奇數，陽極於九，乃陽數之窮，大旱陸焦也。』蒿目怵心，謂顧望時局，心中憂懼。

(二三)自唐世王吴越，錢鏐於五代梁太祖開平元年（九〇七）自稱吴越國王。台，台州。

〔二三〕辛卯，元世祖至元二十八年（一二九一）。下句壬辰，至元二十九年（一二九二）。

〔二四〕予曩因來越，當指宋端宗景炎二年（一二七七）應王英孫邀前往山陰。下句『又十年復來』，當指元成宗元貞元年（一二九五）復往越州。參閱本書《前言》及注〔八〕〔二五〕。

〔二五〕籛鏗，傳爲顓頊帝玄孫，堯封之於彭城，因稱彭祖。在商爲守藏史，在周爲柱下史。年八百歲。

〔二六〕忠懿，錢俶的謚號。宋太宗太平興國三年（九七八），歸降于宋。

〔二七〕二千石，指州郡太守。月卿，朝廷貴官。語出《書·洪範》：『王省惟歲，卿士惟月』。

〔二八〕東牀，指女婿。明經，通曉經術。鍾，聚集。雲仍，遠孫。《爾雅·釋親》：『晜孫之子爲仍孫，仍孫之子爲雲孫。』郭璞注：『仍，亦重也。言輕遠如浮雲。』

〔二九〕丹邱，指天台山。佳城，墳墓。

故待制吏部侍郎應公墓志銘〔一〕

歲庚子六月丙寅，宋吏部侍郎、中奉大夫應公年九十卒〔二〕。閭巷哭，庠序哭，其疏遠不識公者，聞而亦哭。明日，大風雨，拔木偃禾，信宿乃止。豈哲人淪亡，關于世教，人所悲者，天亦震與？

公諱節巖，字龢父。其先谿婺徙温平陽[三]。曾祖諱光，大祖諱顯道，父諱叔度，贈中散大夫[四]。母朱氏，封令人。公生于嘉定辛未。令人夢神人紫袍玉帶，乘白虬而下，覺而生公。中散命其少名曰夢辰。免乳，習九經如懸河[五]，諸子百家，過目輒記，至耄不忘也。決科[六]，七歲試童科中；三十有四，登甲辰武榜〔二〕，六年庚戌，再换文科。歷仕外任漣水教、淛漕東幹、長樂宰、贛倅、兩淮制司機參、淮西憲、兩淛運判、權臨安府事，内任國子監書庫、太學録、國子監簿、司農丞、軍器監、刑部郎官右司、直寶章閣、司農卿、樞密院檢詳、秘書監、右文殿修撰、權刑部侍郎、吏部侍郎、寶謨閣待制，積階初授修職郎，通籍改奉議，自奉議凡八轉，至中奉大夫。

曩公在六館時，渠璫黷政，公與學官九人扣閽陳其罪；疏不報，同時去國，海内高之[七]。逮長淮幕，會烽燧急，公進策元戎，率將校登陴固守，冒矢石不動，邊賴以安。其才自許經濟，識大體，周細故，治法、征謀、獄情、軍餉，咸效其職。至於獻替論思，每以四方水旱盜賊爲上言之，儼然先正遺風。

柱折維裂，渤澥揚塵[八]，間關歸隱。自歎禄豐功啬，不克徇義，恥也。客從中原來，見公龐眉皓髮，如商顔圖畫中人[九]，異且拜。問以攝生之術，公笑曰：『吾有夜氣丹矣。』爲文精實詣理，有補世教[10]。課曾孫，竹屋一燈，丙漏下不倦。幅巾藜杖，時行虚落間，園翁溪友，忘其昔貴。自號平坡居士。倏盛夏時得微疾，精神笑語無恙。一日整冠坐，命孫傳翁侍，戒以修身齊家之則，曰『謹識之』，語已而瞑。媲朱氏，漕使雪廬趙公之甥[11]，先二十四年卒。男一，將仕郎，畓世。孫一，將仕郎，傳翁。曾孫五。以是歲十一月己酉，葬公于管峰之原[12]。

於戲！孟子謂天下達尊三[13]，有一已希，况于全乎。公爵三品，齒九秩，德以參之。歷麾節如韋素，田具饘粥，廬庇風雨，可不謂清？疾惡若臭，嗜義若甘，勢利薰人，衆前獨却，可不謂介？更夷險，易亨窮，閲少壯老，始終于學，弗惰弗遷，可不謂一？枝葉盡脱，根本獨在，乘化消摇，返于太初，非有盛德者如是與？是宜爲銘。

銘曰：生也何來，有光如虹。逝也何歸，怪風盲雨[14]。黄髪四朝，白雲一龕[15]。維德之芳，綿于世世。

［校記］

〔一〕榜，四庫本作『科』。

［補注］

〔一〕本篇作於元成宗大德四年（一三〇〇）。應公，應節嚴（一二一一—一三〇〇），字龢父，號平坡，平陽人。弘治《温州府志》卷一一《宦業》、乾隆《平陽縣志》卷一四《名臣》有傳。本書卷一有《侍應平坡侍郎郊行口占二首》。待制，官名。宋於殿、閣設待制，位在學士、直學士之下。吏部侍郎，尚書省吏部副長官。

㈡庚子，元成宗大德四年（一三〇〇）。中奉大夫，宋文階官正四品（見《宋史·職官志九·文散官》）。

㈢先，先世。婺，婺州，今浙江金華市。徙温平陽，明鄭思恭《東甌仰止録》卷五《政事·侍郎應公》：『西關人。』乾隆《平陽縣志》應傳云『居西關』，民國《平陽縣志》卷三五應傳作『西郭』。

㈣大祖，祖父。中散大夫，文階官正五品上。

㈤九經，九部儒家經典。所指不一，唐陸德明《經典釋文》謂爲《易》《書》《詩》《周禮》《儀禮》《禮記》《春秋》《孝經》《論語》。

㈥決科，謂參加科舉考試。

㈦六館，指國子監。唐時國子監領國子學、太學、四門、律學、書學、算學，稱六館。渠瑞，權勢最大的太監。吴承志《平陽縣志稿》謂指宦官董宋臣。《宋史》卷四一四《馬廷鸞傳》：『時大全黨多斥，宋臣尚居中，言路無肯言者。諸學官抗疏，疏上即行。』疏不報，奏章上去後没有批復。去國，謂被貶離京。

㈧柱折維裂，渤澥揚塵（渤海變爲陸地）：均喻世事巨變。這裏指宋元易代之變。

㈨商顔，商山四皓的容顔。秦末東園公、綺里季、夏黄公、甪里先生避亂隱居商山，年皆八十餘，鬚眉皆白，時稱商山四皓。

〔一〇〕爲文二句，孫詒讓《温州經籍志》卷二三：『應氏節嚴《平坡集》，萬曆《温州府志》卷一七、乾隆《平陽縣志》卷二七，佚。』

〔一一〕媲，匹配。漕使，指轉運使。

〔一二〕葬公于管峰之原，乾隆《平陽縣志》卷九《秩祀・丘墓》：『吏部侍郎應節嚴墓，在管嶴太平寺後。』

〔一三〕孟子謂天下達尊三，《孟子・公孫丑下》：『天下有達尊三：爵一，齒一，德一。』達尊，衆所尊貴。

〔一四〕怪風盲雨，急風驟雨。韓愈《南海神廟碑》：『盲風怪雨，發作無聲。』

〔一五〕四朝，謂仕歷宋理宗、度宗、恭帝、端宗四朝。窀，墓穴。

故國學内舍蘧君墓志銘〔一〕

君諱某，字德威，蘧其氏也。蘧爲昆陽希姓，今族於南江者，實自衢〔一〕來〔二〕，至於君九葉。爰泝厥先，在春秋時，衛大夫名瑗，孔子稱之曰『君子』〔三〕，是爲蘧氏鼻祖。譜諜弗傳，寥寥二千年間，君子之澤若是乎遠也。曾大父諱某，大父諱某，父諱某，皆隱德不耀，箕裘忠厚〔四〕。逮君，殖以孝友，華以詩書，益蕃且碩。

君少穎發，經傳諸史，過目成誦。試有司，數不利，借逕韜略。戊辰，補國庠，較藝居先；明年，升内舍；又明年，請監舉⑤，下第東歸，不以得喪累懷。事親，菽水盡歡⑥。執喪哀毁，以至骨立。詳於家舍，而略其家；豐於時祭，而菲其奉。髮垂白，每道父母時事，輒泣下。嘗曰：『兄弟，均父母遺體也。』與仲氏怡愛藹然，家事巨細，悉以付之。仲氏疾，醫禱徬徨；不幸不起，則泣且歎曰：『人生大夢耳，須珪組何爲？幸而有田，可以備饘粥；有先人之廬，可以蔽風雨。吾亦從此遯矣。』

會陵谷，兵戈騷屑，所至無完室。君旋祓荒穢，結小屋數間，繚以榆柳，種菊莳蘭。乃角巾野服，挾策相羊，雲嵐舒卷，草木榮謝，無不目擊而心領。歲時美景，燕洽族姻，命家童歌《淮海》、《清真》詞⑦，盡醉而止。念生無所用，遠不能澤當世，近猶當惠其鄉。歲侵〔一二〕，蒿目⑧，語人曰：『爾饑，吾食能下咽乎？』輟廩分賑，又海糴以續其匱⑨，貴入而賤出，人德其濟，曰：『蘧公，活佛也。』悲夫！以君之行己及人，明於大體，而周於細故，其爲君子之後也，庶乎無愧矣。

娶林氏，帑院公之女⑩。男霆龍，歸章氏爲婦。君生於宋紹定庚寅二月〔一三〕，以大德辛丑十月戊寅，終於正寢。年七十有二。初，君自卜兆於靈溪之原⑪，詔霆龍曰：『美哉斯邱，窈而深，廓而有容，是爲予千秋之幽宫。予死，葬毋越三月，循古禮也。』霆龍祇治命，以臘月甲申奉柩藏，期簿而乞銘於予㊁。予以同舍郎，不得辭。

銘曰：桑田兮海水，槐國兮風雨。彼美人兮在何許㊂。采芙蓉兮江之涘，抱貞芳兮以道終始。百年兮抔〔四〕土，垂孝友兮詔孫子。

［校記］

〔一〕衢，《甌海軼聞》卷三二『平陽蘧氏自蘧大夫』條引此作『衛』。　〔二〕侵，四庫本、《東甌先正文録》卷六作『䁈』。　〔三〕君生於宋紹定庚寅二月，『紹定』原作『嘉定』，諸本及《文録》同，並誤。按：嘉定爲宋寧宗年號，無『庚寅』歲，當是『紹定』之誤。蘧氏卒於元成宗大德五年辛丑（一三〇一），年七十二，往上推算，其生年正爲宋理宗紹定三年庚寅（一二三〇）。　〔四〕抔，原誤作『抷』，據四庫、冒刻、叢集本改。中華本作『坏』。按，坏通『抔』，以『抔』爲正字。

［補注］

㊀本篇作於元成宗大德五年（一三〇一）。國學，國子學，即太學。内舍，内舍生。《甌海軼聞》卷三五《義行·蘧公活佛》引此文按云：『德威佚其名。《志》言「族於南江」，則平陽之南江人。當補入邑志《義行》。』

㊁昆陽，平陽縣城。南江，南江口，今蒼南縣龍港鎮。衢州，今浙江衢州市。

㊂衛大夫名瑗：蘧瑗，字伯玉，衛國大夫。《論語·衛靈公》：『君子哉蘧伯玉。邦有道，則仕；邦無

道，則可卷而懷之。』

㈣箕裘忠厚，謂世代相傳，以忠厚爲美德。箕裘，見卷四《鞍山齋記》注㈢。

㈤國庠，國子學。監舉，由國子監薦舉赴省試。

㈥菽水盡歡，語出《禮記·檀弓下》：『孔子曰：啜菽飲水盡其歡，斯之謂孝。』

㈦淮海、清真詞，北宋詞人秦觀的《淮海詞》和周邦彦的《清真詞》。

㈧歲侵，年荒。《穀梁傳·襄公二十四年》：『五穀不升謂之大侵。』蒿目，憂慮時艱。

㈨輟廩分賑，打開穀倉，分糧救濟。輟，通『掇』，取。海糴，大量買進糧穀。

㈩祭院，大藏庫。

⑪卜兆，卜選墓地。靈溪，原屬平陽，今爲蒼南縣城。

⑫祇治命，遵從先人囑付。祇，敬。治命，與『亂命』相對，語出《左傳·宣公十五年》。泛指生前遺言。

藏，葬。期薄，葬期臨近。

⑬美人，品德美好之人，謂賢人君子。何許，何處。

故國子正鄭公墓志銘㈠

余與國子正鄭公，生同里，學同師，繇長至老同出處。人與其同；然而是非眇忽之際，更相箴正，以至固争極辯，不苟焉爲同也[二]。不幸公先余往，所嘗交者聞而皆哭，余哭之倍。明年，其孤將以十二月甲申，葬公于五峰之原[三]，求余銘，拜且泣曰：『是不敢忘先人之遺命。』余雖荒落，念相知爲深，其得辭？

公諱樸翁，字宗仁，家温之平陽。曾大父諱國珍，大父諱得孫，父諱阜卿，恩封迪功郎。妣周氏，恩封孺人，常簿台守蒼巖先生女弟[四]。公生於嘉熙庚子。少穎出，未弱冠，東書游京頖[五]，名暴如雷。癸亥，以類申補太學；戊辰，升内舍；辛未，舍校平[六]。壬申、癸酉，公闈連魁中；甲戌，省闈又中[七]。公以前廡賜上舍釋褐，授迪功郎、福州教授。尋除國子正，轉從政郎[八]。公少失怙，母鞠教劬苦；暨成名，又失恃[九]。每恨禄不及養，追慕終天。卒棄官，耕隱薌山瀑下[一〇]。越故人厚禮招之[一一]，往來轍跡，餘二十霜。其後次子同出，乃糠秕萬事，游神高邈。以辛丑十月得疾[一二]，即趣歸，其友固留醫理。病日侵，至壬寅季春九日，支憊登輿。越十有二日至家，形神將離，對家人語尚歷歷。已而伏枕，又四日，悠然而逝。得年六十三。

公學聖賢之學，名其齋曰『初心』[一三]。沈毅直方，自許致澤。至於志不獲遂，猶以言語文字扶植綱常。精衛填海，憑霄銜土[一四]，其重可悲也。晚慕顔子坐忘[一五]，竹雲一榻，竟夕不寐。余聞而貽書，以『真知實踐』四字致愛助。公自信力，謂『吾已得大意』；余亦不知公之所自得竟何如也。或疑公學兼黄老，而病且死，欲實其議。然性有能盡，而命不可期；理有能窮，而數不可必。雖立卓之顔，而不免於短也㈥，况以此議公哉！

公程文在黄子册中㈦，膾炙海内，至今誦之。有雜著二卷，曰《續古》；詩一卷，曰《厚倫》，皆精實可傳㈧。

余敬公之才而有大節也，法宜銘。銘曰：公之文兮，爛其河漢。公之行兮，豐厥根幹。歷艱危兮，忠孝不遷。人孰知兮，知之者天。

［補注］

㈠本篇作於元成宗大德七年（癸卯，一三〇三）。國子正，國子監學正。《宋史·職官志五·國子監》：『正、録，掌舉行學規，凡諸生之戾規矩者，待以五等之罰，考校訓導如博士之職。』鄭樸翁，弘治《温州府志》卷一一《忠義》、《兩浙名賢録》卷五四《寓賢》、雍正《浙江通志》卷一八九《義行》、乾隆《平陽縣志》卷一五《忠臣》並有傳。參閲卷一《鄭宗仁會宿山中》注㈠。

㈡與，稱許。不苟焉爲同，謂學術思想有所不同。孫衣言《甌海軼聞》卷一六《林架閣景熙鄭學正樸翁·霽山宗仁同學》：『宗仁蓋爲陸氏（九淵）之學，而霽山則近於程（頤）朱（熹）矣。』

㈢葬公於五峰之原，乾隆《平陽縣志》卷九《秩祀·丘墓》：『國子正鄭樸翁墓，在五峰。林景熙撰志銘。」

㊃孺人，命婦封號第十四等。常簿台守，太常寺主簿、台州知州。蒼巖先生，周元龜。詳本卷《宋朝請大夫太常寺簿知台州周公墓志銘》。

㊄游京頖，就讀京城學府。頖，亦作泮。頖宫，周代諸侯國學校。

㊅升内舍，宋時太學分外舍、内舍、上舍三舍。州郡貢士，試補外舍；經學滿考核，依次升爲内舍、上舍。上舍考優即可授職，稱上舍釋褐，相當於進士登第。舍校平，指内舍考核合格。

㊆公闈，公試。對私試（月末、季末的小考和中考）而言，指年終大考。省闈，省試。尚書省禮部舉行的考試。

㊇國子正，文官正九品。從政郎，文官階從八品。

㊈怙，指父親。恃，指母親。

㊉耕隱薌山瀑下，乾隆《平陽縣志》卷一八：「鄭樸翁宅，在縣北十五里焦下山。」又卷二：「焦下山，在縣北十五里，高於衆山。四時雲氣滃然其巔，有洞泉流至薌林寺後，爲瀑千尋，宛若雁宕龍湫之勝。」

⑪越故人，指越州（紹興）友人王英孫。弘治《温州府志》卷一一《人物二・忠義・鄭樸翁》：「山陰王英孫特延賓館，教授子弟。」

⑫辛丑，元成宗大德五年（一三〇一）。下句壬寅，大德六年（一三〇二）。

⑬名其齋曰初心，雍正《浙江通志》卷五〇《古跡十二・温州府》：「初心齋，萬曆《温州府志》：平陽

鄭樸翁所居。』

㈣精衛填海，見卷二《雜詠十首酬汪鎮卿》之九注㈠。憑霄銜土，見卷三《夢中作四首》之二注㈠。

㈤顏子，顏回。孔門高足。坐忘，謂隱居忘憂。《論語·雍也》：『子曰：賢哉回也！一簞食，一瓢飲，在陋巷，人不堪其憂，回也不改其樂。賢哉回也！』

㈥不免於短也，《論語·雍也》：『孔子對曰：有顏回者好學，不遷怒，不貳過。不幸短命死矣。』楊伯峻《論語譯注》云：據《孔子家語》等書，顏回死時年僅三十一。

㈦程文，科場應試文章。

㈧孫詒讓《温州經籍志》卷二三：『鄭氏樸翁《續古》雜著二卷，《霽山集》五、《千頃堂書目》二十九、《宋史藝文志補》，佚。《厚倫》詩一卷，同上，佚。《初心齋集》，萬曆《温州府志》，佚。』按，樸翁著作除上述所録外，尚有：《易説》若干卷，見卷一《寄鄭宗仁》章祖程注；《四書要旨》二十卷，見弘治《温州府志》卷一一；《禮記正義》一卷，同上。今皆不傳。

［輯評］

鄭思恭《東昆仰止録》卷三《忠義·國子正鄭公》附識：吾家宗仁公，其先自江口贅焦下，遂爲焦下人。朝夕與霽山公以德誼文章相砥礪。今讀《悼國賦》與林公《志》文，一字當一淚。湖上拾遺骸、樹冬青一事，兩人同此苦心，同此瘁力，同此高風偉節，感慨來世。乃林公得與史文璣公合祠黌序，且歸其坊表曰『南渡孤忠』，而公獨湮没不傳，何耶？

邵廷采《思復堂文集》卷三《宋遺民所知傳·鄭宗仁》：《温州志》稱：『宗仁、景熙生同里，學同方，老同出處。惓惓故君，精衛填海，爲重可悲。』

乾隆《大清一統志》卷二三五《温州府·人物宋·林景熙》：樸翁字宗仁，歸隱薌山瀑下。景熙銘其墓，有『精衛填海，馮霄銜土』之句，聞者悲之。

玄宅銘㊀

晉陶淵明履運欷歔，逃之酒既不可，將逃於永歸之宅。今嚴陵玄同子邵君，尚友千載㊁，竊慕高風，自志玄宅，又擬自輓七章，以寄親友。於是君年六十七矣。

自《虞書》已有『玄德』之名，揚雄草《玄》，韓愈『鈎玄』㊂。非惚非怳〔一〕，玄在天地先，窅微深妙，萬物出乎此、入乎此者也。君知曒曒之爲病，將黜聰明，泯好惡，身世兩忘，而復返於玄。雖玄，於中虚明，萬古不夜，如韞玉於匵，欲掩其光，而光卒不掩，玄得無尚白歟㊃？乃爲銘。

銘曰：橋門之雋，月窟之仙㊄。宇宙無窮，陵谷忽遷。衆皆瓦毁，我獨璧全。櫟以散壽，蘭以明煎㊅。孰云真宅，維德之玄。知白守黑，返天地先。如龜抱息，静閲千年。君曰旨哉，斯銘可鐫。

［校記］

〔一〕非惚非恍，四庫本作『非恍非惚』。

［補注］

㈠玄宅，指墳墓。雍正《浙江通志》卷一八二《文苑五·嚴州府·邵桂子》引鮑楹《雪舟詩序》：『預爲生壙，號曰元宅。著《元宅七銘》《後七銘》《續七銘》《別七銘》，凡二十八事。摹《周易》，作「忍、默、恕、退」四卦。』宋陳思編元陳世隆補《兩宋名賢小集》卷三五四邵桂子《慵菴小集》：『又作「忍、默、恕、退」四卦以自警。』元宅，即玄宅。

㈡嚴陵玄同子邵君，邵桂子號玄同子。參見卷二《會嚴陵邵德芳同舍邀宿玄同齋道舊有作》注㈠。尚友，追慕古人，引以爲友。尚友千載，朱熹《陶公醉石歸去來館》詩：『予生千載後，尚友千載前。』

㈢自《虞書》已有玄德之名，《書·舜典》：『玄德升聞，乃命以位。』玄德，潛蓄的德性。揚雄草《玄》，揚雄作《太玄》。韓愈鈎玄，韓愈《進學解》：『記事者必提其要，纂言者必鈎其玄。』鈎玄，闡發奥遠的義理。

㈣玄得無尚白歟：言處於幽冥（玄）之中，難道不是仍保持着潔白的本色？得無，莫非。尚白，還是白色。《漢書·揚雄傳下》：『哀帝時丁、傅、董賢用事，諸附離之者或起家至二千石。時雄方草《太玄》，有以自守，泊如也。或嘲雄以玄尚白，而雄解之，號曰《解嘲》。其辭曰：「客嘲揚子……位不過侍郎，擢言雄作之纔給事黄門。意者玄得毋尚白乎？何爲官之拓落也？」』以玄尚白，顏師古注：『玄，黑色也。言雄作之不成，其色猶白，故無禄位也。』

㊄橋門之雋，言邵爲太學雋才。古代太學周圍環水，四門有橋相通，稱橋門。月窟之仙，月宫中折桂的仙人。稱美邵榮登科第。

㊅櫟以散壽，櫟樹因爲無用而獲保全。《莊子·人間世》記齊國有櫟樹，大百圍，高十仞，而匠伯不顧，説是『散木』，『無所可用，故能若是之壽』。參見卷二《用拙爲金罍徐氏賦》注㊁。蘭以明煎，蘭膏因爲能照明故遭焚煎。古代用澤蘭子煉製油脂點燈，稱蘭膏。

林景熙研究資料

附録一　序跋

序白石樵唱

［宋］方逢辰

霽山林德暘，前釋褐進士也。壯年英華果鋭之氣，無所於託，如水發洪源，木梗石捍，而借詩以鳴之。有一編屬朋友胡汲古轉致石峽山中，請予評。予惟詩所以道情性，蓋直泄其中之藴，而無待乎外者；然而騷人文士之得意處，每曰神助，殆思與景遇，而草木禽魚皆吾情性所寄以發。唐張燕公守岳陽，而詩益悽惋，得江山助也。德暘自雁蕩游會稽，禹窆荒寒，雲愁木愴，憑高西望，而錢塘潮汐之吞吐，吴山煙霏之舒卷，紛感互發，凡以寫吾鬱陶者何限。故其詩悽惋，而悠以博，微以章，宛然六義之遺音，非湖海嘯吟風月而已。於詩家門户，當放一頭。因書卷端以歸。蛟峰居士方逢辰君錫序。録自鮑刻知不足齋叢書《霽山集》。

附 《蛟峰文集》卷四《雁蕩林霽山詩集序》：霽山林德陽，前進士也。壯年英華果鋭之氣，無所於託，璚瑰玉佩，大放厥辭。吟卷一編，囑朋友胡天放轉致石峡山中，請予評之。予惟詩所以言志，蓋直泄其中之藴，而無待於外者；然而騷人文士於得意處，每曰神助，蓋光風霽月有以發之，然後勃勃有奇氣。唐人謂張燕公守岳陽，而詩益悽惋，蓋得江山助也。德陽自雁蕩游會稽，而錢塘潮汐之吞吐，吴山煙霏之舒卷，瞻望兮咫尺，縹緲兮余懷，所以觸其情發其感者，朝朝暮暮，無日無之。故其悽惋，夷以遠，闇以章，率有古意，非湖海吟笑而已矣。於詩家門户，當放一頭。因書卷端以歸之。録自文淵閣《四庫全書》本。

永嘉林霽山詩序

[宋]何夢桂

永嘉舊同舍郎霽山林德暘，不遠數百里，寄詩册屬嚴陵潛齋何某商略近詩，三復唱歎，竊於詩之變而有感焉。方庠序羣居，高談闊論，不過頌『猗那』，歌《清廟》，誦《魚麗》《天保》《鳧鷖》《既醉》之什，變風變雅，不忍言之矣；况復齒及魏晉梁陳以下窮苦愁怨等語，如細夫寠人、羈旅寡婦之爲者。相望十年間，而士大夫聲詩，率一變而爲窮苦愁怨之語，而吾霽山詩亦若此。世喪文邪？文喪世邪？古今以杜少陵詩爲詩史，至其長篇短章横騖逸出者，多在流離奔走失意中得之。霽山詩僅見三十篇，其辭意皆婉娩悽惻，使人讀之，如異代遺黎及見渭南銅盤、長安金爵，有不動其心者哉！夜半壑舟，有力者負之以去，飛鴻印雪，爪距儼然。吾是以重有感於霽山之詩也，吾是以重有感於詩之變也。時至元丙戌夏五望前三日序。《四庫全書》本《潛齋文集》卷五。

題白石樵唱

［元］章祖程

先生諱景熙，字德暘，姓林氏，温之平陽人也。宋咸淳辛未太學釋褐，授泉州教官，歷禮部架閣，轉從政郎。時異事殊，遂不復仕。乃棲隱故山，以詩書自娱。既而會稽王監簿移書屈致，與尋歲晏之盟。於是先生往來吴越間，殆二十餘年。戊申歲歸自武林，感疾；迨庚戌冬，終於家。時年六十有九。先生少工舉業，有場屋聲。時文既廢，倡爲古文，發爲騷章，往往尤臻其奥。晚年所著，雜文十卷外，有詩六卷，題曰《白石樵唱》，行於世。愚嘗熟玩其詩，大抵皆託物比興，而所以明出處，繫人倫，感世變而懷舊俗者至矣。卷首數篇，尤爲親切。其他題詠酬唱，雖有不同，然而是意亦未嘗不行乎其間。讀者倘以是求之，則庶乎不失其本领，而有以知其詩之不苟作也。至於造語之妙，用字之精，法度之整而嚴，格力之清而健，又未易以名言。今輒爲之注釋云。崑陽後學章祖程和父題。録自鮑刻《知不足齋叢書·霽山集》。

注白石樵唱

[元]章祖程

詩自《三百篇》《楚詞》以降，作者不知幾人，求其關國家之盛衰，係風教之得失，而有合乎六義之旨者，殆寥乎其鮮聞也。惟陶淵明以義熙爲心，杜子美以天寶興感，爲得詩人忠愛遺意。霽山先生之詩，蓋祖陶而宗杜者也，熟味之可見矣。抑嘗思之，詩固出於人之情性，然非發之以句法之清英，諧之以音節之和暢，融之以氣味之悠遠，則亦枯淡淺促，而不能以入妙，寧保其不使人玩之易厭、索之易竭也哉！善乎先生之爲詩也，本義理以爲元氣，假景物以爲形質，濯冰雪以爲精神，翦煙雲以爲態度，朱弦疏越而有遺音，太羹玄酒而有遺味，其真詩家之雄傑歟！予嘗伏讀而竊愛之，沈潛反復，蓋亦有年。

於是童課之暇，不揆僭踰，爰輯舊聞，爲下注脚。間有見其意之所指，義之所在，亦輒爲之發揮而不敢隱焉。第胸無積學，家無儲書，其間援據，尚有未盡明者，姑冀講問，以備其全。一日，子安、儀中二友生請曰：『夫注草堂詩者數百家，注雪堂詩者亦不下百餘家，迨今猶不能無遺憾，而况以一人之見乎？盍缺之以俟後賢。』予嘉其言，因出此稿，俾録以示初學，固未敢傳諸作者。惟博雅君子，訂其舛謬，補其疏略，使霽翁之詩久而不墜，則於風雅亦未必無少助云。元統甲戌暢月，後學章祖程謹書。録同前。

書白石樵唱注

[元]鄭　僖

吾鄉霽山林先生，前朝遺老，履和蹈貞。晚年英氣，詘折爲詩，其立言命意，欲厲風節，蓋仿佛草堂翁忠愛之餘思也。今宜竹章君和父，獨喜其詩，爲之箋注，誠以其所作有關世教民彝，非特尚其融液句度之清妍，亦非自示其掇攬故實之贍詳而已。昔李善輯注《文選》，援據賅博，而無其義，子邕能補其缺。章君所注，辭義兼得，而其學識之正，尤有可觀者。曩年君嘗與予翰札，辨論河洛圖書，往復數四。予固已知其學有根柢。别後久客湖海，齒載侵尋，强與少年争一資半級於端簪澤笏中，每用自愧。念欲東歸，與君行輩追逐雲泉，襄羊文字之樂，何可得也！重念鄉山寥泬，文物睽孤，章君乃獨能慨慕前修之流風，發揮遺稿之芳韻，必使光塵遠暢，有永以傳，等而上之，復將有大著述以迪後雋，余又當拭目云。至元元年歲在乙亥十月一日，鄭僖書於赤霞城。録同前。

霽山先生文集序

［明］吕　洪

予平陽素稱文獻之邦，騷人墨客，義士忠臣，無（傑按四庫全書本作『何』）代無之。宋淳祐壬寅，挺生林先生，諱景熙，字德暘，號霽山。居州治後白石巷，别墅在城西趙奥馬鞍山之麓。予今所卜築，即其故址也。咸淳辛未，先生上舍釋褐，授泉州教官，歷禮部架閣，轉從政郎。適元勝宋，遂不復仕。恒與同舍生邑人鄭樸翁輩私相嗟悼，以不能死國難報君恩爲愧。丙子，元兵破杭，有楊總統盡發越上宋諸陵墓，棄其遺骸於草莽中，人莫敢收。先生在越，痛憤不已，乃與樸翁佯爲采藥，偕行陵上，以草囊拾之，盛以二函，託言佛經，埋瘞越山，植冬青樹以志之，而哭之以詩。既而返於故鄉，隱居别墅，研窮經史，摘繪文章，教授學徒。其忠義之懷，每形諸言辭間，道德之士，聞其風者，罔不敬仰，識與不識，咸稱霽山先生。時爲會稽王監簿延致，與尋歲晏之盟，於是往來吴越殆廿餘年。戊申歲歸自武林，感疾；迨庚戌冬，卒於家。享年六十有九。所著文十卷，曰《白石稿》；詩六卷，曰《白石樵唱》。一皆本于忠義之所發越，傳誦江湖，膾炙人口。歷歲滋久，頗多散亡。乃者致政大尹葉公衡，出示先生《白石樵唱》，始末俱全。予又於《元音》中得先生《讀文山集》一詩；仍檢閲家藏舊書，僅得先生《白石稿》中記序賦銘而下，凡若干篇。其他製作，迄無尋究。予懼歲月逾久，散亡逾多，輒敢僭踰，正其亥豕，釐爲五卷，總爲一帙，題曰《霽山先生文集》。將鋟諸梓，以廣其傳，俾人人得以誦習詳玩，庶幾先生忠肝義膽，耿耿不磨也。竊嘗思之，予不幸而生於先生百年之後，弗克睹其容儀，親炙其教誨；猶幸而嗣居先生藏修之地，得以仰其高節，覽其遺文。此於逸稿，予不得不爲先生輯也。若其詩句之高古，文辭之典麗，自有諸先正之首引暨夫知言者之評論，有不待予贅辭。姑序其出處作述大略云。時大明天順七年癸未春三月下浣穀旦，賜進士文林郎廣東道監察御史後學吕洪書。録同前。

霽山先生集序

［明］遼藩光澤王

霽山林先生，宋度宗咸淳辛未太學釋褐，温之平陽人也。官止禮部架閣，轉從政郎。時宋爲蒙古侵逼，狩閩海，已不可爲國，先生遂引歸。晚與會稽胡汲古輩尋歲晏盟，終於武林。是集其所著者也。舊名《白石樵唱》，梓行者表以今名，欲觀者見其名，即知爲先生著也。先生爲詩文，刻意尚志，要不徒作。方蛟峰諸先生品評已有定論，兹不復贅。

按先生當宋帝昺祥興元年，蒙古以西僧楊璉真伽總攝江南釋教，於是年十二月入紹興，利宋攢宫金玉，盡發諸陵及大臣塚墓，凡一百一所。又欲裒諸陵骨，雜牛馬枯骼，爲鎮南浮屠。先生與嘗所交會稽唐珏，初不相謀，各私痛忿。貨家具，行貸得白金，爲酒食，陰召諸惡少，泣曰：『爾輩皆宋人，豈忍陵骨暴露？已造六石函，各紀年一字爲號，自思陵以下，欲以他骨收殯。』衆咸感諾，攜函如言收取，葬蘭亭山。移宋故宫冬青樹，植以爲識。此元陶九成《輟耕録》、今《續編綱目》及《史會編》諸書備載可信。但《綱目》《會編》獨采唐事而遺先生，而《輟耕録》則又唐、林具載而加詳，蓋九成去唐、林稍近，且悉有所本。又按九成載唐事間有詩，而篇少於林，恐唐於葬後嘗誦林詩於相知，故聞而述之者遂以爲唐之詩耳。嘗別考《皇明文衡》所載張孟兼《唐珏傳》，言葬骨事不及詩，此亦一證也。始予藏書頗多，先生集殊未之見。江陵東墅居士毛秀未仕時，嘗得舊刻本，甚重先生高義，間有手批注，遺予乞重梓行，以表暴于世。予額而快閲之，並旁考諸書，見其高義真行出於千古之上者，乃撫卷歎曰：『嗚呼！宋室何以養士，致既亡而獲忠義之報至枯骨耶！』由宋而上，而唐而漢，而三代季世，僅寥寥一見者也。先生真千古之大義士哉！安得顯微闡幽，執衮鉞之筆，以先生及唐義士之事建白于時，崇獎大義，封之高爵，比之祭法，徧立祠於帝王園陵所在，歲時崇祀，以爲大義之勸，用代宋諸陵銜德無窮之報歟！嗚呼，曠世相感，聖明之朝主張名教者，布滿在列，必有起而爲之者矣。因序其集，姑書以俟。嘉靖七年歲舍戊子冬十一月朔，遼藩光澤王書於博文堂之梅南深處。

録自清汪士鋐校刊本（嘉慶七年重刊本）。傑按：遼藩光澤王即朱寵瀼，明太祖第十五子遼王朱植曾孫，成化二十三年封光澤王。見《明史》卷一〇一《諸王世表二》。

霽山先生集序

［明］張　寰

昔劉夢得序《柳柳州集》，謂『八音與政通，文章與時高下』，其信然哉。然世有特立之士，其時所遭，雖沉淪拂鬱，而其氣與詞，則矯然有以自見，斯又係其人之所養，有不可以例觀者。宋自熙、豐以及元祐，天下不可謂爲盛治，要之綱維振挈，禮法修明，海宇號爲寧輯。當時忠賢輩起，相與伸其正議，以傾乎黨比，其治弛而復起，渢渢乎大音斯振，文詞宛然爲一王法。逮于宣和、靖康，國事日非，其文遂不復如往時之盛。南渡偏安，乾、淳、紹、嘉之間，顧道明於下，而經世之文出，然所謂以文爲專業者，已兆繁蕪琢削之病。淪胥於咸淳、德祐而極矣，蓋權憸嗣政，而勢與國爲存亡，椓天下之元氣而消靡之。士之懦者失其守，矯厲者決於遯，昌詞廢而私論作，文烏得而不降哉。而雕繪鍛煉之餘，尖新巧怪之習成，譬之年不順成，布帛穀菽之資乏，絺纖海錯匯然而前陳。宋末之文類如此，而終有不可廢者，噫，是孰使之然哉？其間如禮部架閣霽山先生林德暘氏者，當孤窮擯棄之日，斂其蘊蓄，而從事乎文，夷然自放，不怨不尤，往來平陽、陶山之間，自託宋之遺民。佗日結客舉義，潛易諸陵遺骼，俾脱裔戎之禍。噫，先生真烈士哉！吾嘗讀其《冬青》諸作，未嘗不泫然悲之，而壯先生之行也。己丑冬，予奉使永嘉，知先生爲郡之平陽人，欲徧索其文以觀。邑人葉舜華以家藏章祖程集注先生舊刻遺稿以獻，予得而卒業焉。蓋雅健清嚴，具合矩度，一洗當時之習尚，殆有盛際之風，而所謂『冬青』之句僅見耳。又怪先生所值之時下，而其氣與文，顧獨完厚如此，是難能也。詩凡若干首，文若干首，總之爲十卷，視舊刻加精焉。郡守丁侯點白謂走不可無言于簡首，而令尹馮君用先乃復欣然承命，捐俸入梓，予因之重有感焉。嗚呼，忠義之士，其氣概徹穹昊，貫金石，言之行世，愈遠常新，單詞半簡，如金晶犀貝，世皆得寶愛之，豈患其不傳耶？先生之文是已。然必舉其文盡行之，於以見宋季之未嘗無士。先生之詞，非徒工於悽惋之作，文固有不以時勢爲高下者，亦足以發論文者之端，此刻者之意也。顧今有司非職令所及者，鮮加之意，而一時守令之賢，其景賢右文之志如二君者，斯可謂賢也已。時嘉靖庚寅，吴下張寰書。冒刻録自明馮彬刊本，《温州經籍志》卷二三録自乾隆《平陽縣志》卷一九。

霽山先生集序

[明]陳　璋

余平陽霽山林先生，稟剛方之氣，本純正之學，仕宋季年。適元兵孔棘，先生度時不利貞，欲奮忠憤而無所用於死，乃遂遁跡江湖，惟潛拾宋諸陵遺骸而別埋之。然其志固有鬱邑侘傺者，用肆爲詩歌，泄其忠義之懷。如《商婦吟》《秦吉了》《孫供奉》《讀文山集》諸作，皆以明出處，正綱常；而《夢中作》，則尤其報國保身之證。君子謂其剛而能柔，故其剛不折；明而能晦，故其明不夷，先生其完人哉！然其正氣亘明宇宙，而文集傳之者日鮮。有海康桐岡馮君用先，以進士令平陽，存心古道，搜訪潛德，而與先生曠若相感，募其文而重梓之。梓成，命章生灝、陳生倡來徵余言爲序。余謂屈原《離騷》，雖出於忠君愛國之誠心，而其跌宕怨懟，不能自禁，遂至沉死，朱子猶以其有裨於三綱五典之重而發明之；而原之不獲伸于當年者，卒以見白於後世。若我霽山先生之作，毅而和，直而婉，而其忠愛惻怛之意，於人道益有助焉，顧可終泯没之哉？此用先之所以亟爲闡揚者也。昔朱子序《離騷》，末云『庶幾讀者得以見古人於千載之上，而死者可作，又足以知千載之下有知我者』。余愧未能窺先生之藴，而幸其遇知於用先也。用書爲序。嘉靖辛卯春二月，嘉議大夫大理寺卿樂清省齋陳璋書。冒刻録自明馮彬刊本。

霽山先生集序

［明］馮　彬

西涯翁擬古樂府詞，載霽山氏《夢中作》《冬青》詩，悽惋悲慨，予讀而哀之，恨不得觀其全帙爲歉。己丑竊官平陽，道出縉雲，適石川張先生奉使返自永嘉，邂逅間進予曰：『君知平陽，平陽有義士林德暘者，宋陵遭毁，糾義收瘞，節可嘉也。文詞雅正，不事雕刓，學可録也。闇停沉鬱，爲日已久，闡而揚之，有司責也。』余曰：『特非《夢中》諸作乎？余高其人久矣，夫何辭。』既抵治，閲月即訪其稿，得善本於民間，因釐正梓之；而石川君亦寄其所録者至。嗚呼，霽山氏其尚不泯哉！宋當易命，元政方殷，頑鄙庸鈍者，尚復希進。目故都猶傳舍，誰復顧之。霽山氏痛國淪夷，求無死所，遂逃名當世，依託山水間，以詩文自況，甘爲宋室遺民無愧言者。既而寢園遭禍，即奮身糾義，託名采藥，收遺骸而葬諸，樹以冬青，作詩紀之，其忠義爲何如？昔淵明不仕宋，《綱目》大書，彰世教也。及觀淵明諸作，託情述志，掇《雅》摛《騷》，達天知命之詞多，悼國懷君之念少，後世推評至重，亦尚夫其人耳。若霽山氏命詞得句，不忘宋室，體裁格韻，兼致風雅，正綱常，辨夷夏，吐心志，傷今懷古，達諸《黍離》無愧焉。余敢妄評其人，行義類豫讓，而時則違之；晦跡似淵明，而忠則著焉；悲憤似《離騷》，行不傷於激，而貞可教焉，其亦聞首陽之風而興起者歟！惜乎生於極浙，行實少著於天下，故史氏失傳，而人鮮有知者。余今承乏是邑，敢以庸鄙自委而没霽山之節哉？用是重刊斯集，俾傳廣於天下，使後世有史筆繼《綱目》者出，當必爲霽山氏表揚矣。書以俟。嘉靖辛卯春二月，海康馮彬書。冒刻録自明馮彬刊本，《温州經籍志》卷二三録自乾隆《平陽縣志》卷一九。

霽山先生集跋

[明]丁　瓚

古今扶綱常立人極者，忠與義而已。昔伯夷、叔齊恥食周粟，孔子賢之，賢其義也。張巡、許遠致身於國，百世祀之，祀其忠也。予觀霽山斯集，慷慨激烈，闊步遠視。冬青樹事，爲所難爲。於戲！宋亡久矣，此人此心，果何爲哉？忠義激之也。觀斯集者，厥有感於斯歟？厥有取於斯歟？嘉靖辛卯歲春三月，浙江按察司副使京口丁瓚跋。録自

《四庫全書》本《石倉歷代詩選》卷二二一《林景熙詩》附。

林霽山集序

［明］盧世㴶

霽山先生節義人也，而詩高妙若此。此舊刻紕紛，余略爲科揀，令歸條理。五七古近，以類相從。至文遂遠不逮詩，要凌勁之語，亦琅琅可讀，因並鈔數首，附諸卷末。《尊水園集略》卷七《鈔書雜序》。上海古籍出版社《續修四庫全書》第一三九二册影印清順治刻本。

霽山先生詩文集序

［清］汪士鋐

宋霽山先生《白石樵唱》，方蛟峰謂『詩家門户，當放出一頭』。曩從《遺民録》讀其選本，慨然想見其爲人。歲壬申春，從余邑大令武密靳公處得其全編，公欲授梓，屬爲校讎。會刺史固原，限期敦迫，不果鋟行，遂以鈔本見貽，攜其全帙以往。今年春，五鹽沈君天士移書相告，以宛陵梅君雪坪手授此集，將從事於剞劂，郵詩相示，有『五體願投牀下拜，野夫甘作老頭陀』之語，予爲之心動。適仲秋有事石城，與友人吴子綺園東巖刻之白下，沈君手自校定。會梅君雪坪亦至，爲言街南吴先生向有同志，因請兩君並序之。書成，將寄高平靳使君，見吾黨有心人不乏也。沈君爲崑銅先生難弟，有《五鹽》嵩集行世。康熙癸酉，古歙後學汪士鋐識。録自清汪士鋐校刊本（嘉慶七年重刊本）。

霽山先生詩文集序

［清］吴　菘

按遂昌鄭元祐書《林義士事跡》云：『霽山當楊總統發陵時，故爲杭丐者，背竹籮，手持竹夾，遇物即以夾投籮中。林鑄銀作兩小牌，賄西番僧曰：「餘不敢，望收其骨，高家孝家斯足矣。」番僧左右之，果得高、孝兩朝骨，爲兩函貯之，歸葬於東嘉。其詩有《夢中作十首》，僅得其三，曰：「一坏未築珠宫土，雙匣親傳竺國經。只有東風知此意，年年杜宇泣冬青。」「空山急雨洗巖花，金粟堆寒起暮鴉。水到蘭亭更嗚咽，不知真帖落誰家？」「喬山弓劍未成灰，玉匣珠襦一夜開。猶記去年寒食日，天家一騎捧香來。」』詩在當時，已忘其七，而《白石稿》中尚存其十之四，多寡不符，字句復異，是當時傳之者固已訛矣。其《冬青花》一首，即今集中詩也。又一首曰：『君不见羊之年，馬之月，霹靂一聲山石裂。』而羅雲溪所爲《唐義士傳》，則專以瘞骸屬之唐珏而不及先生，且載入《夢中》四絶句，與《白石樵唱》所載一字不易，何耶？又有《冬青行》二首，結云『君不見犬之年，羊之月，霹靂一聲天地裂』，三句又與林大同小異。安有一人之詩，林傳其三，唐傳其四耶？又安有一題之作，於唐爲結句，於林爲全章耶？陶九成《輟耕録》引羅、鄭二家之説，唐、林互載，各不相蒙。余按：唐珏初無詩集可據，而《宋遺民録》及金華張孟兼撰珏傳，亦未嘗言珏有聲于詩；惟林集中有《答唐玉潛》七律一首，則珏亦能詩者，世固不之傳也。夫當時玉步初更，唐與林或各行其志，或合謀其事，必皆潛匿不肯明言，而當世道其事者，因並傳其詩，或逸其半於殘篇斷簡之中，或隱其名於鄉里傳誦之口，故以林詩而入唐傳，容或有之。而明憲宗時續編《資治綱目》，遂獨載唐事，絶無一字及林。余甚惜林君以千古之義士發爲詩歌，而後人即借其詩以屬他人，至使名儒忠憤之事，反晦於傳疑者之手，不深可悲乎哉！今年春，武密靳公出其全帙，屬余授梓，遂與沈君天士、吴君晴巖、梅君雪坪、汪君栗亭、閔君賓連及予侄瞻泰相與讎訂，因旁搜往帙，附載鄭遂昌事跡一則、陶九成《輟耕録》一則、孔希普詩跋一則，以補原集之缺，而並使先生之節概，不爲唐君所掩，亦庶幾闡揚之一端也夫。康熙癸酉，歙州吴菘識。録同前。

霽山先生詩文集序

［清］吴瞻泰

霽山先生宋末名儒，爲詩沈雄悽惋，忠憤之氣，無所於託，而即物比興，以泄其胸中之蕴，固不徒以騷人文士目之也。賀裳《載酒園詩話》云：『嘗歎詩法壞而宋衰，宋垂亡詩道反振。讀林詩，真令人心眼一開。』可謂知林詩者已。元統間，章和父爲之補注，而詩益傳。元明以來，屢經刓劂，多所發明。後有毛君秀槧本，經百餘年復散佚。余從諸君校訂其詩，而因有疑於其事者四焉。按《元·世祖紀》，至元二十一年九月，以江南總攝楊璉真珈發宋塚，所收金銀寶器修天衣寺。《續資治綱目》載唐珏收葬陵骨事，分注於宋帝昺祥興元年戊寅十二月下。考之編年甲子，至元二十一年爲甲申，非戊寅；而宋祥興元年戊寅，則至元十五年也。羅有開《唐義士傳》載爲戊寅十二月十有二日，楊璉真珈帥徒役頓蕭山，發趙氏諸陵寢，其載唐珏詩曰：『犬之年，羊之月，霹靂一聲山石裂。』合兩詩觀之，與戊寅不合。謝翱《冬青樹引》云：『知君種年星在尾。』注：『星在尾者，歲在寅也。』其爲戊寅無疑。又考周密《癸辛雜識》，至元二十二年乙酉八月，楊髡發寧宗、理宗、度宗、楊后四陵，劫取寶玉極多。至十一月，復發徽、欽、高、孝、光五帝陵，孟、韋、吴、謝四后陵。而宋金華文集，則亦載爲乙酉正月。其歲月之不同如此，疑一。羅有開、張孟兼著《唐珏傳》，皆言唐貨家具，招里中少年往收遺骸。鄭元祐則言林爲杭丐者，鑄小銀牌賄西僧，收高、孝兩朝骨，爲兩函葬之。章祖程《注白石樵唱》又云：『楊總統盡發越上宋諸帝山陵，取其骨渡浙江，築塔於宋内朝舊址。其餘骸骨棄草莽中，人莫敢收。適先生與同舍生鄭樸翁等數人，相率爲采藥者，至陵上，以草囊拾而收之。』考《輟耕録》，唐、林互載，各不相蒙。惟明初孔希普《跋謝翺冬青引》有云：『林嘗與唐珏收宋遺骸於山陰，種冬青樹其上，刻志有「丙之年，子之月，冬青花，不可説」之句。』唐、林合稱，自孔君始，亦不知其何所據也。又謂先生乃王脩竹門客，與珏所爲，王蓋與知之。似乎王與唐、林共謀。而元人張丁《跋冬青引》，謂聞之黄文獻曰：『楊總統發宋攢宫，越中王脩竹出金帛與諸惡少，夜往收貯遺骨。』是又專屬之王監簿矣。會稽楊維楨《吊謝翺文》有曰：『異日楊璉發陵事，翺有陰移冥轉之功。』則似翺亦與其謀。惟《癸辛雜識》載：『楊髠發陵，起於天長寺僧聞，成於演福寺僧澤。掘時，有中官陵使羅銑者，守陵不去，力争，爲澤痛箠，以刃逐之。遂先啟寧、理、度及楊后四陵。理宗陵初起時，有白氣貫天。理宗之尸如生，其下皆藉以錦，錦下承以竹絲細簟。一小厮攫取擲地有聲，乃金絲所成。或云含珠有夜明者，乃倒懸其尸樹間，瀝出水銀，三日竟失其首。事竟，羅陵使買棺製衣收斂，大慟垂絶。至十一月，復發徽、欽、高、孝、光五帝及孟、韋、吴、謝四后陵。徽、欽二帝皆空無一物，徽陵有松木一段，欽陵有木燈一枚而已。高陵骨髮盡化，止存錫器端硯；硯爲澤所得。孝陵亦脱化無餘，止頂骨小片，内有玉爐瓶一副，古銅鬲一隻。若光陵與諸后，宛然如生。羅陵使亦如前棺斂，後悉從火化。』又無所謂唐與林者。其收葬人名不同如此，疑二。張孟兼《傳》，唐珏收葬蘭亭山。鄭元祐《事跡》，則謂林歸葬東嘉。地不同，疑三。且唐造石函六，刻紀年一字爲號，自思陵以下，隨號收殯。林則止收高、孝兩朝骨，有『雙匣親傳竺國經』之句。而周密《雜識》，則紀帝后陵共十有三。其數不同，疑四。然而唐、林合謀，則確有可信者，予則徵之冬青以爲證。夫使唐與林各行其志，何以樹冬青爲識，不謀而合？且雲溪爲《唐傳》有《冬青行》二首，林集亦有《冬青花》一首，謝翱《晞髮集》有《冬青樹引别玉潛》詩；而林集亦有《酬謝皋父見寄》詩，末云『餘哀散林木，此意誰能知？夜夢繞句越，落日冬青枝。』數人之詩，皆託冬青以見意，如出一手。蓋當時林與唐與謝，皆忠義之儔，相友善，而王脩竹又招致賢士，爲歲晏之盟。此數人者，必同與斯謀，而潛踪畏禍，皆不自言，故當時傳之者往往不同；至於詩歌，感慨激昂，則有不能掩者。若以林詩而入唐傳，且并林事而遺之，以爲信史，豈不使乾坤正氣之士，埋滅於荒榛蔓草中乎？余故序其疑，復核其信，以俟博古者采而論列之云。康熙癸酉，新安吴瞻泰謹識。録同前。

霽山集跋

［清］朱之赤

丙寅立春後三日，祀竈畢，顧開林持此見還。燈下復閱半部。次日晨起雨甚，獨坐，遂終後卷。臥菴老人。録自《永嘉詩人祠堂叢刻札記·霽山集跋尾》。

四庫全書總目卷一六五林霽山集

［清］永　瑢等

宋林景熙撰。景熙一作景曦，字德陽，温州平陽人。咸淳七年太學釋褐，官禮部架閣，轉從政郎。宋亡不仕。會札木揚喇勒智（原作楊璉真伽，今改正）發宋諸陵，以遺骨建鎮南塔，景熙以計易真骨葬之，其忠義感動百世。然諸書或以其事歸唐珏。今考此集載《夢中作》四詩，與諸書所載珏作同。珏他詩不概見，而此四詩詞格實與景熙他詩相類。且『雙匣親傳竺國經』句，與景熙葬高、孝兩陵之説合，與珏同葬諸陵之説不合。考集中有《和唐玉潛》一詩，玉潛即珏之字，則二人本屬舊友，或當時景熙與珏共謀此舉，其事秘密，傳聞異詞，遂訛以爲珏作也。所著有《白石稿》十卷，皆其雜文；又有《白石樵唱》六卷，皆諸體詩。元統甲戌，崑山（傑按『崑山』爲崑陽之誤）章祖程爲其詩集箋注，傳本僅存。其文集遂就散佚。此本乃明天順癸未其鄉人監察御史吕洪所編，以章祖程所注詩集併爲三卷，增以《元音》所録《讀文山集》詩一篇；又捃摭遺文，得記十四篇、傳一篇、説一篇、文一篇、序十三篇、墓志六篇、銘一篇，釐爲二卷。嘉靖戊子，遼藩光澤王得江陵毛秀校本重刊，附以秀辨證一篇，於《白石樵唱》題卷一、卷二、卷三，《白石稿》題卷四，卷五。書名各别，而卷數相屬，驟閲之，似《白石稿》佚其前三卷者，殊不了了。國朝康熙癸酉，歙縣汪士鋐等重刊，乃總題曰《林霽山集》，較有體例，今用以繕録焉。中華書局一九六五年影印清浙江杭州本。

四庫全書簡明目録卷一六林霽山集

[清]永　瑢等

宋林景熙撰。原本殘闕，此本乃明天順中吕洪所編。凡詩集三卷，附以元章祖程注，猶《白石樵唱》之舊本；文集二卷，則《白石稿》散佚之後掇拾而成也。景熙收宋陵遺骨，忠義之風，震耀百世。其詩文風骨高秀，亦宋末所稀。上海古籍出版社一九八五年重印本。

林霽山集跋

[清]李　福

林山人，天水故老也。當天水大故之日，妄人騁跡内地，痛極九函。山人集會稽諸年少，遷陳死之骸於蘭亭山，斯能爲人之所不能爲者哉！夫人遇當死之時，死不可也，文文山是也；其生也有所爲，生之亦可也，林山人是也。故其死於至大之世也，有不可與文山同死者也。至其古文之所得，自述於集内《脩竹集序》《静山集序》矣，又有諸故老敘言盡之，故可以不言。甲子春二月四日，李福集禊帖字跋於愛吾廬中。録自《永嘉詩人祠堂叢刻札記・霽山集跋尾》。

蕘圃藏書題識卷八集類二林霽山集

[清]黄丕烈

此林霽山先生《文集》《詩集》各一册，係舊鈔，每册俱有古吴姚宗甲剩頑手録字樣，知即其人所鈔。惜其人姓氏雖存，而時代究未得其詳，惟臥菴老人有題跋，其人固素藏書者。是書向爲翁春泉舊藏，余於五六年前曾一見過，因索重直，故未之收。今春泉已作古，而其書籍散亡，伊甥李子仙代爲存儲。是册余從子仙轉購，易白金四金去。余家林集有四古堂鈔本，卷端鈐提督江南總兵官印，書法頗精，與此略異。取對此册，少嘉靖戊子遼藩光澤王序，文末少附補遺，詩末少附補遺。異同四首，分卷却同，未知何故？近時書目又有五卷本，不識其編次若何矣。甲子夏五月三日，黄丕烈。中華書局出版《清人書目題跋叢刊》之六。

遼藩本霽山先生集跋

[清]黄丕烈

余家向藏《林霽山集》有三本，其一爲明刻本，其一爲姚剩頑手録本，其一爲四古堂鈔本，未嘗校其異同也。頃書友攜一本示余，余取勘舊藏諸本，並以新刊知不足齋叢書本參之，方知注《白石樵唱》者爲章祖程，蓋元人；取詩文而合刊之者爲吕洪，蓋天順時人也。繼此則有二刻，一爲遼藩本，在嘉靖戊子、己丑間；一爲馮平陽本，在嘉靖庚寅、辛卯間。遼藩本章祖程注不全，馮本載章注而詩多敘次顛倒割裂。鮑刻敘次據遼藩本，其注多據馮本，今世行本差善矣。然余喜舊本，故有注之馮本已得刻本真面目；惟遼藩本無之，近所獲者是也，特鈔本非刻本耳。詩後較舊藏新刻多毛秀跋，即遼藩本所出之人，似爲諸本所未備。以番餅一金得之。暇日當取冯本並儲，兩鈔本似可廢矣。復翁。

是書破爛不堪，首尾各有脱落，卷中亦多餅紙。書友索青蚨二金，余曰：『稍爲整理之酬，番餅一枚可耳。』書友如余言，草草補綴，略可展玩。因據姚剩頑手録本，手補缺失。蓋遼藩序言，惟姚本有之，餘本俱未有也。大凡書之殘毁者，苟寓目，無不爲之留心成全，區區愛古之私，古人有知，其憐我乎？甲戌九月之望晨起，復翁又識。録自《永嘉詩人祠堂叢刻札記·霽山集跋尾》。

士禮居藏林霽山集跋

［清］夏文燾等

丙寅春日，夏文燾、吴廷華、陶賡、董國琛同拜觀於士禮居，讀竟，未及借鈔，因識。越日，吴嘉泰借讀。録同前。

霽山先生集跋

［清］鮑正言

霽山先生以忠義之氣，發爲詞章，聲情綿邈，音節悲凉，足以凄金石而泣鬼神。元統甲戌，崑陽章祖程爲之評注，頗能得其用意所在。明天順間，鄉人吕洪綴緝墜亡，編詩若文爲五卷，始大行於世。迄今垂五百餘年，代有傳刻，殆天留以續屈子《離騷》、杜陵詩史，豈偶然哉！惜嘉靖中遼藩光澤王重刊，删除章注殆盡；同時馮彬亦有刻本，則又任意割裂，失其本真，幸章注賴以獲全，是亦不爲無補耳。至我朝吾鄉汪士鋐復據遼藩本開雕，而世漸不知有章注矣。予祖通介老人嘗讀而病之，暇時盡出藏本，命正言參校，刻入叢書。既竣，謂正言曰：『先生孤忠亮節，自在天地間，不必以詩傳；即詩亦何必藉我以傳，所以區區爲此者，庶幾崑陽之注，或由此不致泯没爾。卷後補遺詩文四首，乾隆庚辰永嘉張潛哉先生抄贈。潛哉以平陽久無其書，從予家抄録以歸，將壽諸梓。别後不復相聞，忽忽已五十餘年矣。汝其均爲我識之。』正言謹志。時嘉慶十五年歲次庚午七夕。

録自鮑刻知不足齋叢書本。

霽山先生集跋

［清］蘇　璠

宋林霽山先生詩文集五卷，明天順間鄉先生監察呂公洪所刻，歲久版已散失。璠幸生霽山舊里，復後呂公居趙奧别業遺址，寤寐流風，夙欲重鐫其集，蒐輯彙載，廑始成編，又苦無善本可覆校，迄未授梓。今秋至武林，聞歙西鮑渌飲先生彙刻《霽山集》於知不足齋叢書，因急買舟訪先生於青堆寓廬，索書見示，則已裒然成帙矣。抽擷之下，竊歎先生以番番黄髮，猶復好古不倦，而璠蓄志有年，仍瞠乎先生之後，爲可愧也。卷末有先生文孫跋，言乾隆庚辰，有永嘉張潛哉先生，曾以平陽久無《霽山集》，從先生家鈔録以歸，將壽諸梓之語。璠讀次，因語先生，潛哉名綦毋，平陽明經，非永嘉人也。生平好古，工吟詠，今殁已久。所鈔録《霽山集》亦散佚無存矣。相與歎息久之，遂語播云：『余於是書，五十年前曾與潛哉有重刻之約，今書適成，而子於千里之外復不期而會，且皆霽山鄉人，足見文字因緣。子盍爲記其事？』播自念有志未逮，今幸觀是刻之成，霽山忠義之氣既不墜於地，而播之夙志亦藉以償矣。因不辭固陋，謹述一時欣歎之懷，而爲之跋。嘉慶十有五年八月望後日，後學蘇播謹志。録同前。

姚鈔林霽山詩文集跋

［清］毛端海

此書爲古吴姚氏手鈔，不知何以歸臥菴老人朱之赤收藏，印文燦著。後乃存於翁春泉齋中，而蕘圃黄君始得見之。求之不獲，又從其甥李福子仙手購得是編，方能滿願。世之好古家，知所珍愛，往往以不得把玩，交臂相失爲悵；及其偶然相遇，或且力不從心，又或以驕吝，故白眼視之，此莊生所謂視肉者流，難與語古矣。展卷不勝三歎，感喟彌日。順甫學人毛端海志。録自《永嘉詩人祠堂叢刻札記·霽山集跋尾》。

姚鈔林霽山詩文集跋

［清］陳德大

咸豐丙辰年，得自毛順甫先生家。邱季美爲分戊午夏六月，從鮑渌飲刻本校異文數處。章注既經删者，不復録矣。此册爲朱臥菴藏本，後有真跡跋語，洵册府瑰寶。朱臥菴、李子仙均有校勘，故所校以朱筆爲别。桐溪懶民陳德大。録同前。

甌海軼聞卷一六林架閣景熙

［清］孫衣言

按：霽山所著文十卷，曰《白石稿》；詩六卷，曰《白石樵唱》。《白石樵唱》有鄉人章祖程注，而文多散佚。明天順間，鄉人廣東道監察御史吕洪，既得《白石樵唱》於葉大尹衡，又於《元音》中得其《讀文山集》一詩，又於家藏書中得其雜文三十七篇，於是併《白石樵唱》爲三卷，釐其雜文爲《白石稿》二卷，總爲五卷而刻之，題曰《霽山先生文集》。今長塘鮑氏知不足齋所刻即此本也。吕公序云（引略）。吕公此序，今鮑刻以冠集首，可以略見先生出處之跡及其生卒年月，又知吕公居先生趙奥遺址，皆可爲吾鄉文獻之徵。惟《郡志》不爲吕公立傳，姓名僅見《選舉志》，而又以廣東道監察御史爲廣東按察使，亦爲失考。

又按：長塘鮑以文廷博搜訂《林霽山集》，刻之知不足齋叢書中，時在嘉慶十五年庚午，以文年逾八十矣。其孫正言，爲之跋後，謂（引略）。又平陽蘇石緣跋云（引略）。按蘇璠字仲璵，平陽諸生，亦好古能吟詠，藏書甚富，而尤精於摹印，故自號石緣。……霽山忠義之烈，當與文山、疊山並在天壤，固不待文字以傳；而石緣以鄉里後進，能勤勤於先輩遺書，千里買舟，獲見通介，簡末數言，亦將附以不朽。

又按：章祖程和父《白石樵唱注》，其自稱曰『崑陽後學』，即霽山《崑巖》詩注所謂『崑山在州治西南，巨巖冠其顛。世稱崑陽，即指此山』者是也。今《四庫全書提要》以爲『崑山章祖程爲其箋注』，似誤爲江南之崑山，蓋不知祖程固平陽人也。《霽山祖陶宗杜》。《温州文獻叢書》第二輯張如元校箋本，上海社會科學院出版社二〇〇五年出版。

温州經籍志卷二三霽山先生集

［清］孫詒讓

案霽山林架閣景熙，萬曆《温州府志·忠節傳》、雍正《浙江通志·義行傳》、乾隆《平陽縣志·忠臣傳》並有傳。所著雜文曰《白石稿》，明時已不存；惟詩六卷曰《白石樵唱》者，尚有傳本。天順癸未，平陽吕洪輯其佚文，並《白石樵唱》，釐爲五卷刊之。後遼藩光澤王及國朝汪士鋐，皆爲復梓。嘉靖庚寅，邑令馮彬又别編定爲十卷，焦氏《經籍志》及《千頃堂書目》所載，殆即其本。國朝鮑廷博復以各本合校付刊，其本最爲精備，後附補遺詩文六篇，則平陽張歲貢綦毋所鈔補也。霽山風節冠世，其詩格律高秀，尤足洗宋末江湖詩派之淺俗。其拾宋陵遺骨事，章祖程《白石樵唱注》及鄭元祐《遂昌雜録》所載甚詳。羅有開《唐義士傳》（陶宗儀《輟耕録》四）、張孟兼《唐珏傳》（《明文衡》五十九）並屬之會稽唐珏；吴瞻泰跋據集中與唐玉潛詩，定爲霽山與唐同爲之事，最爲精確。至《遂昌雜録》載霽山《夢中作》詩十首而亡其七，又有《冬青花》二首。考此集三，《夢中作》詩實止四首；又《冬青花》詩一首，則與鄭所紀前一首略同（此集《冬青花》詩較鄭録多四句，文亦小異），而無所謂第二首。至羅《傳》則云《夢中作》四首（此所紀篇數與《霽山集》合）及《冬青花》兩詩並係玨作（張《傳》所載事跡與羅《傳》同，惟不載四（傑按，原本作「三」，筆誤）詩，蓋疑而缺之）；厲氏《宋詩紀事》七十五亦謂『《夢中》詩係唐玉潛作，云景熙作者非』。考今所傳集中詩三卷，即章宜竹所注《白石樵唱》。宜竹親及霽山之門，其注本斷不至誤收他人之作；至鄭所紀《冬青花》兩詩，使果出霽山手，則章本尤不宜遺之。參互校檢，蓋《夢中作》四詩及鄭録《冬青花》第一詩，的爲霽山作無疑；至《冬青花》第二首，則又自係唐作，與林作絶不相蒙。徒以其事隱秘，傳聞異詞，記者因唐、林二公同事，遂並其詩牽合爲出一手，記唐事者並屬之唐，記林事者又並屬之林，不復能區別。倘非兹集尚存，則此重詩讞，無由決其是非矣。至於葬骨之地，諸書復多差互。章氏《夢中作》詩注謂葬於越山，張《傳》謂葬蘭亭山，鄭《録》又謂歸葬東嘉。以《夢中作》第三詩『水到蘭亭轉嗚咽，不知真帖落誰家』之句推之，則葬於越山無疑。宜竹詩注及張《傳》所言並不謬也（謝翺《晞髮集》七《山陰道中呈鄭正檏翁》詩云：『越樹夜啼鳥，禹陵冬落花。』亦足爲陵骨葬越山之證。鄭亦與林、唐二公同拾陵骨者也）。拾陵骨事，爲宋末遺老奇節之一，記載齟齬，明陶宗儀諸人辨之並不得其要領，今因録先生遺集，附訂其一二〕。其他小小異同，則不復論。民國十年浙江公立圖書館校刊本，《温州文獻叢書》第一輯，上海社會科學院出版社二〇〇五年版。

温州經籍志卷二四白石樵唱注

［清］孫詒讓

案宜竹章處士祖程，乾隆《平陽縣志·文苑傳》有傳。霽山先生身丁國難，蜚遁以終，感事憂時，悉形篇什，而痛懷故國，未敢訟言，《樵唱》一編，辭多隱托。宜竹親及霽山之門，見聞最悉，其《白石樵唱注》，疏通證明，多得霽山微旨；至於詩中本事，考核尤詳。如《避寇海濱》詩注，載庚寅山寇發，霽山避地仙口；《哭德和伯氏》詩注，載霽山有季弟字德淵，先逝；《王脩竹監簿名樓曰與造物游》詩注，載霽山游越，多居王氏莊子上（並卷一），並足考見霽山平生蹤跡。又宋末遺民與霽山往還唱和者，如薛監簿名肩夔，永嘉人；柴主簿名傑，周計院名埏（並卷一），曹許山名稽孫，並瑞安人（卷二）；曹近山名告春，字問農，平陽人（卷三）。諸人皆府、縣《志》所未詳，而此注並能詳其籍貫事跡。雖陶山十詠原題《和鄧牧心》（卷二），注不知牧心爲鄧牧字；又《懷葉鄧二友》詩（卷三），注不知葉爲葉林，與鄧牧同爲洞霄宫道士（以上二條，鮑廷博刊本並據鄧牧《洞霄圖志》

補注），亦偶有疏漏，然全書元元本本，精審居多。霽山詩之有是編，亦如山谷詩之有任淵注、荆公詩之有李壁注矣。同前。

霽山先生集跋

［清］蔣鳳藻

余催饟豫章，道出滬上，得此集於郁氏宜稼軒中，遂攜諸行篋。及抵省垣之離城六十里樵舍，疾風驟雨，船覆溺水，此書亦遭是厄。亟即命工收拾，幸無殘失。嗚呼，亦甚可危矣。旋以汪柳門學使借録見還，暇日展玩，偶記於後。光緒五年己卯十月念八日，香生蔣鳳藻識於九江寓齋。

黄氏士禮居藏《白石樵唱》鈔本有三，余於秋間先得一本（多毛秀跋）于郁氏宜稼軒中矣。此本係藏陳氏曾鼎山房。陳氏宦居吾蘇，今書友自蘇函示，爰以番蚨六餅得之。香生識於滬上。

光緒五年季冬得之，以志欣喜。蔣鳳藻記。録自《永嘉詩人祠堂叢刻札記・霽山集跋尾》。

藏園群書經眼録

傅增湘

《霽山先生詩文集》五卷，宋林景熙撰。康熙癸酉春沈天士刊本，沈崑銅之弟也。有古歙汪士鋐序，方逢辰《白石樵唱序》，章祖程和父《題白石樵唱》元統甲戌。章祖程《注白石樵唱》序，鄭僖《書白石樵唱注》，至元元年十月。遼藩光澤王重刊序，嘉靖七年。吕洪序，天顺七年。據吕洪序稱，文十卷曰《白石稿》，詩六卷曰《白石樵唱》，歲久散亡，乃從葉公衡得《白石樵唱》，又從藏書中檢得序、記、賦、銘而下如干篇，釐爲五卷云云。按此刻出於遼藩本，删去章注，鮑正言重刊乃增入之。帶經堂見，丙寅。

霽山先生《白石樵唱》六卷，宋林景熙撰，元章祖程注。明刊本，十行十八字，黑口，四周雙闌。次行題『知平陽縣事海康桐岡馮彬用先校正重刊』。前有嘉靖庚寅張寰序。鈐有季滄葦各印，又『儐儒堂』印、『雛鳳王孫』印。邃雅齋送閱，丙寅。

霽山先生集跋

冒廣生

右《林霽山集》五卷，明天順間平陽吕侍御所輯；末後補遺詩文四首，則乾隆時張明經抄贈，鮑氏據以刊入知不足齋叢書者也。霽山詩文略盡於此，遍查《温州府志》及各《縣志》，均無可補者。惟《歸田詩話》有霽山一詩，則此集所無，亟録於後。《詩話》云：『宋衛王即位海上，秀夫爲首相。時播越海濱，庶事疏略，每朝會，秀夫獨儼然正立如治朝。雖流離中，猶日書《大學》章句以勸講。及厓山兵潰，秀夫先驅其妻子入海，即負帝同溺。或畫爲圖者，石田林景熙賦詩云：「紫宸黄閣共樓船，海氣昏昏日月偏。平地已無行在所，丹心猶數中興年。生藏魚腹不見水，死抱龍髯直上天。板蕩純臣有如此，流芳千古更無前。」詞嚴義正，足以發明其心事。』云云。又《東甌詩集》載霽山《蘆溝曉月》七絶一首云：『蘆溝橋西車馬多，山頭白石照清波。氈廬亦有江南婦，愁聽今人出塞歌。』霽山蹤跡未至北方，此詩疑非出其手。《東甌詩集》爲蔡璞選，《續集》爲趙諫選，並弘治間樂清人。其書舛謬觸目皆是，如葉適《朱娘曲》，乃誤以爲薛季宣作；趙師秀《十里》詩，乃誤以爲葉適作，如此等類，不可枚舉，未足據爲典要也。甲寅十月，冒廣生寫畢記。録自民國四年永嘉詩人祠堂叢刻本。

霽山先生集跋尾

薛鍾斗

右諸跋語（傑按：指所録丁瓚、臥菴、李福、黄丕烈、夏文燾、吴嘉泰、毛端海、陳德大、復翁、蔣鳳藻諸家十三則跋語），見吴仲懌侍郎重熹所藏《霽山集》。侍郎録以寄冒先生者，爲補于此。

遂昌鄭元祐書林義士事，校《平陽志》本傳，事有不同，文亦稍詳，應補刻其上。

《歸田詩話》稱『石田林景熙』，『石田』疑其別號。《永嘉日記》云：『此詩亦有傳疑，《吴禮部詩話》以爲盛元仁作。《詩話》云陸秀夫抱幼主沉海，諸公作挽詩，惟盛元仁一章爲冠云云，盛號虎林。據此則挽陸秀夫詩亦不出霽山手。元仁名彪，臨安人，官至鎮江學正。然禮部所云，不如《歸田詩話》較詳，姑兩存其説可耳。』

《東甌詩集》有霽山《蘆溝曉月》一首，冒先生疑其蹤跡未至北方，疑爲贋鼎。嗣先生檢朱竹垞《日下舊聞》，果陳子上高詩，因占一詩以志其事，詳見《永嘉日記》『蘆溝曉月詩案』條。

《霽山集》係章祖程注，世盡知者。今觀注外有作『案』者四處，作『批云』者三處。光澤王序稱江陵毛秀『間有手批注』云云，是殆毛之手筆與？其作『廷博案』者，則鮑正言之祖渌飲知不足齋主人也。

窆宋遺骸事，吴菘、吴瞻泰二序辨之至詳。唯泰以樹冬青爲識，不約而同，爲唐、林合謀之證。今觀集中《答玉潛》詩，有『横琴妙在無弦處，何必知音有子期』，似二人初不相謀，後始相聞。此意後人未見及。

近人陳去病《五石脂》稱别見德暘所撰《王氏園記》。今觀集中，僅有《陶山脩竹書院記》及《王脩竹詩集序》，無所謂『園記』者。附志俟考。（傑按：林撰《王氏園亭記》，原集失收，鮑刻補遺亦未輯録。該文見載乾隆《紹興府志》卷七二《古跡志二・園》，今已補輯編入林集卷四）

宋六陵，今在紹興府城東南攢宫山，亦稱攢宫步。未至陵，半道有唐、林二義士祠，甚隘，即祀唐玉潛、林霽山者。有聯云：『未許髡胡驚帝魄，幾經杜宇守天章。』又云：『一樹冬青懷義士，千秋香火近思陵。』又有阮元題額云：『義存蜕玉。』此甲寅春間客杭聞之山陰友人者，兹憶録之。《永嘉詩人祠堂叢刻札記》，民國二十年敬鄉樓黄氏補版《永嘉詩人祠堂叢刻》附。

霽山先生詩集校注跋

李　笠

上章君灘孟陬，友人以鈔本《白石樵唱》一册見眎，都五卷，丹黄粲然，鄉先輩署名校讀者，凡三人：曰韶甫，即蕖田孫鏘鳴也；曰衣言，即韶甫兄琴西也；曰邃某，即管氏甥也。卷末有邃翁跋云：『所據以校正者，爲明人蔡璞、趙諫《東甌詩集》，更欲校鮑氏知不足齋本《霽山集》而未果。』邃翁，蓋即邃某。《東甌詩集》正集，蔡璞纂；續集，趙諫纂。二書余俱未見，未能爲之覈定也。民國初元，如皋冒鶴亭刊《霽山先生詩集》於永嘉，即以鮑刻爲藍本，亡友薛儲石以《歸田詩話》《宋金元詩永》《宋詩鈔》《廣羣芳譜》對勘，多所是正。笠謂：霽山先生詩，雄渾古茂，高出四靈之上。平居恒欲爲之作注，數年以來治《毛詩》《爾雅》《素問》《史記》諸書而未暇也。今覩是册，頓觸宿懷，亟假歸與冒刻互讎，則編次各異，刻本詩多五十許首，而鈔本卷四所載《太學同舍徐應穮誓義沉井後十年衆爲營墓立碑私謚貞節先生》一首，刻本無，薛校亦未補收入，因録附於末。至於文字之訂正，有與薛校默合者，有與薛所未及者，並爲列入；諸家評語，亦采録以資印證。今雖未能詳加詮釋，如惠定宇之於《漁洋精華録》，而視章祖程之舊注，亦不爲無補矣。録自《甌風雜志》第十一期，温處仿古印書局民國二十三年十一月出版。　傑按：《太學同舍徐應穮誓義》一詩見載《霽山集》卷三，此云『刻本無』誤。

關於章祖程注及毛秀批注

陳增傑

章祖程的《白石樵唱注》，是宋元人注本朝别集中質量較高的一部，本書《前言》中已作介紹。明代《霽山集》初刻本即吕洪天順刻本，詩集即取自章注《白石樵唱》。其後明嘉靖遼藩光澤王本、清康熙汪士鋐本、乾隆四庫全書本皆删略章注（汪本、四庫本僅存題下注，且有節略），明嘉靖馮彬本、清嘉慶鮑廷博知不足齋叢書本保存了章注，流傳至今。

鮑刻本章注外有作『案（按）』者四處，作『批云』者三處。薛鍾斗《永嘉詩人祠堂叢刻劄記·霽山集跋尾》云：『光澤王序稱江陵毛秀「間有手批注」云云，是殆毛之手筆與？』遼藩光澤王《霽山先生文集序》中確有這樣的話：『始予藏書頗多，先生集夙未之見。江陵東墅居士毛秀未仕時，嘗得舊刻本，甚重先生高義，間有手批注，遺予乞重梓行，以表暴於世。』但上述夾在注文中的七處案批語是否即毛氏批注，須作具體分析。現先把這些案語批文引列如下：

（一）卷一《南山有孤樹》題下　案：先生所居州治後白石巷中，南對崑巖，巖之上有一老松，常有烏集其上。故先生因之發興成詩，以寓其出處之意。

（二）卷二《故宫》『王氣銷南渡』句下　按：咸淳甲戌，天目山崩。説者以爲天目爲杭之主山，山崩則王氣盡矣。

（三）卷二《毗陵太平寺院壁間畫山水》『靈鰲東轉坤軸動』句下　案：鰲山流轉事，近世君子多引之，以喻世變，最爲切當。如李兩山詩：『靈鰲東轉千山動，神駿西馳八極空。』

（四）卷二《原易》篇末　按：此篇全以《負苓者傳》主意，故末句以負苓人爲斷也。然中間頗涉異端，豈先生以文爲戲耶？

（五）卷一《哭德和伯氏六首》之一　批云：詩意可憐。

（六）卷二《雜詠十首酬汪鎮卿》之九　批云：予嘗見文公遺像，鄧中齋題云：『目煌煌兮疏星曉寒，氣英英兮疾雷殷山。頭碎柱而壁完，血化碧而心丹。嗚呼！孰謂斯人不在世間。』此作尤儁拔也。

（七）卷二《送俞舜舉壽乃翁七十》末二句　批云：人生此樂，豈易得耶。

這七處案批，從内容可以作出判斷。三處『批云』，殆出毛氏批注；而作『案（按）』者四處從案語細看，乃爲章注原文，不當歸屬毛秀。理由是：其一，案（1）（4）都尊稱

『先生』，是『後學章祖程』的口氣。其二，案（1）記景熙居處州治後白石巷南對崑巖老松，若非『同里』、『親及霽山之門』熟悉地理環境者不能詳明如此。其三，按（2）所説『咸淳甲戌，天目山崩』，咸淳甲戌爲宋度宗咸淳十年（一二七四）；案（3）所舉『近世君子』『如李兩山』，李兩山即李思衍，鄱陽人，景熙詩友（林集卷二有《李兩山侍郎仲氏儒而醫解后會稽索詩識别》詩）。它所涉及的人和事都不是遥離那個時代的毛秀能够貿然措筆的，其爲章氏注文原案，當無疑問。

書録

弘治温州府志卷一八書目　　王　瓚、蔡　芳

《白石稿》《白石樵唱》，林景熙撰，今共曰《霽山文集》。

嘉靖温州府志卷三林景熙傳　　張　璁等

所著有《霽山文集》十卷。

國史經籍志卷五集類　　焦　竑

林景熙《霽山集》十卷。

續文獻通考卷一八〇經籍考集部上宋　王圻

《霽山集》，林景熙著。

千頃堂書目卷二九　黄虞稷

林景熙《霽山集》十卷。

宋史藝文志補集部　倪燦

林景熙《霽山集》十卷。温州平陽人。

雍正浙江通志卷二四八經籍八　嵇曾筠等

《霽山集》十卷　萬曆《温州府志》：林景熙字德陽，平陽人。所著有《白石稿》《白石樵唱》，後人刻爲《霽山集》。

欽定續文獻通考卷一九〇經籍考五十　曹仁虎等

林景熙《霽山集》五卷。

乾隆平陽縣志卷一九文藝上經籍　杭世駿、徐恕

《霽山先生集》十卷　宋林景熙著。按先生有《白石樵唱》六卷、《白石稿》十卷。明天順癸未同里呂洪總螯爲集，嘉靖辛卯邑令馮彬重梓行世。

四庫全書總目卷一六五集部别集類一八　永瑢等

《林霽山集》五卷，浙江巡撫采進本。

補元史藝文志四別集類　錢大昕

林景熙《霽山集》十卷。集名《白石樵唱》。

善本室藏書志卷三一集部　丁　丙

霽山先生《白石樵唱》六卷，文集四卷，明嘉靖刻本。王蓮涇藏書，有蓮涇、太原叔子藏書記兩印。

皕宋樓藏書志卷九三別集二七　陸心源

《霽山先生詩文集》五卷，明抄本。宋林景熙撰。方逢辰序，章祖程序，鄭僖序。

振綺堂書録集部宋別集　王遠孫

林霽山《白石稿》四卷，《白石樵唱》六卷。宋林景熙撰。明嘉靖馮彬刊本。

温州經籍志卷二三集部別集類四　孫詒讓

林氏景熙《白石稿》十卷，見吕洪《霽山文集敘》。闕。《霽山文集》本存二卷。（嚴寶善校補：北京圖書館藏嘉靖十年馮彬刊本，《白石樵唱》六卷，《文集》四卷，共十卷。）

《白石樵唱》六卷，見章祖程《白石樵唱注敘》。存。《霽山文集》併爲三卷。

《霽山先生集》五卷。見《四庫全書總目》一百六十五、《國史經籍志》五。《千頃堂書目》二十九、《宋史藝文志補》並作十卷。存。康熙癸酉汪士鋐刊本，鮑氏知不足齋叢書本。（嚴寶善校補：北京圖書館藏天順癸未吕洪刊本爲文集五卷，又藏康熙癸酉汪士鋐刊爲詩文五卷、附録一卷。永嘉詩人祠堂叢刻本。）

增訂四庫簡明目録標注卷一七集部五

邵懿辰、邵　章

《林霽山集》五卷，宋林景熙撰。原本殘缺，此本乃明天順中吕洪所編。明天順癸未刊本，明嘉靖辛卯平陽令馮彬刊本十卷，知不足齋本。

［附録］知不足齋本，乃以馮刻及汪士鋐本合校而成者，其底本均歸余家。（詒讓）

［續録］明成化中吕洪刊本，從宋本出。明嘉靖戊子遼藩光澤王刊本。明嘉靖辛卯平陽尹海康馮彬重刊本十卷。清康熙癸酉汪士鋐刊本。

附録二　傳記古跡

東甌詩集卷五林景熙傳

［明］蔡　璞

林景熙，字德陽，號霽山，平陽人。咸淳間由太學釋褐，授泉州教官，遷禮部架閣、從政郎。適元勝宋，遂不復仕。元兵發宋諸陵，棄其遺骨，人莫敢收。先生在越，佯爲采藥，以草囊拾之。又聞理宗顱骨爲北軍投湖中，以錢購漁者舉網而得，乃盛二函，託佛經葬於越山，植冬青樹志之，而忠憤形諸篇詠。所著有《白石樵唱集》。温州圖書館藏明弘治十六年刻本。

弘治温州府志卷一一人物二忠義宋林景熙

［明］王　瓚等

林景熙，字德陽，號霽山，平陽人。宋上舍釋褐，歷泉州教授，禮部架閣。丙子，元兵破杭，河西僧楊勝吉祥從伯顔在軍上，遂盡發越上宋諸帝山陵，取其骨渡浙江，築塔于宋内朝舊址，其餘骸棄草莽中，人莫敢收。適景熙與同舍生鄭樸翁等數人在越上，痛憤乃不能已，相率爲采藥者，至陵上，以草囊拾而收之。又聞理宗顱骨爲北兵投湖水中，因以錢購漁者求之，幸一網而得，乃盛以二函，託言佛經葬於越山，且植冬青樹識之。因而爲詩：『珠亡忽震蛟龍睡，軒敝寧忘犬馬情。親拾寒瓊出幽草，四山風雨鬼神驚。』『一坏自築珠丘土，雙匣猶傳竺國經。獨有春風知此意，年年杜宇泣冬青。』『昭陵玉匣走天涯，金粟堆寒幾吠鴉。水到蘭亭轉嗚咽，不知真帖落誰家。』《冬青花》詩曰：『冬青花，花時一日腸九折。隔江風雨青影空，五月深山護凝雪。石根雲氣龍所藏，尋常螻蟻不敢穴。移來此種非人間，曾識萬年觴底月。蜀魄飛繞百鳥臣，夜半一聲山竹裂。』聞而知者悲之。後歸鄉教授學徒，其忠義之懷，每形於言語文字間。其文曰《白石稿》，詩曰《白石樵唱》，皆行於世。竟以壽終於家。明弘治十六年刻本，上海書店影印天一閣藏明代方志選刊續編第三十二册。

景熙痛憤不已，與英孫及其客唐珏等謀往收瘞。珏遣里中年少昏夜掩竊，得光、寧、理、度四宗遺骼；景熙與樸翁飾爲采藥者或丐者，踵拾其遺；又以白金製小牌數十，納之監守諸僧，僧徒右之，續得高宗、孝宗骸骨，合爲六函，窆葬蘭亭，植冬青樹表之〔七〕。是時禁網森嚴，景熙秘不敢泄，作詩四絶，託之夢中；又爲《冬青行》以紀其事。詩曰：『冬青花，花時一日腸九折。隔江風雨清影空，五月深山護微雪。石根雲氣龍所藏，尋常螻蟻不敢穴。移來此種非人間，曾識萬年觴底月。蜀魂飛繞百鳥臣，夜半一聲山竹裂。』未幾嘉木揚喇勒智敗，鎮南塔亦毁於震霆〔八〕，景熙事漸傳布，海内義之〔九〕。至元中，曾還家教授，復於州郭西馬鞍山下闢趙奥别業，以居生徒，開池種竹，放歌自遣。亦名所居曰石田，别自爲號〔一〇〕。既避寇，復出游〔一一〕，與錢唐汪元量嘗以詩相唱和〔一二〕。前後往來吴越間凡二十年。至大初，自杭遘疾歸，閲二年卒，年六十九。景熙少工舉業，有塲屋聲。時文既廢，倡爲古文，發爲騷章，往往尤臻其奥。晚年所著，雜文十卷外，有詩六卷，題曰《白石樵唱》，行於世，詩蓋祖陶而宗杜云。今存詩三卷、文二卷。兄景怡，字德和，號曉山〔一三〕，咸淳初主本縣學〔一四〕。弟景英，字德芳，號隱山〔一五〕，入元爲浙東宣慰司照磨〔一六〕。季德淵，亡其名〔一七〕。景英孫祺，字文莊，居林家步〔一八〕，以字行。明洪武中舉人才科，授興山教諭，詩有《觀光集》。文

莊四世孫天爵、信爵，別有傳。民國十四年槧本

［原注］

〔一〕《霽山集·送松存弟序》。　〔二〕吴考補。　〔三〕參《霽山集·送松存弟序》及《南山有孤樹》詩注。　〔四〕據吴《稿》所説約補。　〔五〕《霽山集》章序及《夢中作》注。　〔六〕《元史·世祖紀》、《續資治通鑑》。　〔七〕參《輟耕録》唐林二傳、章祖程詩注、孔希普詩跋修。惟章注謂理宗顱骨得之湖中，據宋濂《學士集》補遺，明太祖時始得之，兹從吴《稿》删。　〔八〕《宋詩紀事》唐珏小傳附録。〔九〕《續資治通鑑》。　〔一〇〕汪元量《水雲集》、《東甌詩集》、《歸田詩話》參修。　〔一一〕吴據《霽山集·避寇海濱》詩注及序『武林遘疾歸卒』語推得之。　〔一二〕見《汪水雲集》。　〔一三〕舊《志·林景怡傳》及《集·哭德和伯氏》詩。　〔一四〕據《顧近仁詩集序》。　〔一五〕《東甌詩續集》。　〔一六〕陳氏《清潁一源集》。　〔一七〕《哭德和伯氏》詩注。　〔一八〕《觀光集》作宋埠。

編者按：關於林景熙傳記，除上録外，尚見明王朝佐《東嘉先哲録》卷一七《忠臣》、錢士升《南宋書》卷六二、清萬斯同《宋季忠義録》卷一一、雍正《浙江通志》卷一八九《人物義行下》、乾隆《平陽縣志》卷一五《人物上·忠臣》、陸心源《宋史翼》卷三二《忠義傳》、柯劭忞《新元史》卷二四一《謝翱傳》附等。内容略同，不復贅引。

民國平陽縣志林景熙傳訂正

陳增傑

林景熙生平事跡，舊傳均較簡略，材料大抵出自鄭元祐《遂昌雜録》、章祖程《夢中作題注》和蔡璞《東甌詩集》小傳，轉輾相抄，缺乏新意。民國《平陽縣志》卷三五《人物四・林景熙傳》爲最後出，考述稍詳，頗有可采。如據吴承志《平陽縣志稿》説，謂臨安陷落後，景熙與同里周景灝曾有南行追隨益、廣二王的意向，足資參證。且各注明出處，手法嚴謹。但也存在一些疏誤，如説景熙兄弟四人，林景英爲其大弟；又附會粤人林石田而謂景熙與汪元量『相唱和』，皆失據。兹辨明如下。

一、該傳云：『兄景怡，字德和，號曉山，咸淳初主本縣學。弟景英，字德芳，號隱山，入元爲浙東宣慰司照磨。季德淵，亡其名。』注云據《東甌詩續集》和陳氏《清潁一源集》。

按：檢瑞安陳氏家集《清潁一源集》卷一陳昌時《化龍魚圖爲林德芳題》詩，題下原注：『德芳字景英，號隱山，平陽白石人。官元帥府照磨。』（照磨，元官名，掌衙門錢糧案牘諸務）明趙諫《東甌詩續集》卷四小傳：『林景英，字德芳，平陽人，元帥府照磨，號隱山。』兩書都没有説明景英（德芳）爲景熙之弟。《縣志》言之鑿鑿，却查無實據，顯然失考。《清潁一源集》爲元初陳岡編録，裴庾删定，裴序作于元武宗延祐三年即一三一六年，離景熙去世六年。裴庾字季昌，號芸山，平陽仙口人，與景熙是詩友。該書卷一《陳則翁》小傳云：『日與林德暘、裴季昌、林旻淵、曹許山輩以詩文往來。』如景英（德芳）果爲景熙弟，在介紹『林德芳』的注文中自當表明（名人之弟，這是生平事跡中不可漏略的重要内容）。尋其根源，《縣志》云云，殆出清人曾唯説。曾氏所編《東甌詩存》卷一〇小傳云：『林景英，字德芳，號隱山。景熙弟。存詩七首。』（乾隆五十五年刊本）然曾氏所云，乃想當然臆測之詞，並無依據，不足爲訓。

景熙兄弟三人，長兄景怡，字德和，號曉山；季弟字德淵（名未詳）。林千之有《送馬静山寄林曉山兄弟》詩，内云：『彼美三珠樹，沆瀣斛瓊臺。』（見《宋詩拾遺》卷一一）千之字能一，曾任樞密院編修官，亦宋季遺民，與景熙同里。林集卷一有《寄林編修》詩，即其人。馬静山也是他們的詩友，林集卷五有《馬静山詩集序》。『三珠樹』爲比喻語，原是稱譽王勃三兄弟的，典出《新唐書・文藝傳上・王勃》：『初，勔、勮、勃皆著才名，故蘇易簡稱「三珠樹」。』這裏用來稱美林氏三兄弟。可見景熙兄弟只有三人，這是有力證據。

再看内證，林集卷一載《哭德和伯氏六首》，據『五十三年老弟兄』及『風雪』字，知此組詩作于元世祖至元三十一年（一二九四）冬。章祖程注：『季德淵，先六月逝。』則季弟德淵、長兄德和皆於是年夏、冬先後逝亡，故詩中追懷云：『伯兮癯似松間鶴，季也孤於雲水僧。』（之五）『棣隕雙葩淚灑紅，百年已短更匆匆。祇今風雪棲棲影，地老天荒一個鴻。』（之一）只説到『伯兮』、『季也』昆弟二人；倘另有大弟景英在，就不能説『祇今風雪棲棲影，地老天荒一個鴻』了。這是明白無疑的事實。至于景熙季弟德淵跟德芳（景英）不是同一個人，這一點民國《縣志》已經分別清楚，故亦不須置辯。而從林景英字號和里籍看，當是景熙從（堂）弟或同宗族弟。

北京大學古文獻研究所編《全宋詩》第六九册三六三九卷林景英小傳云：『景熙弟。』（第四三六一五頁）沿承《東甌詩存》、民國《平陽縣志》而誤，應並正。

二、該傳又云：『與錢唐汪元量嘗以詩相唱和。』注云見《汪水雲集》。同書卷六一《林景熙傳考異》復作考證：『按汪元量《水雲集》有《杭州雜詩和林石田》云：「衣冠前進士，家世舊郎官。」又有《答林石田見訪》詩。《東甌詩集》録林景熙詩外，別有林石田詩，云平陽人。瞿佑《歸田詩话》謂陸秀夫負帝蹈海，或畫爲圖，石田林景熙賦詩云云，知石田即景熙别號矣。』

按:《歸田詩話》稱『石田林景熙』,『石田』或爲景熙别號,或出瞿氏誤記,無從查考,姑存疑。然謂見於《水雲集》之林石田即林景熙,則甚誤。從現有材料看,林景熙與汪元量之間並無交往事跡和詩作,與汪元量頻相唱和的林石田乃粵(廣東)人林昉。《四庫全書》本元釋英《白雲集》卷首録有昉所撰序文,末署『粵人石田林昉書』。昉爲宋末元初粵人,常住杭州西湖。《湖山類稿》(鮑本名《水雲集》)卷一有《客感和林石田》、《杭州雜詩和林石田》(二十三首)、《答林石田》等作,皆汪元量於德祐二年北行離杭前與林昉唱酬之詩,不當附會爲景熙。參看孔凡禮《增訂湖山類稿》附録二《汪元量事跡紀年》(中華書局一九八四年版)。又,涵芬樓本《説郛》卷四五收有宋林昉《田間書》一卷,名下注:『號石田,晚號莫莫翁,字旦翁,一字景初。』未言里籍。清顧修讀畫齋刻本《江湖後集》卷九《林昉》:『昉字旦翁,三山人。』録詩十五首。厲鶚《宋詩紀事》卷七九《林昉》:『昉,三山人。』録詩一首。按,三山,福州别稱。則此林石田(昉)又别爲一人。

宋陳世隆《宋詩拾遺》卷二一:『林□□,字石田,平陽人。』録《答王學士》詩一首。明趙諫《東甌詩續集》補遺:『林石田,平陽人。』録《答王學士》、《宿道觀》等五詩。清曾唯《東甌詩存》卷八：『林石田，平陽人，名字無考，詩四首。』上三書所存録之林石田，別爲一人，而非林景熙。這數首署名『林石田』的詩，《宋詩拾遺》、《東甌詩續集》、《東甌詩存》都不認爲景熙作品。民國《平陽縣志》卷七〇《文徵内編八》將上述林石田《答王學士》等五詩舉録爲『霽山逸詩』，未加審辨，顯爲失當。清萬斯同《宋季忠義録》卷一三《林石田傳》云：『林石田，浙江永嘉縣人。汪水雲集有《和林石田杭州雜詠》詩。』又將粵人林昉與平陽林石田（又誤爲永嘉縣人）混同一人，並誤。附筆及之。

紹興、平陽林景熙古跡

紹興雙義祠

雙義祠，《於越新編》：舊在名宦祠側，歲久圮，明嘉靖間知縣張鑑改建于攢宫。文徵明《雙義祠記》（文見附録三茲從略）。雍正《浙江通志》卷二二一《祠祀·紹興府》。

雙義祠，舊在名宦祠側，祀宋末唐珏、林德暘……士民高其義，建祠於縣學祀之。歲久漸圮，嘉靖中邑令張鑑改建於陵寢之旁，歲時有事於六陵，以次及祠，蓋與陵相爲終始之意云。長洲文徵明作記立石。清悔堂老人《越中雜識》上卷《祠祀》，浙江人民出版社一九八三年版。

平陽林景熙宅墓坊祠

林景熙宅，《名勝志》，崑山之陰有白石巷，乃宋林景熙所居。雍正《浙江通志》卷五〇《古蹟十二・温州府》。

林景熙宅，在崑山之陰白石巷。國朝邑令徐恕《題林景熙宅》詩（見附録四）。乾隆《平陽縣志》卷一八《雜志・古跡》。

宋禮部架閣林景熙墓，在青芝山。前書卷九《秩祀・丘墓》。

[南渡孤忠]爲林景熙立，在南門外。前書卷四《建置下・坊表》。

林景熙祠，在真淨庵，久圮。前書卷一五《人物上・忠臣・林景熙》。

林史二賢祠，在文廟東偏，祀元林景熙、史伯璿。雍正《浙江通志》卷二二五《祠祀・温州府平陽縣》。

在文廟前東偏，萬曆三年令何鈁建，專祀林景熙、史伯璿，二丁致祭。乾隆《平陽縣志》卷九《秩祀・廟祠》。

附録三　收葬宋陵遺骨事及夢中作詩辨録

春感

［宋］林景熙

柳花衮雪春冥冥，溪風一夜吹爲蘋。蘋隨風去渺流水，人生無根亦如此。故山入夢草芊芊，半窗踈雨寒食天。曉來白髮稀可數，多少朱顔化黄土。高原冉冉青煙斜，麥飯灑松能幾家？子規叫殘金粟暮，繭紙蘭亭已飛去。本書卷一。

酬謝臯父見寄

［宋］林景熙

入山采芝薇，豺虎據我邱；入海尋蓬萊，鯨鯢掀我舟。山海兩有礙，獨立凝遠愁。美人渺天西，瑶音寄青羽。自言招客星，寒川釣煙雨。風雅一手提，學子屨滿户。行行上古臺，仰天哭所思。餘哀散林木，此意誰能知？夜夢繞句越，落日冬青枝。本書卷二。

次翁秀峰　［宋］林景熙

花柳西湖别此翁，十年鬢雪忽重逢。唐陵愁問永和帖，楚水夢聞長樂鐘。黄妳秋燈餘舊癖，素侯野服拜新封。世情雲雨何時了，千古青青太玉峰。本書卷三。

夢中作四首　［宋］林景熙

珠亡忽震蛟龍睡，軒敝寧忘犬馬情。親拾寒瓊出幽草，四山風雨鬼神驚。

一抔自築珠丘土，雙匣猶傳竺國經。獨有春風知此意，年年杜宇泣冬青。

昭陵玉匣走天涯，金粟堆前幾吠鴉。水到蘭亭轉嗚咽，不知真帖落誰家？

珠凫玉雁又成埃，班竹臨江首重回。猶憶年時寒食祭，天家一騎捧香來。本書卷三。

冬青花

[宋]林景熙

冬青花，花時一日腸九折。隔江風雨清影空，五月深山護微雪。石根雲氣龍所藏，尋常螻蟻不敢穴。移來此種非人間，曾識萬年觴底月。蜀魂飛繞百鳥臣，夜半一聲山竹裂！本書卷三。

悼國賦

[宋]鄭樸翁

我生不辰兮，逢茲悖戾。慨太皇之燕翼兮，欲爲億萬年計。幸聖神之一脈兮，咸清寧于數世。何穹窿勿永眷兮，奸讒肩摩而踵繼。罹腥羶之荼毒兮，致乘輿之播遷。粤南渡而駐驛（傑按，《平陽縣志》作『駐蹕』）兮，國勢其日蹙焉。吾適生于流離兮，惟欷歔而不忍言。國統正于蒙古兮，金枝霜木其凋殘。棄遺骸于草莽兮，吾則暨同志託佛經于越山。恥狗彘以自污兮，寧囓雪瀑下之薌灣。……吾豈以家爲念兮，惟社稷之是悲。使國祚真可億萬年兮，三代匪繼于唐虞。悵黍離之與與兮，假管城以書其鬱結。録自明鄭思恭《東甌仰止録》卷三《忠義·國子正鄭公》，上海社會科學院出版社二〇〇五年版。參校乾隆《平陽縣志》卷一五《人物上·忠臣·鄭樸翁》，乾隆二十五年刊本。

冬青行二首

［宋］唐　珏

馬箠問髐形，南面欲起語。野麕尚純束，何物敢盜取。餘花拾飄蕩，白日哀后土。六合忽怪事，蜕龍挂茅宇。老天鑑區區，千載護風雨。

冬青花，不可折，南風吹凉積香雪。遥遥翠蓋萬年枝，上有鳳巢下龍穴。君不見犬之年，羊之月，霹靂一聲天地裂。録自《南村輟耕録》卷四《發宋陵寢》，中華書局一九八〇年印本。

冬青樹引别玉潛

［宋］謝　翱

冬青樹，山南陲，九日靈禽居上枝。知君種年星在尾，根到九泉護龍髓。恒星晝隕夜不見，七度山南與鬼戰。願君此心無所移，此樹終有開花時。山南金粟見離離，白衣人拜樹下起，靈禽啄粟枝上飛。《四庫全書》本《晞髮集》卷四。

山陰道中呈鄭正樸翁

［宋］謝　翱

楊柳遠天色，野風來水涯。異鄉同夢客，今雨故人家。越樹夜啼鳥，禹陵冬落花。悠悠江海意，爲爾鬢先華。前書卷七。

寄常州簿鄭宗仁並序

［宋］連文鳳

稽山禹穴，莽爲狐兔，神龍遺蜕，散亂榛蕪。孝子仁人，一夕悉取而歸之，有人心者能無愧乎？聞此悲泣，寄以詩。

玉立蓬萊問淺深，仙裾不受海塵侵。千年愛護神龍骨，萬里淒凉老鶴心。夜月照愁低草色，秋風吹淚哭松陰。錢塘流水情何限，誰采蘋花學越吟。《四庫全書》本《百正集》卷中。

癸辛雜識

[宋]周　密

楊髡發陵之事，人皆知之，而莫能知其詳。余偶録得當時其徒互告狀一紙，庶可知其首尾。云：『至元二十二年八月，内有紹興路會稽縣泰寧寺僧宗允、宗愷，盜斫陵木，與守陵人争訴，遂稱亡宋陵墓有金玉異寶，説誘楊總統，詐稱楊侍郎、汪安撫侵占寺地爲名，出給文書，將帶河西僧人，部領人匠丁夫，前來將寧宗、楊后、理宗、度宗四陵盜行發掘，割破棺槨，盡取寶貨，不計其數。又斷理宗頭，瀝取水銀含珠。用船裝載寶貨，回至迎恩門，有省臺所委官攔擋不住，亦有臺察陳言，不見施行。其宗允、宗愷並楊總統等發掘得志，又於當年十一月十一日，前來將孟后、徽宗、鄭后、高宗、吴后、孝宗、謝后、光宗等陵盡發掘，劫取寶貨，毁棄骸骨。其下本路文書，只言争寺地界，並不曾説開發墳墓。因此江南掘墳大起，而天下無不發之墓矣。』續集上《楊髡發陵》。

乙酉楊髡發陵之事，起於天衣寺僧福聞號西山者，成於剡僧演福寺允澤號雲夢者。初，天衣乃魏惠憲王墳寺，聞欲媚楊髡，遂獻其寺；繼又發魏王之冢，多得金玉，以此遂起發陵之想，澤一力贊成之。遂俾泰寧寺僧宗愷、宗允等，詐稱楊侍郎、汪安撫侵占寺地爲名，出給文書，將帶河西僧及凶黨如沈照磨之徒，部領人夫發掘。時有宋陵使中官羅銑者，猶守陵不去，與之極力争執，爲澤率凶徒痛箠，脅之以刃，令人擁而逐之。銑力敵不能，猶拒地大哭。遂先發寧宗、理宗、度宗、楊后四陵，刦取寶玉極多……是夕，聞四山皆有哭聲，凡旬日不絶。至十一月，復發掘徽、欽、高、孝、光五帝陵，孟、韋、吴、謝四后陵。別集上《楊髡發陵》。中華書局一九九七年版。

唐義士傳

［元］羅有開

辛亥秋，友人端叟倪君過余溪上，示《游杭雜稿》，中有識唐玉潛事一篇。余讀，大驚，頓足起立，曰：『異哉！今世乃有此人，有此事。願詳告我。』叟乃言曰：唐君名珏，字玉潛，會稽山陰人。家貧，聚徒授經，營滫瀡以養其母。歲戊寅，有總江南浮屠者楊璉真珈，怙恩横肆，勢焰爍人，窮驕極淫，不可具狀。十二月十有二日，帥徒役頓蕭山，發趙氏諸陵寢，至斷殘支體，攫珠襦玉柙，焚其胔，棄骨草莽間。唐時年三十二歲，聞之痛憤。

亟貨家具，得白金百星許；執券行貸，得白金又百星許。乃具酒醪，市羊豕，邀里中少年若干輩，狎坐轟飲。酒且酣，少年起請曰：『君儒者，若是，將何爲焉？』唐慘然具以告，願收遺骸共瘞之。衆謝曰『諾』。中一少年曰：『發丘中郎將，眈眈餓虎，事露奈何？』唐曰：『余固籌矣。今四郊多暴骨，取竄以易，誰復知之。』乃斫文木爲匱，復黄絹爲囊，各署其表曰某陵某陵，分委而散遺之，蕝地以藏，爲文而告。詰旦，事訖來集，出白金羨餘酬，戒勿泄。越七日，總浮屠下令裒陵骨，雜置牛馬枯骼中，築一塔壓之，名曰鎮南。杭民悲戚，不忍仰視，了不知陵骨之猶存也。禍淫不爽，流傳京師，上達四聰，天怒赫赫，飛風雷號令，捽首禍者北焉，山陰人始有籍籍傳唐事者。由是唐之義風，震動吴越……唐葬骨後，又於宋常朝殿掘冬青樹，植於所函土堆上。作《冬青行》二首曰：『馬箠問髐形（引略）。』又曰：『冬青花（引略）。』復有《夢中詩》四首曰：『珠亡忽震蛟龍睡，軒敝寧忘犬馬情。親拾寒瓊出幽草，四山風雨鬼神驚。』『一坏自築珠丘土，雙匣親傳竺國經。只有春風知此意，年年杜宇哭冬青。』『昭陵玉匣走天涯，金粟堆寒起暮鴉。水到蘭亭轉嗚咽，不知真帖落誰家。』『珠凫玉雁又成埃，班竹臨江首重回。猶憶年時寒食節，天家一騎奉香來。』 録自《南村輟耕録》卷四《發宋陵寢》，中華書局一九八〇年印本。

遂昌雜録

［元］鄭元祐

宋太學生東嘉林景曦，字霽山。當時楊總統掘諸陵寢者，林故爲杭丐者，背竹籮，手持竹夾，遇物即以夾投籮中。林鑄銀作兩許小牌百十，繫腰間，賄西番僧曰：『餘不敢，望收其骨，得高宗、孝宗骨斯足矣。』番僧左右之，果得高、孝兩廟骨，爲兩函貯之，歸葬於東嘉。其詩有《夢中作》十首，其一絶曰：『一坏未築珠宫土，雙匣親傳竺國經。只有春風知此意，年年杜宇哭冬青。』又曰：『空山急雨洗巖花，金粟堆寒起暮鴉。水到蘭亭更嗚咽，不知真帖落誰家。』又曰：『橋山弓劍未成灰，玉匣珠襦一夜開。猶記去年寒食日，天家一騎捧香來。』七首尤凄然，則忘之。葬後，林於宋常朝殿前掘冬青樹一株，植於兩函土堆上。又有《冬青花》一首曰：『冬青花，冬青花，花時一日腸九折。隔江風雨清影空，五月深山落微雪。移來此種非人間，曾識萬年觴底月。』後忘之。又一首有曰：『君不見羊之年，馬之月，霹靂一聲山石裂。』聞其事甚異，不欲書。若林霽山者，其亦可謂義士也已。《筆記小説大觀》第十一册，江蘇廣陵古籍刻印社一九八三年版。《南村輟耕録》卷四《發宋陵寢》轉引略同。

白石樵唱注　［元］章祖程

《春感》　宋亡，越上諸陵遭楊總統之禍，此詩引古證今，最爲親切。卷一。

《夢中作四首》　元兵破宋，河西僧楊勝吉祥行軍有功，因得於杭置江淮諸路釋教都總統，所以管轄諸路僧人，時號楊總統。盡發越上宋諸帝山陵，取其骨渡浙江，築塔于宋内朝舊址，其餘骸骨棄草莽中，人莫敢收。適先生與同舍生鄭樸翁等數人在越上，痛憤乃不能已，遂相率爲采藥者，至陵上，以草囊拾而收之。又聞理宗顱骨爲北軍投湖水中，因以錢購漁者求之，幸一網而得，乃盛二函，託言佛經，葬于越山，且種冬青樹識之。在元時作詩，不敢明言其事，但以《夢中作》爲題；後篇《冬青花》，亦此意也。卷三。

白塔行引　［元］王　逢

『冬青花，不可折，南風吹涼積香雪。　摇摇翠蓋萬年枝，上有鳳巢下龍穴。　羊兒年，犬兒月，辟歷一聲天地裂。』右雷門唐珏玉潛先生感雷震白塔而作也。始宋諸陵被總統楊璉真伽遷置故内，鎮以白塔，先生嘗與尚書省架閣林景熙，躬拾不盡遺骨，別葬山中。既，先生植冬青爲識，遇寒食則密祭之。……先生後得子，因名珙。珙字温如，豪於時。至正己亥，予游錢塘，會平章張士信壞塔甃城，且聞松江僧慶講主道宣傳誦是詩。宣幼從珙學，有請，乃爲賦《白塔行》，并係前後事歸之宣云。《叢書集成初編》本《梧溪集》卷四下。

南村輟耕録

[明]陶宗儀

吴興王筠庵先生國器，示余所藏《唐義士傳》，讀之，不覺令人泣下。謹録之。《傳》曰（引略）。及見遂昌鄭明德先生元祐所書《林義士事跡》云（引略）。此五詩，與前所録語句微不同。詩中有『雙匣』字，則是收兩陵骨之意，得非林義士詩而羅雲溪以傳者之誤而寫入傳中乎？但曰移宋常朝殿冬青，植所函土上而作《冬青》詩，吾意會稽去杭，止隔一水，或者可以致之；若夫東嘉，相望千餘里，豈能容易持去，又豈能不枯瘁？作如此想，則又疑是唐義士詩。且葬骨一事，豈唐方起謀時，林已先得高、孝兩陵骨耶？抑得唐所易之骨耶？　蓋各行其所志，不相知會，理固有之。　載考之齊人周草窗先生密《癸辛雜識》所記云（引略）。　據此説，則雲溪所傳，歲月絶不同。　蓋嘗論之，至元丙子，天兵下江南，至乙酉將十載，版圖必已定，法制必已明，安得有此事？　然戊寅距丙子不三年，竊恐此時庶事草創，而妖髡得以肆其惡與。　卷四《發宋陵寢》。　中華書局一九八〇年印本。

冬青樹引注並跋

［明］張　丁

［知君種年星在尾］　按至元丙子，元兵入錢塘。　厥後楊總統易宋内爲諸浮圖，造白塔於興元寺，徙置諸陵遺骨及天下民籍户口。　其曰『星在尾』者，歲在寅也。　猶唐薛仁貴爲吐渾所敗，歎歲在庚午、星在降婁之類。

予既注臯羽《西臺慟哭記》，又以此詩讀者未易通其詞旨，故爲之疏，以便參考而自質焉。　適文獻黄先生之門人傅藻氏以書來，謂聞之文獻者曰：『楊總統初欲利殯宫之金玉，故爲妖言以惑主，聽而發之。　越中王脩竹一日出金帛與諸惡少，衆皆驚怖而請曰：「平日且不敢見，今乃有賜，不審欲何爲？　雖死不敢避。」因徐謂曰：「爾輩皆宋人也。

吾不忍陵寢之暴露，已造石函六，刻紀年一字爲號，自思陵以下，欲隨號收殯爾。」衆皆諾，遂夜往收貯遺骸骨而葬，上種冬青樹爲識。此歌之所爲作也。』其説如此。予以舊注頗有異同，亦既以書致鄙見於傅君矣，故未即以舊聞非是，而未加改定，姑録一通寄傅。且書來言於此以問該洽者，庶幾予言或可再正而未晚也。丙午正月十日，張丁識。《四庫全書》本《冬青樹引注》。傑按，『文獻黄先生』指元黄溍。

書穆陵遺骼

［明］宋　濂

初，至元二十一年甲申，僧嗣古、妙高上言欲毁宋會稽諸陵。江南總攝楊輦真加，與丞相桑哥相表裏爲奸。明年乙酉正月，奏請如二僧言，發諸陵寶器，以諸帝遺骨建浮屠塔於杭之故宫。（下略）《四部叢刊初編》本《宋學士集·翰苑前集》卷一〇。

元史

［明］宋　濂等

（至元二十一年九月）丙申，以江南總攝楊璉真加發宋陵冢，所收金銀寶器修天衣寺。

（至元二十二年正月）毁宋郊天臺。桑哥言：『楊輦真加云，會稽有泰寧寺，宋毁之以建寧宗等攢宫；錢唐有龍華寺，宋毁之以爲南郊。皆勝地也，宜復爲寺，以爲皇上、東宫祈壽。』時寧宗等攢宫已毁建寺，敕毁郊天臺，亦建寺焉。卷一三《世祖紀》十。

（至元二十九年三月）初，楊璉真加重賄桑哥，擅發宋諸陵，取其寶玉，凡發塚一百有一所，戕人命四，攘盗詐掠諸贓爲鈔十一萬六千二百錠，田二萬三千畝，金銀、珠玉、寶器稱是。省臺諸臣乞正典刑以示天下，帝猶貸之死，而給還其人口、土田。卷一七《世祖紀》一四。中華書局一九七六年校點本。

冬青樹引注跋

［明］孔希晉

浦陽張君孟兼，取閩人謝翱爲宋丞相文公所作《西臺慟哭記》，詳疏其文；復取其至越中所作《冬青樹引》并疏之，於卷末且以窆宋遺骸事爲唐珏及王脩竹而疑其異同。予謹按：郡先生霽山林君，當宋亡時，忠義耿耿，有《南山有嘉樹》及《商婦怨》等詩，見所著集中。嘗與唐珏收宋遺骸於山陰，種冬青樹其上，刻志有『丙之年，子之月，冬青花，不可説』之句。蓋先生乃王脩竹門客。先生與珏所爲，王蓋與知之矣。夫謝翱在文公之門，傳公者曾不及翱，非張君兹述，殆泯滅不傳。今書珏之事，而霽山林君不與焉，豈非闕乎？因併識其事，以釋君之疑，且以副君好古博雅之盛心云。洪武五年二月十九日，孔希普識。《四庫全書》本《冬青樹引注》。

草木子

[明]葉子奇

宋會稽諸陵，多廢於楊總統。有林景禧、唐玉蟾親自收拾遺骨，改葬於他處。嘗有詩云：『昭陵玉匣走天涯，金粟堆前幾暮鴉。水向蘭亭轉嗚咽，不知真帖落誰家。』又一首云：『珠亡忽震龍蛇匣，軒敝仍忘犬馬情。親拾寒瓊出瑶草，四山風雨鬼神驚。』卷四上《談藪篇》。中華書局一九八三年印本。

續通鑑綱目

[明]商　輅等

端宗景炎二年二月（元世祖至元十五年），元以番僧楊璉真加總攝江南釋教。三年十二月，元西僧楊璉真加發宋紹興諸陵。楊璉真加利宋攢宫金玉，發諸陵在紹興者及大臣塚墓凡一百一所，又欲裒諸陵骨雜牛馬枯骼爲鎮南浮圖。會稽人唐珏獨痛憤，乃貿家具行貸，得白金爲酒食，密召諸惡少泣曰：『爾曹皆宋人，吾不忍陵骨之暴露，欲以他骨易之。已造石函六，刻紀年一字爲號，自思陵以下隨號收殯。』衆如其言，夜往取遺骸葬蘭亭山後，又移宋故宫冬青樹植其上以識，聞者悲之。録自萬斯同輯《南宋六陵遺事》，見《昭代叢書》己集廣編。萬斯同按：『薛應旂《宋元通鑑》、王宗沐《續資治通鑑》並同。』

南村輟耕録跋

［明］彭　瑋

《輟耕録》載發宋諸陵事未備。謹按：元世祖二十一年甲申，桑哥爲相，與江南浮屠總攝楊璉真珈相表裏，嗾僧嗣古、妙高上言，欲毁宋諸陵。明年乙酉正月，桑哥矯制可其奏，於是發諸陵，實利其殉寶也。又裒諸帝遺骼，建白塔於杭故宫，曰鎮南，以厭勝之。截理宗頂以爲飲器。未幾，髡胡事敗，飲器亦籍入於官，以賜帝師。發陵時，義士唐珏玉潛雷門先生與尚書省架閣林景熙竊痛之，陰相躬拾不盡遺骨，葬别山中，植冬青爲識，遇寒食則密祭之。……羅《傳》年月不同，白塔一節可據；鄭《傳》已自與前後不同，無可據。《癸辛録》年月同失，理宗首一節爲飲器張本，可據。唐、林二義士本同事者，《梧溪集》、羅、鄭傳之乃各立異，不免傳疑。今據史臣宋景濂、高季迪，並儒先楊維楨、王逢原諸集，以訂補其未備，觀者詳之。成化己丑中秋日，華亭彭瑋識。中華書局一九八〇年印本《南村輟耕録》附。

林霽山《夢中作》辨

[明]陳彦生

林詩作於越，越人傳之。而山陰人唐珏者，亦感憤其事，鬻家具，爲酒食，召里中少年，以義激之，乃斫文木爲櫃，復黄絹爲囊，拾諸陵遺骸，署其表曰某陵某陵，葬之蘭亭山中，越人因以林詩爲唐作，而羅有開傳之。大學士李東陽又見鄭元祐傳林事疑之，作樂府云：『高家陵，孝家陵，鱗骨盡蜕龍無靈。唐義士，林義士，野史傳疑知誰是？玉魚金粟俱塵沙，何須更問冬青花。徽欽不歸梓宫復，二百年來空朽木。穆陵遺骼君莫悲，得葬江南一抔足。』余以林託采藥，又託佛經、託夢，不敢明言其事，故爲詩若此。唐則爲酒食，召少年，文木絹囊，又焉用託之詩乎？不可以不辨。録自乾隆《平陽縣志》卷二〇《文藝下·雜著》，乾隆二十五年刻本。

霽山先生集序

［明］遼藩光澤王

（見附録一）

辨霽山集中夢中作詩下章祖程注疏謬説

［明］毛　秀

止庵賢王殿下重刊《霽山先生文集》，既博考先生及越州義士唐珏收葬宋越上諸陵爲元僧楊總統所發棄草莽骸骨事，爲之序，詳覈無疑。或者乃據集中《夢中作》詩題下章祖程注云：『楊總統發宋帝諸陵，取其骨渡浙江，築塔于杭宋内朝舊址，以餘骨棄草莽中。先生與鄭樸翁等數人痛憤，爲采藥以草囊拾收之。因理宗顱骨爲北軍投湖水中，復購漁者網得之，盛二函，葬越山，植冬青樹識之。』以爲收骨無所謂唐珏者；且林收骨在取骨築塔後，而所收乃取餘所棄之骨，非其全骸，無所謂六函各紀一字識而收葬者。序文雜引傍載以爲據，考質雖詳，似難取信。秀謂：《夢中作》注，秀亦未以爲然，蓋嘗聞諸止庵矣。《續編資治綱目》，係我憲宗皇帝敕内閣元老儒臣之所纂修，唐珏收葬陵骨事，分注於宋帝昺祥興元年戊寅十二月下，而《皇明文衡》又明載張孟兼所作珏傳，無可疑者。若霽山事則史雖遺之，而陶九成《輟耕録》則與唐並載，其紀傳雖彼此不相及，要之二人皆亡宋名儒，高義之士，所爲不同，而傳述之者各本其人。事出機密，各行其志，初不相聞，故《綱目》所見，亦僅知唐事而未及林事，使非《輟耕録》並得所述，則亦無緣並稱也。中載王筠庵所示羅有開《唐義士傳》，後有詹厚齋讀傳題語，係元仁宗皇慶二年作，上距帝昺祥興元年發陵戊寅歲，僅三十六年，當時有開之傳又必在皇慶之前，或當時所紀遠亦不過數年，此其耳目相傳之必可信者。林事亦具載遂昌鄭明德所書。當發陵時，林故爲丐者，背竹籮，持竹夾，遇物夾投籮中。潛鑄金牌繫腰間，賄西僧求得高、孝兩陵骨，貯兩函葬東嘉，故《夢中作》詩有『雙匣親傳竺國經』句。章注二函之説數是而骨非，亦傳聞之失耳。但其謂與林同事爲鄭樸翁，則有可信者。按先生集中所載《故國子正鄭公墓志》，謂樸翁與先生俱温之平陽人，生同里，學同師，繇長至老同出處，宋亡之二十三年壬寅五月卒，年六十三。距帝昺祥興元年戊寅發陵時爲二十五年，樸翁蓋年三十九。《志》稱其：『學聖賢之學，名齋初心，扶植綱常。精衛填海，憑霄銜土，爲重可悲。』

則葬骨事必與先生同，理之所有。若謂所收爲棄餘之骨，則大不然。夫楊總統發陵本利寶玉，陵發但競攫取寶玉，其骸骨初惟有棄擲而已，誰復收之？築塔之計，蓋既得寶玉，復恐人言無以自解，故棄擲之後，復以築塔鎮南，以欺世主杜人口而已，豈特爲取骨發陵耶？即誠爲築塔，則發陵之時，必逐陵盡取其骨渡浙，豈有餘骨棄之草莽，亦豈有將顱骨棄之湖中之理？況謂之湖中，則陵園所在必與湖相遠；當時發陵棄骨，不過在陵園近地，亦豈有遠棄湖水之理？載考之，章注自序在元順帝元統二年甲戌，距發陵祥興戊寅已五十七年，歷歲已遠，聞見不審，故雖唐珏紀傳較著之事，尚不能知，況其他乎！止庵賢王之序，取信於《綱目》及相距近年紀載之可信，而不據遠年聞見之空疏，未爲無見也。況今集中詩文並係正文，章注略無所見，惟間於題目下附注一二，亦無關大義；是其所注，初未嘗入刊，惟編首附見其序而已，觀者未可據以疑也。或者聞予言，敬服止庵睿序考見之精覈，且喜因疑而見鄭樸翁之高義也，謂秀宜詳述以迎解閱注者之惑。秀謹識於睿序之末，知言更相與考質，使唐、林高義得以白於天下，則名教幸甚，斯文幸甚。嘉靖己丑春正月，江陵東墅後學毛秀謹書。《四庫全書》本《霽山文集》卷三《夢中作》附。

會稽雙義祠碑

［明］文徵明

嘉靖廿有六年丁未十月，會稽雙義祠成，祀宋義士唐公珏、林公德暘也。宋社既屋，蒙古氏據有中夏，不修政教，信用邪説，首毁故宫爲寺，而宋諸陵之在會稽者，悉發而夷之，以翦王氣。奸僧楊璉真珈實倡率之，珠襦玉柙，悉爲攫取，而投骨榛莽，極其憯慽。璉方貴横，莫敢傍睨。二公先後以他骨竄易而瘞之，植冬青以志，賦詩激烈，不勝遺黎悲慨之感。未幾璉裒遺骸雜枯骼，築爲鎮南浮圖，謂可以夷滅摧盡，而不知雅非蜕玉矣。方二公舉事之時，履危探險，艱阻百出，而卒汔於成（傑按，後三字原作『潰於咸』不通，據《南宋六陵遺事》引改），其志亦烈矣！顧正史不傳，而其事雜出於元儒紀事之書，其言不皆同而皆有所徵，要爲不誣也。夫千載河清，廢興有時，開國之君，往往以封植陵墓爲首事，而元之君臣乃首發諸陵以事厭勝，於是乎有以知元祚之不永也。或謂此皆奸僧之爲，而非元君之意。按世祖以丙子下江南，丁丑二月即詔璉爲江南總攝，尋命以所發宋陵金寳修天衣寺，又以寧宗攢宫故地爲泰寧寺。其後以臺臣言其盗用官物及流毒江南，請正典刑，而世祖竟赦不殺；雖嘗没入土田家口，尋給還之，其委曲蔽覆，蓋可見矣。初年秕政，固無足言，獨怪當時輔佐諸臣，多一時名碩，亦有前宋遺老，曾無一人興懷，而奮身抗義，乃出於布衣韋帶之士，其事有足慨者！且其時宋已滅亡，時移運改，二公者豈復有所覬乎？説者謂其無所爲而爲，高義卓行，比隆豫讓。夫讓嘗受智伯國士之知，以國士報之宜矣。二公在宋，曾不沾一命之榮，而慷慨從事，至於變服爲丐，鬻家具以需，間關覊逆，以圖即功，其難易厚薄，君子蓋能辨之矣。稽之前史，漢唐易世之後，其陵寢亦多被發，不知當是時亦有高義之士，反藁梩而掩之如二公者乎？蓋有其人而不見紀載，則夫二公之義，雖謂之前無古人可也。抑於是有以知宋養士之厚而獲報之無已也。縣故有祠，在名宦祠之左，歲久且敝。南充張君鑑以甲辰進士來知縣事，考《縣志》得二公之事，謂公所爲得名直，以陵寢之故陵傍故多隙地，依陵植祠，於事爲宜。歲時有事六陵，以次及公祠，與陵相爲終始，亦庶幾二公之志也。於是言於郡守吴江沈公啓，公亟俞其請，相與成之。以書屬徵明記其事，爲論次如此，而二公事始具於鄭元祐、陶宗儀者，不暇詳也。此文《四庫全書》本《甫田集》不載，兹録自黄宗羲編《明文海》卷六九。萬斯同輯《南宋六陵遺事》載録題作《雙義祠記》，有所删略。明萬曆重刊本《墨池編》卷六《碑刻二》增録《國碑》：『雙義祠碑，文徵明撰并書。在紹興，小楷大碑各一。』

兩山墨談

［明］陳　霆

發陵之歲月，《續綱目》據《唐玉潛傳》謂在至元十五年十二月，《元史續編》謂在二十一年九月，周草窗謂在二十二年八月。今觀《續編》載二十二年九月建佛塔於宋故宮，則與草窗所志發陵月日相繼，以是年八月發陵，而九月建塔，事理相因，最爲吻合。草窗宋末人，其所紀志當爲實録。若《續編》載二十一年發陵，越明年九月始建塔，則不應陵骨暴曠一年之久。至如玉潛傳載歲戊寅十二月發陵，越七日下令裒陵骨築塔，則與《續編》建塔之歲月違背凡八甲子，此足以决其謬誤也。卷一八。《叢書集成初編》據惜陰軒叢書本排印。

跋王脩竹瘞宋遺骸事後

［明］季　本

按瘞宋遺骸事，羅有開、張孟兼以爲唐玉潛珏，鄭元祐以爲林霽山景熙，而陶九成則以林、唐並載，黄文獻、傅藻以爲王脩竹英孫，而孔希普亦以林、唐並載，至章祖程、吕洪又謂林與鄭宗仁樸翁等數人共爲之。諸説紛紛，不能不滋後人之惑。竊考王監簿脩竹爲宋勳戚之胄，慷慨好義，嘗延致平陽林霽山、鄭宗仁、南劍謝皋羽翺、同邑唐玉潛，與尋歲晏之盟，則收骨時必協謀爲之，其屬數人者要不當外此而他求也。又觀林集與王、唐、鄭、謝往返詩及《冬青行》《夢中》諸作，語皆激切，而謝皋羽亦有《别玉潛冬青樹引》，得非皆與聞其事者乎？蓋事屬秘密，故姓氏互傳，而實則同功一體者矣。今林、唐已崇祀於攢陵，而於王、鄭尚未之及，亦司風教者一缺典也。謹識以俟採焉。《季彭山先生文集》卷四。書目文獻出版社《北京圖書館古籍珍本叢書》第一〇六册影印清抄本。傑按：清悔堂老人《越中雜識》卷下《陵墓》轉録季氏《辨義録》文字略有異同，有『則收骨時必皆與聞其事，協謀爲之，而英孫固主持其間者也。不然，唐雖邑人，特一寒士，而林、鄭、謝皆客處異鄉，安能動捐百金以成其事哉』諸語。

七修類稿

［明］郎　瑛

宋陵遺骼事，《輟耕録》載唐玉潛、林景曦爲收諸陵之骨而葬之，其事績必實。蓋因丙子元兵下江南，戊寅年發陵，則庶事草創，而妖髡肆惡，各人著傳之明白也；惟辨其詩之相同或傳訛爲一，及冬青樹之不可移於東嘉也。又引《癸辛雜志》云，至元乙酉，楊髡發宋諸陵，以理宗之首倒懸三日而失之。陶則辯其丙子至乙酉將十載，則版圖已定，法制已明，安得有此？不知《雜志》言發陵，乃托他人占地爲名，因發諸陵取寶。若唐、林二人所收之骨，未定皆真，而羅陵使所收必多也。蓋羅即在其地，而唐、林倩人，此可知矣。予又曾讀《宋學士文集》云：『至元二十一年甲申，僧嗣古、妙高上言，欲毁宋會稽諸陵，江南總攝楊璉真伽與丞相桑哥表裏爲奸，明年乙酉正月請奏如二僧言，發諸陵寶器，以諸帝遺骨建浮塔於杭之故宫，截理宗頂以爲飲器。大明洪武二年戊申正月戊午，皇帝御札丞相宣國公李善長遣工部主事谷秉義，移北平大都督府守臣吴勉，索飲器於西僧没納、監藏深惠，詔付應天府守臣夏思忠，以四月癸酉瘞諸南門高座寺之西北。明年己酉六月庚辰，上覽浙江行省進宋諸陵圖，遂命藏諸舊穴。』據此，則又决有斯事。意其發則發，葬自葬，葬於東嘉者無也，而羅之火化者必多焉，理宗之首亦必然矣。但《輟耕》以二傳不紀歲月，與《雜志》不同，疑以爲無。近《墨談》因鎮塔事，查考諸書之年月，辨以周草窗正當宋末元初之人，紀之必真，此則甚爲有理。且二傳傳聞而成，抄録於陶，又或錯書，未可知也。况僧名各書亦自不同者，抑亦謂可疑耶？但託人占地而發陵，與奏請者實異，然年月却又相同，此則必不疑矣。葬骨化骨事，予之所見，或者决然。卷二二《宋陵遺骼考》。上海古籍出版社《續修四庫全書》子部第一一二三册據北京圖書館藏明刻本影印。

唐林二義士説

［明］張元忭

按唐、林二義士事，因樹冬青與所傳詩四首并同，蓋甚惑之。竊疑當時二人本協謀，而傳者失其實耳。季長沙公本乃以收骨事爲唐珏，非林景熙……然以《冬青樹引》二跋觀之，則如余前所疑，庶幾近之。而王脩竹名英孫，嘗延致景熙，要亦與聞其謀者也。又嘗覽《霽山集》，載《冬青花》諸詩甚明，中與唐玉潛、王脩竹往還詩不一，多激烈語；其答謝皋羽，又有『夜夢繞句越，落日冬青枝』之句，謂非與聞其事者可乎？當收骨時事甚秘，故姓氏互傳若此。姑識此以俟博古者辨之。録自清陶元藻輯《全浙詩話》卷一八，嘉慶丙辰怡雲閣藏板。

嘉靖浙江通志

［明］薛應旂

南宋諸陵，在會稽縣寶山，今名攢宫山。……元至元中，西僧楊璉真伽奏發諸陵，宋遺民山陰唐珏易以僞骨，取真者瘞之山陰天章寺前。六陵各爲一函，獨理宗顱巨，恐易之事泄，不敢易。楊璉真伽遂築白塔于錢塘，藉以諸帝骨，而以理宗顱爲飲器。楊髡發塚時，又有太學生林德暘，故爲丐者，背一籮，手持竹夾，遇物夾之投籮中。又鑄小銀牌置腰間，賄西僧，求得高、孝兩帝骨。僧左右之，果得骨，歸葬東嘉。與唐珏事略異，今並存之。……冬青穴，在府城西南三十里天章寺前，宋唐、林二義士埋宋陵骸骨處也。六陵各爲穴上植冬青樹六根云。《南宋諸陵》。

王英孫，字才翁，會稽人，歷官將作監簿。宋亡，謝翺、鄭樸翁、林景熙、唐珏皆集其家。楊璉真伽發宋陵寢，收骨之事，英孫主之。《王英孫傳》。

鄭樸翁，字宗仁，平陽人。弱冠入太學，咸淳末賜上舍釋褐，歷福州教授、國子正。與友人林景熙潛拾宋陵遺骸，瘞越州。歸隱鄭山瀑下。《鄭樸翁傳》。轉引自《南宋六陵遺事》。傑按：嘉靖《浙江通志·唐珏傳》取諸羅有開《唐義士傳》，《林景熙傳》取諸章祖程《白石樵唱注》文，兹從略。

詩藪

［明］胡應麟

林收二帝遺骨，或謂唐珏玉潛，紀載紛紛，頗難懸斷。第以《冬青樹》唐作則未然，此詩在林集，與他歌行絶類。蓋二家同創此舉，遂以林作附會於唐耳。雜編卷五。上海古籍出版社一九七九年版。

東昆仰止録

［明］鄭思恭

吾家宗仁公，其先自江口贅焦下，遂爲焦下人。朝夕與霽山公以德誼文章相砥礪。今讀《悼國賦》與林公《志》文，一字當一淚。湖上拾遺骸、樹冬青一事，兩人同此苦心，同此瘁力，同此高風偉節，感慨來世，乃林公得與史文璣公合祠饗序，且扁其坊表曰『南渡孤忠』，而公獨湮没不傳，何耶？蓋公一孫如圭，敦行好古，慕錢倉史公講性命之學，復自焦下歸宗，瓶無宿粟，遭時兵燹，後胤弗昌，遂使公著作之富，姓名之懿，與流水俱逝。卷三《忠義·國子正鄭公》附識，《温州文獻叢書》第三輯，上海社會科學院出版社二〇〇五年版。

曲品

[明]吕天成

卜大荒《冬青》　悲憤激烈，誰誚腐儒酸也？　音律精工，情景真切。吾友張望侯曰：『檇李屠憲副於中秋夕帥家優於虎邱千人石上演此，觀者萬人，多泣下者。』方諸生曰：『大爲義士吐氣。但當時瘞骸事，實吾邑王監簿名英孫號脩竹者爲之。若唐玉潛、林景曦及謝皋羽、鄭樸翁諸人，皆王門下館客耳。蓋王係國戚，又世家也，挺身欲前，慮事泄罹禍，遂捐重資募里中人，挾唐、林二士經紀其事。王固自諱，人遂謁傳。今已漸白，雜見王家乘及元孔希普、趙子常所跋謝皋羽《冬青樹引》，入季長沙《辨義録》。近張太定修《會稽新志》中，載唐、林四絶句詩，乃王脩竹倡之而諸君屬和者。王詩極慷慨淋漓，可爲墮淚。王亦才士，有《脩竹集》，林有《霽山集》，其中倡和諸篇，皆大略可見。不然，林一羈客，唐一窮學究，非有力者爲執太阿，安所得措其手於逆髡烈焰之中，而保冬青卒無恙耶？　惜不繳惠卜君一洗發之也。』　卷下《新傳奇品》。《中國古典戲曲論著集成》第六册，中國戲劇出版社一九八二年印本。傑按：方諸生，王驥德别號。王著《曲律》卷四《雜論第三十九下》持説同較略，不復録。又，《檇李詩繫》卷一八選録明卜世臣《題義士手植冬青樹引》所敘略同。

謝皋羽年譜

[清]徐　沁

[乙酉　至元二十二年]按宋文憲《書穆陵遺骼》及邱文莊《續資治通鑑》，皆云至元二十一年甲申，僧嗣古、妙高上言欲毁宋會稽諸陵，江南總統楊璉真伽與丞相桑哥表裏爲奸。明年乙酉正月，奏請如三僧言。蓋其謀始于甲申，而成于乙酉，與周草窗密《癸辛雜識》年月正同。是時會稽唐玉潛珏、永嘉林景熙德陽、鄭宗仁樸翁，與先生咸主王監簿家，協謀收掩陵骨，故别玉潛作《冬青樹引》以紀其事；而景熙答皋羽詩，亦有『夜夢繞句越，落日冬青枝』，豈非諸公共事之明證乎？……第諸本歲月記載不同，彭山季本以皋羽《引》中有『白衣種年星在尾』之句，謂與羅雲溪有開《唐義士傳》歲次戊寅之證相合。善乎彭瑋解之曰：『星在尾者，寅月也。』此即乙酉正月。若係寅歲，無論相距甚遠，是時先生尚未入越，安得作《冬青引》相别耶？見《昭代叢書》甲集卷二一。

冬青樹引重注

［清］黄宗羲

［知君種年星在尾］　尾在析木之次，謂葬年是戊寅也。發陵之年，羅靈卿云戊寅十二月十二日，孟兼亦同之；而貝瓊《穆陵行》以爲至元二十一年，周密以爲二十二年八月，則是甲申、乙酉也。陶九成謂元下江南丙子，至乙酉，立國十載，法制已明，安得有此事？雖辨其非乙酉，然無確據，何不以是詩爲證也。况皋羽作此在丙戌，若是乙酉，則相去不及一年，其事方新，不如此爲追憶之詞矣。

［白衣人拜樹下起二句］　宋陵收骨事，山陰王脩竹英孫所爲，而唐玉潛、林霽山爲之先後。蓋脩竹富而好禮客，玉潛、霽山皆在其門。張孟兼所謂享諸少年，造六石函，皆脩竹事也；鄭元祐所謂背竹籠爲丐者，章祖程所謂草囊采藥，則玉潛、霽山事也。其後，知玉潛者以其事實之玉潛，知霽山者以其事實之霽山，因時忌諱，故私記有異同耳。若原其本末，則脩竹在霽山、玉潛之上。其時同事且不止二人，《霽山集》中有鄭樸翁，《匡山志》有政和人余則亮，尚可考也。《四庫全書》本《冬青樹引注》。傑按：余則亮即余應，明洪武

中曾官留守同知事，與林、唐不同時；且《厓山志》並無此語。黄此言未確。參看全祖望《六陵祠祭議與紹守杜君》（但全氏云『章祖程引《厓山志》以爲尚有余則亮』，則爲張冠李戴，章注無此文）。

資治通鑑後編

［清］徐乾學

［世祖至元二十二年十一月］ 嘉木揚喇勒智復發宋徽欽高孝光五帝及孟韋吴謝四后陵。（下略）宋太學生東嘉林景熙故爲杭丐者，背竹籮，手持竹夾，遇物即夾以投籮中。鑄銀作兩許小牌百十繫腰間，取賄西僧。曰：『餘不敢，望收其骨，得高家孝家斯足矣。』西僧左右之，果得兩朝骨。爲兩函貯之，託言佛經，歸葬於東嘉，亦植冬青於其所，作詩以紀之。其一絶曰：『一抔自築珠宫土，雙匣親傳竺國經。只有東風知此意，年年杜宇哭冬青。』雙匣，謂高、孝兩函也。卷一五五《元紀三》。

［考異］

收瘞宋陵之骨，唐珏玉潛、林德暘景熙並有其事，一見羅有開《唐義士傳》，一見鄭元祐《林義士事跡》，皆載於《輟耕録》，未審孰是。愚嘗參考諸書，知唐林之事，其時異，其陵異，其所收之骨異，所葬之地亦異。唐事在戊寅，林事在乙酉，是其時異也。戊寅發光宗等四陵，乙酉發高孝等九陵，是其陵異也。唐得數函，林止兩函，是所收之骨有多少也。唐瘞蘭亭，林瘞東嘉，是所葬之地有遠近也。羅、鄭據所聞以爲言，故各遺其一。論此事者，或云二人同心，共爲斯舉；或云各行其志，初不相謀；或又云野史傳聞，未足深信。總由記事者以諸陵一時並發，而兩義一時同舉，遂成千古不破之疑。今釐而二之，則並行不悖，了無可疑矣。發高孝二陵，《癸辛雜識》云在乙酉十一月，最確。（下略）《冬青引》羅以爲唐作，鄭以爲林作，無可辨别；而《夢中作》則玩其辭旨，端屬景熙。其『雙匣親傳』一首，尤爲深切著明，故特舉以證其事云。同前。《四庫全書》本。

帶經堂詩話

［清］王士禛

陶南村《輟耕録》載唐義士珏玉潛、林義士德暘景曦收葬宋陵骨事同異，或謂『昭陵玉匣走天涯』等四首爲唐作，今考林集具載，又《冬青花》一首亦載集中，獨所謂『馬箠問髐形』一篇集無之，似屬唐作耳。考林集有《答唐玉潛》詩云：『甽畝孤心老未衰，一籬瘦菊一瓢詩。黄埃赤日漫多事，蒼狗白雲能幾時。山酒柏香春壽母，案書芸冷夜呼兒。横琴妙在無弦處，何必知音有子期。』蓋二公同時友善，同爲義舉，爾時各有詩紀事，皆以冬青寄意，而王筠庵國器、鄭明德元祐二君所記，傳聞異詞耳。南村以東嘉去杭千里，冬青豈易持去，縱持去豈能不枯瘁，疑是唐詩作林詩。此則未取林集參互考證之也。按林又有詩酬謝皋父云『夜夢繞勾越，落日冬青枝』，此尤可證；又有《精衛》《秦吉了》《南山有孤樹》《蔡琰歸漢圖》等篇，皆可互相發明。《草木子》亦以爲林景曦、唐玉蟾二公事，葉世傑去元未遠，所記多元朝遺事，聞見尤可據也。明嘉靖初，遼藩光澤王重刻《霽山集》，序之甚詳。卷一八《辨析類》。出《池北偶談》卷一二《宋林唐兩義士》。人民文學出版社一九八二年版。

書林唐二義士傳後

[清]萬斯同

或問：攢宫改葬之事，或歸之玉潛，或歸之霽山，將何從？答曰：余考《霽山文集》，言館會稽王脩竹家二十載，其與玉潛酬答詩甚多，而玉潛亦脩竹之客，則必諸人協謀爲之，非一人事也。再考《紹興府志》，孝宗永阜陵在高宗永思陵西，則二陵必相近；光宗永崇陵但言葬會稽而不言其處，則去二陵必稍遠；至寧宗永茂陵特遷天章寺爲之，則必高、孝二陵旁無地可葬，故至于毁寺，其去二陵必更遠；若理宗之永穆、度宗之永紹，又遠于永茂可知矣。……當諸陵之遍發也，欲盡收其遺骸瘞之，豈一人之力所能及？此二人必分道任之，故霽山但拾高、孝二陵，而玉潛則盡拾諸陵。不然，諸帝皆吾故君也，霽山何不忍于高、孝而忍于諸帝乎？今觀玉潛詩有『遥遥翠蓋萬年枝，上有鳳巢下龍穴』句，霽山詩有『移來此種非人間，曾識萬年觴底月』句，皆詠冬青；而霽山之《冬青行》正次玉潛之韻，則兩人之協謀益無可疑。乃季彭山之辨專歸其事於玉潛，而撰《温州府志》者謂霽山與鄭樸翁爲之，史稱玉潛者誤，要皆私其鄉人之詞，非公論也。《南宋六陵遺事》，見《昭代叢書》己集廣編。

書林唐二義士詩後

［清］萬斯同

發陵之事，確在戊寅年，羅雲溪所載是也。乃玉潛詩謂『犬之年，羊之月』，則是甲戌六月；霽山詩謂『羊之年，馬之月』，則是癸未五月；孔希普述霽山詩又謂『丙之年，子之月』，則是丙子十一月。夫元人之入臨安，在德祐二年丙子正月，若甲戌乃度宗咸淳十年，元軍猶未渡江也，玉潛之詩爲失實。癸未乃世祖至元二十年，距厓山之事已閲五年，與雲溪所載不合，霽山之詩亦失實。丙子正元人入臨安之歲，爲至元十三年，二月始遣楊髡爲總統，安得丙子有發陵之事，則孔氏之言亦失實。今以謝皋羽《冬青樹引》『知君種年星在尾』考之，其爲戊寅無疑，戊寅則至元十五年也。二公身爲之事，而所志有失實者，或時有所忌，故紊其詞，使人疑其僞爾。閲者但取其事而不拘其歲月，即詞有同異，何傷哉！録同前。

思復堂文集

［清］邵廷采

及楊璉真伽發宋諸陵，英孫痛憤，出白金，屬珏等結少年入山收遺蜕。造石函六，刻紀年一字爲號。使景熙收高、孝二陵，珏及諸人收餘四陵。或背竹籮爲丐者，或持草囊采藥。夜事幾覺，有踰垣折肱者。竟易真骨以出，瘞之蘭亭山天章寺，植冬青識其上。遇寒食，私祭之。故翱詩曰『白衣人拜樹下起』，指寒食之祭也。英孫家世隆，定謀時珏及景熙當其咎。事平，名亦歸珏、景熙。卷三《宋遺民所知傳·王英孫》。

明嘉靖初，與林景熙同祀雙義祠。文徵明記之曰：『論者以唐、林二公方豫讓。讓受國士恩，二公曾不沾一命，讓不足以方也。漢唐易世後，陵寢被發，不知當時亦有高義之士，反虆梩而掩之如二公者乎？蓋有其人而不見記載，直謂之前無古人可也。』卷三

《宋遺民所知傳·唐珏》。

宋陵被發，與林景熙同入山。景熙故爲丐者，而宗仁采藥，以草囊拾散骨，各有所得。……嘉靖二十六年，紹興建雙義祠於攢宫，專祀唐、林而王、鄭未有座。或曰『二人者固逃名士』，或曰『亦要終始，脩竹在雷門、霽山上』云。卷三《宋遺民所知傳·鄭宗仁》。

余又感宋陵事，從成化中華亭彭瑋引宋濂《書穆陵遺骼》，斷其歲爲乙酉。尚有可疑者。理宗陵發以八月，而高、孝諸陵以十一月，相距幾一時。則易而瘞之亦有先後，前者事露，後者益難。不知唐珏、林景熙之役，果同時耶，二時耶？高、孝既稱俱蜕骨，而景熙所收者又何骨耶？岂唐方起謀，林已先得高、孝兩陵骨耶？或林之所得，正唐所易之骨耶？論者止辨年之異同，收之分合，而不惟月之先後，斯案終未可定也。景熙詩『不知真帖落誰家』，則當時同事固已疑之矣。……表章脩竹始有黄溍，申以孔希普、趙子長，而集成於季彭山。當年主瘞陵而不居名，蓋明哲保身者。唐、林等愛脩竹，亦爲之諱，不以居名爲嫌。其處君友之義兩盡如此。卷三《宋遺民所知傳論》。

宋陵之發，傳聞異辭。周密，齊人也，號草窗。仕於宋，宋亡不出。所居杭癸辛巷，有《癸辛雜識》，云楊髡發陵，在乙酉至元二十二年之八月及十一月。陶九成，台臨海人，名宗儀。仕於元，退耕吴門。有《輟耕録》，紀元事終於集慶兵起。書成次年，洪武建元。

其紀發陵，則在至元戊寅。密見之親而宗儀聞之悉，猶異同若此。然後人多據謝翶詩，以戊寅爲正。商文毅等修《續綱目》因之，是知翶之可據而不知密之亦可據也。翶詩『種年星在尾』或別有説，不可臆推。但戊寅爲至元十五年，實宋祥興元年，少主昺猶蹕厓山，東西蠭起之衆所在皆是。以元君臣之鷙謀沈力，寧不慮人心動摇，而驟爲此幽慘，代施田單反間計耶？抑文山被拘入燕，沿道悲吟，詎漠不聞斯禍，而無一語痛及？説者又謂：『丙子元兵下江南，至乙酉將十載，版圖已定，法令已明，安得有此？惟戊寅距丙子纔二年，庶事草創，西僧或得乘間以行其惡。』斯言何已恕而不達情理之甚耶！夫元悉毁宋宫廟郊壇，欲遷其宗室，何恤於陵？元時稗史避諱，至宋景濂始發其事於乙酉。丘文莊更昌言之，云『真伽之罪雖不容誅，然世祖因其奏請而從，則是以帝王而樊崇、温韜行也。』　卷一〇《書會稽宋陵始末》。浙江古籍出版社二〇一〇年版。

霽山先生詩文集序

[清]吴　菘

（見附録一）

霽山先生詩文集序

［清］吴瞻泰

（見附録一）

宋詩紀事

［清］厲　鶚

六陵遺骨，《癸辛雜識》《輟耕録》俱云葬蘭亭。若云高、孝兩陵林攜葬東嘉，則詩中所云『水到蘭亭轉嗚咽，不知真帖落誰家』，又何謂耶？當以周草窗、陶南村所紀爲是，而景熙則共事之人也。《夢中》詩係唐玉潛作，云景熙作者非。卷七五《林景熙》。上海古籍出版社一九八三年版。

冬青義士祠祭議與紹守杜君

［清］全祖望

六陵之事，尚有所商。蓋唐、林故祠在攢宫旁，季彭山以爲尚應有王脩竹，乃本之張孟兼，則多其一；黄梨洲以爲尚應有鄭樸翁、謝皋羽，則又多其二；萬季野續考之，以爲尚應有《癸辛雜識》之陵使羅銑，則又多其一。羅事雖似不與唐、林宿相謀，而其義則同，不可爲非一體也。……故當合而稱之曰六義士祠。《鮚埼亭集》卷三三，商務印書館《四部叢刊初編》影印清姚江借樹山房刊本。

冬青義士祠祭議二與紹守杜君

［清］全祖望

冬青之役，王脩竹、鄭樸翁確然同功者也，羅陵使亦必不可遺者也。獨謂皋羽有陰移冥運之功，此出自楊廉夫之臆説，愚初亦誤信之，而今始知其妄。夫欲審皋羽之同功與否，先當定發陵之年。羅雲卿作唐雷門傳以爲戊寅，周公謹《志》以爲乙酉。宋景濂從公謹，乃於其《元史》又先一年，以爲甲申，則已自相矛盾。故《續綱目》從雲卿。若以皋羽之詩合之，『知君種年星在尾』，則雲卿之言是也。近人邵廷采疑以爲戊寅乃少帝元年，蒙古不應竟無顧忌若此，因以爲乙酉，而《冬青引》不可解則姑闕之。不知南渡之初，汴陵已自不保，况厓山弹丸，豈爲敵所懼，是真迂儒之言不足辨也。發陵既在戊寅，則其時文丞相未死，皋羽甫從前一年辭而東歸，《西臺慟哭記》所謂『别公漳水湄』者是也。

祥興初元，皋羽蓋尚徘徊嶺嶠，安得由閩而浙，深入東越，豫於冬青之役，此不辨而可知其非者也。蓋宋亡之後，據韶父之言，則皋羽避地甌括間四年，其後以癸未始入吴，以丙戌始入越，即《記》中所云哭文公、夫差之臺與越臺是也。是時始聞有冬青之事而感賦之，故讀其文，自是局外記事，又屬追遡之語。『知君種年星在尾』，則已之不豫可知矣，其爲追遡又可知矣。是時霽山已歸東嘉，故皋羽頻有詩寄之，是則就皋羽之言以考皋羽，而可以了然者也。同前。

四庫全書總目卷一六五林霽山集

［清］永瑢等

（見附録一）

續資治通鑑

［清］畢　沅

〔元世祖至元十五年十二月〕江南釋教總統嘉木揚喇勒智（舊作楊璉真加，今改）怙恩横肆，窮驕極淫，以是月帥徒役頓蕭山，發宋寧宗、理宗、度宗、楊后四陵。宋陵使中官羅銑，守陵不去，與之力争，凶徒痛箠銑，脅之以刃，銑慟哭而去。乃大肆發掘，得寶玉極多。截理宗頂以爲飲器，棄骨草莽間。是夕，聞四山皆有哭聲。山陰唐珏聞之，痛憤，亟貨家具，執券行貸得金，具酒醪，市羊豕，邀里中少年狎坐轟飲，酒酣，少年起請曰：『君儒者，若是，將何爲焉？』珏慘然具以告，願收遺骸共瘞之。衆謝曰『諾』。中一少年曰：『總浮屠眈眈虎視，事露奈何？』珏曰：『余固籌之矣，今四郊多暴骨，竄取以易，誰復知之。』乃造數木函，刻紀年一字爲號，分委而散遣之。衆如珏指，夜往拾遺骸，詰朝來集，出白金羡餘酬之。既而嘉木揚喇勒智復發徽、高、孝、光四陵及諸后陵，徽宗柩中止有朽木一段，邢后柩惟鐵燈檠一枚而已。宋太學生東嘉林景熙，故與珏善，乃託爲丐者，背竹籮，手持竹夾，遇物即拾以投籮中，鑄銀作小牌，繫於腰間，取賄西僧，曰：『餘不敢望，得高宗、孝宗足矣。』西僧左右之，果得兩朝骨，爲兩函貯之，託言佛經，遂與珏所得之骨並瘞蘭亭山南，移常朝殿冬青樹植其上以識。未幾，嘉木揚喇勒智下令，裒諸陵骨，雜置牛馬枯骼中，建白塔於故宫，欲取宋高宗所書《九經》石刻以築基，杭州總管府推官申屠致遠力拒之，乃止。塔成，名曰鎮南，以厭勝之。杭人悲感，不忍仰視。蓋珏等事甚秘，杭人未有知者。方珏等之始謀拾骨也，宋將作監簿山陰王英孫持其議，東陽（傑按：東陽爲平陽之誤）鄭宗仁襄其役，長溪謝翱爲之籌畫。翱，故文天祥之客也。遇寒食，則相與密祭之。久之，事漸泄，人多指目珏、景熙，謂旦夕禍且不測。珏、景熙亦自承，不以爲懼。事幸不發，人皆稱曰唐、林二義士。卷一八四《元紀二》。

［考異］

羅有開《唐義士傳》、鄭元祐《林義士事跡》各紀所聞。張孟兼撰《唐珏傳》作戊寅。黄宗羲爲謝翱《冬青引》作注，據『知君種年星在尾』句，以爲寅年之證，是也。《癸辛雜識》以爲乙酉年十一月，徐氏《後編》信爲至確，遂分唐、林所舉爲二事，從而辨之曰（引略）。今按徐氏所辨非也。周密《雜識》載此事，頗爲疎舛。如云發徽、欽、高、孝、光五帝陵，欽陵止有鐵燈檠一枚，豈知欽宗之柩終於不返，《金史》明言葬于鞏洛，則紹興安得有欽陵？蓋誤以邢后之陵爲欽陵。其傳聞失實如此，則所繫年月，又豈可信乎？《雜識》以爲歸葬東嘉者（傑按：『歸葬東嘉』爲鄭元祐説，此云周密《癸辛雜識》誤），止以林爲温州人，從而實之耳。豈知林爲汐社中人，與王英孫、唐珏諸人互相唱酬，固爲紹興之寓公乎。總之，僧徒發陵，不能定爲一時，而唐、林相濟而成，斯無可疑者。徐氏據林景熙詩『雙匣親傳竺國經』，引爲景熙收高、孝二陵骨之證。按此詩或云唐作，或云林作，今《白石樵唱集》有此詩，可斷爲林作，然集中有《夢中作四首》，此特其一。又有詩云：『水到蘭亭倍嗚咽，不知真帖落誰家？』是林所得者俱葬蘭亭，即其確證，豈得舉其一而廢其餘乎？今爲參考而連書之。《輟耕録》云：『丙子下江南，至乙酉將十載，版圖必已定，法制必已明，安得有此事？惟戊寅距丙子不三年，此時庶事草創，故妖髡得肆其惡。』徐氏據至元二十一年籍發陵所收金寶修天衣寺，謂世祖實知而弗禁，駁陶氏之誤，其説允矣。徐氏又云：『戊寅，粤東未下，必妖髡獻厭勝之術，欲使粤東速敗，故世祖聽其發掘，不兩月而厓山覆歿，帝服其奇驗。得寶非初志，後聞其所收極多，乃籍之於官耳。』此亦想像之詞。宋至厓山，其勢已不能立國，在僧徒或以此厭勝，而宋之覆歿不係乎此也。至王英孫主持其議，則黄溍、傅藻、趙汸並述之。謝翱《晞髮集》有『夜夢繞於越，落日冬青枝』之句（傑按：『夜夢』二句爲林景熙《酬謝皋父見寄》詩，此誤），不止《冬青引》一首也。連百正集有《贈鄭宗仁》詩，亦指此事，皆當時共事之可徵者。理宗首爲飲器，明洪武中，始歸葬紹興，高啟《大全集》、貝瓊《清江集》俱詠其事，亦可爲葬蘭亭之證云。同前。中華書局一九七九年校點本第十一册。

越縵堂日記

［清］李慈銘

致聚訟不决者，尤以唐、林兩《傳》各載詩數首，皆大致相同。按景熙有《霽山集》五卷，玉潛著作無傳者，則諸詩自是景熙所作。蓋唐事當時已傳遠近，景熙與唐皆浙東人，自必以同志故，更締交好。其時又有謝皋羽、王脩竹一流人，咸相往來，倡和歌詠。其曰『雙匣親傳竺國經』者，乃景熙自詠其事；下云『水到蘭亭轉嗚咽』，則明詠天章寺事矣。

……霽山六陵諸詩，最悽婉可愛，並録於此，以便諷誦（引《夢中作四首》和《冬青花》略）。咸豐十年六月二十六日。録自《越縵堂日記説詩全編》内編評論門考史類二，鳳凰出版社二〇一〇年版。

温州經籍志

［清］孫詒讓

（卷二三霽山先生集案。見附録一）

元詩紀事

陳　衍

《夢中作》　案：《夢中》詩明言『雙匣』，自係指高、孝兩骨。……若《夢中》詩爲唐作，則『雙匣』又何謂乎？鄭先於陶説，較可信，《南宋書》亦詳林事，此詩自當屬林。卷三一林景熙。上海古籍出版社一九八七年版。

霽山集跋尾

薛鍾斗

（見附録一）

宋詩紀事補正

錢鍾書

按，此四詩尚見林景熙《霽山先生文集》卷三。《西湖游覽志餘》卷六曾兩引此詩或四首或三首及其他，先言收拾遺骨爲唐珏，繼而又言作主爲林德陽即林景熙。其云『不知唐義士所易何骨，林義士所收又何骨也』，表明已成疑案。《霽山先生文集》於此詩下有《自注》云『在元時作詩，不敢明言其事，但以夢中作爲題』云云，雖係誤屬，但已道明事理。《輟耕録》卷四言之鑿鑿，亦不脱小説家風筆，厲氏采從之，疑竇依然。卷七九唐珏《夢中作》補正，遼寧人民出版社、遼海出版社二〇〇三年版第十册。　傑按：『在元時作詩，不敢明言其事，但以夢中作爲題』數句，爲《霽山集》卷三《夢中作四首》元章祖程注語，此云『自注』誤。又錢以『自注』，因謂之『誤屬』，亦失察。

收葬宋陵遺骨事及《夢中作》詩辨證

陳增傑

元初江南釋教總統楊璉真加（嘉木揚喇勒智）發掘會稽南宋六帝陵墓，林景熙和山陰人唐珏各有收葬帝陵遺骸義舉，諸書記載頗多異同，明李東陽《冬青行》已有『唐義士，林義士，野史傳疑知誰是』之句。清萬斯同輯著《南宋六陵遺事》（昭代叢書已集廣編）嘗作考述，然取材有限，又嫌未得頭緒。兹事不僅關係景熙生平大節和彪炳史册之《夢中作》組詩，而且亦爲歷史上一重大事件，故不可不辨明之。

一、關於發陵年月。

（一）戊寅（一二七八）説。元羅有開《唐義士傳》（下引簡稱羅傳）記在戊寅『十二月十有二日』。戊寅即宋帝昺祥興元年，元世祖至元十五年，一二七八年。謝翺《冬青樹引》『知君種年星在尾』句，明張丁注：『其曰星在尾者，歲在寅也。』清黄宗羲注：『尾在析木之次，謂葬年是戊寅也。』（均見《冬青樹引注》）此説影響最廣，陶宗儀《南村輟耕録》卷四《發宋陵寢》、商輅等《續通鑑綱目》、畢沅《續資治通鑑》皆從其説，夏先生《樂府補題考》亦是之。

（二）乙酉（一二八五）説。宋周密《癸辛雜識》續集上《楊髡發陵》記在乙酉，即元世祖至元二十二年，一二八五年。謂八月發寧宗、理宗、度宗陵，十一月十一日繼發高宗、孝宗、光宗諸陵。同書别集上《楊髡發陵》條記同。明陳霆《兩山墨談》卷一八、郎瑛《七修類稿》卷二二《宋陵遺骼考》、清邵廷采《思復堂文集》卷一〇《書會稽宋陵始末》皆挺周説，清徐乾學《資治通鑑後編》卷一五五《元紀三·考異》從其説。明宋濂《翰苑前集》卷一〇《書穆陵遺骼》及《穆陵行序》則謂『乙酉正月』，年同而月期異。明彭瑋《南村輟耕録跋》、清徐沁《謝皋羽年譜》從宋説。

（三）甲申（一二八四）説。《元史·世祖紀十》定爲元世祖至元二十一年九月，一二八四年。明胡粹中《元史續編》卷三從之。

以上三種記述，周密説可加采信，理由是：

其一，周云『楊髡發陵之事，人皆知之，而莫能知其詳。余偶録得當時其徒互告狀一紙，庶可知其首尾』。周密與景熙同時（《霽山集》卷四《陶山脩竹書院記》有『訪草窗周氏』語)，記當時之事，所據又爲第一手材料，自較可信。郎瑛《宋陵遺骼考》引《兩山墨談》，謂『周草窗正當宋末元初之人，紀之必真』。

其二，帝昺祥興元年(一二七八)，宋都臨安雖然陷落，閩廣沿海建立的南宋朝廷仍在進行鬥爭，政局尚未穩定，元政權從自身利益權衡，恐亦難縱容這種冒天下之大不韙的暴行逆舉。邵廷采謂，是時『少主昺猶蹕厓山，東西蠭起之衆所在皆是。以元君臣之鷙謀沈力，寧不慮人心動摇，而驟爲此幽慘，代施田單反間計耶？抑文山被拘入燕，沿道悲吟，詎漠不聞斯禍，而無一語痛及？』(《書會稽宋陵始末》)陶宗儀主戊寅説，言『至元丙子(一二七六)，天兵下江南，至乙酉將十載，版圖必已定，法制必已明，安得有此事？然戊寅距丙子不三年，竊恐此時庶事草創，而妖髡得以肆其惡與。』對此，邵廷采駁云：『斯言何已恕而不達情理之甚耶！夫元悉毁宋宫廟郊壇，欲遷其宗室，何恤於陵？』所謂『稗史避諱』，陶氏此種推測有點美化元統治者，不足置信。因此舉實得元帝默許和庇容。當時楊璉真加與執政大臣桑哥表裏爲奸，以修復舊寺爲名，掘陵盜劫珍寶，由桑哥上奏朝廷(見《元史·世祖紀》一〇、一四)。楊髡仗勢横行，地方官司『攔擋不住』。十分明顯，其政治目的是用來鎮壓漢族人民的民族意識。

其三，考以《霽山集》中詩文，宋恭帝德祐元年（一二七五）至帝昺祥興二年（一二七九），景熙已退居平陽鄉里（見本書《前言》注〔五〕）。這段時間他基本上是在家鄉度過，同他相来往的都是一些棄職歸里、守節不屈的遺民志士，如鄭樸翁（宗仁）、林千之（能一）、陳則翁（仁則）、曹稽孫（許山）、曹告春（近山）及林正（浩淵）、裴庾（季昌）等。德祐二年（一二七六）臨安淪陷，益王趙昰、廣王趙昺經由温州入閩，他與同里周景顥曾有南行追隨二王的意向，後因故未能成行（參閲民國《平陽縣志》卷三五《林景熙傳》）。雖然其間也曾游歷山陰（紹興），宋端宗景炎二年（一二七七）他應王英孫邀約前往越州，爲王英孫父王克謙遺下的歸休别業作《王氏園亭記》，但那只是『寄情於山水』游歷中的停留，不會住得很長久。帝昺祥興二年（一二七九）二月六日，厓山戰敗，陸秀夫負帝蹈海自盡。景熙這時已在平陽。這個哀痛消息傳來，陳則翁『奉宋主龍牌，朝夕哭奠』；他與裴庾、林正、曹稽孫等也都參加了哭祭活動，『私相痛悼』（見元陳岡編《清潁一源集》卷一《陳則翁傳》）。

元世祖至元二十二年（乙酉）楊髡發陵，景熙適寓居山陰王英孫莊上。他寫的《陶山脩竹書院記》説：『越爲東渤望，前將作監簿脩竹王公爲越望。歲乙酉，予與里人陳用賓同客公第。』章祖程《夢中作四首》注云：『適先生與同舍生鄭樸翁等數人在越上。』故有收殮陵骨之舉，時間上適相協合。

其四，鄭樸翁（宗仁）、謝翺（臯羽）都曾參預收殮事。鄭所作《悼國賦》有云：『國統正于蒙古兮，金枝霜木其凋殘。棄遺骸于草莽兮，吾則暨同志託佛經于越山。』（《東昆仰止録》卷三引）『國統正于蒙古』，指祥興二年（一二七九）厓山戰敗宋室滅亡，絶不會指德祐二年（一二七六）的臨安陷落。宋都淪陷後，林景熙寫的《鞍山齋記》是這麽説的：『八駿不游，六螭猶在。』宋帝朝廷依然存在，國統未絶。鄭樸翁、林景熙都爲節義之士，鄭的『悼國』與林聞厓山噩耗後的哭祭，其政治概念即對於國祚的認識是一致的。鄭賦明謂收遺骸葬越山乃在祥興二年國亡之後，這就否定了戊寅歲即祥興元年發陵的可能性。此亦爲直接有力之證據。又據徐沁《謝臯羽年譜》，謝於至元二十年（一二八三）始抵山陰。『若係寅歲，無論相距甚遠，是時先生尚未入越，安得作《冬青引》相别耶？』（徐沁語）全祖望也指出寅歲前後，謝翺遠在閩嶠，不可能深入東浙；但他信從戊寅發陵説，便將謝翺排除在外（《冬青義士祠祭議二與紹守杜君》），這又近乎削足適履，爲成見所囿了。

其五，謝翱《冬青樹引》詩『知君種年星在尾』句，張丁、黄宗羲注『星在尾』均謂『歲在寅也』，主戊寅説者皆引以爲重要依據。其實對此句有不同理解，明人彭瑋《南村輟耕録跋》釋云：『星在尾者，寅月也。』徐沁稱『善乎彭瑋解之』（《年譜》），詹安泰謂其『各以主見解釋，各自言之成理』（《楊髠發陵考辨》）。這已可抵消張、黄所持的理由。而且，就算張、黄的推解完全合理，也未必即爲確證。因爲當事人詩中紀年之語盡有不同。唐珏《冬青行》云：『犬之年，羊之月，霹靂一聲天地裂。』犬年羊月，是甲戌六月，宋度宗咸淳十年（一二七四），其時元軍尚未渡江。元王逢《白塔行引》引唐詩作『羊兒年，犬兒月』，羊年犬月，則是癸未九月，元世祖至元二十年（一二八三）。元鄭元祐《遂昌雜録》（下引簡稱鄭録）引爲林景熙詩，作『羊之年，馬之月，霹靂一聲山石裂』。羊年馬月，則是癸未五月，亦爲至元二十年（一二八三）。明初孔希普《冬青樹引注跋》引林詩有『丙之年，子之月，冬青花，不可説』句，丙年子月，則是丙子十一月，宋端宗景炎元年（一二七六），其時楊璉真加未官江南釋教總統。紛歧如是，無可適從，萬斯同只好解釋説：『二公身爲之事，而所志有失實者，或時有所忌，故紊其詞，使人疑其僞爾。』（《書林唐二義士詩後》）蓋因其事隱秘，潛行畏禍，故爲飄忽之語，閃爍其辭。謝詩『種年星在尾』云，亦當作如是觀。

二、收葬參預人員。

鄭《録》和章祖程《夢中作四首》注記爲林景熙事。鄭言林扮爲丐者，背竹籮夾取遺骨；又以小銀牌取賄番僧，撿得高宗、孝宗遺骸，裝函貯葬。章言林與『鄭樸翁等數人』相率爲采藥者，至陵上收撿而葬於越山。

羅《傳》記爲唐珏事。言唐貨家具行貸，置木匱絹囊，具酒食，陰召里中年少夜往收瘞。

元黄溍謂王英孫『造石函六』，召募少年夜往收貯而葬。見明張丁《冬青樹引注并跋》引録黄氏門人傳藻語。邵廷采謂『英孫痛憤，出白金……使景熙收高、孝二陵，珏及諸人收餘四陵』，『英孫家世隆，定謀時珏及景熙當其咎。事平，名亦歸珏、景熙』（《宋遺民所知傳・王英孫》），又謂『當年主瘞陵而不居名，蓋明哲保身者。唐、林等愛脩竹，亦爲之諱，不以居名爲嫌。其處君友之義兩盡如此』（《宋遺民所知傳論》）。所言皆合乎情理。

章祖程《夢中作》注謂鄭樸翁（宗仁）與景熙一起收殮，是可信的。如前引鄭所作

《悼國賦》有『棄遺骸于草莽兮，吾則曁同志託佛經于越山』語；连文鳳《百正集》卷中《寄常州簿鄭宗仁並序》亦云：『稽山禹穴，莽爲狐兔；神龍遺蜕，散亂榛蕪。孝子仁人，一夕悉取而歸之。』并可證。

黄溍、張丁謂謝翶《冬青樹引》爲收陵骨事而作，則謝翶亦實預其役，也是可信的。景熙《酬謝皋父見寄》有『夜夢繞句越，落日冬青枝』句，可證。邵廷采謂翶『初抵會稽，與將作監簿王英孫交，望哭宋諸陵。及唐珏、林景熙等收遺蜕，翶爲之畫策。故有《冬青引》贈珏』（《宋遺民所知傳·謝翶》）。

林景熙、唐珏爲此義舉之主角，無可疑問。當時他們是冒着極大危險秘密進行的，事出機密，『蓋各行其所志，不相知會』（陶宗儀語）。多數記述持這樣看法。但從移葬處植冬青樹爲識，林有《冬青花》、唐有《冬青行》、謝有《冬青樹引》諸詩來看，又像是預先經過協謀爾後分頭行動。林、唐、鄭、謝均爲山陰莊上館客，作爲越中盟主的王英孫自不可能不與聞其謀；所以孔希普、季本、王驥德、徐沁、黄宗羲、邵廷采、吴瞻泰、沈季友等都認爲，『諸公共事』，而王英孫實主持其間。《續資治通鑑》卷六四該節詳記唐、林收掩事後，復云：『宋將作監簿山陰王英孫持其議，東（平）陽鄭宗仁襄其役，長溪謝翶爲之籌畫。』是能照顧周到，處理大體得當。

三、《夢中作四首》的作者。

《夢中作四首》，羅《傳》引爲唐珏詩，鄭《録》引爲林景熙詩（録其中三首），《輟耕録》兩載之，辨而『不得其要領』（孫詒讓語）。厲鶚《宋詩紀事》卷七九繫於唐名下，卷七五林傳後復云：『《夢中作》詩係唐玉潛作，云景熙作者，非。』未經審辨而輕率下斷，淆亂耳目。但厲氏的武斷却有一定影響。今人注宋詩者不無疑惑：或竟認爲是唐珏作的；或依違兩説之間，不能作判斷；或雖歸繫林詩而又留下尾巴：『也有記載説是另一位元遺民唐珏寫的。』（《古詩今選》下册）故亟有辨明之必要。

（一）此四詩見載《白石樵唱》卷三。《樵唱》景熙生前即已編定，景熙去世後二十四年即元惠宗元統二年（一三三四），同里『高第』（第通弟）章祖程爲作箋注，其《題白石樵唱》云：『先生……晚年所著，雜文十卷外，有詩六卷，題曰白石樵唱，行於世。』孫詒讓《温州經籍志》卷二三《霽山先生集》案云：『宜竹（章祖程）親近霽山之門，其注本斷不至誤收他人之作。』明天順中吕洪據章注本刊行，併六卷爲三卷，流傳至今。版本来源清楚，故其爲林詩，無可置疑。《續資治通鑑》卷六四《考異》即據此斷爲林詩。

（二）詩中所詠，與景熙收葬本事相切合。詩云『親拾寒瓊出幽草』，寒瓊喻指陵骨，鄭《録》『林故爲丐者，背竹籮，手持竹夾，遇物即以投籮中』，章注『爲采藥者至陵上，以草囊拾而收之』，都爲『親拾寒瓊』之舉。詩云『雙匣猶傳竺國經』，竺國經者佛經也，有鄭樸翁《悼國賦》『吾則曁同志託佛經于越山』之爲證；雙匣謂高宗孝宗二函也，有鄭《録》『果得高、孝兩朝骨，爲兩函貯之』之爲證。章注『乃盛二函，託言佛經，葬于越山』，極翔實。這些在細節上都取得一致，尤爲深切著明，信稱『詩史』。而羅《傳》記唐玨事云：『乃具酒醪，市羊豕，邀里中少年若干輩……乃斫文木爲匱，復黄絹爲囊，各署其表曰某陵某陵，分委而散遣之，葩地以藏，爲文而告。詰旦，事訖來集，出白金羡餘酬，戒勿泄。』其收殮事與詩詠並無聯繫，故明陳彦生辨云：『余以林託藥，又託佛經、託夢，不敢明言其事，故爲詩若此；唐則爲酒食召少年，文本絹囊，又焉用託之詩乎？不可以不辨。』（《林霽山夢中作辨》）《四庫全書總目》卷一六五林集提要辨云：『且「雙匣親傳竺國經」句，與景熙葬高、孝兩陵之説合，與玨同葬諸陵之説不合。』陳衍《元詩紀事》卷三一《林景熙》亦云：『若《夢中》詩爲唐作，則「雙匣」又何謂乎？』是皆能分辨細入，合乎事理邏輯。

（三）林集他詩可作印證。第三首云『昭陵玉匣走天涯，金粟堆前幾吠鴉。水到蘭亭轉嗚咽，不知真帖落誰家。』以蘭亭帖（昭陵玉匣），暗喻移葬之陵骨。林集卷一《春感》『子規叫殘金粟暮，繭紙蘭亭已飛去』；卷三《次翁秀峰》『唐陵愁問永和帖』（永和帖即指蘭亭帖），亦詠其事，手法一樣，取喻相同。至以『金粟』（唐玄宗陵墓所在地）喻指宋陵，集中更爲屢見，除上引外，又如卷三《答金華王玉成》云：『金粟荒愁杜宇前。』諸詩措語相類，託旨相同，這是很好的證明。蓋作者於遺骼之舉刻骨銘心，不能忘懷，故筆端時時流露，在篇詠中反復致意。

（四）從詩的風格辨認。這組詩意深辭婉，體現了景熙詩幽宛悱惻的藝術風格和意境，是他的代表作品。清初善於評詩的王士禛和四庫館臣等都已經注意到這一點。王士禛謂羅《傳》所録數詩，除『一馬箠問髐形』一篇（林）集無之，似屬唐作』外，其餘各篇都可『取林集參互證之』。他説：『按林又有《酬謝皋父》云「夜夢繞句越，落日冬青枝」，此尤可證；又有《精衛》《秦吉了》《南山有孤樹》《蔡琰歸漢圖》等篇，皆可互相發明。』（《帶經堂詩話》）卷一八《辨析類》）陳焯《宋元詩會》卷五五《夢中作四首》也説：『絶句聲調與景熙近，且又載林集内，則此詩仍當屬林。』吴菘《霽山集序》言：『唐珏初無詩集可據，而《宋遺民録》及金華張孟兼撰珏傳，亦未嘗言珏有聲於詩。』《四庫全書總目》卷一六五林集提要謂：『珏他詩不概見，而此四詩詞格，實與景熙他詩相類。』論者都能從『聲調』、『詞格』等藝術特徵方面加以確認。

（五）明遼藩光澤王《重刊霽山先生集序》云：『嘗考《皇明文衡》所載張孟兼《唐珏傳》，言葬骨事不及詩，此亦一證也。』這是説，明初張丁（孟兼）重撰《唐珏傳》，主要取材于羅有開的《唐義士傳》，但經過剪裁甄别；張認爲《夢中作四首》非珏詩，故予删略不提。孫詒讓作出相同推斷：『張《傳》所載事跡與羅《傳》同，惟不載四詩，蓋疑而缺之。』（《温州經籍志》卷二三《霽山先生集》案）同樣，清初邵廷采博采舊聞作《宋遺民所知傳》，繫《夢中作》詩於林景熙下，唐珏不與焉，十分明確。

（六）《宋詩紀事》收爲唐珏詩，所根據者爲《輟耕録》（卷九七唐珏下云：『今從《輟耕録》作珏。』），其實靠不住。如上文引述，《輟耕録》並載羅《傳》、鄭《録》而持疑似態度。陶氏云：『詩中有「雙匣」字，則是收兩陵骨之意，得非林義士詩，而羅雲溪以傳者之誤而寫入傳中乎？』這是合乎情理的推斷。他對鄭元祐貯骨並移宋殿冬青樹『歸葬於東嘉』的記述質疑：『吾意會稽去杭，止隔一水，或者可以致之；若夫東嘉，相望千餘里，豈能容易持去？縱持去，又豈能不枯瘁？』亦屬有理。但由此得出結論説：『作如此想，則又疑是唐義士詩。』就失之片面了。東嘉即温州，鄭《録》『歸葬於東嘉』固爲訛傳失實，誠如黄宗羲所批評：『霽山詩……已明言葬蘭亭矣，元祐既載其詩，乃不深惟其義，何其粗也。』（《冬青樹引重注》）這是他的粗率疏誤，但不能憑此一點即推翻事實，懷疑詩非林作；更何況不僅霽山詩『水到蘭亭轉鳴咽』、『繭紙蘭亭已飛去』，鄭樸翁賦、章祖程注也都已明言『葬於越山』。所以，陶宗儀所持的否定理由也是『不深惟其義，何其粗也』，輕率不足爲訓。

（七）至於羅《傳》之誤記，光澤王云：『恐唐於葬後，嘗誦林詩於相知，故聞而述之者遂以爲唐之詩耳。』吴菘云：『夫當時玉步初更，唐與林或各行其志，或合謀其事，必皆潛匿不肯明言。而當世道其事者，因並傳其詩，或逸其半於殘篇斷簡之中，或隱其名於鄉里傳誦之口，故以林詩而入唐傳，容或有之。』皆爲成理之言。

總之，從《白石樵唱》載録之版本來源和詩中所寫事實細節、修辭手法、風格意境以及集中他作相印證諸方面考察，《夢中作四首》爲林景熙詩，是確定無疑的。

附録四　酬贈題詠

半雲菴和答林霽山

［宋］陳則翁

孤雲伴孤吟，彼此識心事。促席聊自怡，不索遠持寄。相親期虚左，豈雲自偶值。雲乘龍之噓，足以塞天地。人之氣浩然，何嘗有憂懼。霏霏秋景邊，澹然一儒素。人亦雲不殊，雲因就人住。雲定夢不飛，夢覺雲如故。世路翻手交，閉關謝來籲。出此或苟焉，觸處有餘愧。元陳岡編《清潁一源集》卷一，清道光五年重刊瑞安陳氏家集本。

送馬静山寄林曉山兄弟

［宋］林千之

古井誰復汲，古調誰復裁？元鶴引清吭，萬壑松風哀。彼美三珠樹，沆瀣斛瓊臺。吾宗大小山，正爾期不來。袖有明月珠，遠遺馬子才。江空山亦深，乃肯穿蒼苔。妙悟玄中玄，使我心悠哉。有牆肩曹劉，無苑延鄒枚。采薇霧失道，釣鰲風折桅。朔風無重裘，地爐擁寒灰。兩窮相值遇，一笑聊參陪。白日若無光，暖律何當回。持此將安歸，令人心膽摧。吾聞三神山，縹緲連蓬萊。滄海正清浮，神仙亦嵬崔。歸歟三雋朋，下界空飛埃。録自元陳世隆編《宋詩拾遺》卷一一，遼寧教育出版社二〇〇四年版。傑按，明蔡璞《東甌詩集》卷四收録題同，無『兩窮相值遇』以下十二句。

遠游篇寄府教景熙

[宋]謝　翱

朝游扶桑根，不折拂日枝。莫食楚萍實，掬海見虹霓。黄鵠别我影，目盡漢水湄。况復銜其子，風露何當歸。飄蕭軟桂叢，零落紫苔衣。夢魂知爾處，落羽在瑶池。《四庫全書》本《晞髮集》卷三。

寄林霽山

[宋]潘士驥

拂袖歸來不計春，華陽巾下白紛紛。貞元朝士今無幾，正始遺音尚有聞。花冷西湖籠淡月，雨晴南蕩貯閒雲。遥知一笑耆英會，酒誓詩盟正策勳。録自清周天錫輯《慎江詩類》卷一，温州圖書館藏抄本。民國《平陽縣志》卷九五《文徵外編十九・宋》引録首句「計」作「記」。

宿連雲樓

［宋］陳壺中

自愛山樓宿，微吟此興濃。憑欄最深處，見月在高峰。清唳來孤鶴，新凉生數松。葛壇名已遠，何處覓仙踪。録自元陳世隆編《宋詩拾遺》卷一一。傑按，「連雲樓」爲林景熙平陽居所。林集卷一有《九日會連雲樓分韻得落字》《連雲樓》等詩。

冬青行

［明］李東陽

高家陵，孝家陵，鱗骨盡蜕龍無靈。唐義士，林義士，野史傳疑知誰是？玉魚金粟俱塵沙，何須更問冬青花。徽欽不歸梓宫復，二百年來空朽木。穆陵遺骼君莫悲，得葬江南一抔足。《四庫全書》本《懷麓堂集》卷二《古樂府》。

題冬青樹　［明］應德成

國破何人痛陸沉，草茅灑淚入寒林。玉魚地拆悲殘骨，藥籠天低照苦心。猿嘯斷崖秋露冷，鶴歸荒塚野雲深。只今剩有冬青樹，瑛玉山頭幾度尋。録自清曾唯編《東甌詩存》卷二六，清乾隆五十五年刻本。

題義士手植冬青樹　［明］卜世臣

今己未初夏七日，予客游其地，往弔六陵，拜雙義祠，漫占一絶，并勘明此段公案，以附記於此。

半壁寒灰爾僅存，無家冤鬼托朝昏。樵童亦識孤忠意，手掬黄沙護淺根。録自清沈季友編《檇李詩繫》卷一八，《四庫全書》本。

宋遺民詠

［清］方　文

拾骨玉潛事，或傳爲霽山。當時有同心，未必遽相關。辱身爲丐者，持筐故陵間。遇物即掇取，俗人豈防閑。猶恐蹤跡露，鑄金賂諸奸。遂得高孝骨，昏夜負之還。蘭亭種冬青，其事凡兩見。夢中詩四首，亦載唐君傳。莫知誰作者，大抵皆奇彦。我觀《白石集》，風雅窮正變。其中贈唐作，冬青在所羨。前詩似景曦，特爲玉潛撰。《林景曦德暘》。

《嵞山集》卷一，上海古籍出版社一九七九年影印《清人别集叢刊》本。

題林景熙宅

［清］徐　恕

深莽拾寒瓊，義聲烜萬古。耆舊問横陽，霽山首當舉。宋陵玉匣盡，餘骸委無主。忠激烈士肝，盟衆潛往取。託爲采藥行，用意亦良苦。冬青泣春鵑，血漬一抔土。用報養士恩，名教非小補。所嗟理宗顱，充寶入内府。湖心所網得，欺乃受漁父。高風神鬼欽，長在護遺宇。巋然兵燹餘，英魄儼依處。幽光争日月，正氣薄風雨。驅車昆陽陰，式閭首爲俯。録自乾隆《平陽縣志》卷一八《雜志·古跡》，乾隆二十五年刊本。

賓月

［清］弘曆

光爲素照體清真，林景熙堂契夙因。設以箕疇擬卿士，殷哉吾亦企嘉賓。《四庫全書》本《御製詩集》三集卷六七。

夜宿大雅山房夢宋遺老林霽山因圖其像綴以詩

［清］曾衍東

死當完節心無媿，生不忘君事有靈。留得白頭遺老在，藥籠荷鍤妥零星。《古榕雜綴》鈔本。民國《平陽縣志》卷九七《文徵外編二一·清》引録。

廣會稽風俗賦（節録）

［清］陶元藻

夫風俗之美，原不扶自直，不斫自雕，矧有臯羽、霽山之儔，犂眉、子充之侶，氣節文章，倡予和汝，來寓於斯，久歷寒暑。《泊鷗山房集》卷一一，上海古籍出版社《續修四庫全書》第一四四一册影印清衡河草堂藏板。

讀全宋詩仿元遺山論詩絶句二百首

［清］謝啟昆

《冬青樹引》泣寒灰，《商婦》宵吟慘客懷。竺國經傳雙匣在，竹籠暗費鑄金牌。之一九三《林景熙》。《樹經堂詩初集》卷一一。《續修四庫全書》第一四五八册。

以霽山集貽選樓選樓有作奉和

［清］許宗彦

白石留樵唱，傳鈔尚未湮。危弦最心賞，插架合情親。異代滄桑感，空山風雨晨。好看窗外樹，閒話宋遺民。自注：選樓窗前有冬青一株。《鑑止水齋集》卷五。《續修四庫全書》第一四九二册影印清嘉慶二十四年德清許氏家刻本。

詠林霽山

［清］徐學誠

紅羊劫火遍江東，痛恨諸陵草莽中。白石一編留正氣，書山千古泣孤忠。箋詩幸有章和父，同志惟知鄭樸翁。每向昆陽仰芳躅，飛雲渡口吊悲風。録自光緒《永嘉縣志》卷三四《藝文・詩内編》。光緒八年温州維新書局刻本。

讀林霽山集

［清］黄紹第

幽草瓊花託夢中，至今文字照江東。玉魚葬處魂何在，石馬陵前力竟窮。嚴瀨孤蹤皋羽伴，娥江沉恨疊山同。如何采藥談遺老，不及薌林鄭樸翁。《永嘉詩人祠堂叢刻・漫庵遺稿》，民國四年刻本。

霽山集書後

［清］洪炳文

吁嗟乎！蘭無根，美人香草悲斷魂；井有史，孤臣心事可知已。羊之年，馬之月，山石欲裂名未裂。鐵函經，《白石稿》，南渡吾甌一遺老。亡國之音哀以思，兩公遭遇皆同時。公之遺文或未睹，公之遺事無弗知。昔者六陵拾骨稱義士，爲唐爲林知孰是？今讀集中冬青詩，千載疑團決於此。水繪後人甌隱翁，主盟壇坫東甌東。發願刊集任剞劂，闡幽殆與公同功。君不見，挂亭研，號鍾琴，區區一物有賞音。昭儀詩，西臺石，誦慕遺徽重嗚咽。公之斯文在兩間，正氣可媲文文山。南風競後東海沸，公若有靈應淚潸。此去昆陽三十里，鄉哲芳名久仰止。側身東望鈞游鄉，只隔飛雲一江水。《温州文獻叢書》第二輯《洪炳文集·花信樓詩存》，上海社會科學院出版社二〇〇四年版。

又用集中讀文山集韻

［清］洪炳文

天傾西北鰲柱折，地缺東南滄海竭。正氣兩間終不絶，男兒自有一腔血。九世之仇恨未雪，每撫龍泉思引決。此心皎皎懸日月，萬古綱常繫一髮。吾公可比文山節，嚴將軍頭常山舌。出處豈分身兩截，貴賤窮通空一切。砍地悲歌地欲裂，千載幽光今始發。幸有高文傳義烈，杜鵑啼徹聲嗚咽。手抱冬青不忍別，忠肝如石復如鐵。同前。

又用集中書陸放翁詩卷後韻

[清]洪炳文

所南涉筆著《心史》，身後千秋古井水。是時遍地皆胡塵，豈止四郊多戰壘。六陵開放杜鵑花，當酒未攜雁山茶。獨拾寒瓊出幽草，有如揀金事披沙。寒食無人奠尊酒，青磷夜飛向隴首。孰謂天公無報施，擊奸全憑霹靂手。元黄板蕩天晦濛，義士乃出吾甌東。詩才遠軼四靈派，不數二徐與趙翁。同前。

次林霽山仙壇寺韻

符 璋

雞犬飛昇易，銜花只鹿羣。梯山千載寺，幂石一壇雲。仙去丹何問，僧多粥不分。

鼓鐘自朝暮，下界幾曾聞。民國《平陽縣志》卷九八《文徵外編二二》引録。

刻霽山集成書後用集中書陸放翁詩卷後韻

冒廣生

霽山先生有心史，千年嗚咽蘭亭水。杜鵑化去已無枝，燕子歸來猶有壘。空山開落冬青花，當酒擕來南雁茶。留得官家一坏土，颺灰猶勝葬胡沙。長星姑盡一杯酒，醉來天帝分鶉首。神州如此付悠悠，眼見英雄無好手。山圍故國天濛濛，興亡今古江流東。平生心事與誰同，遺稿難尋鄭樸翁。《小三吾亭詩》。民國《平陽縣志》卷九八《文徵外編二二》引録。

前詩限韻意猶未盡復作五古三章

冒廣生

平生笑曹瞞，疑冢費心力。及讀五代史，乃有劫陵賊。生前乞《蘭亭》，死後保不得。于思弃甲來，校尉摸金入。觥觥林架閣，生值天水厄。三軍化蟲沙，六宮餘燕麥。凄凉會稽山，祖宗藏體魄。金魚與玉盌，一旦任抛擲。魂來天地青，骨暴山邱白。先軫元不

歸，智伯頭幾溺。至今冬青花，開作斷腸色。（之一）

昔聞謝皋羽，痛哭嚴陵灘。又聞所南翁，乃畫無根蘭。煌煌《晞髮集》，《心史》同不刊。我來永嘉郡，《樵唱》求霽山。借人及閲市，往往空手還。荒墩既争謝，霽山收骨事，他書皆以屬之唐珏。後世誰爲桓。沈吟九州句，涕落雙汍瀾。以此發誓願，自忘剞劂艱。『來孫却見九州同，家祭如何告乃翁？』霽山《書放翁詩後》句也。余從《宋詩鈔》中讀之涕下，遂發願覓其全集刻之。素心得陳墨農葉蓉樓，助我妍朱丹。蔡《選》别真贋，瞿《話》搜叢殘。余從瞿佑《歸田詩話》補霽山詩一首，又蔡璞《東甌詩集》内有霽山《蘆溝曉月》一首，余審爲贋作，並見跋後。興感曠百代，中來憂無端。丈夫有出處，俯仰慚心顔。（之二）

吾友梁藏山，艱貞今健者。去年損書來，佳節驚陵下。寄我神駿餘，開緘淚盈把。浮生水上漚，世事風中馬。我年始二毛，吞炭已爲啞。安能起九原，剖心一傾瀉。此邦多詩人，四靈競風雅。水心曲既高，止齋和尤寡。惟公善作人，詩亦不苟且。後来《河汾集》，同時月泉社。吾書不失傳，間氣在諸夏。（之三）録同前。

林霽山墓　王理孚

山色青芝白鬱葱，荒墳三尺吊孤忠。行人有淚揮南渡，宰樹無枝向北風。落手當年雙匣重，傷心此日九州同。吾家脩竹今猶健，歲晏詩盟起浙東。《温州文獻叢書》第四輯《王理孚集》卷二《海髯詩二》，上海社會科學院出版社二〇〇六年版。

瞿髯論詞絶句　夏承燾

空坑戰鼓震天涯，白塔斜陽幾吠鴉。誰起蒼頭吊黔首，牛羊骨裏哭天家。《樂府補題》。中華書局一九七九年版。

論詩絶句　蘇淵雷

落拓黄冠汪水雲，文山正氣耿孤軍。西臺慟哭冬青夢，滿樹波濤付夕曛。原注：這首以文天祥爲中心，突出宋季遺民詩的别有懷抱。之三七。中州書畫社一九八三年版。

題仰霽亭

蘇淵雷

神州厄運宋元際，天挺詩人林霽山。並世水雲留類稿，同儕唐子蹙孱顔。九州遺恨誰能免，大道無私若可攀。千古樵風吟白石，忠肝義膽鬱斕斑。一九八八年。《蘇淵雷全集》第四册《詩詞卷》，華東師範大學出版社二〇〇八年版。

林景熙集校注題辭三首

陳增傑

潛移龍蜕築珠丘，山竹一聲天地愁。淚灑蘭亭嗚咽水，詩人忠義著千秋。

垂亡詩道放光芒，同調謝林稱擅場。句越冬青頻夜夢，蒼茫百感入篇章。

獨提詩律繼黄陳，陵谷黍離寓慨深。剩水殘山憑料理，清風明月譜歌吟。霽山序友人樂府有云：『悲涼於殘山剩水，豪放於明月清風。』二語可以言其詩風。

附録五　諸家評論

吴愚隱詩序

［宋］何夢桂

予頃嘗識臯羽，每見其談林德陽、吴某，忠誼不可企，心敬之愛之。復談愚隱，曰『好義不屈人也』，亦敬之愛之。今臯羽下地，林、吴隔闊，及見君所作，益信臯羽之不妄許人，與予之不妄交臯羽也。《四庫全書》本《潛齋文集》卷七。

白石樵唱注 評語選輯

［元］章祖程

《南山有孤樹》　林先生詩，大率意在言外，讀者當因其語而求其心可也。

《桐角》『客心寒食後，牛背夕陽中』　上下二句互相發明，而桐角之意自在其中。

《曉意》『問山山無言，啼猿起前岡』　凡詩最病語刻意盡。若此詩結聯，可謂混融含蓄而有餘味。

《九日連雲樓分韻得落字》『我愛漉酒巾，西風不能落』　此篇結語偉甚。非惟『落』字壓倒，而終篇之意歸宿於淵明身上，則尤見其確然自守之意，未易與世俗浮沉者道也。

《春感》　宋亡，越上諸陵遭楊總統之禍。此詩引古證今，最爲親切。

《妾薄命六首》　右六詩，語精辭約，最得《選》詩之體。後有作者，不可及也。

《哭德和伯氏六首》之四　讀此者，友悌之心，可以悠然興起，凄然感發也。

《山窗新糊有故朝封事稿閱之有感》　此詩工在『防秋疏、障北風』六字間，非情思精巧道不到也。然感慨之意，又自見於言外。以上見卷一。

《雜詠十首酬汪鎮卿》之七『感此坐中夕，疏林起秋聲』　結意未嘗説盡，此詩家之妙也。

《舟次吴興二首》之一　此四句寫出湖州真景，所謂有聲畫也。以上見卷二。

《枯樹》　凡詩結語貴有生意。設若此詩，終篇言枯悴，則非所以爲詩矣，故曰『倘留心不死，嘘拂待春工』也。

《山陰秋懷》『風雨行金氣，乾坤老鐵心』　此言天地肅殺，雖鐵心亦老矣。意遠而語健。

《喜監簿得陶山舜田》『閒拂巖花問陵谷，獨懸茅屋管煙雲』 『拂、問、懸、管』四字工，所謂句有句法，字有字法也。

《别王監簿》『離亭落日馬嘶渡，舊國西風人唤船』 越上諸公最賞先生此聯。下句亦有餘味。

《新晴偶出》 此詩前聯融景趣之妙，後聯得句法之新，起結意圓而備，若一片圖畫而得其神者也。

《書陸放翁詩卷後》『來孫却見九州同，家祭如何告乃翁』 意深而辭婉。以上見卷三。《知不足齋叢書》本《霽山集》。

清潁一源集

［元］陳 岡

歷仕至廣東副使。因厓山之變，棄官歸里，遷居柏树橋，建集善院，奉宋主龍牌，朝夕哭奠，日與林德暘、裴季昌、林旻淵、曹許山輩，以詩文往來，私相痛悼，作爲詩歌，離黍之悲溢於言外。卷一《陳則翁傳》。清道光五年重刊瑞安陳氏家集本。

歸田詩話

[明]瞿　佑

宋衛王即位海上，秀夫爲首相。時播越海濱，庶事疏略，每朝會，秀夫獨儼然正位如治朝。雖流離中，猶日書《大學》章句以勸講。及厓山兵潰，秀夫先驅其妻子入海，即負帝同溺。或畫爲圖者，石田林景熙賦詩云：『紫宸黄閣共樓船，海氣昏昏日月偏。平地已無行在所，丹心猶數中興年。生藏魚腹不見水，死抱龍髯直上天。板蕩純臣有如此，流芳千古更無前。』詞嚴義正，足以發明其心事云。卷中《陸秀夫殉國》。

元兵南下，次高亭，宋朝納降，吴堅爲左相，家鉉翁爲參政，與賈餘慶、劉岊爲祈請使北行。文天祥詩云：『當代老儒居首揆，殿前陪拜率公卿。』又云：『程嬰存趙真公志，賴有忠良壯此行。』前謂吴、後謂家也。至北，鉉翁抗節不屈，拘留河間。世祖崩，成宗即位，始賜衣服遣還鄉里，年逾八十矣。林景熙有詩送之云：『瀕死孤臣雪滿顛，冰氈齧盡偶生全。衣冠萬里風塵老，名節千年日月懸。清淚秋荒遼海鶴，古魂春冷蜀山鵑。歸來親舊驚相問，禾黍離離夕照邊。』可謂不負文山所期矣。卷中《家鉉翁持節》。《歷代詩話續編》

本，中華書局一九八三年版。

歸田詩話序

［明］木　訥

觀諸録中所載……及見前人林景熙詠陸秀夫詩，而知表殉國之忠；詠家鉉翁詩，而知表持身之節。……非先生以誠而得古人作詩之要，蘊蓄之久，安能記之詳而評之當哉！《歸田詩話》卷首。同前。

讕言長語

［明］曹　安

柳道傳謂儒者語常不語怪，『海市』之云涉於奇詭，佛之幻境，豈近是耶？元平陽林景熙著《蜃説》，謂『秦之阿房，楚之章華，魏之銅雀，陳之臨春、結綺，是亦一蜃也』。

瀘南有畜秦吉了者，能作人言，夷酋欲以錢十萬買之。其人告以貧，欲賣之。秦吉了曰：『我漢禽也，不願入蠻夷山。』不食而死。唐昭宗時，有猴號孫供奉，能随班起居。朱温篡位，欲猴起居，不從，徑趨温所奮擊。温令左右殺之。平陽林景熙謂李陵事虜，馮道濫禄，不若二物也。其詩曰：『桓桓李将軍，甘作單于鬼。』『皤皤長樂老，閱代如傳舍。』《四庫全書》本。

書宋遺民録刻後

［明］程　曾

宋既亡，文山被執，天下盡爲元人所有矣，當時之士，若王鼎翁、謝皋羽、唐玉潛輩，忠憤激烈，於其所知，或愛助之而欲全其名節，或傷悼之以招慰其精爽，或感惻傾資以收拾其舊主之暴骸，而不顧於禍患，跡其所爲，固有不同，然亦各盡其心而已。他若張毅父之致愛於文山，間關遠道，而無死生之間；方韶卿之重傷於國亡，欷歔歌哭，而有黍離之思；吴子善甘於凍餓，而不肯再仕；龔聖予撰二忠傳，而紀述甚核；汪大有之幽憂沉痛發諸詩；梁隆吉之守道安貧終其世；鄭所南之勁節峻行，志向實過於王褎；林德暘之深歷遠遁，而高潔可繼於靖節。《宋遺民録》附。江蘇廣陵古籍刻印社《筆記小説大觀》第十二册。

霽山先生集批語

［明］毛　秀

《哭德和伯氏六首》之一　詩意可憐。卷一。

《雜詠十首酬汪鎮卿》之九　予嘗見文公遺像，鄧中齋題云：『目煌煌兮疏星曉寒，氣英英兮疾雷殷山。頭碎柱而壁完，血化碧而心丹。嗚呼！孰謂斯人不在世間。』此作尤雋拔也。卷二。

《送俞舜舉壽乃翁七十》（末二句）人生此樂，豈易得耶。同前。《知不足齋叢書》本。

嘉靖浙江通志

［明］薛應旂

景熙與鄭樸翁等數人，相率爲采藥者，至陵上以草囊拾而收之……葬之越山，植冬青樹爲識。賦《冬青行》及《夢中作》，詞旨幽惻，聞者悲之。《林景熙傳》。轉引自《南宋六陵遺事》。

宋藝圃集序

［明］李　蓘

光寧以還，國步浸衰，文情隨易，學士大夫遞祖清逸，無稱雄槩。故陸游之流便，嚴羽之婉腴，紫陽之冲容，謝翱之詭誕，其他若四靈、戴式之、文天祥、林德暘輩，咸遵正軌，足引同方，然究而言之，凌遲之形見矣，斯國事之將季乎！《宋藝圃集》卷首。《四庫全書》本。

詩藪

［明］胡應麟

宋末盛傳謝皋羽歌行，雖奇邃精工，備極人力，大概李長吉錦囊中物耳。林德暘七言古不多見，而合處勁逸雄邁，視謝不啻過之。如《讀文山集》云：『黑風夜撼天柱折，萬里飛塵九冥竭。誰欲扶之兩腕絶，英淚浪浪滿襟血。龍庭戈鋋爛如雪，孤臣生死早已決。綱常萬古懸日月，百年身世輕一髮。苦寒尚握蘇武節，垂盡獨存杲卿舌，膝不可下頭可截。一編千載虹光發。書生倚劍歌激烈，萬壑松聲助幽咽。世間淚灑兒女别，大丈夫心一寸鐵。』可謂元初絶唱。外編卷六《元》。　傑按：原引『膝不可下』句下缺『白日不照吾忠切，哀鴻上訴天欲裂』二句。

南渡之末，忠憤見於文詞者，閩謝皋羽、甌林德暘，皆有集行世。然當時義士甚衆，不僅僅二子也。雜編卷五《閏餘中・南渡》。

陸放翁一絶：『老去元知世事空，但悲不見九州同。王師北定中原日，家祭無忘告乃翁。』忠憤之氣，落落二十八字間。林景熙收宋二帝遺骨，樹以冬青，爲詩紀之。復有歌《題放翁卷後》云：『青山一髮愁濛濛，干戈況滿天南東。來孫却見九州同，家祭如何告乃翁？』每讀此，未嘗不爲滴淚也。同前。

程克勤所編《宋遺民録》，凡十一人：王鼎翁、謝皋羽、方韶卿、唐玉潛、林景熙、汪大有、龔聖予、張毅父、吴子善、梁隆吉、鄭所南。鼎翁嘗爲文生祭文信國，毅父即函致信國首者。聖予爲文、陸二公作傳，而汪嘗以琴訪信國獄中。梁、鄭皆義不仕元。方、吴二子並吾婺人，與謝翺善。翺慟哭西臺，實相倡和。景熙、玉潛收故主遺骨，世所共知。諸人率工文詞，不但氣節之美。今林、謝詩集尚傳，汪、鄭二子詩附見集中，咸足諷詠。同前。

林景熙，字德暘，東甌人。宋亡，入元不仕。遺集二卷今傳。其戀戀宗國之意，蓋未嘗頊刻捨也。五言律如：『老淚遺陵木，鄉山出海雲。』『煙深凝碧樹，草没景陽鐘。』七言如：『衣冠洛社浮雲散，弓劍橋山落照空。』『鶴歸尚覺遼城是，鵑老空聞蜀道難。』雖不甚脱晚宋，亦自精警。集中大半此類，忠義氣概，落落簡編，有足多者。同前。上海古籍出版社一九七九年版。

徐氏筆精

[明]徐㶿

林景熙題《項羽廟》云：『英雄蓋世竟何爲，故里凄凉越水涯。百二勢傾爭逐鹿，八千兵散獨乘騅。計疎白璧孤臣去，淚落烏江後騎追。遺廟荒村人酹酒，至今春草舞虞姬。』景熙即收宋六陵骨林義士也。卷五《詩談·項羽廟》。《四庫全書》本。傑按，林集卷一《項羽廟》（夜半追兵入楚營）爲七絶，徐氏所引此詩見林集卷二，題作《項羽里》。

詩話類編

[明]王昌會

元詩『山中鳥喙方嘗膽，臺上蛾眉正捧心』、『空懷狗監知司馬，且喜龍門識李膺』、

『生藏魚腹不見水，死抱龍髯直上天』，皆得李義山遺意。卷二〇《品評上》。明萬曆四十四年刊本。

物理小識

［明］方以智

林景熙《蜃説》曰：『《漢・志》載「海旁蜃气象樓臺」，初未信也。避寇海濱，僮報海中忽湧數山。予登聚遠樓，見奇峰疊巘，城郭臺榭，中有浮圖老子宫，詭異千狀，近晡而滅。《筆談》所紀，往往類此。噫！秦之阿房，楚之章華，魏之銅雀，陳之臨春、結綺，突兀凌雲者何限，運去代遷，蕩爲焦土浮埃，是亦蜃也！』卷二《海市山市》。《四庫全書》本。

金陵瑣事

［明］周暉

楊伯海先生誦鄉先生咏枯木一聯云：『有枝撑曉月，無葉響秋風。』句頗清致。今不記爲何人之作，姑載於此。卷二《詩話》。明萬曆刊本。傑按：『有枝』聯見林集卷三《枯樹》，『曉』作『夜』，『響』作『起』。

金華洞天行紀跋

［明］張　燧

帝臣（陳公舉）以文字起家，一時所交皆宗工碩士。若同邑方韶卿、柳道傳、戴率初，吳興趙魏公、永康胡穆仲相交尤密。嘗爲樓，所居側顔曰光風霽月。及提舉來杭，西秦張楧、淮陰湯炳龍、莆田劉濩、永嘉林景熙輩，相率爲詩歌以賦其事，穆仲爲之序。時魏公以集賢直學士行提舉江浙，與公舉情誼深厚，凡六七年。公舉秩滿歸，爲書《洛神》一通，自題其末大德十年五月四日也。宋方鳳《存雅堂遺稿》卷五《金華洞天行紀》附，《四庫全書》本。

載酒園詩話

［清］賀　裳

嘗歎詩法壞而宋衰。宋垂亡詩道反振，真咄咄怪事！讀林景熙詩，真令心眼一開。如『開池納天影，種竹引秋聲』；『日斜禽影亂，水落樹根懸』；『香飄苔徑花誰惜，影落沙泉鶴自看』；『老愛歸田追靖節，狂思入海訪安期』；『萱草堂深衣屢寄，桃花觀冷酒重攜』;『僧閒時與雲來往,鶴老應知城是非』,真視唐人無愧。詠《秦本紀》尤佳:『瑯玡臺上晚雲平,虎視眈眈隘八紘。萬里不知人半死,三山空覓草長生。兆來鬼璧沙丘近,威動神鞭海石驚。書外有書焚不盡,一編圯上漢功名。』較之『坑灰未冷山東亂,劉項原來不讀書』,可謂直向毗盧頂上行矣。又《夢回》詩尤清妙:『夢回荒館月籠秋,何處砧聲喚客愁。深夜無風蓮葉響,水寒更有未眠鷗。』《宋·林景熙》。《清詩話續編》本,上海古籍出版社一九八三年版。

圍爐詩話

[清]吴　喬

黄公于詩有深得,而又能詳讀宋人之詩,持論至當。閱其詩話,則宋詩之升降得失畢在,無讀宋詩之苦矣。故詳載之于左方。黄公曰:『……詩壞而宋衰,垂亡而詩道反振。林景熙詩曰:「開池納天影,種竹引秋聲」;「日斜禽影亂,水落樹根懸」;「香飄苔徑花誰惜,影落沙泉鶴自看」;「老愛歸田追靖節,狂思入海訪安期」;「萱草堂深衣屢寄,桃花觀冷酒重攜」;「僧閒時與雲來往,鶴老應知城是非」,何讓唐人。詠《秦本紀》尤佳:「瑯玡臺上晚雲平,虎視眈眈隘八紘。萬里不知人半死,三山空覓草長生。兆來鬼璧沙丘近，威動神鞭海石驚。書外有書焚不得，一編少上漢功名。」又「夢回荒館月籠秋，何處砧聲喚客愁。深夜無風蓮葉響，水寒更有未眠鷗」。』卷五。《清詩話續編》本，上海古籍出版社一九八三年版。

詩筏

［清］賀貽孫

忠孝之詩，不必問工拙也。如陸放翁晚年作詩與兒云：『死去元知萬事空，但悲不見九州同。王師北定中原日，家祭無忘告乃翁。』蓋傷南宋不能復汴也。及宋亡後，林景熙等收宋帝遺骨埋之，樹以冬青。景熙乃題一絶於放翁詩後云：『青山一髮愁濛濛，干戈況滿天南東。來孫却見九州同，家祭如何告乃翁？』二詩率意直書，悲壯沈痛，孤忠至性，可泣鬼神，何得以宋、元减價耶？以此推之，宋人學問精妙，才情秀逸，不讓三唐。《清詩話續編》本，上海古籍出版社一九八三年版。

宋元詩會　［清］陳焯

其詩有《白石樵唱》六卷，悲憤悽惋，視謝皋羽爲一致云。卷五五《林景熙》。《四庫全書》本。

粵閩巡視紀略　［清］杜臻

有侍郎嶼，宋陸秀夫後人家於此，故名。嘉靖間，郡守葉元玉得陸氏遺譜於秀夫之裔孫大策。……侍郎爲海州人，大策家又藏有《廣陵牡丹圖卷》，林霽山題詩云：『南海英魂叫不醒，舊題重展墨香凝。當時京洛花無主，猶有春風在廣陵。』霽山亦宋末義士也。卷三。《四庫全書》本。

池北偶談　［清］王士禛

葉水心謂陳壽《三國志》，筆高處逼司馬遷，但少文義緣飾，終勝班固。又云近世有謂《三國志》當更修定者，蓋見注所載尚有諸書，不知注之所載，皆壽棄餘。按，陳壽之書，古今訾謷者非一。班氏良史，以壽勝固，殊不可解。若其稱名『三國』，名義乖舛，自陳同甫、郝伯常諸人，皆改正其書。此外作者尤衆，《林霽山集》有胡君《季漢正義序》，楊廉夫《正統辨》其言尤著。卷一六《葉水心論三國志》。《四庫全書》本。

帶經堂詩話　［清］王士禛

《谷音》二卷，皆宋末人詩。上卷王澮以下凡十人，率任俠節義之士。下卷詹本以下凡十五人，則藏名避世之流也；番陽布衣、瀟湘漁父以下十五人，不可得其姓字，要之皆宋之逸民也。其詩慷慨激烈，古澹蕭寥，非宋末作者所及。是時謝皋羽、林霽山輩，皆以文章節義著于東南，而又有此三十人者與之遥應爲和，亦奇矣。卷四《纂輯類》一二。出《香祖筆記》卷二。

元初西僧發會稽六陵事，亘古未聞。唐、林二義士《冬青引》諸篇，沈痛過於《黍離》《麥秀》，載於《宋遺民録》《輟耕録》者，與其人俱不朽矣。卷一九《節義類》二二。出《分甘餘話》卷三。人民文學出版社一九八二年版。

宋詩鈔

〔清〕吴之振等

林景熙，字德陽，號霽山，温之平陽人也。咸淳辛未，太學釋褐，授泉州教官，歷禮部架閣，轉從政郎。宋亡不仕，客於會稽王脩竹英孫之家。會楊璉真伽發宋陵，英孫使客收其棄骨，景熙得高、孝兩函，與唐珏所收者葬于蘭亭，樹冬青以識。庚戌卒于家，年六十九。所居在白石巷。詩六卷，曰《白石樵唱》。大概悽愴故舊之作，與謝翱相表裏。翱詩奇崛，熙詩幽宛。蛟峰方逢辰曰『詩家門户，當放一頭』，非虚言也。《白石樵唱鈔敘》。中華書局一九八六年校印本。

歷代詩發　［清］范大士

《洞霄宫》　膏粱子弟亦有恂恂知學問者，此不爲氣體所移也。末數語可以針砭流俗。

《會嚴陵邵德芳同舍邀宿玄同齋道舊有作》　通首裁淨。

《新豐道中》　局緊句蒼，作家榘矱。

《宿台州城外》（末二句）痛後之思，即從痛時設想。

《東山渡次胡汲古韻》（結二句）語意淒然。　三詩（傑按，指《雲門即事》《答鄭即翁和本篇》）俱秀健有骨，不必律以唐格，徒爲優孟衣冠也。卷二九。康熙三十八年虛白山房版。

思復堂文集　［清］邵廷采

翺好修姱，慕屈平，託遠游，自號晞髮子。初抵會稽，與將作監簿王英孫交，望哭宋諸陵。及唐珏、林景熙等收遺蜕，翱爲之畫策。故有《冬青引》贈珏，曰（引略）。英孫、景熙等和而歌之。遂結社稽山，名其會所云汐社，取晚而信也。卷三《宋遺民所知傳·謝翱》。

閩人謝翱，東甌林景熙、鄭宗仁皆主其家，共結汐社，同里唐珏與焉。卷三《宋遺民所知傳·王英孫》。

有《夢中作》詩。一章曰：『一抔未築珠宫土，雙匣親傳竺國經。只有東風知此意，年年杜宇哭冬青。』二章曰：『喬山弓劍未成灰，玉匣珠襦一夜開。猶記去年寒食日，天家一騎捧香來。』三章曰：『空山急雨洗巖花，金粟堆寒起莫鴉。水到蘭亭更嗚咽，不知真帖落誰家。』蓋疑與珏之所收先後骨之是否未定也。當是時，景熙風動江表。每布席王氏園亭，舉酒和歌，聲振林木，圍棋六博，爲金谷之罰。隨作記，言英孫父故少保莊簡公歸憩兹園，後天下之樂。『今余與脩竹不能挽回世運，登之康泰，徒靦顔偷安山水，是同公之樂，而不能同公之所以樂也。』其刻厲如此。……詩六卷曰《白石樵唱》。大抵悽愴故國，與謝翱相表裏。翱詩奇崛，熙詩幽宛，並爲宋季名家。卷三《宋遺民所知傳·林景熙》。

《温州志》稱：『宗仁、景熙生同里，學同方，老同出處。惓惓故君，精衛填海，爲重可悲。』景熙詩文爛然名時，而宗仁質勝，守儒者禮法，以故後人傳道者少。卷三《宋遺民所知傳・鄭宗仁》。浙江古籍出版社二〇一〇年校點本。

柳亭詩話

[清]宋長白

林德暘《題陸放翁詩卷後》有云：『青山一髮愁濛濛，干戈況滿天南東。來孫却見九州同，家祭如何告乃翁？』即用放翁語作結，所謂借他人酒杯，澆自己塊壘也。『一髮』二字，用昌黎文『其危如一髮引千鈞』。唐清父《杭州紀事》詩：『吴山一髮暮雲孤，愁向湘纍訊故都。』虞文靖《題柯博士畫》：『青山一髮是江南，頭白不歸神獨往。』卷一《青山一髮》。

德暘《東山》詩：『一川白鳥自來去，千古青山無是非。』《雲門》詩：『僧閒時與雲來往，鶴老不知城是非。』命意雖同，氣機自别。宋季詩人執千古之樊籬，而自詭於殘山剩水以寓意。末路得一《白石樵唱》以收垂爐之焰，而唐清父涇、鮑以行輗、曾仲才子良、汪水雲元量輩爲之薪傳，光雖微，不可謂非暗室之一炬也。同前《東山雲門》。

余於六朝，既摘其麗句以爲唐人嫡乳；今於兩宋，復采其尤雅者以爲一朝風軌。揣鑰捫鐘，當莫逃於具眼人也。……林德暘景熙《宿台州》：『霜增孤月白，江截亂峰青。』《新昌》：『山痕經燒黑，土脈入泉紅。』回視六朝，似有秋月春花之别。卷一九《宋人警句》。

六朝駢儷之句，書不勝書，若七言則唐人獨擅矣。使必祖唐而祧宋，是徒知大宗之主器，而不知旁支户派亦有當璧之時也，其可乎？間摘數條，以附五言之例。……林德暘《元日》：『江湖舊夢衣冠在，天地春風鼓角知。』《括州》：『沙鷗欲近如招隱，關樹無多亦厭兵。』……若此之類，聊見一班。同前《七言警句》。

楊髡發宋陵，林景曦結義士紿西番僧，得高、孝兩陵骨，貯以函，葬東嘉，移常朝殿前冬青樹一株，植以爲識。其《夢中》詩十首，有曰：『一抔未築珠宫土，雙匣親傳竺國經。』又曰：『空山急雨洗巖花，金粟堆寒起暮鴉。水到只有春風知此意，年年杜宇哭冬青。』『蘭亭更嗚咽，不知真帖落誰家。』詳見鄭元祐《遂昌雜録》。卷二三《冬青樹》。光緒八年天茁園刊本。

元詩選

[清]顧嗣立

是集也，前承金宋，後際明興，故有先朝逸士而抗節西山，如謝皋羽、林霽山之於宋；亦有當代名卿而裸將周室，如危太僕、張志道之於明，向來選本編作元人，今俱不敢援入。……讀者論其世而諒其情可也。《凡例》。《元詩選初集》卷首。

是時宋之遺民故老，伊憂抑鬱，每託之詩篇以自明其志，若謝皋羽、林德陽之流，邈乎其不可攀矣。其他仇仁近、戴帥初輩，猶不免出爲儒師，以升斗自給。初集《陵陽先生牟巘》。中華書局一九八七年排印本。

宋詩類選自序

[清]王史鑑

晚宋諸人感傷變革，忠義蟠鬱，故多悽滄之作。文信國身任綱常，從容就義，壯烈之語，真可驚風雨泣鬼神。水雲之哀怨，晞髮之慟哭，霽山仗義於諸陵，所南發憤於《心史》，千載而下，猶堪痛心。宋詩之終，終於義烈，豈非道學之流風，忠直之鼓動哉！《宋詩類選》卷首，康熙五十一年刻本。

宋元學案補遺

［清］王梓材、馮雲濠

林先生德暘。林德暘，字景曦，永嘉人。宋太學生，號霽山。《原易》：『滎河通崑源，古出龍馬瑞。包犧真天人，一見測其秘。八卦已支離，重爲六十四。爻象互立名，繫辭發洙泗。盡泄元氣藏，柯葉布文字。有如木生瘻，箋注漫百氏。燋龜與揲草，何能解人意。及滋天下疑，反以二物具。方寸不自靈，柄爲冥漠據。弧矢啟戰争，書契長奸僞。緬思未畫前，標枝無一事。日月自循環，全易在天地。所以負苓人，因之發長喟。』《冬青花》：『冬青花，花時一日腸九折。隔江風雨清影空，五月深山護微雪。石根雲氣龍所藏，尋常螻蟻不敢穴。移來此種非人間，曾識萬年觴底月。蜀魂飛繞百鳥臣，夜半一聲山竹裂。』　卷五六《龍川學案補遺・皋羽同調》，《四明叢書》本。

平陽縣志序

［清］李　琬

抑聞之鄉先生林霽山曰：『事有似迂而實切，雖非簿書期會之所急，而實教化風俗之所關者，志是也。』旨哉言乎！　是《志》之成，豈獨使此邦之人原本山川，景仰賢哲，動其感發興起之思，而疆域之廣輪，夫家之衆寡，水利農田之興廢，民物風候之節宣，開卷了如。乾隆《平陽縣志》卷首，乾隆二十五年刊本。

平陽縣志序

［清］徐　綿

夷考往牒，則有若陳貴一之辟榛蕪而崇正學，王道甫之排羣議而伸大義，林霽山之犯凶鋒而瘞陵骨，類皆扶植綱常，毅然獨立，爲於舉世不爲之時。乃歎扶輿清淑，磅礴鬱積，山林川澤之實不能獨當，而魁人傑士，毓靈鍾異，偏陬下邑不啻争勝上國。乾隆《平陽縣志》卷首，同前。

大清一統志

樸翁字宗仁，歸隱鄉山瀑下。景熙銘其墓，有『精衛填海，憑霄銜土』之句，聞者悲之。卷二三五《温州府・人物宋・林景熙》。《四庫全書》本。

廣雁蕩山志

〔清〕曾　唯

《沌齋詩話》：霽山《過雁山》詩：『蕩雲飛作雨，海日射成虹。』不減唐人。卷一五《寓賢・宋》，乾隆五十四年東嘉依緑園藏板。

甌北詩話

〔清〕趙　翼

『一抔未築珠宫土，雙匣親傳竺國經。只有東風知此意，年年杜宇哭冬青。』『空山急雨洗巖花，金粟堆邊起暮鴉。水到蘭亭轉嗚咽，不知真帖落誰家。』『橋山弓劍未成灰，玉匣珠襦一夜開。猶記去年寒食節，天家一騎捧香來。』楊璉真伽發宋諸陵，有義士林景熙，爲丐者，以竹籮拾高、孝二帝骨，葬於東嘉，作此記事。卷一一《詩人佳句》二。人民文學出版社一九六三年版。

靈芬館詩話

［清］郭　麐

葬宋諸陵骨事，或云唐玉潛，或言林德陽。然《夢中作》四詩在《白石樵唱》中，《四庫全書》提要云，與景熙他詩相類，而唐珏他詩不概見，或當時景熙與珏共謀，傳聞異詞，譌以爲珏也。今觀《霽山集》中詩，其寓黍離麥秀之感者甚多，《次翁秀峰》云：『唐陵愁問永和帖，楚水夢聞長樂鐘。』《和王德游夜感》云：『衣帶長江空北固，觚陵明月隔西興。』《五日》云：『賜葛尚餘唐闕夢，傾葵猶抱楚臣心。』寄託顯然可見。《書放翁後》一首最工（引全篇略）。其詩有元統間章祖程注，膚淺不足觀，惟同時之人略能疏證，亦其功也。卷九。《續修四庫全書》第一七〇五册影印清嘉慶二十三年增修本。

養一齋詩話　［清］潘德輿

文山致命，後人名詠甚多。獨吾郡君實丞相憑弔鮮佳者，惟元人林景熙一律云：『紫宸黃閣共龍船，海氣昏昏日月偏。平地已無行在所，丹心猶數中興年。生藏魚腹不見水，死抱龍髯直上天。板蕩純臣有如此，流芳千祀更無前。』第五句無深藴，落句亦落套。然詞氣勃發，足爲大忠生色，後無繼起得名者矣。卷三。《清詩話續編》本，上海古籍出版社一九八三年版。

甌海軼聞　［清］孫衣言

宗仁蓋爲陸氏之學，而霽山則近於程、朱矣。永嘉學派如二先生者，豈可遺之。卷一六《林架閣景熙鄭學正樸翁·霽山宗仁同學》。《温州文獻叢書》第二輯，上海社会科学院出版社二〇〇五年版。

東嘉詩話

［清］孫鏘鳴

林霽山景熙字德暘，咸淳辛未上舍釋褐，授泉州教授，歷禮部架閣，轉從政郎。宋亡不出，與王脩竹、鄭樸翁、胡天放輩尋歲晏之盟，往來吴越。庚戌卒於家。有《白石樵唱》。今存《霽山集》。宋陵收骨之舉，忠義足動千古。其所爲詩，多故君故國之思。有《商婦吟》云：『良人滄海上，孤帆渺何之。十年音信隔，安否不得知。長憶相送處，缺月隨我歸。月缺有圓夜，人去無回期。回期倘終有，白首甯怨遲。寒螿苦相弔，青燈鑑孤幃。妾身不出幃，妾夢萬里馳。』哀音促節，聲淚俱下，而不死其君之志，足與日月争光矣。近體亦多悲憤之音，《鄭宗仁會宿山中》云：『挑燈懷舊夢，移席近春泉。共話忽深夜，相看非少年。斗垂天末樹，犇出雨餘天。亦有茅簷下，飯牛人未眠。』《新春》云：『哀顔憑酒潤，故國得春新。兵革兒童長，風霜天地仁。草心懸落日，柳眼看行人。擾擾紅塵者，知誰效角巾？』《重過虎林》云：『漠漠江湖夢，蕭蕭禾黍秋。清笳吹落日，白髮過西州。池涸神龍逝，山空老鳳愁。唯餘關外水，寂寞自東流。』《故宫》云：『驚風吹雨過，歷歷大槐蹤。王氣銷南渡，僧坊聚北宗。煙深凝碧樹，草没景陽鐘。愁見花磚月，荒秋咽亂蛩。』《京口月夕書懷》云：『山風吹酒醒，秋入夜燈涼。萬事已華髮，百年多異鄉。遠城江氣白，高樹月痕蒼。忽憶憑樓處，淮天雁叫霜。』《獨夜》云：『客鬢雙蓬老拾遺，一燈明滅酒醒時。百年回首忽成夢，萬竅有聲皆是詩。殘夜月枝烏未穩，故鄉水草雁多飢。裌衣初試新霜冷，欲折黄花寄所思。』《寄林編修》云：『大雅凋零尚此翁，醉鄉一笑寄無功。衣冠洛社浮雲散，弓劍橋山落照空。東魯有書藏古壁，西湖無樹挽春風。巾車莫過青華北，城角吹愁送暮鴻。』《答鄭即翁》云：『初陽蒙霧出林遲，貧病雖兼氣不衰。老愛歸田追靖節，狂思入海訪安期。春風門巷楊花後，舊國山河杜宇時。一種閒愁無著處，酒醒重讀寄來詩。』《宋》。

林霽山詩有云：『風月未容詩入務，乾坤應許酒爲年。』入務者，宋時官府臨民，以三月初一入務，十月初一開務。入務謂農務方興，不受民間婚産詞訟也。戒詩不作，謂之『入務』，霽山蓋用彼時俗語也。同前。

平陽林景怡，字德和，號曉山，霽山之兄。有《曉起》五古云：『天雞弄喔咿，殘星在斜漢。整衣出幽扉，山城漏初斷。微微水風生，冉冉田露散。此時游葛天，淡淡空百羡。

海色上寒梢，漸識梅花面。』末二語清絶峭絶，亦可想見人品之高潔，於霽山不愧難兄矣。同前。

陳則翁，字仁則，號瑞洲。……所著集曰《滄浪興》。有《和林霽山半雲菴》云：『孤雲伴孤吟，彼此識心事。促席聊自怡，不索遠持寄。相親期虚左，豈雲自偶值。雲乘龍之嘘，足以塞天地。人之氣浩然，何嘗有憂懼。霏霏秋景邊，澹然一儒素。人亦雲不殊，雲因就人住。雲定夢不飛，夢覺雲如故。世路翻手交，閉關謝來吁。出此或苟焉，觸處有餘愧。』發端十字，便寫得霽山心事出。『雲乘龍嘘』四語，筆力奇横，非霽山亦不克當此。……又《寄鄭初心》云：『向夕江天迥，西風一寄樓。半生寒似月，孤夢夜長秋。白浪知吴恨，黄花識晉香。故人音問絶，宿雁自汀洲。』『黄花』五字，尤識破淵明心事，蓋雖嘯傲東籬，無非故國故君之感。初心志節，亦霽山一流人，實皆當時同調者也。同前。温州市圖書館藏抄本。《温州文獻叢書》第一輯《孫鏘鳴集》收録，上海社会科学院出版社二〇〇三年版。

越縵堂詩話

[清]李慈銘

閱《林霽山集》。南宋人詩，自《江湖小集》別開幽雋一派，至四靈而佳句益多，月泉吟社尤爲後勁，霽山其領袖也。所作清淡深秀，前躋石湖，後躡梧溪，略詮於此。《古松》云：『獨占寬閒地，不知揺落天。山林猶古色，風雪自窮年。』《雲門即事》云：『僧閒時與雲來往，鶴老不知城是非。』《答周以農》云：『山空絡緯悲秋雨，水落蒹葭足夜霜。』《題陸大參秀夫廣陵牡丹詩卷後》云：『南海英魂叫不醒，舊題重展墨香凝。當時京洛花無主，猶有春風寄廣陵。』《歸自越避寇海濱寒食不得祭掃》云：『持酒無因灑墓松，禽聲花色慘東風。去年此日身爲客，及到鄉山又客中。』《曉意》云：『僧鐘覺曙鳥，紛飛弄林光。宿雲漸離石，我起開秋房。南山忽入几，相對各老蒼。』《歸白石故廬》云：『斜陽巷陌語初燕，新水池塘生細魚。』《春暮》云：『白髮餘春能幾醉，緑陰細雨不多寒。』《酬潘景玉》云：『歲晏斷鴻羈客影，夜深殘火故人情。』《寄陳振先同舍》云：『西風戍角催年换，殘夜江樓見日生。』《送葛居士住棲碧菴》云：『了然道者亦離塵，一龕松下分秋雲。』《秋夜》云：『片月相隨過竹居，風生荷葉酒醒初。窗扉半掩秋蟲急，猶有殘燈守故書。』《宿台州城外》云：『霜增孤月白，江截亂峰青。』《贈天目吴君實》云：『夢回殘月蒼梧曉，家在春風秀麥西。』《鄭氏西莊》云：『遠峰開宿雨，高樹表初陽。』《酬潘景玉》云：『寒城日出無窮事，老耳山中獨聽泉。』《侍應平坡侍郎郊行口占二首》云：『春霖卷流芳，霽川浮遠野。

白首貞元人，相期古松下。』『試耕黄犢健，入社白鷗真。柳外呼舟去，水風吹葛巾。』《酬方槐庭山人》云：『夜闌深語剔寒釭，别意蕭蕭竹半窗。明日孤帆鴻影外，東風殘雪過曹江。』《溪行》云：『野色延幽步，秋聲入暮年。』《仙壇寺西林》云：『松氣浮清曉，經聲出白雲。石穿僧屋過，水到寺門分。』《夜意》云：『老石棲雲定，疏松過雨香。』《寄懷》云：『青燈少年夢，白髮異鄉春。』《餞盛景則》云：『離亭酒短秋帆開，雁蕩峰前桂花雨。』《元旦即事》云：『江湖舊夢衣冠在，天地春風鼓角知。』《括城》云：『落日漁舟吹遠笛，斷煙戍屋帶荒城。』《陶山十詠》内《集仙橋》云：『流來一水截人寰，虹背秋寒十二闌。白鶴飛邊人影絶，天風吹佩玉珊珊。』《陶宴嶺》云：『笑拂青蘿問隱君，千巖秋色此平分。當時宴坐無人識，惟有松風共白雲。』《葛仙翁石牀》云：『鈞天夢破珊瑚枕，巖壑春供翡翠屏。一卷黄庭雲半席，夜深讀與嶺猿聽。』《訪朱月峰不值》云：『雲留秋渡冷，月過别峰明。』《寄别諸公》云：『天地緑陰雨，江湖白髮人。』《劍池》云：『薜荔帶雲懸古木，轆轤卷月出秋泉。』《新豐道中》云：『籬落雞欲棲，野水牛半渡。不見抱琴人，斜陽在高樹。』《舟中書事》云：『午香吹稻海田熟，秋蔓引瓜茅屋深。』《練川道中》云：『一枕江湖夢，五更風雨舟。』《初夏》云：『舊篋題詩扇，疏簾讀《易》香。』《訪武伯山居》云：『白髮前朝士，青山半屋雲。遲花春後見，遠瀑夜深聞。』《元日得家書》云：『寒窗琴册燈花曉，衰鬢江湖柏酒春。』《立春郊行次唐玉潛》云：『五夜雪聲梅角底，一春煙景竹笻初。』《王監簿陶山禱雨》云：『雙袖攜雲禹穴曉，一瓢分雨舜田秋。』《答仙壇寺侃上人》云：『竹房分半席，流水白雲間。丹竈餘千載，青鞵第幾山。』《初夏病起》云：『舊國愁生暮，衰年病過春。』《答陳景賢》云：『鬢痕朝鏡覺，書味夜燈知。』《酬合沙徐君寅》云：『鄉心荔子薰風國，客路槐花細雨時。』《別王監簿》云：『離亭落日馬嘶渡，舊國西風人唤船。』湖海已空彈鋏夢，山林猶有著書年。』《新晴偶出》云：『風動松枝山鵲語，雪消菜甲野蟲飛。』皆清空婉眇，蟬蜕塵埃者也。其詩本名《白石樵唱》。予嘗謂南宋中葉後詩，姜堯章最清峭絶俗，德暘集名適與之同，筆墨町畦，亦出一致，當時取號，蓋非無因。詩有元統中崑山章祖程注解，雖不免村塾弇陋之氣，而同時人物，多藉以考證。其詩中多及越中地名，蓋霽山既與玉潛同志相善，而王脩竹又爲風雅所歸，遺民故老，多主其家，所謂王監簿者是也。王氏居陶山，霽山《白石稿》中，又有《陶山脩竹書院記》，其起語云『越爲東制望，前將作監簿脩竹王公爲越望』，可見其壇坫風流，勝游推重矣。卷上。自《越縵堂日記》一册五十二頁，同治二年八月十三日。

夜爲曉湖評點《因樹屋詩集》，題二絶於尾云：『松圓風格霽山思，冰雪梅花絶代姿。

恰是夜窗寒月上，温茶殘燭對君詩。』　卷上。　前書四册五十一頁，同治三年十月初八日。商務印書館一九二五年版。

霽山先生詩文集批語

無名氏

《秦吉了》（桓桓二句）反言以明之。今人怕死，可以人而不如禽乎？　卷一。

《雜詠十首酬汪鎮卿》之十　古音不減漢魏。忠肝惓惓，亦有杜工部之情。　卷二。　温州市圖書館藏本。

林景熙傳論

符璋、劉紹寬等

論曰：方蛟峰序《霽山集》云：『德暘，前進士也。壯年英華果鋭之氣，無所於託，而借詩以鳴之。吟卷一編，屬朋友胡天放轉致石峽山中，請予評之。予惟詩所以言志，蓋直泄其中之藴而無待乎外者，然而騷人文士於得意處，每曰神助。唐人謂張燕公守岳陽而詩益悽惋，蓋得江山助也。德暘自雁蕩游會稽，而錢塘潮汐之呑吐，吴山煙霏之舒卷，紛感互發，故其悽惋，而夷以遠，闇以章，率有古意，非湖海吟笑而已矣。』今讀其詩，論其世，以意逆志，往往可得，豈惟《冬青》《夢中》諸作可考見收葬陵骨之本末而已哉！霽山與瑞安陳瑞洲雅爲同調，裴芸山編《清潁一源集》，所與酬唱諸賢，與《霽山集》之附見者，皆所謂草木臭味，非有差池者也。民國《平陽縣志》卷三五《人物四·林景熙》。民國十四年槧本。

東甌詩存批語

冒廣生

此選與《宋詩紀事》《宋詩鈔》互有詳略，究竟多存爲是。霽山不獨詩好，人品尤足尚也。《東甌詩存》卷一〇《林景熙》。温州市圖書館藏本。

宋詩之派別

陳延傑

林景熙，號霽山，宋亡不仕。詩多悽怨，其神妙不減劉長卿，此蓋境遇使然耶。《宋詩鈔》云：『大概悽愴故舊之作，與謝翱相表裏。翱詩奇崛，熙詩幽婉。』此可以評林、謝矣。

宋亡，晞髮、霽山等，遺世獨立，乃憤慨爲悲壯之音，悽愴動人，此真隱逸詩人者矣。

原載《小説月報》號外。鄭振鐸編《中國文學研究》上册收録，商務印書館一九二七年版。

樂府補題考

夏承燾

《補題》託物起興，而又亂以他辭者，亦猶林景熙冬青之詩，必託爲夢中之作也。以《補題》各詞比附景熙冬青詩，吕同老《龍涎香》曰『蜿蜒夢斷瑶島』，李居仁曰『潛龍睡起清曉』，李彭老曰『誰唤覺鮫人春睡』，何異『珠亡忽震蛟龍睡』乎？馮應瑞《龍涎香》曰：『海市收時，鮫人分處，誤入衆芳叢裏。』仇遠《蟬》曰：『滿地紅霜，淺莎尋蜕羽。』吕同老《蟹》曰：『如今漫與江山興，更誰憐草泥蹤跡。』非即『親拾寒瓊出幽草』乎？前人考六陵事者，僅稱景熙及謝翺、唐珏之詩，而不及《補題》；《補題》清初方出，萬斯同、全祖望諸君未嘗見耶。《考事》。

寫成此文，嘗請益于張孟劬先生爾田，先生自北平報書，謂『碧山他詞若《慶清朝·榴花》，亦暗寓六陵事；張皋聞謂指亂世尚有人才，殊不得其解。』檢《花外集》此詞過變云：『誰在舊家殿閣，自太真仙去，掃地春空。朱幡護取，如今應誤花工。顛倒絳英滿徑，想無車馬到山中。』末二句用韓愈榴花詩語，實與林景熙《夢中作》『猶憶年時寒食祭，天家一騎捧香來』同意。《後記》。《唐宋詞人年譜》周草窗年譜附録二。上海古籍出版社一九七九年版。傑按：《樂府補題》一卷，不著編輯者姓名。内録王沂孫、周密、唐珏等十四人詠龍涎香、白蓮、蓴、蟬、蟹詞共三十七首。有《知不足齋叢書》本。

天風閣學詞日記

夏承燾

次老謂宋遺民黄庚《月屋漫稿》與林氏《白石樵唱》詩互見甚多。二人多酬唱，或編者誤録。稿今藏平陽仲悌家，與《不繫舟漁集》及《樵唱》同輾轉得于鮑渌飲者。第一册，一九三六年九月三日。浙江古籍出版社一九八四年版。

晤王欣夫久談。謂有弘治本白皮紙初印《林霽山集》，極少見。第二册，一九四一年二月廿三日。浙江古籍出版社一九九二年版。

閲《霽山集》。講題：《苦節詩人林霽山》。一九四三年八月廿二日。同前。

（在雁蕩山）山間多陰雨，出白溪即晴朗。霽山詩云：『蕩雲飛作雨。』一九四四年十一月五日。同前。

夕校林霽山詩，入《樂府補題》後。一九五八年一月廿三日。《夏承燾集》第七册，浙江古籍出版社、浙江教育出版社一九九八年版。

午後抄《越縵堂日記》第九册第七頁考六陵事一篇，入《樂府補題考》。夕作跋語三四百字，辨其霽山在杭埋骨説之不當。一九五八年一月廿六日。同前。

得平陽水頭鎮平陽第二中學單壽年函，謂近著愛國詩人林景熙一文，覓得霽山家譜，訪問霽山墓，欲看予《樂府補題考》。一九五九年三月廿五日。同前。

發單壽年覆，囑其爲《白石樵唱》作新注。一九五九年三月廿七日。同前。

仰霽亭碑記

蘇淵雷

《虞書》有云：『詩言志。』孔氏亦曰：『《詩》三百篇，一言以蔽之，曰思無邪。』若吾邑林霽山者，可謂詩如其人矣。《四庫全書提要》謂其忠義感動百世，允矣。歷代文學史對其民族氣概、愛國熱忱，尤予以極高評價。今仰霽亭之建立，實近其墓穴，旨在後人仰瞻高風亮節，效其愛國精神，俾促進社會主義精神文明之建設。尚憶年十三就讀南雁蕩會文書院時，一夕風雨甚，聆張漢傑師燈下朗誦霽山詩『水到蘭亭轉嗚咽，不知真帖落誰家』之句，聲淚俱下，余亦凄其興感，不能自已。此情此景，迄今六十有六年，猶歷歷在目也。今詩亭落成，備承縣政府及温籍各界人士贊助，誠爲吾邑鄉里善事，亦千古文壇佳話也。其三十世裔孫林步寬，奔走出力爲多，尤可念也。猥以髦齡，偃蹇明時。氣類之感，隔世無慚。爰綴短記，用申景仰，並志緣起云爾。一九八五年。《蘇淵雷全集》第三册《文學卷》，華東師範大學出版社二〇〇八年版。

雁蕩詩話

吴鷺山

《過北雁蕩山下》　這詩風格，既近放翁，又似四靈。三四兩句，頗爲人傳誦，以爲不減唐人。按趙紫芝《大龍湫》五律已有『高風吹作雨，低日射成虹』之詠，霽山此聯當是有意改易趙句。改用前人詩句，如此勝過原句，當不嫌其蹈襲。林詩僅改换四字（蕩、雲、飛、海），而意境已異，確是勝過原唱，縱令紫芝見之，當亦首肯。温州市雁蕩山管理局印本。

附録六　作品辨疑

林景熙黄庚互見詩辨疑

陳增傑

夏瞿禪師《天風閣學詞日記》第一册一九三六年九月三日記：『次老謂宋遺民黄庚《月屋漫稿》與林氏《白石樵唱》詩互見甚多。二人多酬唱，或編者誤録。』次老即劉紹寬，字次饒，温州平陽學者，民國《平陽縣志》副總纂。

黄庚，字星甫，天台（今浙江天台縣）人。元初詩人，著有《月屋漫稿》。《月屋漫稿》（文淵閣《四庫全書》本）存詩四百十七首，其中與林景熙《霽山集》重出互見者二十三首，列表如下（篇目後數字各爲原集序次）：

霽山集（白石樵唱）	**月屋漫稿**
南山有孤樹（一）	古意（一四）
鄭宗仁會宿山中（二）	林霽山架閣同宿山中（一八）

九日會連雲樓分韻得落字（三）

妾薄命六首之一（四）

之二（五）

之三（六）

之五（七）

登謝客巖（八）

賦雙松堂呈薛監簿（九）

故相賈氏居（一〇）

仙壇寺西林（一一）

答鄭即翁（一二）

王脩竹監簿名樓曰與造物游命予賦（一三）

雜詠十首酬汪鎮卿之二（一四）

之三（一五）

之四（一六）

之九（一七）

九日會王脩竹西樓預坐七人以落霞與孤鶩齊飛韻予得落字即席走筆（二）

緑珠（三）

燕子樓（四）

潘淑妃（五）

秋胡妻（六）

游謝仙巖飛霞觀巖下李参政墓（八）

侍郎亭（一六）

故相賈秋壑舊府（一）

鶴林仙壇寺（一九）

次鄭樸翁國正見寄（二二）

脩竹有樓名與造物游對秦望山五雲門（二〇）

偶書之一（一二）

紀夢是歲大旱（七）

偶書之二（一三）

讀文相吟嘯稿（一〇）

陪王監簿宴廣寒游次韻（一八）	脩竹宴客廣寒游亭分韻得香字（二一）
漁舍觀梅（一九）	漁舍觀梅寄脩竹韻（二三）
酬謝皋父見寄（二〇）	感懷（一五）
古松（二一）	古松（一七）
訪二陸故居（二二）	雲間有懷（一一）
新豐道中（二三）	約王琴所不來舟中偶書（九）

（另林集《寄懷》五律，黄集題《夜坐》，因只一聯相同，故不作互見詩看，從略）

從上列可見，這些互見作品在兩集編次不同，篇題相異（完全同者僅《古松》一首）。再作比較，發現字句亦多有差異，這又有兩種情況：一是個别字句作改易，此類占多數；二是變動較大，句數多寡不等。如林《賦雙松堂呈薛監簿》，黄題《侍郎亭》，無『庬言』『昔賢』二句，相異三十一字。又如林《雜詠十首酬汪鎮卿》之三，黄題《紀夢是歲大旱》，少『天猶爲之憐』三句，相異三十三字。而且這些重出篇章有許多又是在山陰莊上應酬王英孫之作。這的確是一件疑案。不過，細加分析，我們應當相信《白石樵唱》的收録；《月屋漫稿》或者誤載（這個可能性較大），或者有竄改的嫌疑。

（一）從版本説，如前文（附録三《收葬宋陵遺骨事及夢中作詩辨證》）所述，景熙的詩集《白石樵唱》當時已結集行世，復經同里『後學』章祖程校理箋注，自爲翔實可信，斷不至羼入他人詩作。章的《白石樵唱注》六卷，成書於元惠宗元統二年（一三三四），離景熙去世二十四年。明天順七年（一四六三）平陽人吕洪得到完整的章注本，『始末俱全』。因將原編六卷併爲三卷，又編輯文集二卷，共計五卷釐爲一帙，名《霽山先生文集》刊行，流傳至今。其版本來源清清楚楚，完全可靠。《月屋漫稿》據作者自序：『於是哀集所作詩文，繕寫成編，命之漫稿。』不過這裏有個疑點，作者自編的《月屋漫稿》係詩文合集，而今傳《漫稿》有詩無文，則是否原編，啟人疑竇。另外，有些作品也與他集相重，如《枕易》、《秋色》二詩。陳衍《元詩紀事》卷八案云：『以上二詩，中選及評語，既見《月屋漫稿》，復見張觀光《屏巖小稿》，未知孰是？』所以，我們對《月屋漫稿》的收録還是有些疑問。

（二）互見詩中涉及的人事地名，可證爲林作。如開篇《南山有孤樹》，爲作者家居即景興懷之作，南山即指崑巖。章祖程注：『案先生所居州治後白石巷中，南對崑巖，巖之上有一老松，常有烏集其上。故先生因之發興成詩，以寓其出處之意。』元初蘇天爵編的《元文類》亦見選録，自是林詩。又如卷一《賦雙松堂呈薛監簿》，章注：『監簿名肩夔，永嘉人。有堂，扁曰雙松。』永嘉，今温州市鹿城區。明趙諫《東甌詩續集》卷二録薛詩二首，小傳云：『薛肩夔，號山雲，永嘉人。』更有永嘉薛氏宗譜爲證，宋代永嘉薛氏世居梯雲坊（今温州市區大高橋），黄漢《甌乘補》卷四引《梯雲薛氏譜》：『肩夔，朝散郎，將作監（簿）。林霽山有贈《雙松堂》詩。』詩云『端明堂前有雙松』，端明指端明殿學士薛叔似，肩夔先祖。其爲林詩確然無疑。再如《登謝客巖》，謝客巖在温州城内積穀山麓；《九日會連雲樓分韻得落字》，連雲樓爲景熙平陽居所樓名（林集同卷有《連雲樓》詩，章注『先生家有樓，扁曰連雲』）；《仙壇寺西林》，仙壇寺在平陽城東仙壇山上（林集另有《游仙壇》《葛壇即事》等詩），都可證明是林詩。黄庚蹤跡似未及温州、平陽，《漫稿》中並無這方面的題詠（除了這幾首互見的贋作以外）可資佐證。

（三）詩中某些詞語爲景熙所習用。如《鄭宗仁會宿山中》『飯牛人未眠』，『飯牛』用春秋賢士甯戚故事。卷二《雜詠十首酬汪鎮卿》之一『漫漫夜何如，長歌飯穀觫』，卷三《潘山長入括》『飯牛懷白石』，《次曹近山見寄》『扣角歌殘夜正長』，用典寓意都同。又如《賦雙松堂呈薛監簿》『掀髯相視雪貿貿』、『麾去秦爵如飛蓬』，與《賦冬嶺孤松得秀字》（卷一）所詠『朔風揚威雪貿貿』、『秦官五輩空遺臭』，兩詩『雪貿貿』、『秦爵』、『秦官』諸語亦可互證。

（四）詩中所寫與景熙生平事跡相合，與黄庚不合。林《鄭宗仁會宿山中》，是在他的好友鄭樸翁（宗仁）隱居的平陽焦下山寫的。乾隆《平陽縣志》卷一八《古跡》：『鄭樸翁宅，在縣北十五里焦下山。林景熙《會宿鄭宗仁山中》詩（引略）。』景熙與宗仁『生同里，學同師，由長至老同出處』（卷五《故國子正鄭公墓志銘》），是少年至交和同志，故詩有『挑燈懷舊夢』、『相看非少年』之沉摯語。懷舊夢，章注『此言舊與宗仁同在太學也』，實有所指。黄集題《林霽山架閣同宿山中》，但林、黄間並無此種關係和經歷（他們甚至没有交往過，詳後文），而且林的年歲要比黄大，所以『相看非少年』這一句就見得浮泛落空，不合實际。

更舉一例，林《陪王監簿宴廣寒游次韻》，王英孫之廣寒游亭，『四畔皆植木犀』（章注），因有『手折一枝驚昨夢』之即景語。木犀，桂樹。手折一枝，折取桂樹一枝，喻科舉及第。典出《晉書·郤詵傳》：『臣舉賢良對策，爲天下第一，猶桂林之一枝。』景熙宋時以上舍釋褐入仕，同進士登第一樣榮耀；故詩中追懷春風得意的往事，深自棖觸，有『驚昨夢』之歎。卷一《問桂》『曾是搴英客』，卷三《中秋山中對月》『丹桂梯寒醒舊夢』，同卷《與邵德芳同舍三首》『曾搴月窟一枝紅』，都表示了同樣的傷感，用典也相同。而據黄庚《漫稿》自序：『齠齡時習舉子業，不暇爲詩。自科目不行，始得脱屣場屋，放浪湖海。』可見他在宋朝困於科場，未曾應試及第；至元初廢科舉（科目不行），遂絶意仕進。『折桂枝』有特定的涵義，不是隨便可以用的。黄庚未曾得過功名，又何能説『閒折一枝驚昨夢』（黄集首字作『閒』）？即此一端，足可斷定收在《漫稿》者乃出誤録。

（五）黄集所載多見竄改跡象。如林《賦雙松堂呈薛監簿》，首云『宿覺山中有雙松』，宿覺山在温州城西南（今名松臺山）；黄集改作『東鄰花圃栽雙松』，隱去『宿覺山』。林《登謝客巖》首句『巇嶭鎮九斗』，『九斗』狀温州城形勢（晉郭璞築温州城，沿繞城内九山，稱斗城），卷三《鹿城眺望》亦云『山形九斗分』（鹿城爲温州别稱）；黄集易爲『鬼工鑿山骨』，隱去『九斗』字。《新豐道中》係景熙漫游蘇、吴組詩中的一篇，『迢迢鐵甕城』、『云是新豐路』均紀游歷語；黄集易題《約王琴所不來舟中偶成》並改成『迢迢見山亭』、『云是三江路』，亦隱去『鐵甕城』、『新豐』地名。

（六）黄集所載文字粗糙，往往意義失當。林《雜詠十首酬汪鎮卿》之二『百感凄孤夜』，『百感』黄作『百歲』，欠通。之四『微義將警周』，警周謂告誡東周王室；黄作『繼周』，則失原詩意旨。林《訪二陸故居》『世運有翻覆，韞匵真良圖』，言世亂守志不出，最爲良謀。二陸病在揚才不能藏拙，故接云『惜哉去就乖，毁此千金軀』。黄作『韞匵空良圖』，易『真』爲『空』，即謬以千里，于義扞格。林《妾薄命六首》之一『盈盈梁家姝，奕奕晉朝使；斛珠不論貲，得備巾櫛侍』，梁家姝指緑珠。唐劉恂《嶺表録異》卷上：『昔梁氏之女有容貌，石季倫爲交趾使，以真珠三斛買之。』四句即詠其事。黄題《緑珠》，首句作『娉婷石家姝』，言『石家姝』就不合上下文意了。

林《九日會連雲樓》與黄題《九日會王脩竹西樓》相較，改易處尤見優劣判然。林云『緬懷斜川游，此道久寂寞。胡爲吹帽人，白首戀賓幕。』斜川游，用陶淵明事；吹帽人，用孟嘉任桓温參軍陪宴龍山事。云『胡爲』者含諷刺，譏孟貪戀官職。斜川游，黄作『龍山游』，變成對龍山游宴的稱慕了，境界頓異，從高格調降爲俗筆；而且前後句意復相抵牾，既云『緬懷』龍山游宴，緣何又責其『白首戀賓幕』？林接云『窮途謬行藏，異代懸美惡』，字挾風霜，意味深刻；黄作『醉餘發詩情，分韻盡佳作』，全是敷衍之語，其措思遠不能企及。

林《酬謝皋父見寄》，係答和謝翺《遠游篇寄府教景熙》（《晞髮集》卷三）而作。開端就謝詩『遠游』發興：『入山采芝薇，豺虎據我邱；入海尋蓬萊，鯨鯢掀我舟。山海兩有礙，獨立凝遠愁。』感慨蒼茫，有國亡託足無地之悲。接云：『美人渺天西，瑶音寄青羽。自言招客星，寒川釣煙雨。風雅一手提，學子屨滿户。行行古臺上，仰天哭所思。餘哀散林木，此意誰能知？夜夢繞句越，落日冬青枝。』刻劃謝翱的不屈形象和眷懷故國情思，格高意遠，充滿肝膽相照的知己之情。黄易題《感懷》，前六句襲用林詩，後半云：『乾坤如許大，此身常浮漚。依託豈無地，皇皇將安求？何當跨鳳鵬，相從安期游。』語意浮淺，較諸景熙原篇相去何啻霄壤。

（七）黄庚詩水準不高，《漫稿》中佳構無多。除七絶稍有意致，古體律詩均甚平泛，故清代講究藝術的詩家王士禛説：『天台山人黄庚星父《漫稿》一卷，詩庸下，無足觀。』（《帶經堂詩話》卷六《題識類》）《四庫全書總目》卷一六六《月屋漫稿》提要也指出『其詩沿江湖末派，體格不免稍卑』。集内多閒居吟詠之什，流連田園光景，對現實政治很少表示出興趣。很難置信，像『百感凑孤夜』、『垂垂大厦顛』、『挑燈懷舊夢』、『初陽蒙霧出林遲』這樣一些感慨深沉、氣格蒼健的力作，會出自他的手筆；而且在《漫稿》的全體作品中也顯得並不協調。

（八）《四庫全書總目》黄集提要謂『宋亡時庚尚幼，觀其集首自序，乃泰定丁卯作』。泰定丁卯爲元泰定四年即一三二七年，時景熙去世已十七年。景熙年輩既大於黄庚，在當時又聲名著聞，『以文章節義著于東南』（王士禛語），居山陰詩社『領袖』地位（李慈銘語），最爲王英孫推重；他怎麽可能去竊取後輩黄庚的詩作（且有二十三篇之多），並且用來酬贈謝翺、鄭宗仁這樣的勝友和越中盟主王英孫？這顯然是絶不可能的事。

那末，如何解釋林、黄集中這一重出互見的複雜現象（説是互見，其實有的詩易題换句，已經屬於竄改剽竊了）？據現存作品看，景熙與黄庚之間並無交往唱酬的詩，除去那篇並不可靠的題爲《林霽山游》，殆據此詩，顯然失考。黄庚於景熙既爲晚輩，他們就館山陰莊子，先後或非一時。黄庚可能從莊主王英孫處，也可能從景熙的詩友胡汲古（天放）、葛秋巖（黄與此二人有唱和）處獲觀景熙諸作（這互見的二十三首詩在《霽山集》中均爲優秀或較出色之篇），賞誦之餘乃加抄録，後人不察，誤編入集。如《林霽山架閣同宿山中》，過録時本作『林霽山架閣《同宿山中》』，示爲林詩；否則的話，黄庚怎麽可能將林氏原作拿過來倒贈他本人？這顯而易見是有悖情理的。至於題目不同文字差異，蓋或黄所見者爲景熙初稿，如林之《南山有孤樹》較諸黄集《古意》，兩詩比興措思相同，後者恐其初稿；或爲傳抄中出現的訛誤，如前引『韞匵真良圖』黄作『韞匵空良圖』，抄錯一字而意即大謬。當然，也許存在另一種可能，竟是黄庚襲用景熙的詩，加以竄改易製，所以篇題大部不同，字句變改亦較多。如果這一推測成立，那將是文學史上一起嚴重的『剽竊』事件。我們寧願相信前一種可能。

［附記］

上文引到，陳衍《元詩紀事》卷八已對黄庚《月屋漫稿》一些作品致疑，言《枕易》《秋色》『二詩，中選及評語，既見《月屋漫稿》，復見張觀光《屏巖小稿》，未知孰是？』不過《紀事》所舉還僅是冰山一角。最近我重校《林景熙集》，取閱《屏巖小稿》（《四庫全書》本）一過，竟發現它同《月屋漫稿》内容完全相同。説完全相同，是指以下『五同』：（一）編序同。兩書都不分卷，分體編排，以五古、七古、五律、七律、七絶爲序。（二）目次同，各體下各篇序次復同。（三）篇題同。連題下小注也是一樣，如五律《呈曾蒲澗提刑》注云『乃茶山後人，茶山曾以活字授放翁』、七律《梅魂》注云『武林試中』。（四）字句同。除極個别誤字外，各篇句數文字全同。（五）篇數同。其中五古二十五首、五律八十六首、七古四首、七律一百二十六首、七絶一百七十六首，共計四百十七首。兩書所不同者，惟《漫稿》卷首有《自序》一篇，《小稿》卷末附《補遺》三首，如是而已。不用説，《月屋漫稿》中與林景熙重見互出的二十三首詩，也都載在《屏巖小稿》裏面。這樣，我們對《漫稿》的編録和著作權問題，又多了一重疑問。

《四庫全書總目·屏巖小稿》提要僅云：『觀光字直夫，東陽人。其始末未詳。……蓋宋末元初人。』據宋周密《癸辛雜識》續集下《入燕士人》載：『丙子歲春，三學歸附士子入燕者，共九十九人。至至元十五年所存者止一十八人，各與路學教授。……張觀光，婺州婺教。』結合元柳貫《待制集》卷一九《跋張直夫先生所得家樞密四詩》：『於時吾鄉張直夫先生亦以太學諸生從狩京都，公一見待以國士。』元吴師道《禮部集》卷一四《張屏巖文集序》：『若吾東陽屏巖先生之爲人……君子長者也。』及清道光《東陽縣志》卷一八《人物志六·文苑宋》：『張觀光，字直夫，一字同賓。世居邑南屏巖，因以爲號，學者稱屏巖先生。』綜合上述記載可知：張觀光，字直夫，號屏巖，婺州東陽（今浙江東陽市）人。約於宋度宗咸淳十年（一二七四）入太學，時年二十六歲，據此推算，其生年當在理宗淳祐九年（一二四九）。端宗景炎元年（丙子，一二七六）隨宋主北遷入燕。元世祖至元十五年（一二七八）歸還，授婺州路學教授。三年任满改調時，陳情辭禄，杜門深居。觀光有文名，元劉詵《桂隱詩集》卷三有《和張觀光見貽》詩，稱云『張君才華振夕秀，縱靶自可馳勳名。』吳師道爲之作序的《張屏巖文集》，是否即今傳《屏巖小稿》，不得而知。其子張樞，字子長，元史學家，曾任翰林修撰、國史館編修官。另有永嘉（今温州市區）人張觀光，登宋度宗咸淳四年（一二六八）進士，任州學教授。弘治《温州府志》卷一三《人物四・科第宋》：『咸淳戊辰：張觀光，永（嘉）。終教授。』嘉靖《永嘉縣志》卷六《選舉志・科第・宋進士科》、雍正《浙江通志》卷一二九《選舉七・宋進士》載同。依目前掌握的資料看，此張觀光爲《屏巖小稿》之作者，可能性較小。

至於《四庫全書》將這樣兩部編排和内容完全相同的詩集，署上兩個集名、作者而分別編録，縱原本如此，各有來源，編纂者一時莫辨真贋，難以取舍，權且照本過録；但那至少也應該在《提要》中有所交代，説明原委，存疑俟考。今觀兩書《提要》，各説一通，於此等重大疑案不置一辭，這不是太過草率了嗎？更令人不解的是，《漫稿》《小稿》二集同編在『集部別集類四元』，十分挨近，中間只隔《剡源文集》等幾部集子，而兩部詩集四百多首詩整個相同，纂録者即使浮光掠影只作草草瀏覽，總也該留下點印象吧，怎麽竟全然不覺毫無疑問？館臣先生也真是瞶瞶得可以！修書而粗疏至此，實在令人不勝駭歎。

蘆溝曉月

蘆溝橋西車馬多，山頭白石照清波。氈廬亦有江南婦，愁聽令人出塞歌。

【按】

此篇明蔡璞《東甌詩集》卷五録爲林景熙詩。冒廣生《霽山先生集跋》云：「霽山蹤跡，未至北方，此詩疑非出其手。《東甌詩集》爲蔡璞選，《續集》爲趙諫選，並弘治間樂清人。其書舛謬，觸目皆是……未足據爲典要也。」薛鍾斗《永嘉詩人祠堂叢刻札記·霽山集跋尾》：「冒先生疑其蹤跡未至北方，疑爲贋鼎。嗣先生檢朱竹垞《日下舊聞》，果陳子上高詩，因占一詩以志其事。詳見《永嘉日記》。」

今按：冒説是。陳高（一三一四—一三六七），字子上，晚號不繫舟漁者，温州平陽人。此詩見載陳高《不繫舟漁集》卷九，題《蘆溝曉月圖》，第四句「今」作「金」，餘同。蘆溝，應作「盧溝」。「盧」爲黑意。盧溝河（永定河古稱）水呈黑色，故得名。

潯陽江

三弄知何處，蒼茫起釣舟。閒將千古意，吹入九江秋。驚雁顧殘侶，寒風生別洲。曲終和月臥，無夢到涼州。

【按】

此篇明李汎纂修嘉靖《九江府志》卷一五《詩文志》（上海書店影印天一閣藏明代方志選刊本）收録爲林景熙詩。第四句『九江秋』，秋，原本作『狀』，不通且失韻，以意逆之，當是『秋』字形近而訛，今予訂正。此詩研究者或舉爲林景熙集外佚作，筆者心存疑惑。近時重校林集，續得其他資料，始於此疑案作出判斷。

從現存文獻考察，林景熙行跡未到九江（潯陽）。他在元成宗大德元年（一二九七）前後進行的一次跋涉長途的旅行，歷杭州、嘉興、松江、蘇州，抵達鎮江後再没有往前走，即折返丹陽、無錫回轉。今觀集内行旅詩，亦無鎮江以遠的篇詠。因此這首題爲《潯陽江》的詩便有點疑問。其次，這詩似曾相識。林集卷三有《漁笛》詩：

楚竹聲何遠，蒼茫想釣舟。橫當半蓬月，吹破一江秋。落葉紛前浦，驚鴻過別洲。曲終枕蓑臥，無夢到涼州。（帶點者爲相同字）

也是五律，與《九江府志》所録用韻同，内文十八字同，全篇内容和思構也大致相同。如何處置，是否因爲詩題不同，異文過半（二十二字），而可予認定只是詩句有些復用的兩首作品呢？這確乎令人感到難以定奪。但是，我們閲讀到的另外二則文獻資料，於此作了否定的回答。

元孫存吾編《皇元風雅後集》卷六選録林德暘（林景熙字德暘）《漁笛》詩（四部叢刊初編集部影印高麗仿元刊本），明宋緒編《元詩體要》卷九《詠物體》亦見選録（文淵閣四庫全書本），題、文均同。二書所收《漁笛》詩，與《九江府志》所録《潯陽江》詩，除第四句「一江秋」的「一」字《府志》作「九」外，其餘完全相同。這裏説明兩點：第一，《府志》所録《潯陽江》即《風雅》《體要》所收的《漁笛》詩，只是篇題不同。第二，《風雅》《體要》之《漁笛》亦即景熙集中同題之作，只是字句有些不同。《皇元風雅後集》編於元惠宗至元二年（一三三六），《元詩體要》編於明前期，成書都早於嘉靖《九江府志》，自更可靠；其篇題與本集一致，最能説明問題。至詩句異文，可以理解爲反映該詩流播中的不同傳本；也許，二書所收爲其初稿，載於本集者乃改定稿（因爲後者詞意更優）。有了《風雅》《體要》二書提供的重要佐證，兼以景熙蹤跡未及九江的事實，我們可以推斷，《九江府志》收録的《潯陽江》也就是《霽山集》中的《漁笛》詩，是同一首作品，不當列爲佚詩。

地方志中收列的詩文篇什，情況較爲複雜，既有寶貴的佚作，也存在被竄易乃至張冠李戴者，需審慎辨識。即如此詩，殆傳抄中第四句的「一」訛爲「九」（按詩意作「一江秋」爲宜），後人不察，看到「九江」字樣，便以爲潯陽之詠，遂安上《潯陽江》的題目，采入《九江府志》，實疏於甄别，自不當援爲依據。

知宗柑詩用韻頗險，予既和之，復取所未用之韻，續賦一首三十韻

《書》閲揚州貢，功觀禹化覃。香包分橘柚，秋色動江潭。破暑花凝雪，凌寒葉染藍。金衣愛日照，珠實碧波涵。未止諸侯計，曾聞四皓談。顔歡陸績母，業世李衡男。送客愈吟桂，書時坡韻儋。洞庭夸浙右，温郡冠江南。節物清霜重，家山緑蒂含。青黄出籬落，朱緑耀林嵐。昔貢千金顆，遥馳萬里函。新宜薦寢廟，香可供瞿曇。夔子那能比，羅浮未許參。何人傳是陸，端類列非聃。在品寧爲四，蒙恩或賜三。鄉情寄初熟，旅况憶幽探。嘉拜親開合，珍藏淨洗甔。行將解印綬，歸種當田蠶。根向横陽覓，泥尋斥鹵擔。荒蕪耘徑草，封植伴溪柟。不用千頭富，聊資一餉湛。茅齋鬬杜甫，僊井汲蘇耽。佳境妙餐蔗，閒庭勝莳苷。雁行三峽荔，奴視四明蚶。欲繼花爲譜，應同柳駐驂。禦偷籬著棘，愁凍灌添泔。掩映青雲葉，光華碧玉篸。釀成浮甕蟻，蒸辟蠹書蟫。護蒂期存乳，留皮欲去痰。恨無親可遺，忪慘白巖庵。

【按】

此篇原集及補遺不載，《全宋詩》第六九册卷三六三三《林景熙·三》據清戴第元《唐宋詩本》卷六二

輯録，實誤。題『予既和之』之『和』，原引作『知』，亦誤。

此非林景熙佚篇，實爲宋王十朋詩，見載《四部叢刊初編》影印上海涵芬樓藏明正統五年刊本《梅溪先生集》後集卷一九，文淵閣《四庫全書·梅溪集》載同。《梅溪集》五十四卷，爲王十朋仲子王聞禮於其父卒後二十一年，即宋光宗紹熙三年（壬子）編定『鋟木江陵』（王聞禮跋）。明刊本係温州知府何謙據宋江陵本重刻，版本來源完全可靠。宋陳思編、元陳世隆補《兩宋名賢小集》卷一六八王十朋《梅溪詩集·八》，亦載録此詩。

復從詩題本事考之。知宗，官名，即知宗正司事。宋於兩京輔郡置南外、西外宗正司，幹管外居宗室事宜，擇皇族賢者充任，名知宗。見《宋史》卷一六四《職官志四·大宗正司》及《宋會要》。此知宗，指趙士彖，字悦中。見《梅溪集》後集卷一七《知宗生日》題下注。趙爲十朋詩友，有同僚之誼，過往甚密，《梅溪集》中贈酬詩極多，有《次韵知宗春陰》《次韵知宗游北山》等三十二首，皆以官銜『知宗』稱；又有《答趙知宗啟》（見後集卷二三）。本題《知宗柑詩用韻頗險，予既和之，復取所未用之韻，續賦一首三十韻》，乃就前作《薛士昭寄新柑，分贈知宗、提舶。知宗有詩，次韻》（載後集同卷）而言。是詩爲宋孝宗乾道五年（一一六九）春十朋泉州（今屬福建）知州任上作。趙士彖時任南外知宗，也居泉州（宋南渡後南外宗正司徙置泉州）。鄉人薛士昭遠寄温柑（温州産之柑即甌柑），作者分贈知宗、提舶。知宗有詩咏之，十朋次韻和酬。而意猶未盡，復取前詩所未用之韻字，續賦一首。其咏作之時地及本末原委俱甚了然。王詩各句下尚附有二十一條注文（均作者自注），如『夔子那能比，羅浮未許參』句下注：『予往在夔府，食黄柑味頗佳，然不及温柑遠甚。去冬至泉州，始食羅浮柑，又遠不及夔子。』十朋於乾道元年至三年知夔州（今重慶奉節），故言『往在夔府』；乾道四年十月移知泉州，故言『去冬至泉州』。又云『行將解印綬，歸種當田疇』，言將離職還鄉（明年泉州離任）。是皆與其行歷相符，這更證實這首詩是他寫的。

清人《唐宋詩本》選爲林景熙詩，誤録無據，不可從也。《全宋詩》編者失於審察，當加糾正。

後記

解讀林景熙，二十年間兩本書。從一九九二年到二〇一一年，從《林景熙集校注》到《林景熙集補注》，從三十五萬字到五十萬字，記録和反映了我研讀、求索、闡釋林景熙而不斷推進深化的歷程。後書較前書，不惟匡訂疏失，篇幅有所增擴，內容亦益見充實，可以説是『更上一層樓』了。二十年的不倦傾注，二十年的沈潛體味，意在澄清疑誤，探尋本真，表彰霽山先生的高風偉節和不朽業績，俾先哲之遺緒不墜，以弘揚中華優秀文化。

《浙江文獻集成》規定各書只作編集和校勘標點，不事注解。我認爲林集倘若删除箋注，其研究性資料性就會大打折扣。於是致函《浙江文獻集成》編纂委員會有關先生，説明原委，大略云：本集采取校點、補注方式，對於《文獻集成》來説可能是個例外。我這樣做是因爲：元章祖程注很有價值，應全部保留；明遼藩本、清汪士鋐本、《四庫全書》本都删略章注，爲後人所詬病。但章注尚未完善，我之補注是對章注的必要補充，棄之似亦可惜。補注非倉促間成，係就前出《林景熙集校注》所作修訂改進，而《校注》已獲學術界認可。所以，補注的質量是可靠的，不僅方便讀者，且能提高全書的學術含量。

我的申説得到編委會諸先生的『理解和支持』，這樣我就能够放心去做。所以，本書的順利出版，首先要感謝《浙江文獻集成》規劃辦公室和編委會的肯定和支持。

本書編撰中，承老友張如元教授抄告改補資料和意見數則，潘猛補研究員助輯佚文一篇；温州市圖書館古籍部予借閱之便；浙江古籍出版社責編徐碩君細心校核書稿，多有助益，謹在這裏一併致以謝忱。

陳增傑二〇一一年九月二十日閲校樣後識

圖書在版編目(CIP)數據

林景熙集補注／(宋)林景熙著；陳增傑補注. —杭州：浙江古籍出版社，2011.11
ISBN 978-7-80715-773-1

Ⅰ.①林… Ⅱ.①林… ②陳… Ⅲ.①古典詩歌—注釋—中國—宋代 Ⅳ.①I222.744

中國版本圖書館 CIP 數據核字(2011)第 228292 號

林景熙集補注

〔宋〕林景熙　著　〔元〕章祖程　注　陳增傑　補注

出版發行　浙江古籍出版社
（杭州市體育場路 347 號　郵編：310006）
網　　址　www.zjguji.com
責任編輯　况正兵　徐　碩
責任校對　余　宏
封面設計　劉　欣
照　　排　浙江時代出版服務有限公司
印　　刷　浙江新華數碼印務有限公司
開　　本　710mm×1000mm　1/16
印　　張　46.25
字　　數　525 千
版　　次　2012 年 3 月第 1 版
印　　次　2012 年 3 月第 1 次印刷
書　　號　ISBN 978-7-80715-773-1
定　　價　120.00 圓(平裝上下册)